한겨레 문화부 시절(1995)

고2 겨울방학 때 아버지와 함께

출가 직후 어머니와 용인 민속
촌에서 (1993.8)

▲ 결혼 무렵(1993.5)

◀ 아내 함정임(소설가)과 함께
(1993.5)

『김소진 전집』을 펴내며

작가 김소진이 우리의 곁을 떠난 지 다섯 해째가 되는 시점에서 그의 전집을 펴낸다. 여기 저기 흩어져 있는 그의 흔적들을 한데 모음으로써 그새 풀이 자라고 관목들이 우거진, 그에게로 가는 길을 닦기 위함이다.

생전에 김소진은 네 권의 소설집과 두 권의 장편소설, 각각 한 권의 창작동화와 산문집, 두 권의 짧은소설집, 그리고 책으로 묶이지 못한 미완성 장편 한 편을 남겼다. 김소진의 소설은 고난의 시대를 살아온 서민들의 삶의 애환을 절실하고도 아름다운 문체로 그려냈다는 평가를 받았으며, 그러므로 우리 문학사의 귀중한 자산 목록에 올려져 있다. 습작기부터 그가 세상을 뜨기 직전까지 쓴 글들을 모은 이 전집이 김소진 문학의 전체적 면모를 조망하는 지도가 될 수 있기를 기대한다. 그리하여 작가가 다양한 축도와 시선으로 작성한 삶의 지형도를 통해 이 책의 독자들이 인생과 사회를 보다 넓고 깊게 응시할 수 있는 계기가 마련되었으면 한다.

이 전집은 모두 여섯 권으로 구성되어 있다. 우선 작가의 중단편을 시기별로 재구성하여 세 권으로 묶었다. 새로운 지식인 소설의 탄생으로 평가받았던 그의 초기작으로부터 아버지의 자리를 고통스럽게 확인하는 기억의 서사를 거쳐 새로운 소설적 가능성을 시도했던 후기작들에 이르는 김소진 소설 세계의 흐름을 일목요연하게 드러내기 위함이다. 『장석조네 사람들』은 연작의 형식임을 고려하여 따로 독립시켜 한 권으로 묶었으며, 나머지 두 권에는 짧은 소설과 작가의 산문, 그 외의 자료들을 담았다. 매권 끝에는 새로 해설을 달아 김소진 문학의 현재적 의미를 가늠해보고자 하였다. 그리고 전집과는 별도로 김소진의 삶과 문학에 바쳐진 글들을 엮어 가까운 기일 내에 출간할 예정이다.

전집을 펴내는 과정에서 발견된 명백한 오자와 탈자는 바로잡았으나 애매하거나 작가의 고유한 표현이라고 생각되는 것들은 그대로 두었다. 그것을 수정할 수 있는 이는 단 한 사람이지만 그를 이곳으로 불러낼 방법이 없었기 때문이다.

열린 사회와 그 적들

열린 사회와 그 적들

김소진 소설

문학동네

| 차례 |

쥐잡기

입동 무렵이었다.

저녁 여섯시가 되기도 전이었지만 주위에서는 벌써 어둑어둑한 소리들이 꿈틀거리기 시작했다. 민홍은 언제부턴지는 모르지만 꼭뒤를 지르듯 자신을 압박해오는 벽시계의 초침 소리에 신경이 몹시 쓰이는 터였다. 재깍재깍. 그것은 마치 시한폭탄처럼 시시각각 정해진 운명의 순간을 향해 한치의 오차도 없이 육박해들어가는 긴장감을 떨궈주고 있었다. 민홍은 왠지 수꿀한 생각이 들어 자신도 모르게 어깻죽지 사이로 목을 움츠렸다.

초침 소리는 벽시계 옆에 매달린 틀사진 속의 아버지와 기묘한 조화를 이루고 있었다. 아버지가 돌아가셨을 때 막상 영정에 쓸 사진을 한 장도 구할 수 없어 몹시 당혹스러웠다. 육십하고도 세 해를 넘겨 살았던 삶이건만 아버지는 그 흔한 사진 한 장 이 땅에 남기지 않았던 것이다. 그때 민홍은 알지 못할 송구함과 억울함 그리고 새삼 다가오는 인생의 허무함 같은 느낌에 휩싸여 한동안 우두망찰 맥손을 풀었던 기억이 있었다. 그러다 문득 영수증이나 고지서 나부랭이를 담아둔 륙색 안에서 아버지의 사진이 들어 있는 주민등록증을 발견해내고는 그것을 올려논 손바닥으로 앙가슴을 쓰리게 부벼대며 얼마나 울었는지 모른다. 아버지의 임종 순간에도 눈물을 비치지 않았던 민홍도 그때만큼은 도대체 한 인간에게 맺힌 한이라는 게 뭔지 사무치는 바가 있었다.

그 틀사진은 주민등록증에 붙어 있던 흑백 증명사진을 부랴사랴 확대하여 마련한지라 전체적으로 우중충한 기분을 줄 뿐 아니라 윤곽마저 희미하게 어릉거려 마치 급조된 몽타주 속의 인물을 연상시켰다. 조붓한 공간 속에 갇혀 겅성드뭇한 대머리를 인 채 움평 꺼져 대꾼한 눈자위로 방 안을 내려다보고 있는 아버지는 무엇에 놀랐는지 잔뜩 겁에 질린 표정이었다. 어깨까지 한껏 곱송그리고 있어 방금 염병을 앓고 난 이 같았다.

민홍은 가빠진 숨을 다스리느라 입을 딱 벌리고 아랫배에 힘을 주었다. 가게 앞길에서 쫓기듯 휘달아나는 사람들의 발소리가 들렸다. 그 발소리보다 한 발 앞서 발음이 분명하지 않은 웅숭깊은 목소리가 허황기가 밴 웃음소리를 꼬리에 단 채 밀려가고 있었다.

부부싸움 잘하는 옆집 은정이네 마당에서는 짜증 섞인 설거지 소리가 들렸다. 크게 틀어놓은 수돗물 소리 때문에 확연하지는 않았지만 이따금씩 허구헌 날, 술지게미가, 사내란 것이, 웬수덩어리, 어쩌구 하는 허텅지거리가 새나왔다. 민홍은 조심스레 입맛을 다셨다. 오늘도 대낮부터 불카한 얼굴을 한 은정 아빠가 두 번씩이나 가게로 철원네를 찾아와 외상술을 청했던 거다. 혀끝을 차며 끌탕을 하던 철원네가 벌건 대낮부터 무슨 놈의 낮술이냐고 지청구를 주어도 은정 아빠는 한 팔로 문기둥을 꼭 그러안은 채 초점 잃은 두 눈을 껌벅이며

무슨 주문이나 외듯,

"우리는 외수는 없이유. 은정 에미가 오른 거시키 다 에워줄 것잉께"

하고는 버티었다. 은정이네가 기르고 있는 누렁이 녀석은 부부싸움이 임박한 낌새를 눈치챘는지 그 끝마당에 자신에게 닥쳐올 화풀이를 미리 앓는 듯한 간진 신음 소리를 내뱉고 있었다.

철원네는 바느질집에서 맡아온 수감을 만적이고 있었다. 가끔씩 바늘을 왕청되게 꽂았는지 화들짝 손을 뽑아들고는 손가락 끝에 콧김을 쐬기도 하고 또 번다스럽다는 표정으로 희끗희끗 센 머리를 득득 긁었다. 그때마다 잇새로는 괸 침을 들이마시는 소리가 쉭쉭 새나왔다. 민홍은 가슴께에 베개를 받치고 누운 자세로 내면적 사실주의를 탁월하게 구사한다는 평을 듣는 작가의 소설집을 뒤적이고 있었다. 어른이 된 주인공이 자신이 지니고 있는 고공 콤플렉스를 해명해내기 위해서 어린 시절의 체험들을 하나하나 추적해가는 대목이었다. 단조로운 문체에서는 피의자의 자술서 같은 냄새가 풍겼다. 그것은 빈속에 질겅질겅 씹어대는 껌마냥 헛헛함을 부풀려주었다. 민홍은 담요 속에 파묻어둔 왼다리를 파들파들 떨어댔다.

"얘야 이게 무슨 소리니? 어디서 비행기 떴나보다."

놀라움에 휘둥그레진 눈동자가 부딪쳐왔다. 민홍은 백태가 낀 듯 부유스름한 철원네의 눈동자와 맞닥뜨리자 금세 자신의 눈동자로 껄끄러운 이물질이 스멀스멀 몰려들어 덩달아 시야가 부예지는 느낌을 받았다. 민홍은 눈을 씀벅거리며 고개를 바투 쳐들었다. 철원네의 등 뒤를 곧이라도 덮칠 듯 기우듬하게 서 있는 허름한 진보랏빛 비키니 옷장이 눈에 들어왔다. 즉각적인 대답을 듣지 못한 철원네는 성마른 표정을 지으며 마른침을 삼켰다. 칠면조처럼 쪼글쪼글 늘어진 멱살이 바르르 떨었다.

"전깃줄에 바람이 스치는 소리야."

바람에 떠밀려 길바닥을 할퀴고 지나가는 비닐봉지나 휴지나부랭이의 가르랑거리는 소리가 들려왔다. 두 귀를 곤두세우고 비죽이 오므려붙인 입술로 쏘는 듯한 표정을 짓고 있던 철원네는 긴장이 풀리는지 하품을 늘어지게 하며 혼잣소리를 내었다.

"으응 난 또 꼭 야폭나온 삐 이십구 소리 같길래. 원 녠장할."

"아니 엄마는, 이 밤중에 난데없이 무슨 비행기야요, 비행기가. 전쟁이 벌어진 것도 아닌데요."

철원네는 실밥을 끊어내느라 앞니를 누르스름하게 드러내고는 민홍을 히뜩 쳐다보았다.

"흥 전쟁이라고? 저렇게 모르는 소리라니. 너두 한번 생각 좀 해봐라. 전쟁통에 서로 피칠갑을 하고는 죽고 살기루다 뒤넘이를 쳤던 종자들이 대를 이어 이쪽저쪽 새끼를 치고는 똬리를 틀고 독을 쓰는 형국인데, 그저 언제 어디서 무슨 일이 터질 줄 알겠니."

"시쳇말로 피는 물보다 진하다고 했잖아요."

"끌끌 저런 아둔패기 같으니라고. 머릿속이 일단 물들고 나면 고것이 피보다 더 진하다니깐 그 지경이야."

민홍은 딱히 대꾸할 말이 궁해져 책갈피로 눈길을 묻었다. 결정적인 유도신문을 성공시킨 수사관처럼 고개를 뻣뻣이 치켜세운 철원네는 어느새 그 부유스름한 백태가 걷히고 초롱초롱한 기운을 뿜어내고 있는 눈동자로 민홍을 쏘아본다.

"개 칠 몽둥이도 없는 집구석에서 무슨 넘나게스리 나라일에 간섭을 하고 찡기고 한다는 건지…… 털도 없는 강아지 풍성풍성한 격이야."

아아, 저 유려한 풍자! 민홍은 고개를 외로 꼬았다. 틉틉한 된장국 냄새가 습기처럼 피어올랐다.

"엄마 부엌에서 시래기국이 끓나봐."

철원네는 만적이고 있던 수감을 내려놓고는 엉덩이 걸음으로 방문을 박지르며 부엌으로 내려섰다. 쿵 하고 닫히는 방문의 충격으로 형광등이 움찔하는가 싶더니 우웅하는 나지막하고 건조한 소리와 함께 형광등의 양쪽 끝의 색깔이 시퍼렇게 죽어갔다. 어느 집에선가 승압기를 사용하고 있음이 틀림없었다. 그때 민홍은 귓등이 팽팽하게 당겨지는 느낌을 받았다. 축 처진 천장을 은밀하게 제겨디디며 가로질러가는 발소리가 그를 긴장시킨 거였다. 이런 단매에 쳐죽일 놈이. 민홍은 하르르 떨리는 얄포름한 눈꺼풀을 간신히 진정시키며 천장을 올려다보았다. 나방의 비늘가루 같은 멀건 불빛이 하강하고 있었다. 얼른 눈꺼풀을 닫았다.

민홍은 요즘 쥐에 대한 노이로제에 걸린 성싶었다. 회색빛을 띤 물체가 눈에 어른거리기만 하면 그것은 여지없이 쥐의 형상으로 변했다가 사라지기 일쑤였다. 정확히 말하자면 일 주일 전부터였다. 안경도 벗지 않은 채 읽던 책 위에 그대로 고개를 쑤셔박고는 뒤숭숭한 잠에 들어 있었다. 꿈결에 들려오는 불규칙한 쿵쾅거림 때문에 가슴을 옥죄는 듯한 협심증이 끊임없이 달겨들었고 귓가에 맴도는 고르지 못한 숨소리는 관자놀이의 신경줄기를 팔딱팔딱 놀뛰게 만들었다. 등줄기를 흘러내리는 찬 기운을 느끼며 눈을 뜬 민홍은 뺨 밑으로 축축하게 젖어 부풀어오른 책장을 말끄러미 바라보았다. 준비도 없이 와락 달겨드는 고적감을 처리하느라 한동안 콧등을 찡등그렸다. 천천히 고개를 치켜들자 헝클어진 머리와 옷매무새를 한 철원네의 모습이 눈에 들어왔다. 철원네는 한 손에 연탄집게를 들고 가겟방으로 통하는 장지문턱에 한 발을 올려논 자세로 민홍을 내려다보고 있었다. 민홍은 자신의 얼굴에 쏟아지는 암팡진 표정을 절망적으로 받아들였다. 그렇다면 우리는 또 그 추악한 전쟁에 말려들었단 말인가!

가게 천장 한구석에 시커멓게 입을 벌리고 있는 구멍을 보자 민홍은 머지않아 가게 안을 휘주물러놓을 게릴라 같은 존재를 의식하고는 하릴없는 나락에 떨어지는 듯한 충격을 받은 것이다.

그깟 쥐 한 마리 상대하는 것을 가지고 추악한 전쟁 운운하는 데는 어폐가 있을는지도 모른다. 그러나 민홍은 일 년 전 이맘때 홀로 힘겨운 싸움을 해나가던 아버지를 떠올릴 때마다 그 표현에는 하등의 부풀림이 없다는 생각뿐이었다. 그 싸움이 끝나자마자 느닷없이 엄습해온 겨울의 막바지에 불현듯 세상을 등진 아버지를 생각하매 더욱 그러했다. 아버지의 병명은 폐암이었다. 그러나 민홍은 자꾸만 아버지의 가슴에 자랐던 그 암덩어리가 풀리지 않은 응어리일지도 모른다는 부질없는 생각을 먹어보기도 했다.

아버지는 잘 싸우는 축이 결코 못 되었다. 민홍이 보기에는 도무지 무력하기 짝이 없는 병사에 지나지 않았다. 벌써 나흘째 가게 안을 야금야금 좀먹고 있는 생쥐 한 마리에 속수무책으로 애만 끊고 있는 게 고작이었다. 어지간하면 집안 식구와 몇 마디 상의함직도 했지만 아버지라는 사람은 얼굴이 표나게 축이 지면서도 애오라지 당신의 문제로만 치부하려는 고집스러움을 보여주었다. 그 고집스러움은 무엇보다도 말 없음으로 드러났다. 아버지는 실어증에 걸린 사람마냥 입을 한 일자로 굳게 다물어버렸고 민홍은 그 완강함에 밀려 멀찌감치 겉돌고 있었다.

그렇다고 해서 아버지가 전혀 손을 쓰지 않은 것은 아니었다.

한번은 아버지가 골방으로 찾아왔다. 민홍의 뒤로 다가선 아버지는 한참 뜸을 들이고 나서야 맨송맨송한 손을 들어 어깨 위에 올려놓았다. 민홍은 아버지의 무르춤한 태도에 몹시 부아가 나 있었기 때문에 의자에 엉덩이를 바짝 붙이고 앉은 채 뒤돌아보지도 않았다. 손길이 스쳐간 어깨 부위에는 한동안 군시러움이 올라붙어 오글오글한 잔소름을 돋우어냈다. 손길이 한 번 더 머문 뒤에야 민홍은 아버지와 눈길을 맞추었다. 바람에 찢긴 새털구름처럼 금세라도 날아가버릴 듯한 눈썹 아래 동공이 유난히 커진 아버지의 눈동자에는 누설되어서는 안 될 비밀을 뚱겨주는 사람의 음험함 같은 게 엿보였다.

아버지는 불룩한 잠바 주머니 속으로 손을 집어넣더니 뭔가를 꺼내 책상 위에 차곡차곡 늘어놓았다. 밀크 캬라멜, 빠다볼 사탕, 해태껌, 쫀드기, 세숫비누, 나하나 초코렛, 삼립 팥빵…… 그것들은 하나같이 쥐 이빨에 가차없이 물어뜯긴 흔적을 안고 있었다. 민홍이 말리지만 않았더라면 아마 아버지의 손은 하루 왼종일이라도 그 일을 해낼 성싶었다. 민홍은 북받치는 감정을 억누르며 아버지의 손목을 부여잡았다. 이 세상 어느 집구석이 쥐새끼 한 마리에 이토록 유린을 당할 수 있단 말인가. 아버지도 아버지였지만 자기 자신의 무기력함도 뼈저리게 느끼기 시작했다. 고개를 들어 자신 앞에 껑더리처럼 우두커니 서 있는 아버지를 보매 더욱 사무치는 기분이 들었다.

"아, 아버지……"

그러자 아버지는 손가락을 입술로 가져가대며 조용히 하라는 시늉을 해보였다. 옆방에서 칼국수 반죽을 밀고 있을 철원네를 다분히 의식한 눈초리로 조심스레 주위를 둘러보는 거였다. 하긴 이런 사실이 철원네의 귀에 들어가면 다시 한번 난리가 날 판이었다. 아버지로부터 다지름을 받는 순간 민홍은 며칠 전 쥐약에 쌀을 섞고 물방울을 떨구며 주저주저 개고 있던 아버지의 등뒤를 향해 저녁밥을 푸다 말고 밥주걱을 세차게 흔들어대던 철원네의 새청맞은 목소리가 다시금 귓전을 때리는 것 같았다.

─흥, 내 그럴 줄 알았어. 그렇게 재수없는 날을 고르고 고르더니만 뭐이가 제대로 되는 일이 있겠어 응? 이제 와서 쥐약을 놓겠다고? 그것도 가겟방에? 고런 약아빠진 쌩쥐가 무슨 열고가 났다고 진수성

찬을 눈앞에 두고 그 밍밍한 쥐약을 줏어 처먹을 거야. 옘병하다 거꾸러질. 설령 먹었다고 쳐봐. 그눔이 어느 구석에 나자빠져 쉬를 슬고 있을지 알게 뭐야? 구질구질하게시리. 그래서 예부터 장사꾼의 무덤엔 슬기가 없다는 거지.

아버지는 천천히 손을 들어 책상과 벽 틈바구니에 먼지를 뽀얗게 쓰고 서 있는 기타를 가리켰다. 정확히 말하자면 한쪽 끝이 끊겨 도르르 말린 육번 줄을 손가락으로 찍은 것이다. 민홍은 영문을 몰라 다시 한번 아버지의 얼굴을 쳐다보았다.

민홍은 그 기타를 그해 오월 이후로 손끝 하나 까댁하지 않고 내버려두었다. 삼 년 전 누나가 시집을 가면서 한창 코드 익히기에 맛을 들이던 민홍에게 물려준 거여서 좀 낡기는 했지만 그런 대로 주인의 손길을 때맞춰 타던 물건이었다. 그러던 것이 이제는 눈길이 닿기만 해도 등골이 오싹해지는 애물단지로 둔갑을 했다. 그것은 민홍이 학교에서 교문을 사이에 두고 벌어진 투석전에서 왼쪽 다리에 이 도 화상을 입고 한 달간 병원 신세를 진 사건 때문이었다.

그때만 떠올리면 지금도 머릿속이 아찔해지는 느낌이다. 교문이 좀체 뚫리지 않자 별동대로 조직된 화염병 투척조에 민홍은 끼어 있었다. 허벅지에 최루탄을 직격으로 맞고 피투성이가 되어 누군가에게 업혀 나가던 후배 극채 녀석이 지르는 비명 소리 때문에 민홍의 머릿속에서는 뭔가 뜨거운 불길이 치받아올랐다. 어느새 민홍은 잘룩한 병허리를 거머쥔 채 잠바자락을 휘날리며 어떤 낡은 단화의 뒤꿈치를 쫓아 마침 체육관 공사 때문에 쌓아둔 골재로 둔덕이 진 교문의 측면으로 나아갔다. 그후로 기억에 남는 것이라고는 벼락치듯 들리던 최루탄 발사음과 멀찍한 아우성을 찾아 뱀의 혀를 널름거리던 불꽃 그리고 가슴팍을 종이 한 장의 두께로 깎아내리던 아픔뿐이었다. 둔덕에서 되돌아나올 때 갑자기 바짓가랑이를 붙잡고 늘어지던 불꽃을 정지화면처럼 뇌리에 아로새기며 민홍은 깊은 허방다리로 무너져 내렸다. 나중에 병원 침상에서 정신을 차렸을 때 민홍은 당시 상황을 곰곰히 기억해보려 애썼지만 허사였다. 다만 추측건대 옆쪽을 파고 든 별동대의 집중적 화염병 세례에 맞서 그들 또한 화력집중을 퍼부었을 거고 그 와중에서 황급한 동작을 하던 누군가의 손아귀에서 땀으로 질척이던 병이 미끈덩 빠져나왔으리란 막연한 짐작을 해보았을 뿐이었다. 그리고는 곧바로 머리를 흔들어 그런 생각을 털어버렸다.

"왜 그 자리에서 혀를 빼물고 뒈지질 못하고 이 꼴을 하고 자빠져 있냐! 이 에밀 못 잡아먹어 환장한 눔아. 오오냐 장하다, 장해. 이 민들레씨같이 곤곤히 퍼진 집안에서 하마터면 만고충신이 하나 나올 뻔했구나그래!"

기타줄은 그 어름에 잘린 것이었다. 평소 기타로 튕겨지던 몇몇 노래들이 철원네의 기대에 반하는 조짐으로 여겨졌으리란 걸 어렵지 않게 짐작할 수 있었다.

흥분한 철원네는 민홍의 소식을 듣자마자 부엌에서 식칼을 들고 나와 기타를 공격했다. 기타에 쌓인 먼지를 한꺼풀만 벗겨내면 여기저기 어지럽게 팬 칼자국을 선연하게 찾아볼 수 있는 터였다. 그 기타의 끊긴 줄을 도대체 아버지는 어디다 쓰고자 하는 것일까.

아버지의 의도를 알고 난 민홍은 정신분열 증세일지도 모른다는 생각이 퍼뜩 들었다. 기타줄은 올가미로 사용될 것이었다. 배설물 흔적으로 보아 통행로로 이용되고 있음이 분명한 영업용 냉장고 뒤에 그 기타줄로 된 올가미를 놓은 다음 쌀가게 백씨 아저씨네서 앙칼진 얼룩고양이를 하룻밤 빌려와 풀어놓겠다는 게 아버지의 대체적 전술이었다. 민홍은 벌어진 턱을 한 손으로 간신히 밀어붙였다. 짐승 사냥이라도 하자는 것인가!

— 두구보라우. 기눔의 고양이에게 낚아채이든지 아니면 지레 들뛰

다 올가미에 먹이지를 졸리우든지 둘 중의 하나는 틀림없으니까니.

아버지의 단호한 표정은 무언중에 이렇게 말하고 있었다. 그러나 다음날 아침 가게문을 열어보던 아버지의 일그러진 얼굴을 민홍은 차마 바라볼 수가 없었다. 아버지의 가랑이 사이로 입술을 훔치며 날렵히 빠져나간 고양이에 의해 가게 안은 사탕쪼가리 하나 제대로 성한 것이 없을 정도로 분탕질이 돼 있었던 것이다. 어진혼 나간 얼굴로 도움을 청하듯 민홍을 돌아다보는 아버지에게 철원네의 악다구니가 퍼부어졌다.

─이 씨를 말릴 함경도 종자들아.

특히 '종자'를 발음할 때 철원네의 입놀림은 기묘했다. 비계덩어리 같은 것을 입 안에 넣고 자근자근 짓씹는 모양이었는데 그 특이함으로 인해 듣는 사람으로 하여금 완벽한 시청각적 효과를 거두게 해주었다. 어려서부터 따라다니던 이 말 속에는 민홍이 자신 암질러 그 함경도 종자의 한 사람으로 싸잡혀 있음이 분명했다. 어린 생각에도 그것은 적잖은 억울함으로 다가왔었다.

내가 도대체 함경도랑 무슨 상관이 있단 말인가. 나는 함경도에서 태어나지도 않았으며 더군다나 그곳에 가보았다거나 심지어는 그곳에 대한 사진 한 장 제대로 들여다본 적이 없는 일 아닌가. 물론 나는 함경도 아버지의 아들임이 분명하다. 하지만 보라, 내 말투에 '북에서 왔수다'에 나오는 배우의 억센 사투리가 조금이라도 섞여 있는가를. 내가 '인민군'이라는 별명으로 불리게 된 것도 그렇다. 그 골치 아픈 육성회비 때문에 하루도 빠지지 않고 불려가 벌을 서곤 했던 교무실의 복도 맞은켠 게시판 '비교해봅시다' 속에 남루한 옷차림으로 삽자루를 움켜쥔 채 시름에 젖은 북쪽 아이들처럼 뻐드렁니에다 드문드문 기계총 자리가 난 이부가리 머리를 하고 있어 서로 무척이나 닮아 보인다는 사실이 그런 별명을 갖다붙이도록 한몫 거들었음을 잘 알고 있다. 하지만 정작 그런 별명의 결정적 빌미는 엄마가 만들어 준 옷에서 나왔다는 사실은 세상이 다 아는 일이다. 반공생활에 나오는 따발총의 임자가 입은 옷처럼 누런 헝겊자배기를 대고 왔다리갔다리 누빈 솜옷을 늘 입고 다녔던 것이다.

아무튼 그런 참담한 실패가 있은 며칠 뒤였다.

"하이고 원 저 성깔머리 좀 봐. 질깃질깃하게도 못돼먹은 종자하곤."

불을 끄고 이부자리 속에 든 지 벌써 두어 시간이 넘었지만 아버지는 낮은 신음 소리를 내며 몸을 뒤척였다. 이를 참다 못한 철원네가 형광등 스위치를 딸깍 올리며 버럭 소리를 질렀다.

"그래 잡아. 암 꼭 잡아치워. 온 동네를 발칵 뒤집어놓더라도 그눔의 영감탱이가 지금이라도 당장 숨이 끊어질 듯 저렇게 사람에게 민주를 대니, 어디 한번 가불간에 결딴을 내."

아버지가 이렇다 할 말 한마디 못 하고 시르죽는 데는 나름대로의 까닭이 있었다. 일진을 잘못 짚은 소치였다. 어찌된 경위인가 하니.

산동네 집 치고는 마당도 제법이고 길차게 자란 나무도 몇 그루 착실하게 갖춘 빨간 기와집의 차동철씨가 이사를 가고 난 뒤 들어온 할머니는 조쌀해 뵈는 보살이었다. 곧 집 안에서 목탁 소리가 울리는 걸로 봐서 법당이 마련된 모양이었다. 그러나 거무칙칙한 페인트로 새 치장을 한 철대문은 용무가 있는 사람들 말고는 출입을 일절 허용하지 않았다. 처음엔 동네 사람들의 호기심을 어지간히 끌던 그 집도 서서히 사람들의 머리 한구석으로 밀려났다. 그와는 달리 이웃으로 남은 계집이 있었다. 이름이 정순이라고 했다. 워낙 혀 짧은 소리를 해서 처음엔 잘 알아듣지 못했다.

"덩쥰이여, 덩쥰이."

민홍이네 가게에 곧잘 주전부리를 하러 왔다.

“등 아저씨두 한 사람 이쩨예.”

정순이는 보살 할머니가 얻어다 기른 업둥이였다. 절간의 내막은 정순이의 입을 통해서 다문다문 흘러나왔다. 보살 할머니에게는 오래 전에 헤어진 할아버지가 있는데 가끔 연락이 되며 지독한 골초인 할머니는 꽤 두툼한 담배쌈지를 끌어안고 산다는 거였다. 그리고 법당에는 진짜 금동불상이 봉안돼 있다는 사실도 정순이가 흘려준 거였다. 그런데 어느 날 저녁 헐레벌떡 뛰어온 정순이가 넘어질 듯 가게 문턱을 넘어섰다.

“아즈므이 아즈므이 아프예, 막 아프예.”

“이런 수떨판이 같으니라구. 여자가 종아리를 시퍼렇게 내놓고설랑 어딜 들뛰어다니는 거야.”

정순이는 보살 할머니가 급체에 걸렸다는 사실을 전했다. 절집과는 반대 방향에서 뛰어온 것으로 보아 아마 야미로 주사를 놔주는 간호사 출신 박씨 아줌마한테 우선 들렀다가 만나질 못하고 철원네에게 뛰어든 모양이었다. 가끔 절집을 찾아오는 사람들이 가게에서 초나 향 그리고 음료수 등을 쏠쏠히 사가기 때문이기도 했지만 철원네가 일진이나 토정비결은 물론 당사주 등에 일견식이 있음을 알아본 보살 할머니는 평소 동지팥죽이며 떡부스러기 또 새로 나온 달력서껀 빠짐없이 건네주었기 때문에 철원네는 그냥 지나칠 수만은 없는 처지라 얼른 활명수 한 병을 거머쥐고는 치달아 올라갔다. 얼마동안 있다 돌아온 철원네는 정순이 못지않은 호들갑을 떨었다.

“아유 가보니 벌써 손발이 굳어서 얼음장같이 차가운데 명치 뒤 등뼈를 요렇게 누르는 시늉만 하여도 그냥 자지러지지 뭐야. 워낙에 늙은 양반에다 눈만 조금 흘겨도 뒤로 넘어갈 것 같은 체격이니 겁이 더럭 날 수밖에. 거기다 떡허니 눈을 들여다보니 눈자위가 희끗희끗하게 돌아가. 안 되겠다 싶어 그 이불 호칭 시치는 바늘을 찾아다간 팔을 두어 번 쓸어내린 뒤 엄지손가락 매디를 사정없이 찔러댔어. 아 그랬더니 시커멓게 죽은 피가 샘처럼 솟구치잖아. 그러고 나서야 할머니의 눈동자가 제대로 돌아오고 명치에 괸 트림이 터졌겠지. 정순이 그년은……"

아버지는 딴청을 피우고 있었다. 철원네가 정순이를 따라나간 직후 찾아온 잡화상이 오르기 전 가격으로 드리겠다고 눙치는 말에 솔깃해진 아버지는 민홍이 보기에도 약간 지나친 양의 잡화를 쟁여놓았다. 참으로 오랜만에 당반을 가득 채운 잡화 때문에 야트막한 천장까지 물건이 자라자 아버지는 잘 쓰지 않던 먼지떨이로 구석구석 흔뎅거리고 있던 거미줄이나 먼지 답째기를 떨어내는 시늉을 하고 있었다. 그 모습을 본 철원네의 눈초리가 치솟아오르더니 갑자기 음색이 확 째어졌다.

"아유 그래서 사람이 늘그막에 혼자가 되면…… 아니 이 영감탱이가 망령이 들었나 하필이면 오늘 같은 날 무슨 천만금을 쥐어보겠다고 이 지랄을 했어 응? 이 지랄을."

그날은 고초일이었다. 달력에는 빨간 사인펜으로 동그라미가 쳐진 날짜 밑에 역시 빨간 글씨로 '고'라는 표시가 되어 있었다. 그렇다면 철원네가 저렇게 입에 버캐를 물고 달겨드는 것도 무리가 아니라는 생각이 들었다. 고초일이라면 단성일 장성일 화일과 더불어 철원네가 집안의 사대 기일로 정해둔 바가 있었다. 달력만 수도승처럼 하릴없이 바라보는 아버지의 축 처진 입초리 역시 그런 사실을 수긍하는 듯했다. 뒤돌아선 아버지의 잔등은 가뭄에 우는 까마귀 소리처럼 쏟아지는 철원네의 악의에 찬 저주를 송두리째 견뎌내야만 했다.

"메밀무우욱 사아려. 참싸알떠억."

잠이 휙 달아나 서름한 낯으로 서로 홍뚱항뚱 바라만 보고 있던 차에 특유의 구성진 목소리로 다가오는 메밀묵 장수의 외침이 여간 반갑지 않았다.

"내 좀 보라우. 거 메밀묵 장수 양반."

"어이쿠 발목이야. 이 영감이 눈이 삐었나 왜 발목은 밟고설랑……"

"히힝 보니까니 작년 이맘때 기 양반이구만. 긴데 아직은 철이 좀 이르우다."

"예에 영감님 시험 삼아 한번 받아갖고 나왔주. 지금 영감님이 마수걸이 하는 셈이지유."

"기래? 기럼 인심 좀 푹 쓰라우 허허. 여보 여게, 아니 민홍아 주발 좀 개져오라."

깊어가는 초겨울의 밤이다. 아버지와 아들이 양념장을 두른 메밀묵을 도마 위에 놓고 내의 차림으로 마주 앉았다. 뭔가 그럴싸한 얘기가 우러나올 듯한 분위기였다. 그러나 반나마 먹을 때까지 아무도 입을 열지는 않았다. 몇 쪽 남지 않은 메밀묵을 집으려는 젓가락질이 여의치 않자 손집게를 만들어 집어올리던 아버지는 입 속으로 알아들을 수 없는 말을 중얼거리고 나서는 마치 혼잣소리를 내듯 이야기를 시작하는 거였다. 한번 이야기의 두서를 잡은 아버지는 선걸음에 고향길을 밟는 사람처럼 달뜬 기분을 내었다. 반가부좌를 틀고 앉아서는 윗몸을 양옆으로 슬렁슬렁 흔들어 대기도 하고 시합을 앞둔 선수마냥 어깨와 목덜미를 이리저리 움츠렸다 풀며 긴장을 조절하는 모습이었다. 눈빛은 이미 먼 과거의 한 부분을 떠돌고 있는지 오련하게 바뀌는 중이었다.

아버지는 전쟁포로로 나온 사람이었다. 아버지는 전쟁포로라는 말 대신 피 떠블유라는 말을 즐겨 사용했는데 말끝마다 우리가 뭐 앞에 총이 뭔지나 알았겠니 하며 계면쩍은 미소를 짓곤 했다. 두 손을 바짝 쳐든 덕에 죽지 않고 포로가 되었다. 부산에서 조사를 받다가 상륙정에 실려간 곳이 거제도란 데였다. 가보니깐 허허벌판 논바닥에 엉성

하게 천막을 쳐놓고는 가마때기 몇 장을 깔아논 곳이 포로수용소였
다. 가시철망 너머로 불어오는 벌바람이 사람을 그지없이 스산하게
만들었다.

생각해보라우. 기때 내 나이 스물하구두 야들이었어. 고향산천 기
리고 부모 처자식 모다 두고 이녘에 피 떠블유로 나왔으니 을매나 엉
이없고 속이 뒤집어지갔는지를.

사람 목숨이 파리 목숨과 진배없던 시절이라 살아남기 위해선 침
묵으로 일관해야 했다. 수용소 안에서의 좌우 충돌로 양쪽에서 무수
한 사람들이 쥐도 새도 모르게 사라지는 걸 목격한 아버지로서는 당
연한 처신으로만 여겨졌다. 사상이 다른 사람들을 한울타리 안에 모
아 놨으니 온전할 리가 없다는 것이 아버지의 생각이었다. 그런 속사
정을 알 턱이 없는 미군들은 미우나 고우나 같은 민족끼리 수용소 안
에서까지 티격태격한다고 고개를 갸우뚱거렸다. 아버지는 딴 것은
몰라도 그것만은 미군애들이 일리가 있다는 생각을 하였다.

아버지는 오히려 바깥보다 상대적으로 풍족함을 누렸던 기억을 특
별히 간직하고 있었다.

그 아낙에서야 물자야 풍부했다. 미군애덜이 관장을 허니까니 담
요니 피복이니 거저 달라는 대로 집어주는 거야. 기걸 모아두었다간
몰래 바깥으로 빼돌려 그 아낙에 있으면서 장사까지 벌였다니까니.
밖에선 부황이 들 판국인데두 외레 수용소 아낙에서는 고기 간스메
(통조림)국이 끓어넘치고 시레이숑 박스가 굴러다니는 판국이었으
니 기런 요지경 속이 세상 어딜 가믄 또 있갔니?

그 안에서 아버지는 우연히 흰쥐 한 마리를 길들이게 되었다. 하루
는 베고 있던 륙색이 좀 이상하길래 퍼뜩 열어보니 웬 흰쥐가 들어 있
었는데 어디선가 된통 물어뜯겨 피범벅이 되어 있었다. 어느 집단에
서건 별쫑난 건 환영을 못 받는 거라는 생각이 들자 불쌍한 마음이 들

어 음식 부스러기를 주근주근 던져주자 맛을 들였는지 겁도 없이 찾아와서는 재롱까지 떨곤 했다. 그런데 그 흰쥐는 거제도 폭동의 와중에서 아버지를 죽음의 고비에서 구해준 당사자가 되었다.

기러니까니 내레 있던 칠삼에서두 좌익애덜이 들먹들먹하던 때이지. 어디 잠 한번 발 뻗고 제대로 잘 수가 있나. 거저 워카를 신은 채 노루잠을 자는 게지. 자다보니 누가 워카 위를 슬슬 갉아먹고 있잖겠니. 기눔이었어. 픽 웃곤 다시 자려니깐 일어난 김에 소피나 보고 와야겠다는 생각이 들어서리 밖으로 나왔지. 아, 그러니깐 저쪽에선 발써 좌익애덜이 악악거리는 소리가 아수쿠러하게 들려오지 않겠니? 낭중에 숨어 있다가 막사로 되돌아와보니 아, 이만한 돌덩이가 내 자리에 날아와 뚝 떨어져 있지 뭐겠니. 내 양옆의 사람들은, 기러니깐 하는 일 없이 우익으루다 소문이 난 사람들인데 날아온 돌에 치여 머리가 처참하게⋯⋯

아버지는 목덜미를 가볍게 쓸어내리며 고개를 천천히 내저었다.

휴전협상이 한창 진행되던 어느 날 아침식사 뒤 열외 한 명 없이 모두 콘세트 안에 대기하고 있으라는 명령이 떨어졌다. 그날 아침따라 유별나게 어린아이 주먹만한 고깃덩이들이 걸려서는 모두들 포식을 한 다음 담벼락 밑에 옹기종기 모여 해바라기를 하며 담배를 한 대씩 돌려 피고 나서야 콘세트 안으로 들어갔다. 당시 수용소 안에서는 술이니 담배니 할 것 없이 다 뒷거래가 되고 있었다.

내려온 명령의 내용을 듣고는 모두들 기가 턱 막혔다. 이쪽에 그대로 남을 사람 저쪽으로 되돌아갈 사람을 가르는데 호각 소리 하나로 판가름을 한다는 것이었다. 호각 소리에 따라 복도 하나 사이에 두고 이북 갈 사람은 저쪽에 앉고 이남에 남을 사람은 이쪽에 앉으라는 소리였다.

물론 최종적으루야 뺑코잽이 애덜이 내린 것이지 뭐. 국방군이야

기때 뭐 힘을 썼갔나. 창문 밖에서는 리건이라는 백인 싸즌 하나가 싯누런 이빠디를 드러낸 채 빙글빙글 웃고 있었지. 갸네들은 우리네 속사정을 잘 모르니까니 기따우 발상이 나왔을 거야. 바로 기거야. 기거이 바로 미군애덜이 두루 써먹는 사고 방식이지. 속셈을 튕겨보다가 안 되겠걸랑 거저 일도양단식으로 적당히 가르는 거야. 좌우익을 한데 모아노니까니 제네바협정이니 뭐니 자꾸 말썽이 생겨서리 여론이 안 좋거들랑. 기거이 메야? 저쪽으로 가갔다는 사람이 꼭 사상이 벌개서인가 아니믄 이쪽에 남갔다는 사람이 꼭 사상이 허예서인가 말이다. 거거이 아니었단 말이디 내 말은.

벌게진 아버지의 입에서는 깨물다 만 우둘두둘한 메밀묵 덩어리가 민홍의 얼굴로 퉁겨나왔다. 그러나 민홍은 손을 들어 닦아낼 생각을 먹지 못했다.

무거운 침묵이 흐르는 가운데 문앞의 감찰완장들 중 한 명이 앞으로 한 걸음 내달리며 퉁명스럽게 내뱉었다. 딱 십 분을 주갔으니 잘 생각들해서 정하우다. 뒷짐에서 풀려나 천천히 입으로 올라가는 손가락 사이에는 태를 먹어 금방이라도 산산이 부서져내릴 듯한 허연 호루라기가 들려 있었다. 앙칼지게 불어제치는 호각 소리에 모두들 가슴이 철렁 내려앉았다. 처음엔 이것이 무슨 꿍꿍이속인가 싶어 숨들을 죽이고 있었는데 한 오 분쯤 지나자 몇 사람이 후다닥 양쪽으로 오고 갔다. 그러자 서로 기다렸다는 듯 이쪽저쪽으로 뒤죽박죽 오가는데 정신을 차릴 수 없었다.

아버지가 처음 앉았던 자리는 북으로 가는 자리였다. 머릿속이 휑뎅그렁하게 비어버려 망창히 앉아 있던 아버지에게는 창문으로 쏟아져들어오는 햇살이 그저 너무 좋다는 생각만 한심하게 다가왔다. 고개를 돌려보니 수용소 안에서 가까이 지내던 사람들이 모두 이남 자리로 넘어가서는 아버지보고 그쪽에 남으면 죽으니 날래 넘어오라구 난리를 쳤다. 갑자기 겁이 더럭 올라붙은 아버지는 시적시적 이남 자리로 옮겨갔다. 그러나 개인적 안위를 걱정할 때가 아니라는 생각이 스쳤다. 잔뼈가 굵은 고향이 있었고 거기에 살고 있을 부모 처자 — 아버지는 이미 전쟁 전에 장가를 들었다 — 모습이 눈앞에 밟혔던 것이다. 그래서 이번에는 후들거리는 다리를 끌고 이북 자리로 넘어갔다. 그러나 자리에 앉고 보니 불현듯 물밑 쪽 같은 신세 이제 고향에 돌아가믄 뭘 하겠나 하는 생각이 들었다. 뭐가 뭔지 알 수가 없었다.

그만 하는 소리와 함께 호각이 삑 울렸다. 아버지는 둔기로 뒷머리를 얻어맞은 사람처럼 온몸이 굳어져왔다. 저 복도는 이미 단순한 복도가 아니라 삼팔선 바로 그것이었다. 아 이를 어쩐단 말이냐. 그때 아버지는 자신의 두 눈을 의심했다. 차오르는 숨을 가누지 못해 고개를 쳐든 아버지의 눈동자에는 콘세트 들보 위를 살금살금 걸어가는 희끄무레한 물체가 들어왔다. 폭동의 와중에서 우연히 아버지를 깨우는 바람에 목숨을 건지게 해준 그 흰쥐가 꼬랑지를 살랑살랑 흔들며 이남 쪽으로 걸음을 떼고 있었다. 아버지의 눈에 힘이 들어갔다. 복도 사이로는 감찰완장들이 저벅저벅 걸어들어오는 판국이었다. 아버지는 얼른 복도로 내려섰다. 너무 서두르는 통에 발목을 접질러 비틀거리자 지나가던 감찰완장 하나가 이눔이 하며 엉덩이를 걷어챘다.

내이가 왜 그랬겠니? 여기 한번 나와 있으니까니 못 가갔드란 말이야. 어딜 간들 하는 생각 때문에 도루 못 가갔드란 말이야. 기거이 바로 사람이야. 웬 쥐였냐고? 글쎄 모르지. 기러다보니 맹탕 헷것이 눈에 끼었는지두. 언젠간 돌아가갔지 하며 살다보니…… 암만 생각해봐두 꿈 같기두 하구…… 기리고 이젠 모르갔어…… 정짜루다 돌아가구 싶은 겐지 그럴 맘이 없는 겐지…… 늙으니까니 암만해두.

진물러진 눈자위를 손가락으로 지긋이 누르고 있는 아버지의 어깨가 가늘게 떨렸다. 민홍은 뱃속에서 울컥하는 감정덩어리가 솟구침을 느꼈다. 비껴 앉은 아버지의 야윈 잔등을 보면서 민홍은 박물관에서 본 적이 있는 고생대의 한 화석을 떠올렸다. 그 화석에 대한 일차적 기억은 앙상함이었고 그리고 가슴 답답한 세월의 무게였다. 그 누구도 자유롭지 못한.

그 다음날이었다.

"흐흥 새벽녘에 기러케 몸태질을 하드이만 이러케 출두를 하셨어."

사람이 다가서도 움쭉달쭉 못 하고 겁먹은 눈동자만 굴리는 쥐를 바라보며 아버지는 코 먹은 소리를 냈다. 입가엔 득의만만한 미소가 번졌다. 아버지는 녀석의 약점을 진작에 간파해내고 있었다. 녀석이 꾸준히 입질을 하던 쫀드기 과자에 소금물까지 묻혀 먹여놨으니 제아무리 발악을 한다 해도 물을 못 먹곤 앞으로 이틀을 버티지 못하리라는 게 아버지의 계산이었다. 아버지는 날이 추워지자 철원네가 가게 진열장 밑에 들여놓은 선인장 화분을 주목했다. 그 선인장은 쥐가 허겁지겁 쏠아 먹은 흉측한 밑동을 지니고 있었다. 선인장을 치우고 난 자리에 육교 위에서 구입한 끈끈한 아교를 두텁게 바른 곽딱지를 놓고 그 한가운데다 물을 넉넉히 축인 빵죽을 떨궈놓았다.

녀석은 그 덫에 여지없이 걸려든 것이다. 아교 주변에는 회색털이 너저분하게 흩어져 있어 간밤의 소리 없던 필사적 몸부림을 짐작케 해줬다.

"이걸 어드러케 처치하믄 화끈하게 쥑이겠나 이걸."

마당 한가운데로 녀석을 곽딱지째로 들고 간 아버지는 뒤를 헬끔 돌아보며 숫접은 미소를 지어 보였다. 도저히 화끈하게 죽일 만한 인상이 아니었다. 민홍은 쪼그려 앉은 아버지의 두터운 동내의 위로 불거져나온 등뼈줄기를 지켜보았다.

"야 민홍아 거 아궁지에다 연탄집게를 괄게 달궈서리 이리루 개져와보라우."

살 타는 냄새가 자글자글 피어올랐다. 역한 누린내가 콧속을 간지르며 스며들었다. 아버지의 코밑에서는 맑은 콧물이 질퍽하게 번져났고 주름잡힌 발그대대한 목덜미엔 잔소름이 막 돋아오르는 중이었다.

"에유 죽일 양이면 거저 죽일 일이지 그게 무슨 짓이우."

양동이에 물을 차란차란 퍼담아오던 철원네가 이맛살을 찌푸리며 말했다. 전날 밤의 악다구니는 간데없는 다소곳한 말투였다.

"기럼 니눔이 가믄 어딜 가갔다는 게야. 도대체 어딜 가갔다는 게야."

"애야 이건 또 무슨 소리니?

설거지를 마치고 들어오던 철원네는 눈을 화등잔만하게 떴다. 문짝이 떨어져나가는 듯한 굉음이 들린 거다. 민홍은 은정이네 부부싸움이 시작됐음을 단박에 알아챘다.

"어떤 놈이랑 붙어 놀아났는지 그것만 불란 말이야. 아직은 내가 두 눈을 시퍼렇게 뜨고 있응게."

"야근을 했다 왜? 몰라서 묻는겨? 그렇게 마누라가 못 미더우면 사내가 나가서 밥벌이를 해야 여편네가 새끼를 차고 집구석에 들어앉아 살림을 하든지 말든지 헐 것 아니냐고? 나두 지발 덕분에 그래 보는 게 소원이여. 어이쿠 이 웬수야 죽여라 죽여."

갑자기 소리를 키운 연속극의 한 대목인 양 카랑카랑한 목소리가 고막을 따갑게 파고들었다. 곧이어 터진 은정이의 울음소리가 사이렌 소리처럼 머릿속을 한바탕 휘저어놓았다. 그 사이로 퍽퍽 북어 두들기는 소리가 나고 찢어져내리는 비명 소리에 섞여 새어나오던 이를 응등그려 문 여인의 저주는 점점 잦아들었다. 철원네가 혀를 끌끌 차며 입을 열었다.

"에휴 대낮부텀 술을 그리 욱여넣더니만 앰헌 계집만 잡는구나. 여편네에 얹혀사니 눈에 꼬투리가 톡 씌울 수밖에. 은정 엄마가 외상술을 줬다고 내 원망을 또 을매나 헐 것이여. 허지만 외상술을 또 안 줘봐. 못 주게 했다고 들볶을 판이니 그나저나 사내를 갈아치기 전에는 은정 엄마야 매복이 터진 거지 머. 에구 아예 사람을 잡는구먼. 내가 여하튼 술을 내준 죄가 있으니 가서 말리는 척이라도 해야지.”

철원네가 끼어들고 나서도 싸움은 한동안 수그러들 줄 몰랐다. 민홍은 철원네가 열고 나간 가게문을 닫기 위해 무심코 한 발을 방문턱에 올리는 순간 흠칫 몸이 굳어졌다. 그놈, 바로 철원네가 입버릇처럼 뇌던 그놈이 아주 느릿느릿한 동작으로 가게문턱을 향해 기어가고 있었다. 철원네가 말한 용모파기와 일치했다.

― 에유 어찌된 애가 응, 기름병을 들고 불구뎅이 속으로까지 뛰어들었다는 애가 그래 그깟 쥐 한 마리를 못 잡는대서야 말이 되니? 기가 멕혀서. 이젠 그눔이 새끼까지 치고 아예 눌러앉으려는지 배가 이리 불룩하고 이만하게 늙은 놈이 등허리는 비루가 먹었는지 털이 홀떡 벗겨져서는……

민홍은 입을 조금 벌렸다. 기름병을 들고 불구뎅이 속으로 뛰어들었다는 애가. 정수리 끝까지 뻗쳐오른 기운 때문에 미세한 오한에 휩싸였다. 녀석은 민홍을 슬쩍 쳐다보았으나 느린 동작에는 변함이 없었다. 저 정도면 잡을 수 있다. 녀석에게서 눈길을 떼지 않은 채 손을 가만히 내려 냉장고 옆에 세워둔 연탄집게를 들어올렸다. 이거면 족하다. 민홍은 손아귀에 힘을 주었다. 사정거리권 안으로 다가서는 민홍의 손아귀에서는 찐득한 땀이 배어나왔다. 녀석이 버거운 뱃구레를 추스르며 문턱에 오르는 순간을 일격의 시기로 잡았다. 그래 서두를 건 없어. 민홍은 손아귀에서 힘을 빼고는 일부러 딴 데를 쳐다보는 여유를 부렸다.

“그래 죽여라 죽여. 이러고 더 살믄 뭐 하니? 너 죽고 나 죽자.”

민홍의 눈이 빛나는 순간이었다.

아아, 나의 어리석음이여!

민홍은 낮은 신음을 흘리며 황급히 뒤쫓아 나갔지만 허사였다. 녀석의 굼뜬 동작은 괜히 상대방을 자만하게 만들기 위한 위장술이 틀림없어 보였다. 그것은 등허리의 털이 벗겨질 만큼 오랫동안 목숨을 부지하면서 터득한 경험과 새끼를 밴 암컷의 빈틈없고 대담한 산술이었으리라. 녀석은 문턱에 오르는가 싶더니 어느새 다람쥐보다 더 민첩한 동작으로 사라지고 말았다. 민홍이 맨발로 뛰쳐나갔을 때는 골목의 어둠 속으로 유유히 빨려들어가는 꼬리만 설핏 눈에 들어왔을 뿐이었다. 민홍은 그 자리에 망부석처럼 우두망찰 서서 소리없이 웃고 있는 어둠 속을 노려보았다.

— 모르지 맹탕 헷것이 눈에 보였는지두.

아버지의 늘쩡한 목소리가 귓전에 와 달라붙었다. 민홍은 찬찬히 고개를 가로저었다. 골목 저편에서 비닐 봉지와 함께 다가온 바람이 이마 위로 흘러내린 머리칼을 달싹이고 갔다. 민홍은 입을 굳게 다물어보았다. 그냥 그렇게 서 있고 싶었다. 불끈 쥐어본 주먹에는 연탄 집게가 알맞춤하게 들어 있었다. 왠지 느꺼운 감정이 밀려오면서 저만치서 채 시작되지도 않은 겨울의 출구가 보이는 듯했다. 그쪽은 맨발이었다.

(경향신문, 1991년 1월)

키작은 쑥부쟁이

뺨따귀로 아들 성진의 입막음부터 했다.

"그런 같잖은 돈 같으면 진작에 학원을 때려치울래요. 학원이 다 뭐예요, 씨. 엄마는 억울하지도 않아요? 그런 작잘……"

"그런 작자? 같잖은 돈?"

정수리에서 뜨거운 김이 모락모락 피어올랐다. 암만 파락호 같은 애비라지만 그래도 그렇게 몰아붙일 수는 없으리라. 가슴에 맺힌 응어리로 따진다 해도 파삭파삭 맵디매운 재만 그득한 이 에미보다 사윈 가슴이 어디 있으려고.

이 손으로 막내의 뺨을 후려친 것이로군. 금세 쏟아지는 코피를 받아내느라 아들의 두 손은 피칠갑이 되었다.

없다고 잡아떼던 학원비가 어디서 났냐며 얼굴 표정을 환히 켜기는 했지만 미안함을 곁들여 돈 육만 원을 받아쥐던 아들 성진이 지나가는 소리로 건듯 묻기에, "어디서 나긴? 오래 살고 볼 일이구나. 아, 글쎄 저그니 애비란 사내가 뭔 바람이 불었는지" 했던 것인데……

어쩌면 만리타향에서 마음을 다잡지 못한 지난날의 업보로 골수에 뻗친 병에 시난고난 잦아들다 뼈마저 그곳 행정관리의 손을 빌려 수습해야 할지도 모를 남편한테서 생각지도 못한 알량한 액수의 돈이 부쳐져온 것이 화근이라면 화근이었다. 우선은 아쉬운 때라 덥석 은행으로 달려가 혹시나 하고 매달렸더니 청구서 구석배기에 이백 오십 달러가 찍혀나왔다.

머리 끝까지 이불을 뒤집어쓰고 몸에 익지 않은 능장을 부리려니 뒷골이 천 근짜리 쇳덩이를 매단 듯 무지근하면서 온몸이 매작지근해왔다. 간신히 기두발을 하고 보니 식구들이 눈에 띄지 않는다. 당연한 일이겠지만. 성진은 도서관 어쩌구 하면서 밥통에 앙궈둔 밥에 생계란을 비벼 먹고는 새벽녘에 집을 나서는 것 같았구.

시어머니의 파르르한 얼굴이 느슨한 머릿속을 헤집고 돈다. 나는 양미간을 약간 좁히며 두 손으로 메부수수한 얼굴을 감싸 벅벅 문지른다. 가슴 한켠엔 아직 몽글한 감정의 앙금들이 몸을 뒤스를 때마다 이리저리 몰려다닌다. 몸 속에서 전기충격을 받은 뱀장어 몇 마리가 파닥이듯 쩌렁쩌렁 느껴지는 순간 성진의 귓방망이를 올려붙이자 시어머니의 눈동자가 에미인 나보다 더 휘둥그래지는 걸 보았다.

"이런 오라를 지을 년. 시에밀 똥 친 막대기로 알아도 유분수지, 아직은 생때같은 내 앞에서 손주놈 빰을 헌 담 털 듯 쩔꺽쩔꺽 후리니 그게 무슨 행악이란 말이냐. 오냐 니가 이 시에미 꼴 사나워 그 모양 인가본데 그 소원 하나 못 풀어주랴?"
하곤 그길로 옷가지 몇 벌을 싸들고는 둘째아들네 집으로 뽀르륵 달려가는 거였다. 시어머니가 젖뜨리고 나간 부엌문이 철컥 닫히자 마자 방바닥에 썩은 나무둥치처럼 윗몸을 던지고는 말보다 먼저 목구멍을 타고 달려나온 주먹 같은 설움에 흐느낌이 턱에 받쳐 한동안 어깨만 들썩거렸다.

"악이라고는 없을 듯한 양반이긴 한데."

남편을 쫓아 타박타박 따라간 곳이 안산동 골짜기였다. 가는 길 내내 아버지 말씀만 되뇌었다.

"시집살인 안 허겠더라. 사둔마님이라고 하는 양반도 원체 매가리가 없어 보여 지청구 한 번 지대로 내리지 못헐 위인 같더라."

그 말씀만큼은 옳았다. 시집생활 삼 년 동안 시어머니한테 들어본 꾸지람은, 글쎄 그런 것도 꾸지람일까. 한번은 이가 튼튼하지 못한 시어머니 앞에 선 밥상을 봐올리자, "아이구 쌀알이 솥 안으로 뛰어 들었다 나온 모양이구나" 하며 밥숟가락을 한 번 들었다 놨을 뿐이었다. 그 말투가 얼마나 우스웠던지 아직은 되바라질 때가 아닌 새댁이 한 손으로 입을 가리고 킥킥 웃었을 정도였다.

얼굴에 콜드크림을 찍어바르고 나서도 한참 동안 무엇을 해야 할지 몰라 목덜미가 뻣뻣해지도록 천장만 바라보았다. 창문으로 비껴 든 아침 햇살이 아무렇게나 널브러져 있는 스웨터 더미를 더듬는다. 손때가 반지르르하게 오른 화투곽이 모서리에서 광채를 되쏘았다. 그 화투곽은 어머니가 수를 놓다 만 스웨터 더미 아래 묻혀 모퉁이만 슬쩍 내비치고 있었다. 스웨터 더미 갈피로 반쯤 가려진 나비무늬들이 비죽이 코빼기를 내밀고 있다. 오색실, 나비무늬, 아 그렇지 어젯밤 꿈. 무르팍이 시큰했다.

"모래에 혀를 박고 거꾸러질 년 같으니라구. 지 오라범을 못 잡아먹어 환장을 했나. 복중에 뭔 깨춤 출 일이 있다구 두억시니처럼 봉숭아물을 더께더께 처바르고 그 오도방정이냐, 오도방정이. 이 썩어지다 나자빠질 년아, 애그 저 애물단지."

친정어머니 덕절댁의 목소리가 기억에 새로웠다. 복중에 봉숭아물을 들이면 오라범에게 동티가 생긴다는 사실을 깜빡했던 거다. 이런 저런 사리분별을 손꼽아 챙기기에는 뒤란에 핀 봉숭아 꽃봉오리가 너무 탐스러웠다. 학질이 쑥 떨어지도록 야단을 듣고는 장독대 항아리에 등짝을 기대고 반나절 너머 눈물을 폈었다. 그때 그 한낮의 완벽한 고적감의 깊이가 하도 가뭇없어 지금 돌이켜봐도 그 늪에서 다 헤어나오지 못한 성싶었다.

"쑥부쟁아, 어디 있니? 그만 나오구래. 밥두 굶고 그러면 병난다구래."

먼 친척뻘이 된다는 복새이 오라범의 목소리였다. 그 목소리가 얼마나 반가웠던지 눈가에서는 새삼 눈물이 찔끔 비어져나왔다. 일부러 손을 들어 눈가를 닦았다. 눈두덩을 꺼칠하게 스치는 게 있었다. 약지와 새끼 손가락 손톱에 봉숭아 꽃이파리를 으깨 처맨 기름종이 쪼가리였다.

"쑥부쟁아 이 오라범 속 좀 그만 썩이구 얼레 나오구래. 내가 빨갛게 익은 산딸기 넝쿨을 봐두고 또 이 오라범이 나붕이 많이 모이는 소굴을 봐두었으니 얼레 나와서 같이 가자아."

나는 복새이 오라범의 통사정을 즐기느라 빨대 숨을 들이켜며 요지부동으로 고개를 쑤셔박았다. 산딸기 소리를 듣는 순간 입 안에 새금한 군침이 돌았다.

침을 꼴깍 삼키는데 뭔가가 날아와 이마를 톡 건드리고는 발등께로 떨어졌다. 어른 엄지손가락만한 군감자였다. 숨어 있는 곳을 알고 있었군. 저만치 떨어진 감자 알갱이 두엇을 얼른 집어 손아귀에 다잡아 쥐고는 몸을 발딱 일으켰다. 잠방이 차림의 쑥대머리가 키들거리고 서 있었다. 쑥부쟁이는 눈을 하얗게 흘겼다.

"오라범은 참 짓궂기도 허우. 누이가 야단맞는 게 꽤나 재미도 있겠수. 무슨 오라범이 그러우."

어렸을 적 별명이 쑥부쟁이였다. 볼품없는 꽃의 이름이었다. 산천 어디에서나 이름만 대면 피어나는 식물. 그때는 왜 그리 병치레가 잦았는지 모른다. 걸핏하면 앓아눕는 바람에 두 살 터울인 동생 원섭이가 중학교에 들어갈 때까지 국민학교도 채 마치지 못한 처지였다. 허구한 날 병주접에 치여 살다보니 밥은 거의 입에 대지 않았다. 들판에서 불그스레한 꽃이파리로 입가를 물들이거나 철따라 나는 산열매나 무장다리, 배추 꽁바기, 수수깡, 여물가마 속에 넣고 찐 새알, 아궁이에서 저절로 튀겨져 나오는 튀밥 부스러기 따위가 주된 먹거리였다.

"니깟 목숨은 외려 약을 쓰면 달아나. 거저 소똥방구리처럼 천하게 대굴대굴 굴려야 명이 질겨진다구."

이런 말을 들으며 이질이 덮치면 찔레꽃이나 옥수수 수염 그리고 쑥부쟁이 꽃이파리 등을 돌 위에 구워 바싹 말린 뒤에 물에 타 먹거나 조청에 개 먹곤 했다. 어른들은 어이구 우리 경순이는 쑥부쟁이를 먹고도 잘두 낫는구나. 그러면 앞으론 쑥부쟁이라고 불러야겠다며 추어주었다. 아이들도 어느새 놀림감 삼아 쑥부쟁아 하고 불렀다.

엔간한 군입거리의 뒤치다꺼리는 복새이 오라범이 책임을 졌다. 일찍이 청상과부가 되어 문간방에 침모로 들어앉아 드난살이를 하는 자신의 어머니를 닮지 않아 복새이 오라범은 감때가 몹시 사나웠지만 농사일 하나는 씨억씨억 잘 거들어 근동에 칭찬이 자자했다.

꿈속에서 복새이 오라범을 만난 나는 들판을 헤매며 나비를 쫓는 꿈을 꿨다. 옷고름이 등뒤를 한 바퀴 돌아 다시 눈앞을 가릴 정도로 두 손을 허공에 내저으며 뛰다보면 나비들이 한 마리 두 마리 세 마리…… 눈송이처럼 날렸다. 뒤를 돌아다보면 복새이 오라범이 나를 향해 손을 흔들며 선득선득 웃고 서 있었다. 나비들은 그의 목덜미 근처에서 꾸역꾸역 빠져나오고 있었다. 나를 본 그는 자신이 날려보낸 나비들을 도로 잡아 한 손으로 날개를 아삭아삭 부러뜨리며 서서히 다가왔다. 그 날개에서 떨어지는 비늘가루가 눈에 들어가 아릿아릿했다. 언뜻 수배생활중인 딸 선영의 모습이 어깨 너머로 비쳤다. 시야가 부예지면서 가슴이 조여왔다. 아, 저 나비를…… 안 돼 너는 가까이…… 선영아 어서 가거라, 떠나가거라.

가슴께를 치며 두근거림을 가라앉혔다. 시어머니가 겨우내 수를 놓아 날려보냈던 나비들이 꿈속으로 덧게비를 치고 들어왔는지도 모를 일이었다. 봄 스웨터의 가슴팍을 아로새기고 있는 나비는 한 마리에 팔백원이었다.

"너에게는 모진 남편이고 내겐 몹쓸 자식이지만 천륜이라는 게 사람 힘으로 끊을 수 있는 게 아니라놔서……"

어머니는 말끝을 흐리며 내 눈에 일렁이는 불꽃을 아스라이 바라보았다. 나는 아무런 대꾸 없이 부엌으로 나가 왈그랑달그랑 왕서방 왕그릇 부시듯 설거지를 하며 섞을 풀었다. 아들에게 자그마한 내의 선물이라도 꾸려보겠다는 노인네의 가녀린 바람이었다. 그걸 어찌할 것인가.

앙고라털 스웨터를 끌어당겨 만져보았다. 보들녹진한 촉감이 손끝에 묻어났다. 오색 수실의 더듬이는 벌써 흠뻑 빨아들이고 있었다. 그리고 무엇보다도 한 늙은 여인의 기다림으로 파동치고 있는 것이다.

"이 겨울에도 어머님께 좋은 소식 전하지 못해 송구스럽습니다. 이곳에서도 이십 년 만의 추위라고 할 만큼 한파가 몰아닥쳐 길거리 동사자가 속출하는 형편입니다…… 간신히 굴리던 헌털뱅이 픽업을 어떤 (지옥에나 가라지) 놈이 끌고 가는 바람에 그나마 채소가게 배달로 밥줄을 매고 있던 신세가 해뜨기 전 양철지붕 위의 아침 서릿발과 다를 바 없게 되었습니다…… 그 동안 잘 버텨주던 그 여자가 며칠 전에 집을 나간 뒤 소식이 끊겼는데 제가 오쟁이를 진 건지 아니면 무슨 사고라도 당한 건지 알 도리가 없습니다. 차라리 오쟁이를 진 거

라면 모두를 위해서 좋겠습니다…… 추위 때문인지 류머티스가 도
지는 듯합니다……"

어디로 갈까. 대문 앞에서 잠깐 머뭇거리다가 다사로운 아침 햇살
속으로 저벅저벅 걸어들어갔다. 호주머니 속에서 버석거리고 있는
편지봉투를 힘껏 쥐어보았다.

이 따사로운 봄 햇살. 훈기를 머금은 봄바람이 이마를 스치며 보송
보송한 솜털을 일으켜세우는 바람에 긁고 싶은 충동을 느꼈다. 기분
좋은 가려움이었다. 저 아래 새로 세워진 정암국민학교 후문께 문방
구 겸 구멍가게 앞에는 사내들이 답쌔여 윷을 치는 소리가 들렸다.

"도나캐나 뒤집어 홍일쎄, 엿써 힘."

새로 회칠을 한 담벼락 아래 세워둔 봉고차를 닦느라 물을 홍건하
게 뿌려놔서 길은 온통 진흙벌창이었다. 행여 물방울이 튈세라 길가
로 한껏 몸을 붙인 채 발끝을 제겨디뎠다.

"올라타, 올라타, 그저 올라타는 게 젤루다 빨러."

겨우내 찬바람을 맞으며 버려져 있던 냉장고의 덜렁거리는 문짝에
팔을 얹고 기대 있던 사내가 하품을 주먹으로 가리며 참견했다.

"흠머. 뭣이어? 고거이 마누라 뱃가죽이라구 무조건 올라탄다는
겨?"

막걸리 추렴이라도 벌어진 모양이었다. 사내들의 목소리에는 걸걸
함이 묻어났다. 의자 밑에서 빈 비닐 막걸리통을 핥다 반쯤 취한 눈으
로 따뜻한 모래더미에 뱃구레를 대고 누워 있던 누렁이는 물역가게
옆에서 스피드 자동차경주를 하다 마지막 관문을 통과하지 못해 보
너스를 놓친 꼬마가 신경질적으로 턱을 걸어차는 바람에 간진 비명
을 뽑아올렸다.

또다시 시커멓게 썩은 가마때기 위로 윷짝이 쏟아졌다.

"야, 어디 나들이 가시는감요?"

고물장수가 아니라 만물장수라고 우기는 고영만씨였다.

"네, 찬거리 때문에 장보러 가지요."

일부러 건조한 말투를 퍼부었다. 머리는 쑥버무리처럼 이삭이 지고 헤벌쭉하게 벌어진 입술 새로는 듬성듬성한 잇바디가 드러나 보였으나 고씨는 가슴팍이 벌어진 남방의 단추구멍을 채우며 공손하게 물어왔다.

"어따 꽃샘추위도 지나갔건만 웬 냉갈령을 그리 맵짜게 부리시요잉?"

누군가 흐물흐물한 농지거리를 했다. 고영만씨는 그 말의 임자를 찾아 눈을 부라리며 지긋이 윽박지르고는 다시 한번 머리 숙여 인사를 했다.

고영만씨와는 그리 잘 알고 지내는 사이가 아니었다. 공장으로 잡동사니 고물을 이따금씩 뜨러 오기에 그저 인사치레만 하고 지내는 처지였다. 그런데 지난 초겨울 취로사업장에서였다.

동사무소에서 영세민 대장에서 빼겠다고 하도 닦달을 해서 일요일에 함지 하나를 이고 뒷박골시장 하천 정비를 나갔다. 굳이 간간이 나오는 밀가루 포대를 바라서가 아니었다. 우선 관 출입에 이점이 있었다. 영세민이라고 들입다 머리부터 들이밀면 동서기들도 할 수 없다는 표정을 지으며 귀찮은 일거리라도 설렁설렁 처리해주었다. 그리고 요즘 끊임없이 나돌고 있는 재개발 소문 때문이기도 했다. 어쩌면 주거 문제를 대번에 해결해줄 수도 있는 끈이었다. 그런 산술도 어지간히 서려 있었다.

취로사업이라는 게 정작 하자고 덤빌 구석이 없는 껍데기 일일 때가 많아 오전만 대충 흐느적거리고 말기가 일쑤였다. 그날도 점심은 천렵나온 사람들처럼 솥을 걸어 공동취사를 하기로 하고는 주방장을 뽑았는데 덜컥 감투를 썼다. 다리 밑에 가져온 연장들을 삽은 삽대로 곡괭이는 곡괭이대로 쇠스랑은 쇠스랑대로 함지는 함지대로 차곡차곡 정돈해놓고는 자리를 잡기 시작했다. 줄서서 밥을 타고 어느덧 소주잔이 한 순배씩 돌자 분위기는 얼렁뚱땅 장기 자랑판으로 돌아섰다.

그 판의 스타는 단연 고씨였다. 언제 가져왔는지 자신의 엿장수 가위로 쩔렁쩔렁 반주까지 맞추며 〈신고산 타령〉에서 뽕짝 그리고 주현미의 〈신사동 그 사람〉까지 불러제꼈다. 잘 나가던 판이 끝에 가서 엉망이 됐다. 고씨가 뜬금없이 나는 김경순 여사를 사랑하오 하는 일대선언을 하면서 〈사랑해 당신을〉을 허리 꺾어 절창했다. 그러자 그동안 얼쑤절쑤 추임새를 넣으며 엉덩이만 들썩들썩 자리를 지키던 사람들이 너나없이 무대 앞으로 뛰쳐나와서는 서로 뒤엉켜 난장을 벌였다. 나는 마치 남의 일 구경하는 듯한 기분으로 우두커니 서 있었다. 그러나 모욕당했다든지 남우세스럽다든지 하는 느낌은 들지 않았다. 딱 한 잔 마신 소주 때문에 귀뺨이 발그스레 달아올랐을 뿐이었다.

"성황당 정거장 다음에서 우회전을 하는데 꺾어져서 두번째 정거장을 지나면 노원교구요. 그 다음에서 내리세요. 그리고는 곧바로 전화를 걸든지 아니면 상계1동 파출소를 찾으세요. 저희 집 지붕이 바로 거기서 보이거든요. 명진아 하고 부르면 제가 고개를 비죽 내밀지도 모르죠."

명진의 편지를 곰곰 되살려보았다.

새 직장에다 새 집을 얻어서 집들이를 하겠다는 내용이었다. 그새 아버지는 돌아가고 동생은 일하면서 배운다며 직업훈련소엘 들어가 따로 산다고 했다. 아무튼 고마웠다.

"이 바닥에서는 이제 이름이 짜하다구요. 이래 봬도 어디다 이름만 척 걸어도 사십만원쯤은 넉넉한 선불짜리잖아요. 어제는 믹서기 한 대 들여놨어요. 그 정도 되면 만두엄마를 한 번 부를 만하잖아요. 콩을 갈아서 콩국수 한 대접 '오늘의 요리' 못지않게 맛깔스레 올릴게요. 만두엄마 솜씨엔 발치에도 어림없겠지만 어디 시집갈 정도는 되는지 한 번 봐주세요…… 명진 올림." 그리고 장난 같은 추신이 매달려 있었다. 그 대목에서 나는 오금이 쩌릿해져 엉덩이를 들썩했다. 그리고 방 안에 혼자였건만 주위를 낼름 휘둘러보았다. 분명 딸애의 필체가 아니던가.

"이곳에는 쑥부쟁이가 한창이라고 합니다."

요전에 있던 홍명패션 아이들은 다들 만두엄마라고 불렀다. 원래는 공장 안에서 먹고 자는 사람들의 식사만 책임지기로 돼 있었지만 아주 바쁠 땐 현업에 투입되기도 했다. 공장 건물 안에 방 한 칸을 들이고 살다보니 자연스레 기숙사 사감 노릇에 인생 상담역까지 도맡았다. '만두'라는 별칭은 나의 땅딸막한 덩치 때문이기도 했지만 평소 쉰 김치나 쉬기 직전의 두부 그리고 반찬 가운데 만두소가 될 만한 것이 나오면 깐깐히 여퉈두었다가 푸짐하고 시원한 만두국을 곧잘 끓여다댔기 때문이었다. 근덥지럽기로 호가 난 그 회사 사장의 어머니라는 노파도 곰살궂게 살림을 꾸려나가는 횟손을 지켜보고는, "아니 이렇게 손끝 여물고 음식 솜씨가 숙수 뺨치는 애기엄마건만 대관절 어떤 야안이 제 복 차고 나가 가정을 비우고 이리 고생길로 끌어댕겼단 말이우? 대학을 다녔다는 딸두 있었다믄서……" 하고는 끌탕을 했다.

"첫날밤 소박을 안 맞은 것만도 홍복에 겨운 팔자지요 뭐."

첫날밤부터 신랑은 새색시의 처녀성을 의심했다. 아아, 당신은 내가 첫 남자가 아니군. 남편의 까칠한 입술 새에서는 낭패스런 목소리가 신음이 되어 흘러나왔다. 나는 고개를 세차게 가로젓지 못했지. 사내의 절망적 눈빛을 어떤 도리질로도 흩뜨리지 못하리라는 걸 알았다. 시집오기 전 동광모직 기숙사에서 에누리 없는 십 년 세월을 보내며 둘암소 모양 두리벙해지는 자신의 모습에 혐오감을 품기 시작했다. 나는 과연 여자일까, 생산성 있는. 같은 기숙사 안의 처녀 맨 몸뚱이를 유심히 관찰하는 버릇이 붙은 건 그 어름이었다. 비가 오는 습한 날이나 달거리가 끝나갈 때쯤이면 처녀들끼리 숨소리를 죽여가며 서툰 소꿉장난을 벌이곤 했다.

그래 그리고 그것은 전쟁통이었다.

남쪽에서 밀고 올라왔다가 중공군이 인민군을 원조하러 들어오자 다시 밀려났다. 인민군을 따라서 다시 마을로 들어온—그때는 마을 사람들이 만모루고개에서 방공호 생활을 하고 있었기에 정작 마을은 텅 비어 있었지만—복새이 오라범은 미처 자신을 따르지 못했던 당신의 모친이 치안대의 린치에 희생이 됐음을 알고는 땅을 맨주먹으로 내리찍었다.

해방이 되자 복새이 오라범은 마을 농촌위원회의 위원장을 거쳐 세포위원장 완장을 덜컥 찬 것이다. 토지개혁 때 집안의 전답과 임야는 다섯 정보를 빼놓고 모두 몰수의 대상이 됐다. 그중 고래답으로 소문이 난 국괴논이 복새이 오라범 앞으로 배정됐다. 뿐만 아니라 아버지는 공개재판에 회부되어 삼 년 동안의 두문형을 선고받았다. 그 재판에서는 동생 원호의 생떼에 밀려 당산 나무에 백로 알을 꺼내러 올라갔다가 떨어져 절음이 난 복새이 오라범이 왼쪽 다리가 지주계급의 횡포에 희생당한 대표적 사례로 부각됐다. 재판장 중의 한 사람으로 일자무식 복새이 오라범이 뽑힌 게 신통했다. 재판을 하는 데는 지식보다는 인민의 의지가 더 중요하다고 했다. 그는 아버지에게 오 일에 한 번씩 장터 출입만 허용했다.

복새이 오라범은 이제 더이상 일만 씨억씨억 잘하던 그런 사람이 아니었다. 비록 다리는 살름살름 절었지만 의젓하고 당당한 품으로 걸었고 목소리도 우렁차뇌서 사람들을 모아놓고 얘기할 때도 결코 떠듣거리는 법이 없는 경난꾼이 되었다. 사랑채가 마을 선전실로 접수돼 간혹 그를 마당 같은 데서 맞닥뜨릴 기회가 있었으나 예전처럼 스스럼없이 대할 수가 없어 고개를 직수굿하니 서서 길을 터주곤 했다.

한번은 복새이 오라범이 닭 한 마리에다 술병을 옆에 꿰차고 아버지께 문안 드리러 온 적이 있었다. 그러나 오랫동안 문고리가 풀리지 않았다.

"내가 쇠전거리마동 돌아댕김서 소털 잔등 베며 황소 콧김에 잔뼈가 굵은 사람이여. 근디 내가 당최 소부르좌 근성이니 남 등만 처묵는 허릅숭이라는 꼬리표를 달아야 허다니 그게 정녕 될 말씀인가. 자네를 탓허는 게 아님세."

"좋은 세상이 아직 덜 와서 그럴랍쥬."

그는 허청허청 걸어나가면서 혼잣소리를 내었다.

그 뒤 얼마 안 돼서 동생 원섭이 완장을 찼다. 마을 세포가 된 것이다. 출신 성분은 나빴으나 학습 성과와 활동이 인정을 받았고 — 군학생 웅변대회에서 일 등을 했다 — 그리고 무엇보다도 세포위원장인 복새이 오라범의 강력한 추천과 보증이 컸다. 큰오라버니 원호가 월남을 한 것이 그때쯤이었다. 왜정 때 사범학교를 마치고 읍내 소학교에서 교편을 잡던 그는 학교에서 자아 비판을 강요받곤 월남을 결심했다. 그러나 그 건으로 해서 6·25 전까지 별다른 압박이나 조사는 받지 않은 걸로 기억된다. 그런데 전쟁이 일어나자 복새이 오라범은 원섭을 의용군 선봉대로 지목했다. 그 화상이 우리 집안의 씨를 말리려 드나부다. 덕절댁은 가슴을 쥐어뜯었다.

"퀘미 퀘퀘데 넬라(빨리 빨리 와)."

집은 만주에서 나온 군인들의 숙소로 접수가 되었고 우리는 뒤채만 썼다. 그래도 밤골 아래뜸에서는 내로라 하는 집이었다. 철원군뿐 아니라 도내에서도 왜정 대부터 뚜르르 이름을 날리던 황 대목의 마지막 작품이라는 집으로 모두 삼십 간이 넘었다.

어른들은 오랑캐라는 말을 듣자 젊거나 얼굴이 반반한 여자를 이불로 둘둘 말아 다락방이나 골방 속으로 밀어넣었다. 나도 예외는 아니었지만 그건 기우에 지나지 않았다. 그들은 이상하리만큼 마을 여자들을 거들떠보지도 않았다. 파밭 같은 데 부식거리를 흥정하러 와서도 여자들은 기겁하는 듯한 표정을 지어서 그런지 꼭 남자들에게만 붙어서 흥정을 하였다.

"따미 따따데유(쌀 많이 있어요)."

부식거리는 그 자리에서 쌀로 바꿔주었다.

무슨 음식을 그리 지지고 볶아 먹던지, 뭐든지 씹을 수 있는 건 그들의 손을 타면서 훌륭한 먹거리로 변했다.

아무튼 그때부터 조심스레 바깥 출입을 하는 여자들이 생겨났다. 젊은 축들은 아직 마음이 놓이지 않아서 그런지 일부러 남상지르게 보이려고 얼굴에 숯검댕을 칠하기도 했지만 그걸 보고 중공군 병사들이 재미있어 죽겠다고 깔깔거렸다. 팔로군 출신 중에는 조선 사람도 적지 않게 섞여 있었다. 그런 까닭인지 조선말을 제법 하는 중공군 병사도 꽤 있어 보였다. 어떤 병사는 울긋불긋 수가 아로새겨진 보자기를 품안에서 꺼내 보이며 울먹울먹 입을 열었다. 코밑에는 아직도 솜털이 가뭇가뭇했다.

"대륙 해방전쟁이 끝나 이제 좀 살 만해졌는데, 밭두 갈구 말이야 해. 조선눔덜이 또 싸움질을 해서 우리까지 이렇게 나왔다 해. 우리 어머이가 이렇게 눈물을 흘리며 이것을 내게 줬어. 품안에 꼭 품고 있으면 죽지 않고 고향에 다시 돌아갈 수 있을 거라 해서 말이야."

누군가가 느릅실에 원호 오라버니가 국방군 포로로 잡혀와 있는 걸 봤다고 귀띔했다. 그때부터 덕절댁은 매일 밤 광주리를 이고 콩 팔러 간다며 대밭 속으로 사라졌다. 그러면 대밭 속에서 마치 덕절댁의 뒤를 쫓는 듯한 짐승의 귀살적은 울음소리가 뒤따랐다. 그 틈새로 이따금씩 중공군이 부는 나팔 소리가 처량하게 들려왔다. 뚜우부따우 띠띠와. 단조로우면서도 듣는 사람의 애간장을 녹이는 가락이었다. 이불을 한껏 뒤집어쓰고 그 소리를 듣자면 눈가에 괜한 눈물이 비어져나왔다.

어느 날이던가, 아버지는 야간보급대에 노력동원돼 나가고 덕절댁은 어김없이 콩 팔러 갔지. 밤 깊어 문고리를 따고 들어오는 그림자에 혼절을 했고 가위눌리는 듯한 고통 속에 문득 정신을 차리고 났을 때 다리를 약간 절며 초생달빛 오련한 마당을 허하게 가로지르는 그림자의 뒷모습을 볼 수 있었다.

국군이 내린 소개령에 밀려 끝내 남으로 피난을 나오면서 덕절댁은 뒤를 돌아보며 차마 발걸음을 선뜻 떼지 못했다. 눈에서는 봇도랑 같은 눈물이 철철 넘치고 있었다.

명진은 홍명패션이 문 닫기 한 반 년쯤 전에 그만뒀으니 거진 일 년만의 연락인 셈이다. 그때 온다 간다 말 한마디 없이 나간 명진을 만나러 봉천동집까지 찾아나섰던 기억이 있었다.

집에는 자리보전을 한 애비와 고등학교를 다닌다는 머슴애가 함께 단칸방을 쓰고 있었다.

"사람이 꺽꺽…… 그러믄 못쓰는디. 정말 돈 몇 푼 거시키 땜시, 쿨럭쿨럭 남싹 자리를 옮기믄 그게 사람된 도리가 아닌디."

사내는 면목 없다는 표정을 지었다. 그러나 정작 면목 없는 사람은 나였다. 좀 서글퍼지기까지 했다. 일하는 아가씨들이 하나둘 줄어들면 그만큼 내 밥줄이 가느다래지는 걸 의미했기에 일껏 나섰던 것이 아니던가.

인사를 하는 둥 마는 둥 사과 몇 알갱이가 담긴 까만 비닐 봉다리를 부엌 문턱 한구석에 내려놓고는 황급히 쪽문을 열고 나왔다.

곁에 따라붙은 명진에게 한참 만에야 몇 마디 물어볼 수가 있었다.

"많이 더주니?"

명진은 그게 힐난인 줄 알았던지 조근조근 손톱여물을 썰다가 기어드는 목소리로 말했다.

"얼마 안 돼요. 한 오만원……"

"계집애두 얼마 안 되긴."

"정말 미안해요. 만두엄마."

시장 어귀의 허름한 지하다방에 들어가 쓴 커피를 한 잔씩 나눠 마셨다. 설탕 한 술에 프림 두 술을 떠넣고 저은 커피잔을 밀어주는 명진의 헤설픈 미소가 가슴 한구석을 짠하게 찔렀다. 제길, 어디 이런 만남과 헤어짐이 한두 번이던가. 다 그런 것 아닌가.

명진이 애를 떼던 겨울이 떠올랐다.

얼굴이 참으로 깨끗한 남자애였다. 명진과 나란히 앉아 있는 걸 보니 마치 오뉘가 자리를 함께하고 있는 것 같았다. 부모의 반대를 무릅쓰고 영화 수업을 쌓기 위해 충무로를 들락거리며 집에서 독립했다는 사람이었다. 명진도 이제 막 피어나는 나이여서인지 잡티 하나 없이 맑고 백옥 같은 얼굴이었다. 같은 여자지만 정말 탐스러웠다. 둘은 서로 사랑하는 감정을 공유하고 있음에 틀림없어 보였다.

"우리 이모세요."

내 소개였다. 아마 명진보다 내가 속으로 더 떨었다면 입에 발린 말일까. 나는 그때 살짝 머리를 들었던 불길한 예감에 주책없는 질투의 혐의를 씌우고는 간단히 찍어눌렀다. 뜨겁지도 않은 커피를 너무 세차게 부는 바람에 주인집 아주머니한테 빌려 입은 숄에 방울이 튀었다.

"어때요. 괜찮은 사람이죠?"

명진은 내 팔짱을 꼭 부여안은 채 다랑귀를 뛰며 물어왔다. 그때 너무도 촉촉한 행복감에 젖어든 그녀의 머루같이 새카만 눈동자를 들여다보기가 불현듯 겁났다.

둘 사이의 파국은 생각보다 일찍 왔다. 명진이 다시 짐을 싸들고 기숙사로 들어왔을 때 그녀의 얼굴색에서 그리고 겉으로는 아무런 표가 나지 않았지만 왠지 눈길을 끄는, 밤색 외투에 가린 아랫배에서 홀몸이 아님을 직감했고 그것은 적중했다. 그녀는 밥내가 풀풀 풍기는 앞치마를 거둘 틈도 주지 않은 채 응석받이처럼 내 품속을 파고들며 주위의 눈길에는 아랑곳없이 흑 하는 뜨거운 입김을 내뿜었다.

"에구 이 못난 것. 어여 옷부텀 갈아입어. 오랜만에 니 좋아하는 버섯 전골 매운탕 끓였다."

명진이 돌아섰을 때 나는 행주치마로 이마를 닦는 척하며 얼른 눈가를 몰래 훔쳤다. 이 지지리도 못난 계집애 같으니라구.

그녀는 임신 오 개월이 넘은 상태였다.

수술비도 수술비였지만 달수가 너무 차서 수술에 따른 위험성 때문에 난색을 보이던 병원 쪽은 보호자 각서를 서너 통이나 받고서도 시답잖다는 듯 마지못해 수술에 동의했다. 나는 눈을 딱 감고 선영의 등록금이 든 통장에서 이십만원을 꺼냈다. 선영은 별다른 내색을 하지 않았다. 둘은 같은 말떠라서 그런지 무척이나 가깝게 지내온 터였다.

"보호자라구요? 원무과엔 다녀오셨어요?"

"예. 여기 영수증……"

"아, 예 됐습니다. 그런데 어떻게 되는 사이라고 했죠?"

머리가 희끗희끗 센 의사는 짙은 눈썹 같은 안경테 너머로 눈을 치뜨며 물었다.

"큰이모예요."

나는 차분한 목소리로 대답을 하면서 고개를 떨군 명진의 어깨를 꽉 움켜잡았다. 그리고는 디밀어진 각서에 인주 묻은 엄지손가락을 지긋이 눌렀다.

"이이모, 가아치 드가요오…… 제에 옆에 이이서요……"

명진은 마취에 잦아들어가는 혀 꼬부라진 소리를 내면서도 내 손을 붙들고 늘어졌다.

어떻게 알았는지 명진의 남자가 수술실 복도에서 서성이던 나를 찾아왔다.

"약소합니다만 이건……"

나는 다방의 어두운 조명 아래 말갛게 디밀어진 흰 편지봉투를 약간 피곤한 표정으로 내려다봤다. 이런 게 아닌데……

남자가 쑥스러운 웃음을 지어 보였다. 뜨거운 엽차가 식도를 따라 흘렀다. 남자의 낯빛은 여전히 희멀쑥했다. 그러나 예전의 상큼함이 없었다. 오래된 장항아리 안 가장자리에 올라붙은 골마지의 빛깔과 비슷했다. 나는 갑자기 깊은 생각에 잠긴 사람의 넋나간 얼굴을 뒤집어썼다.

"우리 명진일 사랑하기는 했습디까?"

참 창알머리 없는 질문을 하고 있구나 하는 생각에 스스로 실소를 머금었다.

"그러니깐 그게…… 딱히 드릴 말씀이…… 아직 이러저러한 경험을 더 거쳐야 하는 나이다 보니깐 그게……"

"그렇죠 아직은 찬찬한 나이들은 아니죠. 가슴부터 달아오를 때고…… 뭐랄까. 현실이라고 할까?"

"예, 아무튼 현실의 벽이란 게 있다는 건 그 누구도 외면할 수 없을 것 같고…… 변명인 듯싶습니다만 아직도 명진을 좋아하고 있는 것만은 사실입니다."

나는 뭔지 모르지만 고개를 끄덕여 보였다.

"근데 지금 한 처녀가 자신의 자궁을 찢고 생살을 긁어낸다는 것에 대해서 생각해본 적은 있는지요?"

"……솔직히 말씀드리면 아주 흔하고 기초적인 수술이라고 들었습니다. 우리나라만 해도 어느 보고서에 따르면 한해 약 백오십만 건의 이런 수술이 행해진다는 통계가……"

나는 아주 맑은 정신으로 침착하게 엽찻잔을 들어 남자의 미끈덩하고 기름기 있는 얼굴을 향해 천천히 끼얹었다. 그러고 나자 턱살이 조금씩 부르르 떨리기 시작했다.

그 일이 있은 뒤 한동안 명진은 선영의 극진한 '보호감호'를 받았다. 마치 상처입은 병아리를 품고 있는 어미닭의 형국이었다. 그때 선영은 ㄷ여대 약대 삼학년이었다. 그리고 소위 운동권이었다. 한창 최루가스를 몰고다닐 때였다. 나는 선영이 풍기는 최루가스가 연탄가스보다 싫어 그런 날은 부엌 한구석에 뭉개고 앉아 소주를 홀짝거렸다.

나는 둘의 모습을 지켜보면서 좀 섬뜩한 생각이 들었다. 서로의 눈빛이 이상하게 닮아 있는 게 그랬고 더군다나 상처입은 사람에게서 흔히 볼 수 있는 풀 죽은 빛과는 영 다른 강렬한 증오의 염이 명진에게서 엿보여 더욱 섬쩍지근했던 거다. 그리고 그것이 선영의 혀끝에서 감염된 것임을 알아챘다. 그렇다. 나는 그 눈빛을 두번째 보는 것이다.

그 집이 도대체 몇번째 이사를 간 곳이더라. 안산동 골짜기에서 서울여상 뒤 지붕에 호박을 인 집, 예수재림을 금식기도로 간구하며 늘상 흐느끼던 주인집, 시교위 장학사라고 하던 대머리 주인집, 뒤란에 아름드리 느티나무가 있는 한약방집의 이층, 장희빈의 묘가 뒤에 있어 아이들이 귀신소동을 곧잘 피우던 다다미집…… 대조동 구호주택 한 칸, 불광중학교 뒤 항아리집, 은혜국민학교 옆 텃밭집, 이틀이 넘었다고 한 달치 방세를 계산하는 바람에 대판 싸웠던 산판 트럭운전사네, 그래 그리고 그 다음 집이었을 거다. 국민학교 교실 같은 구조로 지어진 노란 이층 건물이었다. 오십년대 피난민들을 수용하느라 지어졌다는 말이 있었다. 딸 선영은 국민학교 삼학년이었고 남편이 월남 패망 뒤 돌아와 한 이 년쯤 머물다 보험업을 한다는 여인과 그리스로 훌쩍 떠나버린 직후였다. 그때 애비의 얼굴을 구경하지 못한 성진이 태어났고 나는 남편이 그새 지운 빚과 몇 번 안 되는 잠자리에서 옮긴 몹쓸 병으로 기력이 몹시 쇠잔해 있었다. 그 건물로 이사를 가는 날부터 며칠 잇따라 호졸근한 비가 내려서 임시로 옥상에 부려논 짐들을 미처 다독이지 못한 채였다. 간신히 몸을 추스려 아직 그치지 않는 빗속을 더듬어 옥상에 올라보니 그 동안 공장 식당에서 주근주근 물어온 누룽지 포대가 터져 누룽지들이 흩어지는 바람에 퉁퉁 불은 눌은밥같이 되어 옥상을 허옇게 뒤덮고 있었다. 나는 망연자실해서 눅눅한 하늘을 하릴없이 올려다봤다. 처연했다. 처음으로 웃으면서 울어봤다. 옥상 출입구에는 선영이 주먹을 꼭 쥔 채 차렷자세로 서 있었다.

“이리 온.”

아이는 독일병정처럼 또박또박 걸어와 품에 안겼다. 나는 비린내가 물씬 나는 아이의 젖은 머리에 코를 박고는 다시 흐느꼈다. 아이가 나를 가만히 밀쳐내며 올려다봤다. 그때 아이의 눈은 부삽으로 숯잉걸을 한 삼태기 떠넣은 듯 이글거렸다.

“엄마 울지 마, 복수할 거야.”

그러면서 아이는 선 채로 오줌줄기를 내리는 바람에 스커트 아래 팬티 스타킹이 뜨뜻하게 질척거렸다.

노원교 한가운데 서서 주위를 찬찬히 둘러보았다. 뒤에는 군데군데 잔설을 이고 희끗희끗 서로의 등을 맞댄 수락산 봉우리들이 병풍처럼 둘러쳐져 있고 왼쪽으로는 신시가지를 이룬 상계 아파트들이 저만치서 보였다. 노원교 아래로는 직할하천 중랑천이 겨울 가뭄을 타느라 곳곳에 웅덩이를 만들며 미적미적 흘러갔다. 그 끝에는 기다란 공장굴뚝 둘이 나란히 중랑천에 발등을 적시고 있다.

오른쪽 뚝방을 디디고 보니 왠지 낯섦과 낯익음, 두 가지 느낌이 동시에 다가왔다. 하천가의 흙모래사장에는 아이들이 뛰놀고 있었다. 비행접시와 부메랑을 날리는 아이들, 뚝방을 오르내리는 아이들, 막대기로 물속을 쿡쿡 찌르며 뭔가를 뒤지는 아이들 그리고 한켠에는 허섭쓰레기로 불장난을 하는 아이도 눈에 띄었다. 얼마를 걸으니 하천으로 내려서는 층계가 나왔다. 내려서자마자 하천을 가로지르는 야트막한 다리로 이어졌다. 나는 자꾸 걷고 싶었다. 메마른 풀 아래 밟히는 흙의 폭신한 촉감이 다리의 팍팍함을 덜어주었다.

나는 텀블링대 그물 위에서 강종강종 제 키만큼 뛰어오르는 아이들을 쓰러져 누운 전신주 위에 올라 하염없이 바라보았다.

"언니야 내 오 분만 타자 니 대신에 흐흥."

머리를 묶은 고무줄이 풀어져 바람 부는 대로 머리갈기를 흩뿌리고 있던 계집아이가 콧소리를 내며 발을 동동 굴렀다. 나는 호주머니 속을 뒤져 백원짜리 동전을 꺼내 개털모자를 뒤집어쓰고 있던 영감에게 디밀며 턱짓으로 계집아이를 가리켰다. 아이는 영감이 가동그려주는 대로 고맙다는 말도 없이 텀블링대 위로 올라서서는 이내 산소가 부족한 생선처럼 팔딱팔딱 뛰었다.

"아는 아이슈?"

영감이 다가와 지싯지싯 물어봤다.

나는 고개를 설레설레 흔들었다. 영감은 애 얼굴이 낯익은 모양이었다. 맞아. 나는 그 계집아이를 몇 번인가 공짜로 텀블링을 태웠었다. 아이는 그 맛을 들여 나를 보자 더 의뭉을 떨며 발을 동동 굴렀는지도 모른다. 아이는 자지러지는 듯한 교성을 질렀다. 아아, 그 교성……

　내가 이상한 도취 상태에 빠져든 것은 바로 그때였다. 그 아이의 알 아들을 수 없는 교성은 나나니벌처럼 나의 의식을 쏘아 마비 상태로 빠뜨렸다. 나는 내 속에서 뭔가 뭉클하는 덩어리들이 스멀스멀 부풀어오름을 느꼈다. 나는 자신을 추스르기 위해서 이를 꼭 사려물며 호주머니에서 구겨진 편지를 끄집어냈다. 그리고는 안간힘으로 내던졌다. 폐수가 그것을 받아 안았다. 등줄기로 땀이 배나왔다. 아이가 더욱 자지러지는 비명을 질렀다. 그렇다. 그 편지는 너무 오래 전에 부쳐져온 것이다. 나는 매번 같은 편지를 쥐고 길을 나서지 않느냐. 지긋지긋하다 이런 거짓 외출이 정말로.

　선영아 이젠 그 수배의 족쇄를 끊고 에미 곁으로 좀 오렴. 이 에미의 방황을 이쯤에서 끝장내다오.

　내가 뭐라고 큰 소리를 질러대자 텀블링대 위에서 두 팔을 벌리고 솟구치던 아이가 대꾼한 눈으로 바라봤다. 나는 주먹을 불끈 쥐었다. 그리고는 내 몸 안에서 출렁이고 있던 짓눌린 생의 욕구를 힘차게 분출시키기 시작했다. 뿌리처럼 땅을 딛고 선 두 다리가 뜨거운 자양분으로 촉촉히 젖어들었다. 거센 오줌줄기였다.

(『문학사상』 1991년 5월호)

수습 일기

"변사야. 알고 있어?"

"뭐, 변사?"

보호실 철창문을 삐그덕 열고 나오던 ○통신의 최용재가 비실비실 웃으며 말을 건네왔다. 그는 뭔가를 한 바닥 써젖힌 취재수첩을 뒤적이면서 내 얼굴 표정을 살폈다. 나는 얼굴을 일그러뜨리며 당직 반장인 5반장 주해식을 힐끗 돌아다보았다. 뽀식이 저 자식이 누구 엿 먹이려는가. 떠돌이도 아니고 하리꼬미(한 경찰서에서 먹고 자며 붙박이로 취재하는 것)를 하는 나를 물먹이려고 해. 그와는 방금 얘기를 마치고 돌아서는 길이었다.

별일 없죠? 그는 한 눈을 찡그리고 38구경 미제 리볼버 권총의 총구로 나머지 눈알을 들이밀며 대답했다. 아따 뭔 일이 있으면 뽀식이가 이렇게 한가하게 장난감 손질이나 하고 있겠나. 사타구니에서 버얼써 딸랑 소리 났지러. 파이프 물부리를 뻑뻑 소리나게 빨고 난 그는 매운 담배연기에 눈가를 실긋 구기며 권총을 조립하기 시작했다. 조끼를 꿰고 있는 팽팽한 근육질의 어깻부들기에서 번들거리는 흉터 사이로 푸르뎅뎅한 큐피드의 화살이 꿈틀댔다.

그는 강력2반에서 두 달 전에 5반 반장으로 승진돼왔다. 파격적 인사였다. 하지만 강력범을 쫓는 동물적 후각, 연결이 안 되는 곳이 없는 정보원망, 사나흘 밤샘 잠복근무쯤은 새벽 해장국 맛에 해치운다는 지칠 줄 모르는 체력, 그리고 체포 현장에서 죽기 살기로다 대드는 덩치들을 언제나 한 방에 보내는 돌주먹 등을 비롯해 그는 강력반 민완형사가 갖추어야 할 요소를 완벽하게 지니고 있었다. 그가 머지않아 강력2반 반장으로 되돌아갈 것이란 소문이 이미 경찰서 안에는 파다하게 퍼져 있었다.

천만 뜻밖에도 그는 아마추어 화가였다. 예술적인 성취는 어떤지 몰라도 그림에 대해서는 문외한인 내가 보기에도 세부적 정교함은 보는 이의 눈가를 살풋 떨리게 만들 정도였다. 그는 한 여인의 스무남은 되는 얼굴 표정을 그린 화첩을 보여주었는데 그것은 그가 얼마나 다양한 상황 속에서 여러 사람을 만나보았고 또 얼마나 날카로운 관찰력으로 상대를 꿰뚫고 있었는가를 고스란히 입증해주는 물증이었다.

경찰관 생활을 몽타주 요원으로부터 시작했다는 그는 경우미술대전이나 그 밖의 여러 지방 미술대전에서 이름을 날린 입상 경력을 자랑하고 있는 터였다.

총기 조립을 마친 그는 회전식 탄약실을 몇 번씩 팽그르르 돌려보았다. 그리고는 나를 보고 벙시레 웃으며 러시안 룰렛 게임을 하는 사람처럼 탄약실이 멈추기를 기다려서는 자신의 관자놀이께에 대고 헛방아쇠를 당기는 시늉을 했다. 개자식, 그래 제발 덕분에 그렇게라도 돼져서 일단 기사감이라도 돼주라. 갑자기 명치께에 생목이 잡히는지 목구멍으로 시큼한 침이 자꾸 솟구쳤다.

"어떻게 죽었대? SW(찔려 죽음)야, 아니면 DI(약물중독)야? 뭐 하는 사람이래? 기사가 되겠어?"

"배 위에서 죽었대."

"뭐, 배 위? 그럼 선원이란 말이야? 말이 안 되잖아, 그런 거면 인천이나 해양경찰 같은 데서 처리를 할 일이지 왜 이리로 넘어왔지? 뭐야, 어떻게 된 거야. 속시원히 털어놔봐."

나는 그제서야 이상하다는 낌새를 챘다. 보호실 철창 앞에서 당직 데스크를 보고 있던 양승천 순경이 손가락 끝으로 볼펜을 돌리며 킥킥 웃었다.

"흐흥, 복상사라고 알라나 모르겠네. 거 있잖아, 여자랑 일 치르다가 가는 거 말이야. 최고지 뭐. 가보려면 가봐. 버스종점 뒤 유성장 삼백이호니깐."

데스크를 보던 양 순경이 신문사에서 나를 찾는다는 쪽지를 건네줬다. 내키지 않는 다이얼을 돌렸다. 시간은 이미 사판 마감시간을 훨씬 넘기고 있었다. 한참만에 수화기를 든 사람은 검찰청을 출입하는 정홍수 선배였다.

"예, 송호선입니다."

"야, 너 오늘 아주 멋지게 물먹었더라. 조간신문들 훑어봤나?"

"예, 물이오? 그럴 리가요. 분명히 별일 없었는데요."

나는 딴 신문 사회면을 황급히 뒤적이며 아랫입술을 꽉 깨물었다.

"뭐 별일, 분명히? 이거 황달 걸리겠구만. 너 수습 말년 티 내는 거냐 뭐냐. 너 남부지원에서 그 뭐냐, 열몇 차례 상습 추행강도한 애들한테 판결 때린 거 챙겼냐 못 챙겼냐?"

빌어먹을. 나는 손바닥으로 이마를 딱 올려붙였다. 수첩에 명토를 박아 공판기일까지 적어두고 가보리라 다짐을 두어왔건만. 그것도 역사현장기행 시리즈 취재를 하러 거창양민학살 현장으로 출장을 떠난 1진 선배가 신신당부하던 거여서 더 찜찜했다.

"좋아, 오늘 거기 뭐뭐 있나?"

나는 더듬더듬 말을 지어냈다.

"예, 폭력이 셋, 도로교통 다섯, 독극물…… 예 본드 흡입이요, 그게 하나에, 절도 둘 그리고 야간주거침입이 하나 그 정돕니다. 아, 그리고 부정수푠데 가계수표 부돕니다."

"아, 그럼 야간주거침입으로 기사 한번 야시럽게 불러봐."

"그건 진짜 기사 안 되는 겁니다."

"짜샤, 니가 지금 수습 주제에 기사가 되고 말고가 어디 있어, 응?"

나는 투덜투덜 취재수첩을 펼쳐서는 되는 대로 짜맞추기 시작했다. "서울 ○○경찰서는 이십일 여성용 옷가지만을 골라 몰래 훔쳐온, 누를 황, 아홉 구, 일천 천, 괄호 열고 이십오, 대한전선 공원, 주소는 구로구 독산본동 육오팔 다시 구사, 괄호 닫고, 씨를 야간주거침입 및 절도 혐의로 구속했다. 경찰에 따르면 황씨는 지난 십구일 새벽 두시께 열린 대문을 통해, 오얏 이, 향기 향, 수풀 림, 괄호 열고, 이십육, 여, 양천구 신월 사동 사팔삼 다시 육, 괄호 닫고, 씨 집에 들어가 빨랫줄에 널린 여성용 블라우스, 괄호 열고 시가 일만이천원, 괄호 닫고 한 벌을 훔친 것을 비롯해 지난해 팔월부터 올 사월까지 여섯 차례에 걸쳐 가리봉동과 독산동 등지를 대상으로……"

"뭐뭐 훔쳤대?"

"예, 한복 치마 세 벌, 우단치마 두 벌, 스커트 열세 벌 그리고……"

"팬티 같은 건 없대?"

"있었습니다. 약 이십여 장인데요."

"근데 그건 왜 빠뜨리냐. 좋아, 그건 무슨 색깔이래?"

옆에서 몇 명이 쿡쿡거리는 소리가 수화기를 타고 흘러들었다. 나는 좀 머뭇거리다 그건 잘 모르겠습니다 하고는 얼버무렸다. 그러자 화통 삶아먹은 고함부터 치고 나서는 소위 기자라는 놈이 그 따위 정신머리로 어쩌구 하는 개나발 퉁소를 불기 시작했다. 나는 귀에서 수화기를 떼고는 한참 동안 딴청을 피웠다. 그리고 다시 수화기를 들자 나의 침묵을 직수굿한 반성의 경청으로 알아들었는지, 그래 아무튼 수고했어 다음부터는 잘하란 말이야 하면서 전화를 끊는 거였다.

"아니, 그것도 기사라고 부르고 있는 거야?"

목덜미에 수건을 두르고 세면장으로 가던 주해식이 퉁을 주었다. 나는 슬며시 오기가 뻗쳐 그를 뒤쫓아 화장실로 들어갔다.

"아니, 그래도 그렇게 사람 많은 데서 면박을 주면 이거 장사를 어떻게 해먹으라고 그러슈?"

나는 일부러 반말 비슷한 어정쩡한 어투로 따지며 바지의 지퍼를 풀었다. 그는 수돗물을 세게 쏴아 틀었다. 그리고는 아무 대꾸도 없이 헛코를 팡팡 풀더니 밤늦은 개 사립문 밖에서 개구멍 쑤시듯 수도꼭지 밑으로 머리통을 들이밀었다.

푸아푸아, 푸르륵.

"강병호 그 작자완 어떻게 되는 사이야?"

나는 으스스를 치면서 바짓가랑이를 추스르다 말고 눈동자를 조리며 돌아다보았다. 그는 벽유리를 통해서 빙긋이 웃어 보였다. 물을 흠뻑 빨아들인 그의 피부는 새로운 탄력을 얻어 반들거리고 있었다.

"아 그거, 옛날에 한동네에서……"

강병호는 며칠 전 검거된 폭력조직 육손이파의 두목으로 찍힌 사람이었다. 오늘 한 건 터뜨릴 테니 기다리라구. 주 반장은 어깨를 툭 건드리며 뚱겨주었다. 하지만 그건 이미 다 알려진 사실이어서 방송사에서는 촬영기까지 준비하고 대기중이었다. 강력 2반 담당사건이었지만 주 반장이 5반장으로 오기 전에 다루던 거여서 그가 '친정'

에 합류해 범인 검거팀을 이끌었던 것이다. 형사계 안에 책상을 서넛 붙이고 증거물로 제시된 장물들과 쇠파이프·사시미칼·야구방망이·등산용 도끼·공사용 빠루 등이 깔리자 굴비두름처럼 엮인 예닐곱명의 사내가 흉측한 문신을 드러내 보이기 위해 웃통을 훌렁 깐 채 끌려나왔다. 나는 형사계장이 들려주는 보도자료를 훑으며 형사계 한구석에서 기사를 뽑느라 딴 데 쓸 정신이 없었다.

─피의자 강병호·김광문·양호인…… 등 9명은 명동에서 구두닦이를 하던 선후배 사이로 만나 일정한 직업이 없이 배회하다가 평소 성격이 잔인한 강병호가 '이렇게 한세상 비실비실하게 살다 갈 수 없다'며 '우리도 한탕을 해서 남들처럼 떵떵거리며 인생을 즐기자'고 제안, 89년 3월 29일 마포구에 있는 잊혀진 계절이라는 레스토랑에서 육손이파라는 폭력조직을 결성하여…… 팔뚝을 자해해 흘린 피를 서로 나눠 마시고…… 카폰이 장착된 서울5더7316 고급 그랜저 승용차를 범행에 이용해 경찰의 검문을 피하는 한편…… 성북구 길음동 550 - 2 세화다방에 출현한다는 첩보를 입수하고 잠복근무…… 상습특수강도, 강도상해, 특수절도, 범죄단체조직 등 특정범죄가중처벌법 위반혐의로 조사하던 중 다음과 같은 범죄 사실을 밝혀내고 여죄를 계속 추궁중임.

"검문을 피하기 위해서 고급 승용차를 이용해 범행을 한 겁니까?"

─빨리 그렇다고 그래.

ㅁ방송사의 김영창이 고개 숙인 사내에게 마이크를 갖다대며 나지막한 음성으로 송곳니를 드러낸 채 으르렁거렸다.

"분명 그런 게 아닙니다. 정말입니다. 이제 거짓뿌렁해서 뭣 하려구요. 그건 현장답사할 때 한번 썼던 거고 또, 곧바로 주인에게 돌려줬습니다. 사실입니다."

"이 친구가 누굴 갖고 노나? 어이 주 반장, 이거 어떻게 된 거요?

보도자료랑 틀리잖소."

김 기자가 볼멘 소리를 하며 마이크를 잡은 손으로 피의자의 직수
그린 머리를 내리치는 시늉을 하자 주 반장은 잽싸게 다가와 머리채
를 홱 낚아채며 인터뷰에 협조하라고 을러댔다. 나는 남대문시장에
서 어찌나 서둘러 사왔는지 손잡이 마구리에 붙은 상표딱지조차 채
떼지 않은 사시미칼을 들춰보며 실소를 참지 못했다.

"송 기자가 궁금해하는 게 도대체 뭐야?"

"궁금해하긴 누가 궁금해한다구 그럽디까 이거."

"그런 사람이 왜 육손이 마누라는 몰래 만나고 그런담? 될 우물을
파야 기사가 되지. 솔직히 얘기하면 내가 도와주는 건 별 문제지만."

나는 내심 놀라지 않을 수 없었지만 내색을 하진 않았다. 이 작자가
내가 신수정을 만난 걸 어떻게 알았지. 그리고 도와준다고? 하긴 그
치가 생색을 낼 만한 건수가 있긴 있었다. 어쨌든 그는 내게 일단짜리
특종을 물어다준 거였다. 하루는 그가 퇴근을 하면서 내 옷소매를 은
근히 잡아끌었다. 싫으면 관두라고. 나는 그의 표정을 보고는 뭔가
있다는 느낌이 들어 그가 끄는 대로 지하식당으로 따라내려갔다.

"영장기록부 봤어?"

"보나마나죠 뭐."

나는 일부러 시큰둥한 표정을 지었다.

"과연 그럴까. 이세황에 대해서 알아봤어? 왜 조사계에서 넘어온
놈."

"이세황? 글쎄, 이세황이라. 으응, 그 뻔한 기소중지자. 아마 무직
이지."

사건개요란에는 기소중지라고만 적혀 있었다. 기소중지란 검찰이
사건은 접수를 했으되 어느 시점까지 수사가 충분히 않거나 관련 피
고소인이 소환에 응하지 않아 뚜렷한 증거 확보에 실패했을 때 일시

56

수사 업무를 중단하고 기소를 미뤘두는 걸 의미했다. 거개가 사건이 경미하거나 고소인의 처벌 의지가 미약한 경우가 많았기 때문에 기사거리가 될 만한 일은 매우 드물었다.

"그놈이 그래 봬두 당신하곤 그 잘난 국립대 동문인데다 현역 대학생이자 수천만원대 땅 사기범이라면?"

나는 이 다음에 저녁을 사겠다는 말을 휙 던지고는 그 길로 형사계로 내달렸다. 주 반장이 느물거리며 웃는 모습이 꽁무늬를 쫓아왔다.

그러나 그 빚은 나도 이미 갚은 바 있었다. 우연히 신월 4동 파출소 소속으로 남부순환도로 신월검문소에 파견 근무중인 조 아무개 경장이 회사 야유회에서 일행을 태우고 돌아오던 봉고차가 음주측정 검문을 피해 도주하자 권총 세 발을 쏘며 뒤쫓은 사건보고서를 우연히 캐낸 것이다. 1진에게 아침 보고를 대충 하고 점심때까지의 짬을 이용해 기자숙소에서 한잠을 따끈따끈 때리고 형사계로 내려오는 길인데 데스크에 앉아 있던 라 순경이 내가 나타나자 슬그머니 보고 있던 서류뭉치를 서랍 안에다 구겨박는 거였다. 나는 짐짓 모르는 체 다가가서는, 형님 그거 뭐유 좋은 그림이면 나눠 봅시다 하고는 능청을 떨었다.

"아무것도 아니여, 어젯밤 떨어졌던 영장들이여. 재미루다 그저."

"어따, 그거면 저 둘째번 영장서랍에다 넣어야지 왜 거기다 넣으슈? 그러지 말구 나두 한번 재미루다 읽어봅시다. 어허 괜찮아요. 정말이라니깐."

내가 막무가내로 달려들어 빼앗자 본서로 온 지 얼마 되지 않은 라 순경은 마지못한 채 당부를 두었다.

"증말루 임자 혼자 빨리 읽구 말아야 돼, 꼭."

"기럼 기럼. 여부가 있갔수 형님."

총알 두 발은 뒷유리창과 앞유리창을 꿰뚫고 한 발은 타이어를 맞혔는데 성산대교까지 곡예운전을 하며 뒤쫓는 바람에 하마터면 사회면 머릿기사로도 손색이 없을 큰 사고를 일으킬 뻔한 사건이었다. 그러나 보고서에 나와 있는 정도만 해도 가뜩이나 용의자 검거에 총격이 남발돼 고삐 풀린 공권력으로 바람을 잡아가는 요즘 분위기로는 충분한 기사감이라고 판단한 나는 얼른 사건 개요를 옮겨 적었다. 그리고는 형사계장실로 달려가 문을 닫고 사회부로 송고를 하기 위해 전화기를 들었는데 어떻게 알았는지 주 반장이 들어와 다짜고짜 수화기를 빼앗았다.

"이게 뭐 하는 짓거리요! 당신 이거 중대한 언론 활동 침해야!"

"좀 봐줍시다. 이건 내부 문건인데, 이 조 경장이 내 동기요. 이번에 승진심사에 오른 친군데 만약 이게 신문에 나가면 그 친구 아마 자살할 거요. 사람 하나 살려줍시다. 내 목숨 걸고 특종 하나 물어다주리다."

나는 수화기를 당장 내놓으라고 잘라 말했다. 그러자 주 반장은 표정을 묘하게 일그러뜨리더니 느닷없이 바닥에 무릎을 대고는 고개까지 떨구고 통사정으로 나왔다. 당황한 건 나였다. 그러고도 오랜 시간이 흘렀다. 나는 정말 한참을 망설인 끝에 아무 말 없이 취재수첩을 덮고 코를 후비며 주 반장의 고맙다는 말을 들은 체 만 체 형사계장실을 나왔다.

"그럴 것 없시다. 저번에 사기범 하나를 물어다줬으니 똔또니로 합시다."

별로 밑지는 장사는 아니라는 생각이 들었다. 빚을 지고는 못 견뎌 하는 주 반장의 성미를 잘 알고 있기 때문이었다.

"이따 저 관리계에서 따루 한번 보자구. 재미있을 테니."

나는 고개를 갸웃했다. 뜬금없이 무슨 소리야. 육손이 강병호를 며칠 족치더니 뭐 새로운 사실이라도 밝혀냈다는 건가. 그들은 이미 구속영장이 떨어진 육손이에 대해 영장을 집행하지 않고 보호실에 그냥 두면서 수시로 불러다 족치고 있었다. 나는 그 폭력조직의 두목 육손이가 어릴 적의 육손이 형인 줄은 처음엔 새까맣게 몰랐었다. 사실 난 학교에 다니지 않던 그를 육손이 형이라 부르며 따를 때도 정작 이름은 제대로 알지 못했다. 알 필요가 없었는지도 모른다.

나는 그가 이끄는 동방계의 일원이었다. 기어오르는 데는 자신이 있었던 나는 하늘을 떠받치고 선 철탑의 중동까지 오르는 깡다구 시험을 간단히 통과하고는 그의 휘하에 들어갔다. 그 또래집단의 성격이 어떠했는지는 기억이 잘 나지 않는다. 다만 군대잡기를 하다가 포상으로 철제 계급장이나 짧은 칼을 육손이 형한테서 받기도 하고 장난 삼아 가게에서 사소한 물건을 훔친 기억도 나고 또 고물 줍기도 했는데 그중에서 하천 뒤지기가 제일 뚜렷이 머리에 남았다. 큰물이 지면 그만큼 떠내려오는 것이 많아서 주운 고물을 고물상에 팔아넘기면 며칠은 입에서 단내가 풀풀 나도록 주전부리를 실컷 하기도 했다. 가끔 영역 문제 때문에 학교에서 둘째 어깨라고 소문이 난 기대 녀석을 왕초로 삼은 패거리와 싸움을 벌였는데, 왕초끼리 붙는 싸움판에서는 항상 몸집이 우람한 육손이 형이 이겼다.

우리는 육손이 형의 괴력이 오른손 엄지 둘째마디에 닭발가락처럼 붙은 여섯째손가락에서 나온다고 믿었다. 동네 밖에서는 아무 거칠게 없는 육손이 형이건만 동네 어귀까지 와 밥 짓는 연기 자락만 희끗하면 침 맞은 지네 모양 풀이 죽었다.

─야 빙호야. 이 빙신 같은 눔아, 지녁밥두 안 처묵고 어델 쏘다니다 인자 오냐. 코는 왜 그리 질질 흘리쌓누, 누가 빙신 아니랄까봐. 으잉?

울타리 너머에서 육손이 형의 등짝을 빗자루로 절겁절겁 후리는 소리가 연거푸 서너 차례 울리고 나서야 우리는 깨금깨금 제각기 집으로 흩어졌다.

보호실 안은 또다시 철창을 사이에 두고 두 칸으로 나뉘었다. 나는 가정불화 끝에 여섯 살짜리 자기 딸을 잊힐리야라는 레스토랑의 정화조에 빠뜨려 죽이려다 미수에 그쳤다는 반실성한 사내를 취재하기 위해 데스크에게 당직 반장의 허락을 받았다고 능을 치고는 첫째 칸 안까지 들어가 그에게 꾀음꾀음 말을 붙이고 있었다.

"그러니깐 평소에 마누라가 자신을 업신여기고 있음에 불만을 느꼈다 이거죠? 물론 그래서 그렇다는 게 아냐요. 그리고……"

"기자 양반, 사람 하나 살리슈."

고개를 들어 옆을 보니 돼지털 같은 수염이 웃자라 『수호지』에 양산박 두령으로나 나옴직한 사내가 가부좌를 틀고 앉아서 먼산바라기를 하며 말을 걸어왔다. 어렵소 육손이 형. 순간 나는 감전된 듯한 눈길로 사내의 얼굴 표정만 들입다 더듬었다. 그는 나를 알아보지 못하고 있음이 틀림없었다. 나지막한 목소리가 나를 흔들었다.

"이대로 가다간 생사람 결딴나우다. 굶주린 승냥이 같은 눔덜. 나 육손이파 두목으로 찍힌 강병호란 인간이우. 지금 매일 고문을 당하고 있수다. 근데 더는 정말 못 참겠어. 또 날 데리러 올 거야."

사내의 낯빛은 점차 공포심에 젖어 물감칠이나 한 듯 새파랗게 질려갔다.

"어디서 당하고 있는데……"

"강력 이반 사무실. 물고문·전기고문·몽둥이찜질·통닭구이·요며칠 동안 안 당해본 고문이 없어. 지금 몸에 성한 구석이라곤 한 군데도 없수다. 입 안은 다 헐고 하두 이를 북북 가느라 이틀이 덜렁덜렁, 좆에선 피오줌이 줄줄, 젠장."

그는 슬쩍 바지를 걷어 보였는데 갈가리 맺힌 피멍으로 도륙이 난 고깃덩이를 보는 느낌이었다.

"이 아저씨 정말 해두해두 너무 당해서 내가 밤에 신음소리에 가위를 눌려 잠을 못 이룬다구요. 이 드링크는 날 주지 말고 이 사람을 줘야 돼."

반정신병자가 자기 앞으로 디밀어진 인삼디를 밀어주며 한마디 거들었다.

"고문하는 사람들 얼굴 봤소?"

"모르지. 보자기를 뒤집어씌우니깐. 으흐흐, 정말 기술자 하나 있대. 그놈은 내 비록 눈은 가렸지만은 알 것 같아."

그는 뜨거운 걸 입에 문 사람처럼 입술을 떠들쳤는데 그 사이로 분홍빛 혀가 꼬물락거리는 게 들여다보였다.

"글씨, 날더러 작년 구월 성동구에서 터진 마미라 유아복업체 복면강도사건을 불라는 건데, 난 죽어도 모르는 일이라. 이번 일도 거시키 인천 아파트 분양사무소 약탈건만 진짜고 나머지는 다 놈들이 지어낸 거야. 작신작신 밟고 두들기는데 장사가 어딨담? 말두 말어, 애초부터 삼억을 딱 정해두고 조지는데……"

"근데, 왜 하필 마미라건을?"

"일 계급 특진이 걸려 있다는구먼. 그러니 놈들이 날 죽어도 안 놔줄지도 몰라. 앗! 저놈이야, 바로 나를 망가뜨리는 놈이……"

그는 후닥 모르쇠를 떼며 돌아앉았지만 얼굴 표정은 납처럼 굳어 있었다.

"에헤, 송 기자, 이거 보호실까지 들어가는 건 반칙이여."

5반장 주해식이 만면에 웃음을 가득히 띠고 나에게 까댁까댁 그만 나오라는 손짓을 하고 있었다.

그날 나는 식당에서 일하는 전경한테서 웬 여인이 맡겼다는 접힌 쪽지를 전달받았다. 거기에는 제보할 것이 있으니 만나자는 내용이 들어 있었다. 쪽지가 일러준 대로 찾아간 소방서 맞은편 풀잎사랑이

라는 카페에서 난 내 어릴 적의 또다른 우상 신수정을 만나고야 말았
다. 그녀는 누군가의 아내가 돼 있었고 그 누군가는 또 놀랍게도 바로
육손이 그 사람으로 금세 밝혀졌다. 이 무슨 얄궂은 우연이란 말인
가. 학예회의 꾀꼬리 신수정. 허리를 잘룩히 조인 깔깔이 인견치마가
잘 어울리고 간호원을 흉내내 재잘거릴 땐 양볼에 보조개가 늘상 발
그스레 패던 새침데기.

　나는 두 사람이 맺어진 인연이 몹시 궁금했지만 그 자리에서 그런
걸 캘 때가 아니라는 최소한의 이성을 발휘했다. 그녀는 지푸라기를
잡는 심정으로 나에게 매달렸다. 면회가 왜 안 되냐, 엄청 당하고 있
다는데 어떻게 된 거냐, 앞으로 어떻게 될 것 같냐. 내가 해준 말은 몇
마디 안 됐다. 기껏해야, 걱정 마라, 잘될 테니, 좀 알아보겠다 등등.
그래도 그 말들이 그녀에게는 커다란 힘이 되는 것 같았다. 애를 둘씩
이나 업고 걸리고 나온 그녀지만 지난날의 함초롬한 태는 생활의 찌
듦 속에서도 오련히 살아 있었다. 그때 왜 난 자꾸만 가슴 한켠이 무
너져 헛바람이 이는 듯한 느낌에 젖어들어갔을까.

　그녀와 헤어지고 경찰서로 돌아온 뒤에 내가 특별히 육손이 형에
대해 알아봤다든지 말이라도 한마디 거들었다든지 하는 것은 아무것
도 없었다. 가끔 보호실 앞을 지나다 철창을 움켜쥐곤 내게 뜨거운 눈
길을 꽂는 그를 멀뚱히 바라보다 고작 오른손에서 여섯째 육손이가
없어져버린 걸 확인했을 뿐이다.

　새벽 한시가 넘자 형사계는 폭력사범과 고주망태가 돼 땡깡을 부
리는 축이 밀어닥쳐 도떼기시장처럼 시끌벅적해졌다.

　"야, 이 짜식들아, 내가 누군지 알아? 힉꾹. 이래 봬두 월남전에서
자그마치 베트콩 백두 명의 머릿가죽을 벗겼어. 좀 적어라 적어. 그
때 우리가 어떻게 싸웠는지 너희들이 알기나 하겠어. 우린 말야, 서
로 적진에서 장렬히 전사하겠다고 앞다퉈 나섰어. 소대장님 제가 먼

저 죽겠습니다. 그리고 따따당. 이 대목에서 노래 일발 허겠어. 힉끅.
빨간 마후라는 힉끅, 자 에브리바디……"

한쪽에선 홍두식 경사가 조서를 꾸미다 말고 더벅머리 청년의 머
리통을 쥐어박고는 주전자에서 물을 한 컵 따라 마시며 심화를 삭이
고 있었다.

"야 임마, 너 자꾸 사람 피곤하게 할 거야?"

"정말 전 아무 짓두 안 했시유. 정말이야유. 물어보세유."

"거기서 니 정액이 검출됐는데두 우길 거야? 우길 걸 우겨야지. 너
정말 한딱가리 하고 다시 시작헐래?"

더벅머리 옆에는 다방 아가씨 한 사람과 마담인 듯한 중년여인이
서로 눈짓을 주고받으며 샐샐 웃다가 거짓말하는 더벅머리의 옆구리
를 이따금씩 줴지르며 강다짐을 놓고 있었다. 나는 지나가는 길에 뭔
가 싶어 들여다보았다.

"아따, 눈도 꽤 나쁘네. 아 머리 좀 치워. 이따 보구."

—가해자는 동 피해자를 숙직실로 유인하여 쓰러뜨린 뒤 안면을
수회 구타하고 상체를 압박하여 항거 불능의 상태로 만든 다음 팬티
를 내리고 자신의 성기를 꺼내 피해자의 질 내에 삽입, 십수 차례 상
하운동을 하여 피해자의 의사에 반하는 행위를 강제한 다음 삼 분 뒤
사정을 하여 전치 2주의 상해를 입힘은 물론 정신적으로 막대한 장애
를 초래한 것으로 사료되며……

"조금만 초를 치면 형님은 포르노 작가로 직업 전환해도 되겠시
다."

숙직실로 들어가는 좁은 입구에 서서 주 반장이 나에게 눈짓을 하
고 있었다. 나는 천천히 그리로 향했다.

관리계 안에는 육손이 형이 미리 와 있었다. 그가 앉아 있는 책상
앞에는 밤참으로 내온 돼지 머릿고기와 특별히 맥주도 두어 병 놓여

있었다.

"단속 한번 나갔더니……"

문을 닫아걸던 주 반장이 말했다.

나는 자리에 앉아서 왜 주 반장이 이러한 자리를 마련했는지 생각해봤지만 도통 알 수가 없었다. 그는 자리에 앉자마자 나와 육손이 형에게 차례로 맥주를 권했다. 그런데 육손이 형이 엉거주춤 수갑 찬 두 손을 들어 잔을 받자 주 반장이 벌떡 일어나 허리춤에서 열쇠를 꺼내서는 수갑을 풀어주는 게 아닌가.

그건 일대 파격이었다. 비록 고문에 찌들기는 했지만 육손이 형의 여전히 우람한 덩치를 보며 주 반장을 향해 괜찮겠냐는 표정을 지어 보였다. 그는 자신만만한 표정이었다. 이게 대관절 뭐하는 짬뽕이람.

육손이 형은 얼빠진 사람처럼 눈앞의 허공만 응시했다. 나는 문득 여태껏 그를 아는 체하지 않았지만 어쩌면 그가 날 진작에 알아봤을지도 모른다는 생각이 들었다. 고등학교 삼학년 때부터 쓰기 시작한 뿔테 안경은 내 인상을 백팔십도로 바꿔놓아 어릴 적에 알던 사람들은 대부분 날 알아채지 못했지만.

그는 책상 아래에서 수갑 자리가 팬 손목을 주므르는 눈치였다. 주 반장이 담배를 피우겠냐고 물어봤지만 그는 고개를 가로저을 뿐이었다. 주 반장 자신이 잔을 들어 권하자 육손이 형은 갑자기 생각이 났다는 듯 덥석 잔을 들어 벌컥벌컥 들이켰다.

그것을 보며 흡족한 표정을 지은 주 반장은 날씨가 덥다며 잠바를 훌훌 벗어던졌다. 그러자 그의 늑막을 뱀처럼 친친 감고 있는 권총혁대가 드러났다. 그는 그것마저 풀더니 옆 책상에 아무렇게나 던져놓았다. 그 권총은 아까 러시안 룰렛을 시늉해 보이던 그 리볼버형이었다.

"아무 말이나 해봐. 지금 이 순간만큼은 니 맘대로 할 수 있다. 왜 안 믿기나?"

자리에서 일어나 육손이 형께로 다가선 주 반장은 코빼기가 서로 닿을락말락 얼굴을 바짝 붙이고는 속삭였다. 당장 이 자리를 빠져나가고 싶다는 충동이 일어 막 자리에서 일어나려던 찰나 내 눈앞에서 두 사람의 몸이 엉키는 게 들어왔다. 서로의 팔을 기마전 안장 겯듯 끼고는 용을 쓰며 버티는 형국이었다. 그건 수습 초기에 이십대 여인의 변사체 부검을 참관하고는 울렁거리는 속도 달래고 기분전환도 할 겸 찾아들어간 싸구려 소극장에서 봤던 홍콩 액션영화의 한 장면을 떠올리게 했다. 두 사람의 이마 위에는 파란 심줄이 곧이라도 비어져나올 듯했다. 서로들 사력을 다하고 있음이었다.

나는 내 처신에 대해서 순간 망설였다. 바깥의 사람을 부를 건가 아니면 모른 체 자리를 피할까, 그도 아니면 이 용호상박의 결과를 두고 볼까. 그 순간 주 반장이 짧은 비명을 내지르며 바닥에 나딩군 것과 내가 반사적으로 권총을 뽑아든 건 거의 동시였다. 주 반장은 어깨 탈골이 됐는지 왼쪽 팔이 축 늘어져 있었고 팔뚝에는 시퍼렇게 잇물린 자국이 나 있었다.

"태수, 그 권총 이리 주게나."

태수는 집에서 불리던 어릴 적 내 이름이었다. 육손이 형은 나에게 손을 내밀며 침착하게 말했다. 그렇다, 그는 진작에 날 알아보고 있었던 것이다. 나는 길들여진 순한 양처럼 그의 손바닥 위에 주 반장의 절망의 눈초리를 담아 권총을 고이 얹어주었다.

"권총 땜시 생각이 달라지네. 아깐 그저 고문자 당신을 메치고 죽든 살든 가슴에 맺힌 한이나 풀어보려 했지만 지금은 달라. 여길 빠져나가야겠어."

그는 권총을 오랫동안 만져온 사람처럼 방아쇠울에 손가락을 걸고 몇 번 빙그르르 돌리더니 탄약실을 조사했다. 그러는 그의 낯빛이 몹시 흐려졌다. 그는 혀를 차며 끌탕을 했다.

"이런 육실헐. 총알이 단 하나뿐이잖아. 저승엔 아무도 동행시킬 수가 없으니 이 무슨 소용이고. 무심하고나."

그는 권총을 책상 위에 사뿐히 내려놓고는 주 반장 앞으로 퉁겨주었다. 그리곤 아까의 그 멍한 표정으로 다시 돌아갔다. 세 사람의 눈길이 묘하게 뒤엉켰다. 나는 어쨌든 지금 눈앞에서 일어났던 일들을 믿어야 할 것인지의 여부를 정해야 했다. 잘 짜인 각본으로 보기엔 너무 연출이 완벽했다. 한 줄기 현기증이 관자놀이를 스쳤다. 주 반장도 얼이 나간 표정이었다.

난간을 붙잡고 숙소를 향해 층계를 오르는 내게 주 반장이 소리쳤다.
"수습이 언제 끝나?"
"이번 주말."
"헛헛, 암튼 송형은 기막힌 특종 하나 놓쳤시다. 잘해보려 했는데."
주반장이 푹 자라는 인사를 던지고 돌아서는 순간, 난 그 동안 잘도 참아왔던 현기증을 이기지 못하고 층계참에 헌 빨래처럼 주저앉고 말았다.

(『현대문학』 1991년 8월호)

열린 사회와 그 적들

"아따, 목젖이 따땃해짐시러 가슴이 후끈허고 붕알 밑까지 다 노글노글헌게 이제사 내 몸띠이가 오붓이 내 거 같네그려"

담벼락에 바투 지펴올린 화툿불 가로 다가선 브루스 박이 엉거주춤 자세를 잡으며 너스레를 떨었지만 아무도 돌아보거나 대꾸를 하는 사람이 없다. 불가에 에둘러 앉은 사람들의 얼굴에 월렁월렁 끼얹어지는 불기운 때문에 눈동자에는 이글이글한 눈부처가 섰다가 사라지기를 되풀이하고 있다. 씻지 않고 말린 대낮의 땀자국이 번들거려 무표정한 사람들의 얼굴은 마치 가면을 둘러쓴 양 질겨 보인다.

"코피는 역시 목젖이 확 뒤집어번지도록 따끈할 때 빨아뿌는 게 제 맛이어라우."

브루스 박은 종이컵에 담긴 커피가 뜨거운지 한 손씩 번갈아 들며 귓불로 손을 갖다댄다. 그는 자칭 '색소폰의 명수'로 밤무대 악사로 뛰는 사내다. 옷차림에서부터 이미 딴따라 냄새가 풍긴다. 한때는 초

원의 집 무대에서도 반주를 넣었다고 은근히 자랑 삼아 떠벌리곤 했
는데 그 말을 믿는 사람은 아무도 없었다. 백구두에 흰 나팔바지, 그
리고 가슴팍에 요란한 꽃술 장식이 돼 있는 분홍색 블라우스가 왠지
주변 분위기에 잘 어울리지 않는다. 반죽이 좋아서 아무 사람들하고
나 잘 어울린다. 사수대 학생들, 일반 시민들, 대책위 관계자들, 백병
원 환자들, 심지어는 낮에 한가로울 시간이면 대치중인 전경들한테
도 접근해 엉너리를 쏟아내며 어느덧 구면지기처럼 시시덕거리는 품
을 여러 번 보였다. 종이컵에 얻어온 커피도 학생 사수대가 직접 끓인
걸 받아온 게 틀림없을 성싶다. 어쩔 땐 그의 속없는 너울가지가 역겨
울 때도 있었지만 그것을 버르집고 나오는 사람은 별로 없었다.

　새벽 한시를 넘은 시각이지만 병원 앞마당은 구석구석 서린 팽팽
한 긴장감으로 초롱초롱하기만 하다. 규찰대에게 경찰의 동태를 묻
는 소리, 삼삼오오 앞으로의 진행사항을 숙의하는 모습, 간간이 터지
는 구호와 졸음을 쫓는 듯한 노랫소리. 여러 가지 정황으로 봐서 오늘
새벽 경찰이 전격적 행동을 취할 낌새는 보이지 않는다. 병원 앞 도로
양쪽에 쌓아둔 바리케이드를 지키는 학생들이 교대를 하기 위해서
정문을 들어서는 모습이 보인다.

　“우리 땜에 저그 밖에서 밤새는 갱찰은 모다 몇이나 될꼬?”

　표천식씨가 혼잣소리로 묻는다.

　“글씨 한 천오백쯤 될끄나?”

　“그럼 여긴 학생이고 으른이고 다 따져설랑 삼백도 채 안 되고 말
이야. 근디 왜 당최 쳐들어오지를 못한디야?”

　“웬 봉창 뚜딜기는 소린. 아, 열사가 있응게 그렇제.”

　“그려 그런가부지. 열사 한나가 천군만마를 당해내는겨.”

　“그렇치도 않은 거 같구먼. 먼젓번에 안양 거시기 병원에서는 거기
두 박 머시기라는 열사가, 아무래도 배 만드는 노동자라구는 해쌓는

디, 거긴 여기부텀 나굿나굿한 학생두 아니구 툽툽한 노동자들이 몇 백 명씩 때루다 지켰는데두 모다 성한 데 없이 얻어터지고 열사 몸떵이두 빼앗겨 갈갈이 찢겼다는디. 건 뭐가 되는겨. 워치된 일인지 갈피를 잡기 에려워설랑.”

화톳불을 둘러싸고 있던 사람들은 옹송그린 자세로 얼굴을 구우려는 듯 불가로 바짝 고개를 들이밀었다. 커피를 다 마시고 난 빈 종이컵을 화톳불 위로 내던진 브루스 박은 어느새 왼손목이 잘려 외팔이로 불리는 강종천씨 뒤에 깔린 스티로폼 위에 몸을 모로 뉘고 팔베개를 한 채 풋코를 곤다.

“재복이 뭘 혼자 그렇게 맛있게 먹나그래 응.”

표천식씨가 가슴에 고개를 쑤셔박고 있다가 입맛을 쩍쩍 다시며 눈을 뜨는 정재복을 보며 농지거리를 지른다.

“먹긴 무얼 먹었다구 그 야단이구만. 아저씨두 참, 도시긴 엄연히 돌았나봐유. 아, 오늘 낮부텀 여그 사람들 달라진 눈빛을 아저씨두 뻔히 보시믄서 그런 말로 각통을 지르고 그래유? 민주불량배구 거리시위꾼이구 어찌된 건지 끄나풀이라구들 난리를 치드만. 얻어먹을 건덕지가 무에 있다구설랑.”

“그럼 영각쓰는 암소처럼 그렇게 되새김질하듯 입아구 좀 놀리지 말라구. 그렇잖아두 속에서 회가 끓는지 헛헛한 게 생침이 솟구치는구만. 그리구 난 도둑은 절대 아녀. 그게 워치크롬 도둑질이여. 난 말이여……”

표씨의 아래턱이 불쑥 튀어나오며 입이 흘끗 옆으로 돌아간다.

“으이구, 징혀 저 인간. 또 그 씨나락 까묵는 소리여 잉? 저승사자는 도대체 뭘 허는 건지. 직무유기야 직무유기.”

강종천씨는 혀를 끌끌 차며 자리를 박차고 일어나 병원 현관 앞으로 왜죽왜죽 걸어간다. 표씨는 어깨를 짓누르는 밤기운을 흠칫 밀려오는 몸서리로 털어내며 가늘게 찢은 눈을 들어 뿌연 밤하늘을 바라본다. 구멍 난 구름 사이로 미끄럼을 탄 달빛이 담장 밖 가로등 어깨 위로 새벽 안개처럼 축축하게 쏟아진다.

꿍이야 깡이야.

표천식씨는 달빛을 받으며 묏자리의 굿을 꾸리던 그날 일이 생각났다. 그는 밤늦게 운구가 돼 하관시를 놓친 무덤을 헤설픈 달구질로 다지고 있었다. 엎친 데 덮친 격으로 운구 행렬이 도중에 교통사고를 당해 예정된 시간이 턱없이 넘어버려 밤을 도와 서둘러 하관 작업에 임했던 거다. 웬만하면 달구질 때 치는 선소리를 빠뜨리는 법이 없건만 시간이 시간인지라 대충대충 생략하고 넘어갔다. 산등성이까지 송판으로 짜인 관을 목도로 옮기는 바람에 처진 어깨를 추스르느라 들이부은 막걸리 기운 때문에 속이 활활 달아올랐다. 그 와중에서도 관을 털었을 때 망자의 옆구리에 꿰인 귀금속 두루주머니가 눈앞에 어른거렸다. 손끝에 스친 염낭 쌈지는 묵중했다. 아, 이것이 그대로 땅에 묻혀 녹이 슬고 만단 말인가. 그는 명치끝에 괴어 있는 묵은 한숨을 빨아들였다. 흥흥, 여보 노랑털이 벗겨지지 않은 황소의 누린내 나는 뒷다리 사골을 푹푹 고아 먹으면 살 것만 같아요. 부황이 들어 천장만 멀뚱멀뚱 쳐다보며 나자빠져 있는 마누라의 노랑꽃 핀 얼굴 위로 검은 흙덩이가 쏟아졌다.

그는 그날 새벽 아직 떼도 입히지 못한 그 묏등을 찾아 허위단심 산등성이를 밟았다. 땀이 밴 고무신 안에선 늑노는 발바닥 때문에 마치 밤새 내린 첫눈을 밟는 듯한 소리가 새나왔다. 어느덧 하늘은 맑게 개 있었고 이곳저곳에서 살별이 부싯돌 불똥 모양 떨어졌다. 땀이 흘러 눈 속으로 들어가는 바람에 시야가 자꾸 흐려졌다. 망자의 엉덩이 살을 한 삽 찍어내고 나서야 염낭 주머니를 찾아냈다. 그리고는 삽을 그 자리에 버려둔 채 된비알을 어빡자빡 내달렸다. 그이 입에서 꾸역꾸역 새나온 기다란 신음이 발목에 자꾸 되감겨왔다.

　―나는 도둑이 아니라고 했지만 무서운 순사 아저씨들은 내 말을 믿으려 하지 않았어. 그렇게 경을 치는 분들은 아마 머리나 가심 어느 한구석이 무쇠일지도 몰라. 숙직실에서 곡괭이 자루가 두 개나 부러져나가고 나서야 난 내가 어쩜 도둑놈일지도 모른다는 생각이 들었어. 그 무서운 아저씨들이 하자는 대로 다 했는걸 암. 내 삽날에 찍혀 걸레처럼 해진 너덜너덜한 살덩이가 눈앞에 팔랑거리고 정말 사람 미치겠더라구.

　"당신들 밥풀때기들 때문에 민주화시위가 일반 시민들한테 얼마나 욕을 먹는 줄이나 아쇼? 당신들 도대체 누구, 아니 어느 기관의 조종을 받고 이런 망나니짓을 하는 거요?"

　병원 현관 쪽에서 볼멘 소리가 들렸다. 외팔이 강종천씨가 웬 사내와 드잡이를 하고 있었다. 병원 마당의 모든 시선이 그리로 쏠렸다.

　"그래 우리는 밥풀때기다. 근데 당신이 뭐 보태준 거 있냐고 쌍."

　"당신들이 뭔데 초대되지도 않은 곳에 끼어들어서 감 놔라 배 놔라 판 깨는 짓거리를 하냔 말이오."

　서로 단단히 멱살을 거세게 틀어쥐는 바람에 단추 두엇이 바닥에 떨어지며 곧이라도 종주먹을 들이댈 기세였다. 강씨의 멱살을 거머쥔 사내는 뜯어말리는 주변 사람들에게 서부투자금융 홍보실 대리라는 신분증을 제시했다.

　"아, 그러잖아도 병원 관계자들로부터 강력한 항의를 받아 조심조심하는 판국에 왜 갑자기 병원을 향해 돌을 던지고 침을 뱉는 행위를 하느냐 말이죠 난. 이건 분명 우리 학생들과 대책위의 위상을 떨어뜨리려는 저의가 있는 고의적 행동임이 틀림없다 이겁니다. 이제는 우리 시민들이 나서서 저런 밥풀때기에 대해 분명한 선을 긋고 마침 검찰에서도 수사 의지를 밝힌 만큼 적극 수사에 협조해서라도 정화를 하든지 해야지 여론도 계속 우리 쪽으로 끌어들일 수 있는 거 아닙니까?"

흰 와이셔츠의 팔소매를 걷어붙인 사내는 허릿장을 지른 채 버티고 서서는 연설조의 푸념을 털어놨다. 학생들과 주변 사람들에게 밀려 화톳불 가로 떠밀리다시피 다가온 강종천씨는 바닥에 마른침을 세게 뱉으며 뇌까렸다.

"니기미 씨펄, 그래 시민, 시민 해쌓는데 느그덜 판이 을매나 오래 갈는지 두고보자고."

"어따 웬일이여. 가뜩이나 우리덜얼 바라보는 눈길들이 점점 사나워지는디 쌈박질까지 하고 나서면 워쩌자는겨?"

"얼룩이 성님은, 말이라두 고로케 창알머리 없게 허믄 내가 섭하지라. 조것들 말하는 뽄새 좀 보고도 그라요? 같이 민주화투쟁 하며 기껏 고생함시러도 시상에 밥풀때기가 뭐라요, 얼통 터지게. 사람이 입성이 누추하고 행동이 거칠다고 그렇게 깔보는 경우가 제대로 된 경우라요? 아 우리가 뭐 기생충이라? 싸가지 없는 것들 같으니라구. 민주화투쟁 허기 전에 저런 고상짜들하고 먼저 와장창 한판 붙어야지라."

얼룩이 성님이라고 불린 전을룡씨는 은평구 일대에서 고물 줍기를 하는 사람이었다. 비슷한 처지의 거렁뱅이 두엇과 함께 천막생활을 하는데 오른쪽 눈가에서 뺨자위까지 시커먼 기미로 뒤덮여 별명이 얼룩이었다.

"애초에 왜 병원에다 대고 돌을 던진감? 이 안동답답이야."

"그건 제가 잘못했지라. 근디 저그 오줌 좀 싸려고 백인제 선생인가 뭔가 하는 동상 앞을 지나려는데 현관 벽에 뭔 동판이 붙어 있어서 보니, 거시키 '산업재해보상보험 지정 의료기관'이라는 글이 써 있더라구요. 그게 눈에 띄는 순간 가슴에서 불꽃이 파바박 일어납디다.”

흰자위가 많아진 강씨의 눈에서는 수은등 불빛이 퍼렇게 되비쳐 나왔다.

그의 표현을 빌리자면 ‘프레스 밥’ 이 된 왼쪽 손목을 멋도 모르고 회사 관리직원의 사탕발림과 은근한 협박에 녹아 알지도 못하는 종이짝에 오른손 엄지를 꽉 눌러주곤 돈 오백만원에 팔아먹었다. 그 통에 산업재해 지정을 받지도 못했고 받은 돈은 치료비 빼고 나니 기껏 길거리 완구노점상 차릴 밑천만 달랑 남았다. 그나마 시작한지 일 년도 되지 않아 일제 단속 정책 때문에 밑천마저 홀랑 날렸다. 그때 강씨가 노점 손수레에 쇠사슬로 목을 연결하고는 처연하게 버티는 사진이 몇몇 신문에 나기도 했지만 허사였다. 자연히 술로 보내는 시간이 많아졌고 삶의 의지를 잃은 그를 두고 아직 애도 없고 혼인신고도 생략한 채 동거를 하던 마누라가 밤봇짐을 쌌다.

— 거 이상하더라고요. 손이 없어지고 나서는 마누라랑 그 짓을 하려고 해도 꽝이더라고. 물건이 말을 안 듣는 거야, 좆도. 나는 열심히 마누라의 속살을 쓰다듬어주고 있다고 생각하고 있는데 문득 보니 뭉턱 잘린 왼손이 허공을 긁고 있는 거야. 그러고 보면 그년의 자궁은 용접한 철제 금고처럼 잠기고 몽땡이에는 오동잎 지는 찬바람이 일고 그렇더라구. 그러니 그런 놈팽일랑 어떻게 뭐 빨 게 있다고 따르겠냐고. 더구나 원체 색이 센 여자라놔서 밤마다 등허리를 활등처럼 휘어뜨리고는 도지개를 트는데 미치겠더라구. 그런데두 정작 도망질을 치니깐 눈깔이 뒤집어지더라구. 언 년이 그러는데 그 화상이 이 백병원에서 부엌데기로 일하고 있는 걸 봤다구 찔러주드만. 그 길로 댓바람에 달려왔지만서두 그런 년은 없다구 허더구만. 정은순이란 년은 듣도 보도 못했다잖아.

“쟤 숨소리가 왜 저리 거칠다냐? 여 재복아 상선이 좀 깨워봐.”

상선은 브르스 박의 본명이었다. 그는 스티로폼 위에 새우처럼 허리를 돌돌 말고는 사레가 든 사람처럼 불규칙한 숨을 토해내고 있었다. 재복은 쭈벗쭈벗 일어나 다가가서는 잠자는 사람의 발뒤꿈치를 툭툭 찼다. 그러자 브루스 박은 고개를 슬그머니 쳐들고는 거슴츠레한 눈으로 무슨 일이냐는 표정을 지어 보였다.

"상선 형, 죽은 거유, 산 거유? 낮에는 그렇게 타잔 뺨치게 팔팔 뛰며 다니더니 서리 맞은 가을 살무사 모양 뭔 꼬라지유."

"괜찮여, 증말로 난 괜찮여. 아무 걱정 말라구들 혀. 잠깐 졸려서 그런 것뿐이여."

브루스 박은 고개를 힘없이 늘어뜨리면서도 허공에 대고 손사래를 치며 다시 잠을 청하려는 듯 사추리 사이로 두 손을 깊숙이 찔러넣고는 끙하는 신음을 깨문다. 그러나 곧 가슴을 쥐어뜯듯 쓸어안고는 고통스런 기침을 한 바가지 쏟아놓는다. 재복은 자신이 입고 있던 카키색 작업복을 벗어서는 상선의 상체를 덮어준다. 기침을 참고 있는지 상선의 어깨가 몹시 들썩거린다. 윤곽이 뚜렷이 드러난 엉덩이께에는 벌써 며칠째 뭉개고 지낸 때문인지 흐릿한 얼룩이 묻어났다.

재복은 호주머니를 뒤져 구깃구깃한 휴지를 꺼내 들고는 물코를 요란하게 풀었다. 그리고는 휴지에 묻어 있는 최루탄 가루에 코끝이 매워져 억지로 재채기를 서너 번 해댔다.

재복은 날품팔이 인력시장에서 만난 상선을 떠올린다. 특이한 복장으로 항상 모인 사람들의 이목을 끌었다. 그는 즉석 투전판을 벌여놓고는 가끔씩 날품팔이들의 얄팍한 호주머니를 터는 모양이었다. 그러면서도 상선은 자신이 비록 인력시장을 떠도는 신세지만 막일꾼들하고는 차원이 다른 예술인이라고 흰소리를 쳐댔다. 그러나 재복뿐 아니라 모든 사람들은 그의 말을 믿지 않았다. 그가 어쨌거나 정말로 악기를 켜며 밥그릇을 뽑아내는 사람이라면 그를 청계천 6가 동화시장 뒤나 남대문의 북창동 어귀에서 만날 까닭이 없는 거다. 그가 악사 자리를 구하려면 낙원상가 2층에서 오후 4~6시에 볼 수 있어야 한다. 동화시장은 봉제기능공 시장이고 북창동 어귀는 중국집 주방장이나 배달원 또는 요리사들이 자신의 노동력을 파는 곳이 아니던가. 그가 만능 기능인이 아닌 바에야 그는 기껏해야 하발이 시다나 잡역부, 짐꾼에 불과할 거다. 재복이 토요일이나 공휴일께 가끔 새벽시장에서 허탕을 쳐 이삿짐센터 짐꾼으로나 하루를 죽일까 싶어 남대문시장 퇴계로 어귀께로 가보면 어김없이 거기서 짤짤이판을 벌이고 죽때리고 있는 상선을 만날 수 있었다. 그는 어디서나 눈에 잘 띄었고 반죽이 좋아서 그런지 잘 떠들어준 대가로 생면부지의 사람들한테도 심심찮게 순두부나 사발면을 얻어먹곤 했다. 재복도 그에게 몇 번인가 말품을 팔아준 대가로 김이 모락모락 나는 순두부를 사준 적이 있었다. 그러나 그가 어딘가로 팔려가는 걸 본 적은 아직 한 번도 없었다. 혹 재복이 조건이 맞은 사람의 봉고차를 타고 갈작시면 상선은 한없이 부러운 눈길로 입가에 떨떠름한 미소를 베어문 채 우두커니 바라보거나 손가락을 까댁이며 인사를 하곤 했다. 한번은 너무 안됐다 싶어 재복이 자신을 데리고 가던 털수세이 건축현장 오야붕에게 저기 전봇대에 기대선 남자도 같이 데리고 가면 안 되겠냐고 은근히 근중을 떠봤더니 시동을 건 채 창문으로 고개를 빼고 상선 쪽을 힐끗 바라본 다음 킁킁 코웃음을 쳤다.

—하하, 저 양반은 안 되겠시다. 여기가 뭐 딴따라 시장도 아니고 말이우다. 데려다놔도 어디 지대로 품삯을 치러내겠습디까?

재복은 흔들리는 봉고차 안에서 어디 가서 짱이라도 박혀야지 드러워서 다시는 이 날품팔이 인간시장을 기웃거리나 봐라 하는 오기를 어금니 위에 올려놓고 지그시 깨물었다.

영안실에서 나온 몇 사람이 화톳불 가로 걸어오는 게 보였다. 걸어오면서 학생들에게 이런저런 지시도 내리고 고개를 끄덕이며 학생들의 말을 경청하는 걸로 봐서 대책위의 간부로 보였다.

"안녕하세요. 뭐 불편한 점은 없는지요. 제가 대책위 집행위원으로 있는 현대영입니다."

삼십을 갓 넘었을 듯한 얼굴의 사내는 한 표를 부탁하는 선거철 입후보자처럼 깍듯이 인사말을 건넸다. 이목구비가 뚜렷하고 눈썹이 유독 진한 얼굴이었는데 두터운 입술에다 사모턱이 져서 그런지 뚝심깨나 있어 보였다. 멀쑥한 덩치에 사수대 티셔츠를 입은 학생 하나가 자꾸만 흘러내리는 뿔테 안경을 치켜올리며 그의 곁을 지키고 있었다. 현대영씨는 야자수 그림이 그려진 사파리 남방 윗주머니에서 88라이트 담배를 꺼내 한 개비씩 두루 정중히 권했다. 담배는 빠른 속도로 뽑혀나갔다.

"대책위 간부님이라니까니 한 말씀 올리겠는디 오늘 낮 같은 경우는 지가 세상 살아가며 어처구니없는 일일랑 한두 번 당한 게 아니지만서두 개중 기가 막히고 복장 터질 일이지라."

전을룡씨가 두런두런한 말투로 입을 열었다. 그러나 그 말꼬리는 사뭇 떨려 나왔다. 현대영씨는 두 손으로 감싼 라이터를 전씨의 입가로 들이대며 그저 고개를 끄덕였다. 라이터 불 때문에 전씨의 얼굴이 순간적으로 발그스레 달아올랐다가 시퍼런 낯빛으로 돌아왔다.

"야, 저기 숨겨둔 두 살짜리 두꺼비 하나 모셔 내오라구. 그래두 이렇게 손수 오셨는데 뭔 변변한 대접은 아니라두 쓴 쐬주 한잔은 디려야지 헐헐. 아니, 아니 그렇지 그 화단 덤불 뒤 시멘트 종이에 싼 거, 그렇지."

"원래 이 병원 마당에서는 질서 유지를 위해서 화톳불이나 음주는 금지돼 있습니다만. 경건한 분위기 때문이기도 하지만 워낙 병원 입원 환자들의 항의가 엄중할 뿐 아니라 여론도 그걸 파고들면서 대책위를 곤란하게 만들어놔서요. 여러분들 이미지에도 별로 안 좋을 듯 싶습니다만. 그리고 전 가톨릭 신자여서 되도록이면 술을 삼가고 있죠."

"그럼 댁은 신부라도 되려는 거요? 보니깐 술 담배 골초인 신부도 내 억수로 봤시다. 난 종교에 대해선 개뿔도 모르지만 뭐 전생 따지고 후생 따지고 썰 풀라치면 아예 때려치우쇼. 씨도 안 먹힐 테니. 우린 그저 이 소주 한 모금이면 전생이고 후생이고 나란히 목구멍을 타고 뻐근히 녹아드는데, 안 그렇소 형님?"

강종천씨가 이빨 사이로 소주 뚜껑을 뱉어내고는 그대로 병을 쳐들고 하늘을 보며 깡소주 나발을 불어제친 뒤 전을룡씨에게 건네주었다. 현대영씨의 짙은 눈썹이 꿈틀거리며 이맛살에 깊은 주름이 스쳤지만 곧 사라졌다.

"오늘 지녁에, 누가 쓰기 시작한 말인지는 모르지만 소위 밥풀때기라고 불리는 우리 같은 축들을 학생인지 아니믄 대책위 사람들인지가 손가락 끝으로 백골단에 찍어주는 바람에 달려갔시다. 그래도 뭔가 같이 이뤄보자고 싸우던 사람덜인데 그래도 되는 것인지 모르겠구만요. 듣자니 대책위 쪽에서 백병원과 시위 현장에서 민주 시민을 가장한 폭력배들이 온갖 행패를 부리며 폭력을 선동하는 등 대책위의 입장을 곤란하게 하고 있는데 규찰대를 조직해 이를 막고 배후를 밝히겠다는 성명을 냈다고도 허는데 정말 몸 둘 바를 모르겠습디다."

"우선 그런 일이 일어난 데 대해 유감스럽게 생각하고 있습니다. 하지만 대책위에서 알아본 바에 따르면 누구누구를 찍어준다거나 하는 일은 논의된 바도 지시한 바도 없음을 확인했습니다. 전혀 우발적인 사건이라고 봅니다만, 어디까지나⋯⋯"

관자놀이께에 힘줄이 불끈 솟구쳐오른 강씨가 결기 때문에 잠겨버린 목소리로 외쳤다.

"쓰레기통의 고등어 대가리같이 썩고 무능한 정권 아래서는 인간적인 생활을 할 수 없다고 생각돼 몇 년 전부터 야당이 개최하는 집회를 쫓아다녔수다. 그러나 야당 사람들도 우리 편이 아니라는 것을 깨닫고 학생들의 시위로 옮겨왔는데 우리들이 학생들과 달리 움직인다고 해서 기층 민중인 우리를 이렇게 대접할 수 있는가, 이 말이우다."

"그러게 첨부터 눈 먹는 퇴끼 얼음 먹는 퇴끼 따루 있다 이거 아닙니까."

현대영씨는 몹시 곤혹스러운 표정을 지었다.

"처음에는 대책위의 얼굴에 먹칠을 하기 위해 정보기관에서 꾸미는 공작이 아닌가 하는 의혹도 생겼지만 그렇지 않다고 결론지었습니다. 또한 솔직히 말씀드리자면 우리 대책위는 검·경으로부터 아마도 여러분들을 일컫는 말인 듯한데, 과격 폭력 시위를 일삼는 이른바 밥풀때기들의 수사에 협조해달라는 제안을 정식으로 받았습니다. 그러나 우리는 경찰에 여러분들도 김귀정 열사의 죽음을 애도하는 조문객임이 분명하므로 연행에 협조하는 것은 도리에 맞지 않는다는 공식 입장을 밝힌 바 있습니다."

"그럼 공식 입장 따루 안으로 꼬불쳐둔 입장 따루 이렇게 따루 국밥집이라고 차려서 그렇게 허나사나 같이 투쟁하는 동지들 등에다 칼을 꽂는답디까?"

재복은 가슴팍을 펑펑 두들기며 울부짖었다.

"같이 애써주시는 건 충심으로 고맙게 여기고 있지만 어디까지나 하나의 조직이 꾸려진 이상 그에 걸맞는 규칙과 체계가 있는 법이지요."

"누구한테서 고마움 사려고 투쟁을 했던 건 아니니까요, 공치사는 허실 필요 없시다. 어떤 사람들은 좀 삐뚤하게 행동한 게 사실이쥬. 뭐 대가나 바라고 싸우는 듯이 음식을 달라 어쩌라 하는 얼빠진 치들도 있었고, 아무 허락도 맡지 않고 병원 사무실이나 빈 입원실에 몰래 들어가 떼잠도 잤으니깐 영락없이 꼴사나운 부랑아 행티를 낸 거죠. 지들도 잘 알아요."

바닥에 펼쳐놓은 신문지 쪼가리를 간신히 더듬던 표천식씨가 실성실성한 목소리로 끼어들었다.

"헌디 꼬르비초빠가 당최 뭐하는 치가? 이크, 요 입초사. 사진 봄시러 먼젓번 대통령 아닌감?"

"천식이 형님은 좀 국으로 가만히 있으시소 마. 절대루다 개안심더."

"그래 말이다이. 그 분이 그래도 명관이었지. 끽소리 없이 해치우는 게 보통 수완이가?"

"그런 것들이 사소한 문제 같지만 그렇지가 않습니다. 오늘만 해도 옷차림 보니깐 저기 누워 계신 분인 듯싶은데 저 명동성당 앞 공중전화 박스를 깨뜨리고 그 유리조각으로 자해 소동을 벌이고 하면 모두가 정말 난처해집니다. 어제 검사들과 부검 의사들이 병원 구내로 들어왔을 때 일부 사람들이 거친 행동을 보여서 언론에는 봉변 운운하는 기사가 나갔지만 생각해보십시오. 그것은 그들이 진짜 부검을 하기 위해서 들어온 게 아니고 차후 병력 투입을 합리화하기 위한 명분 축적용이었습니다. 이렇게 볼 때 그 사람들 대충 혼내주는 건 단순한 화풀이 이상의 아무것도 아니며 오히려 그들의 의도에 말려드는 결과를 낳습니다. 민주화운동 세력은 일반 국민이나 시민들과, 말하자면 물고기와 물의 관계를 맺고 있습니다. 물고기가 물을 떠나서 살 수 없듯 우리 민족민주 세력은 대중의 지지 없이는 존립할 수 없죠. 그런데 자신과 의견이 맞지 않는다고 아무한테나 심한 욕설을 퍼부어서 토론 분위기를 망치거나 국민대회가 다 끝났는데도 계속 지나가는 차량에 돌을 던지며 시민들의 일상생활에 불편을 주는 것, 그리고 같이 죽자는 말로 공포 분위기를 부추기는 일이 솔직히 많지 않았습니까? 심지어 어떤 분은 한국은행을 불태우러 가자는 얼토당토 않은 발언도 하시더군요."

"낮에 핏방울 튄 런닝구 입구 댕기다가 주의를 받은 친구가 바로 저기 누워 있는 상선이가 맞기는 허지만 자해헌 거는 아뉴. 최루탄 파편이 살 속을 파고든 거라니까유. 아, 남은 거라곤 몸땡이밖에 없는 사람들이 워치케 지 손으로 몸을 상허게 허겄슈."

자신을 가리키는 손가락 끝을 의식했는지 상선은 가는 한숨 소리를 길게 내쉬다 말고 잠꼬대를 몇 마디 주절댔다.

"나두 델고 가…… 더두 말구 이만원…… 응 좋다구."

"은행을 불싸지르러 가자는 말은 지가 했구만요."

강종천씨는 사위어가는 화톳불을 쏘삭거리며 느럭느럭 입을 뗐다.

"까놓고 야그하자면 지가 뭐 은행에 알토란처럼 묻어둔 통장이 있남요 아니믄 새록새록 붓는 적금이나 주택부금이 있는감요. 거미줄 한 올 같은 인연도 없어라. 한여름 더위를 먹다 못해 은행에 들어가 보면 괜히 은행강도 취급을 하는지 청원경찰들이 폐쇄회로 켤라 두 눈 부라리며 사납게 눈치 주는 턱에 괜히 캥기는 신세다보니……"

"아, 지금 비난을 하기 위해서 그런 말을 꺼낸 건 아닙니다. 다만 그런 과격하고 충동적인 발언은 지금 우리의 투쟁에 아무런 도움을 주지 못한다는 점입니다. 우리 사회에는 두 가지 측면이 있습니다. 긍정적이고 부정적인 것 이렇게 말이죠. 폭압적인 반민주적 통치기구, 고질적 악법과 불평등한 제도 등이 그것입니다. 그런 것들은 의당 철폐돼야 하지만 예를 들어 은행 같은 제도는 그것과 다르다 이 말씀입니다. 그것은 시민사회의 고유한 제도요 핵심적 현상이기 때문이죠. 파출소를 기습하는 것과는 또다른 의미입니다."

"어려운 말 허지 마슈. 내가 보시다시피 외팔이 빙신이다보니 겨우내 일자리도 못 찾고 세종대왕님이 그리워 껄떡거릴 때도 은행 창고에는 돈이 썩어났시다. 그게 억울하다는 말이 아니라, 그러면서 은행이 배고픈 사람 구제하는 건 고사하구 재벌들 돈 대줘서 땅투기나 허게 하고 알 만한 사람에게 떡고물 잔치나 베푸는 데루다 밑구멍 틀어막는, 그따우 마름 노릇밖에 헌 게 뭐가 있었냐 이 말이우. 그리구 막말루다 우리 사회가 돈으루다 돌아가는 자본주의 사회 아니유? 그렇다믄 문제는 돈이지. 독재도 칼자루 쥔 놈들끼리 잘 먹고 잘살려고 허는 거고 민주화투쟁은 그와는 다른 맘에서 잘 먹고 살려는 건데 그 와중에서 돈줄을 거머쥔 은행을 호령할 수가 없다믄 되레 없애는 게 뭔가 시상이 변하는 데 보탬이 될 거란 밑천 짧은 생각을 먹어봤던 거우다."

"아무튼 저희가 입수한 정보에 따르면 경찰이 여러분들이 삐삐에다 일당 운운하는 걸로 봐서 조직적 배후가 있다고 몰아치며 시경 특수대까지 낀 전담반을 편성해 전원 검거할 계획이라니깐 나름대로 신변 안전에 각별히 신경 쓰셔야 할 줄로 압니다."

"허허, 삐삐요? 얘, 덕길아 천식이 허리에 있는 그 고장난 삐삐 좀 보여드려라. 시위 현장에서 주운 건데 망가져서 먹통이야요. 저 천식이란 사람이 실성기가 좀 있어서 아마 장난으로 가지고 놀기는 했어도…… 그리고 아 누가 일당 받고 이런 짓거릴 허겠우? 그거야말로 유서를 대신 써줬다는 괴상망측한 억지하고 수법이 똑 같은 건데 왜들 그러는지…… 날품팔이들이야 어디든 모이면 일당 얘기 아니냐구요. 아, 이바구를 어디서 듣겠남? 이 시위가 언제 끝날지 모르는데 제까닥 밥그릇 찰 수 있도록 짬짬이 일거리 잡도리를 해놔야죠."

"근디 집행위원의 말씸이 쪼까 요상시럽네요 잉. 갱찰에서 우리덜 얼 때래잡으려고 작정을 오지게 해뻔졌으니깐 더이상 대책위 쪽도 신변안전을 보장헐 수 없으니 알아서들 토껴라 이것이어라? 그것이

갱찰을 풀어서 손 안 대고 코 좀 풀어보겠다는 심산이 아니고 무엇이어라?"

"그래 그렇게 계속 억지를 부려들 보쇼."

현대영씨는 짐짓 화가 난 표정으로 자리를 박차고 일어났다. 그 서슬에 꾸벅꾸벅 턱방아를 찧으며 졸던 표천식씨가 눈을 휘둥그래 뜨고는 갑자기 영문도 모른 채 현대영씨의 발 아래 무릎을 꿇고는 읍소를 시작했다.

"애고 행님, 그저 목심만 살려줍쇼. 이렇게 손이 발이 되도록 빌겠심더. 하모 제가 훔쳤제라. 그거 한나도 빼쓰지 않고 여기 있제라. 어어, 분명히 여기 있었는데 이게 어디로 갔지. 애고 나는 이제 영락없이 황천길이다. 사잣밥을 덜미에 짊어졌네 응."

표씨는 양짓녘에서 서캐를 뒤지는 동냥아치처럼 자신의 허리춤을 이리저리 까발리면서 끊임없이 구두덜댔다. 거기에 화답이라도 하는지 브루스 박 상선도 암만 몸을 흔들어대도 질기디질긴 잠꼬대를 푸닥지게 쏟아냈다.

"저놈 잡아라…… 적이다 적…… 난 시민이야…… 문 좀 열어달라고…… 나 좀…… 헉헉…… 내게도 열어줘…… 아으……"

"제발 그만둬, 이 바보 멍충이야. 열리긴 뭐가 열렸다는 거야. 다 닫혔어, 다 닫혔다구."

재복은 갑자기 머리를 두 손으로 감싸고 쥐어뜯으며 고래고래 소리를 질렀다. 때맞춰 정문을 들어서는 구급차의 전조등이 무대 조명처럼 들이닥쳐 그를 어둠 속에서 파내갔다.

전날 오후 백병원 구내에서는 시국 대토론회가 열리고 있었다. 둥 그렇게 모여앉은 오륙백 명의 시민 학생들은 발언권이 주어지는 대로 한가운데로 나와 핸드 마이크를 받아 쥐었다. 새벽에 있었던 경찰의 바리케이드 기습 철거 사건 때문인지 핸드 마이크를 타는 목소리들은 자못 격앙된 음조를 띠고 있었다.

"민주화투쟁을 반대하는 건 아닙니다만 우리 입원 환자 일동은 나름대로의 쾌적하게, 아니 쾌적하지는 않을망정 시달리지 않으면서 치료를 받을 권리도 존중되어야 하며 이는 생존을 위한 최소한의 권리 주장으로서 마땅히 그리고 즉각적으로 관철돼야 한다는 주장을 하는 바입니다. 이것은 우리 사회가 건전한 시민사회이냐 아니냐 또한 민주화운동이 건전한 방향으로 가고 있느냐 그렇지 않느냐를 판단하는 중대한 지표로서 간주되리라 확신합니다. 지금 각종 신경 계통 질환을 겪는 환자들도 그렇지만 더욱 우려되는 것은 이 백병원 이층 정신병동의 오십여 정신 질환자들이 곧이라도 소음 발작을 일으킬 것 같다는 담당 과장의 소견이 이미 나와 있다는 것입니다. 모쪼록 잘 헤아려주시기 바랍니다."

입원 환자를 대표해서 나온 듯 오른 다리에 석고 붕대를 한 스포츠형 머리의 사십대 남자는 차분하게 마무리를 한 뒤 핸드 마이크를 사회자에게 넘기고는 목발을 추스르며 빠져나왔고 잔잔한 박수가 그의 뒤를 따랐다. 시국 대토론회는 거의 정리 단계에 들어선 듯했다. 사회자는 더이상 발언해줄 사람이 있는가를 찾는 눈치더니 자, 그럼 오늘 이 자리에서 나왔던 얘기들을 하나하나 정리해보도록 하겠습니다 하면서 분위기를 가다듬기 시작했다.

"애국 시민이 아니면 꽃을 보낼 자격이 없다니깐."

영안실 쪽에서 왁자한 고함이 터져나오며 돌연 시골 난장이라도 선 듯 왜자해졌다. 몇몇 사람이 큼직한 화환을 땅바닥에 태질을 치고는 그 위로 작신작신 짓뭉개느라 널을 뛰는 게 보였다. 서너 사람이 곁에서 그들을 말리느라 진땀을 빼는 모습이었다. 뭐야, 뭐 하면서 사람들이 순식간에 그리로 답쌓여들었다.

"삼당야합의 장본인이며 현 시국 불안의 주범 가운데 한 사람인 변절 정치인의 화환이 어떻게 무자비한 공권력에 무참히 숨진 우리의 순결한 동생 귀정이의 영안실에 버젓이 세워질 수 있겠습니까? 안 그렇습니까 여러분?"

"밥풀때기들이잖아."

둘러선 사람들 속에서 누군가 속삭이듯 뇌까렸다.

"그 말에 반대를 하고 싶지는 않지만 그래도 그러한 행동은 너무 과격이오. 우리는 어디까지나 평화적으로 우리의 의사를 표현하기로 이미 의견을 모은즉슨 앞으로는 그러한 감정적 행위를 삼가주기 바랍니다."

머리에 희끗희끗한 새치가 섞인 오십대 가량의 사내가 점잖게 오금을 박고 나왔다. 그러자 여기저기서 동조하는 말들이 간간이 터져 나왔다.

"지금은 열사의 주검을 지키는 일이 급선무인데 그런 쓸데없는 일로 저들의 감정을 자극하고 여론에 빌미만 제공해서는 안 되지 않습니까?"

사수대 셔츠를 입은 대학생이 한마디로 간추려 대답을 했다.

"무슨 소리야. 가장 앞장서서 싸워야 할 대학생들이 시신 사수에만 정신이 팔린 나머지 시위를 해서 싸울 생각은 안 하니 그게 바로 문제가 아니고 뭐란 말이야. 싸우기가 겁나는 놈들은 당장 이 자리를 뜨라구."

"아무렴, 백골단이 귀정이를 죽였으니 너희들도 의당 백골단을 죽여야 아퀴가 맞아떨어지지 않냐 이거야. 아, 안 그래? 내 말이 틀렸냐구?"

그러나 그 목소리는 별다른 반향을 얻지 못했다. 화환을 짓밟았던 사내들을 중심으로 사람들은 한 발짝씩 더 죄어들었다.

"여기에 모인 사람들은 그 어느 누구도 그러한 단세포적 복수 심리를 갖고 모이진 않았소. 우리는 또다시 누구의 피를 보자고 그러는 게 아니란 말이오. 분명히 말해두지만, 우리는 다만 자유와 평등 그리고 평화를 위해서 싸우려 할 뿐이란 말이오."

"아, 그러니깐 그런 걸 위해서라도 열심히 싸워야 한다는 거 아뇨? 아무도 용감하게 나서서 싸우지도 않는데 누가 거저 나서서 그런 자유와 평화를 선떡 돌리듯 집어준답디까? 이마빡이 터지도록 허벌나게 싸워도 될까 말까 한데……"

"그렇게 책임성 없는 말이 어디 있소? 모든 걸 적대시하고 파괴하려고만 하는 건 기회주의자의 또다른 측면일 뿐이오. 민주화시위도 이제는 마구잡이식으로 하는 게 아니고, 그렇다고 딱히 이렇다 할 규칙이 있는 건 아니지만, 아무튼 어느 정도 룰을 지켜야 하는 경기나 마찬가지란 말이오."

"뭐요? 그러면 이게 무슨 심심풀이 고스톱판이오 아니면 섰다판이란 말이오 잉? 목심을 걸고 뛰어든 판인데. 그러면 내 말 좀 듣소. 저쪽은 항상 단풍잎 두 장짜리 장땡 들고 판쓸이를 헐려고 대들 판국인데 그깟 룰인지 뭔지 지켜감시롱 시위는 애당초 혀서 뭣 헐라까나 잉? 아, 안 그렇소? 지 말이 틀렸으면 으디가 틀렸는지 꼬잡아 좀 주소."

메기처럼 커다란 입을 가진 사내는 답답한지 그 자리에서 쿵쿵 발을 구르며 한 발짝 성큼 사람들 앞으로 다가섰다.

"세계가 돌아가는 것을 봐도 그렇고 그간 우리가 쌓아온 경제·사회적인 역량을 보더라도 우리 사회가 열린 사회의 구조로 접근해가고 있는 것은 아무도 부인할 수 없는 흐름이잖소. 이제 그 흐름의 물꼬를 정치 쪽으로 돌리려는 과도기적 진통을 지금 겪는 것으로 보면 될 것이오."

"무슨 비 맞은 중의 염불 소리런가 잉. 사회가 무슨 대문짝이어라? 열리고 닫히게?"

　"여기서 열린 사회라는 건 계급이나 종족 그리고 이데올로기라는 신화가 더이상 개인에게 굴레가 되지 않고 개개인이 사회의 진정한 주인으로서 질적으로 더 많은 자유와 민주주의, 물질적 풍요와 평등을 이룰 수 있는 마당이며 소수에 의한 지배가 아니라 이성적으로 눈 뜬 다수에 의한 착실하고도 양심적인 사회 운영이 기본 원리로 받아들여지는 사회를 가리키는 것이오."

　"당신네들 지금 자꾸 어려운 말을 씀시롱 머릿속을 헷갈리게 하는데 한번 물어나 봅시다. 우리, 우리 하는데 도대체 거기에 낄 수 있는 축은 누가 되는 거요? 이데올로기의 신화니 이성적 원리니 하며 거창하게 빚어내는 사회라면 우리 같은 못 배우고 빽줄 없는 떨거지들은 여전히 찬밥 신세를 면치 못할 게 불 보듯 뻔한데 뭐가 진정한 사회란 거요?"

　"그건 기회의 문제인데 그 기회의 범주는 갈수록 넓어……"

　"필요 없다. 기회를 따지는 놈들이야말로 바로 기회주의다. 우리에게 토론은 더이상 필요 없어. 당장 청와대로 가자."

　밥풀때기로 불린 사내들은 들고 있던 각목으로 시멘트 바닥을 두들기며 구호를 외치기 시작했다.

　"살인자들을 타도하자!"

　"도둑놈들을 몰아내자!"

　그러자 그들을 둘러싼 사람들은 험상궂은 표정을 지으며 포위망을 압축시켜왔다. 기세가 등등해서 구호를 외치던 사내들은 분위기가 심상찮게 돌아가는 듯싶자 머쓱한 표정을 지었다.

　"그만들 두지 못해! 이게 뭐하는 짓거리야. 더이상 두고볼 수가 없다구. 이 따위로 나오면 우리는 당신들을 적으로 규정할 수밖에 없어. 어서 그 각목을 바닥에 놓고서 순순히 물러서라구. 아니면 이후로 당신들이 어떻게 되든 우리 책임이 아냐."

긴 침묵의 대치 끝에 시멘트 바닥에 네댓 개의 각목이 나뒹굴었다. 사람들이 물러가자 한 사내가 넋이 나간 듯한 표정으로 바닥에 주저 앉아 멍하니 푸른 하늘 한구석빼기만 후벼파고 있었다.

화톳불이 사윈 지는 오래되었다. 가끔씩 밤바람에 소스라쳐올랐 던 숯덩이들이 서로의 몸뚱이를 부비는 소리만 푸시식 귓가를 스칠 뿐이었다. 초여름이긴 했지만 옹송그린 채 밤바람을 고스란히 맞기 에는 몸 한구석 어디쯤에 이미 은절을 먹어 체온이 휘딱휘딱 가신 사 내들의 기력이 너무도 부쳤다. 사내들은 화톳불이 사그러져가는 정 도에 비례해서 더욱 작은 원을 그리며 서로에게 바짝 다가들었다. 벌 써 밑바닥까지 바싹 말라버린 소주병을 누군가가 쪽쪽 소리를 내며 빨았다.

"깼니? 뭐 하간?"

"별 세."

─미친놈.

"재복아. 여긴 별로 안 보이는구나."

재복은 상선에게 힐끗 일별을 던지고는 다시 고개를 돌렸다.

"재건대 마을엔 어릴 적 별두 많았는데. 별이 빛나는 밤이라구 했 지. 후후, 웃기지 마. 관할서 백 경장이 붙였어. 우리 동네엔 옥살이를 한 사람이 많아서 그런지 그 치는 동네 순찰을 나오기만 하면 이러는 거야."

─아, 요 다 합쳐봐야 열댓두 안 되는 게딱지 동네에서 땅별이 백 개는 뜨는구나. 하니 밤중에 댕겨도 뭘 후라시가 필요허겠어? 별이 빛나는 밤의 마을이라. 멋져, 완전히 한 편의 시야 시.

"어쩌다 일제 단속 때는 심심찮게 사람 사냥이 벌어지는 동네였어. 툭하면 백차를 앞세우고 경찰을 잔뜩 태운 트럭이 들이닥쳐서 거기서 뛰어내린 푸른 제복들이 동네를 에워싸고는 곤봉을 꼬나잡았어.
동네의 어지간한 남정네들은 모두 가을철 메뚜기 뛰듯 뒷산으로 파
고들었지. 나두 무서우니깐 엉겁결에 이리저리 뛰는 거지. 벌집 쑤신
듯한 아우성, 애와 아낙이 뒤엉켜 울부짖는 소리, 짤막짤막 끊어지는
무전기 소리 속에서…… 헉헉, 왜 이렇게 가슴이 답답하지. 큰 은빛
잎사귀 두 장이 올라붙은 견장을 떠받치고 있던 색안경은 사냥감이
어느 정도 엮어지면 이렇게 무전을 날리지."
　—토끼 몰이는 성공적이다 독수리들은 퇴로를 열어주고 돌아와
산토끼들의 가죽을 벗겨라 오버.
　"사람들은 경찰이 물러간 뒤에도 밤이 이슥토록 산을 내려오지 않
았어. 풀벌레 울음소리가 커지면 산마루에서 동네를 내려다보는데
그러면 하나둘씩 등불이 켜지지. 그 등불이 그땐 얼마나 그립고 포근
하게 느껴지던지…… 우리는 먼 길에서 막 돌아온 길손 같고……"
　아무도 상선의 말에 귀를 기울이는 사람은 없었다. 모두들 막막한
자신의 앞날을 부여안고 어떻게 하면 날이 새기 전에 병원을 빠져나
갈까를 궁리하는 표정들이었다.
　—천막에 웬 놈들이 들어와 자리 차지나 하고 있는지 모르겠구만.
터가 기운이 다 됐어. 옮길 때가 마땅찮은데 큰일이로고.
　—이 드런 화냥년을 어딜 가믄 찾을꼬나. 공사판 함바집이나 한번
사그리 훑어볼까. 지년두 어지간히 박복한 신세 그저 단념할꼬나 어
쩔꼬나.
　—피곤하다. 우선 어디 쩔쩔 끓는 구들장이라도 지고 등짝이 물러
지도록 지지면서 잠이나 늘어지게 자봤으면.
　—육덕 좋은 그 송탄댁에서 그저 불목하니 노릇이나 꺽실히 잘헐
걸. 나 겉은 허랑한 눔을 또 누가 받아주려고.
　—드러운 세상. 이젠 떠돌면서는 못 살겠네. 붙박이로 살려면 전공

을 정해야겠는데 뭘로 한다? 봉제공? 보일러공? 주방장? 한번 비계공으로 나서볼까. 오야붕을 하나 잡아서 말이야. 여의찮으면 내가 오야붕으로 나서지 뭐. 그쪽이라면 이미 어느 정도 판수가 익은 터니. 일산이나 분당 쪽은 사람이 달려서 아우성이라는데.

그 다음날 이른 아침 ㄷ일보 경찰 기자가 백병원 경비실의 전화를 붙들고 악을 써가며 두 줄짜리 기사를 부르고 있었다.

"예, 중부서의 김승일이라구요. 예 변사입니다. 타살이냐구요. 그냥 실족사로 보입니다. 지금까지 확인된 바에 따르면 무직자인 것 같은데, 저 백병원 근처에서 노숙을 하던 밥풀때기인 것으로 보입니다. 예, 그럼……

삼십일일 새벽 세시 삼십분께 서울시 중구 저동 백병원 앞의 저동 건물 신축공사장에서 박상선씨, 괄호 열고, 이십팔 무직 주거 부정, 괄호 닫고, 가 이 건물 지하 사층 바닥에 떨어져 이마 등에 피를 흘리고 숨져 있는 채 발견됐다. 줄 바꾸고, 경찰은 이날 새벽까지 근처에서 시민, 학생 등 삼십여 명이 모닥불을 피우고 밤을 새우고 있었다는 목격자의 진술에 따라 함께 있던 박씨가 땔감을 구하기 위해 공사장 담을 넘다가 지름 삼 미터의 환기통에 발을 헛디뎌 미끄러지는 바람에 실족사한 것으로 보고 박씨를 처음 발견한 성균관대생 설경훈군, 괄호 열고, 이십이 유교학과 삼년, 괄호 닫고, 을 불러 정확한 사인을 조사중이다. 예, 이상입니다."

(『문예중앙』 1991년 가을호)

적리(赤痢)

영등포의 밤.

벼루 바닥에서 갈다 만 먹물을 흠뻑 적셔 허공에 뿌린 듯, 역사 너머 하늘 한구석엔 흐린 별 하나 깜빡거리지 않는다. 서늘한 택시 차창에 힘없이 옆이마를 붙이고 눈동자를 쏨벅거리던 순태는 까칠한 입술을 하릴없이 서걱서걱 맞부볐다. 묵직한 혀뿌리로 목젖을 헤집으며 마른 입 안에 생침이라도 돋우려 애썼지만 혓바닥 위로 모래알처럼 도드라진 맛봉오리들 때문에 입천장이 아릿한 느낌만 들 뿐이었다.

─당신이 대책위원회 위원으로 뽑혔대요. 되는 대로 빨리 기사가 실린 신문을 갖고 내려오든지 말든지 맘대로 하세욧. 찰카닥.

아내 명혜의 샛된 목소리가 귓바퀴에 달라붙자 명치께가 더부룩해지며 딸꾹질인지 트림인지 알 수 없는 게 뒤섞여 터져나왔다. 택시 안은 비좁았다. 다리가 긴 편인 순태는 이마 위로 흘러내린 몇 가닥의 머리카락을 정성 들여 쓸어올리다 말고 엉덩이를 등받이 쪽으로 깊숙이 비벼대며 자세를 바로잡았다. 운전석 옆에 회색 바바리코트 깃을 관자놀이께까지 한껏 덮어씌운 채 자울자울 조는 듯 앉아 있던 홍석주는 주리가 틀리는지 머리를 부시시 빼고 어깨를 흠칫흠칫 털며 아, 하는 긴 탄성을 질러댔다. 금테안경 위로 넓은 이마를 방풍림처럼 두르고 있는 짙은 숯덩이 눈썹 때문에 언뜻 선량한 인상을 주는 얼굴이었다. 하품을 하느라 벌에 쏘인 듯 두툼한 윗입술이 넘실넘실 코끝에 가 닿을 땐 물고기밥을 통째로 삼키는 어항 속의 열대어를 떠올리게 했다.

엉덩이의 굴곡이 뚜렷이 드러나도록 착 달라붙는 짧은 검정색 가죽치마를 두른 이십대 여자가 비칠배칠 다가와 두 손으로 택시 보닛을 짚고 허리를 쑥 기울인 채 앞유리 너머 석주에게 살짝 윙크를 던지며 알아들을 수 없는 농지거리를 쫑알거리고는 도로 맞은편으로 실룩샐룩 가로질러갔다. 기가 막힌 듯 "허…… 저런" 하며 끌탕을 하던 석주가 아가씨의 멧방석만한 엉덩이를 쫓아 고개를 돌리다 뒷좌석의 순태와 눈길이 마주쳤다. 순태는 입맛을 쩍쩍 다시며 무심코 혼잣소리를 냈다. 고것 참 엉덩짝 한번 쓸 만허네……

석주는 보일 듯 말 듯한 미소를 지었다. 그때 신세계 영등포점 앞에서 손나발을 불며 손님을 끌던 운전사가 주머니에 손을 찌르고 어기적거리며 다가와 창문을 탕탕 두들겼다. 그는 차창을 치면서 연신 주먹을 빙빙 돌렸다.

"가이색귀덜, 우리가 오늘은 아조 결딴을 내고 말아뿌러. 텃새는 어디서 지에미 거시기를 붙을 텃세여, 뭐여? 곤조통 없는 운짱이 어딨남? 총알택시 굴리려고 그야말로 총알받이로 나선 마당에 서로덜 깜냥껏 벌믄 되았지, 무땜시 또 끼리끼리 패를 져개지구 뭉개쌌는거, 드러."

서너 차 건너서부터 줄이 비뚤배뚤해지고 경적음도 요란하게 터지는 걸로 봐서 택시들 사이에 실랑이가 벌어지고 있는 게 틀림없었다.

창문이 억지로 한 뼘쯤 열리자 그 틈바구니로 하관이 빤 턱주가리를 얼른 쑤셔넣은 운전사는 마치 석주와 시비가 붙은 사람처럼 굵은 침을 튀기며 뻐드렁니를 앞세워 따따부따 입정을 사납게 놀렸다.

"쩜만, 쩜만 더 기다려주씨요 잉? 곧 손님이 붙을라고 허는구만. 쓰벌, 지금 시간대가 드럽게 애매해부러서 말이여……"

뻐드렁니의 가슴팍에는 노란 실로 금만운수라는 회사명이 휘갈겨져 있었다. 석주는 그의 말을 다 듣지도 않고 삐그덕삐그덕 차창을 도로 감아올렸다.

"금만운수라…… 근데 노형, 이거 안산으로 가는 거 맞습니까?"

무르팍에 올려논 신문더미를 추스리던 순태는 물끄러미 고개를 쳐들었다.

"예, 맞지요 아마."

"참 지루하군요. 이 답답한 공간에 쑤셔박힌 지 십칠 분 이십오 초가 지났는데 아직도 둘을 더 채우려면 얼마나 더 있어야 할지 원."

"후후, 아직 익숙지 않아서 그러시는 모양인데, 총알택시란 게 마냥 다 그렇습니다. 이 안으로 맘먹고 기어든 바에야 거추장스러운 쓸개고 간이고 전부 떼놓는 게 좋죠. 재수 옴붙어 첫대바기로 올라타면 이십 분도 좋고 삼십 분도 좋은 건 양반이고 운전사 손짓 하나로 좌석이 앞뒤로 바뀌기 일쑵니다. 심지어 목숨까지도 저당잡힐 당조짐을 스스로 일러바치지 않으면 낭패를 봅니다. 곳곳에서 콩알만해질 간덩이는 적당히 알코올에 적셔두는 게 좋구요. 한밤중에 들입다 밟아대는데, 속도계 바늘이 반 바퀴를 홱 돌아 일백오십 킬로에서 파르르 떠니 일 초에 약 사십이 미터를 내빼는 거 아닙니까? 바퀴에 돌멩이만 하나 걸려도 머리가 택시 천장에 가 닿죠. 고무타이어 타는 매캐한 냄새가 코끝을 찌르며 차가 저만치 가 서야지만 비로소 얼어붙은 종

지뼈를 펴고 멍해진 머리를 뒤흔들면서 호주머니를 뒤져 자칫 저승 길 가는 노잣돈에 보탰을지도 모를 오천원짜리를 꺼내는 게 바로 이 총알택시 타는 묘미 아니겠습니까?”

순태는 생면부지인 처지에 너무 제독을 지르는 게 아닌가 싶었다. 처음부터 앞자리를 꿰차고 앉아 있는 품이 총알택시를 별로 안 타본 초짜 같았다. 사고가 나면 앞뒷자리 가릴 게 없겠으나 그래도 뒷자리 가 미더운 법이다. 석주는 턱을 받치며 간간이 건성으로 고개를 끄덕 거렸다.

“그 정도면 노형은 이 총알택시 타는 데는 완전히 이골이 났군요?”

얼마 뒤 석주는 삐꼼히 고개를 꺾어 가느다랗게 풋코를 곯며 유리 창에 이마를 대고 누운 순태의 얼굴을 힐끔힐끔 뜯어보았다. 무르팍 위에 방금 뽑아낸 듯한 신문지 더미를 열댓 부나 갓난아기처럼 소중 히 끌어안고 있는 순태의 나이는 그의 겉늙음을 고려한다 해도 삼십 대 중반은 훨씬 넘음직했다. 탈모증이 극성을 부리고 지나간 이맛전 에 땀에 엉겨붙은 채 이삭이 져 흘러내린 몇 안 되는 머리칼이 왠지 측은한 느낌을 주었다.

이삭 줍기까지 마치고 난 황량한 논바닥의 벼그루터기처럼 억센 수염이 듬성듬성 삐치고 올라온 코밑자리엔 물코가 질펀히 묻어났 다. 석주가 어깨를 흔들어 깨우려고 손을 갖다대려는 순간 순태는 불 에 덴 사람처럼 화들짝 윗몸을 떨며 혀 꼬부라진 허텅지거리를 뽑아 올렸다. 석주는 순태의 속눈썹에 매달려 그의 눈자위가 경련을 일으 킬 때마다 영롱하게 반짝이는 물기를 보았다. 그는 아마도 어릴 적의 홍감스런 대목으로 가는 꿈길을 하느작하느작 밟고 있는 중인지도 몰랐다.

차창을 내리자 악악거리는 소리가 밀려와 귀청을 때렸다. 신세계 백화점 앞길은 사람들이 기를 쓰며 엉겨붙어 싸우는 고함 소리와 갈

길이 밀린 택시들이 울려대는 경적음에다 웽웽거리고 달려온 경찰 백차가 사방으로 쏘아대는 반사등 때문에 큰 교통사고라도 벌어진 현장 같았다. 석주는 영등포 역사와는 반대쪽으로 타박타박 걷다가 차량이 뜸해진 틈을 타 찻길을 무단으로 가로질렀다. 그리고는 아무 골목으로나 불쑥 끼어들었다.

문을 걸어잠근 술집 문앞에는 시커먼 쓰레기 비닐뭉치들이 서너 꾸러미씩 쌓여 있었다. 몇 집은 아직 네온사인을 끄지 않은 채였다. 전봇대 옆에 부풀려진 포장마차의 붉은 휘장에 비친 몇 개의 그림자 가 카바이트 불빛에 취해 너울거리고 있었다. 석주는 휘장을 떠들치 고 고개를 불쑥 들이밀며 포장마차 안을 둘러보았다.

거푸수수하게 풀린 파마머리를 어깨 위로 늘어뜨린 포장마차 여주 인의 맞은편에 놓인 기다란 의자에는 야근 맞교대를 하고 나온 듯한 퍼런 잠바때기 셋이 슬쩍 데친 갑오징어에 부지런히 초고추장 칠을 하며 소주잔을 권커니잣커니 하고 있었다.

"쐬주가 쩌르르 속을 훑으니깐 몸 끊긴 연줄처럼 확 풀려버리네 응?"

그러자 귀밑털이 희끗희끗한 새치머리가 소주잔을 거꾸로 들고 탈 탈 턴 뒤 사모턱이 져 말상을 지른 듯한 사내에게 손을 뻗어 잔을 권 하며 우스개부터 한가득 따라주었다.

"라인 앞에서는 물먹은 솜처럼 척척 가라앉던 몸이 지금은 활활 타 오르는 마른 장작맨치로 힘깨나 쓸 것만 같지? 아서라, 아서 이 문디 자슥아."

"뭘 아서라는 게야, 뜬금없이."

말상은 뭔가 켕기는 듯한 표정을 지으며 새치머리를 노려봤다.

"지금 우리 몸뚱이는 야근을 혔기 때문에 정상이라고 볼 수가 없어 야. 사대육신이 속속들이 삐그덕거린단 말여. 거기다 들입다 소주를 부어놓으니깐 알딸딸해져서는 단지 모른다 그뿐이지. 사람이 외려 몸뗑이가 극도로 피로할 때 잠시 정신이 개뿐해지고 힘이 돌아오는 듯한 느낌이 들 때가 있다는 거여. 물론 그때 거시키도 완전히 서버리고. 우리 겉은 야근 붙박이들이 새벽에 그러드끼 말이여. 살덩이가 섰다고 함부로 마누라에게 허턱 치대다가는 제명에 올바로 못 죽지암."

"듣고 보니 그럴듯하네. 아, 난 또 어디서 들어보니깐 새벽 이게 좋다고들 허기에 열심히 틈나는 대로 마누라와 밤뱃놀이를 떠났지."

말상은 엄지를 검지와 중지 사이에 끼운 주먹을 목로 아래로 슬쩍 들어 보이며 심각한 표정을 지었다.

"아주머니, 거기 있는 대파 좀 우선 쑹덩쑹덩 썰어주세요."

석주는 안주로 닭똥집을 시킨 뒤 생채기가 군데군데 파인 아이스박스통 위의 플라스틱 소쿠리에 미끈하게 빠진 속살을 드러내며 누운 통통한 대파를 손가락으로 가리켰다. 숨 한 번 쉬지 않고 소주잔을 들어 밑바닥까지 빨아대자 노곤한 기운이 한꺼번에 온몸을 휘적셔왔다. 도마 위에 기다랗게 누운 대파의 시퍼런 이파리를 단칼에 쳐내린 주름살투성이 손등이 하얀 몸통을 토막내기 시작했다. 그는 서툰 화장기 때문에 나이보다 되레 서너 살은 더 늙어 보이는 여인의 얼굴을 비스듬히 올려다봤다. 요즘은 누굴 보든지 꼭 어디서 본 듯한 착각에 곧잘 빠지는 버릇이 생겼다. 그녀는 도마 위에 눈길을 붙들어매고 있었다. 갑자기 뜨거운 콧김이 새나와 인중이 얼얼했다.

"홍석주씨, 머리도 복잡할 텐데 한 일 주일 마음 내키는 대로 바람이나 쐬다오지 그래? 내가 출장처리해놓을 테니."

박기환 과장은 넌지시 몸을 피해 있으라는 말을 그런 식으로 표현했다. 그는 순순히 그 제안을 받아들였다. 본청 시설계획과로 발령받은 지 꼭 일 주일 만에 사고가 났다. 가로정비계로 배치를 받은 석주는 구청 가로계의 요청으로 정비가 한창이던 길음시장 인수로의 현지답사를 나가게 됐다. 인수로는 인수천을 덮어씌워 만든 오백 미터 가량의 도로인데 길을 닦자마자 몰려든 노점상인들이 인도고 차도고 할 것 없이 와글와글 점령을 해버린 터라 도로를 닦은 지 십 년이 다 되도록 제 구실을 못 해내고 있는 형편이었다.

지난해 삼백 세대짜리 세안아파트가 길음시장 위쪽 옛 돌산 채석장터에 들어서면서 아파트의 주민들이 앞장서서 인수로 정비 압력을 구청에 넣기 시작한 모양이었다. 아침저녁으로 인수로를 이용해 자가용 출퇴근을 하는 사람들이 늘어나자 자연 노점상들과 자가용 운전자들 사이의 마찰도 늘어갔기 때문이다. 인수로 가의 허름한 집채를 서넛씩 묶어 헌 뒤 번듯한 복합상가 건물을 올린 집주인들이 거기에 가세해 목청을 돋웠다. 그러나 좌판이나 손수레에 밥줄을 걸고 하루벌이로 살고 있는 오백여 명이나 헤아리는 사람들을 밥터에서 쫓아내는 일은 간단하지가 않을 수밖에 없었다.

노점상 중에 여자들이 삼 분의 이가 넘는데다 남자들은 늙거나 몸이 허랑한 치들이 대부분이어서 단속반원들에게 물리적으로 맞대거리를 하고 나오지는 못했지만 그들은 골목골목 숨죽이고 있다가 틈나는 대로 한길가로 비어져나오며 숨바꼭질을 했고 단속반원들이 철수하는 밤에는 부나비처럼 제자리를 다시 차지하느라 온통 야단법석을 떨곤 했다. 몇 번인가 저녁때 기습단속을 벌이자 기가 한풀 꺾여 그전처럼 북적대지는 않았지만 골목에서 골목으로 쫓고 쫓기는 숨바꼭질은 그칠 낌새를 보이지 않았다. 더구나 근처 ㄱ대 학생들이 민중생존권투쟁지원 어쩌구 해가며 합세해서 인수로를 오가며 대대적 시위를 벌인 바로 다음날이어서 상인들의 분위기가 한소끔 달아 오른 때였으므로 구청 가로계에서도 한 번쯤 좀 거칠게 단속을 펼칠 필요를 느끼고 있었다.

석주는 아무런 생각 없이 까만 구청 승용차에 올라탔다. 그 뒤를 봉고 두 대와 공무수행이라는 글자가 새겨진 희끄무레한 타이탄 트럭이 따라붙었다. 거기에는 무자비한 철거로 재개발 지역에서 두루 악명을 떨친 용역업체인 '거산'의 행동대원들이 타고 있었다.

구청 앞마당을 출발하기에 앞서 가로계 김 계장은 석주를 그들에게 소개했다. 본청에서 특별히 여러분들의 업무수행 능력을 지켜보러 나오신 분입니다. 그들은 무표정했고 그리고 먹이에 굶주린 육식동물의 눈빛을 하고 있었다. 하얀 운동화에다 청바지 아니면 얼룩무늬 공수복을 입고 위에는 모자가 달린 감청색 파카 차림이었다. 김계장은 이들이 대부분 백골단이나 해병대, 공수부대 전역자들로 짜여 있다고 귀띔했다. 벌써 낮술을 마셨는지 얼굴이 불쾌한 사내도 몇 명 눈에 띄었다. 왜놈처럼 머리를 바짝 쳐올려 중대 인사계처럼 성깔깨나 부리게 생긴 땅딸보 사내가 나와 자신이 팀장이라며 깍듯이 머리를 숙여 손을 내밀었다. 그는 일부러 고개만 끄덕여 보였다. 괜한 발걸음을 했다는 생각에 발목에서 자꾸 힘이 빠져나갔다.

"귀가를 포기하신 겁니까? 이거 혹 노형이 두고 내린 물건 아닙니까?"

석주를 뒤미처 쫓아들어와 건너편에 멀찍이 앉아 있던 사내가 아는 척을 했다. 잔을 들다 말고 바라보니 아까 택시 안에서 봤던 바로 그 사내였다. 석주는 엉덩이를 한 번 들썩거렸다.

"아 예, 제 가방이 틀림없는 듯싶습니다만…… 정말 고맙군요. 노형을 하룻밤새 두 번씩이나 뵙다니 보통 인연이 아닌 듯하니 합석이라도 허시죠?"

순태는 자기 잔을 들고 빙 에둘러 건너가 석주와 합석을 했다.

"예, 예 그럽죠. 이거 통성명까지는 아니더라도 통성 정도는 해야겠시다. 전 노라고 합니다. 노순태입니다."

"만나서 반갑습니다. 홍입니다. 이름은 석주구요. 그런데 제가 아까 택시 안에서 노형, 이렇게 불렀는데 그러면 성씨는 제대로 맞힌 셈이 되는 겁니까? 하하."

둘은 잔을 부딪치며 목울대가 미어져라 고개를 깔딱 젖혔다.

반쯤 비운 잔을 내려놓자마자 순태는 옆에 놓인 두터운 신문더미 위에서 도시락 두 개 정도가 들어감직한 까만 비닐가방을 들어 불쑥 내밀었다. 석주가 차 안에 두고 내린 물건이었다. 석주는 고개를 연방 굽신거리며 순태에게 치사를 했고, 술값은 자신이 치르겠다고 말했다.

"근데 신문에 뭐 대단한 특종이라도 실렸습니까? 아까부터 뭔가 애지중지하며 신문 더미를 끌어안고 계신데……"

"아, 이거요? 별것이 아닌게…… 아니라……"

순태는 우물쭈물 신문을 옹색하게 펼쳐들고는 지역사회면을 훑었다. 왼쪽 아랫구석에 틀어박힌 짤막한 일단짜리 기사에 눈길이 가 박혔다.

―잇단 단수에 항의, 주민 도로점거 농성.

기사는 원고지로 한 장 분량이었다.

【반월=정효상 기자】 16일 오후 7시부터 2시간여 동안 경기도 화성군 반월면 건건리 인정아파트 주민 이백여 명이 잦은 단수로 인한 식수난을 해결해줄 것 등을 요구하며 근처 수인산업도로를 점거한 채 농성을 벌여 교통이 전면 마비되는 사태를 빚었다.

이 아파트 3동 406호에 사는 주민 이순영(37 · 여)씨에 따르면 애초 이 아파트를 지을 때 당국이 약속한 상수도가압장의 건설이 늦어져 수압이 떨어지기 때문에 사흘째 물이 나오지 않고 있어 생활용수는 물론 식수조차 확보하기 어렵다며 도지사 면담 등을 요구

하고 있다.

　저녁 여섯시 반쯤 나온 내일 날짜 조간신문을 놓고 각 면 검토를 마칠 때부터 순태를 찾는 전화통에 불이 났다. 아내 명혜한테서 걸려오는 전화였다.
　"도대체 뭐야? 그래, 알아보겠다는데 왜 자꾸 닦달이야."
　순태는 목소리를 잘근잘근 씹어 수화기 속으로 흘러보내며 사뭇 위협조로 오금을 박았다. 누군 좋아서 이러는 줄 알아요! 정말 웃겨. 명혜의 목소리도 곱지만은 않았다. 일 주일 전쯤 시누이인 순심이와 전화를 통해 푸닥거리를 진하게 벌이고 난 심사가 아직 풀리지 않은 채였다. 서른이 되도록 시집을 못 가고 시장에서 노점상을 하는 홀어머니와 함께 사는 동생 순심이가 어머니 최씨가 단속반원들에게 잔허리를 밟혀 병원에 입원했다고 알리면서 순태를 보리 먹은 소 몰아치듯 된통 쏘아붙인 것이다.
　"노인네가 집구석이나 잘 지킬 일이지, 왜 구접스레 장바닥을 싸돌아 다니다 사단이나 일으키냔 말이야!"
　"아니, 오빠 지금 그걸 말이라구 해? 노인네가 먹고살자고 헌 일인데, 큰아들된 치가 입때껏 생활비 한푼 도와주지 못했으면 우선 내 탓이오부터 고하는 게 순서고 도리 아냐? 그리고 말 나온 김에, 오빠 뭐가 잘났다고 시어미가 고꾸라져도 낯짝 한 번 디밀 요량도 없는 그런 년을 신주단지처럼 모시고 감싸는 거야! 그래도 한때는 시 나부랭이를 끄적거린 사람이 어쩜 사람 심정을 그렇게도 몰라?"
　순심의 말은 가슴팍을 정곡으로 찌른 듯 아팠다. 여상을 나와 십이 년씩이나 이곳저곳 개인회사 경리로 떠돌며 집안 생계를 돌보느라 혼기마저 놓쳐 어느덧 눈가엔 주름살이 자리를 잡아가는 누이를 볼 때마다 순태는 군대를 갔다와서 뒤늦게 대학엘 가고 더넘스레 대학

원 진학까지 하며 시를 쓴답시고 집안의 주름살을 더 늘게 한 장본인
으로서 도무지 떳떳할 수가 없었다.

명혜가 옆에서 가만히 엿듣다가 전화기를 채뜨리고는 순심이와 서
로 상소리를 퍼부으며 한바탕 해대는 걸 뒤로 하고 그는 바깥으로 빠
져나왔다.

"여기 있잖아, 주민들이 수돗물 때문에 진짜 데모를 하기로 했대
요. 자기도 알잖아. 벌써 며칠째 물 끊긴 거. 그런데 여기 주민회의에
서 그렇게 하기로 하고 언론사에다 제보를 했는데 모두 퇴짜를 맞은
모양이야. 그런데 사백육호 있잖아. 우리 위층. 그 보험 아줌마가 어
떻게 당신이 신문사에 다닌다는 걸 생각해내고는 느닷없이 제안을
해설랑 지금 온 주민들이 당신만 바라보며 목을 매고 있어요. 그러니
난들 어떡해. 아무튼 좀 해봐. 당신이 취재기자는 아니지만 사회부나
이런 데 아는 이들이 있을 테니 말만 잘하면 그깟 기사 좀 욱여넣는
게 그리 힘든 일은 아니잖아요?"

"그래 말을 잘해봐야지. 알았어요. 어떻게 해볼 테니…… 그래, 그
래."

아파트부터 먼저 들어선 다음에야 생활 기반시설이 뒤따라 들어오
다보니 물사정의 어려움이 제일로 극심했다. 쫄쫄거리는 수도꼭지가
그나마 하루 걸러씩 말라버렸다. 그러나 이번에는 아무 통고도 없이
하수도관 묻는 공사를 한다며 연이어 나흘이나 물을 끊은 터에 기껏
급수를 재개했다는 수도꼭지에서는 붉덩물만 기세 좋게 쏟아졌다.

"이, 이런 쥑일 놈덜."

첫물을 받던 순태는 양동이를 들어 목욕탕 바닥에 내동댕이를 쳤
다. 이십 년 분할상환이라는 평생의 빚더미를 끌어안고 내 집이랍시
고 둥지를 튼 보람이 겨우 이거란 말인가. 위층 아래층 할 것 없이 우
당탕거리며 노여움에 찬 고함 소리가 줄지어 터져나왔다.

아침에 느지막이 출근을 하려는데 요즘 겨우 말문이 열리기 시작
한 딸 한별의 눈꺼풀에 퍼런 기가 비쳤다. 눈다래끼였다.

"엊저녁에 흙탕물기가 좀 누그러졌길래 받아뒀다가 가라앉힌 다
음 한별이 낯을 씻겼는데, 아무래도……"

순태는 쌀쌀하게 말을 건네는 명혜를 밀치고 옛날에 어머니가 그
랬던 기억이 떠올라 간지럽다고 키들거리는 한별이의 발바닥에 플러
스펜으로 '天平'이라고 써놓고는 아이의 얼굴을 쓰다듬어주는 척하
며 속눈썹을 하나 재빨리 뽑았다. 한별이는 아빠가 자기를 혼내키는
줄 알고 자지러지는 듯한 울음을 터뜨리며 명혜의 치마폭을 파고들
었다.

그는 사회부 근처를 얼쩡거리다 마침 소주 한잔을 걸치고 다른 신
문사 조간을 대조하기 위해 편집국으로 들어오는 지역담당 데스크
정영일 선배와 만났다. 그는 ㅎ대 칠 년 선배이기도 해서 일단 마음의
부담은 덜했다. 순태는 정 선배의 소매를 끌어당겨 커피 자판기 앞으
로 데리고 가서는 자초지종을 털어놓은 다음 기사화해달라는 청을
넣었다.

"그래? 이거 교열부에서 기사를 챙겨주는 건 외려 고마운 일이지
뭐. 요즘은 그저 떼거지로 몰려가서 뭔가를 저질러야지 먹혀들어가
는 판국이라구. 가만 노형 사는 데가 어디랬지? 반월 쪽이라고 했던
가? 그럼 삼판에는 넣어야겠는데 말씀이야. 어디 보자. 거기면 정효
상이 나와바리(담당구역)니깐 삐삐를 한번 쳐봐야지."

삼판에 기사가 들어가기 위해서는 적어도 아홉시 삼십분 이전에
원고를 편집부로 넘겨야 했다. 아홉시가 되자 저녁을 먹으러 나갔던
야근자들이 돌아와 일을 시작했지만 순태는 일손이 잡히질 않았다.
십 분 간격으로 아내는 전화 공세를 펼쳤다.

사회부 쪽을 바라보니 정 선배는 회전의자에 푹 파묻힌 채 노라리

로 끄덕끄덕 턱방아만 찧었다. 참다 못한 순태는 자리를 박차고 일어났다.

"정 선배, 정 선배. 주무시는데 정말 죄송한데요. 아까 제가 말씀드린 거 말입니다……"

"으응 그래, 참 아까 정효상이한테 삐삐를 쳐봤더니 깜깜 무소식이더라구. 어디로 취재허러 갔나. 노형도 알다시피 요즘은 다들 바쁘잖아. 뭐, 그럴 것 없이 기왕 노형한테서 나온 얘기고 하니깐 저간의 사정을 잘 알 것 아뇨? 노형이 직접 전화 취재를 해서 정효상이 이름으로 기사를 써갖고 나한테 가져오면 내가 데스크를 봐서 넘기지 뭐. 내용은 뻔한 거 아니겠어?"

순태는 전화기를 붙들고는 두 줄짜리 기사를 휘갈겼다. 제발 반 줄이라도 들어만 가다오. 한고비 넘기는가 싶었더니 덜컥 편집부에서 제동이 걸렸다. 그 기사가 마감시간을 넘겨서 들어왔을 뿐 아니라 오늘따라 기사가 넘치기에 싣지 않고 죽이기로 했다는 거였다.

순태는 머리를 흔들며 속으로 그래, 포기하자는 말을 수없이 되뇌었다. 그때 또다시 아내한테서 전화가 왔다. 이번에는 아예 대책위원장이라는 사람을 바꿔주었다. 아유, 이거 일하시는데 방해될까 두렵습니다. 이승섭이라고 합니다. 진작 찾아뵀어야 하는데. 다름이 아니라 금번…… 예 예, 힘껏 알아보겠습니다. 염려 마시고…… 그럼, 노 기자님만 믿고 여기들 한데 모여 기다리고 있겠습니다.

파지가 돼 수북이 쌓인 노란 제목의뢰서에 코를 쑤셔박은 지역면 편집자 태우영의 깐깐한 성질에 지레 질려 주춤주춤 다가서는 순태는 당장 혀라도 빼물고 싶은 심정이었다. 그리고……

"아, 뉴스 밸류를 생각해야죠. 뉴스 밸류를! 이렇게들 편집의 에이비씨도 몰라서야, 쯧쯧."

"알겠습니다, 태형. 좀 도와주쇼."

"하하, 마누라쟁이들은 죄다 안달뱅이들이죠. 사내들이 밖에서 어떤 고락을 겪는지 도통 알려고 들지를 않습니다. 어쩐지 노형 행색을 떡보니 신문쟁이 같기는 했는데…… 신문 더미를 끌어안은 거 하며, 가운뎃손가락의 그 굳은살에 볼펜 찌가 묻어 있는 걸 보고요. 전 직업이 뭘 거 같습니까?"

"월급쟁이긴 헌데…… 혹 기관에 계시는 분 아닙니까? 별정직 같은……"

순태는 고개를 갸웃거리며 대답했다.

"별정직이라면……"

"좀 한가하면서도 가끔씩 특수한 임무를 떠맡는……"

"아유, 천만에요. 전 단지 말단직 일반 공무원에 불과합니다. 지금은 휴가중일 뿐이죠."

"그런데 어디서 좀 낯이 익은 느낌이 들어요. 홍형은 안 그렇습니까?"

"노형 고향이 어디신데요? 전 강원도 철원입니다만."

"그래요? 이거 반갑습니다. 전 강원도 대화입니다. 감자바위요……"

"우린 티케이는 아니군요."

"아하, 우린 정치 얘기는 하지 말기로 하죠? 괜히 이 좋은 만남을 쓰잘 데 없는 정치 얘기로 죽 쑬 순 없잖습니까?"

"동감입니다. 언제부턴가 우리 사회는 고향 얘기를 하다보면 말입니다, 어느새 고향이 지역으로 둔갑을 하고 그래서 뭔가 정치적 딱지를 마빡에 붙이고 떼는 딱한 처지가 됐어요."

석주는 고개를 연방 끄덕이며 소주잔을 들어 건배를 청했다.

원래 인사이동이 되면 보통 일 주일 정도는 일손을 놓는 게 관례였다. 때문에 구청에서 현지답사를 요청했다 해도 가볍게 거절할 수는 있었다. 승진 인사가 있기 전에 나오는 전보발령 인사를 보면 다음번 승진 인사에 낄 것인가 못 낄 것인가를 대충 헤아려볼 수가 있었다. 석주는 시 종합건설본부에서만 부감독 파견근무를 오 년째 하고 있었다. 파견근무는 근무고과평점이 높은 것이 상례였고 따라서 그는 주변에서 이번에 육급 승진은 따논 당상이라는 덕담을 듣고 있는 처지였다. 파견 오 년차에는 연수 동기인 함종복이 있었다. 그는 노가다판의 필수인 술에 약했을 뿐 아니라 내성적이어서 인간관계에서 그에게 훨씬 밀린다고 봤기에 그는 함종복이와의 경쟁에 별로 신경을 쓰지 않았다. 함종복이가 본청의 어찌어찌한 인사와 줄이 닿는다는 소리를 들어도 그는 이번만큼은 자신의 승진을 믿어 의심치 않았다. 그러나 이번 전보발령 인사에서 어처구니없게도 시설계획과로 쫓겨난 것이다. 건설본부에서 본청으로 갔으니 겉으론 영전이었으나 속으로는 좌천이나 다름없는 내용이었다. 함종복이가 티케이였대. 그는 환송회식에서 속삭이는 동료에게 소리를 버럭 질렀다. 아니, 육급잔챙이 인사에 무슨 얼어죽을 티케이야! 두 주먹으로 술상을 내리쳤다.

"홍형, 뭘 그리 골똘히 생각하십니까? 제 잔 받으십시오."

"아, 예 예, 됐습니다. 그럼 저두……"

"그리고 아주머니 여기 땃땃한 꼬치국물 좀 하나 주세요."

—비켜! 안 비키면 국물도 없어!

마이크를 잡은 김 계장의 구두 경고는 짤막했다. 봉고차가 시장 어귀의 허름한 방범초소 앞에 서자마자 차문이 드르륵 열리면서 하얀 운동화들이 쏟아져나왔다. 시장길이 순식간에 홍해가 갈라지듯 양쪽으로 두 동강이 났다. 골목길로 서로들 먼저 숨기 위해 어빠자빡 밀치는 바람에 넘어진 사람 위로 마구 밟고 올라서다 켜켜이 포개지는 광경이 눈에 들어왔다. 그 위로 달겨든 단속반원들은 궤짝을 부수고 함지를 뒤엎고 머리채를 휘감아 돌렸다. 시장 안은 비명 소리와 고함 소리의 도가니로 변했다. 행주치마처럼 된 전대를 찬 한 아주머니는 물미역 더미를 던지며 맞서다 땅바닥에 태질을 당하고는 옆사람 부축을 받으며 간신히 골목으로 피신을 했다.

─홍 주임, 한번 둘러보시죠?

김 계장이 옷소매를 잡아끌었다. 으깨진 도토리묵이 널린 시장길 한복판을 지나려니 골목골목에서 우우우 모여 서서 실타래처럼 엮어 던지는 저주에 찬 시선들이 우선 목덜미에 따갑게 와 달라붙었다. 석주는 시장 중동에 있는 사거리에서 느닷없이 옆골목으로 새들었다. 왜 그랬는지는 아직도 잘 모를 일이었다. 단지 골목 안의 사람들과 그저 말이라도 한마디 건네고 싶다는 생각이 불현듯 들었던 거다. 약간 널찍한 그 골목에는 열댓 명의 노점상 아주머니들이 무장해제당한 패잔병처럼 몰려서서 그의 얼굴을 말없이 빤히 노려만 봤다.

김 계장은 그의 돌발적 행동을 단속의 손길이 골목까지 미치지 못함을 지적하는 걸로 잘못 알았는지, 단속반원들을 향해 손을 흔들며 빨리 휩쓸어버리라는 신호를 보냈다. 그가 말릴 틈도 없이 쏜살같이 들이친 단속반원들에 의해 골목 안은 또다시 아수라장이 됐다. 발치께 엎어진 함지에서 떨궈진 잘 다듬어진 나물 뭉치들이 굴러다니고 있었다. 고사리 취나물 도라지 시래기 냉이 노란 콩나물 대가리 등등. 망연히 발등만 내려다보고 있던 석주는 목덜미가 약간 서늘함을 느꼈다. 돌아다보니 눈시울께에 화상 자국이 난 여인이 서 있었다. 그녀의 얼굴 깊숙이 팬 주름살 틈새를 묽은 액체가 골골이 메우며 흐르고 있었다. 가늘게 떨고 있는 여인의 한쪽 손에는 흙이 묻은 갈색 나물 덩어리가 한 움큼 쥐어져 있었다. 그는 목덜미에 치렁치렁 걸린 젖은 미역줄기가 손에 잡히자 선득한 느낌에 사로잡혔다. 아니, 이 할망구가 죽으려고 환장했나 응? 팀장이라고 악수를 청하던 그 스포츠형 땅딸보가 이단옆차기로 여인의 허리를 밀어 쓰러뜨리고는 등허리를 작신작신 밟아댔다.

—제발 그만둬! 당신두 낳아준 사람이 있을 거 아냐!

경찰에 연명으로 진정이 들어와 다음날 관할 경찰서에 불려가 형식적 조사를 받은 뒤 무혐의 처분을 받았다. 석주는 일 주일의 휴가를 얻자마자 고향인 철원으로 내려갔다. 철원에는 외삼촌 두 분과 이모 한 분이 살고 있었다. 아버지가 육이오 때 단신 월남했기 때문에 그에게는 고향이라고 해야 외가붙이밖엔 없었다.

철원네는 석주가 철원에 들르겠다고 하자 내려가는 김에 민통선 근처에 남아 있는 자투리땅을 처분할 수 있는지 큰외삼촌에게 알아보라면서 노랗게 찌든 등기권리증을 꺼내놓았다. 모두 두 배미로 된 논이었다. 한 배미는 천삼백팔십 평이었고 다른 한 배미는 육백팔십평으로 모두 이천육십 평이나 돼 결코 허랑하게 생각할 땅이 아니었다.

—얼마 전에 너희 큰삼촌한테서 연락이 닿았다. 땅을 보겠다는 임자가 나섰대나 어쨌대나…… 니가 지금 임대든 집이 기한도 다락다락 닥쳐오니 아예 걸음한 김에 처분할 수 있으면 다문 얼마에라도 셈을 하고 오도록 해라 까짓것. 수렁논에다 지뢰밭이 됐길래 허턱 버리는 땅인 줄 알았는데……

"근데 술잔은 안 돌리시는군요."

순태는 자신이 건네준 잔이 벌써 비었는데도 그것을 움켜쥐고 망설이고 있는 석주를 보며 고개를 외로 꼬았다. 석주는 주인 아주머니에게 새 잔을 청해 순태 앞으로 밀었다.

"버릇은 아닙니다만…… 좀 미심쩍어서요."

"누가요? 제가요?"

"아니, 별다른 오해는 마십시오. 사실은 제가 나흘 전에 고향엘 다녀왔습니다. 가보니 고향에는 돌림병이 돌고 있었습니다. 그래서 좀 꺼려집니다."

“아, 그래요? 무척 흉흉했겠습니다. 그래, 무슨 돌림병이었습니까?”

“이질 중에 하난데, 적리라고……”

순태는 고개를 크게 끄덕였다. 옆에서 술을 마시던 축들이 술값을 치르고는 우르르 몰려나갔다. 순태는 석주 앞에 있는 술잔을 가만히 자기 앞으로 끌어당겨서는 자작으로 소주를 찰찰 채웠다.

“적리균에 대해선 제가 조금 압니다. 우선 그건 잠복 기간이 한 사나흘쯤 됩니다. 그러니 지금까지 홍형이 까딱없다는 건 전염이 안 됐다는 증거입니다. 그리고 적리균은 저항력이 약합니다. 육십 도만 되는 물에서도 십 분을 넘기지 못하고 죽어버립니다. 우린 몸을 한번 생각해보시지요. 각종 농약물과 중금속, 방부제, 폭탄주 등으로 평소에 단련이 돼 있지 않습니까?”

“아닌게 아니라 듣고 보니 그렇군요.”

“제 친구 중에 한 녀석이 한때 시인을 꿈꾸던 놈이 있어서 사오 년 전쯤 유수한 월간 문예지에 내로라 하는 시인의 추천으로 일차 추천을 받기도 했는데, 그때 녀석은 고향에 몰두해 있었죠. 어떤 식으로 몰두해 있었냐 하면 고향에 질병을 연결시키는 거예요.”

“하필 질병입니까?”

“예. 가령 말입니다. 「개씹앓이」란 시는 이렇게 시작됩니다.”

개씹앓이 하면
아랫뜸 황대목 아저씨 떠오른다
거짓말 같은 붕어를
문설주에 그려놓고
붕어의 눈에 삼이지 사람의 눈에 웬 삼이냐며
붕어의 눈을 바늘로 꼭 찔러주던
황대목 아저씨 걸걸한 음성에

오늘은 발끝까지 홈빡 찔리고 싶다

순태가 허공에 눈길을 박고 차분히 짧은 시 한 수를 읊조리고 나자 석주는 느려터진 손뼉으로 대답을 했다.

"제가 시는 잘 모릅니다만, 썩 괜찮아 보이는 시 아닙니까?"

"이런 식으로 질병을 쭉 늘어놓으며 연작으로 씨를 썼죠. 참 독특한 놈이었습니다. 홍역 부스럼 아구창 기계충 학질 갑피기 황달 손님 마마 횟배 종기 객혈 물집 중풍 광견병 옘병 상사병 후더침 치질 혓바늘 항아리손님 생인손…… 뭐 그랬습니다."

"개씹앓이는 구체적으로 어떤……"

"아 예, 그러니깐 어릴 적에 눈에 핏발도 서고 눈꼽이랑 또 뭐냐, 삼이라고 해서 좁쌀만한 것도 눈동자에 막 끼는 그런 것 있잖습니까?"

"예, 맞습니다. 그런데 그 좋은 연작을 지금은 안 쓰는 모양이죠?"

"글쎄요. 어느 날 갑자기 절필이라는 걸 하더군요. 그는 처음엔 크고 작은 질병을 끌어안고 살아가는 옛 마을 사람들을 고향의 아련한 추억거리로 삼았는데 나중엔 그게 아니라는 생각이 든 모양이야요. 갈수록 황폐해가는 고향, 거기서 우르르 몰려나와 도시로 온 우리들 하나하나의 삶의 각박함 앞에 더이상 꿈꿀 자리가 없다는 걸 느꼈다나봐요. 우리처럼 평범함 사람들한테는 뭐 귀신 씨나락 까먹는 소린가 싶죠 뭐."

"아무튼 제가 돌림병이 돌아 피폐해진 고향을 막 둘러보고 온 참이라 그런지 노형의 얘기가 더욱 그럴듯하게 들립니다. 한때는 고향에만 가면 그래도 어머니 품에 안긴 듯 아늑함을 느끼던 시절이 있었는데요. 아주머니 여기 소주 한 병만 더 주세요. 예 예, 반 병만 마시고 금세 일어나겠습니다."

주인 아주머니가 빨리 자리를 파하라고 다그쳤다.

"그렇죠. 고향이란 곧바로 우리들 어머니라고 할 수 있죠."

"예, 그렇다고 볼 수 있죠."

"그럼 우리에게는 아직 마지막 기회는 살아 있는 셈이군요."

"불효 말입니까?"

"어디 불효뿐이겠습니까? 막말로 에미란, 약손을 지닌 유일한 족속들입니다. 보통 손을 약손으로 바꾸는 원천은 도대체 어디서 나오는 건지…… 그것이 정녕 우리들 삶에 아무 소용이 안 된단 말씀은 아니겠죠?"

"……"

순태는 그가 병원으로 찾아갔을 때 사람들의 눈을 피해 복도 구석배기로 손목을 잡아 이끌던 어머니 최씨가 떠올랐다. 미아리고개 밑에 있는 성북성심병원 4층 406호를 찾아가니 병실 문이 활짝 열려 있었다. 양쪽으로 병상이 세 개씩 모두 여섯 병상이 놓여 있는 병실의 창가 쪽 침대가 최씨의 것이었다. 침대 위는 비어 있었다. 옆엣사람들이 화장실에 갔으니 잠시 기다리라고 일러주었다. 순태는 침대옆 보조의자에 앉았다. 잠깐 앉아 있자니 복도에서 최씨의 우렁우렁한 목소리가 들려왔다.

"이봐, 할마시. 똥 매려우면 여기 간호사 아가씨나 우리한테도 얘기를 허라구요. 그냥 저질러 앉아서 싸대지 좀 말구. 그렇잖으면 천덕꾸러기 신세가 돼서 이 병원에서도 쫓겨나요, 쫓겨나."

최씨는 왼팔에 석고붕대를 대고 목에는 받침대를 두른 처지였지만 오른팔로 거진 반신불수가 된 노인네를 부축하며 병실로 들어섰다. 그러자 바로 옆침대에 앉아 있던 중씰한 아주머니가 코를 감싸쥐며 소리를 버럭 질렀다.

"아유, 냄새야 코끝이 썩어문드러 떨어지네. 그러면서도 대구 먹을 것만 찾으면 대관절 어떡하자는 거야 응?"

"아니 그게 아냐요. 몸이 일단 저렇게 되믄 속이 후출해가지고 먹을 걸 더 밝힌다구요. 나무랄 일이 못 돼요. 격실한 며느리라도 있으면 그 똥수발을 온전히 해내련만 멀쩡할 땐 그렇게 며느리를 구박해서 지금 그 앙갚음으로 며느리가 발그림자도 비치지 않는다니 에그, 딱하기는…… 아니 큰애 니가 웬일이니? 어떻게 알구 여길 다 찾아왔어그래."

"아, 신문기자 한다는 그 아드님이세요? 어머나, 왜 인제 오셨어요. 어머니를 저렇게 만든 놈들을 신문에 좌악 까발려서 매장을 시켜버려요."

병실에 있던 사람들이 고개를 돌리며 한마디씩 거들고 일어났다.

"세상에 먹고 살겠다고 나선 노인네를 저렇게 그악시리 밟아버리는 게 대명천지에 어딨단 말이야."

순태는 최씨의 말을 듣고 콧잔등이 시큰해졌다.

"저 사람들 말은 한쪽 귀로 흘러버려라. 남의 말은 다 쉬운 법이야. 이번 일로 송사를 걸 생각일랑 아예 잊고 꿈에도 생각지 말라구. 예로부터 이승에서 송사를 열두 번만 하믄 염라대왕도 알아본다고 했어. 더군다나 관을 상대로 해서야 그눔의 송사가 올곧게 이루어지겠니? 검정개는 검정개 편을 들기 마련이야. 내 말 직심히 새겨들어. 그리고 난 보다시피 시간이 지나면 저절로 나을 상처니 내가 이 병원에 있는 한 다시는 여길 찾아올 생각일랑 먹지 말고, 병원비는 저쪽에서 보험으로 다 알아서 처리해준다고 하니깐 공연히 애쓰지 말어."

순태는 내일은 어떻게 해서든 다시 한번 어머니를 찾아뵈야겠다는 생각을 궁글리면서 가느다란 한숨을 내쉬었다.

"홍형 휴가가 하루 남았다고 하신 것 같은데, 이젠 댁으로 곧장 들어가야지요."

석주는 포장마차 속을 파고든 새벽바람에 몸을 부르르 떨며 코트 깃을 바투 여몄다. 그리고는 고개를 좌우로 흔들었다. 식어빠진 꼬치 국물 위로 모여든 싯누런 기름기가 희번덕 어룽거렸다.

"아직도 여기서 볼일이 남아 있는 겁니까? 그러면 첫차가 뚫려도 저랑 같이 갈 의향은 없는 거죠?"

"그렇다고 봐야 하겠군요…… 사실…… 혹시 미스 박을 아시는지 요?"

"미스 박? 이름이 어떻게 되는데요?"

"그건 저도 잘 모릅니다만……"

"미스 박을 잘 모르는 건 노형이나 저나 매한가지군요. 그렇다면 마찬가지로 홍형께 제가 알고 지내는 미스 김을 아느냐고 물어보면 어떨까요?"

"하지만 미스 박과 난 벌써 며칠째 살을 섞고 있는 사이고, 난 그녀 에 대해선 알 만큼은 압니다. 예를 들어 육팔년 잔나비띠고, 낮에는 여의도에 있는 어느 영어회화 테이프 회사의 경리로 일하는데다 결 핵 삼기지만 밤에는 술집엘 나가기도 합니다. 그리고 이미 노형하고 도 한 번 얼굴을 마주친 적도 있습니다."

"전혀 기억에 없는데……"

"엉덩짝이 쓸 만한 여잔데……"

"엉덩짝? 아니 그럼, 바로……"

"이제 기억이 나시는 모양이군요. 아까 총알택시에서 우리에게 헛 바닥을 낼룽거리고 간 여자가 바로 미스 박입니다. 저와 나흘간 영등 포 경찰서 근처 금성장 삼층에서 한 방에 묵었죠. 우린 아직 거래가 완전히 끝나지 않았습니다만."

"수완이 부럽습니다. 그런 거래를 하실 줄도 다 알고."

"글쎄요. 미스 박은 제게서 아마 진한 돈냄새를 맡았을 겁니다."

석주는 자신의 까만 비닐가방을 손가락으로 쿡쿡 찔렀다.

"분실물을 찾아주면 약 일 할을 떼준다고들 하는데 그러면 노형도 저한테 최소한 삼백만원 이상을 받으실 수 있습니다. 왜냐면 이 가방 안에는 석 장 이상의 현찰이 들어 있기 때문이죠."

순태는 눈을 끔뻑거렸다.

"고향에 거저 주운 거나 다름없는 땅이 생겨서 처분을 했죠. 노형도 아시겠지만 철원 하면 새로운 땅투기 지역으로 각광받는 곳 아닙니까? 북방정책이다 금강산 개발이다 해서 말이죠. 마침 그 땅은 일제 때의 금강산 전철이 정현을 거쳐 느릅실로 해서 김화로 빠지는 그 근방에 있어서 누군가 눈독을 들일 만했죠. 원래는 지뢰를 심은 땅인데 그쪽하고도 대민업무 차원에서 애기가 그럭저럭 돼서 머지않아 금속탐지기를 들이댄다고 합디다. 우선 사례금부터 받으시죠."

석주는 가방을 열었다. 그러자 순태는 그의 손목을 꽉 붙들며 정색을 띤 눈빛으로 단호하게 잘라말했다.

"제발……, 그건 절 모독하는 겁니다. 진심입니다."

"제 성의인데…… 정 그러시다면……"

"총알택시는 집에 가려고 탄 게 아니군요?"

석주는 고개를 끄덕였다.

"전 제 고향에서 올라온 뒤 오늘까지 사흘째 이곳 영등포 뒷골목에서 지냈습니다. 아까도 말씀드렸지만 전 휴가중이었습니다. 그 사이 돌림병이 도는 고향땅을 밟고 그 자리에서 땅을 팔고는 몇 천만원의 돈을 챙긴 것도 사실입니다. 돌아오는 길에 난 직행버스를 서너 번이나 세우고 설사를 했죠. 그래서 내가 그 돌림병, 즉 적리에 걸린 줄로 생각하게 됐지요. 그런데 겁이 나기는커녕 어디 가서 한번 제대로 앓아보자는 오기가 들더군요. 제 고향 사람들이 죄다 앓는 병 아닙니까? 그러니 제가 못 앓을 까닭도 없다는 생각이 들었습니다. 그런데 마침 그 장소로 영등포가 떠오르지 뭡니까? 왜일까요. 혹시 아버지 때문은 아닐까요? 알코올중독자이던 울 아버지는 서울로 올라온 뒤 이곳 영등포시장에서 지게꾼 노릇을 하다가 어느 여인숙에서 변사체로 발견됐거든요. 그 생각이 자꾸 나기도 하고설랑……"

포장마차의 여주인은 거둠거둠 그릇이며 식기 등을 챙겨 김이 모락모락 올라오는 커다란 양동이에 쓸어넣고는 애벌설거지를 하며 문닫을 준비를 했다.

"그럼, 오늘밤에도 총알택시를 탈 겁니까?"

순태는 막잔을 들며 물었다. 석주는 고개를 절레절레 흔들었다.

"오늘은 휴가 마지막날이고 하니 미스 박을 적당히 위로해주고 목간이라도 서두르고 난 다음 들러볼 데가 있습니다. 제가 도의적 책임을 져야 할 어떤 나이든 아낙네입니다."

"도의적인 책임이요?"

"예, 분명한 도의적인 책임입니다. 왜냐하면 전 그날 그 현장의 책임자였으니까요. 그 폭력은 제가 직접 휘두른 건 아니지만 누가 뭐래도 제 책임과 인솔 아래 이루어졌습니다."

"그날 그 현장에 대해서는 제가 아무런 정보를 갖고 있지 못해서 의사소통을 하기가 무척 어렵군요. 그럼……"

둘은 자리를 털고 일어나 포장마차 밖으로 나와섰다.

"많은 얘기 들었습니다. 인연이 있으면 다시 만나겠지요."

"예, 모르죠. 이 서울 바닥에 혹 적리라도 창궐하게 되면 어느 병원에서라도 다시 만날지…… 허허."

악수를 나누고 엷은 어둠이 흩어져가는 반대쪽 골목으로 제각기 허청허청 빠져나가는 두 사내의 발목을 찬 새벽바람이 휘감고 있었다.

(『문학사상』1992년 5월호)

춘하 돌아오다

그녀 이름이 춘하(春河)인 줄 안 것은 바로 며칠 전이었다. 동네 사람들이 모두 춘화, 춘화네 하고 불렀기에 언뜻 봄꽃 정도를 떠올리게 하는 춘화(春花)로 알아듣기 십상이었다. 춘하는 누구에게 부탁을 한 건지 자신과 상호의 한자 이름과 생년월시가 큼지막히 적힌 십육절지 모조지를 철원네 앞으로 디밀고는 두 주먹을 그러모아 치마폭에 깊숙이 담갔다. 택일을 받으러 온 것이다.

"처녀 총각들도 아닌데 날을 받아 뭣 헐러구? 그저 맘만 화합하고 꿍심 있게 잘 살아가믄 그게 최고구 더이상 없지 뭐."

철원네는 돋보기 안경 너머로 흰자위를 치뜨며 타박 아닌 타박을 놓았다. 춘하는 대꾸 없이 가만히 웃었다.

"저야 헌 계집이니깐 그렇다 쳐두 상호씨 맴이야 어디 그런감유?"

철원네는 한때 밥줄이었던 『천세력』의 낡은 갈피를 뒤적이며 이골이 난 점바치처럼 고개를 건성으로 주억거린다. 그러더니 책장을 다짜고짜 덜퍼덕 덮고 만다.

"볼 것 없이 이번 일요일로 날을 잡으라구. 그저 그러구러한 날인데 아주 날을 맞추자면 해를 넘겨야 허구. 그런데 보니깐 궁합이 기막히게 좋아. 이것 봐, 떡허니."

철원네는 주황색 표지의 『당사주요람』을 단박에 펼쳐들곤 신명나게 읊조리기 시작한다. 춘하도 귀가 솔깃한지 입술을 종그리며 무릎을 철원네 쪽으로 움찔해 보인다.

"봐, 남자가 금(金)이고 여자가 수(水) 궁(宮)이니깐 서로 상생격(相生格)인데, 가만있자 옳지 여기 있군. 사마가 짐을 얻은 격이라고 나와 있네. 사마는 말 네 마리가 끄는 수레니깐 그게 짐을 얻었으니 다 돈이 되는 일이거든. 가만 더 들어봐. 금은 물을 생허니 부부 화목허고 길이 넉넉허며 겨울을 지난 초목이니 자손이 가득하여 효도하고 영화가 끊이지 않으리라. 됐다, 합격."

당사주 책을 탁 덮은 철원네는 짐짓 겉장을 야무지게 한 대 내리쳤다.

그러자 약간 느꺼운 감정이 북받쳤는지 상기된 표정을 짓던 춘하는 털을 뽑은 생닭 한 마리를 등뒤에서 끌어당겨 복채로 내놓고 갔다.

춘하와 상호는 최복덕방 옆 김장시장과 함께 어느 날 갑자기 나타났다. 상호를 끝으로 본 지도 십 년이 훨씬 넘은 일이었지만 춘하는 그보다도 더 오래 전에 자취를 감췄었다. 정확히 말하자면 춘하는 십육 년 전에 동네를 떴다. 그것도 야반도주로 말이다. 대추나무에 연결리듯 주렁주렁 매달린 빚더미에 치이다 못해 그 전날 밤까지만 해도 색동 베갯잇을 박아내는 일을 새로 벌이게 됐다고 너스레를 떨며 동업자를 톺는다, 달러변을 낸다 이집저집 저녁상 머리에 견본품을 들고 동네방네 종종걸음을 치던 춘하가 다음날 저녁 무렵에야 밤봇짐을 싼 사실이 드러났다. 온 동네가 벌컥 뒤집힌 것은 물론이고 알게 모르게 쌈지돈을 열어주었던 사람들이 슬리퍼 바람으로 춘하네 대문을 들이쳤을 땐 세간살이를 고스란히 둔 채 동굴처럼 묵묵히 시커먼 아가리를 벌리고 있는 미닫이 방문짝만 그들을 맞이했다.

병문도 그날 그 마당에 고동색 체육복 차림으로 우두커니 서 있었다. 빚쟁이로서가 아니라 구경꾼으로서. 저녁 밥상에 올릴 고등어자반을 문 구리적쇠를 화덕 위에 올려놓고 굵은 소금을 훌훌 뿌리며 이리저리 뒤집던 철원네는 방바닥에 시금치를 다듬느라 펼쳐논 신문지 쪼가리 위로 벌겋게 달아오른 적쇠를 아무렇게나 던져놓고는 돌쩌귀가 들썩거리도록 부엌문을 박차고 나갔다. 애당초 못 받겠거니 하고 묻어둔 거였지만 철원네도 일금 만여원을 저당잡히고 있는 터였다. 눈깔이 희멀건 고등어의 푸르고 희끄무레한 몸통에 담금질당한 듯 선명한 적쇠 자국이 어지럽게 나 있었다.

방문을 통해 들여다본 춘하의 방 안 세간살이는 금방이라도 주인이 들어와 어루만질 듯 질서정연했고 왠지 모를 활기마저 머금고 있었다. 춘하가 평소 앞에 앉아서 얼굴을 매만지던 빨간 자개장 경대는 감히 방 안엔 들어갈 엄두를 내지 못하고 마당에서만 서성대는 사람들의 얼굴을 그럴 줄 알았다는 듯이 고개를 깔딱 젖히고 내다보았다. 저 오만불손한 겨울. 병문은 오줌이 몹시 마려운 아이처럼 사타구니를 배배 꼬며 마당가를 깨금발로 찔룩거렸다.

맨드라미가 시들어가는 마당 한구석 화단에는 울긋불긋한 상표가 그대로 붙은 박카스 병들이 올망졸망 키재기를 하며 허리께까지 파묻혀 있었다. 화단 벽돌 대용인 듯싶었다. 병문은 신경질적으로 그중의 하나를 뽑아들었다. 사오 년 전쯤 아버지가 쓰레기 손수레를 등짝으로 버팅기며 류산부인과 옆 비탈을 내려오다 힘에 부쳐 손살을 푸는 바람에 전봇대와 수레 사이에 팔이 끼고 발등이 깨져 자리보전을 했을 때 철원네가 아버지 약가심으로 사온 박카스를 처음으로 구경했다. 나중에 빈병의 밑둥을 거꾸로 탁탁 치니 다 쓰고 난 건전지 꼭지를 뺄 때처럼 알싸한 몇 방울의 액체가 혀끝으로 흘러들었다.

예상과는 달리 어른들은 춘하의 세간살이에 손끝 하나 대지 않고 뿔뿔이 흩어져갔다. 그들의 얼굴에는 체념의 표정이 역력했다. 알 수 없는 야릇한 미소까지 주고니받거니 하면서 약세 본 싸움닭처럼 슬몃슬몃 고개를 가슴팍에 파묻고 되도 않는 코방귀를 허투루 핑핑 날리면서 등을 보였다.

— 어따, 광수 자넨 해우채 한번 오지게 뜯겼네 응?

— 이눔아, 지금 사둔 넘말 하지 말어. 제수씨헌테 코 떼이지 말고 설랑. 아예 아갈잡이를 시키기 전에 조동아리 조심하라구.

— 반신불수인 중풍쟁이 남편을 어떻게 그리 소리소문 없이 떠들쳐가지구 내뺐는지 그게 생각해보니 용하네그랴.

춘하에게 돈을 빌려준 사람치고 그녀의 단속곳 너머에서 풍기는 비릿한 내음을 벌룸벌룸 맡지 않은 사람은 없었을 것이다.

병문은 어금니를 사려물었다. 그리고는 손아귀에 쥐어져 있던 박카스 병에 온 힘을 실어 어둑신한 방 안에서 춘하의 은이빨처럼 반짝거리고 있는 경대 거울을 향해 집어던졌다.

힘없이 고개를 떨궜다. 추첨번호 14, 보성중학교. 추첨번호 14, 보성중학교. 작년 이맘때 라디오에서는 암호문을 해독해주는 듯한 아나운서의 들뜬 목소리가 흘러나왔다. 그리고 몇 번의 예비소집일과 가정통신문, 교복과 체육복, 누런 금단추와 모표 — 그는 그것들을 광약으로 닦아서 눈이 부시게 만들었다 — 가 달린 모자와 학년 배지. 철원네는 중학 삼 년간은 입어야 한다며 강력제분 곰표 밀가루 포대 자루 같이 호졸근한 교복을 미리 입혀놓고는 병문을 와락 끌어안았다. 중핵교만 나오면 옛날 면서기지, 지금도 동서기는 헐 수 있어. 병문도 괜히 콧등이 시큰해져서 눈가에 찔끔 물기를 내비쳤었다.

그러나 그 푸근했던 꿈은 너무나도 일찍 물거품이 됐다. 이불 보따리 안에 깊숙이 앙궈둔 노란 봉투가 쥐도 새도 모르게 없어져버린 것이다. 시간도 촉박했을 뿐더러 십만원짜리 자기앞수표의 분실이라는 현실 앞에서 집안은 단박에 절망의 나락으로 추락을 계속했던 것이다. 아버지나 철원네 국량에 이틀 안에 등록금만큼의 돈을 여투어내기를 바라는 건 곤소금에 곰팡이가 피기를 기다리는 것과 똑같았다. 한 일 주일쯤이었던가, 병문은 그때 첫 가출을 시도했었다.

김장시장 철이 끝나자 춘하와 상호는 연탄배달을 나섰다. 상호는 투박한 탄지게를 졌고 춘하는 유모차를 개조한 손수레를 끌었다. 병문은 춘하와는 모르쇠를 붙이고도 어영부영 얼굴치레를 할 수 있었지만 상호와는 그럴 수가 없는 처지였다. 그는 병문네 식구가 철원에서 올라와 처음 짐을 푼 꽁이네 무당집에서 오륙 년간 바람벽 하나를 사이에 두고 산 이웃이었다.

상호는 그때 막 월남에서 해병대로 현지 제대를 한 스물한 살의 떠꺼머리총각이었다. 얼굴 전체가 온통 부삽으로 떠낸 자리 같은 곰보인데다 얽으면 검지나 말지 하는 말도 있듯이 감때 사납게 거무튀튀한 얼굴 때문에 사람들이 쉽게 부쩝 못 하는 위인이었다. 그러나 갓 국민학교를 들어간 병문 또래 아이들한테는 우상과 같은 존재였다. 월남전에서 베트콩 잡은 무용담과 밀림의 원숭이 사냥담을 걸쩍하게 풀어놓아 머루 같은 땅꼬마들의 눈동자를 자신의 입술로 함빡 집어삼키곤 했다. 그가 훈장을 달아주길 바라며 아이들은 그 얼마나 군대놀이에 열심이고 또 용감했던가. 병문도 그의 말문이 열리길 바라며 아버지 담뱃갑에서 쏠락쏠락 개비 도둑을 해서는 그에게 달려갔다. 더구나 국민학교 이학년 때 병문이 한번은 왼쪽 이맛머리에 속 깊은 종기가 잡혀 사경을 헤맨 적이 있었다. 이 종기가 어찌나 돌곰겼는지 눌러보면 쿨렁쿨렁한 게 마치 낙타가죽으로 만든 물주머니를 만지는

느낌이었다. 병문은 쇳덩이를 이마에 매달고 있는 듯한 고통에 시달
리다가도 이내 혼곤한 잠에 빠지곤 했다. 동네 어른들은 곪은 게 밖으
로 빠지지 못하고 안으로 흘러들면 생명이 위험할 것이라고 수근거
렸다. 날품을 팔며 근근히 서울 생활에 잔뿌리라도 내려보려고 발버
둥치던 부모들은 허둥지둥 맘만 급했고 언감생심 동네 의원에라도
데려가볼 엄두를 내지 못했다. 참으로 딱한 처지였다.

그때 나선 이가 상호였다. 그는 다리를 쭉 뻗고 앉더니 병문의 머리
를 끌어당겨 살포시 눕혔다. 그리고는 병문에게 눈을 감으라고 명령
했다. 둘러선 사람들은 고개를 갸웃거렸다. 그는 아무런 도구도 갖추
지 않고 맨손으로 병문의 이마를 짚고 있을 뿐이었다. 눈을 감고 있던
병문은 코끝을 스치는 상호의 손바닥에서 풍기는 독한 댓진내를 맡
았다. 병문은 나중에 축농증을 심하게 앓아 후각이 완전히 마비됐으
나 이상하게도 이때의 기억 때문에 다른 냄새는 다 잊어버렸지만 유
독 그 댓진내만은 생생히 떠올리는 버릇이 붙었다. 상호는 종기 부위
를 이리저리 눌러보더니 그래도 제일 몰캉해 보이는 곳에다 기다란
엄지손톱을 세우고 지긋이 누르다 와락 칼처럼 내리그었다. 병문은
세상이 두 쪽 나는 듯한 통증에 눈꺼풀을 무의식적으로 걷어올렸고
정말 무섭게 일그러진 채 바짝 들이댄 상호의 얼굴을 보았다. 너무도
엄청난 아픔이 비명조차 삼켜버려 병문은 입만 쩍 벌렸지 아무 소리
도 지르지 못했다. 피고름이 분수처럼 솟구쳐 상호의 눈동자를 쏘았
지만 그는 외눈 하나 꿈쩍 않고 뒤미처 종기 터진 자리에 입을 댄 채
한 입 가득 고름을 빨아냈다.

“상호 형.”

병문 자신도 이렇게 부르고 나니 좀 쑥스러운 기분이 들었다. 나이
삼십이 바로 낼 모레이긴 했지만 막상 상대가 사십줄을 훨씬 넘긴데
다 반백까지 두른 사내고 보니 좀 그랬다. 하지만 딱히 달리 부름직한

호칭이 떠오르지 않았다. 방앗간과 복덕방 사이의 연탄창고 옆에 지게와 유모차를 부리고 난 두 사람은 땅바닥에 그대로 퍼더버리고 앉아 시커먼 자장면으로 허기를 때우는 중이었다. 상호는 면발만 거둠거둠 볼이 미어져라 밀어넣고는 부시시 일어났다. 춘하는 설핏 몸을 돌려 내외를 하고는 춘장 국물을 질벅거렸다.

"이리 늦게 출근해도 괜찮은기가?"

"예, 원고가 오후에 나와서요. 날씨도 추운데 고생이시죠?"

"고생이야…… 뭐, 어디 가겠나 싶다카이. 그리 생각하자믄 한이 없는기라 마. 그래 거 머라드라, 신문사라 캤제? 그래 잘 다녀오거라이."

상호하고는 철원네가 김장배추를 들여올 때 얼추 인사를 트고 몇마디 안부를 주고받은 뒤로 가끔 부닥치면 눈이라도 맞추고 고갯짓이라도 보내는 처지지만 춘하하고는 그게 잘 되지 않았다. 이상하게도 그녀의 얼굴만 보면 갑자기 가슴 한구석에 울컥하는 감정 덩어리가 고였다.

요구르트 돌리는 은하네집 앞 허튼 계단에서였다.

간지(間紙)는 미리 판을 짜 윤전기에 걸기 때문에 그 면을 맡은 날은 아침 일찍 집을 나서야 했다. 그날도 마침 간지가 걸린 날이어서 병문은 아침도 거른 채 털래털래 허튼 계단을 올라서려는데 춘하가 예의 그 유모차를 끄느라 뒷발에 한껏 힘을 주고 내려오는 게 보였다. 병문은 고개를 푹 꺾고는 담벼락에 바짝 붙어 올라섰다. 춘하는 헐렁한 푸른색 츄리닝바지에다 위에는 낙하산 무늬가 어지럽게 새겨진 고등학생 교련복을 걸치고 있었는데 옷자락이 짧아 들썩할 때마다 허리의 불그레한 비곗살이 비어져나왔다. 입에는 껍질도 채 벗기지 않은 날고구마가 물려 있었다. 층계를 다 오르고 심호흡을 한 번 하려는 순간 뒤에서 어이쿠 하는 비명과 함께 요란한 소리가 뒷덜미를 덮쳐왔다. 돌아다보니 춘하가 유모차를 끌어안고 뒹굴고 있었다.

몸을 돌돌 만 채 숨죽이고 있던 춘하가 허청허청 일어나더니 허물어지듯 전봇대를 끌어안고 어깨를 들썩이며 느려터진 울음을 토하기 시작했다. 그러자 각본이라도 짜진 양 아래쪽에서 배달을 마친 상호가 왼쪽 어깨로만 삐딱하게 지게 멜빵을 걸친 채 지겟다리 장단에 맞춰 휘파람을 불며 나타났다. 그는 느럭느럭 춘하에게 다가가 어깨를 감싸안으며 쫑덜거렸다.

"됐다, 고만 울어싸라 이 여자야. 연탄이 깨져두 연탄이제, 지가 어디 가겠나?"

"무릎이……"

춘하는 돌아서서 종아리를 걷어 보이고는 다시 늘켜 울었다. 상호는 춘하의 무릎에다 입김을 몇 번 세게 쏘이고는 깨지고 생채기 난 연탄조각들을 주섬주섬 지게 위에 챙겼다.

"괜찮다카이, 집에서 빨간약 바르면 곧 난다카이."

병문은 그 자리에 붙박여 그 광경을 망연히 내려다봤다. 그의 눈길은 한 과녁만 겨누고 있었다. 참외 속처럼 뽀얗게 드러난 춘하의 종아리가 그의 시선을 사정없이 빨아들이는 거였다. 오금이 저릿저릿해서 금세라도 허리가 푹 꺾일 참이었다.

종아리와 허벅지.

병문은 머릿속에서 올챙이처럼 서로 꼬리를 물고 떠오르며 숨바꼭질을 계속하는 두 단어를 쫓아내느라 머리를 세차게 흔들었다.

그가 동정을 버린 것은 방위생활중의 첫 휴가를 보낼 때였다. 친구 홍수가 마침 비밀과외 월급으로 이십만원을 받은 터라 상규와 셋이서 신림시장 순대 뷔페 골목에서 소주와 맥주를 이마까지 차도록 섞어 마시고는 근처 신림장에 들어가 여자를 샀다. 그러나 너무 긴장을 했던지 병문의 물건은 안타깝게도 일어나주지를 않았다. 나름대로 성의를 다하던 상대도 지쳐 포기를 하고 전등을 켰을 때 이부자리 위로 훤히 드러난 여자의 희디흰 허벅지는 순식간에 그의 앙가슴에 뜨거운 불길을 댕겼고 덩달아 물건도 맹렬히 꺼들거리기 시작했다. 그는 성기를 엉뚱하게도 여자의 허벅지에 대고 허겁지겁 문지르기 시작했고 그만 거기다 사정까지 하고 말았다. 여자는 멀뚱한 표정으로 변태가 아니냐는 눈빛을 던졌다. 그런 일은 그 뒤로도 기회가 닿을 때마다 빚어졌다.

—그게 바로 호모 증세 아냐? 일종의 변형된 비역질 같아.

이렇게 빈정거리는 축도 있었다.

그 희디흰 허벅지. 그건 다름아닌 춘하의 것이었다.

그렇다. 바로 가출을 한 다음날이었던가. 하룻밤을 정신없이 지샌 병문은 성 베네딕트 수도원 근처를 어스렁거리고 있었다. 그 높다란 담벼락에 기대 해바라기를 하기도 했고 쪽문에서 수녀가 나올 땐 얼른 앞으로 다가가 그 안을 기웃거렸다. 점심때가 되었기에 끼니 걱정이 고개를 쳐들었다. 오늘이 중학교 등록 마감일이니깐 내일이면 집으로 들어갈 셈이었다. 어제는 운이 좋아서 짐수레를 밀어주고 얻은 돈으로 빵을 사먹을 수 있었지만 지금은 빈털터리였다. 그는 길음천을 건너서 아리랑고개 쪽으로 가보기로 작정했다.

수도원 담벼락이 막 끝나고 골목길로 접어들려는 순간이었다. 웬 여인이 부아를 끓이는 소리가 빈속을 헤집고 들어왔다. 귀에 무척이나 익은 음성이었다. 설마 하니 바로 춘하였다. 소리가 나는 방향으로 고개를 돌리는 순간 그는 눈을 휘둥그래 뜨고 말았다.

거기는 담배가게도 겸한 구멍가게 평상이었다. 사람들이 히물히물 웃으며 멀찍이 에둘러서서 팔짱을 낀 채 구경거리를 바라보고 있었다. 소주잔을 앞에 두고 앉은 춘하가 어떤 사내를 인정사정없이 닦아 세우고 있었다. 가끔씩 사내의 낯짝을 후려치는 것도 보였는데 그때마다 대머리가 까진 사내는 이마를 짚으며 눈물을 훔치는 처량한 시늉을 했다. 그 사내는 바로 아버지였다.

수염이 듬성듬성 솟은 까칠한 턱주가리 때문에 더욱 초췌해 보이는 아버지는 사타구니에 두 손을 모두어 찌른 채 중죄인처럼 내 죄를 내가 알겠습니다 하는 식으로 고개를 조아렸다. 잔을 반쯤 비우다 만 춘하가 연득없이 남은 술을 사내의 얼굴에 끼얹었다. 병문은 꼭뒤에서 뜨뜻한 습기가 확 피어오르는 걸 느꼈다.

—이 드런 놈아, 그래 그렇게 니 노리개가 실컷 돼주고 고작 받은 돈으로 이 쌍가락지 하나 해꼈는데 이제 와서 뭐? 아가리에다 똥을 퍼부을까부다 그냥. 어디서 그걸 돌려달라는 말을 줴치냐, 줴치길. 어림도 없다 이놈아, 내 손가락을 잘라가기 전엔.

춘하는 치맛단을 허벅지까지 걷어붙이고는 쌍가락지를 낀 손끝으로 허공을 찌르다 말다 손바닥으로 연신 포동포동한 허벅지를 내리쳤다. 벌건 손자국이 애벌레처럼 꿈틀거리는 허벅지 위로 사람들의 눈길이 일제히 달라붙었다.

—춘하네, 그게 없으면 우리 막내 중핵교고 뭐고 다 허살세. 제발 이놈 낯짝에 침이라도 세우 뱉고 선처해주시게나. 그러면 어떤 것도 다 감수허겠네. 이보시게 춘하네, 이 늙은 놈 목심 한번 살리시게나.

—아니 이눔이 엇따 손을 올리고 그래 응? 아직 뜨거운 양을 덜 봤나보네그래. 맛 좀 봐라. 어이 시상 사람들, 내 말 좀 듣소. 아 글쎄 이눔이 지 막내둥이 등록금을 몰래 가지고 와서는 날 구워삶고 지랄을 뺄다가 이제 와서 딴소리를 줴치는 모양인데 벼룩이두 낯이 있다구 이런 작잔 이번 기회에 혼뜨검을 내야 되잖수들? 인간으로서 가치가 없당게. 거기가 그렇게 근지러우면 아예 뱀 아가리에다 그걸 쑤셔넣는 한이 있어도 아들내미 생각해서라두 말아야지, 그걸 휘둘러놓고는 이제 와서 없던 일로 하고 엄연히 치른 값을 되돌려달라구? 예끼.

─에이구, 늙마에 용마루 벗겨지는 줄 모른다더니 쯧쯧, 망신이
로고.

─헹, 얼굴상하며 용마루 차고 삶직한 행색도 아니구먼.

주위에서 누군가가 고개를 돌리며 혀를 찼다. 병문은 등짝으로 식
은땀을 줄줄 흘리고 있었다.

─꼬마야, 너 어디 아프냐? 아니, 여기 누구 아는 사람이라도 있
니?

분꽃 무늬가 요란한 한동치마를 펄럭이며 곁에 서 있던 거푸수수
한 파마머리가 야살스런 말씨로 물었다. 병문은 고개를 멀리 던져버
리기나 할 듯 입을 벌린 채 흔들고 또 흔들었다.

─아니에요. 나는요 아무도 모릅니다. 그리고 여긴 생전 처음 와
보는 곳이에요. 정말이에요. 맞아요.

도대체 그 자리를 어떻게 빠져나왔는지 모른다. 한 열 발짝 정도는
이를 부득부득 갈며 무릎으로 엉금엉금 기었던 기억이 어렴풋이 났
다. 그러나 머릿속은 온통 춘하네의 그 하얀 허벅지로 꽉 차 있었다.
누렁이가 앞을 가로막았다. 누구라도 엉금엉금 기는 자신의 엉덩이
를 걷어찬다면 눈물겹게 큰 소리로 우짖고 싶었다. 무조건 아버지라
는 인간을, 아니 그 말 자체를 이 세상에서 지우고 싶었다. 그 위에 칼
을 물고 고꾸라져 죽고만 싶었다. 그리고 춘하의 그 허연 살덩이를 한
칼에 베어 으적으적 씹고 싶은 충동적 허기에 이후로 끊임없이 시달
렸다. 마른 등짝에 식은땀 흐르는 꿈속에서, 차창 밖으로 빨려드는
멍한 공상에서, 방독면 없이 쫓겨들어간 군기교육대 가스실에서, 그
리고 꽃병 투척조로 뛴 후텁지근한 가투에서.

춘하와 상호가 부부의 인연으로 홀연히 나타났을 때 동네 사람들
은 갖가지 상상력을 동원해 쑥덕거림의 참맛을 포식했다. 그도 그럴

것이 그 둘이 마련해준 토양은 너무 무궁무진하고 비옥한 것이어서 아무 씨앗이나 뿌려도 무럭무럭 자랄 수밖에 없는 판이었다. 타고난 얼금뱅이로 삶을 망치고 세상 밖으로 떠난 사내가 어쩔 수 없는 화냥질과 빚에 휘감겨 밤도망을 친 여인을 만나 십 년이라는 나이차를 뛰어넘어 하필이면 옛 동네를 다시 찾아왔다. 그러니 그 사내에게 전과자, 인신매매범, 히로뽕쟁이, 문둥병자, 사기꾼, 에이즈꾼 심지어 고정간첩이라는 혐의가 따라다닌들 일단은 하나 어색할 게 없는 형편이 됐다. 그 점에서는 춘하 쪽으로도 진배가 없는 처지였다. 그러나 둘은 이렇다 할 해명이나 증거를 속시원히 까발리려는 몸짓을 보인 적이 한 번도 없었다. 아예 처음부터 끝까지 침묵으로 일관했다. 그리고 그들이 그런 소문 위에다 덧씌우는 침묵의 무게는 연탄 한 짐만큼이나 묵직해서 덫을 숨기고 있는 소문들은 그때마다 제풀에 지친 단명으로 끝났다.

　한소끔씩 끓어오르며 달포쯤 기승을 부리던 소문이 약간 너누룩해진 형세였다. 그만큼 춘하와 상호가 이제는 제법 길음동 1269번지에 낯설잖은 풍경으로 자리를 잡았다는 반증이기도 했다. 이번에 나돌기 시작한 소문은 종전과는 영판 다른 갈래였다. 춘하가 연탄 개평을 나눠준다는 내용이었다. 몇백 장을 들여놓으면 거기다 몇십 장을 슬쩍 돈 더 달라는 소리도 않고 끼워준다는 거였다. 그 사실을 제일 처음 알아내고 퍼뜨린 이는 주사 박씨였다. 그녀는 야미(무허가)로 주사를 놔주고 받는 품삯으로 두 남매를 데리고 사는 과부였다. 15년 전에 일찌감치 과부가 돼 여자몸으로 살길을 걸터듬으려니 자연 상소리가 입에 붙어다녔다. 전쟁통에 집안이 폭삭 망해 남동생을 데리고 강원도 인제에서 고아원밥을 한 십 년 먹었다. 눈썰미가 있어 고아원에 순회진료를 돌던 군의관 김 대위의 눈에 들어 뒤치다꺼리를 해주면서 배운 주사 기술이 평생 밥그릇 노릇을 톡톡히 해주었다. 그렇다고 뭇사내들이 박씨를 업신여기지는 못했다. 오히려 박씨는 그 동안 이삼 년 주기로 사내를 서너 명씩이나 갈아치운 것이다. 사내들은 내침을 당하면서도 박씨의 야살한 성격을 아는지 별로 찌그렁이를 붙는 일 없이 얌전히 자취를 감추곤 했다. 박씨는 아예 처음 만날 때부터 중동무이로 당신 나랑 한 이 년 살면 되겠네 하며 까놓았다. 한번은 몇 해 전에 선글라스에다 평안도 사투리를 쓰는 중씰해 뵈는 영감이 일 년 반쯤 박씨와 함께 살았는데 그만 나가라는 말에 어쭈 이것봐라 하고는 덤벼들다가 외려 빨랫방망이로 치도곤을 당해 이마빡이 깨지고 동네 조리돌림까지 당한 뒤 꽁지가 뻗뻗해져 줄행랑을 놓은 적이 있었다.

"할머엄, 나 빨리 박카스 하나 줘라해."

박씨는 가겟방 안의 걸상에 털퍼덕 몸을 던지며 철원네에게 고함을 질렀다.

"그래도 주사쟁이가 벌이는 제일 낫네 응?"

"말두 말어. 사타구니에서 없는 요령 소리가 딸랑딸랑 한다구. 새벽부텀 저 상계동에 어떤 여편네 궁둥짝에 주삿바늘을 세 대나 분질러주고 와서 부엌에 쪼그리고 앉아 짠지를 걸어 밥술이나 푸려니간 이번엔 요 방앗간 너머 어떤 눔이 뭘 처먹었는지 급체로 다 뒈져간다고 전화가 왔어. 이번 탕까지 뛰면 아침부터 그냥 만원이 굳는다, 굳어."

"힘 있을 때 벌어야지. 나중에라도 자식새끼들 설움 안 받지. 오가다가 진득한 영감탱이라도 있는지 잘 눈여겨보구."

"미쳤수, 내가? 사내들 그 쉬어터진 냄새는 죽으면 죽었지 더는 못 맡아. 야, 춘하야 여기 와서 박카스 한 병 빨아라."

도리질을 치며 웃고 지나가는 춘하의 모습이 유리창 밖으로 비친다.

"옛날에 혼전만전하던 춘하가 아니야. 여간만 직심한 여편네가 된

게 아냐. 주지도 않고 받지도 않고 오랑캐 떼놈만치로."

"첨엔 무슨 개수작인가 했지 뭐. 나두, 저 불여시가 전에 그 이발사 출신 중풍쟁이 서방을 엇다 잡아먹고 열 살이나 어린 놈을, 그것도 한 동네 살던 남정네를 꿰차구 왔나 했지 뭐. 역시 사람은 지내봐야 하는 게 맞아. 할멈, 저 엿공장 아래 세 사는 함경도 뚱떼이 할멈 알지? 아, 그 집에 춘하가 연탄 백 장하구 황석어, 왜 요즘 청량리시장 가면 지천으로 깔린 조기새끼, 그걸 한 두름 사다 걸어줬다잖아. 첨엔 속으로 저 요물이 흑인 상사하고 눈이 맞아 미국으로 들어간 그 할매 딸이 부쳐오는 돈을 알겨먹으려고 떨어대는 너스렌가 의심도 해봤는데 암만해도 그건 아냐. 신기해."

"그런가 어쩐가. 나두 임자 말 듣고 탄광을 조사해봤더니 아닌게 아니라, 우리 아궁이가 하루에 연탄 두 장을 먹는데 남은 연탄이 좀 넘쳐. 새 연탄이 조금은 더 들어온 것 같아. 그게 춘하가 준 개평인 가?"

"틀림없단 말씨, 내 말이. 빛도망칠 때 엔간히도 떼처먹었다더니 그 죄닦음이여 뭐여 도대체. 상호란 놈도 미쳤지 이제 오십줄이 훨뜩 벗겨진 년을 뭘 핥을 게 있다구설랑 에잉. 그 흐벅진 어깻죽지가 아깝 다. 정말 아까워."

"빨랑 가봐. 체했다는 양반 송장 됐겠다."

병문은 막차를 타는 버릇이 있어서 자정을 훨씬 넘겨 새벽 한시가 다 돼서야 삼선교에서 지하철 막차승객을 받고 뜨는 25번 좌석버스 에 운좋게 비집고 올라탔다. 이상난동이니 어쩌니 찧고 까불어대도 겨울바람이 내뿜는 한기는 숨을 턱턱 막히게 했고 달빛 한조각 내리 지 않는 전선줄을 젖은 빨랫감처럼 쥐어짜는 듯했다. 그의 입새에서 마지막 한 점 남은 체온을 끌어올리려는 허텅지거리가 터졌다. 한길 에서 진선미미장원을 돌아 막 아래로 꺾어지는 길목에 들어서는데 무지근한 요의(尿意)가 느껴졌다. 미장원 옆 전봇대 밑에는 손 뻗으면 닿을락 말락한 높이까지 중세의 성채처럼 가지런히 올라간 시커먼 연탄더미가 흐릿한 보안등 불 아래 버티고 있었다. 그는 주위를 휘둘러 본 다음 바지의 지퍼를 내렸다. 성채의 밑둥을 겨냥하고는 오줌발을 휘두르기 시작했다. 흔들흔들 중심을 잡느라 눈을 지긋이 감으니 싱글벙글 웃는 낯으로 자신을 한바탕 비꼬고 가던 문화부 신현수 기자의 얼굴이 어른거렸다.

　—이 고갱이 당신이 고친거지?

　—예, 좀 이상합니까?

　—이건 죽은말 아닌가? 뭐하러 이런 죽은말을 굳이 갖다붙일 필요가 있을까? 그냥 진수, 진수를 보여줬다, 진수를 보여줬다, 해도 독자들이 다 알아들을 것을. 표병문씨는 꽈배기를 만드는 장기가 있나보다, 아마?

　—제가 보기엔 고갱이라는 말은 죽은말이 아니라는 겁니다. 분명히 아직까지 고등학교 국어교과서에 실린 박두진의 그, 삼월 일일의 하늘인가 하는 시에서도 나오는 말이고, 또 실제로 그런 말을 쓰는 사람 많이 봤어요.

　신 선배가 건성으로 고개를 끄덕이며 돌아서서 내뱉은 말이 표병문의 명치에 밤송이를 안겼다.

　—고갱이인지 고쟁이인지 누가 알겠어.

　"그래, 그걸 누가 안다구 하더냐? 쓰발. 하지만 우린 말이야, 어릴 적에 울 엄마가 배추 다듬으면 서로 무릎걸음으로 몰려들어 배추고갱이 나 좀 달라고 얼마나 댕겼는지, 신현수 니가 알기나 하냐? 쓰발."

　한창 끗발이 오르던 오줌발이 잦아들면서 밀려오는 쾌감 때문에 잠시 눈앞이 흐려지고 으스스를 예감할 찰나 걸쩍한 욕지거리와 함께 밤공기를 출렁이는 호통 소리가 뒤통수에 냅다 달라붙었다.

"웜매, 어느 시러배 아들놈이 얻다 대고 좆대가리를 함부로 꼬느고 지랄이여. 연탄 다 젖갔는디. 어디 그 싸가지 없는 놈 붕알을 톡 따서 회 좀 쳐먹도라 잉."

어마 뜨거라, 등짝이 서늘해지면서 물건이 형편없이 짜부러들었다. 요도가 찢기는 듯했지만 쿵쿵거리는 발소리가 꼭뒤를 지르는 통에 바지 지퍼부터 더듬었다. 금세 사타구니가 뜨듯미지근해왔다. 병문은 엉겁결에 미장원집 쓰레기통 뒤로 몸을 숨겼다. 한밤중에 동네 조리돌림이나 안 당하면 다행이다. 그런데 웬 퉁어리적은 여편네지. 가끔 달빛에 발가벗고 춤도 춘다는 사이비교에 미친 안 선생 마누란가. 재수 완전히 옴붙어버렸구만 이거. 그는 온 신경을 그러모아 쓰레기통 너머로 보냈다.

연탄더미로 다가선 여인은 고개를 숙여 자기 영역을 확인하는 잡종개들 모양 코를 큼큼거리며 냄새를 맡는 기색이었다. 여인은 손가락 끝으로 연탄을 쿡쿡 찔러보기도 하고 들입다 어루만지는 시늉을 하기도 했다.

"따땃한 구들목을 덥히는 은공을 생각해서라도 이리 홀대를 혀뿔면 안 되지라. 에잇 몹쓸 것…… 지린내가 풀풀 진동해쌓네. 가만있그라…… 가설나므네, 둘 니엣 야스 야들 알 응, 또 둘이니깐두루 가설나므네, 빈 데는 없지러."

그녀였다.

불빛 아래 오련히 드러난 그 여인은 춘하였다. 병문은 어느새 자리에서 일어나 시커먼 고무장갑을 끼고 출석을 부르는 국민학교 여선생처럼 일일이 연탄 하나하나를 짚어가며 진양조 가락을 섞어 점검하는 춘하의 뒷모습을 멀건히 바라보고 있었다.

"얄두울에다 거시키 닐곱을 하믄 몇 장이드라…… 아무튼 요거이 모다 천하구두 야들 장이 넘는댔으니깐두루 장당 이문을 칠십오환으로 때래잡으면 가설라므네 흐흥, 칠만오천환이 넘어설랑……”

춘하는 셈을 대충 마치자 호주머니에서 뭔가를 꺼내 바지춤에 썩썩 문대고는 입으로 서걱 베어 물었다. 그때 춘하와 병문의 눈이 딱 마주쳤다. 그녀가 어깨를 약간 움찔해 보였다. 아마 병문의 기세가 밤중이라서 등등하게 비치는 것 같았다. 그녀는 장갑을 벗어 전봇대에 탁탁 털어내고는 휘적휘적 미장원 뒤쪽으로 걸어들어갔다. 병문은 자신의 입 안에서 벼락치듯 빠져나오는 소리를 들었다.

“춘하, 당신 허벅지를 내놓으라, 그렇지 않으면 불구대천이야.”

춘하는 걸음을 멈추고 뭔가를 한참 생각하는 눈치였다. 쪽 째진 눈불이 파랗게 비치는 밤고양이 한 마리가 성에가 번득이는 방앗간 양철지붕 위를 조심조심 제겨디디며 춘하를 향해 어린아이 울음소리를 갸냘프게 냈다. 춘하는 다시 날고구마를 으적으적 씹기 시작했다.

“훠이, 이놈의 괭이. 어서 가그라이. 오늘 자네 몫은 없구만이라. 새끼덜 꼬옥 품고 잠 잘 자거라 잉.”

눈이 오려는 하늘이었다. 방금 새로 튼 이불솜처럼 몽실몽실한 구름들이 하늘을 가득 채우고 있었다. 인양노인정 앞터에는 동네 사람들이 몰려들어 막걸리잔들을 나누며 와자지껄한 분위기를 돋우는 모습이 푸근한 날씨만큼이나 정겨웠다. 택시운전사 권씨네 변소 앞에는 커다란 업소용 양은솥이 두 개나 걸렸다. 하나는 밥솥이고 다른 하나는 소내장이며 허파, 도가니 등 막고기를 한데 넣어 펄펄 끓이는 솥이었다. 노인정에서 불목하니 노릇을 도맡아 하는 꽥꽥이 영감은 잘 마른 장작개비를 고르게 쪼개 솥 밑으로 집어넣었다. 딱딱 희나리 튀는 소리가 불붙은 장작의 불땀머리를 더욱 사납게 만드는 듯했다.

춘하와 상호의 혼례식이 동네잔치로 시작되려는 순간이었다. 노인정 안에는 벌써 고기 접시가 돌고 막걸리도 서너 순배 돈지라 일찌감치 거나한 분위기였다. 밖에 있는 사람들은 신랑 신부가 노인정 마당에 드는 모습을 놓치지 않으려고 옹기종기 모여서 굵은 소금이 묻은 고기를 한 점씩 입 안에 털어넣고는 우물우물 오래도록 씹었다. 아이들이나 젊은 축들은 노인정 앞의 평상에 자리를 차리고 열심히 접시를 비워댔다.

"어라, 그예 눈발이 비치네. 정작 대설인 어젠 감감무소식이더니."

"색시, 잘살겠다. 눈이 오면 복이 많다는데."

꽥꽥이 영감이 부러 흥감 넘치는 큰 소리로 덕담을 쏟아놓았다.

노인정 안에서는 바로 인접한 삼양동의 재개발사업 시행이 한참 입에 오르내리는지 풍치지구 해제니 임대아파트니 하는 말들이 뒤섞여 들린다.

"요 마루터기 행길 하나 사이로 개발이 되고 안 되고 갈라지는갑대. 징혀. 이런 아싸리판에 그저 눈먼 분양 딱지라두 하나 걸려들 패가 안 되니."

길음국교 뒷문 물역가게에서 모랫짐을 지면서 찬바람이 들면 방구들 뜯어고치는 일로 한겨울을 나는 쌍용이 애비가 침을 튀기며 목울대를 부풀린다.

"이제부터라도 땅 이름을 잘 살펴보더라고. 석 삼에다 태양 양자라고 했어. 삼양동이 해가 세 개나 드는 동네란 말여."

"그렇게 다지면 길음동은 어때? 길헐 길자에 소리 음인데. 머잖아 좋은 소식 들리겠구먼? 임자 풀이에 따른다믄. 저 우리 오야붕께 누구 막걸리잔 좀 가득 채워도고. 앞으로 저그 공사판 벌어지면 내 목에 걸린 밥줄을 조였다 풀었다 헐 양반이니께. 아 안 그렇소 행님?"

쌍용 애비가 나름대로 문자풀이를 그럴듯하게 하면서 제 흥에 겨워 새수난다는 표정을 지으며 엉덩이를 들썩거린다.

"하면, 이젠 좀만 기다리면 우리네덜 같은 허룹숭이헌테도 너두나도 와달라는 일자리가 펑펑 쏟아질 테니. 일만 가구나 짓는 굿판이라구 했으니 한번 두구보자구. 옛말에 굿을 보더라두 계면떡이 나올 때까지 보라구 했잖여?”

쌍용 애비가 오야붕이라구 지목한 사내가 눈썹을 꿈틀거리다가 상체를 앞으로 약간 갸우듬히 기울이며 말문을 연다.

“아매도, 이 서울하고도 한강 이북 하늘 아래 딱 하나 남은 달동네가 바로 삼양동인데 그기 인자 엄청나게 변하는기라. 말이 일만 가구지 생각 좀 해봐라 마. 보거라, 저 이십오번 종점을 사타구니 맨키로 껴안고는 양쪽으로 북한산 줄기 두 자락이나 갉아먹고 들앉은 동네니 집터로는 그만이잖구. 맞다이, 서울에서는 이런 공사판은 노가다 삼십 년에 마지막이자 싶제. 몇 년 죽때리고 앉아서 궁댕이도 덥히면서 한밑천 뽑고 해야지 아암.”

“그런 의미에서 다들 잔들 드세요, 어서들.”

“앗따, 정말 좋네 잉. 그렇잖아두 이번 겨울 들어 괴기 구경을 못 해 소증(素症)이 치밀어 환장허던 차에 이렇게 맘껏 묵고 잡은 대로 욱여넣으니 하늘이 그저 뇌란 돈짝만헌 게 세상 더이상 보고 자실 것 없다 야. 누가 이런 생각을 냈디야?”

“춘하가 함바집을 헌 경험이 있나 보던데? 그 솜씨래나 어쨌대나.”

“으응, 함바라……”

“상호는 이제 연탄 지게 놓으면 으떡할라나? 뭔 계책이 있남?”

“상호는 이 오야붕한테 물어봐야 쓰제. 상호가 아조 쓸 만한 철근쟁이잖구. 난 그치가 하루 연탄 이천 장을 지게로 져낼 때 따로 짐작이 있었다구.”

사람들은 상호가 하루 연탄 이천 장을 날랐다는 말에 혀를 내둘렀다. 오야붕은 상호와 다시 손잡고 일해보기 위해서 찾아왔다고 말했다. 그가 철근에 관한 한 그 바닥에서 도꼭지 대접을 받는다는 것이었다.

“아아, 그래서 저 가겟집 철원댁 아주마이가 상호와 춘하의 궁합이

금과 수의 상생격이라구 했구먼."

"거, 뭔 소린고?"

"자, 여기서 금은 쇳덩이고 수는 물이란 말야. 철근공은 쇳덩이 만지는 일이구 함바집은 결국 물로 하는 장사 아니냔 말여? 그러니 두 사람 궁합이 찰떡궁합이지 뭘 그래?"

사람들이 손뼉을 치며 배꼽을 잡는데 밖에서 누군가 신랑 신부 입장한다고 소리치자 어디어디 하면서 우르르 몰려나갔다.

상호가 자기가 메던 지게에 깨끗한 라면상자로 발채를 놓고는 그 위에 춘하를 태운 채 예전에 춘하가 넘어졌던 허튼 계단을 성큼성큼 내려오는 게 훤히 다 보였다. 춘하는 위아래 연분홍 한복을 곱다시 차려입었고 상호도 어디서 났는지 감청색 양복을 말쑥히 걸친 차림이었다. 병문은 사람들 틈바구니에서 까치발을 서서 상호와 춘하의 앞뒤로 따라붙은 아낙네와 조무래기들을 바라보았다. 철원네도 함박웃음을 피우며 뒤따르는 게 눈에 띄었다.

"야, 저렇게 차리니깐 나 어린 신랑보다 신부가 더 젊어 보인다. 정말 태깔이 곱다 야."

남정네들의 벌어진 입새에서 감탄이 터져나왔다. 병문은 언뜻 춘하의 젊었을 적 모습이 생각났다. 그녀의 실물이 떠오른 게 아니라 다만 시장 어귀에 근동을 통틀어 하나 있는 허바허바사장 앞에 전시용으로 내걸린 액자사진 속에서 살포시 웃고 있는 춘하의 젊었을 때 모습이었다. 병문은 어릴 적 사진의 오른쪽 입술에 앉은 점을 파리똥으로 잘못 알고 오가며 손끝으로 따작거리기도 했었다.

첫눈치고는 제법 굵은 눈발이 흩날리기 시작했다. 상호와 춘하의 곱게 빗은 머리 위로 그리고 뒤늦게 맺어진 두 사람을 축복해주기 위해 모인 많은 이들의 머리 위로 하얀 눈이 수북이 깔렸다.

아무 형식이 없는 예식이었다. 신랑 신부는 사람들에게 둘러싸이

자 지게에서 내려 사방을 향해 큰절을 올렸을 뿐이고, 꽥꽥이 영감이
합환주 대신 갖다준 막걸리잔을 돌려 마신 뒤 한마디씩 하는 것으로
모든 절차를 마감했다.

"그저 서로를 구제한다는 마음에서 이리 된 건데. 제가 보아하니
이 지겟다리가 둘이듯, 하나로는 제 구실을 못 하는 것이니깐 아무쪼
록 합심해서 사는 날까지 넘 신세 안 지고 살겠습니다."

"여, 늙은 신부도 한마디 해보도라고."

"지는 아무 헐말이 없어라우. 다만 지금 한 지게를 타구 여기 들어
왔듯이 앞으루두 한 지게루다 잘 살아볼랑께……"

"그럼 두 지게 탈 속셈이었나?" 하객들이 모두 고개를 뒤로 젖히며
웃어제꼈다.

조무래기들이 시키지도 않았는데 부른 노래가 합창이 됐다.

    퍼얼펄 눈이 옵니다
    하늘에서 눈이 옵니다
    하늘나라 선녀님들이
    송이송이 하얀 송이
    자꾸자꾸 뿌려줍니다
    자꾸자꾸 뿌려줍니다

"춘하 니년은 그래두 나보다 백 배는 낫다, 잉. 진짜야. 난 냉수 한
그릇 못 떠놓고…… 으잉, 사내 손으로 머리 올려주는 게 그게 어딘
데…… 할머엄, 오늘같이 좋은 날 내가 왜 이래. 드러운 년의 팔
자……"

방금까지 재미있다고 깔깔대던 주사 박씨가 뜬금없이 옆에 서 있
던 철원네의 어깨에 풀썩 얼굴을 파묻고는 어리광 같은 푸념을 쏟아

낸다.

　사람들은 내도록 눈을 맞으려는 듯 아무도 꼼짝 않고 서 있기만
했다.

(『민중문예』1992년 여름호)

그리운 동방

산의 노인은 알로아딘이라고 불리는 사람으로 원래는 마호메트교의 신도였다. 그는 두 높은 산으로 둘러싸인 아름다운 골짜기에다 아주 호화로운 정원을 만들어 각종 과수와 모을 수 있는 모든 화초와 향목을 심어 가꾸었다. 또한 크고 작은 여러 가지 양식의 궁전을 여기저기에 여러 개 세워 전부 황금과 단청으로 아름답게 장식하였으며 실내는 훌륭한 비단으로 둘러쌌다. 그리고 궁정 안 도처에 작은 관을 통해 술 우유 꿀 맑은 물 등이 어디서든 흘러나오는 것이 보이도록 꾸며놓았다.

이러한 궁전에 사는 사람들이래야 모두 나이 젊고 아름다운 여성들뿐이었다. 그들은 모두 노래를 부르고 춤추며 악기를 잘 탔고 특히 그 교태와 치정(痴情)은 이루 비할 바가 없었다. 그들은 아름다운 옷을 입고 정원과 궁전에서 계속해서 즐겁게 잘 논다.

　이 대목은 마르코 폴로의『동방견문록』제1편 23장에 나오는 구절이다. 마취제를 이용해 젊은이들을 인공낙원으로 끌어들이는 어떤 추장에 대한 이야기이다.

　나는 국민학교 시절 만화로 된『동방견문록』을 고물상에서 우연찮게 찾아 읽고 이 대목에서 무척이나 강렬한 인상을 받은 기억이 생생하다. 그래서 무슨 보물지도나 되는 것처럼 그 책을 책상 한구석에 깊숙이 숨겨두고 이따금씩 꺼내 보았다. 책에 나오는 이야기처럼 그런 지상낙원이 이 세상 어디쯤엔가 있으리라 생각하며 터질 듯 설레는 가슴을 주먹으로 쓱쓱 비비곤 했다. 우연의 일치인지는 몰라도 실제로 우리들이 동방이라고 부르는 곳이 있었다. 고철 부스러기를 주우러 떼지어 나대던 곳의 지명이 바로 동방이었다.

　신쭈.

　그 얼마나 오금이 짜릿짜릿한 말인가. 난 축 늘어진 고압선을 떠메고 우뚝 솟은 동방의 철탑 중턱까지 오르는 깡다구를 보여준 다음 광수 형이 이끄는 패거리의 일원이 됐다. 광수 형은 그때 고철을 줍는 꼬맹이들을 거느린 왕초였다. 특히 비가 잦은 때를 맞이해 하천으로 휩쓸려내려오는 각종 허섭쓰레기를 헤집어 꽤 짭짤한 수입을 올리는 눈치였다. 그 가운데 신쭈는 하천 뒤지기의 알파요 오메가였다. 고철이나 다른 폐품덩어리는 한 자루를 메고 고물상에 가도 강냉이나 두어 됫박 얻어걸리기가 일쑤였다. 그러나 신쭈는 달랐다. 왼종일 허탕을 치거나 농땡이를 치더라도 막판에 그거 한 쪼가리라도 건지면 그날 벌이는 그거로 땡이었다. 그러면 우리는 일제히 시장 골목으로 몰려들어가 튀김이며 쑥개떡, 인절미 등을 푸닥지게 해치웠다. 물론 그 사이 고물상에 흥정을 다녀온 광수 형이 모든 걸 계산했고 우리 꼬맹이들에게도 떡고물이 얼마씩 떨어졌다. 한석이는 그걸 여퉈두었다가 육성회비를 두 달치나 냈다고 떠벌렸다.

그러나 절통하게도 그 행복했던 기간은 내게 오래 가질 못했다. 한
두 달쯤 됐을까, 나는 하천 뒤지기를 하다가 깨진 유리병에 발뒤꿈치
를 뭉턱 베였다.

형, 난 아직도 형의 부하지 그치?

난 천변 모래판에 누운 채 피가 철철 흐르는 뒤꿈치를 헝겊쪼가리
로 처매고 있는 광수 형에게 비감한 표정으로 물었다. 변함없는 충성
을 맹세하는 눈빛으로. 형은 차가운 표정으로 고개를 가로저었다.

넌 다신 동방에 오면 안 돼. 이건 명령이야.

명령?

나는 갑자기 발뒤꿈치를 후벼파는 고통에 까무러치듯 잔허리를 활
등처럼 휘어뜨렸다.

아내의 유산 때문에 집 안에는 썰렁한 분위기가 흐르고 있었다. 유
산을 한 아내는 일 주일째 밥통에다 싯누런 구릿줄타래를 삶은 물을
마시고 있었다. 애를 떼고는 허해진 몸을 보하느라 한약을 많이 지어
들 먹더구만. 내가 이렇게 말하자 아내는 세차게 머리를 흔들었다.
그리고는 내 말을 정정해주었다. 애를 뗀 게 아니고 자연유산을 한 거
예요. 나는 아무 말 없이 눈만 쏨벅거릴 수밖에. 난 아내의 유산—그
래 유산이라고 해두자—에 적잖은 충격과 당혹감을 느끼고 있었다.
아무런 낌새도 눈치 챌 수 없었는데다 남편인 내게 일언반구도 상의
가 되지 않은 일이었다. 그건 누가 뭐래도 치떨리는 배반 행위였다.
더군다나 원치 않던 유산을 한 여자의 얼굴이 어떻게 그리 무표정할
수 있단 말인가. 그날 아내가 내 앞에서 여보란 듯이 뒤집던 그 희디
흰 사기그릇이 자꾸 눈앞에 어른거렸다.

일에서 돌아와 걸근걸근 저녁상을 받는데 왠지 아내의 몸가짐이
허천해 보였다. 얼굴빛도 좀 창백해 뵈길래 그저 몸이 좀 안 좋은가보
구나 싶었다. 그런데 아내가 상을 물리는가 싶더니 주방에 서서 뭔가

냉수 같은 걸 흰 사기그릇에 담아 탕약처럼 훌훌 불어가며 들이켜는데 느낌이 섬쩍지근했다. 흰 사기그릇엔 좋지 않은 기억이 묻어났다. 어릴 적 아랫동네에 홀아비 폐병쟁이가 살았는데 그 집 앞에는 항상 깨진 사금파리들이 지천으로 널려 있었다. 우리 꼬맹이들은 그 집 대문을 지날 때면 왼손으로 코를 싸쥐고 오른손을 왼팔 오금 위로 얹어놓아 코끼리코를 늘어뜨리고는 사금파리를 밟고 서서 고추 먹고 맴맴을 세 번 돈 다음 땅바닥에 침을 세우 뱉곤 했다. 그래야 병균이 옮지 않는다고 믿었다. 아내의 손에 들린 사기그릇에는 바로 그때 그 흰빛이 묻어났던 거다.

　당신 그게 뭐야. 나는 쉰 듯한 거친 목소리를 냈다. 아내는 눈을 내리깔고 아무 말도 않다가 재차 다그치자 심드렁한 말투로 구리 삶은 물이에요 하는 것이었다. 무슨 소리야, 갑자기 그 중금속은 왜 삶아먹어. 목소리가 좀 떨려나왔다. 아내의 몸에 무슨 이상이 있구나 하는 직감이 잡혔고 그건 아내의 임신과 곧바로 이어졌다. 그제서야 내 눈길은 아내의 아랫배 부분을 내리훑기 시작했고 억장이 덜컹 주저앉았다. 팽팽하던 아내의 아랫배가 어느새 바람 빠진 풍선처럼 쭈글쭈글해 보였다. 그 사이 아내는 맑은장국 마시듯 훌훌 다 들이켠 다음 마지막 한 방울이라도 놓칠세라 사기그릇 주둥이를 쭉쭉 빨아먹는 거였다. 유산을 하고 나서 구리 삶은 물을 마시면 지혈도 되고 몸에 아주 좋대요. 아주? 그 말을 듣는 순간 왜 그리 맥이 빠지고 피로는 온몸을 엄습해오는지 도무지 감당할 수가 없었다. 그래서 나는 잠바때기를 움켜쥐고 밖으로 꾸물꾸물 기어나왔다. 신발을 더듬어 꿰차던 내가 약간 비틀거렸는지, 아내는 현관 문턱을 허위단심 넘으려는 날 부축하는 시늉을 하며 겨드랑이에 손을 넣으려 했다. 난 단호히 뿌리쳐버렸다. 포장마차, 포장마차 생각이 간절했다. 가짜 소주가 나돈다는 소문이 맞는지 그날 저녁 가슴에 들이부은 소주는 싱겁기 짝이 없어 마음 한구석에 몽글려 있는 응어리의 도수를 찍어누르진 못했다. 그러니 참새 눈물만큼도 안 취할 수밖에. 자꾸만 황량해져가는 한 여인과 한 사내에 대해서 그리고 이 세상에 해맑은 얼굴을 디밀었으면 한얼이나, 혹 딸이면 아람이라고 불렀을 흐물흐물한 태아에 대해 생각하면서 나는 소주를 눈물로 꾸역꾸역 바꿔냈다. 나 같은 놈에겐 절망도 아까워. 옆에서 맥주를 홀짝이고 있던 젊은 남녀 두 명이 어리둥절한 표정을 지으며 서로 눈을 맞추더니 재수 없다는 말을 웅얼거리고 훌쩍 자리를 떴다. 옆방 광수 형을 불러내려다 그만두었다.

광수 형을 다시 만난 건 서울 나와서 한 일 년쯤 돼가는 바로 지난해 초겨울이었다. 근 십팔 년 만의 해후였다. 이렇다 할 직업 없이 지내던 시절을 마감하고 운전대를 잡은 지 얼마 안 되는 때였다. 다행히도 아쉰 대로 따놓은 운전면허증이 있어 일손이 모자라 택시의 삼분의 일가량이 논다는 때에 밥자리 걱정은 면할 수 있었다. 그 동안 가끔 알음알음을 통해서 번역거리를 몇 번 맡아 하기도 했고 두어 달 출판사에 나가 원고 정리를 도와주기도 했지만 시원찮은 돈벌이 때문에 항상 쪼들려 지내야만 하는 나날의 연속이었다. 울산에서의 나름대로 저돌적이었던 신혼생활에 비하면 천당과 지옥이었다. 우린 결혼을 하고 석 달쯤 밍기적거리다 울산으로 발길을 잡았다. 거기서 주인집 아주머니를 잘 만난 것도 좋았던 추억을 되살려주는 이유 중의 하나가 되었다. 암만 신혼이라 캐두 너무들 고로케 붙어 지내믄 살이마, 다 해져 달아뿔고 말끼다카이, 하면서 곰국거리 암질러 동치미 국물이나 총각김치서껀 한 그릇씩 거저 떠다주었다. 얼굴이 살짝 얽어서 곰보네라는 간판을 내건 설렁탕집을 운영했는데 얽은 구멍에 슬기 든다는 옛말 그대로 곰살궂기가 두루춘풍에다 손끝도 보통 여문 게 아니었다. 때문에 식당에는 정말 뚝배기보다 장맛을 알아보는 진국 손님으로 항상 그들먹했다.

아내와 나는 장충동에 있는 재야운동단체에서 첫 대면을 했다. 아내는 해고 노동자 출신이었다. 그 살벌하던 5공 초기에 유일한 민주노조로 버티다 그예 결딴이 나고 만 ○모방에서 노조 대의원을 지낸 경력의 소유자였다. 그때 나는 현장 경험이 별로 없는 학삐리 출신이라 운동 감각에서는 아내가 여러 모로 한 수 위였다. 아내의 학력이래봤자 중학교 졸업에다 일찌감치 따놓은 대입검정고시 합격증이 고작이었다. 나는 아내의 씨억씨억한 성품과 생활력 강해 보이는 꺽짓손에 몹시 끌리고 있었고, 아내도 어느 구석이 맘에 들었는지는 몰라도—아내는 나중에 내가 웃을 때 패는 송편을 문 듯한 보조개에 어처구니없게 반했다고 말한 적이 있다—나를 탐탁하게 여기는 티를 굳이 숨기려들지 않았다. 그런 진솔함이 아마 나의 소심함에 용기를 살짝 발라준 게 아닌가 하는 생각이 든다.

동지, 구속담배 한 개비만 석방합시다.

아내는 내가 담배를 피우지 않는다는 사실을 너무도 쉽게 그리고 잘 잊어버렸다. 우리 둘은 신문 제작을 맡고 있었기에 항상 얼굴을 맞대고 붙어살다시피 했다. 격주 발행의 타블로이드판 팔 면짜리였지만 일감은 차고 넘쳤다. 취재는 원고를 물어다주는 사람이 많아 되레 고민이긴 했지만 원고청탁 편집 교열 인쇄 포장 발송 등등 일체의 과정을 도맡아해야만 했고, 그러다보니 같이 밤을 지새우는 일이 다반사였다. 아내는 나보다 한 살 위였지만 강단이 있어서 그런지 커피 한 잔으로 날밤을 꼬박 패고도 별로 피곤한 기색을 보이는 적이 없었다. 창문이 희붐해질 무렵이면 스르르 두 손을 탁자 아래로 늘어뜨린 채 원고더미 속에 코를 처박고 세상 모르게 곯아떨어지는 나와는 영 딴판이었다.

그 운동단체에서 나온 건 5·3 인천사태 직후였다. 당시 뿌려진 유인물 중 내용이 급진적이라고 당국이 점찍은 것의 제작 과정에 참여

했다는 혐의를 받았다. 4·13호헌선언 이후 정권의 말기적 무도함에
는 별도의 설명이 필요없으리라. 연행된 다음의 고초는 이루 말할 수
없었고. 그러나 나는 일 주일 뒤에 불기소 처분으로 풀려나올 수 있었
다. 그런데 까마귀 날자 배 떨어진다고 내가 풀려난 다음날 단체 핵심
동지 서넛이 간신히 수배를 피하고 있던 수유리 아지트에서 한두름
에 연행됐던 거다. 그 거처를 알고 있는 사람이래야 다섯 손가락으로
꼽을 정도인데 물론 나도 그중의 한 사람이었다. 나에게 쏠리는 의혹
의 화살은 너무 치명적이었다. 내 나름대로 수사기관에 외로이 맞서
조직방어투쟁을 하다 나왔는데 위로는커녕 희뚝머룩한 눈초리들이
라니. 그러던 차에 조직에 새로운 변화가 밀려왔다. 당국의 탄압을
받아 조직 자체가 타격을 입기도 했지만 새로이 태동한 '민주헌법쟁
취국민운동본부' 에 남은 조직 역량을 집중시키기로 결정이 남에 따
라 기왕에 했던 일과 조직은 자연히 발전적으로 해소(解消)됐다.

　동지를 팔아먹은 놈. 왜 그런 말이 처음 나돌 때 암만 허탈하고 속
절없는 배신감이 끓어오르더라도 발싸심으로 나서서 해명을 하지 못
했을까.

　결혼하고 얼마 되지 않았는데 울산에서 노동사목을 하느라 개척교
회를 세운 야학 선배한테서 연락이 왔다. 생수 대리점 운영권이 하나
났는데 맡아줬으면 하는 부탁이었다. 말이 부탁이지 나의 곤궁한 처
지를 전해들은 뒤 억지로 수소문을 해서 자리를 마련한 눈치였다. 나
는 달리 선택의 여지가 없었다.

　서울로 다시 올라온 건 올림픽 물결이 장마물 넘친 계곡처럼 휩쓸
고 지나간 그해 초겨울이었다. 울산에서 벌여놓은 생수 대리점이 올
림픽이 끝나자 갑자기 경기가 사그러졌다. 외국인 때문인지 한동안
뜸했던, 아니 묵은 방조까지 해오던 보건당국이 눈치볼 일이 없어졌
던지 그 동안 이곳저곳 난립했던 생수 대리점을 서서히 솎으려들 낌

새를 드러내기도 했지만 원래 겨울은 생수의 비수기이기도 했다. 이곳에서의 인연도 이게 다인가 싶기도 해서 일단 서울로 가보기로 작정했다. 그곳에서 노동문제상담소를 들락거리던 아내도 뿌리내리기가 녹록하지 않았는지 나의 서울 복귀 제의에 별 이의를 달지 않았다. 난 역시 현장 체질인가봐. 이 사람 저 사람 맞장구나 쳐주고 도움말이라고 되도 않는 희떠운 말이나 씨부렁거리다보니 사람만 괜히 병신 되는 것 같아, 큭큭. 아내는 상경열차 안에서 귀엣말로 이렇게 속닥거렸다.

두어 달 뺑뺑이를 도니깐 어섯눈이 조금 열리는 듯했다. 주간근무 같으면, 얼추 새벽 대여섯시쯤 남대문시장 근처에서 얼쩡거리다 아침 해장은 서울역 근처나 면목동 같은 데서 해치우고 혹 공항 들어가는 손님이라도 태우면 신월동 종점구역 기사식당에서 늦은 점심을 때운다. 오후에는 주로 강남 지역에서 싸돌아다니며 한강다리를 넘지 않는 게 먹을알이 있고 그리고 교대시간 임박해서는 강남화물터미널이나 고속버스터미널 쪽을 한 번 휙 돌아나오는 게 쏠쏠하다는 물리를 어렴풋이 깨닫기 시작할 즈음 되니깐 슬렁슬렁 주위를 챙길 괘념이 서는 거였다. 노조에서 섭외부장이라는 한직을 맡아 노조 사무실에 들락거리면서 『억만운수노보』 창간 일에 손대기 시작했다.

낄낄. 아따, 날 잡아잡수쇼 하는데 그걸 그냥 지나쳤다니 천 부장도 어지간혀요 잉. 댕기다보면 그런 짓거릴 허는 축들이 심심찮아부러. 세상이 갈 데까지 가불라는 건지.

대머리 노조 사무장은 다리를 둥개고 앉아 나무젓가락으로 사발면을 말아올리며 대수롭지 않다는 듯 토를 달았다. 방배동 카페 골목에서 꼭두새벽에 마수거리로 태운 여자 승객이 말썽이었다. 생각도 않았는데 먼저 더블을 주겠으니 광명까지 가자고 해 고개를 끄덕였다. 널찍한 뒷자리를 놔두고 옆자리를 파고드는 여자의 엉덩이는 유난했다. 코뚜레처럼 걸린 귀걸이는 떨렁거리고 가면처럼 두터운 화장기 냄새에 코끝을 씰룩거리는데 무의식중에 클러치를 밟으려니깐 술내가 풍덩 끼얹어왔다.

속력을 약간 줄여야겠다는 생각이 들었다. 나는 왼쪽 발가락 끝을 꼼지락거렸다. 그날따라 안개가 많이 껴서 그런지 차체가 많이 흔들렸다. 짐을 짜부가 되도록 쟁여 싣고 남부순환도로를 내달리는 십 톤짜리 화물트럭들이 옆을 긁어대듯 스치고 지나갈 땐 등짝에 소름이 쫙쫙 끼쳤다. 엔장, 빨리 중형으로 바꿔 몰든지 해야지. 이럴수록 어깨힘을 빼야 돼. 짐에 짓눌린 화물차가 고꾸라질 듯 고개를 디밀고 결승선을 통과하는 단거리 육상선수 모양 끊임없이 곁으로 달겨들었다.

빌어먹을, 내가 밟은 건 브레이크가 아니라 액셀러레이터였다. 다행히 반사적으로 운전대를 비틀어 사고는 면할 수 있었다. 그 커다란 화물차 뒷바퀴가 갑자기 눈앞으로 커다랗게 확대될 땐 정말 저승사자에게 손목을 홱 낚아채인 듯한 느낌 때문에 의식이 까무룩해졌다. 이…… 씨앙, 나는 이를 응등그려 물고 옆을 돌아보았다. 그 여자가 느닷없이 내 어깨를 우악스레 잡아당기는 찰나 내가 깜빡 운전대를 놓치고 왕청되게 액셀러레이터를 건드린 것이다.

당신 정신이 있어 없어?

그래요, 그렇다구요. 이젠 아찌 맘대로 하세요.

여자는 뜬금없이 코 먹은 소리를 내며 모로 기우듬히 내 어깨를 베고 훌쩍거렸다. 나는 당장 길턱에 차를 세우고는 그 여자를 그대로 내버린 채 반대 방향으로 들입다 몰았다.

그날은 괜시리 우둔이가 들려 회사 입금액은 고사하고 제 돈을 꼬나박았다. 입사한 이후로 처음 교대시간보다 일찍 차를 몰고 와 입고시킨 것이다.

층계가 예순넷이어서 64계단이란 이름이 붙은 곳을 헐떡이며 올라섰다. 요즈음 속이 많이 글러졌는지 마지막 계단만 디디고 나면 꼭 신트림이 올라왔다. 차를 몰다보면 제때제때 밥을 챙겨먹지 못하는 일이 허다했다. 명치끝을 바늘로 콕콕 찔러대는 듯한 느낌이 들었다. 회사 동료들과 오징어볶음을 안주 삼아 마신 소주가 위장 한구석에 얌전히 괴어 있는 듯 더부룩했다.

선생.

신트림이 터지자 목 안에서 올라온 시큼시큼한 생목이 씹혔다. 아내는 또 파김치가 돼 푹푹 쓰러지는 날 얼마나 끌탕을 하며 바라볼 것인가. 혹 내가 엄살을 피우는 걸로 생각하는 건 아닐까. 하지만 물먹은 솜처럼 찾아드는 데는 정말 당해낼 재간이 없었다.

선생.

그제서야 뭔가 자신을 향해 날아오는 짧은 외침이 있다는 걸 깨닫했다. 자라처럼 깊숙이 찔러두었던 머리를 빼들고 주위를 둘러보았다. 문짝이 반쯤 떨어져 찾바듬한 방범초소 앞에 놓인 군고구마 수레를 등지고 털벙거지를 지긋이 눌러쓴 헌걸찬 덩치의 사내가 나를 보고 빙그레 웃고 있었다. 나도 어설픈 미소를 지으며 다가갔지만 상대가 누군지 퍼뜩 떠오르지 않아 머릿속이 생게망게했다. 누굴까. 사내의 옆에는 정부미 쌀부대가 미어져라 담긴 고구마들이 뾰족한 이마를 맞대고 누워 있었고 그 반대편에는 채 마르지 않은 장작개비들이 차곡차곡 쌓여 있었다. 주변에는 장작을 뽀갤 때 생긴 날카로운 지저깨비들이 너저분하게 흩어져 있었다.

나 광술세. 모르겠나. 여기로 전입온 지 얼마 안 되네그려.

아, 맞아요. 광수 형.

광수 형의 솥뚜껑 같은 손이 계급장을 달아줄 듯 내 어깨 위로 얹혀졌다. 문득 떠오르는 작대기 두 개짜리 일등병 계급장. 군대잡기를 할 때 광수 형은 대장이었고 나는 그의 졸따구였다. 그 친숙한 몸짓

하나가 그만 우리 사이에 켜켜이 지층을 이루고 있던 열여덟 해의 세월을 일거에 뚫어버렸다.

어이구 형, 그런데 저한테 무슨 선생이야요, 선생이.

나두 첨엔 긴가민가 했구, 그리고 언젠가 소문을 듣자니 대핵교 나와서 훈장 노릇한다는 말을 듣기도 한 것 같아서 말이야, 후후.

나는 대답을 않고 웃고만 있었다. 장작개비의 희나리가 터지는지 탁탁 튀는 소리가 드럼통을 개조해 만든 화덕 문틈에서 새나왔다. 나는 무슨 말인가 해야 한다고 생각했지만 입이 쉽게 떨어지지 않았다.

광수 형 아버지는 똥 푸는 사람이었다. 양철초롱 대신 굵은 나무때기를 엮어서 철사로 테를 메워 만든 똥장군을 단 물지게를 지고 돌산 기슭의 똥구더기로 인분을 퍼나르기도 하고 자드락밭 주인들의 부탁이 있으면 밭고랑에다도 갖다 붓곤 했다. 애나 어른 할 것 없이 그저 광수 애비라고 부르는데도 아무런 언짢은 내색이 없었다. 술을 좋아해선지 얼굴을 항상 말고기 자반처럼 발그대대하게 만들고 다녔다. 킁킁거리며 코웃음을 칠 때면 빠진 앞니 자리가 새카맣게 드러났다. 땟국물이 짤짤 흐르는 와이셔츠 남방을 일 년이면 예닐곱 달 한가지로만 줄기차게 입고 다녔다. 단추가 두엇만 달랑거리는데다 걸핏하면 단춧구멍을 엇갈리게 꿰는 통에 한쪽 어깨가 갸우뚱 기운 곰배팔이처럼 어딘지 허술해 뵀지만 친근감을 주는 구석도 있었다. 술 탓에 성대를 상우었는지 말소리는 신작로를 구르는 말똥처럼 텁텁한 편이었다.

그렇다고 광수 애비가 마냥 홀대를 받은 건 아니었다. 언제 어디서 익혀됐는지는 모르지만 그는 침술과 지압에 능할 뿐더러 환자의 증상을 보면 무슨 약을 지어다 먹어야 하는지 족집게처럼 짚어내곤 했다. 나도 몇 번 급체에 걸렸을 때 광수 애비의 구완으로 위기를 넘긴 고마움을 여지껏 간직하고 있을 정도다. 그런데 이상한 건 약방이나 병원을 찾아갔더라면 하얀 가운을 입은 약사나 의사에게 쩔쩔맸을 사람들이 부라나케 광수 애비를 찾는 판국이면서도 결코 공손한 태를 보이진 않는다는 사실이다. 이보우 광수 애비, 아 뭘 해 사람이 기가 넘어간다니깐. 얼른 뒤를 쫓지 않구설랑. 오히려 닦달을 해대도 그 좋아하는 술자리를 아무런 불평 없이 박차고 일어나서는 집구석에 아무렇게나 처박아둔 보퉁이를 옆구리에 끼곤 냅뜰성 있게 따라붙었다.

빈방이 하나 있다는 말을 듣고 광수 형은 머뭇머뭇 자신이 그 방에 월세를 들 수 없냐고 물어왔다. 아내도 두말없이 좋다고 승낙했다. 사실 광수 형이 내건 조건이 너무 파격적이었다. 물론 보증금은 걸지 않는 조건이었지만 한 달에 십만원씩 내겠다는 거였다.

방 얘기가 나왔으니 한마디 안 거들 수가 없다. 한마디로 운이 좋았다. 암만 지하실집이지만 방 두 개가 딸린 걸 전세보증금 겨우 팔백에 얻었으니. 기적에 가까운 행운이라 해도 조금도 지나친 말은 아니다. 사람이 살다보니 이렇게 새수나는 경우도 생기고 그래서 대한민국이라는 나라가 그럭저럭 버텨가는 모양이라는 생각이 절로 들었다. 공기가 좀 쿨링쿨링한 게 그렇잖아도 기관지가 약해진 내게 옥에 티라면 티였지만 그런 걸 가지고 불만이랍시고 입만 뻥긋하는 시늉이라도 했다간 백주의 광화문 네거리에서 양심불량을 한 세 번쯤은 큰 소리로 복창함이 옳지 않은가.

하나 그런 혜택의 날도 이제는 얼마 남지 않았다. 전세보증금이 딱 갑절로 올랐다. 그 생각만 하면 자다가도 관자놀이가 울끈불끈 놀을 뛰어 일어나 냉수라도 한 사발 마셔야지 속이 가라앉았다. 그게 싫으면 전세를 사글세로 바꿔서 다달이 십팔만원씩 내라나 어쩌라나. 마른하늘에 날벼락이 따로 없었다. 그렇지만 날벼락으로만 치부할 순 또 없었다. 언젠가 그런 상황이 오리라 미리 예상하고 진작에 마련을

두지 못한 나의 무능력과 요행주의를 먼저 호되게 질책해야 순서고
도리였다. 온 세상이 전셋값 때문에 발칵 뒤집어진 때였다. 이윤을
찾아 흐르는 자본의 철칙, 평균이윤율 법칙에 나라고 예외일 수는 없
잖은가. 신문이나 방송에서는 이게 웬 기삿거리냐 싶었던지 전셋값
때문에 자살까지 하는 사람들의 내력을 줄줄이 들춰내며 마치 미친
개 친 몽둥이 삼 년 우려먹을 듯한 기세로 나왔다.

　—여보 당신은 내게 천사였소. 우리 이 세상에서는 집 한 칸 없이
쫓겨다니던 신세로 한 맺혀 떠나가지만 그럴 걱정이 없는 저 세상에
서는 절대루다 우리의 행복이 이렇게 하이에나처럼 물어뜯기는 일일
랑 없을 게요. 당신에게 마지막까지 털어놓고 싶은 말은 고달픈 세상
에서나마 당신이 있었기에 나는 진정 행복했다우. 그리고 우리는 우
릴 이 지경으로 만든 세상을 원망하진 맙시다. 나도 이젠 정신이 흐려
지오~ 가스에 취한 우리 경진이의 얼굴이 오늘따라 왜 이리 귀여운
지 모르……

　한숨만 폭폭 새나왔다. 어느 신문에 실린 연탄가스 자살 일가족의
가장이 휘갈긴 유서였다.

　지금 세 들어 있는 집은 사정이 복잡했다. 말하자면 주인이 셋씩이
나 되는 셈이었다. 삼층 연립주택의 지하인데, 원래는 위의 세 개층
세대를 위한 공동 지하창고로 지어진 것이 개조되어 어엿한 전셋방
으로 둔갑했다. 그래서 집 호수가 B01이었다. 여기서 B는 영어로 지
하실을 뜻하는 베이스먼트의 머릿글자인 듯싶었다. 아무튼 그 셋방
의 주인이 세 명이나 되는 웃지 못할 상황이 벌어진 것이다. 상전이란
많을수록 섬기는 쪽에선 하등 유리하달 게 없는 법이지만 이 경우는
오히려 그 반대였다. 확실한 단독소유가 아니다 보니깐 주인들 사이
에 권리의식이 흐리마리해져서 별다른 간섭을 받지 않았다.

　그래서 남들이 다 겪는 셋방살이 설움일랑 당분간 모르고 살 수 있

었다. 물론 불편이라면 불편이랄 수 있는 점도 없진 않았다. 한번은 연탄보일러 온수통이 망가졌길래 주인에게 고쳐달라고 말을 하긴 해야 하는데 도통 누구에게 간을 떠보아야 할지 고개가 갸웃거려졌다. 때맞추어 천수탕에서 어렵사리 풋낯을 익힌 이층집 사내를 출근길에 만나 말을 붙여보았더니 혼자서 결정할 문제가 아니라며 저희들끼리 상의해보겠다고 얼버무린 게 꼬박 여드레째 감감무소식이었다. 결국 내 돈 처들여 고치긴 했지만 왠지 찜찜했다. 하지만 그런 정도야 문제랄 수도 없다고 곧바로 마음을 고쳐먹긴 했지만.

한때 정치권 일각에서 고대 그리스의 유명한 철학자이자 수학자인 피타고라스가 발견해낸 황금분할이란 수학정리가 살살 꼬리를 치고 다닌 적이 있었다. 나는 이 지하실집이야말로 셋방의 황금분할이 아니냐는 생각이 들었다. 그런데 역시 황금분할은 오래 갈 수가 없는 운명인 모양이었다. 어느새 요 세 주인나리들이 작당들을 해서는 때가 되나 시가 되나 하다못해 그 흔한 이만원짜리 동원참치 선물세트 하나 들고 문안드리러 오는 법이 없는 그런 본데없는 아랫것을 눈에 불이 번쩍 나도록 징치하기로 맘먹고 나선 것이다. 그러니 하릴없이 당할 수밖에. 그나마 지금 들어가 있는 보증금도 거의 절반은 이자도 솔찮게 먹히는 남의 생돈인데.

같은 집에 살게 됐지만 광수 형과 그리 자주 얼굴을 맞댈 기회를 갖지 못했다. 광수 형도 날이 슬슬 풀리자 노가다판을 찾아나서서 집구석에 잘 붙어 있질 않았고 나도 주마다 낮밤 교대를 하느라 부러 짬을 내 코빼기를 디밀기가 쉽지는 않았다. 그런데 내게 궁금한 게 하나 있었다. 바로 명희 누나에 대한 거였다.

형이랑 그때……

껄껄, 그래 명희랑 야반도주를 했었지.

그 다음날 살그머니 광수 형네 대문 틈새로 들여다본 장면이 지금도 눈에 선하게 잡힌다. 하늘색 페인트가 가뭄에 갈라진 논바닥의 엉그름처럼 쩍쩍 벌어진 대문짝 너머에는 고요한 적막만이 꽉 닫힌 방문 앞을 서성댔다. 휑뎅그렁한 마당에는 숨죽인 햇발만 그득히 쌓이는데 한켠에는 멜빵이 끊어진 채 담벼락에 기댄 똥지게가 한쪽 팔이 부러진 상이용사처럼 갈고리팔을 맥없이 늘어뜨리고 있었고 그 옆에는 형편없이 짜부라진 똥장군이 굴러다녔다. 그리고 모잽이로 벌렁 드러누운 광수 애비의 찢어진 흰 고무신 한 짝. 이제 신쭈를 같이 주우러 다니던 광수 형도, 살결이 희디흰 인형 같은 폐병쟁이의 딸 명희 누나도 다시는 못 보게 되겠구나.

그 여시같이 해사한 자발머리 없는 년이 지 애비 거꾸러져나간 다음 얼씨구나 하고 허우대 멀쩡한 광수를 후리고 내뺀 거지 뭐. 동네 사람들의 시큰둥한 촌평.

일찍 죽었어. 모진 놈 만나서 고생만 드럽게 하고 말았어. 몸이 워낙 약했잖아. 애기집에서부터 벌써 죽은 첫아이를 돌려내기는 했는데…… 산후더침에 옹근 약 한 첩 변변히 쓰질 못하다가 파르르 눈꺼풀 닫으니깐 그 길로 그만이더라구.

아내는 광수 형에게 몹시 호의적인 감정을 지니고 있었다. 광수 형의 일이란 게 들쭉날쭉이다 보니깐 공치는 날엔 가끔 함께 지내기도 하는 모양이었다. 이따금씩 밥상에 과일사라다 반찬이 올라오는데 아내가 하는 말을 언뜻 들으면 바로 광수 형을 주려고 만들었던 것 같았다. 오늘은 광수씨가 왼종일 제 일을 도와줘서 점심때 사라다를 만들어 상을 봐줬더니 잘 자시던데요. 밍밍해서 싫어할 줄 알았는데. 힘이 장사예요. 묵은 김장독을 파내는데 그냥 한 손으로 번쩍 들어올리던데요. 이 비싼 조기가 어디서 났어 당신? 나는 물에 만 밥을 깨적거리면서 아내의 씀씀이에 비해 좀 과하게 여겨져 입덧을 달래려는가 싶어 지나가는 말투로 데면데면 물었는데. 광수씨가 사가지고 왔더라구요. 산후조리를 잘못해서 돌아간 부인이 있었다며요. 제가 그 분을 많이 닮아서 그때 생각이 난다며 건네주는데, 참 받기도 뭣하고…… 거탈은 감사납게 생긴 분이 속은 영판 비단결 같은 구석이 있더라구요. 모든 일에요. 나는 입 안의 밥알갱이를 질겅질겅 으꼈다. 왠지 내 눈빛이 깜뿍 흐려짐을 느꼈다. 얼래, 질투가?!

어느 날이던가, 공휴일이었는데 점심때 오른 손님이 집 근처까지 가자고 하자 내친 김에 점심이나 먹으려고 집으로 차를 댔다. 보통 임신을 하면 신 음식을 많이 밝힌다던데. 청과상에 들러 풋과일을 한 꾸러미 꿍쳐들고는 문앞에 섰는데 발록하게 벌어진 문틈새로 웬 두런두런거리는 소리가 새나오는 거였다. 별생각 없이 문짝을 열어젖혔더니 아내와 광수 형이 두 손을 서로 맞잡은 채 심각한 표정으로 서 있었다. 이별에 앞서 포옹이라도 하려는 연인 사이처럼. 그럴 리야 없겠지만서두. 그런데 날 보더니 황급히 손을 푸는 거겠지. 어색해진 내가 전대주머니를 달랑달랑 흔들며, 응 마침 저 현대시장께 손님을 태우고 왔다가 점심이나 먹으려고 들렀어, 하며 함박웃음을 지어 보였다.

"……"

"……"

나 배고파.

광수 형은 나와 서로 눈길이 마주치자 서름한 낯빛을 짓고는 제 방으로 훌쩍 들어가버렸다. 점심상 머리에 앉은 아내는 변명 비슷한 걸 늘어놓았다. 광수 형님이 혼자 라면을 끓여먹다 사레까지 드는 게 안 돼 보여 김치하고 찬밥 몇 덩어리 챙겨드렸더니 고맙다며 호주머니에서 뭔가를 꺼내주길래…… 받아보니 칫솔로 깎아 만든 건데 일종의 부적이래요. 다산성을 상징한다는데 가무잡잡한 남미 쪽 원주민 인형이 어찌나 괴기스러운지. 나보고 자꾸 가지라기에……

내 전대 어딨지?

나는 아내의 군말을 참지 못하고 이렇게 중동을 무지르고는 밖으로 나와버렸다. 그러면서 즉시 후회스런 감정을 되작거리고 있었다. 나도 참 드러운 소갈머리를 지녔군.

아내가 광수 형이 머물던 방에서 만원짜리와 천원짜리가 뒤섞여 십만원을 채운 봉투를 발견한 것은 그가 자취를 감춘 뒤 이삼 일이 지나고 나서였다. 그나마 방문의 손잡이에 방 열쇠고달이가 덜렁거리는 걸 보고서야 알았다고 했다. 나는 내 앞으로 디밀어진 흰 봉투를 맹숭히 바라만 봤다. 그러면서 내가 광수 형을 일부러 불편하게 해서 쫓아낸 건 아니라는 생각을 굳이 해봤다. 어차피 우리도 이달 안으로 짐을 싸야 하는 처지 아닌가. 그러고 보니 광수 형은 요 얼마 동안 떠나겠다는 암시를 내게 몇 차례 뚱겨주었다.

내가 한곳에서 두 철 이상을 머물러본 적이 없어야. 그놈의 지랄맛은 역마살 때문에 말이야. ……동해안으로 한 바꾸 삥 돌았으면 속 씨언허겠는데…… 오징어 열둬 축만 걸뜨리고 다니믄 걱정 없어야. 노가다 뛰며 꼬불친 돈두 솔찮고.

사람의 운기가 싹 가시고 난 방 안은 지하실 특유의 벽지 썩는 냄새와 더불어 습기가 밀려와 살갗을 오싹 졸아붙게 만들었다. 열려진 벽장 속을 힐끔 들여다보니 빈 소주병 하나와 씹다 만 오징어다리 몇 가닥 그리고 구겨진 스포츠신문 위에 반쯤 접혀진 정수기 선전용 광고지가 눈에 띄었다. 나는 뒤돌아서려다 말고 무심코 광고지를 끌어당겼다. 뒷장에는 그림 낙서와 숫자놀음을 한 흔적이 남아 있었다. 동해, 주문진 낙산상회 박문수, 그리고 오징어 몇 축 단위로 셈한 본전에다 대충 손익을 잡아보느라 이리저리 곱셈 나눗셈을 했는지 깨알 같은 숫자가 지남철에 올라붙은 쇳가루처럼 알알이 박힌 종이짝이었다. 낙서 위에 정밀하게 그려진 오징어 그림이 있기에 대번에 숫자의 내용을 가늠할 수 있었다.

이래저래 풀이 죽은 아내를 지켜본다는 일은 썩 유쾌한 일이 못 됐다.

— 당신 어때요. 좋은 세상이 오긴 꼭 오겠죠?

아내는 내 귓불을 살짝 잡아당겼다. 우리는 방 보러 다니다 지쳐 파근한 다리를 이끌고 집으로 돌아와 바로 옆 놀이터의 헌 타이어 위에 앉아 화단의 사루비아꽃 속으로 꿀벌이 기웃기웃 파고드는 모습을 맥없이 지켜보는 중이었다.

후후, 좋은 세상? 너무 까발리는군. 오겠지 뭐.

나는 이렇게 단순한 질문을 던지는 아내가 몹시 갸륵하다는 생각이 들었다. 그리고 뭔가 대답을 해줘야 할 것 같은 의무감이 들었다.

아내는 대통령선거 이후 운동권이 갈가리 찢기고 떨어져나갈수록 그리고 소련을 비롯한 동유럽에서 불어닥친 개혁 열풍이 드세질수록 더욱 헷갈리게 펼쳐지는 현란한 변혁 이론의 무도회를 발치에서 기웃거리다 끝내는 제물에 물러앉고 말았다. 그 발그림자 따라잡기에 지친 나머지 아예 홀로서기로 맘을 굳힌 모양이었다. 스스로를 현장체질이라 일컬으며 민주노조 강화론에 자신의 이론적 텃밭을 일구었다.

서너 달 준비를 하더니 아직 노조가 서지 않은 대림동의 한 조명등 공장의 취직을 했다. 현장에서 일하는 사람이 모두 오십여 명밖에 안 되는 샹들리에 전문의 소규모 공장이었다. 내가 야간근무일 때는 그쪽 사람들을 데리고 와서 머리를 맞대고 밤새 너구리를 잡을 듯한 뿌연 이야기판을 벌이고 심지어는 내가 있는 것도 아랑곳 않고 우리 둘 사이에 떠꺼머리 총각을 몇 씩 끼워넣고 잠을 재웠다. 어떨 땐 정상적인 부부생활을 하기가 어려울 지경이었다.

자본론이나 정치 팸플릿 같은 걸 사람들이랑 함께 공부하는 건 어때? 더 효과적이지 않을까?

아내는 내 말을 지체 없이 기각했다.

그거야말로 깡그리 척결돼야 할 인텔리 잔재라구요. 현실사회주의가 자본론이 없어서 무너지나요? 지금 보면 우리 운동가들 중에서도 이론은 현실에서 다시 뭉쳐진다는 자명한 진리를 그저 건성으로 주워섬기는 작자들이 태반이라구요. 이론이란 언제나 명쾌한 속성을 갖게 마련인데 이게 바로 지식인들을 홀리는 함정인 줄 모르구설랑. 지식인들이란 항상 현실을 처음부터 끝까지 다 틀어쥐고 욕심을 부리려 들잖아요. 이론이라는 집을 지어놓고 모든 현실이 그 안에 들어와 살림나기를 바라지만 그건 어디까지나 머릿속에서만 존재하는 허구의 집이죠. 모두들 구체적이지 않으면 안 돼요. 당신도 두고보세요. 난 이 삼선조명을 완벽하고도 구체적인 변혁의 한 기지로 만들 거예요. 어설프게 기습적으로 노조설립 신고부터 하고는 이런저런 장애물에 치여 나자빠지는 한탕주의의 전철일랑 되풀이하지 않을 작정이니깐.

아내의 공작은 상당히 성공적인 걸로 내겐 비쳐졌다. 스스로도 은근히 만족하는 눈치였다. 아내는 현장의 거의 모든 사람과 끈끈한 인간적 유대를 맺는 데 일정한 성과를 거뒀다. 공장 사람들은 지하실집을 무시로 들락거리면서 점심도 해먹고 거리낌없이 모임의 장으로 활용했다.

열렬한 동조자들이 아내의 주변에 집결하기 시작했다. 일 년 남짓 아내가 애써 들인 공력 또한 도저히 만만히 볼 수 없는 거였다. 그중에서 명덕이라는 청년의 경우는 좀 특이하달 수 있었다. 얼굴이 여자처럼 해끔하게 생긴데다 머리에 무스깨나 처바르고 다니는 품이 왠지 진득함을 덜 주는 친구였다. 한번은 아내가 주도해서 대여섯 명이 잔업이 없는 토요일 택해 수원 근처 어느 유원지로 하룻밤을 새며 엠티라는 걸 간 모양이었다. 평소 아내에게 음심을 품고 있던 명덕은 밤이 이슥해지자 은근히 아내를 불러 개인적 고민 운운하며 대화를 청했고 무심코 따라나선 아내를 한참 이 얘기 저 얘기로 둘러치며 끌고 다니다 갑자기 덮쳐왔다는 것이다. 아내가 그렇게 호락호락하지 않다는 건 내가 잘 안다. 아무튼 명덕이란 친구가 된통 물리고 뜯기고 깨진 모양이었다. 그러나 아내는 서울로 돌아와서는 그를 깨끗이 용서하고 굳게 손을 잡아주었다. 고개를 떨구고 머쓱해하던 명덕은 그 뒤 더욱 아내의 일에 협조적으로 나왔다.

아내는 때가 무르익었다는 판단을 내렸다. 조건은 너무 완벽하게 조성되었다. 오히려 현장 사람들이 뭔가 빨리 해치우자는 닦달을 해올 지경이었다. 식사를 도맡아 아우르는 아주머니 한 분만 갑자기 신부전증으로 병원에 입원하는 바람에 그녀를 빼고는 모두 노조가입 원서까지 받은 상태여서 싸움은 이미 시작하나마나가 아닌가 싶었다. 그때 사장은 마석에 신축중인 십층짜리 이른바 러브호텔의 로비에 매달 상들리에 계약을 따내기 위해 동분서주하던 참이어서 얼굴 본 지가 가물가물했다. 아내는 사장이 그 계약을 공식적으로 따내는 바로 그때를 행동개시 시점으로 잡았다. 그 계약을 따내고 무리 없이 공사만 성사시킨다면 큐(Q) 품질마크 업체로 지정받기로 관계기관과 얘기가 진작에 끝나 마음에 고무풍선을 단 사장에게 아내는 버젓이 노조설립대회 일시를 내용증명으로 송달했다. 그리고는 밀린 빚 받으려는 사람처럼 여러 가지 요구사항을 명문화한 문서를 첨부했다.

당신이 졌다고 생각해?

모르겠어요. 판단을 잘못한 부분도 있고…… 지독히 운이 나쁜 부분도 있었던 것 같고.

그랬다. 아내는 상대를 잘못 만난 셈이었다. 삼선조명의 사장인 이요섭씨는 삼십대 중반으로 맨바닥부터 올라온 위인이었다. 을지로에 자신의 공장에서 나오는 조명기기를 직접 내다파는 판매점까지 갖춘 알짜였다. 국졸의 학력으로 내내 그 바닥에서 유리조각을 밟으며 큰 사람이라서 그런지 현장의 분위기를 누구보다도 훤히 꿰고 있었고 부리는 사람의 심리파악도 뛰어났다. 한 달에 한 번씩 꼭 자신의 독산동 집으로 온 직원들을 초청해 저녁식사를 같이 했고 그때는 자기 마누라가 특별히 담근 술을 내놓았다. 돌아가는 길에는 일부러 봉송용으로 만든 음식을 한아름씩 안기기도 했다. 그런데 그건 별로 문제가 아니었다.

한 달 전에 콩팥이 나쁘다며 병원에 입원한 식당 아주머니가 놀랍게도 멀쩡한 얼굴로 다시 출근을 한 거다. 사람들은 병문안 한 번 못 가 미안해선지 모두들 계면쩍은 표정으로 뒤통수를 벅벅 긁으며 축하인사를 건넸다. 그런데 그 아주머니의 입에서 나온 소리는 더욱 사람들을 놀라게 했다. 사장 이요섭씨가 자신의 생명의 은인이라고 밝히는 거였다. 자신의 콩팥이 다 썩어들어가 하릴없이 죽을 때만 기다리고 있는데 마침 그 딱한 사정을 알아본 사장이 수술비 일체를 자기 돈으로 떠맡으면서까지 자신의 콩팥을 떼 아주머니에게 이식시켜주었다는 얘기였다. 가족들의 반대도 무릅썼다는 말엔 모두들 입을 쩍 벌렸다. 아니 우리 사장이 그런 사람이었던가. 그러나 그건 사실이었다. 못 믿겠다고 뺑 둘러선 사람들에게 아주머니는 『우리지역소식』이라는 지역신문의 복사본을 팔랑팔랑 흔들어 보여줬다. 거기의 '미담현장 탐방' 란에는 '혈육의 정으로 맺어진 노사, 삼선조명을 찾아서' 라는 제목 아래 서로 병상에 나란히 누워 손을 맞잡고 환히 웃는 사장과 아주머니의 얼굴 사진이 박혀 있었다. 그 일로 인해 상황은 한순간에 뒤집어졌다. 이런 사장 밑에서 무슨 노조냐 하는 회의론이 일었고 공은 공이고 사는 사라며 이에 반대하는 아내는 오히려 사람들한테 피도 눈물도 없는 냉혈한으로 따돌림받기에 이르렀다. 당일로 사람들은 아내에게 몰려와 가입원서를 되찾아가서는 모두 북북 찢어버렸다. 이런 기막힌 일이 세상에 어디 있단 말인가. 더이상 어떻게 해볼 기력을 잃은 아내는 두손을 바짝 들고 현장을 나와버렸다. 그야말로 십 년 공부가 도로아미타불로 되는 순간이었다.

—이 교활한 자본가라니! 그리고 줏대도 자존심도 없는 노동자들 같으니라구!

그렇게 피 토하듯 절규를 하면서 아내는 이사오고 나서 아직 짐을 풀지도 않고 처박아둔 라면상자 속의 책들을 꺼내 다시 차근차근 읽어나갔다. 『무엇을 할 것인가』『일 보 후퇴 이 보 전진』『레닌 이론의 기초 I』 같은 책들에 두세 번씩 밑줄을 그어대며 정말 곁에서 지켜 보기에 눈물겨운 독서를 수행하는 모습이었다.

책에는 뭐라고 써 있어. 새롭게 읽히는 게 있어?

아내는 피식 웃더니 한참 있다 입을 열었다.

그냥 재미로 술술 읽었어요. 당대 사람들의 열정이 부러웠어요. 열정이 없이 그런 책을 읽는다는 건 무척 죄만스런 일이에요. 솔직히 말하자면 난 좋은 세상이란 오지 않을 거란, 아니 그런 건 있지조차 않은 게 아닐까 하는 쪽으로 내 생각을 굳히고 있는 중이야요.

그렇다면 지금 이 세상이 이미 충분히 좋은 세상이라는 뜻도 되는 건가?

오히려 그 반대죠. 충분히 나쁜……

……

그랬을 때, 즉 좋은 세상은 오지 않는다, 그런데 지금 이 세상은 충분히 나쁘다 하는 비극적 상황에서 우리들 삶을 버티게 하는 건 뭐지?

그건…… 자존심 같은 게 아닐까요?

자존심?

예…… 그런 게 필요할 때라는 생각이 들어요.

그렇다면 그건 일종의 허영 같은 거와 겉모습이 비슷하겠지……

그럴는지도 또 모르구요. 일종의 환상이랄지……

나른한 오후의 눈부신 햇발이 자꾸만 우리의 색 바랜 무릎으로 쏟아져 들어오고 있었다. 사루비아의 길쭘한 꽃대롱 속으로 너무 깊이 몸을 담고 꿀샘을 빨아대던 꿀벌 한 마리가 뒤늦게 몸을 빼기 위해 버둥거리는 게 보였다. 한참을 그렇게 버둥거리던 벌은 꽃이파리 끝을 찔끔 미어뜨리고는 간신히 몸을 빼내 달아났다. 목덜미 위까지 파르라니 깎아올린 단발머리에 얼굴을 가린 아내는 잠자코 모래밭 위에 손가락 낙서를 하고 있었다.

나는 요즘 되풀이해서 꾸고 있는 꿈에 대해서 아내에게 말해주고 싶었다. 그것은 어릴 적에 학교의 우중충한 창고에서 한 번 꾸었던 것이었다. 육성회비가 몇 달치나 밀려 가뜩이나 그 벌로 방과 후에 변소 청소를 하던 나는 사육장에서 칠면조의 알을 훔치다 들켜 — 그건 미국 샌타 바버라로 이민을 간 교장의 사위가 기증한 거여서 담임은 자신의 특별구역 관리를 소홀히 했다는 이유로 나중에 교장 앞으로 시말서를 썼다 — 담임에게 귀때기를 잡힌 채 체육 부교재가 가득한 창고에 갇혔다. 담임이 깜빡 잊고 퇴근을 하는 바람에 나는 꼬박 하룻밤을 거기서 지새야 했다. 그때 두터운 매트리스 사이에 새우처럼 몸을 구겨넣은 채 나는 자꾸만 토막이 나는 어두운 시간을 잠으로 메우기 위해 학질 앓는 이처럼 질긴 신음을 입꼬리에 매달고 버티느라 몹시 애를 썼다.

열려라, 열려라 동방.

달빛은 교교했다. 골짜기에는 각종 과일나무와 화초 그리고 대리석으로 꾸며진 정원이 있다. 남녀 구분 없이 망토를 늘어뜨린 사람들. 그 큰 바위들이 돌이 아니라 설탕보다 달다는 사카린 덩어리라고 했다. 손을 뻗는 곳마다 황금 술잔이 잡히고 키 큰 미루나무들이 빙 둘러쳐진 공터에는 화톳불이 타오르고, 그 불꽃 위에는 입에서 똥창까지 막대기로 꿰진 통돼지가 빙글빙글 돌아갔다. 장작불 위로는 돼지 기름이 끊임없이 흘러내려 푸지직 끓는 소리가 귓가를 간질렀다. 표범 가죽을 뒤집어쓴 추장이 북을 울리자 사람들은 원무를 추었다.

나는 어느새 나비가 돼 있었다. 얼굴과 몸체는 사람이었으나 눈썹은 기다란 더듬이로 변했고 여럿 매달린 가느다란 팔뚝에는 꽃가루 같은 게 잔뜩 묻은 털이 숭숭 솟아 있었다. 겨드랑이께에는 커다란 천으로 된 날개가 펄럭거려 내 맘대로 날아다닐 수 있었다. 나는 날아다니는 데 익숙한 나비처럼 자유자재로 여기저기 꽃봉오리 사이를 노닐었다.

파란 날개를 지닌 나비 여인이 소매를 끈다. 어디선가 많이 본 얼굴이지만 기억이 나질 않는다. 계곡 한구석 꽃밭에서 둘은 널찍한 꽃이파리를 찾아 나란히 눕는다. 하늘에 떠가던 달이 구름 속에 얼굴을 가리운다. 가슴이 갑자기 마구 뛰기 시작한다. 여인은 바로 명희 누나임이 분명해진다. 여인의 촉감 좋은 날개가 온몸을 포근하게 휘감아 온다. 그리고 밀려오는 격정의 파고. 빳빳해진 내 꼬랑지는 여인의 우묵한 꼬랑지 속으로 깊숙이 빨려들어간다. 나는 내 몸 안에서 이물질처럼 축축한 뭔가가 맹렬히 빠져나가는 걸 느낀다. 나른하다. 너무나 불쾌한 첫 몽정이었다.

나는 아내의 손을 이끌고 타박타박 집을 향해 발짝을 떼기 시작했다.

(『현대소설』 1992년 여름호)

사랑니 앓기

'夜來香'에 가는 날이면 사무실에서 나지막한 휘파람 소리를 들을 수 있었다. 음정도 박자도 서툴기 짝이 없는 엉성한 흑인영가였지만 조활 차장은 곁엣사람 눈치를 보는 법은 없었다.

—멀고 먼 앨라배마 나의 고향은 그곳, 밴조를 메고 나는 너를 찾아왔노라……

제풀에 겨워 홍이 오르면 축농증에 걸린 것 같은 밍밍한 콧소리를 내며 재봉선이 지나는 허벅지께를 장단 맞춰 두드리곤 했다.

"워매 조것 정겨운 거. 조 차장님, 그 반가운 휘파람 소리랑 참으로 오랜만에 듣습니다요. 그러잖아도 요즘 들어 이제나저제나 저 푸른 초원 같은 융단 소파 위에 히프를 살살 비비고 앉아 차지게 목젖 한번 땡겨보나 했는데 말임다 하하."

항로를 쫓아가며 항차별로 집행된 실제 운항 비용을 뽑아내느라 해외지점에서 팩시밀리로 보내온 보고서를 수북이 쌓아놓고 콩 볶듯이 전자계산기를 두드려대던 엄용섭 대리가 고개를 번쩍 쳐들며 화답했다. 조활 차장이 손가락 끝을 한 번 경쾌하게 튕겨 딱 소리를 낸 뒤 호주머니에서 구둣주걱을 꺼내 들고 책상 밑으로 고개를 쑤셔넣었다.

"방이 나붙은 지도 일 주일이나 지났는데 그대로 넘어갈 거냐고 하두 성화를 끓여싸니 원. 저기 강옥래씨는 나한테 결재판 들고 올 때마다 아주 노래를 지어 부르데 노래를. 그으냥 가알 쑤운 어없짜아나아, 오 예, 이렇게."

그는 지난번 인사에서 정식으로 차장대우의 꼬리표를 뗐다. 그 승진턱을 내겠다는 뜻이었다 야래향은 그가 단골로 가는 명동의 지하 룸살롱으로 중앙우체국 앞에서 중국인거리 쪽으로 꺾어져 곧장 따라가다보면 오른쪽 길가 끄트머리에 있었다. 조 차장은 일찌감치 이재에 눈을 뜬 부인이 김포공항 입구인 등촌동에서 에드윈인가 하는 캐주얼 의류 체인점을 차리고 있어 비교적 씀씀이에 궁짜가 끼지는 않은 편이었다.

"그럼, 오늘 저녁 잡아놨던 약속은 모두 빵꾸내야겠군."

운영1과 서무를 맡은 임현철씨가 한마디 거들었다.

"야, 성벵룡이 니 지금 어데 가노?"

슬그머니 자리에서 일어서는 나를 조 차장이 불러세웠다.

"전산실에 팩스 끊으러요. 피닉스보험사에서 빗물 땜에 클레임 걸린 오리엔탈 주방기기 건에 대해 이차조건을 오늘까지 보내주겠다고 한 게 있거든요……"

"알긋다 이 잡것아. 마 후딱 댕겨오그라. 도망치믄 콱 쥑이삐릴 거구마. 니는 오늘 내 술독에 사정없이 익사할 것을 각오허래이 앙."

조 차장은 짐짓 허릿장을 지르고 나서며 엉너리를 쳤다.

"차장님도 차암, 그 좋은 자릴 제가 마다할 리가 있습니까? 기를 쓰며 쫓아가도 직성이 풀릴까 말까 할 판인데. 오늘밤 미스 야래향은 누가 뭐래도 이 성병룡이 차집니다.”

나는 뒤돌아서며 턱도 없다는 듯 일부러 팔을 크게 휘휘 내저었다.

“그래 오늘 내가 죽나 니가 죽나 캐보자 말이다, 이 문디야.”

전산실에 새로 들어온 전문이 없음을 확인하고 바람도 쐴 겸 그대로 길거리로 나섰다. 어차피 지금부터 사무실은 파장 분위기가 돼 있을 것이다.

성당의 시계탑 지붕 위로 까무룩히 솟은 십자가를 쳐다보며 기울기가 완만한 진입로를 겅중겅중 올라갈 때면 짧은 순간이나마 이국적 감흥이 스쳐갔다. 널찍한 층계참에 불구가 된 다리를 뻗고 앉아 동냥을 하는 걸인조차도 한푼 줍쇼 하는 말 대신 영화 〈노틀담의 꼽추〉에 나오는 파리 뒷골목의 룸펜들처럼 당당하게 채러티, 채러티! 를 연발할 듯한 착각이 들었다. 그 성당은 주로 점심때 자주 들르는 곳이었다.

물수건으로 이마를 훔쳐가며 섞어찌개나 부대찌개류의 잡탕식 점심을 농성이라도 치르듯 해치우고 나면 사람들은 티타임을 갖는다며 커피숍이나 레스토랑으로 우줄우줄 몰려갔지만 어물쩡 뒤로 빠져 이따금씩 성당 구내를 휘둘러보고 가는 맛도 여러 모로 괜찮았다. 텔레비전에서 몇 번 본 적이 있는 못생긴 추기경이 머문다는 집무실 뒤쪽 비탈에 있는 으슥한 잔디 공원은 군데군데 넓적한 돌덩이가 박혀 있는데다 잎이 무성한 나무까지 구색을 맞추고 있어 엉덩이를 걸치고 앉아 신문을 읽거나 멍하니 공상에 잠겼다 가기에는 아주 맞춤했다.

—하늘의 은총을 가득이 닙으신 마리아여 네게 하례하나이다.

“저, 성모무염시태가 무슨 뜻입니까?”

본당 뒤의 자그마한 광장에는 성모 마리아 석고상이 안치돼 있었다. 앞에 놓인 긴 벤치의 팔걸이에 기대 반무릎을 꿇고 이마 위로 두 손을 그러쥔 채 기도를 드리던 검은 뿔테안경의 사내가 무릎을 펴는 틈을 타 물어보았다. 그는 좋은 질문을 던진 학생을 바라보는 교사처럼 눈가에 잔잔한 미소를 지으며 친절한 설명을 베풀었다.

"성모 마리아가 예수 그리스도의 어머니신 건 아시죠? 여기서 무염이란 원죄가 없다는 뜻이고, 시태란 말 그대로 잉태를 하셨단 얘기입니다."

"원죄가 없다는 말은 간통이나 부정을 저지르지 않았다는 것일 텐데, 굳이 성인이 아니라도 우리 주변에서 그런 경우는 그럭저럭 찾아봄직……"

"아하, 원죄 없음이란 단순히 처녀가 순결을 지킨 상태에서 혼인을 했다는 뜻이 아니고 약혼자 요셉이 있었지만 마리아께서 성령으로 잉태를 했다는 것이죠. 우리는 애를 낳으려면 그것을 해야 하잖습니까?"

"그거라뇨?"

"……"

안경을 벗어든 사내의 얼굴에 우울한 표정이 어렸다. 그제서야 뭔가 엇나가고 있다는 생각이 들었다. 나는 성모 마리아 석고상을 떠받치고 있는 받침대에 새겨진 글씨를 손가락으로 가리키며 황급히 둘러댔다.

"아 예, 그러니깐 하느님의 은총은 결국 성령의 잉태로 이어지고 그래서 탄생한 이가 예수님이시군요."

진짜 성인은 마리아의 약혼자 요셉이 아닐까. 나는 흡족한 표정을 지으며 돌아서는 사내의 뒷모습을 바라보며 잠시 관자놀이께를 집게손가락으로 꾹꾹 눌러보다 천천히 머리를 저었다. 남의 종교에는 깊숙이 간섭해봤자 골치만 아플 뿐이지. 그러나 이 생각은 채 오 분도 지나지 않아 간단히 뒤집혔다.

성당 뒤쪽에 고백성사를 하는 곳이 있었다. 왼쪽으로 터진 지하성당 고백소의 어둑신한 입구에서는 매번 스산한 기운이 맹렬히 뻗쳐 나오고 있었다. 나는 서너 번 망설이다 발꿈치를 살짝 쳐들고 네댓 개쯤 되는 돌 층계를 내려섰다. 지하성당 안은 부채꼴 모양이었다. 꼭 지점 쪽에 굵은 촛불이 타오르는 성단이 마련돼 있고 중간쯤 물러선 곳에 기둥들이 죽 늘어서 있어 바깥쪽은 둥근 회랑을 이루었다. 둥근 회랑에 놓인 긴 의자에는 신자 서넛이 띄엄띄엄 앉아 엄지손가락 끝으로 묵주를 돌리며 기도문을 외우거나 바깥 광장의 바닥에 닿은 둥근 아라베스크 무늬 창가에서 새어드는 빛에 성경책을 비추며 웅얼웅얼 읽고 있었다.

나는 발소리를 죽이며 입구 반대쪽으로 다가갔다. 하얀 미사포를 실타래처럼 머리에 걸뜨린 젊은 여자가 상기된 표정으로 어깨를 스칠락 말락 지나갔다. 그녀가 방금 나온 곳을 힐끔 쳐다보니 불빛이 바뀌면서 들어오십시오 하는 글귀가 선명하게 드러났다. 그곳은 고백실이었다. 그날은 금요일이기에 꼰벤뚜알 성프란치스꼬회에서 고백성사를 담당한다는 안내판이 붙어 있었다. 나는 마른침을 삼키며 소리나지 않게 문을 열었다.

"들어오셨으면 문을 닫고 성부와 성자와 성신 앞에 무릎을 꿇으시오."

나는 아까 성모상 앞에서 뿔테안경이 하던 식으로 반무릎을 꿇었다.

"우리의 마음을 밝혀주시는 하느님의 은총으로 당신이 범한 죄를 사실대로 인정하고 하느님의 자비를 굳게 믿으십시오. 성부와 성자와 성신의 이름으로 아멘."

아주 잘 다듬어지고 품위 있는 목소리였다. 나는 반사적으로 두 손을 모아쥐었다. 문득 고백창구를 가린 하얀 천을 들춰보고 싶은 충동이 일었다.

"고백성사 본 지 얼마나 되지요?"

"신부님께 말씀드리건대 전 사실 가톨릭 신자가 아닙니다. 다만……"

"……난 관계하지 않습니다. 자신의 범죄로 만유 위에 사랑받으셔야 할 천주 성부의 마음을 상해드렸음을 느끼면서 악을 저지르고 선을 소홀히 한 잘못을 진심으로 통회한다면 우리 구세주 예수 그리스도의 수난과 공로를 빌려 세상을 당신과 화해시켜주시고, 죄를 사해주시길 청하겠습니다."

"고맙습니다 신부님. 제가……"

"내게 고맙다는 말은 하지 마십시오. 모든 영광과 찬양을 천주님께 돌리십시오."

"이제부터 고백하려는 것은 돌아가신 아버지와……"

"다른 이의 죄는 경솔히 입에 담지 말고…… 오직 자신의 죄만 얘기하시오. 그리고 영혼이 육신을 떠나 천주님 곁으로 간 사람은 마땅히 그곳의 법도에 따라 대우받을 것이지 결코 이 지상의 잣대에 따를 순 없습니다."

"아버지의 죄는 바로 저의 죄였고 거꾸로 저의 죄는……"

판자벽 너머에서 가느다란 한숨 소리가 들렸다. 그렇게 진하고 자연스런 한숨을 쉴 수 있는 거로 봐서 신부는 나이가 지긋하고 세상 겪음도 많은 사람일지 모른다는 생각이 들었다.

"육신이 저지른 죄는 그것을 벗어던지는 순간 더이상 지상의 몫이 아닙니다. 그 다음은 오직 전지전능하신 천주님의 뜻에 따를 뿐입니다. 부디 인정하십시오."

"그 아버지와 아들이 함께 저지른 죄를 두고 애비는 죽었다 해서 제외되고 아들은 우연히 고백성사를 했다고 해서 용서받고 한다면, 도대체 용서받고 용서받지 못함의 차이는 무엇인지요?"

"……그러한 따짐은 결국 부질없음을 낳습니다. ……이 말은 도로 거둬들이겠습니다⋯⋯"

나는 왜 이미 육 년 전에 돌아간 아버지를 고백성사의 대상으로 떠올렸던 것일까. 무작정 고백실 문고리를 잡을 때만 해도 나는 그럴 생각이 아니었다. 단지 어떤 통증을 예감하고 그 통증으로부터 도피를 하고 싶다는 심리적 압박을 느꼈을 뿐이었다. 바로 사랑니였다. 아무짝에도 쓸모없이 솟구쳐 고통만 선사하면서도 얼토당토않은 이름 호사까지 누리고 있는 사랑니 때문이었다. 이 아픔의 실마리가 꾸역꾸역 풀려나 가 닿는 기억의 한켠에는 아버지가 등을 돌리고 앉아 있었다.

아버지는 골방문이 열리는 줄도 모르고 뭔가에 지독히 열중하며 고개를 나부죽이 숙인 채 책상에 앉아 있었다. 아버지가 책상 앞에 앉아 있는 광경은 왠지 무엄하고 슬프기까지 했다. 책상 위에는 미농지로 주둥이를 꽉 틀어막은 소주병과 몸체에 눈금이 새겨진 반투명 플라스틱병이 놓여 있었다. 드디어 아버지는 플라스틱병에 담긴 액체를 소주병에 쩔끔 떨궈뜨리고는 스스로의 행동에 화들짝 놀란 표정을 지으며 눈금을 이리저리 살폈다. 그리고는 소주병을 천천히 공들여 흔들었다. 그 일을 하면서 몹시 근엄한 표정을 지으려 애썼지만 내 눈에는 영검이 다 빠져달아난 중세의 돌팔이 마법사처럼 비쳤다. 웃니는 아예 흔적도 없었고 니코틴에 절어 시커멓게 변색된 아랫니 두 대가 누추한 집안의 서까래처럼 비죽이 솟아 있었다. 아버지의 양볼은 움푹 파였고 겨울이 다 지날 때쯤이면 으레껏 돋는 혓바늘 때문에 혓바닥을 반쯤 내민 채 헤벌린 입가에는 생침이 는질는질 매달렸다.

그해 겨울 아버지는 도전(盜電)을 시작했고 어머니는 한 요강씩 하혈을 했다. 그러나 어머니는 각기가 든 다리로 하루 열세 시간을 재봉틀 위에서 보냈다. 아버지는 각기란 몸 안에 울혈이 생겨서 그런 거라며 울혈이 빠지느라 하혈을 하니 이젠 몸이 나을 징조라고 터무니없는 낙관을 했다.

─솔찮지. 먼젓달에는 우수리 없이 삼천원을 냈으니깐. 이거, 응, 이거 말이다. 그냥 두꺼비에 달면 감당이 어림 있겠니? 즌기 훔치는 게야 그리 큰 죄는 아니다. 기건 죄가 된다고 해도 고불통으로 하나뿐이 안 될 거이지. 그러니 켕길 게 메가? 그보다 더헌 걸 훔치구두 입 한 번 싹 씻으면 그만인 게 바루 이 세상이야……

아버지는 문고리를 잡은 채 똥 누는 사람처럼 엉거주춤 기마 자세로 벌겋게 달아오른 전기화로를 올라탔다.

─나이를 먹으니 왜 이리 엉치가 시려운지 모르지? 아흐. 십 년 묵은 암치질이 다 녹아내리는 것 같네. 흐흥.

술주정뱅이 용수 애비는 우리가 훔쳐 쓰는 것을 눈치챈 유일한 동네 사람이었다. 어쩌다 전기공사 도급일을 다니는 안씨 뒤를 몇 번 따라갔다 오고는 마치 전기일에 미립이 난 사람처럼 너스레를 떨었다. 그는 평소에도 구리전선 타래를 무슨 휘장처럼 어깨에 치렁치렁 걸고 다녔다.

─전봇대를 탈 때는 서로 눈치를 보지. 아, 까딱하다가는 그게 황천길 더듬는 순서거든. 그날두 전봇대 밑에 까치 한 마리가 정종 안주하면 좋음직한 통구이가 되어 나가자빠져 있더라구. 등골이 오싹 들어붙는 거지. 아 그런데, 형님 내게 맡기슈 하면서 영철이란 놈이 부득부득 기둥에 버팀줄을 묶고 올라가더니 새하얗게 굳어져버리는 거야. 장가든 지 몇 달이나 됐다구 말이야. 내가 이젠 제수씨를 무슨 족제비 낯짝이라구 보겠냔 말이야. 피 한 톨 없이 쪽 빨리고 끓는 껍지탕 속의 개구락지 모양 땅바닥에 나뒹구는데…… 놈들이 도전을 했어. 쥑일 눔덜. 전기를 훔쳐 쓰느라 전선 피복을 마구 벗긴 거구. 그게 사람을 잡은 거야. 도전? 그거 쌔구 쌨다구. 우리 동네두 천장 한번 확 긁어보면 몇 집은 좋이 나온다구. 말은 않지만서두……

아버지는 항상 용수 애비의 입을 걱정했다.

―술 먹으면 항상 개나 마찬가지인데 언제 피새를 놓을지 뉘 알간.

실제로 용수 애비는 그 약점을 잡은 뒤 계속해서 아버지에게 치근덕거렸다. 그래서 거의 매일이다시피 아버지의 구멍가게에서 공술을 뜯어냈다. 우리집 큰 장부 제일 뒷장에 남아 있는 글씨는 바로 그때의 상황을 낱낱이 기록하고 있다.

―3/17. 용수 애비 수도 박씨와 왔음. 소주 두 병에다 반 남김. 메루치 열 마리. 뽀빠이 반봉. 종이컵 둘. 생계란 두 개.

이렇듯 멸치 한 마리 놓치지 않고 또박또박 적어놓은 기록이 근 반년이나 이어졌다.

―이 즌기 훔치는 짓을 아니 벌인만 못 하게 됐지만 이제는 빼도 박도 못 하게 됐어. 오직 술만이 그 작자의 입을 틀어막을 수 있다구. 달라는 대로 내주는 수밖에. 찰거머리 같은 놈.

아버지가 소주병에 방울방울 떨어뜨리는 액체는 메틸알코올이었다. 인체에 치명적인 자극성 물질이었다. 아버지는 그 액체를 조금씩 용수 애비에게 장기 복용시킴으로써 그의 입을 영구히 틀어막을 심산이었는지 모른다. 난 아버지의 등뒤에서 콧속을 혼곤하게 파고드는 포르말린 냄새를 맡았다. 그 냄새에 취한 듯 아련히 떠오르는 영어 단어 하나가 머릿속을 꽉 메웠다. 나는 기계적으로 그 단어의 철자를 되풀이해서 뇌까렸다. 엠, 유, 알, 디, 이, 알, murder[məːrdər]. 명사. 살인. 타동사. 살인하다. 살인하……

빠쇼와 나는 화학실험용 백금 도가니를 손에 넣기 위해 생물실을 털기로 합의하고는 길음천변 포장마차에 교복을 입은 채 들어가 순대를 안주 삼아 소주를 반 글라스씩 나눠 마셨다. 까만 교복이 눈에도 잘 안 띄고 훨씬 낫다고 빠쇼는 내게 일러줬다. 그는 이른바 이골이 난 비행학생이었다. 그때만 해도 보름 전에 교내에 춘화를 공급한 총책으로 지목돼 무기정학을 받고 있는 중이었지만 그런 사실에 전혀 개의치 않는 눈치였다. 거래만 이루어지면 아주 편한 놈이었다.

— 끝났어. 생각보담 묵직하다.

빠쇼가 다가와 귀에 대고 여유 있게 속삭였다. 나는 거의 할 일이 없었다. 포크를 들쭉날쭉 깎고 구부린 만능열쇠로 생물실과 백금 도가니 상자의 자물쇠를 딴 것도 빠쇼였다. 내 일이란 그저 그의 옆에 서서 손전지 끝을 손으로 둥그렇게 감싸서 빛이 퍼져나가지 않도록 쪼여주는 일뿐이었다. 약품 진열대를 돌아 먼지가 뽀얗게 앉은 박제실로 들어갔다.

— 잠깐만 기다려.

— 뭐야? 수위 정씨가 한 시간마다 순찰을 돈다구.

나는 빠쇼의 경고 따위는 아랑곳하지 않았다. 전짓불에 드러난 한 마리 늑대의 박제에서 하냥 눈길을 거두지 못하고 있었다.

말승냥이(Prairie Wolf). 포유류 식육목(食肉目) 개과. 원산지 : 북미대륙. 일명 : 코요테(Coyote).

코. 요. 테. 아아, 얼마나 야성미가 철철 넘치는 이름인가. 나는 갑자기 명치가 뻐근할 정도로 숨이 막혔다. 박제가 돼서도 사냥감을 매서운 눈매로 야수고 있는 코요테를 바라보면서 나는 가슴속에서 충만해오는 어떤 원초적 생명력 같은 걸 느꼈다. 나는 아직도 먹이가 된 들짐승의 찢긴 살점이 발라져 있는 듯이 날카로운 코요테의 싱싱한 송곳니를 뽑아낼 궁리에 들어갔다.

— 계획에 없는 물건들은 암만 탐나더라도 함부로 건드리지 마. 결정적 증거를 남기기 십상이야. 이번은 그냥 넘어가지만.

빠쇼는 옥시풀로 닦아낸 듯 하얀 잇바디를 드러낸 채 어른스럽게 그러나 단호하게 쐐기를 박아 말했다.

그때 과학관의 생물실에서 각종 박제들이 노려보는 눈길을 가까스로 뿌리치며 약품진열대를 뒤져 메틸알코올을 챙겨온 것도 나였다.

그 용법과 용량에 대해서는 이미 수업시간에 에틸알코올과 메틸알코올의 비교를 통해 잘 알고 있었다. 내가 흰쥐 실험 결과까지 곁들여 넌지시 들려주는 설명에 처음에는 시큰둥해하던 아버지가 갑자기 눈에 반들반들한 생기를 뿜어내기 시작했다. 내가 원하던 것은 바로 그러한 아버지의 눈빛이었다. 세상을 물어뜯을 것 같은 눈빛을 아버지에게서 보는 게 소원이었다.

명동입구를 지나 사무실로 돌아가는 길에 아버지의 마지막 남았던 찌든 이빨 두 대에 대해 내내 생각했다. 그것은 세상살이에 진이 빠진 아버지에게 깃들인 정신적 황폐함과 무능함의 완벽한 상징이 되어 여지껏 내 머리속을 한번도 떠난 적이 없었다.

그 말승냥이의 송곳니를 난 근 십 년간 부적삼아 몸에 지녀왔다. 그걸 잃어버린 건 바로 이 년 전이었다.

이 년 전만 하더라도 나는 인천의 어떤 공업전문대학을 나온 뒤 사년째 십만 톤급 컨테이너 정기화물선인 금강뉴욕호에 타고 있던 이등기관사였다. 금강뉴욕호는 태평양을 가로질러 미국을 오가는 배였다. 이른바 먼스리 서비스, 즉 한 달에 한 번씩 왕복운항을 하는 화물선이었다. 수입화물을 잔뜩 싣고 회항하는 길에 들른 대만의 카오슝항에서 난 선장에게 하선을 명받았다. 금강뉴욕호는 카오슝을 떠나 홍콩을 들른 뒤 일본 고베항을 거쳐 최종 목적지인 부산으로 향할 것이다.

"싸게 짐을 간동그려설랑 이 배에서 내려야 쓰겠어."

안주머니에서 선글라스를 꺼내든 선장은 중동무이로 아무런 앞뒤 설명도 붙지 않은 짤막한 지시를 내리고는 손짓으로 나가보라는 시늉을 했다. 그의 진한 커피색 선글라스 위로 난장이처럼 작아진 나와 통신장의 우스꽝스러운 모습이 힐끗 어른거리다 사라졌다. 나는 어리둥절한 표정을 지으며 내 뒤를 따라 선장실로 들어온 통신장 심씨를 쳐다보았다. 그는 아무 소리 말고 따라오기만 하라는 눈짓을 던지며 팔소매를 슬쩍 잡아끌었다.

"통신장님 뱃놈보고 배에서 내리라니요? 제가 지금 현지 해고된 겁니까? 밥숟가락 놓으라는 소리가 아니고 뭡니까?

"그럼. 자네 죄를 자네가 몰러?"

심씨는 장난기 섞인 농을 지르며 악의 없어 보이는 눈웃음을 띠웠다. 그 웃음을 보자 다소간 맘이 놓였다.

"어따 걱정 말아부러. 자네 밥줄이 끊기는 것 같지는 않고만. 본사서 어전트(급한)를 세 개씩이나 친 지급전문이 날아왔는디 자네를 당장 본사로 보내라는 거여. 그 내막은 자세히 써 있질 않으니깐 내도 잘 모르는 거고. 우선 시간이 없응께 얼릉 옷 갈아입고 자네 개인사물만 단출허게 챙겨. 나머지는 우리가 메칠 있다 부산에 들어가믄 그때 가서 건네줄 텡께. 저그 항구 정문 옆에 희끄무리한 이층 슬라브 건물 봬? 거그가 바로 우리 회사 카오슝사무소라고 허는 모양인디 일단 글루 가봐. 그럼 나중에 봄세."

심씨가 배에서 밍기적대며 내려선 나의 등짝을 철썩 후리듯 밀어주는 걸로 배웅을 대신했다. 나는 낮잠을 설깬 어린아이처럼 울상이 되어 우두망찰 제자리에 붙박여 있다가 배가 부두에서 한참을 미끄러져 나가 갑판에 늘어선 사람의 얼굴이 가물거릴 때쯤 돼서야 비로소 서둘러 벗어놓고 내린 파카 작업복 안주머니에 그 말승냥이 송곳니를 그냥 두고 내렸음을 알았다. 선착장을 따라 손을 흔들며 뜀박질을 하다 멈추고는 털썩 주저앉았다. 크고 작은 안전사고가 많은 기관실 생활에서 듬직한 액막이가 돼주었던 물건인데……

돌아서는 발이 쉽게 떨어지지 않았다. 지금쯤 기관의 굉음과 떨림 때문에 속창자까지 땅뜀을 해야 할 발밑이 너무도 얌전한 게 무척이나 수상쩍었다. 몹시 요동을 치는 뱃전에서도 끄덕하지 않던 멀미를 육지, 그것도 기껏 콘크리트로 단단히 굳힌 땅 위에서 하려는지 속에 묵은 체증이 얹힌 것처럼 울렁거렸다.

배 안에서 일할 때는 온전히 의식하지 못했지만 막상 등을 돌리고 떠나는 녀석의 우람한 뒷모습을 바라보고 있자니 저절로 가슴이 벅차올랐다. 녀석은 이천팔백 TEU급 초대형 덩치였다. 말하자면 엔간히 집채 크기의 컨테이너를 이천팔백 대나 품을 수 있다는 말이니 언뜻 상상하기가 쉽진 않을 것이다. 그럼 놈이 내가 기관실에만 가면 말똥말똥 순하디순한 눈알을 굴리고 고사리 같은 손짓을 해대는 백여 개의 계기반이 되어 날 맞이했다. 난 녀석의 엄마였다. 내 손길이 약손처럼 일일이 쓰다듬고 간 뒤에야 녀석은 살아 숨쉬는 하나의 유기체가 됐다. 녀석의 육신은 방금 전만 하더라도 고스란히 내 손아귀에서 놀았다.

그런 녀석이 이제 내 손길이 닿지 않았는데도 아무 일 없었다는 듯 끄덕끄덕 항구를 빠져나가는 것이 신기하기도 했고 왠지 섭섭하기도 했다. 애인에게 차인 느낌이랄까. 온통 막막한 기분뿐이었다. 갑자기 탕개가 확 풀린 듯한 헛헛함 때문에 지금 자신이 맞닥뜨린 현실에서 아무런 실감도 퍼올릴 수가 없었다.

김포공항으로 나를 데리러 나온 총무부 직원도 영문을 몰라했다. 나의 서울 한복판 소공동 생활은 그렇게 해서 시작됐다.

그런데 나중에 받아본 내 짐가방 어디를 뒤져봐도 그 말승냥이 이빨은 나오지 않았다. 나는 알 수 없는 낭패감에 휩싸이며 왠지 앞으로의 생활에 대한 자신감이 슬금슬금 빠져나가는 느낌을 받았다.

"총무이사 자리가 여간 눈치를 거두는 자리가 아니냐구? 그런데 이번엔 영락없이 오버센스를 한 거지. 깔깔."

"그나저나 멀쩡한 사람 가지고 완전히 삼룡이 하나 만들고 마는 거 아냐? 블루칼라에서 단번에 화이트칼라가 될 뻔한 건데 말이야."

"어머, 그 사람 알구 보니 불쌍타 얘. 얼굴은 그래도 맘씨는 숭글숭글하게 생겨먹은 것 같더니만."

점심을 먹고 난 여직원들이 비상구 창가에 몰려서서 내가 뒤에서 다가서는 줄도 모르고 짓떠들고 있었다. 본사로 호출된 경위를 알아 보니 참으로 어처구니없고 기가 막혔다.

본사에서는 한 달에 한 번씩 셋째 월요일 아침이면 22층 대강당에서 임원세미나를 개최하는 모양이었다. 그달 모임은 그룹 총수인 공동식 회장이 직접 나와서 '21세기를 대비한 다각적 기능인의 육성'이라는 제목으로 특강을 하는 형식으로 진행되었다. 그 자리에서 공회장은 특강 끄트머리에 느닷없이 사보인 『수평선』을 꺼내 펼치며 결론 삼아 나를 다각적 기능인의 본보기로 지목했다는 것이다.

그해 2월호 사보의 '우리 회사 기네스북' 코너에는 최다 자격증 소지자로 내가 소개돼 있었다. 기계설비사에서 시작해 열관리사 제어계측기사 등등 자그마치 일곱 장의 자격증을 고스톱 화투패처럼 펴들고 있는 사진이 박혀 있었다.

자울자울 쏟아지는 졸음을 못 이기던 임원들은 그제서야 눈을 휘둥그래 떴고 특강을 끝낸 총수가 승강기를 타고 내려가면서 수행비서에게 슬쩍 지나가는 말로 그런 사람을 본사가 그냥 두다니 이상하다는 말을 건넨 게 총무이사의 귀에 들어간 것이다. 공 회장의 의중을 나름대로 읽어낸 총무이사는 그 길로 전문을 쳐 나를 본사로 불러들인 것까진 좋았으나 공 회장이 그 말을 한 번 꺼낸 뒤로는 까마귀 고기를 삶아 먹은 듯 잊어버려 인사 처리가 한동안 허공에 떠버리기도 했다.

조 차장을 필두로 한 우리 일행은 을지로입구역에서 무교동 쪽으로 나와 레벤브로이 호프집에서 천 시시짜리 조끼에다 족발로 부추김치를 싸서 안주 겸 식사 삼아 먹는 걸로 일차를 때웠다.

"에구 지지리도 술복도 없는 놈 같으니라구. 해필 말이야, 응 해필 이럴 때 그 잘난 사랑니를 앓난 말이다. 이 문디자슥아."

조 차장은 내가 이앓이를 핑계로 술잔을 밀쳐놓자 끌탕을 하며 핀잔을 주었다. 나는 북유럽 나라의 발랄한 민속복 차림으로 술잔을 나르는 아가씨들 몸매를 멀뚱히 쳐다보며 더이상 입을 열지 않았다. 얼마 전에 육·해·공을 아우르는 종합물류(화물유통) 체제팀으로 파견명령을 받았던 최기상 대리가 합석을 하게 된 것도 못내 마음에 걸렸다.

"프로야구니 축구니 다들 연고지제로 하는데 우리라고 못 따라할 이유가 어디 있어 응?"

"그러니깐 최 대리님은 연고지제 때문에 우리 운영부 회식에 오셨단 말이죠? 거 듣고 보니 말 되네."

최 대리와 그리고 부산지점으로 발령을 받은 김진휘 대리는 사무직 노조를 띄우려는 은밀한 준비를 계속해왔던 사람들이다. 선원들에게는 사무직과는 달리 선원노조가 있으나 뿔뿔이 배를 타고 떠도는지라 집합성이 취약하고 조직력도 형편없어 제 꼴을 갖추지 못한 상태였지만 두 사람은 내가 갯내가 물씬 나는 선원 출신인데다 어떻든 노조에 가입한 경력이 있다는 이유로 처음부터 한몫 접어주는 눈길을 건네고 있었다. 그래서 그들의 준비 작업에 깊숙이 간여한 것은 아니지만 몇 번 다리품을 팔아준 적은 있었다.

유럽노선에 공동취항하고 있는 대양상선에 서너 번 찾아가 그 쪽 노조에서 건네주는 자료를 받아오는 일이었다. 대양상선은 일 년 전에 노조가 들어서는 바람에 사세는 처지지만 임금 수준은 금강보다 한참 앞서가는 회사였다. 그 쪽에서 받아오는 봉투에는 아마도 노조 설립에 대한 각종 노하우가 들어 있을 터였다. 나는 윗사람에게 눈치를 채이지 않고 버젓이 대양상선을 오갈 수 있었다. 왜냐하면 그때 유

럽노선에 취항한 대양상선의 대양타이탄호에 실려온 한 컨테이너에
클레임이 걸렸기 때문이다. 유럽노선은 물량이 적은데다 들러야 할
항구는 많아 국내 해운사간에 과당경쟁이 우려되므로 두 해운사가
분기별로 돌아가면서 배를 투입해 서로의 화물을 날라줬다. 따라서
그런 화물에 클레임이 걸리면 그 원인이나 피해 정도 그리고 책임 규
명을 위해서도 원활한 정보를 교환해야 했기 때문에 상호 방문은 자
연스런 일이었다.

야래향에 간 사람은 조활 차장, 강남원 과장, 최기상 대리, 엄용섭
대리, 서무 임현철씨, 비용담당 황용만씨, 운영기획 강옥래씨를 합쳐
모두 여덟 명이었다. 술시중 들 아가씨가 셋 나오고 밴드 아저씨 한
사람 해서 열두 명이 한 방 그들먹히 차지하고 앉았다.

"조 부장님 오늘은 설마하니 승진턱인데 맥주로만 끝내지는 않겠
지용? 그렇게 반칙하시진 않지요옹."

가슴 홈이 깊이 팬 검정 드레스를 입고 미스 김이라고 소개하며 내
옆에 앉은 아가씨가 콧소리를 잔뜩 내며 조 차장에게 간드러진 아양
을 떨었다. 조 차장이 와이셔츠 팔소매를 썩썩 걷어붙이며 코웃음을
픽 날렸다.

"음머, 느그덜 위아래 가려보는 눈도 없냐? 느그덜 고 풍만한 계곡
사이로 팁을 듬뿍듬뿍 찔러줄 분은 따로 계신데, 아이고 언니들 완전
히 큰 실수한 기라."

"왜요?"

"그런 부탁은 저기 뫼신 높으신 분께 드려야지 나 겉은 졸따구에게
백날 해봤자 뭔 소용이 있남? 그래 맞아. 미스 김 옆에 인상 쓰고 앉
았는 그분이 오늘의 물주 되시는 성 이사님이셔. 잘 뫼시라구. 지켜
보겠어."

조 차장은 아주 진지한 표정으로 나에게 성 이사님 하면서 두 손으

로 잔을 따라올려 좌중의 폭소를 끌어냈다.

"좌우당간 우리 조 부장님의 승진을 축하하는 의미에서 건배부텀 걸칩시다."

강남원 과장의 제청이 있자 모두들 잔을 쭉 뻗어 서로 부딪쳤다.

"웬걸? 고마우이. 이런저런 일에 치여 늦었는데 자리들을 빛내줘서 응?"

한 명씩 돌아가며 밴드에 맞춰 노래를 부르는 사이 부지런히 잔들이 탁자를 넘나들자 분위기가 조금 달아오르는 듯했다. 종합물류팀으로 파견나간 최 대리는 취기가 오르는지 와이셔츠의 윗단추 두 개를 푼 다음 탬버린을 흔들며 플라멩코춤을 추는 무희에게 다가가 두 손을 머리 위로 번쩍 쳐들고 손뼉을 치며 사람들을 하나하나 불러내어 몸을 흔들었다.

"최기상이 아주 신났어."

"암만요. 촌놈이 태어나서 첨 가보는 나라가 소련이니 출세고 말구요."

"최 대리님 소련 가세요? 언제요? 왜요?"

황용만씨가 눈을 휘둥그레 뜨면 물었다.

"곧 가지 아마. 회사에서 유럽항로 수익률이 떨어지니깐 북방바람이니 어쩌니 국제정세가 바뀌는 틈을 타고 시베리아 철도를 이용하는 전략을 세우는 중인가봐. 그 검토팀에 최 대리가 파견 가자 마자 낀 거지 그렇지?"

강남원 과장이 깜냥껏 설명을 했다.

"뭔 한 달씩이나요? 최 대리님은 정말 좋겠수다. 얼어죽지 않고 돌아오게 되면 보드카나 한 병 선물로 받아봅시다."

"요즘 외국 한 번 나가는 게 큰 벼슬이라만은 최 대리 저놈아는 앞으로 잘 풀릴 게야. 시베리아 바람 한번 쏘이고 오면 가슴이 좍 뚫리고 말고."

조활 차장이 고개를 끄덕이며 듣기 좋은 말을 보탰다.

"조 차장님도 지난봄에 중국 출장 다녀왔죠? 이 달러 주고 사온 『모택동 어록』 갖고 막 자랑하셨잖아요. 그리고 그것도 하나 얻어왔다면서요?"

"뭐?"

"에이 거……, 그 사람 배지요."

"으응, 호기심에 그랬다가 나중에 식겁해서 폐기처분했어. 정말이야."

주문한 맥주 한 상자가 금세 바닥나자 썸씽 스페셜 한 병과 시바스 리갈 두 병을 시켰다. 서무 임현철씨가 미리 준비해온 시바스 리갈을 하나하나 소파 뒤에서 꺼내 차례로 상 위에 올려놨기에 사람들은 잔이 철철 넘치도록 권커니잣커니 했다.

"성형 대단합니다. 어제 보니깐, 성난 황소처럼."

"뭘요, 그만 저두 모르게 흥분이 되어서……"

최기상 대리의 뼈 있는 질문에 나는 오금이 당기는 듯했다.

어제 일이란 공 회장의 아호를 따서 붙인 은석호와 충돌한 배에 탔다가 숨진 어부들의 유족과 주민들이 나흘째 회사 앞에서 벌이던 상경농성을 완력으로 깨고 강제로 협상을 마무리한 것이었다. 연안 화물선인 은석호가 연료를 아낀답시고 정해진 항로를 따르지 않고 연안에 바짝 붙어다니는 바람에 양식업 어장에 이따금씩 피해를 주는 모양이었다. 양식업 어부 몇 명이 전마선을 타고 은석호를 가로막고 항의한다는 게 충돌을 빚었고 어부 두 명이 목숨을 잃었다. 회사가 조금만 성의를 가지고 협상에 들어갔더라면 좋았을 텐데 양식업 피해는 증거가 없으니 안 되고 죽고 다친 어부는 쌍방과실이니 호프만식으로 보상하겠다고 나왔으니 분노한 어민들의 농성을 부추긴 셈이 됐다. 총무부에서는 협상을 빨리 매듭짓기 위해 각 부서에서 젊은 사원을 차출해 일단 농성대를 힘으로 제압한 것이다.

"성병룡이 나가봐. 이거 인사고과와 연결된 거야. 다른 부서에서도 대리 진급 대상자들만 나온다더라. 기횐 줄이나 알아. 너두 배를 타봐서 알겠지만 뱃놈은 하체가 약하게 돼 있으니깐 들이칠 때 참고하라구."

조 차장은 그렇게 내 등을 떠밀며 말했다.

"최기상이 내 잔 한 번 받그라. 어쨌든 고생한다. 종합물류팀이라는게 사실 아직은 좆뺑이 치는 곳이야. 내가 알아. 왜냐하면 실권이 주어져 있지 않거든. 거기 팀장이 이사급이라는 것만 봐도 알쪼지. 하지만 이런 기회니깐 그래도 해외 장기체류라도 할 수 있는 거 아냐? 앞으론 비전 있어."

"해외 나들이, 좋죠. 저도 아닌게 아니라 한번 일해보고 싶은 곳이었죠. 하지만 이런 왜곡된 인사조처로 가게 된 건 별로 반갑지 않습니다. 이번 인사는 명백히 노조를 결성하려는 흐름을 끊으려는 의도라는 건 누구도 부인할 수 없는 것 아닙니까? 그렇죠? 차장님도 그건 인정하죠? 하셔야 됩니다. 중심적으로 논의를 해왔던 사람들이 인천으로 부산으로 심지어는 계열 안의 다른 회사로까지 다들 찢어졌습니다. 우리가 알기론 조 차장님이 노조결성 움직임을 경영층에 선코로 터뜨렸다는데요."

"좋아. 솔직히 말해서 사실이다. 내가 위에다 보고했어. 난 아직은 시기상조라고 봤다. 몇몇이서 이빨을 맞춰서 전격적으로 띄우면 개나 소나 다 될 것 같아? 너희들 풋기운 때문에 반드시 줄초상이 따른다. 그리고 이건 너희 쪽 문제인데, 보안에 실패했다는 거야. 대양상선 쪽에서 찔러왔어. 그 정도 인사조처로 막을 수 있었던 걸 나는 나름대로 다행이라고 생각해."

대양상선 쪽에서 귀띔했다는 조 차장의 말은 거짓이었다. 모든 기밀은 나에게서 새나갔다.

"누구야? 누가 주동이야. 그것만 밝히면 너는 절대 피해 없다. 이건 니가 생각하는 것보다 훨씬, 아주 훨씬 심각한 문제야. 초기에 조용히 마무리해야 한다구."

조 차장이 제일 먼저 냄새를 맡고 정색을 하며 나를 닦달했다. 처음엔 입을 굳게 다물기로 작정했지만 끝까지 버티질 못했다.

"좋다. 묵비권이냐? 그래 다 좋아. 하지만 너는 이걸 알아야 돼. 네가 알고 그랬든 모르고 그랬든 너 이미 누가 보더라도 이 일 때문에 완전히 노출돼 있어. 만약 일이 터지게 되면 제일차로 당하는 표적이 너라는 뜻이야. 자칫 이용당하는 것일 수도 있어. 난 너를 보호하고 싶어서 그러는 거야 정말. 너 처음에 본사에 왔을 때 어땠어? 너 그때 대기발령 상태로 아무런 보직도 못 받고 석 달만 지나면 얄짤없이 보따리 쌀 뻔했을 때 말이야. 내가 그때 인사부 과장으로 있으면서 일사부재리 원칙을 내세우며 갖은 주접 다 떤 끝에 너를 대기발령 상태에서 풀어가지고 나랑 함께 이 운영부로 왔어. 네가 얘기 안 해도 누구가 주동인지 다 알아. 그놈들도 내가 알기에는 그때 이러쿵저러쿵 뒤에서 너에 대한 인사원칙 가지고 입방아질 많이 했어. 하지만 난 임마, 솔직히 네놈이 좋아서 그랬던 거야. 왜 좋냐구? 그래 나도 네놈처럼 뱃놈 출신이야. 너 몰랐지. 당신 첫손 꼽히던 고려해운이 오공 때 정치자금에 밀려 해운합리화 명목으로 외려 덩치도 작은 금강해운한테 먹히게 되자 잽싸게 금강해운 인수팀에 꼈던 거야. 그리고 나서 짠물이라면 신물이 나길래 이렇게 목에 새끼줄 매고 등 긁어달라는 놈 등 긁어주고, 똥 닦아달라는 놈 있으면 밑 닦아주면서 오늘 이 자리까지 올랐어. 한마디로 화이트칼라가 되기 위해. 너도 임마 살아남으려면 그렇게 어설프게 굴지 말고 핸디캡이 있는 만큼 남들보다 각별한 노력을 기울이지 않으면 안 돼. 내 결론은 단 하나. 철저히 힘 있는 쪽에 붙으라는 거야. 니가 사는 유일한 길이야. 명심해."

"이미 지난 일 갖고 조 차장님 붙들며 시비할 생각은 아니고……다만, 그 정도 포용력밖에 안 되는 우리 사회가 좀 답답하고 그렇습디다……"

"그래도 우리 이 자본주의 사회가 최선은 아닐지 몰라도 차선은 되는 거야. 봐라 너, 최기상이. 너두 곧 소련을 가보면 알겠지만 그 나라를 비롯해서 동유럽 국가들이 다 나자빠졌잖아. 다른 방식으로 좋은 사회를 건설해본다고 했지만 결국 지금은 찍소리 못 하고 말짱 도루묵 되고 말잖니."

"어느 사회를 평가하는 데는 여러 가지 기준이 있을 수 있겠지만, 저 같으면 이런 기준이 더 인간적이고 유익할 거라고 보는데…… 예를 들어 베를린 장벽이 무너지기 전의 동독 국민은 일 년에 평균 열 번 이상의 오페라 관람을 했다고 합니다. 그런 사회에 왠지 후한 점수를 주고도 싶구요."

"최 대리님 얘기엔 어폐가 있어요. 그 대신 우리는 이렇게 룸살롱에 일 년에 열 번은 오잖아요. 문화적인 차이로 봐야죠. 수준 문제 운운 한다면 난 그런 수준의 문화를 향수하던 대중들이 왜 대신 룸살롱 열 번 가는 체제를 그토록 열렬히 지지하고 나서는지에 대해서부텀 먼저 생각해야 한다고 보는걸요."

사과 쪼가리를 덥썩 베어문 임현철씨가 끼어들었다. 조 차장은 고개를 크게 끄덕이며 전폭적으로 동감을 표했다. 조 차장과 최 대리의 논전 때문에 분위기가 식자 아가씨들이 우르르 화장실에 다녀온다며 자리를 피해주었다.

"암튼 내가 직접 가서 보고 오는 게 있을 테니간 그때 가서 또 할말이 있겠죠."

"앞으로 임원 인사가 있을 거라고 하던데요."

강남원 과장이 슬며시 말꼬리를 돌리고 나왔다. 모두들 조 차장의 입을 일제히 바라다봤다. 운영부 내에서는 그래도 조 차장만한 정보통이 없었다. 조 차장은 잔을 들어 쩔끔 입술을 축인 뒤 수박씨를 톡톡 내뱉듯 다부진 입매로 오금을 박아 말했다.

"이번엔 구십 퍼센트 이상, 사장이 갈려. 후임엔 이태원 전무가 유력하고."

"확인된 팩트입니까? 이근수 사장은 공 회장과 미군 군수품을 트럭으로 나르던 시절부터 맺어진 끈끈한 사인데."

황현만씨가 들은 풍월이 있다는 듯 미심쩍어했다. 조 차장은 빙그레 웃으며 주위를 천천히 둘러보았다.

"글쎄, 그런 중대한 인사는 공 회장의 마음속에 직접 들어갔다 나온 사람이 아니고서는 섣불리 장담할 순 없겠지. 하지만 말이야 거시적으로 볼 때, 우리는 조직의 역학 관계를 총체적으로 살펴야 돼. 가령 말이지 지금 우리 회사내에서 가장 큰 이슈가 뭐야?"

"두말할 것도 없이 새 배냐? 아니면 헌 배냐 이거 아닙니까?"

"강옥래씨가 그래도 월급을 허투루 타먹고 있는 건 아니구먼. 그렇지, 그건 앞으로 사운이 걸린 중대한 문제거든. 지금 발주가 거론되는 배들은 보통 삼천오백 티이유급 이상으로 거의 보잉기 한 대 값과 맞먹어요. 그런데 지금 이근수 사장은 중고선 정책을 주장하고 기획조정실을 주축으로 한 이태원 전무 쪽은 신조선 쪽으로 가고 있지. 양쪽 다 일리는 있어요. 세계 해운시세가 불투명한 이때 자칫 운전자금의 경색을 부를 신조선 정책을 펼칠 이유가 없다는 거 아냐. 나도 개인적으로는 이게 합리적이라고 생각해요. 하지만 문제는 정부가 그렇게 하라고 요구를 하면서 계획서만 제출하면 돈은 얼마든지 꺼내주겠다는 거 아냐. 바로 그게 맹점이야. 요즘 재벌이라는 게 결국 관심이 어디에 가 있냐구? 어떡하면 은행줄 잡아가지고 돈 끌어다 슬그머니 재테크, 부동산 투기 말이야, 응 돈 굴리기 하는 데 모두들 혈안이 돼 있잖아. 이태원 전무는 공 회장의 가려운 데를 쏙쏙 긁어주고 있는 거야. 정책의 합리성 여부를 떠나서. 그러니 누가 살아남겠어? 불 보듯 뻔하지."

사람들은 조 차장의 날카로운 분석력에 무릎을 내리쳤다.

"그래서 다시 한번 내리는 결론은, 공 회장은 해피하다는 거야. 응? 아랫놈들이 스트레스를 풀며 떠들고 마셔야 할 술자리에 와서까지도 회사를 사랑하는 애사심이 넘쳐 그저 회사 돌아가는 걱정뿐이니 말이야 하하."

나는 열흘 전쯤 승강기 안에서 일어난 일이 되짚혀왔다. 출근부에 도장을 찍고 자판기에서 밍밍한 커피를 한 잔 뽑아 마신 뒤 전산실로 내려가 밤새 운영부로 들어온 전문들을 한아름 챙겨오던 길이었다. 한 십 분쯤 지각 출근을 해본 사람이면 알 수 있듯이 하루 중 이때가 제일 조용한 시간대였다. 칠층에서 담배 필터를 잘근잘근 씹으며 서성이는데 승강기 문이 느닷없이 열려 후다닥 재떨이통에 비비는 둥 마는 둥 꽁초를 던져넣고는 몸을 밀어넣었다. 거기에는 조 차장이 타고 있었다. 나는 얼른 반갑게 고개를 숙이며 몇 마디 인사말을 건네려는데 조 차장이 관두라며 찔끔하는 눈짓을 던졌다. 평소와는 달리 어깨에 힘이 많이 들어가 있고 얼굴 근육도 데스 마스크를 뒤집어쓴 듯 굳어져 있었다. 고개를 천천히 옆으로 돌려보니 거기엔 근엄한 표정의 낯익은 땅딸보 사내가 백태가 잔뜩 긴 눈으로 승강기 층수 표시판을 노려보고 있었고 그 옆에는 머리를 귀밑까지 바투 쳐올리고 파르라니 긁어낸 면도 자국이 역력한 말쑥한 남자가 서류가방을 끌어안은 채 내시처럼 조아리고 있는 게 아닌가. 그 배불뚝이 땅딸보 사내는 다름아닌 공동식 회장이었다. 말 한마디에 나의 진로를 간단히 손바닥 뒤집듯 할 수 있는 또 실제로 그렇게 한 사내와 한순간 마주 선 것이다. 그때의 무기력감이란. 나는 팩스용지를 국민학교 공작 시간에 오릴 색종이처럼 한아름 품고 서 있는 초라한 자신을 내려다봤다. 저 사내는 지금 내 이름이나 기억하고 있을까. 나는 굳게 닫힌 그의 입만을 하릴없이 바라보았다. 비서로 보이는 내시 같은 사내는 공 회장의 귀에 대고 무슨 주문을 발라넣는지 얇상한 입술을 쉼 없이 놀리고 있었다.

"예, 그러니깐…… 신조선은……"

"일장일단은 사물의 논리. 아무도 탓할 바 없지만, 문제는 너무 높이 오른 용은 후회…… 쩝쩝……"

그 순간 공 회장 입 속에 있던 송곳니 다음의 은이빨이 놀랍도록 차갑게 빛났다. 나는 문득 맹렬한 기세로 등허리를 누비는 소름을 뒤쫓아 뻗쳐오는 진저리를 참느라 목덜미가 뻐근하도록 힘을 주었다. 저 이빨은 혹시 무쇠덩어리가 아닐까 하는 생각이 실감나게 달려들었다. 그렇다. 비밀은 역시 바로 저 강철 같은 이빨이다. 그는 저 강인한 이빨로 온통 세상을 자기 맘대로 물어뜯고 휘두르는 게 아닌가. 아, 그처럼 어서 강인한 이빨을 갖고 싶다. 나는 굶주린 맹수의 일격에 척추가 꺾인 초식동물처럼 다소곳이 머리를 떨궜다.

19층에서 문이 열리자 공 회장은 대기하고 있던 두 명의 또다른 비서의 깍듯한 절을 받으며 왜죽왜죽 걸어나갔다. 조 차장과 나도 엉겁결에 직각으로 허리를 구부렸다.

"흐흥, 너무 오른 용이라. 사장이 갈리겠군……"

앞서가던 조 차장이 혼잣소리로 뇌까렸다.

공 회장 입에서 무심결에 튀어나온 그 '너무 오른 용'이라는 말 한마디에 보름 뒤에나 있을 임원 인사의 판도를 나름대로 정확히 그려낼 줄 아는 조 차장이 무섭다는 생각이 들었다.

"자자, 이거 젊은 애들이 왜 이렇게 매가리 없이 노냐? 꼭 이 젊은 오빠 조활이 나서서 오줌을 질금거리도록 자지러지게 만들어야만 되는 거냐 응?"

사람들이 기진맥진 퍼질 때쯤 돼서 아가씨들도 다시 들어왔고 아직 기운이 생생한 조 차장이 술잔을 챙기며 한마디 던지자 일순 좌석에 활기가 번쩍 돌았다. 조 차장은 아주 기분이 좋을 땐 자신이 직접 스트립쇼를 펼치는 버릇이 있었다.

"좋다. 내 이눔의 시키들 본때를 보여주고 오늘의 미스 야래향 김 언니랑 뼈와 살이 타는 밤을 보낼 테니 어디 두고보자. 직장 상사들이란 졸따구들이 술자리에서부텀 반 죽여놓지 못하면 나중에 회사에서 괴로운 법인데 젊은 놈들이 어째 그 진리를 모른다냐? 야, 우선 죽들 일심동체주부텀 조지라구. 열외는 없다."

조 차장이 자신의 구두를 벗어들었다. 그리고는 거의 시바스 리갈 한 병을 그 안에 다 따랐다. 구두에 담긴 술이 좌석을 한 바퀴 돌자 그는 구두를 한 번 툭 털더니 도로 신었다.

"다음은 폭탄주다, 니기미. 최기상이 이번엔 니가 술상무 해."

맥주잔 속에 양주잔을 빠뜨린 폭탄주가 한 순배 돌았다. 폭탄주를 다 마시고 났다는 증표로 머리 위에서 빈잔을 흔들어 딸랑딸랑 소리를 내는 딸랑이를 하다 말고 강옥래는 입을 틀어막은 채 그대로 화장실로 달려나갔다. 폭탄주가 한 순배 더 돌 때쯤 해서 자리에서 일어난 조 차장은 뒤돌아서서 은은한 밴드음악에 맞추어 엉덩이를 살랑살랑 흔들더니 허리춤부터 까내리기 시작했다. 누군가 스위치를 조작해 발그스레한 조명으로 만들었다. 아침마다 헬스를 해서 그런지 그는 탄탄한 몸매를 가지고 있어 보는 이로 하여금 탄성을 질러대게끔 했다. 와이셔츠를 벗은 그는 넥타이를 풀어 양손에 쥐고 엉덩이로 는실난실 조리질을 치며 색정 넘치는 환상적인 율동을 꾸며냈다. 마침내

팬티만 걸친 그가 탁자 위에 올라와 발그족족한 조명을 받으며 무릎을 대고 엎드려 넥타이로 사추리를 간드러지게 문지르며 그 짓을 흉내내는 대목에 와서는 주위에서 가느다란 신음 소리가 흘러나올 정도였다. 특히 아가씨들은 역할이 바뀌어서 그런지 손바닥으로 입을 감싸쥐고 눈물을 글썽거리며 탁자 밑으로 발을 동동 굴릴 정도로 어쩔 줄 몰라했다.

조 차장의 쇼가 끝나고 잠시 뒤 조명이 환해졌을 때 사람들은 박수를 치며 앙코르를 외쳤지만 그는 고개를 내저으며 발그레하게 보기 좋게 상기된 얼굴로 제자리에 돌아와 앉아 목이 마른 듯 맥주를 단숨에 들이켰다.

"이거 야래향에서 쇼값을 되레 받아야 쓰겠다 응? 야, 저놈 왜이래? 아주 갔냐? 경기하고 있는 거야 뭐야?"

조 차장은 한구석으로 밀려나 슬쩍 데친 시금치처럼 널브러져 있는 나를 빈 술잔으로 가리켰다.

"짜아식, 야래향 조개들은 제 차지라며 방방 뜨더니만 기껏 폭탄주 두어 잔 걸치고는 저 모양이냐 그래 응?"

그때 나는 파상적으로 밀려온 통증을 다스리느라 입을 딱 벌린 채 온몸을 쥐어짜듯 땀을 뻘뻘 흘리며 비스듬히 기대 있었다. 열에 들떠 연분홍빛 살덩이로 변해버린 어금니 뒤쪽을 칼로 찢고 나올 것 같은 통증에 눈앞이 가물가물해지면서 시야가 자꾸 좁아들었다.

"저두 뭔가 보여주겠습니다."

나는 낮게 읊조렸다.

"아이고, 그 꼬락서닐 하고서도 입은 살아가지구. 그래 뭔가 보여주고 미스 야래향을 네가 차지하거라. 나는 마누라가 어찌나 빠꼼이인지 속여넘기기도 어려우니 말이야. 어디서 설들고 왔는지 뺙하면 거시키에 치약 발라보면 다 안다고 해쌓으며 달겨드는데 환장할 지경이거든."

"잔에다 술 좀 가득 따라주소. 아니 그 잔말고 과일안주 가운데 있는 늘씬하고 얇은 잔."

"저놈이 그래 봬도 진짜 배 타며 태평양 가르던 뱃놈 아닌감. 뭔가 보여줄 거야. 자, 어서 가득 따르고 딴 사람들은 노느니 뭐 해? 박수나 치자고."

술 때문인지 사랑니의 통증은 더욱 심해지고 왼쪽 뺨은 눈깔사탕을 문 듯 부풀어올랐다. 나는 가슴속이 터질 듯 뭔가 부글부글 끓고 있음을 느꼈다. 입속이 찝찔한 걸로 봐서 입 안의 뺨이나 혀 어딘가에 생채기가 나 피가 흐르는 듯했다. 어금니를 하도 사려문 탓이리라. 아버지라고 생각되는 얼굴이 히물히물 웃으며 상들리에 저쪽으로 줄지어 사라졌다. 사람들이 장단을 맞춰 손뼉을 딱딱 두들기는 게 보였다. 앵둣빛 술이 잔 가득히 넘쳐나고 있었다. 가려움인지 소름인지 모를 느낌이 들이닥쳤다. 나는 입을 한껏 벌리고는 술을 아니 술잔을 힘껏 물어뜯었다. 그리고 뜨거운 감자처럼 허겁지겁 씹었다. 씹는다고 느끼고 있었다. 짧은 순간이었지만 사랑니의 통증이 깨끗이 사라지고 입 안이 환해지는 느낌이 들었다.

"어 뭐야? 저 녀석이 완전히 갔나봐. 말려. 미친 자식. 죽으려고 환장했어. 웬 곤조통이야."

조 차장이 손가락 끝으로 날 가리켰다. 최 대리가 제일 먼저 울부짖으며 탁자를 밟고 달려들었다.

몸은 탁자 아래로 새끼줄 풀린 짚단처럼 허물어져가는 중이었다. 하지만 그 와중에서도 내가 술기운 때문에 쓰러지는 것인지 통증 때문에 쓰러지는 것이지 분간하려고 애쓸 만큼 의식은 비교적 뚜렷했다.

그리고 내 몸속에도 세상을 물어뜯고도 남을 만큼 단단한 뼈가 자라고 있다고 굳게 믿게 되자 어떤 희열 때문인지 몸이 자꾸 와들와들

떨렸다. 몸속 어딘가에서 억제할 수 없는 강렬한 외침이 자꾸만 샘솟
고 있었다.
  이야, 어서 솟아라. 튼튼하고 강인한 놈으로 솟자꾸나.

(『문예중앙』1992년 가을호)

용두각을 찾아서

수원 토박이라면 쉽게 짚어낼 수 있겠지 생각했다. 한번은 탯줄을 묻은 집에서 아직껏 살고 있는 같은 교열부의 우순재 선배에게 용두각을 아느냐고 넌지시 물어보았다. 그랬더니 한참 동안이나 고개를 외로 꼬고 머릿속에서 수원 시내 구석구석을 톺아나가던 그는 그에 머리를 절레절레 가로저었다. 자기가 알고 있는 한 그런 이름을 지닌 누각이나 땅은 수원엔 없다고 잘라 말했다. 그러면서 덧붙이길, 변두리나 시계(市界) 밖에 아직도 남아 있을 법한 자연촌에서 성황당 같은 걸 저희들끼리 부르는 속칭일 수도 있잖냐고 의논성 있게 되물어왔다. 듣고 보니 그럴 성싶어 고개를 주억거리며 맞장구를 쳐주었다.

한데 그 용두각을 운좋게시리 겨우 두 번의 다리품만 팔고도 널름 찾아낼 수 있었다. 어디든 기를 쓰고 찾아다니는 데는 영 젬병인 나는 그야말로 안방통수 체질이다. 달포 전에 처음으로 궁싯궁싯 수원역에 내린 것은 밤새 야근을 한 다음날 아침이었다. 그때도 용두각을 찾겠다는 마음은 애시당초 없었고 마음속으론 그저 수인선 협궤열차나 한번 타볼까 하는 생각을 되작거리고 있었다. 돈황의 소설가 윤후명이 누렸던 그 낭만적 운명의 사랑이 섬세한 보고서로 엮어진 협궤열차이긴 했지만 나에겐 또다른 욕구가 간직돼 있었다.

야근일을 마치고 이른 새벽까지 소주와 맥주를 두서없이 들이부은 내 속은 개운한 해장거리를 바쳐 걸근거리고 있었다. 숙직실에서 두어 시간 눈까풀을 붙이는 둥 마는 둥 뒤척이다 이부자리를 걷어차고 나와 대충 눈곱만 떼내는 낯씻음부터 해치웠다. 갈증을 삭이느라 물안골표 생수통에서 밍밍한 냉수를 네 번이나 뽑아먹고 나니 목구멍 속에서 누릿한 쇳내가 풍겼다. 근래에 드문 폭음이었다. 시내용 5판 강판이 끝나자 편집위원장석 옆의 접대용 탁자에서 모처럼 술꾼들의 조촐한 술판이 벌어졌다.

"내가 전에 있던 신문사에서 경찰서 돌 땐데."

"아이고, 그런 유의 얘기는 귀에 못이 박이도록 들어서 당최……"

"그래도 한번 안주삼아 들어봐. 그때 우리 시경 캡의 신조가 뭐고 하니, 얘기가 되든 안 되든 무조건 하루에 한 건씩 부르라는 거야. 근데 그날은 정말 부를 게 없더라구. 그래서 만만한 게 홍어좆이라고 형사계로 불쑥 들어갔느데 피의자 보호실에 웬 얼빵진 사내가 있길래 당직 반장한테 뭐냐고 물어봤지. 절도래. 달걀 열 판을 훔쳤대."

"그럼 완전히 개털이구먼."

"자신이 배달일을 봐주는 가게에서 상습적으로 자전거에 달걀을 몇 판씩 때려싣고 선술집 내빼선 술값으로 쑤셔박았다는 거야. 만땅고로 취해 집에 가서는 아들내미를 쥐패고. 마누라가 일찌감치 가출했다거든. 그러다 결국 주인에게 꼬리가 잡힌 거야. 내가 곁에서 조서를 뒤적이니깐 반장이 귀찮았던지 아무것도 아녀, 그냥 에미 없는 아들이 불쌍해서 계란후라이 좀 해주려고 그런 거야 하면서 두둔을 해주더라구. 그 말을 듣는 순간 내 머릿속에서 뭔가가 오만 촉광으로 반짝했지. 이크, 초만 잘 치면 기사거리는 몰라도 가십거리는 되겠다 싶더라구."

"초 치면 기사 안 되는 게 어딨어? 죽은 이승복 소년도 벌떡 일어나 나는 공산당이 싫어요 하고 외쳤다는 거 아냐."

"아무튼 전화기를 들고 좔좔 불렀지. 가출한 엄마를 부르다 배고픔에 잠든 아들에게 프라이를 해주려고 훔친 달걀 때문에 쇠고랑 찬 애틋한 부정, 뭐 이렇게 최루성으로 화끈하게 뽑았지. 그랬더니 그 다음날로 사회 각계에서 온정의 물결이 쇄도하는데 신문사에만 기백만 원의 성금이 쏟아지더라구."

"젠장. 배고프다고 프라이를 열 판씩이나 부쳐 먹어? 너무하는군."

"그 성금 어쨌대?"

"도로 돌려줘야 하는 거 아냐?"

"웬걸, 국민우롱죄가 어딘데? 시경 캡이 똥 씹은 얼굴로 경찰서로 직접 찾아가 전달식을 근사하게 했는걸."

사회부 야근 기자의 취재 뒷얘기부터 시작하여 차를 새로 뺀 선배의 교통문화 저질 시비 등등 가벼운 화제로 출발한 얘기가 어울리지도 않게 풍수지리설로 옮겨갔다. 올해 들어서 편집국 안에서만 대형 교통사고가 두 건이나 일어난 걸 두고 새 사옥에 들어올 때 성주풀이 굿을 잘못한 탓이 아니냐는 종작 없는 말을 주고받은 뒤끝이었다.

— 모든 명승지나 명당은 자고로 여인의 음부를 닮는다.

그럴듯하게 운을 뗀 사람은 편집부 강종천 선배였다.

"좌청룡 우백호가 말하자면 여자 양 허벅지에 해당하는 거지. 그 오묘한 사잇길에 음기가 넘치는 땅이 바로 길지야. 그러니깐 풍수를 제대로 보려면 우선 여체를 보는 감각부터 길러야 하겠지 히힛."

"그래서 감각을 많이 길러봤어?"

평범하다면 평범한 얘기였다. 나도 웬만한 육두문자에는 어느 정
도 장단을 맞출 만큼의 이골은 붙은 놈인데 그날따라 웬일인지 혐오
스럽고 치욕적인 느낌이 불끈 솟구친 것이다. 나는 맥주가 가득 찬 잔
을 들어 바닥이 드러날 때까지 목젖을 꿀꺽거렸다. 야근 들어오기 전
부터 중국집 금문도에서 배갈 반 병을 비운 전작이 있어 그런지 술기
운이 뭉근하게 뻗어올랐다. 여인의 국부라니! 그 말을 듣는 순간부터
탕개가 확 풀린 짐꾸러미처럼 허물어져 목덜미를 덮쳐오는 이상한
감정의 덩어리를 주체할 수 없었다.

어슴푸레하게 동이 터오는 편집국에 하릴없이 퍼질러앉아 있던 나
는 뜬금없이 소래포구를 떠올렸다. 그곳에선 갈매기가 높이 날며 끼
룩끼룩 울어제낄 것 같았다. 아니, 그보다는 시커먼 추젓 도라무깡에
서 짭짤하게 곰삭은 새우젓을 한 손꾸락지 혓바닥 위에 올리는 순간
속이 저절로 확 풀릴 것만 같은 해망쩍은 생각이 든 것이다. 그러자
마치 그런 생각이 들기를 기다리기나 했다는 듯 건몸이 후끈 달아오
르기 시작했다.

수원역 광장은 서울행 출근길로 휩쓸려들어가는 직장인들로 북적
거렸다. 수인선을 어떻게 타냐고 기어드는 목소리로 던지는 물음에
날파람 소리를 내며 스쳐가는 사람들은 별 한갓진 놈 다 보겠다는 식
의 코방귀만 삐뚜름히 날릴 뿐 상대조차 하려들지 않았다. 서너 차례
사람들의 퇴박을 맞자 주눅이 들대로 들어 코가 석 자는 쑥 빠지고 말
았다. 역전 광장 주위를 판돈 날린 노름꾼처럼 몇 번인가 어정어정 맴
돌다 근처 해장국 전문 대중식당에 들어가 우거지탕으로 해장 겸 아
침을 때웠다. 어느새 소래포구의 짭짤한 새우젓 맛을 보겠다는 생각
은 온데간데없이 사라지고 그 자리를 용두각에 대한 생각이 슬금슬
금 들어와 차지해버렸다.

1번 시내버스를 타고 가다 사람들이 떼지어 우르르 내리는 데가 종

점이려니 싶어 엉겁결에 따라 내려보니 경기대학교 어귀였다. 옛날 갱개미라고 불렸다는 수원시 상수도 광교 수원지 둑방이 바로 눈앞에 보였다. 거기서 발원하는 개천이 영화동과 연무동을 가르는 경계가 되어 흘러내렸다. 갱개미와 용두각이 그리 멀지 않은 거리라고 했겠다. 나는 고개를 두리번거리다 부동산중개업 입간판이 내걸린 건물 앞을 가로막고 섰다. 복덕방은 지하층을 쓰는 모양이었다. 오십고개는 훌쩍 넘김직한 중늙은이가 돋보기를 코끝에 걸친 채 층계를 올라섰다. 시적시적 다가가 그의 곁을 빼앗았다.

"저, 말씀 좀 묻겠습니다. 혹시 이 근처에 용두각이라고 아시는지요?"

"뭐, 용두각? 거긴 왜 찾우? 여그서 쬐금 더 꺾어져들어가믄 용호각이라곤 있긴 있는데."

"아 그래요. 근데 거기가 뭐 하는……"

"뭐긴? 이곳 단골 청요릿집인데 면발 아주 곱게 잘 뽑아. 탕수육도 제법이잖고."

맥이 풀려 더이상 따따부따 수소문해볼 엄두가 나질 않았다.

경기대학 쪽으로 오르다 왼쪽 도로로 꺾어지자 갱개미 저수지가 한눈에 들어왔다. 수원지라 그런지 사람의 접근을 막느라 둘레를 철책이 죽 둘러싸고 있었고 군데군데 경고판도 세워놓았다. 철책 앞으로 바짝 다가갔다. 둑방 저만큼 끝에는 빈 초소가 보였고 그 근처에 사람의 발길이 닿지 않아서 그런지 오리떼가 여유롭게 떠다니며 야단스레 울어대고 있었다. 꾸엑꾸엑 꽥꽥. 쉰에서 서너 마리쯤 빠질까. 나는 눈을 감고 두 손을 뻗어 철책을 움켜쥔 채 오리 울음소리에 귀를 내주었다. 그래, 그때 주영이가 내지르던 비명 소리와 비슷하다. 그것은 내 마음속에 거대한 사보텐처럼 우뚝 선 황량한 기억이었다.

자, 하나부터 열까지 세봐요. 하나 둘 셋 네엣 다아서엇 여, 여어서

엇…… 수술실에 들어간 주영은 곧바로 되알진 비명 소리를 뽑아올
렸다. 마취가 덜 된 걸까. 손에서 진땀이 나 쥐고 있던 유순하의 소설
집 『사슴꿈』의 표지가 미근덩거렸다. 오리가 자맥질치는 모습이 보
였다. 나는 철책에 이마를 기댔다. 낭패한 신음 소리가 입가에 질기
게 매달렸다. 우리는 전철역에서 만나 질책처럼 정수리로 내리꽂히
는 뙤약볕 아래를 지나 근처 시장께 골목으로 아무 말 없이 따로따로
걸어들어갔다. 한 굽이 돌자 불쑥 간판이 떠올랐다. 박필수산부인과.
주영은 간판을 바라보다가 갑자기 된장찌개가 먹고 싶다고 했다. 아
주 달게 밥 한 그릇을 다 비우는 그녀의 모습을 지켜보자니 왠지 고맙
다는 마음과 함께 눈물이 핑 돌았다. 둘은 또다시 쫓기는 사람들처럼
진한 색으로 코팅이 된 병원 현관문을 열고 몸을 쑤셔넣었다. 산부인
과는 이층이었다. 꺾어지는 층계참에 커다란 괘종시계가 둔탁한 추
를 떡메처럼 느릿느릿 휘두르고 있었다. 우리는 학교에 지각한 아이
들 모양 조심조심 층계를 제겨디디며 올랐다. 열여섯 계단을 올라가
는 동안 시계추가 스물세 번이나 몸을 뒤챘다.

눈을 감은 주영이는 간호사에게 어깨를 맡긴 채 질질 끌려나왔다.
간호사는 포도당 정맥 링거를 꽂아준 뒤 나갔다.

주영아 할말이 없다.

어지러워. 수술대에 두 손목을 붙들어맨 줄이 풀리면 형을 죽이려
맘먹었는데 지금은 형이 너무 불쌍해.

나는 발작적으로 철책을 잡아 흔들었다. 그러자 오리 울음소리가
더 크게 귀청을 후볐다. 꽥꽥꽥……

주영이와 첫관계를 갖던 날이던가. 공교롭게도 그녀의 월경 첫날
이었다. 날짜 계산을 잘못했는지 몹시 당황한 표정을 지었다. 그 반
대로 나는 묘하게도 감격스러운 표정을 짓고 있었던 모양이었다. 나
라는 인간이 물론 그 핏자국을 처녀막이 터진 흔적으로 믿을 만큼 어

리석거나 이기적이지는 않았다. 그녀는 월경 사실을 강조해서 내게 되풀이 환기시켰다. 그러나 나는 뭐라고 주절거렸던가? 죽은 피가 묻은 손바닥을 얼굴 가까이 치켜들며 아, 어머니 핍니다, 순결한 붉은 핍니다, 했었다. 거의 무의식적인 행동이었다. 왜 하필 어머니라는 단어가 그때 내 입에서 새나왔을까?

형은 그 사실이 무섭지도 않아? 내가 뭐 산 채로 신전에 제물로 바쳐진 희생물도 아니고…… 생각날 때마다 역겨워서 미치겠어. 주영은 나중에 격렬한 항의를 해왔다. 형은 정말 이상해. 언젠가 동시 상영 극장에서 무슨 추리 영화를 함께 보고 났을 때로 기억하는데, 내게 형의 어머니에 대해서 영화 속의 주인공처럼 살인 충동을 종종 느낀다고 진지하게 털어놓은 적이 있어. 기억날 거예요. 그땐 난 그게 농담인 줄 알았거나 아니면 잘 이해하지 못했거들랑. 근데 요즘와서 가만히 생각해보니 형은 지독한 모성강박관념에 빠져 있는 사람 같아. 흔히 말하는 오이디푸스콤플렉스 말이야. 형, 난 알아요. 왠지 형을 대할 때면 경건한 탑 앞에 마주선 것처럼 묘한 기분을 숨길 수가 없어. 그 탑을 쌓아올린 신화를 허물어내지 않는 한 우린 기껏 허깨비 노릇에 불과해.

주영이를 불쑥 집에 데리고 왔을 때 어머니는 가타부타 아무런 내색을 비치지 않았다. 그저 화기로운 얼굴로 한상 깔끔하게 차려주고는 잘 놀다 가라는 말뿐이었다. 며칠 뒤에 몇 마디 던지기는 했지만, 결국 내가 알아서 할 바라는 투였다. 궁합은 그러구러한 편이야. 너랑 세 살 터울이면 병오생인데 그러면 천하수궁이거든. 네가 금박금궁이야. 금과 수는 상생격으로 볼 수 있단다. 좀…… 입술이 두텁고 약간 퍼런 기가 도는 게 옛날 어른들 같으면 색을 밝혀 서방 잡을 상이라 하겠지만 요즘에야 도통……

아무 준비 없이 두번째로 용두각을 찾아나섰을 때도 귀찮아하는 이 사람 저 사람 붙들고 물어보다가 끝내 허탕인가 싶어 돌아설 마음이 오락가락하던 참이었다. 국가 유공자 주택 단지라는 정양원 뒤쪽의 벽산아파트 앞을 지나다 포대기를 두른 할머니에게 공손히 물어보았다. 그 할머니는 가는귀가 먹었는지 말을 잘 알아듣지 못하는 데다 말소리는 코맹맹이였다. 등에 잣바듬히 올라붙은 계집아이는 제 할머니 등짝에 요구르트를 질벅질벅 쏟으면서 홀짝홀짝 던적스레 빨고 있었다.

허리를 기울여 귀를 바짝 댄 끝에 가까스로 건져낸 단어가 화룡문이었다. 그리고 손가락 끝이 가리킨 방향으로 눈길을 돌렸다. 나는 아쉬운 대로 화룡문이라고 짚어준 데라도 들러보리라 맘먹었다. 그러면 혹 어떤 실마리가 잡힐지도 몰랐고, 최소한 구경거리 맡아놓은 셈치면 될 일이었다. 가다보니 미심쩍은 데가 있어 아파트 단지 앞 구두 수선점 주인에게 잼처 물어봤다.

"화룡문이 아니고 아마 화홍문인 게지. 쪽 가다 오른쪽으로 꺾어져서 개천 따라 내려가보슈."

화룡문은 물론 용두각이 아니었다. 그러나 먼발치서부터 화홍문 위쪽에 우뚝 솟은 누각이 용두각임을 대번에 알아채고 나는 가슴속을 뻐근히 휘젓고 올라오는 설렘을 서서히 아우르고 있었다.

방화수류정(訪花隨柳亭) : 조선 정조 18년(1794)에 착공한 수원성 축성 때에 세워진 정교하고 아름다운 팔각의 정자이다. 동북각루(東北角樓)라고도 하는 이 정자의 이름은 중국 송대의 학자 정명도(程明道)의 유명한 시에서 딴 것이라고 하는데, 그 이름도 아름답거니와 화홍문(華虹門), 용지(龍池)와 어울려 하나의 승경(勝景)을 이루고 있으며, 또한 이 정자의 건축미와 예술적 가치는 조선 후기 건축미를 대표하는 것이다.

바깥에는 용연지(龍淵池)가 있고 용머리바위와 주위의 버드나무가 어울려 각루(角樓)로서의 군사적 기능보다는 호화로운 운치를 풍기는 정자로서 더욱 널리 알려지게 된 것이다.

용두각은 바로 방화수류정이었다. 누각의 지붕에는 사방팔방으로 용머리 조각이 붙어 있어 용두각으로 불리게 된 연유를 짐작케 해줬다.

과자 부스러기와 빵봉지 등으로 어질러진 누각 층계참 앞에서 팔짱을 끼곤 턱주가리를 부드럽게 어루만졌다. 한데 이곳이 나와 무슨 연관이 있는 걸까. 가령 처음 수인선 협궤열차를 타고 싶다는 욕구를 느낀 건 소래포구를 떠올린 때문이고 소래포구를 떠올린 건 그 짭짤한 새우젓 맛이 문득 해장거리로 그리워진 때문이었다. 과연 용두각에도 짭짤한 새우젓 맛 같은 그 무엇이 있어 내 발길을 끌어들인 것일까.

굳이 말하자면 그 낡고 텅 비어버린 사향주머니 때문이 아닐까. 이미 오래 전에 그 냄새의 흔적은 한 톨도 남김없이 날아가버린 사향주머니 속의 방향을 일순간 되맡아볼 수도 있지 않을까 하는 턱없는 생각 말이다.

범띠인 누이가 서른이 넘도록 시집을 못 가자 어머니는 애달캐달 직성을 못 풀어 속에 시커먼 그을음만 더께로 들어앉혔다. 당신의 근력은 하루가 다르게 부쳐만 가고 표표하던 누이의 얼굴도 근년 들어서는 눈에 띄게 처지고 이울어져가는 걸 지켜보자니 더욱 애가 탔다. 그 동안 맞선도 예닐곱 번씩이나 봤지만 좀체 연이 맺어지질 않았다. 누이가 선을 보러 가는 날엔 손에 아무런 일이 잡히지 않는지 그저 귀가 닳아빠진 화투패로 하루 운세를 떼보며 황황히 지내기 일쑤였다.

"엄만 왜 구접스럽게 이 따위 것을 핸드백 속에 집어넣고 그래? 제발 이런 짓 좀 그만두라구요. 흉흉해서 될 일도 안 되겠다구!"

누이가 앵도라진 얼굴로 손가방 속에서 벌레 잡아내듯 뭔가를 손가락 끝으로 끄집어내 어머니 앞에 태질을 쳤다. 어른 손가락 하나쯤이 간신히 들어감직한 색동 두루주머니였다. 물이 하도 빠져 색동인지 아닌지 가리사니가 안 설 정도였다. 옷을 갈아입은 누이가 미장원에 간다고 휭허케 나가자 슬그머니 두루주머니를 걷어들인 어머니는 고개를 깔딱 젖히고 문득 울가망한 표정을 지었다. 텃구렁이가 되려고 하남…… 나도 저간의 사정은 대충 알고 있었다. 어머니는 누이가 맞선에서 번번이 실패하자 언제부턴가 맞선을 보러 가는 날이면 아무도 몰래 누이의 손가방 틈서리에 그 주머니를 껴놓곤 한 것이다. 그 주머니가 남자의 마음을 끌고 결국은 맞선을 성사시켜주리라는 믿음을 갖고 있었다.

그 주머니의 내력에 대해서 불광동 작은이모에게서 꼭 한 번 귀띔을 받은 적이 있었다.

"으응, 옛날 수원에서 피난살이할 때 내가 시청 호적과에 임시직으로 다니지 않았겠니? 전쟁통에 훼손된 부본을 다시 쓰는 일을 할 무렵이겠지. 그때 아마 월급으로 쌀 한 가마 값을 쳐서 받았으니깐 화폐 개혁한 돈으로 한 칠판천원쯤 되겠다. 근데 시청이란 델 다닌답시고 하니깐 그것도 빽이 되는 줄 알고 개성에서 유명짜한 기생질허다가 피난온 일가가 청탁을 하더라구. 옛날엔 기생오라비란 말도 있듯이 집안에서 기생이 하나 나면 모두들 일은 안 하고 거저 들어앉아 뜯어먹으려고만 들었다는데…… 피난민 수용소에 들어와 집칸이나 배당받고 안남미 배급쌀이나마 얻어먹으려면 기류계가 있어야 했거든……"

"기류계가 뭔데요?"

"임시 주민증이나 마찬가지지. 피난민들은 그게 있어야 신분 보장도 되고 눌러살 수가 있었거든. 아, 그걸 알아서 해달라고 하면서 참 별일이지, 사향주머니라는 걸 갖다주더라고. 그냥 부탁해도 되는 걸 가지고…… 개성 사람들은 셈이 바르긴 한데…… 난 왜 또 그걸 덥석 받았는지 몰라. 그걸 니 엄마한테 갖다줬어. 집안일에 치여 고생을 많이 하고 있었거든. 좋아서 눈물까지 글썽거리더라."

외가 쪽은 1·4후퇴 때 본향인 철원을 등지고 내려와 전라도 전주 근방에서 삼 년 동안 근근이 피난살이를 한 뒤 55년에서 그 이듬해까지 이태간 수원에서 구호민 배급을 타먹고 지냈다. 바로 용두각 아래 갱개미에서 흘러내린 개천가의 피난민용 진흙집에서였다.

작은이모가 수원 용두각 시절에 찍은 거라며 보여준 낡은 흑백사진 두 장 속에는 어머니의 젊은 시절 모습이 함초롬히 담겨 있었다. 스물다섯 안팎의 처녀 나이면 활짝 필 때지만 바위너설 아래 한 줄로 소도록이 모여선 사진 속의 처녀들은 대부분 영양 상태가 별로 좋지 않아서 그런지 거무뎅뎅한 얼굴빛을 하고 있었다. 송자라는 옛 고향 친구와 다복솔 옆에 어깨를 보듬고 단둘이 앉아서 찍은 사진도 있었다. 거기서 어머니는 먼산바라기를 하며 벙시레 웃고 있었다. 그런데 웃고 있는 얼굴이 왠지 몹시 남상지르다는 느낌이 들었다. 그것은 눈가와 입가에 난 흉터 때문이었다. 사진에서는 기미처럼 칙칙하게 보이는 부분이 바로 화상 흉터가 잡힌 곳이었다.

"히햐, 울 엄니한테도 한창 고운 때가 있었구나."

"쟤는? 너희 엄마가 어릴 때 얼굴을 그렇게 지져놓지만 않았다면 지금쯤 어떤 팔자로 살고 있을는지 그건 아무도 모른다니깐. 결국 하나 마나 한 소리지만서두 헹."

불광동 이모가 어림없는 소리 말라는 듯 꼭뒤를 지르고 나섰다. 어머니는 배밀이 갓난아기 때에 호롱불이 켜진 방 안에 홀로 뉘어 잠들어 있다 깨어나 호롱불을 건드리는 바람에 얼굴에 기름불을 흠빡 뒤집어썼다. 횃불을 밝힌 마당에서는 온 동네 여인들이 죽들 둘러앉아 허연 허벅지를 내놓고 낮새껏 삼굿에서 쪄낸 삼대 껍질을 훑고 있었다. 외할머니가 문창호지가 붉게 물든 것을 보고 뒤늦게 방문을 박차고 들어갔을 땐 때가 한참 늦어 있었다. 아기는 뱀 혀처럼 낼름거리는 불길로 뒤덮인 얼굴을 감싸쥐고 기함한 채 방바닥에 나딩군 처참한 모습이었다.

"이름이 모두 두 번이나 바뀌었다지요?"

"그랬지. 애초 부모한테서 받은 이름은 얌전(岩全)이었는데 보통학교에 입학하고 나서야 큰언니 음전(音全)과 호적상 이름이 바뀐 걸 알았다는 거야. 글쎄 센세이상(선생님)이 학적부를 펴들고 일학년으로 갓들어온 학생들 이름을 처억 부르는데 니 엄마 차례가 되어선 느닷없이 김온쟁이 하고 불렀다니깐. 아무튼 그때 어른들이 얼마나 무심했는지를 알 수 있지 뭐. 그 뒤론 하는 수 없이 큰언니와 이름을 바꿔가졌어. 지금의 영혜라는 이름은 수원 피난생활을 마치고 철원 수복 지구로 되돌아왔을 때 일제 호적 정리를 하면서 고쳐올린 이름이라구."

"용두각이라는 데는 사진에 없네?"

"안 나왔지. 근데 그 근처 바위틈서리에서 찍은 사진이 틀림없어."

"그런 궁핍한 피난 시절에 뭔 사진기가 있어서 이렇게 한껏 나들이까지 가서 사진을 박고 했을까?"

"거기 니 에미랑 둘이 끌어안고 찍은 사람이 송자 언니야. 우리게 창도에서는 그래도 지 아버지가 청부업자 하면서 무척이나 부자로 살았었는데 공화국 들어서면서 허예이로 몰려 쫄딱 망했지."

"근데 이 사진 누가 찍어줬어요?"

"아마 함 선생이었을 거야."

"함 선생?"

"응, 함민복이라구. 그 사람도 처음엔 혼자 나왔지. 얼굴이 계집처럼 해사한 안경쟁이였어. 다리엔 절음이 나 걸음새가 살름살름 했지. 우리가 김화군 근북면이고 함 선생이 근동면이었는데 그곳에서 인민학교 선생을 했어. 나도는 말로는 국방군 지원 나왔다가 파편 맞았다지 아마. 그때는 돈 멕이고 된 상이군인도 꽤 많았으니깐 또 모르지. 그 사람이 우리 식구 편의를 그래도 많이 봐줬단다. 내가 수원시청 호적과에서 부본 정리하는 임시 직원으로 들어간 것도 그이가 다리를 놔준 거지. 그리고 수시로 일가, 그래 그땐 배급을 일가라고도 했는데 뭔 뜻인지는 모르겠어, 그것도 함 선생이 많이 따줬지. 함 선생이 글자깨나 깼다구 난민 수용소에서 총무를 했거든. 그땐 세월이 말이 아니다보니 하다못해 산에서 낭구를 하더라도 빽이 있어야 했다구. 밑바닥에서 기는 사람들 언저리에서는 상이군인 빽이 젤이었지. 산에서 묶어 머리에 이고 내려오는 낭구더미도 상이군인 가족들이 중간에서 채뜨리면 허투루 뺏기는 거지 별 수가 없던 시절인걸.”
  “고마운 사람이었네요.”
  “그렇지? 한때는…… 니 엄마하고 잘돼갈 뻔했는데…… 나중에 함 선생 처자가 뒤미처 찾아오는 바람에.”
  “뭐가 잘돼요?”
  “이런 얘긴 무덤까지 가져가야 할 텐데. 암만해도 내가 주책인가보다마는, 형부도 고인이 됐고 언니도 환갑진갑 다 넘었는데다 너희도 머리가 굵을 대로 굵었으니 국량 있게 새겨들어둬. 니 엄니하고 함 선생하고 사실은 그때 혼담이 오갔단다. 함 선생이 무척 적극적이었지. 그래도 집안에선 니 엄마가 얼굴에 흠집이 좀 가서 그렇지 새파란 처년데 재취 자리가 뭐냐며 반대들을 했지. 근데 니 엄마가 나서서 집안 형편도 어렵고 얼굴도 그러한데 어디 그리 헐한 혼처가 있겠느냐며 모쪼록 허혼을 해달라고 우겨서 외할아버지도 결국은 마음을 누그러뜨렸지. 폭격 맞아 죽었다는 함 선생 처자가 조금만 더 늦게 나타났어도 혼사는 성립되었을 터였는데……”
  불광동 이모는 그 대목에서 말을 끊었다.

나는 누각에 올라 서성거려보았다. 날이 저물면 몰래 나와 서답빨래 같은 걸 했다는 천변가에는 배추나 열무 등의 푸성귀가 자라고 있었다. 특별한 감회가 있을 리 없는 평범한 정자였다. 구태여 의미 부여를 하자면 지금으로부터 삼십칠팔 년 전에 구 년 뒤면 나를 낳아 모자의 인연을 맺게 될 여인이 고향 쪽 하늘로 수심 어린 눈길을 보내거나 자신의 고달픈 삶의 곁을 쓸쓸히 어루만지며 불안하게 서성거렸을 그런 곳이었다.

수원성은 알려진 대로 정조가 뒤주 속에 갇혀 비운의 죽음을 당한 제 아버지인 사도세자를 좀더 가까이 봉양하기 위해 지은 성이다. 말하자면 정조의 효심이 일궈낸 성이었다. 성이란 성은 모두 견고한 법이다. 그걸 바라보는 사람의 마음도 조금은 그 견고함에서 위안을 받았으리라. 동쪽 등성이를 따라 구불구불 뻗어나간 성벽을 지그시 바라보았다. 멀지 않은 성벽가에서는 동네 아이들이 병정놀이를 하는 모양이었다. 띠용띠용, 입으로 총소리를 내면서 오르락 내리락했다.

"야, 너 죽어 임마. 내 총 맞았어."

"웃기지 마. 계급도 낮은 놈이 쏘긴 뭘 쏴?"

한 아이가 억지를 부렸다. 계급?

— 당신 이제 프티로 계급적 상승을 하는 거야 응?

한때는 시를 썼다는 그러나 지금은 언어를 잃어버렸다고 엄살을 떠는 같은 부 이정한 선배가 내 어깨를 두드리며 격려용으로 던진 말이었다.

나는 두 달여 전에 경기도 고양시 일산 택지개발 지구 내 10-3블록 (주)대우아파트 102동 405호의 분양권을 당첨받았다. 당첨 직후 사십여 회를 부은 청약 저축을 해약하고 집안의 돈이란 돈은 다 긁어모아 계약금 구백십팔만원을 마련하는 데 성공했다. 계약은 하자 없이 성립됐다. 앞으로 중도금 여섯 번과 잔금을 남겨두고 있는데 오늘이 바로 첫번째 중도금을 납부해야 하는 날이다. 지금 내 나이 겨우 삼십임을 생각해보자. 세상에, 대한민국에서 삼십이라는 나이에 벌써 집 장만의 길에 확고히 들어선 것이다. 그 동안 새 도시에서만 분양 신청을 세 번 했다가 떨어진 경험이 있었다. 신청하는 날은 보통 한나절 이상 줄을 서곤 했다. 내 앞뒤로 초조한 모습으로 줄을 선 사람들은 나보다 나이가 적게는 오 년 많게는 십 년씩이나 많아 보였다.

"임대 아파트라도 들어가고 봐야지 잉?"

아이를 등에 업힌 아내까지 데리고 나온 가죽 잠바는 우쭐우쭐 주위 사람에게 말했다. 구비 서류를 제대로 챙기지 못해 퇴짜를 맞는 사람들은 발을 동동 굴렀다. 앞이마가 훤히 벗겨진 사십대 남자도 나와 같은 이십삼 평형을 써넣곤 주위를 힐끗거리며 막판 눈치를 보았다. 만일 한 사람이 살아온 세월의 두께나 가슴앓이, 울분, 격정, 한숨, 그리고 알면서 속아준 횟수 따위를 저울에 달아 다시 줄을 세운다면 나는 맨꽁무니에 달라붙어야 하지 않을까 하는 생각이 가슴을 답답하게 눌렀다.

용두각은 경비 초소인 각루답게 전후좌우 전망을 빈틈없이 확실하게 틀어쥐고 있었다. 잘 꾸며진 용못을 발치에 두고 있는 용두각은 본래부터 풍류용으로 지어진 게 아닌지 새삼 의심스러울 지경이었다. 바람이 건듯 불자 누각 아래 연못가에 머리를 감는 아낙인 듯 휘늘어져 있던 버드나무 가지들이 일제히 출렁거렸다. 시원한 광경이었다. 나는 어머니 역시 그 황폐하고 야속스럽기 짝이 없는 전후의 폐허 속에서도 이런 모습을 지켜보며 에는 가슴을 달랬을지도 모를 일이라는 부질없는 생각을 해봤다.

그게 꼭 부질없다고 치부만 할 일일까. 전쟁의 여진 속에 속절없이 시드는 처지였지만 아무래도 몸도 마음도 주체할 수 없이 피는 한창 때일 것이었다. 회갑이 들던 작년 그르게, 어머니는 당신의 회갑 운세가 병갑(病甲)에 들었다며 잔칫상을 마다했다. 그러나 그래도 운세를 피하긴 어려웠는지 보름 뒤에 끝내 맹장염에 걸려 수술까지 받았던 어머니가 회복기의 병상에서 수원 피난 시절을 떠올리면서 숟가락에 얽힌 여행담을 털어놓았다.

……지금은 살 만큼 다 살았고 또 별의별 험한 꼴도 다 당한 끝이긴 하지만 아직도 그렇게 남 앞에 척 나서는 숫기가 도저히 생길 것 같지가 않아. 뭔고 하니. 수용소촌에 이발소 최씨가 있었는데, 딸이 아주 잘났지. 너희 외삼촌 호송이를 사위로 넘겨짚고 있던 참이라서 그 양반이 한밑천 잡고 평창으로 옮겨가 사는데도 연락이 닿은 거야. 그때 울 아버지가 내 꼬락서니가 당신 보시기에 하도 답답하니깐 이쪽저쪽 보는 사람마다 은근히 나에 대한 말을 놨겠지. 내가 북쪽에서 여학교를 나와서 선생질도 몇 해 하다가 피난을 나왔는데 어디 삐치고 들어갈 자리가 없겠냐고. 아, 그런데 평창으로다 들어갔다는 그 이발소 최씨가 소개장을 떠억 보내온 거야. 마침 윤 아무개라고 평창 교육청에 장학사로 있는 양반이 이웃에 산다는 거야. 자신이 말막음은 얼추 해뒀으니 이력서만 들고 수일 내 일차 왕림하십사 하고 써 있었어. 같이 피난살이를 하던 김 아무개 여식 중에 여차여차한 사람이 있는데 고만한 자리가 없냐고 물었더니 일단 보자고 했다는 거야. 참으로 얼마나 고마운 일이야 응? 사람이라는 게 눈앞에서 멀어지면 제 살붙이도 그만인 세상인데, 더구나 그런 피칠갑 난리굿이 채 수그러들지 않은 마당에 말이야.

그때는 평창을 어떻게 갔는지 아니? 서울로 일단 올라간 다음 서울역에서 기차 타고 제천까지 갔다구. 거기서 도라꾸 타고 평창엘 들어갔어. 평창이 지금도 여실히 촌이지만 그때만 해도 숯불로 밥을 해먹는다는 포실한 촌이었어. 아 그래서, 이력서에 김화보통학교, 철원여중 졸, 창도인민학교 부임, 근북인민학교 전근이라고 써가지곤 혼자

길을 떠난 거야. 암만 전쟁통이라 해도 졸업장이나 하다못해 졸업 사진이라도 한 장 지니고 있었더라면 일은 무척 수월히 풀렸을 텐데, 참 사람 일이…… 해방 뒤 북한의 학제가 바뀌어 철원고녀가 철원여중하고 철원여고로 갈리면서 우리는 그 길루다 졸업이랍시고 하고 도교원 양성소에 들어갔지. 난 공부하기 싫었는데 옳다 잘됐다 싶었지. 양성소가 철원사범에 있었어. 개네들도 이 년짜리는 양성교육 받으러 들어오더라구. 근데 나중에 보니 어쨌거나 대우가 달라. 사범 출신은 초급이 천오십원이고 우리 양성소짜리들은 천원이었어. 로스케 돈으로. 오십원 돈이면 컸지. 참나무 장작 한 단에 몇 원 했더라……

하여튼 서울에서 하룻밤을 유하는데 아는 사람이라곤 딱 한 사람 있었거든. 수용소의 그 좁다란 공동 부엌을 같이 쓰며 엉덩이를 맞닥뜨리던 춘자 에미밖엔 더 있겠니. 그때 춘자 에미가 충정로 입구 어드메쯤 되는 대원호텔 주방에서 허드렛일을 해주며 자취생활을 하고 있었거든. 간다는 노문도 안 띄우고 덥석 찾아갔는데도 반색을 짓대. 일 마치자 자기가 사는 동네에 가서 방을 하나 빌려주는데 아이구, 첨 보는 찻잔에다 차라고, 아마 요즘의 코피쯤 되는 모양이지, 건건찝찔한 걸 타오더라구. 그 차스푼이 지금도 기억에 생생해. 금빛이 번쩍번쩍하고 귀티가 철철 넘치는 게. 정작에 한숨 자려는 데 웬 사람들이 그렇게 떠들고 싸우는지 노루잠으로 홀깍 샜지. 호텔에 새벽같이 나서는 춘자 에미를 따라나서서 서울역으로 갔지. 주소만 갖고 소개장에 써 있는 대로 꾸역꾸역 잘도 찾아간 걸 보면 지금도 신통한 생각이 든다고. 아무튼 평창까지 그럭저럭 갔아. 정말 최씨가 있대. 아닌게 아니라 싸전을 크게 냈더라구. 윤 장학사가 아직 퇴근을 안 했다며 내일 아침에 들르겠다는 기별을 해놨으니 자기가 소개하는 집에 가서 자라는 거야. 자기네 싸전에서 쌀을 대다가 밥장사를 한다는 할머니 집인데 손녀딸이 하나 있더라구. 그런 궁벽진 동네에 뭔 길손이 든다고 밥장사인지 원. 아무튼 몽당숟가락이 놓인 산채 밥상엘 가니 그 집이 또 마침 조반중이잖아. 그래도 대고 들어오라고 하길래 염치 불구하고 들어갔지. 그런데 그때 보니 요즘 우리 민정이나 민주 또래나 됐음직한 서너 살박이 계집아이 둘이 은수저를 각기 들고 지 어미가 놔주는 반찬을 오막오막 받아서 밥을 떠넣더라고. 아유, 그 은수저가 어찌나 앙증맞고 귀염이 가는지 참 좋았어. 볼 만했지. 그때 처년데도 언감생심 애를 배고 싶다는 생각이 부끄럼도 없이 처억 들지 뭐겠니? 호호.

나는 누각 바닥에 신문지를 깔고 엉덩이를 올려놓았다. 잠바 주머니 속의 손가락은 색동 주머니를 주물럭거리고 있었다. 문득 그 주머니를 꺼내 코 앞에 들입다 붙이고 숨을 크게 들이쉬며 냄새를 맡아보았다. 아무런 느낌이 없었다. 나는 계속해서 큼큼거리다 갑자기 코에서 손을 떼었다. 어렴풋이 무슨 냄새가 스쳐간 때문이었다. 그러나 그것은 사향과는 거리가 먼 아주 기분 잡치는 비릿한 내음이었다. 나는 이맛살을 찡그렸다.

나는 일찌감치 성에 눈을 뜬 셈이다. 국민학교에 들어가기도 전에 시쳇말로 출산의 비밀을 알고 말았다. 가시와 버시가 성기를 합쳐야 된다는 추악한 사실을. 내가 국민학교 들어가기 직전에 형은 오학년생이었다. 형 친구들은 서로들 패지어 몰려다니며 군입질할 거리들을 찾아 눈에 불을 켜고 다녔다. 쓰레기장을 뒤지고 짐수레 뒤를 밀어주기도 하고 고물상에 팔 만한 것들을 끌어오기도 하고 더러는 반반한 물건을 일부러 훔쳐내기도 했다. 그들에게는 성인 만화책들도 심심찮게 걸려들었다. 비가 오거나 공치는 날에는 한군데 처박혀 만화책에 파묻혀 지냈다. 그리고 그들의 결론은 매한가지로 뻔했다.

—이거를 해야지 아기를 갖는대잖아 씨팔.

얼굴에 쓰레빠로 얻어맞은 자국이 선명한 기대 형이 누런 이를 드러내고 겸연쩍게 웃으며 엄지손가락을 검지와 중지 사이에 끼운 채 주먹을 쥐어 보였다. 그러더니 나의 눈치를 힐끗 살폈다. 난 짐짓 모른 척하기는 했지만 웬걸, 그것의 정확한 의미를 제대로 알고 있었다. 나는 국민학교 들어가면서부터 또래 아이들을 대할 때 그런 비밀도 모르는 젖비린내 나는 자식들 하며 속으로 내내 한 수 아래로 깔봤던 기억이 있었다.

그런데 내겐 아직도 쉽사리 떨쳐버리지 못하는 고약스럽다고밖엔 말할 수 없는 기억이 있다. 당신이 사내라면 딴사람도 아닌 당신을 낳아준 어머니의…… 나는 아직 이 순간까지도 그 기억에서 결코 자유롭지 못하다. 국민학교 삼학년 여름이었을 게다. 나는 좁디좁은 부엌 바닥에 돗자릴 깔고 서늘하게 배를 대고 누운 채 산수 숙제를 하고 있었다. 저녁 끼니때가 돼오자 어머니는 방에 있는 쌀자루에서 쌀을 몇 주먹 꺼내 안치느라 나의 이마빡으로 치맛자락을 차란차란 스치며 오갔다. 나는 마침 숙제도 다 돼가는지라 공책을 덮고 굳은 어깻죽지를 펴느라 등을 대고 돌아누웠다. 그때 또 어머니가 지나갔다. 치마 속이 훤히 들여다보였다. 그때 단 벌뿐인 광목 팬티를 빨아너느라 어머니는 홑치마 바람이었다.

나는 얼굴이 빨개져서 아무 말도 하지 못했다. 그때의 비릿한 내음을 두고두고 잊을 수가 없었다. 나는 속으로 끊임없이 되뇌었다. 나는 아무것도 보지 못했다. 나는 오직 산수 숙제를 하고 있었을 뿐이었노라. 그러자 내 머릿속은 금세 어떤 공식과 숫자로 가득 차는 것이었다. 윗변 곱하기 밑변 나누기 둘은 면적, 육 곱하기 칠 나누기 둘은 이십일 제곱센티미터, 아아 좀더 빨리, 원주율 파이는 삼 점 일사일오구이륙오삼오팔구칠구삼이삼팔사륙이륙사삼삼팔삼이칠구……, 헉헉 반올림을 어디서 하지.

결국 내 눈앞에서 중요한 터부가 깨져나갔다. 그렇게 일찍 터부가 깨지고 난 세상이란 도대체 뭣이란 말인가. 그것은 한갓 무질서고 공포고 허무요 구토일 따름이었다. 그리고 그때부터 이따금씩 불현듯 몸서리를 치며 어쩔 줄 몰라하거나 아무도 알아들을 수 없는 허텅지거리를 와락 쏟아놓는 버릇이 생겨났다. 또 길거리를 걸을 때나 버스를 타고 가면서나 눈에 띄는 것들을 후다닥 헤아려두어야 마음이 편해지는 버릇이 굳어졌다. 가로수나 가로등의 수, 택시나 길거리 간판의 수, 마주치는 여자의 수효, 창문이나 건물의 층수, 제과점 진열창 안의 케이크의 수나 지하철의 창문 수 등등. 그들의 수효를 파악해두지 않으면 왠지 불안했다. 그렇지 않으면 그들은 나의 통제를 벗어나 나에게 적대적인 어떤 풍경이 될 듯한 불안감 말이다. 때문에 그들을 헤아린다는 행위는 일종의 점호 행위로 상대방을 제어하려는 의식의 발로였던 것이다.

그 시절 어머니는 자식들한테 무척이나 영악했다. 보통 손에 잡는 매감이 빨랫방망이 아니면 연탄집게였다. 내가 염불이 빠져라 벌어먹여도 소용이 없다니깐! 내가 이 말뜻을 제대로 알아챈 것은 나중에 대학에 들어와 습작을 한답시고 『새우리말큰사전』을 뒤적거릴 때였다. 염불＝여자의 음문 밖으로 자궁이 병적으로 비어져나온 것. 어머니는 파출부 다닐 때 얻은 병으로 훗날 하혈이 매우 심해 고생을 치렀다. 똥통에 마개를 덮은 병을 집어넣어 모은 똥물을 마시고 시골 재래식 변소의 지붕을 이은 지푸라기를 구해 푹푹 삶아먹는 게 치료약의 고작이었다.

내가 죽으면 너희들은 거지 중에서도 아주 상거지가 된다. 차라리 그렇게 사느니 서로 쥐약이라도 먹고 일찌감치 몰사 죽음을 하는 게 여러 모로 깨끗하다. 어머니는 이런 말을 입버릇처럼 붙이고 살았다. 나도 속으로 그게 참으로 맞는 말이라고 생각했다.

어머니가 말하는 죽음이란 항상 깨끗하고 아쌀한 것이었다. 그 시각과 장소를 결정할 수 있는 권한은 두말할 것 없이 어머니에게 있는 걸로 생각되었다. 어느 날이고 반찬이 잘 차려진 저녁상을 받으면 왠지 불안해졌다. 누군가가 그러는데 무슨 일이 있기 이전에는 부러 잘 먹인다고 한 말이 떠올랐기 때문이었다. 만일 그런 사태가 진짜로 온다면 나는 막내라는 점을 이용해 엄마에게 이런 통사정을 할 작정이었다. 날 제일 먼저 죽여달라고. 그래서 공포의 시간을 최소한으로 줄여달라고.

이런 걸 모두 어린 아이의 황당무계한 공상으로만 몰아붙일 순 없는 이유가 있었다. 그건 온 식구가 치른 죽음의 제의 때문이었다.

엄마 밥 줘. 부엌문을 열었을 때 방문 쪽 툇마루 아래 어빡자빡 뒹구는 수북한 신발더미와 닫힌 방 안의 정적이 사뭇 낯설게 느껴졌다. 엉겁결에 던져진 내 목소리는 그 완강한 정적에 부닥쳐 헤식은 밥알처럼 산산이 흩어졌다. 방 안에 들어가보니 한쪽에 아버지는 혈압이 올라 자리보전을 한 채 길게 누워 있고 어머니는 방문 쪽으로 등을 돌리고 앉아 있었다. 그 앞에 형과 누나 둘이 쪼르륵 하얀 사기그릇을 하나씩 차고 무릎을 꿇은 채 창백한 표정으로 앉아 있었다. 나는 학교가 파하고 난 뒤 돌산 옆의 친구네 집에서 코밑이 거무튀튀해지도록 쥐불놀이 깡통을 돌리며 진탕 놀다 오느라 좀 늦어져 속이 뜨끔해졌다.

"잘 왔다. 너두 들어와 맨 끝에 앉거라."

잘근잘근 짓씹어 던지는 음성이 내 뒤꼭지를 눌러앉혔다. 나는 손아귀에서 가방을 맥없이 떨궈뜨리고 형 옆으로 다가가 풀썩 주저앉았다. 형의 얼굴은 차마 마주보기 민망할 정도로 결딴이 나 있었다. 내가 들어오기전에 이미 어머니의 푸닥거리에 걸려 그 지경을 당한 것이었다.

나중에 알고 보니 형은 학교 화장실에서 담배를 몰래 피우다 들켜 정학을 맞고 오는 길이라고 했다. 석주네 가발 공장에서 일하던 어머니는 먼지 답쎄기가 올라붙은 머릿수건을 채 풀지도 못하고 학교로 불려가 아들 단속을 잘못한 잡도리를 선생님한테 실컷 당했다는 것이다. 어머니의 눈에는 서슬 푸른 쌍심지가 돋워져 있었다.

"이제 대가리에 피도 안 마른 중학교 이학년짜리가 담배를 피운다고…… 허허 지 애비는 풍으로 쓰러져 저 지경이 되어 썩어져가고 에미는 여자 몸이 되어 북두갈고리 손으로 먼지가루 풀풀 날리는 공장 안에서 하혈을 죽죽 하면서도 살아보겠다고 발버둥쳐쌌는데 그 속에서 내질러진 애새끼는 뼈골이 녹아나도록 신탄진을 피우고 그랬구나…… 더 살 필요가 없다."

아버지가 옆으로 돌아누우며 끙 하는 신음 소리를 냈다.

"그래 너희들도 이 고생들을 하며 더이상 살 필요가 무에 있겠니. 가만히 생각하면 너희도 부모 잘못 만나 모진 풍상 다 겪는다. 내 안다."

부엌에 갔다온 어머니의 손에는 은빛으로 빛나는 쥐약 봉지가 들려 있었다. 부엌문을 친친 동여매고 들어오자 마자 방문도 겹겹이 붙들어맸다.

"다들 눈감아라. 허튼소리는 내지 마. 에미가 다 책임진다."

까칠한 손이 머리 위를 스치고 지나갔다.

"다들 눈떠라."

쥐약 봉지는 가위로 싹독 잘린 채 빈 봉투로 나뒹굴고 있었고 그 내용물은 네 남매 앞에 놓인 하얀 사기그릇에 골고루 녹아들고 있었다. 나는 눈앞이 아득해졌다. 혹시 이 그릇의 쥐약 탄 물을 냉수처럼 들이켜라고 하는 것은 아닐까. 그 예상은 여축없이 맞아떨어졌다.

"이 에미가 하나 둘 셋까지 세면 앞에 있는 사기 그릇의 물을 천천히 다 마셔야 한다. 알겠지?"

"엄마 그, 그러면 우리 모두는 다 죽고 말아요."

형이 뒤로 주춤 물러서며 겁에 질려 울음 섞인 목소리로 말렸다. 어머니는 단호하게 고개를 끄덕일 뿐이었다. 나는 명치께가 갑자기 콱 저려왔다. 죽음, 아 죽음이로구나. 그것은 한 그릇 회색물로 고여 지금 내 앞에 놓여 있는 것이다. 누나들이 먼저 울음소리를 냈으나 눈을 부라리며 가위를 쩍 벌려 눈앞에 들이대는 어머니의 서슬에 밀려 울음소리는 속으로 잦아들었다.

"우선 마시기에 앞서 마지막 소원들이 있으면 말해봐. 이 자리에서 들어줄 수 있는 건 이 에미가 어떻든 해볼 테니."

"민수 너부터."

"어머머 흐흐흑…… 제발 용서……"

"없구나…… 문자, 문숙이는? 너희는 직접 잘못은 없다만 우린 살아도 같이 살고 죽어도 같이 죽어야 하기 때문이니 너무 억울해하진 말거라. 기성회비 못 내 맨날 쫓겨다니는 학교에 이젠 정나미가 떨어질 만도 하지 않냐?"

"그럼 막내는? 이럴 줄 알았다면 어디 복지재단에 양자로 입양이라도 시키는 건데."

"……"

"뭐 먹고 싶은 거도 없단 말이야 이것아?"

"……있어요. 모찌떡이요."

"그게 그렇게 먹고 싶었어?"

어머니는 내 말을 듣고는 자신의 아랫입술을 피가 나도록 깨물었다. 그러더니 머리를 손갈퀴로 대충 가린 다음 숫자를 헤아렸다.

"자 그럼 헤아린다. 하나…… 둘…… 세엣."

나는 숫자 헤아리는 소리가 들려오는 동안 바로 옆 벽지에 씹다가 붙여놓은 껌을 부러운 듯 멍하니 바라보고 있었다. 그놈이 그렇게 부러울 수가 없었다. 아, 나는 죽는다. 넌 나의 죽음을 지켜볼 테지.

그러나 아무도 약사발을 들이켠 사람은 없었다. 그러자 어머니는 곁에 놓인 가위를 들어 형의 허벅지를 정통으로 찔렀다. 형은 날카로운 비명을 내질렀다. 그 다음엔 칼을 집어들고 나를 향해 달겨들었다. 이 드러운 종자들. 그렇게 죽는 게 무섭든? 그리고는 뭉특한 칼자루로 내 이마를 사정없이 짓쪼았다. 그 칼자루는 도마 위에 마늘을 놓고 다질 때 쓰던 부분이었다. 그래서 그런지 이마에 불룩 솟은 작은 혹에선 마늘 냄새가 나는 듯했다.

"정 그렇다면 이 에미가 먼저 마셔. 너희들도 곧 따라 마시길 바래. 이 에미가 없어도 살 만하다고 생각하는 아이는 마시지 않아도 좋아. 하지만 평생 상거지로 밑바닥을 굴러다니다보면 오늘 이 자리에서 이깟 물 한 그릇 눈 딱감고 후루룩 마시지 못한 걸 반드시 후회할 날이 있을 게다. 자 그럼 좋은 세상에서 보자꾸나……"

어머니는 우리가 말릴 겨를도 없이 한 대접이나 되는 약사발을 들어 벌컥벌컥 들이켜는 것이었다. 형과 누나가 울부짖으며 달겨들었고 난 빈 대접으로 방바닥에 뒹구는 어머니의 약사발을 보고는 얼떨결에 내 앞의 그릇을 들어 몇 모금인가를 입 안으로 흘려넣었다. 끝장이다. 귀에서 바람이 쉭쉭 새는 소리가 들렸다. 그리고는 눈을 하얗게 까뒤집고 정신을 잃었다.

지독한 악몽의 연속이었다. 무엇한테인가 끊임없이 쫓기는 꿈이었다. 동네 사람들은 무리를 지어 어디론가 향해 가고 있었다. 그들의 뒤를 따르려 애썼지만 번번이 낙오를 해야만 했다. 아무리 그들의 이름을 불러도 그들은 알은체를 하지 않았다. 내가 조용히 눈을 뜬 것은 아버지가 누워 있던 보료 위에서였다. 댓진내가 지독하게 풍겨왔지만 다른 날처럼 싫지는 않았다. 나는 한동안 천장을 맥없이 바라보았다. 방 한구석 책상에는 형이 곱다시 앉아서 언제 그랬냐는 듯 흥얼흥얼 영어단어를 외우고 있었다. 나는 눈을 씀벅거리며 형의 얼굴을 살펴보았다. 그 상처투성이는 여전했고 내 이마빡의 혹도 그대로였다.
그렇다면 여태껏 환상 속을 헤맨 게 아님은 틀림없었다. 부엌에서는
엄마를 도와 저녁밥을 짓는 누나의 낭랑한 목소리가 들려왔다. 아버
지가 끼니때마다 혈압에 좋다며 사발째로 떠먹는 오리알 찜이 아궁
이에 가로질려진 연탄집게 위에서 바글바글 끓는 고소한 냄새가 코
를 찔렀다. 꽁치 굽는 냄새가 꼬리를 물었다. 그제야 비로소 내가 살
아 있다는 실감이 들었다. 방문이 벌컥 열리더니 어머니가 들어왔다.
나는 어머니의 얼굴을 물끄러미 바라봤다.

　"엄마, 우리 안 죽은 거야?"

　"싱건 놈. 죽긴 왜 죽냐? 호랭이도 제 새끼는 물어 죽이지 않는 법이
다. 이 에미가 암만 모질어도 새끼들을 죽이기야 하겠니? 그래도 에
미 따라 죽겠다고 쥐약이라고 속인 숭늉을 마신 놈은 막내 하나뿐이
구나. 갸륵하긴 갸륵하다 에이구. 옜다, 찐고구마나 하나 먹어. 잔입
이니깐 꼭꼭 씹어먹어야 해. 사잣밥이 될 뻔한 모찌떡이라 생각하고
먹어라. 명 길어지겠다."

　갑자기 머리로 피가 몰려드는지 관자놀이가 울끈불끈 뛰었다. 열
병앓이의 징조였다. 나는 누각 안의 기둥에 기대 앉아 하염없이 연못
속을 내려다보고 있었다.

　─그 신화를 무너뜨리지 않는 한 우린 허깨비예요.

　새된 목소리가 용못의 변죽을 살짝 긁고 지나갔다. 나는 손바닥을
펴 입을 틀어막았다. 공설운동장 야간조명탑 꼭대기부터 걸치기 시
작한 저녁놀이 용못 안으로 더금더금 기어들자 내 눈에는 영락없는
황금연못으로 비쳐졌다. 아침 비를 부를 듯이 선연한 저녁놀이었다.

　─뭔 소리니? 아무렴 한 집안을 쥐어짜는데 그깟 넉 장이야 안 나
오겠니? 너도 원, 딱하긴. 아 그래, 시작이 반이라고 계약금까지 문
걸 거시키 두 쪽 찬 놈이 햐냥 아퀴를 못 짓고 무른 배 꼭지 떨어지듯

나가자빠진단 말이냐? 그런 소릴랑 내 앞에선 잊고 꿈에도 하지 마라. 이 에미가 해볼 데까진 해볼 요량이니……

─그 커다란 탑에 짓눌려 형은 한 발짝도 내딛지 못할걸.

나는 학질을 떼는 아이처럼 후득후득 몸을 떨었다. 그때였다. 금박물을 푼 듯한 용못 속에서 기다란 탑 그림자가 황홀하게 일렁거리는 것이었다. 아무리 눈을 크게 부릅뜨고 바라보아도 그건 반듯한 옥개석이 켜켜이 올라간 석탑이었다. 흐헉, 짧게 끊어지는 숨소리가 가슴에 얹혀졌다. 꺼칠한 혓바닥을 마른 입술 위에 포개며 초조하게 두 눈을 비벼댔지만 아스라이 출렁거리는 탑 그림자는 더욱 세차게 눈동자를 파고들 뿐이었다. 나는 자꾸만 목구멍을 벗어나려는 단어를 질기게 잇새에 가둬두고 있었다. 아, 어머니. 나는 그 단어의 끄트머리를 응등그려 물고 놔주질 않았다. 그리고는 손에 쥐고 있던 조그마한 돌멩이를 색동 주머니 안으로 서둘러 밀어넣기 시작했다.

한 순간 노을은 사위고 용두각을 향해 땅거미가 함성을 지르며 몰려들고 있었다. 나는 들숨으로 한껏 가슴을 부풀린 뒤 탑 그림자가 가라앉아 있는 그 얇은 어둠 속으로 돌멩이가 든 주머니를 힘껏 뿌리쳤다.

(『문학과사회』 1992년 겨울호)

처용단장(處容斷章)

　―토껴!

　지하철 이호선 동대문운동장역에서 내려 사호선으로 갈아타기 위
해 내리막 층계참을 막 돌아서려는 순간 득돌같이 내 귀청을 후빈 외
마디 소리였다. 어금니가 새곰새곰 시려오도록 앙칼지게 불어제끼는
호루라기 소리에 뒷덜미가 휘감긴 사내 서넛이 큼직한 가방과 귀퉁
이만 간신히 움켜쥔 보따리를 감싸안은 채 아금받게 층계를 치받아
오르고 있었다. 그 뒤를 지하철 구내 청원경찰이 삿대질을 해대며 따
라붙는 시늉을 했다. 지퍼가 열린 가방과 귀가 벌어진 보따리 틈새에
서는 남자용 지갑이나 여자용 액세서리 등속이 헤실바실 떨어져나와
바닥에 함부로 나뒹굴고 있었다.

　나는 층계를 내려오던 발걸음을 멈추고 추격을 당하는 사내들처럼
뒤돌아서서 등을 곱송그리며 경중경중 내달렸다. 그러나 곧이어 물
밀 듯 쏟아져내려오는 사람들에게 떠밀려 옆구리로부터 시작해서 허

벅지서껀 어깻죽지께며 가릴 것 없이 늘씬하게 쥐어박히는 처지가
되었다.

　―조것 싸게 잡아뿌러. 놓쳐뿔믄 낭패 봉께로.

　한 사내가 매몰차게 닫히려는 전동차를 손가락 끝으로 가리킨 채
숨이 바짝 차오른 턱을 흐느끼듯 까부르며 외쳤다. 그러자 파키스탄
불법체류자모양 검은 가죽옷에 거무뎅뎅한 콧수염을 반지빠르게 기
른 이가 자신의 보따리를 머리 위로 치켜들고 엉덩이께가 한껏 부푼
청바지가 미어져라 뛰어가더니 문틈새로 보따리를 던져넣었다. 닫히
던 문이 주춤하면서 다시 열리는 순간 사내들은 어빡자빡 굴비 두름
포개지듯 몸을 일제히 전동차 안으로 쑤셔넣었다. 그 와중에서 엉거
주춤하던 나의 옷자락을 잡아채 밀어넣어준 사내가 내 귀에다 대고
나지막히 그르렁거렸다. 형씨, 칠 년 묵은 굼벵일랑 회쳐먹었수? 따
라지 신세끼리 민폐는 서로 끼치지 말아야 도리잖겠수 이거. 고개를
돌려보니 하관이 두루뭉술한 게 막걸리깨나 축냄직한 넉넉한 구멍새
를 지닌 사내가 희고 고른 잇바디를 고스란히 내밀고 있었다. 나는 말
없이 일어나 손을 툭툭 털며 겸연쩍은 웃음을 지어 보였다.

　앞뒤로 옷매무새를 고치는 내내 나는 나의 이 예상찮은 행동이 못
마땅해 견딜 수가 없었다. 이 무슨 어처구니없는 짓이란 말인가. 나
는 입속에서 자꾸 빠져나가려는 단어를 붙들어 토껴, 토껴 하고 짧게
끊어쳐 되뇌보았다. 그러자 온몸에서 맥이 쑥 풀려 오금을 추스를 수
가 없었다. 그 말 한마디에 그토록 허랑하게 휩쓸려 무너지다니. 가
령, 토껴가 아니고 도망쳐라든가 아니면 속된 말로 '튀어라' 나 '발
라' 같은 말이었다면 사정은 영판 달라졌을 게다. 나는 아마도 추적
자와 도망자의 스릴 넘치는 추격전의 한 장면을 기왕이면 육박전까
지 기대하면서 팔짱끼고 느긋하게 구경했을 것이다. 그런데 하필 토
껴라니……

대학 삼학년, 5월의 가리봉오거리가 불현듯 떠올랐다. 가투가 시작된 지 오 분도 안 돼 시위대는 포위를 당하고 뒤늦게 찾아낸 좁은 샛길은 포장마차가 가로막고 있었다. 선배가 먼저 통과할 수는 없었다. 질서, 질서를 외치며 후배와 여학생들을 먼저 보내다가 코앞에 들이닥친 전경들과 각목을 휘두르며 대치했다. 열차강도처럼 입가를 뒤로 처맨 손수건 사이로 최루가스가 마구 헤집고 들었다. 그 와중에서 뭔가가 발목을 잡아채는 바람에 넉장거리로 나가떨어졌다. 내 밑에는 겁에 질려 퇴로를 찾아 밀려든 학생들이 실지렁이처럼 한데 뒤엉킨 채 넘어져 아비규환의 연옥을 이루고 있었다. 한 놈도 남김없이 작살내! 고참인 듯한 전경 하나가 짧게 부르짖었다. 머리 위로 방패가 쉭쉭 칼바람 소리를 내며 스쳐지나갔다. 나는 뒤통수를 두 손으로 감싸며 깐을 보기 위해 고개를 살며시 쳐들었다. 그 순간 잘 구워진 식빵 덩어리처럼 뭉툭한 전투화코가 크게 확대돼 보이는 듯하더니 내 의식 속으로 무수한 불꽃놀이 파편이 쏟아져 박히는 느낌이 들었다. 전투화 끝이 내 안경 쓴 오른쪽 눈두덩을 파고든 것이다. 야, 저 짜식 뻗는 거 봐라. 안 되겠다. 이쯤 하고 이분대 전원 토껴라, 토껴. 그때 입은 안구파열로 난 오른쪽 눈이 실명까지는 가지 않았지만 고도약시로 떨어졌다.

그깟것 가지고 식은땀 줄줄 뽑는 걸 봉께 형씨도 속으로 은절은 에지간히 먹은 모양인게벼? 쯧쯧, 한잔 헐라우? 전동차칸 연결통로에서 마주보고 선 사내는 가슴팍에서 종이팩 소주를 꺼내 귀때기를 물어뜯고 한모금 쭉 빨아올린 다음 종주먹을 들이대듯 손을 불쑥 내밀었다. 내가 고개를 가로젓는 걸 기다리기나 했다는 듯 사내는 고개를 빨딱 젖히고 편도선을 심하게 요동치며 팩을 말끔히 짜냈다. 커어, 하며 목젖에 묻은 소주를 털고 나더니 왼쪽 호주머니에서 아오리 사과를 하나 꺼내들었다. 이거 죄송함다. 아까짐에 형씨 안주머니에서 칼을 소인이 잠시 허락 없이 실례했음다.

　사내가 호주머니에서 꺼낸 칼은 내 것임이 분명했다. 아직 한 번도 쓰지 않아 가죽 칼집에 곱다시 넣어갖고 다니던 칼이었다. 그는 칼을 빼들어 두 눈동자가 가운데로 몰리도록 코앞까지 바짝 치켜든 다음 먼지 알갱이라도 불어내려는 듯 칼날에 호 하고 입김을 쐬었다. 그러더니 사과를 찔러 한 쪽을 내게 권했다. 나는 군말 없이 사과를 받아들었다. 칼을 품고 다닐 만한 사연이라도 있는게벼? 이녘 얼굴이 허여 멀쑥헌 걸 보니 내 어림짐작에 형법 제삼백삼십일조나 삼백삼십사조를 어길 사람 같지는 않아 보이고…… 삼백삼십일조나 삼백삼십사조가 무엇인데요? 나는 일부러 내숭을 한번 떨어봤다. 허, 내가 시답잖은 전문용어를 씨부렸나. 고것이 바로 유전무죄 무전유죄라는 말을 싸질러뻔진 절도와 강도죄에 해당하는 법조문이라우. 이러믄 나 이력이 다 뽀롱나는디 말이여…… 고건 고렇고 이녘은 도나캐나 지집 문제 쪽이로구먼? 지집은 개구락지나 용수철과 같아서 당최 어디로 튈지 모르는 벱이라우. 댁이나 나나 그놈의 신세가 알쪼외다. 뜨거운 한숨을 뿜어내던 그의 눈동자가 실성한 사람처럼 희끗희끗 흰자위 쪽으로 치우쳐 돌아갔다. 고년이 내가 큰집에 잠시잠깐 다니러 간 새를 못 참고 또 으떤 쉿가루 풍기는 개아덜놈이랑 배때기가 맞아 떨어졌더구먼 잉. 고년이 아무튼 쉿가루 냄새 맡는 데는 인자 아조 도사 다 돼뻔졌어라. 허나 지가 뛰어봤자 베룩이지. 내가 도부꾼 행색으로 댕기지만 맡을 냄새는 다 맡음시롱 댕긴단 말씨. 이젠 머잖아 부렀어. 요맛적 들어선 이년의 냄새가 근방에서 폴폴 나부러 아암. 이번엔 아조 결딴을 내뿌리고 말랑께. 후유, 내가 왜 초면인 형씨 앞에서 그 돼먹지 않은 지집을 들먹거리며 넉장뽑은 소리를 줴치고 있는 건지…… 그는 벌써 도망친 마누라의 개깨 마른 멱살을 한모숨에 틀어줜 듯 힘이 들어간 손아귀를 바르르 떨었다.

그 사내가 왜 내게 자신의 가방을 내던지듯 떠맡기고 갔는지 알 수 없는 노릇이다. 그는 차창 밖을 멍하니 바라보다 문득 저이 씨앙, 하면서 가방을 횡허케 내게 안기며 전동차 밖으로 쏜살같이 뛰쳐나가는 것이었다. 혹시 사람들 속에 뒤섞여 지나가는 도망친 마누라의 뒷모습이라도 눈에 띈 것일까.

결과적으로 내 칼을 갖는 대신 물려준 가방을 열어보니 그 안에는 만원짜리 지폐를 컬러로 확대복사해 코팅까지 한 복돈다발이 그득히 들어 있어 한참 동안이나 실소를 자아내게 했다. 그년이 쇳가루를 맡는 데는 아조 도사거든…… 그가 내뱉은 말을 되새기던 나는 그가 자신의 마누라와 홍감스런 재회를 열렬히 꿈꾸고 있는 것은 아닐까 하는 생뚱맞은 생각을 퍼뜩 떠올렸다. 애증(愛憎)! 집으로 향하는 내 가슴이 몹시 답답해졌다.

언제부턴가 아내가 블렌딩을 하는 날이 부쩍 잦아졌다. 삘릴리리릭……, 자지러지며 뒤채는 아내의 전화벨 소리가 울리면 웅덩이에 고여 있는 듯 나른한 오후가 보자기처럼 얌전히 펼쳐진 네모진 방 안의 한 귀퉁이를, 누군가 홱 낚아채 뒤흔들어놓는 느낌이 들곤 했다. 영태씨 미안해요, 느닷없이 스케줄이 내려와서……, 저녁일랑 거르지 말고 꼭 챙겨드세요. 그녀는 마치 철부지 생떼꾸러기라도 앞에 세워놓고 존조리 타이르듯 사근사근한 목소리를 갑자기 낯설어진 귓속으로 떠넣었다. 알았어. 근데 그 블렌딩은 낮근무엔 하면 안 되는 거야? 정말, 영태씨 왜 그러세요, 오늘따라. 지금이 바로 우리 회사에서 일 년간 공들인 각고의 노력 끝에 탐스러운 옥동자 탄생을 눈앞에 둔 중요한 시기 아녜요? 그때쯤이면 난 벌써 수화기를 들고 있지 않았다. 아마 수화기 저편에서 느닷없이 통화가 끊겨 무안해진 아내는 동료들에게 우셋거리가 되지 않기 위해서라도, 그럼 알았죠? 후후, 순

순히 그렇게 나와야지요, 전화 끊어요, 어쩌구 하는 정도의 귀머거리
말을 그럴싸하게 수화기에 대고 욱여넣고는 뒤돌아섰을 게다.

아내는 내로라 하는 술 회사의 주류연구실에 근무하는 주류연구원
이다. 그곳에서는 신제품 개발이나 기존 제품의 개선 따위를 주업무
로 삼는다고 했다. 식품영양학과를 나온 아내로서는 더할 나위 없는
직장인지도 모른다. 또 원래 그녀는 소주 한 병인 내 주량의 두 배가
넘는 술꾼이기도 했으니깐 도랑 치고 가재 잡는 격이기도 할 터였다.

아내가 요즘 죽자꾸나 하고 맡아서 씨름하는 분야는 기타재제주였
다. 일 년간 그것도 연구랍시고(혀끝으로 술타령이나 하며 오사바사
하는 연구라면 나라고 못 할 게 무에 있겠는가) 매달린 끝에 십이 도
짜리 매실주를 내놓으려는 막바지 작업에 들어간 단계다. 보다 순하
고 자극이 적으며 숙취는 되도록 없는 술이어야 된다니까…… 그게
까다로운 요즘 사람들의 취향이라는군요. 그것에 맞추다보니 독특한
향과 부드러운 뒷맛이 특징인 술을 연구과제로 잡은 거예요. 이번 제
품은 당신도 진짜 한번 기대해도 좋을 거예요. 아내는 자신이 손수 개
발하는 술에 대한 자부심이 대단히 높았다. 벌써부터 술 이름 사내 공
모를 염두에 두고 있는지 나보고도 한번 좋은 이름 있으면 톺아보라
고 은근히 닦달을 해올 정도였다.

나는 아내가 블렌딩을 한 다음날 이른 아침이면 아무 불평 없이 홍
약국으로 숙취 깨는 약을 사러 가는 보람을 놓치고 싶지 않은 착한 남
편이기도 했다. 밤새 술에 보께 뒤척이던 아내가 입가에 는지렁이처
럼 끈끈한 침을 매달고 잠이 든 그 시각에 까치발을 제겨디디며 아내
의 머리맡을 조용히 지나다녔다. 원액과 첨가물의 배합 비율에 따라
술맛은 천차만별이기 때문에 블렌딩을 하는 날이면 종일 술맛을 봐
야 하는 아내를 위해서. 물론 아내가 블렌딩한 술을 목구멍 안으로 넘
기는 건 아니다. 취하면 감각이 둔해져 정확한 술맛을 알 수 없기 때

문에 혀끝으로 도르르 굴리다가 삼킬 듯 삼킬 듯 그대로 비커에 뱉어
내야 한다. 그러니 블렌딩 때문에 아내가 취할 일은 전혀 없는 것이
다. 그러나 블렌딩을 하는 날이면 아내는 이따금 맨정신으로 귀가를
하지 않는다. 억병으로 취해 물먹은 솜처럼 흐느적거리면서도 용케
도 집까지 찾아와서는 눈꼬리가 말려올라간 채 현관문을 따주는 내
품에 새끼줄 풀린 짚단처럼 넉살좋게 풀썩 쓰러지곤 했다. 당신도 한
번 어디서 혼자 취해가지고 술냄새를 풍덩풍덩 끼얹으며 들어온 아
내를 품에 안고 서 있어봐라, 기분이 어떨지. 나는 번번이 한구석이
하릴없이 싸늘히 식어가는 가슴을 썩썩 부비며 따스한 체온을 돋워
내려고 무던히도 애썼다. 그런 내 심정은 아랑곳없이 아내는 건주정
까지 들이대 나를 영 소갈머리 없는 남편으로 만들곤 했다.

　하이고, 우리 영태 서방님이 잠두 안 주무시고 소첩을 이렇게 기대
려주셨네요. 허헝, 눈물겹고 황송하기도 해라. ……근데 나는요, 나
는 말예요…… 당신도 알죠? 삐조새예요(내가 알기로는 그 새는 민
물가마우지이다). 왜 당신도 알 거예요. 중국인가 일본인가 어디선가
는 왜, 그런다잖아요 끄윽. 어부가 배 타고 나가서 적당히 굶겨논 그
새의 목에 노끈을 숨 막히지 않을 정도로 동여매어 풀어놓으면 그 새
는 호수를 떠다니다 자맥질치면서 고기를 마구 잡아먹는 거예요. 마
구마구 바보처럼…… 근데 목을 노끈으로 죄어놨으니 그게 위장까
지 들어갈 리가 없지…… 팔짱만 끼고 있던 어부의 손이 목덜미를 싸
늘하게 쥐어짜면 삼킨 물고기를 도루 다 그대로 게워놓는 불쌍한 새
알죠 당신두? 당신은 사법고시도 이차까지 문제 없이 패스한 수재니
깐 알 수 있을 거예요 암. 우린 결국 그런 새의 운명을 타고난 건지도
몰라요. 난 그게 두려워. 그래서 오늘도 또 깡술을 마셨어요. 집에 오
는 길에…… 삐조새가 되기 싫어서.

　예끼, 불효막심한 사람아, 자네 모친 살았을 때 그렇게 애공알이를

말려 돌아가시게 하지 말고 진작부터 철들어 이런 장한 모습 보여줬으면 여북 좋아. 됐네, 젊었을 때의 방황은 누구나 다 한 번씩 해보는 거 아냐? 이젠 세상살이에 대해 어섯눈이 좀 뜨이는 게지. 아, 막말로 똑똑헌 늠치고 젊어서 맑시스트 한번 안 해보면 그것도 병신이래잖아요. 아, 그런데 혹 면접에서 말이야 동티가 나 공든 탑이 도로아미타불 되뿔면 으짜지? 동티가 나다니? 아, 영태가 거 뭐시냐 나랏밥 신세를 진 적이 있잖남, 그것도 시국사범으루다. 에헤, 염려를 꽉 잡아 붙들어매 놓으라니깐두루. 뭐 질깃한 악어백줄이라도 잡았남? 그게 아니고 요즘 돌아가는 분위기가 한번 거시키 해본 친구들이 전향하고 나서는 더한다는 거 아녀. 무얼 더해? 각설하면, 예전에는 죽일 늠 살림 늠으로 싸잡아 매도하며 타도의 대상으로 넘겨짚던 축들의 사타구니에 코를 쑤셔박곤 그곳이 조청이라도 처바른 절편인 양 알랑알랑 핥고 빨 기세라는 거 아냐. 에잉 그런감. 저쪽도 그런 저간의 사정을 아니깐 여보란 듯이 생색을 내며 좀 천한 표현으루다 개썹에 보리알 끼듯 구색 맞춰 방을 붙이는 것 아니겠어? 나의 사법고시 이차합격 소식을 듣고 친지들이 흥감에 겨워 등을 퍽퍽 두드려주며 한마디씩 보탠 말들이었다. 물론 그들에게는 나의 고시합격이 권력의 곁불을 쬐러 들어가는 행위쯤으로 비치는 게 어쩌면 당연한 일일 터였다. 나는 까닭 모를 모멸감으로 얼굴이 벌겋게 달아올랐지만 잠자코 데면데면 고개만 주억거려주었다.

블렌딩을 한 다음날이면 아내는 오후 출근을 한다. 느지막히 일어나 오랫동안 뜨거운 물로 샤워를 한 뒤 냉장고에서 포장된 어묵을 꺼내고 냄비에 무와 대파를 쑹덩쑹덩 썰어 마른 북어 부스러기를 한 움큼 넣은 밍밍한 해장국을 끓인다. 식품영양학과를 나왔다는 여자의 손끝 재간이 겨우 그 정도였다. 물론 난 결혼 뒤 아내에게서 용트림을 꺽꺽 쏟아놓을 정도로 변변한 해장국 한 번 얻어먹은 기억이 없다. 딴 사내들도 다 그럴 것인가. 하긴 다른 음식을 버무려내는 데도 아내는 타고난 손방이니 새삼 엉성한 해장국 솜씨를 버르집고 나올 까닭은 없을 터였다. 하지만 아내는 콧잔등에 송글송글 땀방울이 나앉도록 한 대접을 게걸스레 다 비우곤 했다. 그런 모습을 지켜볼 때의 내 참을성은 가장 취약해진다. 때로는 식탁 위로 숟가락을 거칠게 내던지곤 했다.

그러나 아내는 언제나 당당했다. 집 안에 들어앉으라니요? 고시에 된 사람은 영태씨지 내가 아니잖아요. 뭐야, 이 여자가 보자보자 하니깐. 당신이란 사람 원래 그렇게 이기적이지 않았잖아요. 분명히 알아둬. 원래 어땠는지는 몰라도 사정이 변했으니깐 지금부터라도 달라져야겠어. 아내는 숫제 한심하다는 표정을 지었다. 몇 년간 애오라지 당신 뒷바라지만으로 한세월 보냈어요. 그것으로도 모자라요? 지금 오기라도 부리겠다는 거야, 뭐야. 내 직장생활은 순전히 밥벌이 수단이었다고요! 근데? 지금은 그게 거꾸로 유일한 목적이라도 됐어? 목적도 아니고 수단도 아니고 그저 내 삶의 한 부분이 됐지요. 당신이 정 그렇게 내 삶의 본질적인 부분까지 다시 손대겠다고 나온다면 우린 불가피한 선택의 기로에 직면할 뿐이야요. 선택의 기로?!

혁명운동가가 될 것인가, 아니면 혁명운동가의 아내가 될 것인가. 아내는 학생운동 시절 술자리에서 햄릿의 절대절명의 독백체를 흉내내던 말투를 그대로 재연해내고 있었다. 그때는 그게 아내의 놓칠 수 없는 매력이었는데 지금은 왜 그리 역겹게 비치는지 알 수 없는 노릇이었다.

나는 갑자기 전의를 상실했다. 이런 식의 말싸움이 돼서는 곤란했다. 사실 내가 하고 싶은 말은 그게 아니었다. 단 둘이 사는 집 안에 무슨 일이 그리 많이 쌓이겠는가. 빨래나 설거지 같으면 차라리 스트레스 해소용으로 해치울 수도 있는 문제였다. 사태의 핵심은 부부관계였다. 그 동안은 내가 고시 준비를 위해 극도의 절제된 생활을 하느라 다른 부부처럼 일정한 수준과 원만한 횟수를 채울 수 없었다손 치더라도 이제는 상황이 달라졌지 않은가. 닫힌 화덕처럼 억눌려온 아내의 내연하는 욕구의 출구를 활활 열어젖히고 힘찬 풀무질을 해줄 의무가 내겐 있다고 느껴졌던 것이다. 그런데 현실은 생각 먹은 대로 잘 돌아가주질 않았다. 우린 뭔가 주파수가 서로 맞지 않았다. 나사산이 헤먹은 볼트와 너트처럼 겉돌았다. 아내가 신호를 보내오는 날엔 까닭 없이 내 몸이 착 가라앉아 말을 듣지 않았고, 그리고 난 그것을 만회하기 위한 신호를 보낼 기회조차 점차 박탈당하고 있었다. 왠지 몸이 가볍고 속에서 뭔가가 쿨렁거리는, 말하자면 끼가 도는 날이면 난 새벽바람부터 아내에게 넌지시 이태리 때수건을 달래서는 대중사우나탕에 가서 구석구석을 정성껏 쓰다듬어냈다. 냉탕 온탕 번갈아 들락거리며. 그리곤 아침 식탁머리에서 아내를 향해 어색한 웃음을 실실 흘렸다. 하지만 오후에 아내에게 귀가를 서두르면 영락없이 그날은 황당하게도 블렌딩 스케줄이 맞춰진 날이어서 꼼짝없는 거절을 당하곤 했다. 아내한테서 서너 번 그런 퉁바리를 맞고 나니 우연의 일치치고는 아닌게 아니라 정말 공교롭다는 느낌이 들지 않을 수 없었다.

아내와의 관계는 점점 심각해지고 있었지만 나는 진정 파경을 원치 않았다. 꼬인 상황이 잘 풀릴 때까지는 자칫 무책임한 파국을 부를 수도 있을 만큼 웃자란 감정이 곳곳에 파놓은 함정을 잘 걸터듬어 나가야 한다는 생각을 똘똘 뭉쳐 수전노 손아귀의 엽전처럼 그러쥐고 있었다. 그러기 위해서라도 난 탈에 자주 가야만 했다. 아내의 블렌딩 횟수에 비례해서.

탈은 그저 흔해빠진 맥주집이다. 녹두거리 맞은편 이팔구번 버스 종점에서 서울대학 쪽으로 한 백여 걸음쯤 걷다가 문득 주위를 둘러보면 얼추 예닐곱 걸음 지나친 곳에 멀쩡히 서 있을 것이다. 그 술집은 온통 시커멓다. 문짝이나 겉벽이 콜타르를 진하게 먹인 널빤지를 촘촘히 엮어놓은 것이어서 첫 느낌부터가 우중충했다. 안도 밖과 별다를 게 없었다. 새뮤얼 베게트의 『고도를 기다리며』 무대풍의 식어빠진 사진 판넬이 몇 점 걸려 있는 사이로 듬성듬성 탈바가지가 네댓개 걸려 있는 게 바깥하고 다르다면 다를까. 마치 탈바가지 안에 들어선 듯 갑갑하면서도 한편으로는 아늑한 느낌을 주는 곳이었다.

일학년 때 잠깐 서클을 같이 하던 권희조(權熺祚)를 다시 만난 건 바로 그 술집에서였다. 그는 입학하던 해 이학기 초에 반정부 유인물 소지 혐의로 경찰서에 끌려가 이십구 일간 구류를 산 일이 있었다. 일본의 역사교과서 왜곡 사건이 뜨거운 이슈로 떠올라 학내가 들끓던 때였다. 그날 나는 한시 오 분 전을 향해 초침이 움직이는 걸 초조하게 곁눈질하며 오동과 칠동 사이의 사회대 잔디밭에 앉아 있었다.

시위는 주동자가 한치의 오차도 없이 오동 교수연구실의 창문을 깨고 나와 예정대로 이루어지는 듯했다. 유인물이 뿌려지려는 순간 등산모를 쓰고 교내에 상주해 있던 짭새들도 눈치를 채고 우르르 떼지어 몰려들고 있었다. 9월의 쨍쨍한 하늘로 노란 색종이가 흩날려졌다. 학우여, 학우여. 창문틀에 올라선 선배는 호루라기를 빽빽 불며어서 스크럼을 짜라고 독려했다. 그때였다. 부조리 연극의 한 장면처럼 희조가 괴성을 지르며 나타나 품안에서 황급히 꺼내 뿌리느라 둘둘 말린 채 바닥에 떨어진 유인물 뭉치를 향해 달려들었다.

— 돈다발이다! 이힉, 돈다발!

나는 순간 먹먹해진 내 귀를 의심했으나 희조는 분명히 그렇게 외치고 있었다. 경찰들이 몰려들기 전에 스크럼을 짜고 대오를 형성해야 될 마당에 모두들 갑자기 맥이 죽들 빠져 어리둥절해 있었다. 뒤미처 들이닥친 경찰 사복조는 희조를 주동자로 잘못 알고 뒤쫓았다. 우리는 스크럼 한 번 짜보지 못한 채 흩어져 시위는 흐지부지되고 그해 처음으로 주동을 뜨고도 잡히지 않는 희귀한 사례를 남겼다. 붙들린 희조를 경찰 쪽에서 아무리 조사해봐도 일학년인데다 시위나 서클 활동 경력도 드러나지 않은지라 구속은 하지 않고 구류 이십구 일을 때렸고 학교 쪽에서는 한 학기 유기정학 처분을 내렸다.

내가 희조가 사는 곳을 찾아간 것은 그가 구류에서 풀려나온 뒤 일주일쯤 지나서였다. 그간 면회 한 번 가지 못한 게 미안해서인지도 몰랐다. 그는 청량리 근처의 전농동 달동네에서 자신의 고향 출신인 어느 독지가가 자기의 아호를 따서 이름 지은 청암의숙이라는 데 머물고 있었다. 묻고 또 물어 겨드랑이에 땀이 뽀독거릴 정도로 헤맨 다음 찾아간 청암의숙은 뒷골목 전당포로 썼으면 맞춤할 정도로 낡고 좁은 쇠창살 창문이 썩은 이처럼 듬성듬성 뚫린 붉은 이층 벽돌건물이었다. 페인트물이 다 빠진 나왕목 간판에는 '靑岩義塾' 이라고 돋을새김돼 있었다. 그 고장 출신의 근로청소년이나 고학생들에게 잠자리만 제공해주는 노릇을 하는 곳이었다.

이백팔호라는 호수가 찍힌 팻말 앞에 섰다. '두드려라, 그러면 열릴 것이다.'

문짝에는 흰 도화지에 굵은 매직으로 명토를 박듯 또박또박 쓴 검정 글씨가 흔뎅거리고 있었다. 문을 두드리기도 전에 틈새가 빼꼼 열려 있는 게 보였다. 희조의 방에는 한켠에 이층침대가 있고 맞은편 구석에는 책상이 하나 놓여 있었다. 마침 희조는 이층침대칸에 담요를 뒤쓰고 옆구리께에 구멍이 뻥 뚫린 낡은 런닝구 바람으로 누워 무슨 책인가를 읽다가 내가 들어서는 걸 보더니 몹시 놀라는 표정을 지었다.

놀랐지? 그는 우물쭈물 대답을 하지 않았다. 그 대신 갑자기 목에서 사레라도 들었는지 걀걀거리며 암탉이 알겯는 소리를 냈다. 몸이 안 좋은 모양이구나. 감기 들었니? 그는 고개를 세차게 가로저었다. 그러더니 변비 걸린 사람처럼 얼굴이 빨개지고 관자놀이께 힘줄이 도드라지도록 간힘을 쓰더니 물 위로 솟구쳐 태왁을 껴안은 해녀처럼 가쁜 숨을 몰아쉬었다. 도대체 왜 그러는 게야? 정말 아무 소리도 못 들었니? 소린, 무슨 소리? 그의 눈에 실망한 기색이 역력했다. 그래……, 그럴 거야 아아.

그는 이층침대칸에서 내려와 책상에 한쪽 엉덩이를 걸치고 앉으며 창문을 마저 활짝 연 뒤 담배를 한 개비 꺼내 나에게도 권했다. 그새 기독교에 귀의했남? 문짝에 웬 성경 구절이야? 아, 그거……, 유치장으로 교화설교 나온 새파란 전도사의 말이 어찌나 눈물겹던지. 그랬어? 그런 데선 사람들이 단순해지더구만. 아마 설교 전에 나눠준 단팥빵 때문이었을 거야. 당분간 붙여둘 거야. 여기 머무는 데 얼마니? 하루 백오십원 꼴이야. 밥은? 매식으로 때우고.

영태야, 나 방금 뭐 하고 있었는지 아니? 글쎄. 너 들어올 때까지 복화술 연습하고 있었다. 나는 기껏 복화술로 인사를 한다고 했는데 네가 한마디도 알아듣지 못하는 것 같아 좀 실망했는걸. 복화술? 그게 뭔데. 왜 있잖아. 입을 벌리지도 않고 뱃속으로 말하는 거 말이야. 그게 가능해? 그럼 얼마든지. 그런 걸 왜 배우지? 내겐 현실적으로 필요해. 현실적으로? 아암, 바로 익명성이지. 말이라는 게 부담스러워졌어. 말이란 곧 굴레야. 복화술을 익히면 난 존재의 굴레에서도 완전히 놓여날 수 있을 거야. 그의 표정은 더할 수 없이 진지했고 표독스럽기까지 했다. 창문으로 비껴드는 햇살을 받아 그의 눈동자는 투명한 수정체를 눈 밖으로 와락 쏟아놓을 만큼 형형한 빛을 띠고 있었다. 나는 등줄기를 훑고 지나가는 한줄기 서늘한 한기를 느꼈다.

그가 공동취사장에 가 안주로 삼을 인스턴트 자장면을 끓이는 동안 난 책상 앞으로 다가가 손바닥만한 사진틀에 갇힌 오종종한 여인을 들여다보았다. 어머니인가? 사진사가 가필을 한 듯한 흔적이 엿보였는데 포동포동한 입술이 한눈에 보아도 색기가 흘러넘쳤다.

이만하면 성찬이다. 그는 뒷발로 방문을 꽝 닫으며 소리쳤다. 곧이어 이층침대칸 위에 올라 사 홉들이 진로 소주 한 병을 권커니 잣거니 다 비우면서 희조는 자신의 지난 내력을 조금씩 털어놓기 시작했다.

그의 아버지 권가(權哥)는 우시장의 쇠살쭈였다. 소를 사고파는 흥정마당에 뛰어들어 얼르고 뺨치며 될 흥정 안 될 흥정 싸잡아 붙여주는 게 그의 일이었다. 어따, 어금니가 뭉개진 걸 보니 다된 소구만 뭘 그려 잉? 이눔이 어금니 뿌랭이는 이래도 뼈대허구 털의 윤기를 한번 찬찬히 보더라고. 그러다가 좀 헐하게 흥정이 이루어졌다 싶은 쪽에서 얼마간의 구문을 받고 암만해도 박하게 됐다 싶은 쪽에서는 탁배기값이나 챙기면 그만이었다.

그런데 그에게는 천형(天刑)의 습벽이 있었으니 바로 노름벽이었다. 어렵사리 호주머니에 돈푼깨나 모였다 싶으면 고무신 뒤축을 꺾어신고 노름방으로 달려갔다. 물론 번번이 털리고 새벽녘에야 노름방 삽짝문을 열치고 나와 희멀건 달빛 아래 애꿎은 오줌발이나 들입다 세우며 아침 해장국값으로 얻은 개평이나 속절없이 만지작거리는 게 고작이었다. 게다가 희조의 어머니는 근동에서 호가 난 화냥년이었다. 오죽하면 뭇사내들 사이에서 '권가년 치마끈 말아쥐듯' 이라는 말이 무슨 일이든 겉시늉으로만 처리함을 비유하는 유행어로 떠돌 정도였다. 그러나 아버지 권가는 마누라를 몰아붙이지 않았다. 그의 노름판 판돈이 그녀의 치마 말기에서 나오기 때문이었다. 그녀의 비릿한 홑단속곳이 그에게는 마르고 닳지 않는 화수분 구실을 해주고 있는 셈이었다.

희조는 외간남자들이 시도때도 없이 들락거리는 집이 싫어 권가 쪽을 택했다. 장터와 노름방을 쫓아다니는 게 그래도 먹을알이 붙고 심심찮아 좋았다. 원체 노름에는 재간이 없는 권가인지라 판돈을 꼬나박다 못해 언제부턴가 노름방에서 눈속임을 쓰기 시작했다. 처음에는 그게 먹혀들어가 어쩔 때는 가보낭청을 연달아 외치며 쏠쏠한 판돈을 긁어갖고 나오는 적도 있었다. 권가는 속임수에 점점 재미를 붙여갔다. 회조는 그 속임수 놀음의 조연급 노릇을 했다. 그는 어린 애였지만 특별히 노름방 출입이 허용됐다. 권가의 등에 얹혀사는 아이임이 인정됐기 때문이었다. 더군다나 술심부름 같은 잔심부름이나 망보는 아이로 세워두기도 좋아 모두들 군말이 없었다. 눈썰미가 남달랐던 회조는 아버지 권가의 어깨 너머로 노름판이 돌아가는 판수를 어느덧 익히고야 만 것이다. 그가 아버지의 등 위로 우뚝 서면 판세가 일목요연하게 잡혔다. 그는 이따금 아버지의 눈짓에 따라서 권가의 등뒤에 찰싹 붙어 있다가 결정적일 때 남몰래 허리춤에 화투짝을 한 짝씩 찔러주곤 했다.

그러나 그게 그렇게 오래갈 리가 없었다. 소 한 마리값 판돈이 걸릴 정도로 판이 커졌다. 노름이라면 이골이 났다는 노름방의 도꼭지격인 짝눈도 육통이 터질 노릇이라며 손을 턴 뒤 뒷손을 짚고는 물러나 앉았다. 어린 회조 자신도 노름판에 너무 정신이 팔린 나머지 아버지가 끝까지 남은 상대방을 한 끗 차이로 누를 만한 패를 허리춤에 찔러주는 데는 성공했으나 그새 터질 듯한 오줌보를 끌어안고 나갔다가 들어온 험상궂은 짝눈이 그의 등뒤에 다가와 서 있는 것은 전혀 눈치채지 못했던 것이다. 이런 쥐알봉수 같은 놈덜 보겠나. 눈앞에서는 불퉁이 튀었다. 노름판의 불문율은 엄했다. 회조는 핏발선 눈에 살기가 번득이는 먹장승 같은 노름꾼들에게 둘러싸였다. 개중 한 사람이 양손가락으로 회조의 입어귀를 꿰고는 바른 대로 말하지 않으면 평생 말 못 할 언청이를 만들어버리겠다고 으름장을 놓았다. 새파랗게 질린 회조는 아버지 권가가 시켜서 한 일이라고 토설했고 그 즉시 짝

228

눈의 눈짓에 따라 방 안에 작두가 차려졌다. 권가의 입에 재갈이 물려지고 엄지와 검지 두 손가락이 잘려나갈 때 그의 한껏 부풀어오른 흰자위가 뒤집어질 듯 희번덕거리는 게 보였다. 희조는 비명을 내지르며 눈을 질끈 감았다.

그가 끝끝내 닫아두느라 촉촉해진 눈까풀을 천천히 열었다. 그때 내 어린 영혼은 돌이킬 수 없는 상처를 받은 거였어. 아버지의 잘린 손가락이 튀어간 방석 위에는 선연한 핏방울이 아슴아슴 스며들고 그리고 아버지는 피투성이가 된 손으로도 그들이 부정탔다고 놔두고 간 뇌리끼리한 돈다발을 움켜쥐고는 희열에 들뜬 신음을 내지르고 있었던 거지 후훗. 소주잔을 집어든 그의 손가락이 와들와들 떠는 바람에 차란차란하던 소주가 잔 밖으로 움찔움찔 넘쳐흘렀다. 팔랑거리는 유인물 속을 가로지르며 짐승처럼 뛰어들던 그의 모습이 눈 속으로 아리게 밟혀왔다. 그의 과거와 그 행동 사이에는 석연하지는 않지만 아스라한 줄이 연결돼 있을 것만 같았다.

—몰라. 어떤 긴장감 때문에 그렇게라도 하지 않고는 배길 수가 없었어. 아무튼 그 자리에선 희생자가 나 하나밖엔 나오지 않았잖아. 그럼 됐어.

나는 두 번이나 깨어나 토악질을 쥐어짜며 속을 말끔히 헹궈낸 끝에 그 이백팔호 이층침대칸에서 희조와 땀범벅이가 돼 뒤엉킨 채 생시인지 꿈인지 모르게 덧들린 하룻밤을 묵고야 말았다.

전공이 뭐야?

나는 갑자기 생각났다는 듯 희조에게 다그쳐 물었다. 그는 국문과 대학원을 진학해 박사과정을 밟는 중이었다. 문학이야, 고전문학. 그래, 좋은 일이야. 좋긴? 거기도 분야가 있을 거 아냐? 있지, 향가를 전공해. 야아 향가! 향가라면 나도 몇 수 외우지. 선화공주님은 남그스기 얼어두고, 맛둥방을 밤에 몰래 안고 가다. 어때, 쓸 만해? 그러자 그는 심각한 표정을 지었다. 그런데 아무래도 잘못 짚은 거 같아. 뭔 소리야. 얼마나 뜻 깊은 분야인데 그런 말을 해. 우리 고대문학의 엑기스가 담긴 것들 아냐. 그래서 그런지 내가 그 길에 들어섰을 땐 앞선 연구자들이 이미 물어뜯고 살을 발리고 뼈를 추리고 요리를 다 해놔서 후학이 건드릴 곳이 없는 거야. 너 알다시피 우리나라에 현전하는 향가는 이십오 수밖에 안 되잖아. 그것도 『균여전』에 전하는 열한 수는 주제로 보나 형식으로 보나 한 수라고 봐도 될 정도고. 그러니 어디 한 군데 오롯이 우려먹을 데가 있겠냐고? 문헌도 한정돼 있고. 야, 듣고 보니 그것도 아닌게 아니라 문제긴 문제다 응? 그래 어쩔 셈이야? 이제 와서 다른 우물 파기도 뭣한 일 아냐? 그는 힘없이 고개를 끄덕였다.

……여보 나예요. 저녁 무렵 거냉(去冷)이 되지 않아 서늘한 집에 들어가 자동응답전화기의 예약된 비밀번호를 누르자마자 불쑥 튀어나오는 아내의 갈라진 듯한 목소리를 듣는 일이 제일 섬쩍지근했다. 아내라는 존재의 실체가 거처하는 유일한 공간이 바로 자동응답전화기가 아닐까 하는 착각이 들 정도였다. ……미안하지만, 다름이 아니라 저……, 블렌딩 때문에요. 제가 없더라도…… 잊지 마세요. 잊지 말라구, 낄낄낄. 아아, 블렌딩이여, 나는 찬 벽에 이마를 붙인 자세로 가만히 서 있곤 했다.

아내가 블렌딩을 하는 날 저녁이면 자연스레 발걸음이 탈로 향했다. 한번은 학원에서 막 돌아와 몸살기 때문에 쉬고 싶다는 희조를 억지로 탈로 불러낸 적이 있었다. 그는 생계수단으로 일찌감치 입시학원 강사로 뛰고 있었다.

오늘은 맥주 대신 블렌딩한 칵테일을 한잔 마시고 싶은걸. 어 뭐? 너 지금 뭐라고 했냐? 마, 이 촌놈아, 블렌딩이라고 했다, 왜? 블렌딩? 그랴. 희조는 내가 블렌딩이라고 말하는 순간 표정을 묘하게 일

그러뜨렸다. 그러더니 뭔가를 골똘히 생각하는 품이 역력했다.

내가 요즘 사련(邪戀)에 빠져 있는 거 너 아니? 뭐라고 사련? 사련 좋아하고 자빠졌네. 처녀 총각이 만나는 데 사련이고 자시고가 어딨어? 쉬운 말로 불륜의 관계지. 희조 니가 정말로? 응. 그럼 유부녀랑 말이지? 하긴 너란 놈은 일찍부터 여복이 있었던 놈이지. 상대는 누군대? 고향 후밴데 남편하고는 일이 잘 안 되나봐. 누구는 좋겠다. 나는 조금 빈정거리는 말투로 대꾸했다. 영태 니가 블렌딩을 주문하니깐 떠올랐는데, 우리가 서로 거시키를 하자고 할 때 쓰는 암호가 뭔지 알아? 암호? 응, 그렇지. 여러 가지로 놀고 있네, 그래 뭔데? 그게 바로 블렌딩이지. 하하, 블렌딩 합시다, 이렇게 말이지. 말하자면 그런 식이지. 거 되게 세련됐네. 블렌딩이 아마 영어로 치면, 물론 슬랭(속어)일 텐데, 흘레붙는다는 뜻도 지니고 있는 모양이야. 그래? 어디 보자. 술을 술수리술술, 설서리설설 섞다보면 살사리살살 살을 섞는 쪽으로 가게 된단 말이지? 호호호, 거 말 되네.

나는 겉으로는 아무렇지도 않은 듯 엉너리치는 말을 뿌리고 있었으나 온몸에 거머리가 들러붙은 듯한 칙칙한 예감에 사로잡혀 굵은 소름 알갱이를 부르르 돋워올리는 중이었다. 오늘……, 블렌딩을 하는 날이에요…… 불길한 예감은 서늘한 기운이 되어 내 이마빡을 갈라치고 있었다. 그날 밤 내가 어떻게 집에 돌아왔는지 기억이 잘 나지 않았다. 다만 블렌딩이라던 아내가 생각보다 일찍 집에 돌아와 다소곳이 날 기다리고 있는 것마저도 칙칙한 뼈대에 살만 더 보태줄 뿐이었다.

영태 너, 이 술집에 걸린 탈바가지 중에 처용탈이 있는데 알아맞춰 볼래? 글쎄 어디 한번 코빼기라도 구경해본 적이 있어야 말이지. 귀신조차 넌더리를 내고 물러갔다니깐 좀 우락부락한 모습이 아닐까. 처용이 우락부락하다고? 왜 그렇게 생각하지? 그는 당대의 가객 아냐, 가객. 신화 속의 인물인데 가객은 또 무슨 얼어죽을 가객이야?
영태 네가 그 신화의 껍데기를 한풀 벗겨내보면 흥미로운 점을 발견
할 수도 있을 텐데 말이야. 어디 국문학을 했다는 희조 네가 한번 벗
겨보렴.

바로 저 치야. 희조는 개중 반반한 탈바가지를 가리켰다. 마누라 때
문에 오쟁이를 탄 작자치고는 제법 걸때가 있어 빼는 친군데. 역신을
물리쳤다는 친구가 왜 저리 역병을 앓은 듯이 얼금뱅이 상을 뒤쓰고
있지? 역설이지. 근데 너도 알다시피 입시학원이란 데는 제도권 학
교와는 달라. 물론 다들 지식을 팔고 사는 시장이라는 점에선 본질적
으로 같지만 학원이 그런 점을 좀더 노골화하고 있는 셈이지. 그날그
날의 강의에 대한 품평회가 이루어지고 그건 직접적으로 권희조라는
상품의 가치를 결정하는 잣대야. 이거하고 여축없이 연결되지. 그는
엄지와 검지를 둥그렇게 맞대 아래위로 흔들어 보였다. 매번 강의 연
단 아래가 낭떠러지라는 절박한 심정으로 마이크를 잡지. 어디 간들
다 마찬가지지 뭐 별달라? 그렇겠지. 그런데 가끔가다 학생들한테
미안해져. 그들에게 갑자기 값싼 지식의 거래가 아닌 다른 대화를 하
고 싶은 생각이 들 때가 있거든. 그런 환상일랑 애진작에 집어치워.
아니야. 가능성이 없진 않아. 남한테는 뭣 팔려서 여태껏 말은 안 해
왔다만 나 저기, 『겨레문학』이라는 삼류 문학계간지에 희곡 부문 신
인상을 받고 재작년 가을호에 데뷔를 한 적이 있거든. 비록 원고료로
책만 삼십 권 팔아오라는 어처구니없는 봉욕을 당하긴 했지만. 그랬
어……? 희곡으로 요즘 쓰고 있는 게 하나 있는데 그 실마리를 어떤
수강생에게서 얻었다니깐. 그래? 그 수강생이 어떻게 했길래? 들어
봐. 아, 이 녀석이 고전문학 부문 향가에 대해서 예상문제를 죽 훑어
보려는 참인데.「처용가」, 주제는 불교적 체념으로 승화된 세계, 이것
이 정답입니다 하는 식으로 말이야. 난데없이 선생님 질문 하나 해도

돼요, 하지 않겠어? 뭐고, 물었더니. 「처용가」에 대한 설화를 보면 역사상의 사실과 틀리는 점이 많습니다, 하더라고. 고 녀석 얘기의 요점은 이거야.

『삼국유사』의 제이권 처용랑 망해사조의 첫머리를 한번 보라고. 이렇게 시작하지. 제사십구대 헌강대왕대는 서울에서 동해변까지 집들이 맞닿았으며 담장이 서로 이어졌고 초가는 한 채도 없었다. 길가에 음악이 끊이지 않고 풍우가 사철 순조로웠다. 여기서 서울이란 당시의 경주를 말함인데 아무튼 더할 나위 없는 태평성대를 구가하고 있는 걸로 묘사돼 있는데 이건 완전히 생구라가 아니냐 이렇게 나오는거야. 생구라? 아무렴. 당시는 신라시대의 말기로서 골품제도의 모순과 왕권의 몰락, 대권쟁탈전으로 말미암은 지배층의 분열과 상쟁 그리고 육두품과 도당유학생과 지방호족들의 발호, 또 지식인들은 두 손을 놓고 노장사상과 같은 허무주의에 빠진 상황이었거든. 게다가 농민은 수탈을 당하다 못해 농토를 잃고 유민화하거나 도적떼로 변하고 있던 아주 극도로 혼란한 사회였단 말이야. 그 똘똘한 녀석이 어찌나 깐깐하던지 아주 역사적 문헌기록까지 들이대면서 조목조목 따지는데 오랜만에 호적수를 만난 듯 짜릿해지는 거 있지. 듣고 보니 기특하게 여길 만하네. 그 녀석이 글쎄 이래요.

헌강왕의 바로 전대인 경문왕대만 하더라도 역병이 두 번, 흉년이 네 번, 모반 두 번, 천재지변 다섯 번, 불길한 징조가 네 번 나타난 걸로 삼국사기엔 기록돼 있는데요. 그리고 처용설화가 꾸며지던 헌강왕 오년 팔백칠십구년만 해도 일길찬(一吉湌) 신홍(信弘)이 쿠데타를 일으켰다가 실패해 주살됐으나 민심이 크게 동요하고 있었다는 기록이 문헌에 버젓이 나와있거들랑요.

그러면서 자기가 보기엔 처용이 말하자면 지금의 대중가수와 비슷한 존재가 아니냐는 거야. 비근한 예로 조용필이나 서태지 같은. 서

태지? 우하하 기발한 생각이네. 예나제나 대중에게 가무의 위력이란
대단하잖아. 더군다나 신라 당대에는 달리 즐길 만한 매체가 없는 형
편이니 더욱 그러했을 테고.

희조는 열을 올려가며 자기 얘기에 스스로 도취한 듯한 표정을 지
었다. 그러면서 자신이 처용의 생애를 다룬 희곡을 쓰는데 제목을
'처용단장'으로 붙였다고 일러주었다. 내친 김에 그 처용단장이라는
희곡 작품의 말미에 들어갈 향가 하나를 자기가 손수 지었다며 디미
는 것이었다. 뭐야? 향가를 네가 지어내? 그 말에 나는 약간 흥미가
당겼다. 어디 한번 보자. 별 희한한 얘기를 다 듣네. 극중 리얼리티를
높이기 위한 장치지 뭐. 그가 보여준 향가는 격식만큼은 제대로 갖추
고 있었다.

望海居士의 妻

腹飢烏隱達阿羅之叱食乙置　　비골ㅍ온 ᄃ르르윗 바블두

奪叱去乙　　아ᅀᅡ거눌

物北所音叱國肹有叱下　　믓숨 나라히 잇시리

智理是多亦都波加尼　　智理이 하히 都波더니

阿邪郞也伊底亦所只毛冬乎　　아ᄋᆞ 郞ㆍ 이뎨쎠뎡 모ᄃᆞ온뎌

月良尸明期隱深隱夜矣　　ᄃᆞᆯ 불근 기픈 밤ㆍ

哀反社鵑　　셜븐 졉동새

去隱圭肹追良哭乃行伊叱等邪　　간 님홀 좇초아 우니다닛 다라

언뜻 보기에 팔구체 향가 같은데 이게 도대체 무슨 내용이야? 나는
맨끄트머리 부분만 무슨 뜻인지 짐작이 갈 듯하고 나머지는 도무지
맹문일 수밖에 없었다. 그리고 망해거사의 처는 또 어떤 인물인고.
「공무도하가」를 지은 백수광부의 처는 알아먹겠는데 말이야. 희조는

알기 쉽게 뜻풀이를 해줬다.

배고픈 중생의 밥마저 / 빼앗거늘 / 무슨 나라가 이런고 / 지혜로운 자들이 많이 떠나 도성이 깨지더니 / 아아 낭이시여 아직껏 모르는가 / 달 밝은 깊은 밤에 / 서러운 접동새 / 떠난 님을 좇아 울며 다니는구료

님타령으로 봐도 되나? 글쎄…… 지은이로 돼 있는 망해거사의 처는 처용설화에 나오는 망해사 건립 부분과 연결이 되고 지리다도파, 즉 지혜로울 지, 다스릴 리니간 지혜로써 다스리는 사람들이란 뜻인데 누구겠어? 당시 육두품들을 중심으로 한 지식인 계층이지. 육두품이란 게 대관절 뭐야? 신라 골품제도 때문에 원천적으로 정치적 신분상승의 길이 막힌 사람들 아냐. 때문에 개인의 능력을 인정받을 수 없는 사회에서 출중한 능력의 소유자들인 이들은 처음엔 학문적인 식견에 의해 정치적인 참여의 길을 걷지만 좌절을 겪고 그래서 당연한 귀결이지만 당대 사회의 가장 비판적인 집단으로 떠오른 것 아니겠어? 다도파란, 많을 다, 도성 도, 물결 파인데 결국 많이 도망들을 가니간 껍데기만 남은 왕성이 깨지리라 하는 말인데 당시 항간에서 불렸던 정치풍자의 도참요(圖讖謠)라고 봐도 무방하지. 그럼 처용이 육두품 출신이란 말이야? 웬걸, 내가 보기엔 진골 출신이었던 것 같아. 설화에도 처용이 동해용의 일곱 아들 중 막내로 나와 있거든. 용이란 존재는 당시 매우 숭앙되던 대상인데다 신라 제삼십대 왕인 문무왕이 죽어 경북 월성군 앞바다의 수중릉인 대왕암에 묻히면서 동해대룡이 됐다는 데서도 알 수 있듯이 동해용의 아들인 처용은 왕족의 피가 섞인 진골 출신으로 추정해볼 수도 있는 거 아니겠어?

어쩌면 황당하기 그지없이 꾸며낸 얘기일 수도 있었다. 나는 문득 그의 이야기가 나를 겨냥하고 있을 수도 있음을 깨달았다. 그는 그 뒤로 몇 번 만날 때마다 자신이 거의 탈고해간다는 처용단장의 줄거리를 귀띔해주었다.

처용은 진골 출신 왕족의 후예로 본래 이름은 자윤(慈允)이었다. 일찍이 풍운의 뜻을 품고 화랑에 입문한다. 그는 화랑에 입문하면서 흔들리는 계림(鷄林)의 국풍을 바로잡는 동량으로 자라날 것을 굳게 맹세한다. 그러나 화랑 입문 전에 우연히 당진 근처를 유람하다 만난 고운(孤雲) 최치원(崔致遠)이라는 동갑내기 소년의 말이 가슴에 가시처럼 와서 박혀 언제나 개운찮은 기분을 가질 수밖에 없었다. 소년 최치원은 당나라로 유학을 떠나기 위해 당진에서 나당무역선이 뜨기를 기다리는 중이었는데 처용과 객사에서 만나 첫눈에 서로 보통이 넘는 인물됨됨이를 알아보고는 밤새 세상사를 토론하며 하룻밤을 지샌 것이다.

그렇게 써서 잘도 팔리겠다. 암만 처용과 최치원이 동시대 사람이라고는 하지만 아무런 필연성도 없이 둘의 만남을 가정하는 게 과연 현실성이 있을까? 너무 비약된 상상력 아니냐구? 그러자 희조는 점직하게 생각하는 눈치였다. 그러나 곧, 현실은 우리의 상상보다 더 어처구니가 없고 기괴할 수도 있는 법이야 하며 얼버무렸다. 아닌말로 너와 내가 이런 몰골로 만나게 될 줄이야 누가 처음부터 상상이나 했겠니? 우리 몰골이 지금 어디가 어때서? 아냐, 그게 아니고……, 넌 몰라. 희조는 갑자기 연거푸 술잔을 비워댔다. 녀석, 참 싱겁긴…… 나는 술잔을 연달아 채워주며 끌탕을 했다. 아무튼 희조의 역사적 상상력에 따르면 최치원과 처용은 다음과 같은 대화를 나누었을 가능성

236

이 있다는 거였다.

　―진골인 자윤 앞에서 이런 말을 하는 게 어떨지 모르겠지만 난 골품제도 때문에 출세의 길이 막혔기 때문에 당나라로 유학을 가서 그곳 빈공과 과거에 급제하고 문명을 떨친 뒤 돌아오겠어. 아버님은 내게 십 년 안에 급제하지 못하면 아들로 여기지 않을 테니 열심히 공부하라고 하셨거든.
　―계림이 변해야 한다는 것은 두말할 나위가 없겠지. 나는 곧 화랑에 입문하게 돼. 고운은 당에서 열심히 학문수양을 하고 난 이곳에서 절차탁마하여 실력을 기른 다음 훗날 계림을 위해서 할 수 있는 일을 함께 찾아보자고. 우린 반드시 다시 만날 수 있을 게야. 목숨보다 소중한 다짐을 두세.

　그러나 처용이 발을 들여놓은 화랑은 이미 예전의 화랑이 아니었다. 기강은 문드러질 대로 문드러졌고 삼국통일기의 그 늠름하던 기품은 눈을 씻고 찾아보려야 말짱 도루묵이었다. 도덕수련과 정서함양에 힘쓰고 명산대천을 찾아다니며 신체단련에 여념이 없어야 할 화랑들이 주색잡기와 자리 다툼 그리고 민폐 끼치는 걸 예삿일로 삼았다. 화랑 중에서도 특히 타의 모범이 되어야 할 우두머리 화랑인 화판(花判)들의 행패는 한결 심했다. 심지어는 화랑들 사이에 입에 담기 어려운 남색(男色) 관계를 맺는 일이 허다하다는 말도 공공연히 나도는 판이었다. 처용은 크게 실망한 나머지 마음 둘 곳을 찾지 못해 그저 명산대천을 떠돌며 심신을 단련하고 허한 가슴을 달래기 위해 시가(詩歌)에 열중했다. 그러나 목구멍에서 각혈이 나오도록 단련을 해도 완성된 목소리를 얻기란 좀체 쉽지 않았다. 전국 방방곡곡을 돌아다니다보니 서라벌에서 주지육림에 빠진 귀족들이 벌이는 호화판

향연과는 달리 백성들은 초근목피로 연명하면서도 갖은 부역에 시달리는 등 그 참상이 이루 형언할 수 없었다. 처용의 가슴속에는 백성들에 대한 연민으로 묵직한 응어리가 굵직한 똬리를 틀어갔다. 밑으로부터 변화의 기운이 뻗치지 않으면 절망이야.

한번은 날이 이슥할 무렵 금강산 경계를 지나 남하할 때였다. 어느 마을 어귀를 지나려는데 다 쓰러져가는 초가집에서 두 양주의 구슬픈 곡성이 나지막이 새어나오고 있었다. 처용은 그 집의 다 헝크러져가는 울바자 앞에서 발걸음을 멈췄다.

"주인장, 주인장 계시오?"

처용이 주인을 청하는 소리를 넣자 울음소리가 뚝 그쳤다.

"지나가는 길손인데 하룻밤 유하도록 허하시면 고맙겠습니다."

"길손도 보시다시피 방바닥은 파이고 벽은 바람이 제 집처럼 마음대로 들락거리며 천장으로는 흘러가는 구름이 방 안을 들여다보는 처지니 손을 들이기가 매우 어려울까 합니다. 집안에 남세스런 춘사(椿事)도 겹치고 하였은즉······"

처용이 속으로 혀를 끌끌 차면서도 벅벅이 우겨 자리를 잡은 뒤 알아본 사정은 더욱 기가 막힐 노릇이었다. 절량이 된 지 이미 오래 전인 두 양주는 부황기가 골수에 미치게 되자 할 수 없이 열 살 난 딸을 백리 상거인 파진찬 김홍댁에 노비로 팔기로 하고 마지막 밤을 서로 부둥켜안고 울며 보내는 중이었다.

"그게 뭡니까?"

처용은 젊은 남정네가 들어왔는데도 등허리를 까들추고 맨살을 내놓은 채 죽은 듯 엎어져 있는 계집아이를 가리키며 물었다. 그 어미되는 이가 나무꼬챙이를 젓가락 쥐듯 들고 앉아 있었기 때문이었다. 처용은 주인장에게서 아이의 등허리에 핀 부스럼에서 구더기를 파내고 있는 중이라는 말을 듣고 땀구멍이란 땀구멍은 모조리 열리는 듯한 기분에 와락 휩싸였다. 아아, 이 현실이 도대체 뭐란 말인가. 계림의 창맹들이 이런 처참한 생활을 하는데 일신상의 벼슬은 뭐고, 영예와 부 그리고 아름다운 아내란 다 무에 소용이 있더란 말이냐. 처용은 자리를 박차고 나왔다. 어느덧 서산에는 시리도록 푸르고 둥근 달이 덩두렷이 떠올라 가난한 산하를 고즈넉이 비추고 있었다.

어쭈, 희조 너 그 동안 완전히 노가리만 늘었구나. 만날 때마다 신물이 나도록 들으니 이젠 처용이라면 귀에 못이 박이겠다. 아냐, 아직 단대목은 나오지 않았어. 야아, 이제 그만 때려치우고 딴 얘기 하자. 글쎄, 지멸이 있게 앉아서 더 들어봐. 우리 시대에 바로 처용 같은 이들이 많이 나오고 있잖아. 너도 그중 한 사람이라는 생각이 안 드니? 어떤 의미에서? 아, 얼굴 붉히지 말고. 내 말의 방점은 처용이 팔불출이어서 마누라로 말미암아 오쟁이를 탔다는 데 찍혀 있지 않단 말이야. 당시에는 지식인이 오늘날처럼 중간계층이 아니라 바로 지배계급 쪽에서 나올 수밖에 없는 상황이잖니? 문자 이꼴 권력이었으니깐. 그럴 때 당대의 모순에 온몸으로 고민했던 처용이라는 한 지식인의 고뇌와 결단 그리고 좌절과 변절의 역정을 살펴보는 것도 나름대로 의미가 있다는 생각이 안 들어? 나는 처용단장이라는 희곡에서 그걸 더듬고 싶었어. 흐흠, 지식인 처용이라…… 좋아, 계속해봐. 나는 턱주가리를 어루만지며 귀를 종긋거렸다.

당시 신라인들은 향가에 열광적으로 미쳐 있었다. 말하자면 향가는 요즘의 대중가요인 셈이었다. 경주 지방을 일컫는 사뇌야(詞腦野)에서 불리는 잘 정제된 십구체 향가는 특별히 사뇌가라고 이름했고 귀족 사이에서 유행했다. 지방에서는 사구체나 팔구체로 된 향가가 나타나 백성들 사이에서 크게 풍미했다. 그 와중에서 많은 가객들이 나타났다 사라졌다. 그중에서도 계림 전체를 통틀어 제일 인기 있는 가객은 처용이었다. 우리나라 역사상 최초의 전국적 대중가객의 출현이 이루어진 것이다. 그는 고혹적인 미성과 사람들의 고달픈 삶을 어루만지고 서리서리 맺힌 곳을 찾아 그 응어리의 뿌리를 움켜쥐고 풀어주는 노래로 대번에 전국적 명성을 획득했다. 그가 미성을 유지하기 위해서 거세까지 했다는 소문과 함께 진골 출신 가객이라는 점이 세간의 흥미를 배가시켰다. 물론 처용은 그의 가문에서 지체 없이 출문(黜門) 조처를 당했다. 그러나 백성들의 변덕은 끓는 팥죽처럼 들이가 없었다. 대중가객으로 온 백성의 사랑을 한몸에 받던 그도 언제부턴지 인기가 시름시름 잦아들기 시작했다. 대중은 좀더 자극적인 남녀상열지사(男女相悅之詞)풍의 향가나 현실을 잊고자 내세 지향적인 피안의 향가세계 속으로 빨려들어갔다. 사회성 짙은 처용의 향가세계는 그닥 큰 주목을 받지 못할 처지에 빠졌다. 그게 바로 대중가객의 일반적인 운명이기도 했다. 많은 사람들의 머릿속에서 처용이라는 이름은 잊혀져가고 있었다. 백성들 속으로 뛰어들어 그들의 한 맺힌 가슴을 어루만져주며 살자고 다짐했던 처용은 크게 흔들리지 않을 수 없었다. 처용의 방황은 그때부터 비롯되었다. 주색을 함부로 가까이 하는 날이 많아짐은 물론 자신의 결단이 잘못된 것은 아닌지 하는 회의마저 슬그머니 마음 한구석에 고개를 쳐들기 시작한 것이다. 그렇게 비틀대는 처용에게 회복 불능의 일격을 가하는 소식이 날아들었다.

나당무역선이 뜨기를 기다리던 당진의 한 객사에서 만나 의기투합하였던 육두품 출신 소년 최치원이 학문에 용맹정진한 끝에 드디어 당나라 과거인 빈공과에서 장원급제를 해 이름을 금방(金牓)에 걸어 계림의 위의를 선양했을 뿐 아니라 탄탄대로의 벼슬길을 시원스레 열어젖혔다는 것이다. 처용의 삶은 걷잡을 수 없이 무너져내렸다. 백성의 아린 가슴을 노래로써 쓰다듬어주겠다던 나의 생각은 잘못된 것이 아니었을까. 그는 번민을 거듭했다. 비록 거친 입성과 음식일망정 마다 않고 짚북더기 속에서 새우잠을 잔대도 이 땅과 그 불쌍한 백성을 위해 목구멍에서 피를 쏟도록 노래를 부르고 다니는 걸로 만족해왔다. 계림은 아래로부터 별할 것이었다. 한 번도 사내곡댁(思內曲宅)이라고 일컫는, 사뇌가가 곡으로 불리는 귀족들의 집에서 산해진미를 갖추고 두둑한 행하(行下)를 내걸고 그를 불러도 들르지 않는 절개를 지켜왔었다. 백성들을 위한 대중가객이라는 이름 하나만을 부여안게 된 것만도 고마울 따름이었다. 그러나 지금 그 한때 열광했던 백성들이 이제는 날 잊어가고 계림의 국풍을 다시 일으켜세우자고 하냥다짐을 두었던 고운은 지금 드넓은 중국대륙에서 갈수록 문명을 떨치고 있으니 처용의 가슴은 갈가리 찢기는 아픔에 미어지는 듯했다. 자신의 어느 한구석에 한 방울이라도 남아 있을지 모를 기득권 의식을 털어내기 위해 자청했던 거세 때의 고통이 헛되지나 않을까 생각하매 눈앞이 캄캄했다.

이때 나름대로 영민했던 헌강왕은 진작부터 처용의 효용가치를 눈여겨보고 있었다. 왕권을 노리는 세력들의 불온한 기운은 표면상으로는 잠잠해진 것도 같지만 언제 무슨 일이 일어날지 모를 일이었다. 민심은 점점 이반되고 있었다. 헌강왕으로서는 처용의 뛰어난 가무가 통치술의 하나로 필요했다. 올여름만 하여도 믿었던 신하인 신홍의 모반을 가까스로 진압하지 않았던가. 이러한 체제 위기를 해소하고 왕권을 강화하며 불만에 찬 백성들을 순치시키기 위해서는 처용과 같은 절세의 대중가객의 협조가 필요했다. 그의 가무를 통해 은근히 왕권의 절대적 신성함을 유포하고 각박한 현실로부터 사람들의 인식을 멀찌감치 떨어뜨려놀 필요가 있었다. 그 일에 처용은 하늘이 내린 적임자였다. 헌강왕은 재빨리 손을 썼다. 처용이 은거하고 있다는 영취산으로 밀사를 파견했다. 그 동안 절개를 지킨답시고 목꼬대가 뻣뻣했던 처용도 권력의 일부를 손에 쥐어주겠다는 데는 거미줄의 나비처럼 빨려들었다. 후후 그러면 그렇지. 왕은 손바닥으로 무릎을 치며 허공을 향해 너털웃음을 뿌렸다.

처용이 왜 맘을 돌려먹었을까? 결국은 권력의 양짓녘이 그리워져 변절을 한 게지. 변절이라고까지 말할 수는 없어. 영태 너처럼 현실적인 자기 영역을 찾은 거라고 봐야지. 물질적인 고달픔을 피하는 개인적 이유말고도 왕실의 권능을 등에 업고 대규모 연회를 가질 수 있었을 게야. 야인 시절에는 그게 어디 언감생심 꿈이라고 꿔봤을 일이겠어? 정교하게 장치된 무대에 올라 수많은 동원된 대중 앞에서 훨씬 효과적으로 가무를 보여줄 수 있었겠지. 이미 한 사람의 예인(藝人)이 돼버린 처용에게는 그게 아마 참을 수 없는 유혹이 되었을 테지. 상상할 수 있잖아? 그런 배려 뒤에는 헌강왕의 계산된 의도가 숨겨져 있었다며? 대중조작을 통해 대항 세력을 진무하고 백성들의 현실 감각을 무디게 만들려는. 그것은 어디까지나 처용이 제 하기 나름 아니겠어? 어차피 현실적 타협을 한 만큼 그 정도는 감수해야지. 안 그래? 글쎄 듣고 보니…… 헌강왕 밑에 들어간 처용은 문헌에서 보더라도 급간이라는, 비록 높은 벼슬은 아니지만, 관직도 제수받고 산호궁이라는 대저택은 물론 아름다운 미인을 아내로 맞이했다는 거 아냐. 희조 네 말에 따르면 처용이 기득권을 포기하기 위해 거세까지 했다고 미리 복선을 깔아놨으니 비극적 결말이 예정돼 있는 거로구나? 역시 서당집 개가 대장간집 개보단 뭐가 달라도 다르구나 응? 처용단장은 결말을 향해서 점점 나아가고 있었다.

왕이 처용에게 내려준 교선(喬善)이라는 여인은 그야말로 경주 제

일의 절세미인이었다. 처음에 처용은 극구 사양하려 했으나 왕의 뜻
이 너무 완강해 그대로 받아들이기로 했다. 그러나 자신의 거세된 남
성 때문에 처용은 부인과 잠자리를 한 번도 같이 해본 적이 없었다.
오직 밖으로 나돌면서 피 토하듯 펼치는 연회에만 몰두했다. 처용의
헌신적 노력 덕에 왕권은 점점 안정돼가는 것처럼 비쳐졌다. 백성들
은 대중가객 처용의 재등장에 두 손을 들어 환호작약했다. 화려한 무
대 위에서 백성들의 당장의 입맛에 맞는 향가를 써서 불러제꼈다. 도
탄에 빠진 백성의 가슴에 응어리진 고통의 뿌리를 어루만지겠다는
처음의 맹세는 어디 갔는가 하는 자책이 일지 않는 건 아니었다. 하지
만 세상이 변했으니 이런 식으로라도 백성을 일단 무대 앞으로 불러
모으는 일부터 해야 한다. 처용은 이렇게 자신을 합리화해나갔다. 처
용이 대규모 연회의 열기에 휩싸여 깜빡 정신을 잃을 정도로 대중 인
기의 최면에 탐닉하는 나날이 흘러갔다. 아, 이게 바로 권력의 맛이
로구나. 처용은 자신이 일찍이 혀끝을 대보지 못했던 권력의 감미로
운 단물을 경계하려 의식하면서도 제정신을 가누기가 무척이나 어려
웠다. 그러던 어느 날 평소보다 연회를 서둘러 끝내고 집으로 돌아온
처용은 무심코 오늘도 적적한 하루를 보냈을 부인에게 위안의 말이
나 던질까 싶어 규방의 방문을 열어보았다. 그런데 아, 이게 무슨 일
인가. 아내는 웬 외간 남자와 벌거숭이가 된 채 남편이 들어온 줄도
모르고 비단금침 위에서 운우지정(雲雨之情)의 경계를 오락가락하느
라 열락의 신음 소리만 거칠게 토해내는 중이었다. 당신이 암만 거세
된 남자라 하더라도 이 순간 어찌했을 것인가. 연놈을 단매에 쳐죽이
기 위해 두 주먹을 불끈 쥐고 방 안으로 뛰어드는 게 인지상정 아니겠
는가. 그러나 처용은 도저히 그럴 수가 없었다. 그가 널리 알려진 대
로 가슴이 남달리 넓은 사내라서 그런 것이 아니었다. 자기 아내의 벌
거숭이 몸뚱이 위에 엎어져 뜨거운 숨결을 내뿜고 있는 사내는 다름

아닌 권력의 화신 헌강왕이었다. 처용에게 권력의 단맛을 뵈준 왕이었단 말이다. 처용은 등짝이 땀으로 번질번질해져서 여자의 몸에서 내려오는 사내와 눈길이 딱 마주쳤다.

처용단장의 절정은 이 대목이야. 희조는 입술을 침으로 축이며 말했다. 이때의 처용의 마음을 적절하게 읽은 육십년대의 시인이 있었지. 그게 누군데? 두말할 것도 없이 시인 김수영이지. 그래? 그가 시론을 논하면서 응축해놓은 비수 같은 말을 처용의 입을 통해 되풀이한다면 이렇게 될걸. 아아, 향가여 침을 뱉어라, 풍자가 아니며 해탈이다. 이 비극적 상황, 자신의 변절로 이미 돌이킬 수 없는 권력의 늪에 깊숙이 휘둘린 걸 안 처용은 분노의 주먹 대신 체념의 춤을 출 수밖에 없었을 테지. 이 노래처럼 인간의 희로애락을 극적으로 표현한 시가란 동서고금을 막론하고 세계 시사(詩史) 어느 갈피에서건 찾아보기가 쉽지 않을 거야. 희조의 목소리가 사뭇 떨리고 있었다.

서라벌 밝은 달 아래
밤새도록 노닐다가
들어와 자리를 보니
가랑이가 넷이로구나
둘은 내 사람 것이 분명한데
둘은 도대체 누구 것인가
원래 내 사람이던 이를
빼앗아가니 낸들 어쩔 것인가

여자를 사이에 둔 질투심에는 세간의 필부와 군왕이 다를 바가 무엇이겠는가. 정작 처용은 체념을 하고 모른 척하려 했으나 헌강왕은 불안했다. 그의 연희에는 보통 기천 명 많으면 일만을 헤아리는 숫자가 모인다고 했다. 만약 왕궁 근처에서 그런 연희가 열린다고 가정을 해보자. 왕은 고개를 절레절레 흔들었다. 처용이 언제 앙심을 먹고 자신의 대중적 인기를 이용해 민란을 선동할지도 모를 일이었고 또 어느 지방호족이나 육두품 출신의 반중앙정부적 불만세력과 짝짜꿍이 돼 붙어날지 모를 판국이었다. 그 동안 정국안정에 진력한 결과 왕이 보기에도 왕권은 많이 안정된 듯이 보였다. 그러면 어차피 처용의 효용가치도 수명이 다한 셈이며 효용가치가 사라진 대상은 쥐도 새도 모르게 하루빨리 처치하는 게 후환을 없애는 지름길이라는 걸 그간의 궁중암투 생활은 웅변으로 보여주고 있는 것 아닌가. 게다가 그래야지만 남몰래 내연의 관계를 맺고 있던 처용의 처 교선도 버젓이 궁 안으로 불러 놀아날 수 있지 않겠는가. 후원을 가로지르는 자객의 쩔렁거리는 패검 소리를 듣자 신변의 안전에 위험을 느낀 처용은 몸만 빠져나와 밤도망질을 놓았다. 왕궁에서 도처에 비밀군사를 풀어놔 처용의 도망길은 각다분하기 이를 데 없었다.

 이리저리 떠돌아 다닌 끝에 닿은 곳이 지금의 경상남도 양산(梁山) 근처의 영취산(靈鷲山)이었다. 그가 처음 헌강왕이 보낸 밀사와 만나 담판을 짓고 끝내 변신을 결심한 곳이었다. 그는 왠지 그곳에 가서 자신의 영욕으로 뒤엉킨 일생을 되돌아보고 싶은 생각이 든 것이다. 바다가 훤히 바라다보이는 동쪽 기슭에 망해거사라고 불리는 사람이 꾸리는 주막집이 있었다. 드문드문 찾는 길손에게 국밥이나 말아주고 탁배기나 얹어주는 허름한 주막집이었다. 그 집 주인 내외는 찾는 이가 없으면 바위에 올라 아스라한 바다만 바라보다 구성진 노랫가락을 뽑아올리기에 사람들은 남자 주인장을 망해거사라고 불렀다. 사흘 밤 사흘 낮을 잠 못 이룬 채 그 집 주막 앞에 다다른 처용은 가물거리는 의식 속에서 앞마당에 쓰러졌다. 망해거사가 얼른 대궁밥을

내다 대접했다. 꿀맛이었다. 지금까지 먹어본 그 어느 산해진미보다
더 달았다. 어느새 한 그릇을 다 비워냈다. 그때 문을 열고 처용을 측
은한 눈길로 바라보던 망해거사의 처가 쌀바가지에 국밥을 또다시
이드거니 말아가지고 나오면서 노래를 불렀다. 그 노래를 듣고 난 처
용은 목구멍에서 선짓빛 피를 토하며 수챗구멍에 얼굴을 꼬나박았
다. 자신의 존재를 대번에 날려버리고도 남을 회한이 폭풍처럼 밀려
온 것이다.

굶주린 백성의 밥마저
빼앗거늘
무슨 나라가 이런고
지혜로운 자들이 많이 떠나 도성이 깨지더니
아아, 낭이시여 아직껏 모르는가
달 밝은 깊은 밤에
서러운 접동새
떠난 님을 좇아 울며 다니는구료

　이상하게도 아내의 블렌딩 작업이 얼마 전부터 뚝 끊기고 말았다.
그와 더불어 그토록 엉망이던 아내와의 주파수도 예전과는 달리 잘
맞아돌아가는 편이었다. 양주를 한 잔씩 걸치고 하룻밤에 다섯 번의
격정에 휩싸이고 나서도 우리는 장딴지 근육이 팽팽한 채 그대로였
다. 그것은 어쩌면 섹스가 아니지도 몰랐다. 뭐가 달라진 것인가. 갑
자기 고분고분해진 아내가 사실은 두렵게 느껴진 것이다. 블렌딩을
하며 돌아다니던 아내였을망정 어쨌든 풋풋함만큼은 꾸준히 내 곁에
두고 지켜봐온 게 사실이었다. 그런 풋풋함마저 사라진 지금의 아내
는 잘 빚어진 밀랍인형의 파삭파삭한 껍데기처럼 점점 얇아져만 가

고 있었다.

　그렇다면 나는 과연 이 고요해진 생활을 계속 그대로 수용할 참인가. 내가 스스로를 용납할 수 없는데도 말인가. 나는 지금도 자동응답전화기의 비밀번호를 눌러 예전에 녹음된 아내의 목소리를 되풀이해서 듣곤 한다.

　영태씨 저예요. ……미안해요. 다름이 아니라 또 그 스케줄이 잡혀서요. 블렌딩 말예요. 내가 없더라도…… 꼭 거르지 말고…… 잊지 마세요. 아셨죠?

　주체 못 할 눈물이 쑤욱 빠져나오려 했다. 아암, 어떻게 잊을 수가 있단 말인가. 아아, 산산이 부서진 이름이여. 부르다가 내가 죽을 이름이여, 블렌딩이여. 또 헛웃음이 키들키들 터져나왔다. 라·윤·미. 아내의 이름을 나지막이 불러보았다. 참으로 오랜만에 새겨보는 이름이었다. 나는 그 이름을 설움에 겹도록 불러보고 싶은 충동에 휩싸였다. 그래 우리는, 우리는 이젠 더이상은 안 돼. 나는 내 목소리를 의심했다. 하지만 분명 내 입에서 흘러나온 목소리였다.

　나는 처음에 희조가 처용단장을 떠벌릴 때부터 어떤 직관에서 한 발짝도 벗어나질 못했다. 희조가 사련의 관계를 맺고 있다는 여인이 혹시 아내가 아닐까. 물론 나는 이 직관이 사실이 아니길 바라며 골백번도 더 부정해왔다. 하지만 그 한 통의 전화는 나를 깊고 깊은 수렁으로 밀어넣기에 충분한 것이었다. 처음엔 한 옥타브 고조된 사내의 목소리가 들렸다. 여보세요…… 그것은 흡사 컴퓨터 같은 기계로 합성을 해낸 목소리처럼 오싹하게 들렸다. 소름이 화라락 목덜미에 달라붙는 것이었다. 예, 누구를 찾으세요. 한동안 잠잠하던 저쪽 너머에서 당황한 낌새가 느껴지더니, 거기 혹시 동률이네 집 아닙니까 하고 되묻는 거였다. 그쯤에서 나는 전화를 끊었어야 옳았다. 왜 내 입에서는 예, 맞습니다만 하는 데퉁맞은 말이 불쑥 튀어나왔을까. 그러자 수화기를 든 사내는 갑자기 떠듬거리는 목소리로 돌아가 그, 그럴 리가 이, 있습니……, 하며 수화기를 놓친 모양이었다. 바로 그 목소리의 장본인을 난 잘 알 수 있었다. 사실 그후부터 나와 희조는 어떤 게임을 하고 있는 것이나 다름없었다. 난 그저 게임의 룰을 깨뜨리지 않기 위해서 짐짓 모르쇠를 잡아떼며 언구럭을 부리고 있었던 건지도 몰랐다.

희조는 저 남도 끝 여수 어딘가에 있는 수산전문대에 전임 자리가 나서 내려가게 됐다며 떠나기 바로 전날 한번 만나자고 했다. 그러더니 날 보자마자 두 손을 부여잡고 눈물부터 펑펑 쏟는 거였다. 야, 임마 권 교수, 울긴 왜 울어? 너무 잘 풀려서 그런거냐? 그는 무조건 미안하다는 말만 되풀이하며 고개를 떨궜다. 대충 눈자위를 추스르고 난 희조는 굳은 결심이라도 한 듯 아랫입술을 지그시 깨물며 입술을 달싹였다. 그가 무슨 말을 하려고 입술을 떼는 순간 나는 저돌적으로 손을 뻗어 그의 입을 틀어막으며 힘줘 말했다. 말하지 마. 다 알어 임마, 알고 있었다고. 그러니 암말 말고 처용단장 마무리나 잘해. 희조는 눈만 휘둥그래 뜨며 날 망연히 바라볼 뿐이었다.

가짜 돈다발이 그들먹한 어느 이름 모를 사내의 가방을 떠메고 터덜터덜 집으로 돌아오는 오늘따라, 난 나를 천년 세월 저편의 처용으로 만들어놓고 남도 땅끝으로 꽁꽁 숨어버린 친구의 얼굴이 불현듯 보고 싶어 건몸이 달아올랐다. 희조, 네가 먼저 이 세상에서 물러설 이유는 없었다. 이상하게도 그가 밉다는 생각이 전혀 들지 않았다. 오히려 뭔지 알 수 없는 느꺼운 감정이 명치 끝으로 막 밀려드는 거였다. 그러자 이제 산다는 것의 서러움을 조금은 알 듯한 나이를 먹어버렸다는 생각이 뜬금없이 들었다. 그래, 나는 서른 살 나이의 처용이다, 쓰발.

하지만 오늘 밤을 넘겨서까지 질질 끌어서는 안 될 일이었다. 나는 아내에게 한 가지 분명한 소식을 전해줘야겠다고 맘먹었다. 삐조새의 목에 감긴 줄을 비로소 풀어주겠노라고. 우리는 더이상 안 돼, 정말이지…… 암만 애써도.

집으로 돌아가면 아내는 정성 들인 저녁밥상을 차려놓고 날 기다리고 있을 것이다. 흰 앞치마 속으로 두 손을 파묻은 아내는 청실홍실주를 눈짓으로 가리키며 헤설피 웃을 테지. 아내가 이번에 새로 개발해낸 뒷맛이 부드러운 매실주의 이름은 청실홍실이었다. 부부 금실의 상징이었다. 아내는 그 술 이름을 제안한 덕으로 거금 오십만원의 상금을 거머쥐었다. 금실 좋은 부부들만이 마셔야 할 그 청실홍실주가 우리의 밥상에 오른다는 것은 왠지 어색한 일이긴 했으나 그것은 아내의 신호이기도 했다. 그 병마개를 비틀어 따느냐 마느냐는 전적으로 나의 소관이었다. 나는 병마개를 비틀면서 매번 아내가 삐조새라고 부른 민물가마우지에 대해 생각했다. 아주 짧은 순간이었지만.

내가 청실홍실병을 거머쥐고 슬그머니 식탁 아래로 내려놓으면 아내는 어두운 표정을 지을 것이다. 나는 대문이 보이는 길목으로 접어들자 우뚝 발걸음을 멈췄다. 풍자냐, 해탈이냐. 나는 그 숨막히는 길목에 오늘도 우두커니 서 있는 셈이었다.

그래, 나는 서른 살의 처용이다. 하루에 한 번쯤은 해탈을 할 나이다. 그런데 해탈은 어떻게 하는 거지. 나는 짐짓 힘차게 대문을 주먹으로 쾅쾅 두드리며 소리 내어 아내의 이름을 길목이 떠나갈 듯 크게 불러제꼈다.

—라·윤·미, 나오라! 서·영·태 왔다!

(『문예중앙』 1993년 봄호)

임존성(任存城) 가는 길

실종이야…… 완벽한 실종…… 한기돈 위원이.

교열부 편집위원 류탁(柳鐸)은 비스듬히 턱방아를 찧던 고개가 의자 뒤로 깔딱 젖혀지자 비로소 거슴츠레한 눈을 뜨고는 입맛을 쩍 다셨다. 그리고는 입시울을 훔치며 잠꼬대 같은 말을 주절거렸다. 그는 벌써 며칠째 그 넋두리에서 헤어나오지 못하고 있었다. 차이파리가 너무 우러나 맛이 떫어진 녹차를 양칫물처럼 한 모금 물고 있던 세현은 위원 자리로 눈길을 돌리다 말고 방금 배달돼온 석간신문에 고개를 박았다.

때를 놓친 점심을 찾아 사람들이 앞서거니 뒤서거니 몰려나간 뒤라 휑뎅그렁하게 비어버린 책상 위에는 아무렇게나 접어둔 신문지더미와 허연 교열지가 볼썽사납게 널브러져 있었다.

—결국 문제는 치사량(致死量)에 달린 거겠지. 난세를 살면서 그것에 기꺼이 다다르면 먹물 구실을 원 없이 해보는 게고 훨씬 못 미치

250

면 속물에나 떨어지는 게고…… 그 차이라고나 할까? 먹물과 속물
이란. 그러고 보면 먹물의 궁극적 무기이자 최대의 극치는 자해가 아
닐는지 몰라.

세현의 귓가에는 문득 닷새 전쯤 임존성(任存城)을 찾아가는 기찻
간에서 특집부 한 위원이 경술국치를 당하자 절명시를 남기고 스스
로 목숨을 끊은 구한말의 유학자 매천(梅泉) 황현(黃玹)에 관한 얘기
가 나왔을 때 결론 삼아 던진 먹물론이 쟁쟁하게 감돌았다. 자해! 그
것은 목구멍에 걸린 생선가시처럼 껄끄럽게 의식의 한 끄트머리를
쏘삭거리는 거였다. 내게 뭔가 암시를 준 말이 아닐까. 세현은 호주머
니에서 십여 년도 더 지난 신문기사를 복사해 팩시밀리로 받은 용지
를 꺼내 책상 위에 펼쳐놓고 첫머리께로 새삼스러운 눈길을 주었다.

—지금은 任存城에 가도 아무도 님을 만날 수가 없다. 그 먼 옛
날 이 지방 백성들이 우러르고 기리던 님이 있던 곳은 이제는 누구
도 돌보지 않는다. 孤魂이 되어 떠도는 百濟 義兵의 形骸에 뿌리를
박은 뻗세디뻗센 잡목이 무성하고, 다 허물어져가는 성곽만 남아
천삼백 년이라는 무심한 세월의 두께를 무던히도 견디고 있을 뿐
이다.

뻐꾹새가 한소끔 토해내는 울음소리가 들리면 그 옛날 內壕 자
리였을 우거진 솔수펑에선 당장이라도 감때사나운 흑치상지의 군
사들이 겨드랑이에 긴 창을 꼬나쥐고 아우성을 지르며 불쑥 뛰쳐
나올 듯도 하다.

세현이, 아레께 한 위원과 같이 기차 타고 길 떠나지 않았냐?

그걸 어떻게 아셨어요?

흐흠, 역시 그랬구만. 그렇다면 네가 한 위원을 제일 끝으로 본 장

본인인데…… 무슨 색다른 낌새 같은 거 못 느꼈단 말이지?

글쎄요. 딱히 꼬집어 얘기할 만한 게……

주변에서 알 만한 데는 다 알아본 모양인데…… 사람이 온데간데 없으니.

그때 편집회의 소집을 알리는 부저 소리가 요란하게 울렸다. 류 의원은 자리를 뜨면서 나중에 얘기하자며 중동무이를 하고는 회의실로 향했다. 세현은 대사를 놓친 무대 위의 연극배우처럼 땡감을 한입 베문 표정을 지으며 우두커니 동작을 멈추고 서 있을 수밖에 없었다.

하따, 늦었네.

한기돈은 개찰 시간이 지나서야 두 팔로 물장구를 치며 헐레벌떡 뛰어들었다. 세현은 투덜거리며 더 늦기 전에 창구에다 환불을 요구할까 어쩔까 망설이던 참이었다. 개찰구 이맛전에 발차 시각이 켜진 전광판 불이 꿈뻑거리자 쑤다 만 풀처럼 여기저기 퍼져 있던 사람들이 선착순을 시킨 훈련소 신병들 모양 어빡자빡 모여들었다. 장항선 서울역발 여덟시 삼십오분 무궁화호 열차였다. 칠호차 창가 옆에 풀썩 엉덩이를 내던진 한기돈은 이내 주먹을 말아쥔 손등으로 입가를 가리고는 눈초리에 찐득한 물기가 호로록 비어져나오도록 질긴 하품을 빼물었다.

한 선배, 몇 시간 거리나 되죠?

왼쪽 어깨에서 국방색 륙색을 벗겨내 창틀 옆에 권투선수의 어퍼컷 주먹처럼 솟구친 옷걸이에 걸고 난 세현이 훈김이 끼얹어져 부예진 안경을 쥐고 왜죽왜죽 흔들어대며 지나가는 말투로 물었다.

예산까지는 깔축없는 두 시간 거리니깐, 지금부터 한골 따근따근 덥히라고. 그러다 눈뜨고 나면 반나마 묵새긴 평택 어름일 게지 뭐. 세현이 넌 야근도 혔다니깐 몸도 곤헐 텐데 폐일언하고 눈까풀일랑 질끈 덮은 다음 꿈에서 성현들이나 홀연히 만나보라고.

세현은 허리를 꺾어 륙색 안으로 손을 집어넣고는 수건으로 둘둘 말아놓은 워크맨을 더듬었다.

한 선배, 기왕이면 고리타분한 성현보다는 아삼삼하고 물 좋은 비바리나 어떻게 주선 좀…… 낄낄.

집게손가락으로 양미간을 짚고 덜 떨어진 눈꼽재기를 훑어내던 그가 한 손으로 무르팍을 내리치더니 악의 없게 생긴 뼈덩니로 윗입술을 떠들치며 소리 없이 웃었다. 그는 십오 년씩이나 까마득히 아래인 후배가 그렇듯 무람없는 농지거리를 던져도 곰살궂게 대거리해줄 만큼 국량이 두두룩하고 범박한 성품이었다.

캬– 거 좋지. 설령 귀공이 그런 꿈이라도 달게 꾸게 되거들랑, 선후배간의 정리를 봐서라도 여기 한기돈이 이름 석 자 좀 꼭 잊지 말고 복창해달라구 헛헛헛.

한 선배도 차암, 예부터 삼강오륜에 장유유서가 엄연한데 한 선배나 저나 의기투합해서 무슨 거시키 동서라도 만들 일이 있습니까?

얼레, 조상 때부텀 상종 못헐 근본이 훤히 드러나 보일 그런 개갈 안 나는 말을 워치게 함부로 한다야?

그는 평소에 잘 쓰지 않던 충청도 사투리를 불쑥 내밀었다. 겉으로 내색은 않았지만 속으로는 고향 가는 흥감이 어지간한 모양이었다.

한 선배께서 충청도가 고향이라고 뿌리깨나 찾으시는 모양인데, 이래 봬도 저두 근본부터 미주알고주알 꿰고 들자면 한량없이 바빠지는 건 물론이고 반상의 구별이 엄연했던 봉건주의 체제에 일말의 아쉬움이 아예 없을 줄 아십니까?

껄껄, 그래 세현이 니 조상의 이름끝이 쇠 자 돌림은 아니다 이거지?

쇠 자 돌림이라뇨?

왜 있잖아, 돌쇠 마당쇠 껄떡쇠.

한기돈은 짐짓 선배를 놀려먹으려는 후배의 어줍잖은 말본새가 그 닥 밉광스럽지만은 않다는 듯 세현의 어깨를 아악스레 잡아 흔들며 흔연히 맞장구를 쳐주었다.

자두려면 지금부터 눈까풀을 내리라구. 벌써 안양이여. 이 장항선 은 보믄 알겠지만서두 지랄맞게 맹수맹숭하다고……, 오다가다 그 흔한 블루스면 블루스 아, 하다못해 그 잘나빠진 애수곡 하나 길목에 심어놓지 못하는, 아주 자발머리없는 길이 돼놔서 우린 당최…… 퍼 져자는 게 유일하게 남는 게지.

세현은 이어폰을 낀 채 끄무레한 차창 밖을 멍하니 내다보다 고개 를 모로 꺾고 눈을 감았다. 잠이 쏟아질 것 같지가 않았다.

―가만, 그럴 게 아니라 그쪽 근방에 내가 인물탐구 건으로 취재 갈 일도 있는데 같이 가보자구. 아예 이번 일요일로 날을 잡지 뭘. 쇠 뿔도 단김에 빼랬다고.

임존성 가는 길을 약도까지 그려주며 깐깐히 설명해주던 한기돈은 세현에게 동행할 것을 제의했다.

예? 그렇다면 전 더할 나위가 없구요.

아암, 거긴 한번 가볼 만한 가치가 있는 곳이야. 나도 안 가본 지 가 꽤 됐을걸. 팔칠년 십이월이었으니깐두루 가설나므네…… 오 년 인가.

기억력도 비상하시네요, 한 선배는.

아 그럴 수밖에 없지 우린. 그때가 대선 전이었지 아마…… 양김 이 갈라지면서 뻔히 깨질 것을 예감하고 호젓하게 길을 떠나서는 백 제 유민들 영전에서 통음하며 그 사실을 미리 고하고 왔었지. 이번에 도 우리가 질 모양이니 또 한세월 가뭇없이 흙이나 퍼드시며 지내소 서, 이렇게. 근데 이번은…… 어쨌든 부엉이셈으로다 간죽간죽 판세 를 읽는 시늉을 하다가 그만 참례할 때를 놓치고 말았다는 거 아냐

응? 우하하.

─자아, 맥주나 땅콩, 훈제 오징어 있어요. 따끈따끈한 주간 지……

뒤쪽에서 문이 덜컹 열리더니 열차내 판매원이 수레를 끌고 나타났다. 한기돈은 바짓주머니에 손을 찔러넣으며 병맥주 두 병과 훈제 오징어 한 마리를 주문했다. 세현은 엉덩이를 의자 뒤로 바짝 들이며 자세를 바로잡았다.

보리 썩은물 냄새를 맡으니깐 잠이 달아나는개벼?

그게 아니고요……

세현은 옆눈짓으로 말끝을 대신했다. 팔걸이에 중씰한 여자가 육덕좋은 엉덩이를 비죽이 걸치고 앉는 바람에 자리가 옹색해져 어차피 깊은잠이 들기는 글러먹은 터였다.

으응, 덕분에 매화타령이 절로 나게 생겼는데 뭘 그래 흐흐.

임존성을 찾아가는 길의 초장은 이렇게 걸쭉했다. 세현은 언젠가 한기돈으로부터 그 성에 대한 내력을 뚱겨받는 순간 잘하면 얘기 한 자락이 걸릴 것 같은 예감에 사로잡혔다. 말 그대로 님이 계신 곳이라는 뜻인데…… 님!? 흐흠, 님이라. 님을 찾아서와 같은 제목으로 한번 덤벼보면 어떨까.

숙명여대 입구 쪽에 있는 소머리집에서 소혓바닥을 안주 삼아 몇몇 선배들이 알음알음으로 모여 때늦은 조촐한 신년하례식을 치르는 자리였다. 세현은 우연히 부서장인 류탁 위원이 잡아끄는 바람에 동석을 하고 말았다.

─한 선배는 고향이 어디십니까?

소주잔이 서너 순배 돌았을 즈음이었다. 세현은 순간 자신의 질문이 좌중에 일으키는 미묘하고도 잔잔한 파장을 감지하면서 하마터면 입을 손바닥으로 틀어막을 뻔했다.

으응? 고향 말인가?

세현은 대답이 냉큼 나오지 않는 선배의 두툼한 입술을 바라보며 어색한 미소를 지었다. 이런 쓸데없는 질문을 던지다니. 세현은 자신의 허벅지 살을 꼬집으며 끌탕을 하였다. 한기돈은 가부좌를 튼 다리를 서로 바꿔 겯고 나더니 잔을 앞으로 쭉 내밀며 말했다.

나는 예산이지. 충청도 예산.

세현은 명치끝에 괴었던 트림을 시원스레 터뜨렸다.

반향(班鄉)이네요.

땅 이름만을 곧이곧대로 따르면 반상의 고을이라고 할 수 있지만 그만한 대접을 받아온 고을은 아닐 것이야. 세현이 너도 알고 있겠지만 고려 태조 왕건이나 총신 박술희를 불러 받아적게 한 훈요십조라는 게 있잖니? 거기에 나온 팔조를 떡허니 볼작시면, 차현이남 금강 이외의 산형지세는 배역하니 인재 등용을 금지할 것, 이렇게 나와 있거든. 인재 등용을 금지하면 이 땅에서 도대체 뭘 워떡허자는거 응? 똑똑헌 인재라도 이 지방 출신이라고 무조건 등용을 막으면 죽어서까지도 노다지 배우러 다니는 학생아이 꼴 취급을 당해야 허는디? 귀신인들 포한이 안 지고 배길 도리가 없제. 현고학생부군신위를 마빡에 붙여야 젯밥 한술이나마 온전히 찾아먹더라도 먹지 엔장.

그런데 차현이 지금으로 따지면 어디쯤 되는데요?

으응, 그러니깐 차현이란 말하자면 지금의 차령산맥 이남이라고 봐야지. 차령산맥이 안산, 천안 지방에서 청양을 지나 북서부인 보령까지 이어지면서 충남을 양분한다는 거 아냐. 그러니깐 그 아래로다 홍성 대흥 예산을 아우르고 당진 서산을 끼고 돌면서 형성된 금강 유역권이 말하자면 왕건이 반골 지역이라고 해서 배제하려 했던 땅이거든. 애초에 왜 예산이라고 했냐 하면, 그곳 사람들이 왕건이 후백제의 견훤을 누르고 천하를 얻었지만 그걸 인정하지 못하겠다 하면서 따르지 않겠다고 한 데서 비롯되었다고 하더구만. 왕건 입장에서 볼 땐 괘씸하기 짝이 없는 노릇이니깐 말이야. 그렇다고 훈요십조 같은 걸 지은 깜냥을 보니 밴댕이 속 같은 왕씨 영감이었어 증말.

한 선배는 어릴 때 서당에라도 다닌 적이 있으세요?

아니, 우린 그런 일이 전혀 없는데…… 귀공이 그렇게 묻는 소이는?

다른 게 아니라, 평소 한 선배 말투나 기사를 보면 한자투가 많이 섞여 있어서요.

으응, 그건 따로 한문 공부를 한 게 아니고 소싯적에『수호지』니『금병매』니 하는 잡서 나부랭이들을 끼고 뒹굴면서 천박하게 주워섬긴 거지, 뭐.

『수호지』요? 한 선배의 양산박론이 그때부터 유래한 거네요 그럼?

뭐, 그렇다고 볼 수도 있구.

한기돈은 곧잘 신문사를『수호지』의 양산박에 비유하곤 했다.

─여기 한데 모인 사람들 면면을 살피면 모두가 양산박에 집결한 영웅호걸이 아니더냐구. 잘못된 세상을 널리 광정하겠다는 기개를 품고 기득권을 포기하면서 모였단 말이야. 그러니깐 요체는 반골 기질에 있는 거라구. 무엇보다 그게 없으면 우리 양산박은 쉽게 깨지지. 언뜻 듣자니 이문열이가 양산박의 대두령인 송강이가 졸개를 이끌고 관군에 투항한 이후를 그리는『수호지』후편을 구상한다는 말이 들리는데 웃기는 야그라 아니할 수 없지. 한마디로 있을 수 없는 야그가 아닌감?

세현은 고개를 상 위로 숙이고 빙긋이 웃었다. 그가 삼 년 전 수습을 받던 양평동 사옥 시절의 지하 대회의실 풍경이 떠올랐기 때문이었다. 그때 사회부 지역담당 편집위원보이던 한 선배가 취재 체험을 들려주러 들어온 것이었다. 그런데 거기에 모여 있던 동기들은 그의 옷차림이나 생김새가 하도 협수룩해서 설마하니 교육시키러 들어온 선배일까 의심했다. 낮술 때문에 불콰해진 얼굴에 눈은 주리가 틀린 사람처럼 대굴대굴하고 머리는 마구 밟고 지나간 억새풀처럼 뒤엉킨 데다 뻐덩니는 윗입술을 서까래 모양 널름 떠받치고 있었다. 그렇지 않아도 깜빡거리는 천장의 형광등을 고쳐달라고 동기회 간사가 총무부에 연락을 했던바, 오 분 안에 수리공이 갈 거라는 전갈을 막 받아둔 터여서 모두들 그를 전기수리공으로 여겼다. 그래서 그가 삐뚤어진 교탁을 붙안고 이리저리 자리를 잡을 땐 저 아저씨가 망가진 형광등을 고칠 생각은 않고 왜 저런 괘꽝스런 짓을 하는가 싶어 모두들 시큰둥히 쳐다봤었다.

그때 받은 한 선배의 첫인상은 『수호지』에서 관군의 포로가 된 양산박의 소두령 얼굴상이었다. 아니, 그보다는 아예 참수를 당해 장대 끝에 높이 효수된 화상 같다는 생각이 들었다. 곧이라도 그의 얼굴 근처에서 갈가마귀떼가 까악까악 불길한 울음을 토하며 선회하다 먹음직스런 눈알을 화들짝 쪼을 듯싶었다.

그렇다면 오늘날의 호남 지방하고는 위치가 영판 다르네요. 사람들이 알기로는 고려 태조가 훈요십조에서 배제하려 했던 지역이 지금의 호남 지방인 줄 알고 있는데 말예요.

그렇긴 하지. 고정관념 때문이긴 한데……

예산읍에는 대학 때 청양으로 농활을 가느라 몇 번 오가며 들른 적이 있거든요. 그 앞에 무슨 농업전문대학이 하나 있지요?

맞아, 그렇지. 궁벽진 곳인데……, 그래도 예산에는 임존성이 있다고. 한자로는 님이 있는 곳, 뭐 이렇게 뜻풀이를 할 수가 있을 텐데. 귀공은 그래도 소설 나부랭이를 끄적이는 놈이니깐 알아둘 필요가 있을 거야. 그 흑치상지 있잖아.

아하, 백제 부흥운동을 일으켰다고 하는 그 인물 말이죠. 에이, 그

258

사람에 대해서는 누군가 이름은 기억나지 않지만 벌써 소설로 다 써먹었어요.

또다시 풀어먹으면 어때? 어차피 역사란 얼마든지 다시 조명되니깐 시대에 따라서 다시 씌어지듯이 소설도 마찬가지라는 생각이 드는데, 내 야그가 어디 틀렸남?

아 예, 그건 그렇죠. 맞죠.

거긴 아주 역사의 그 거시키가 구비구비 서린 곳이라고나 할까? 아무튼 세현이 니는 한번 꼭 찾아가볼 필요가 있는 곳이라니깐.

임존성이 당시 흑치상지의 거점이었나요?

그렇지. 결국엔 백제 부흥군 지도층에서부터 내분이 일어나 무너지고 말지만. 임존성 남쪽에 있는 주류성에서는 왕족 복신이 승려 도침을 죽이고 복신은 또다시 일본에서 건너온 백제 마지막 왕자 풍에게 죽임을 당하고 그러다가 당군의 공세 앞에 사기가 떨어진 부흥군은 어육이 되고 말았지 뭐야. 역사는 그렇게 전하고 있다고. 그리고 임존성에서 버티던 흑지상치는 지략과 술수에 능한 당의 문신 출신 장수인 유인궤의 회유에 속아 오히려 거꾸로 임존성을 공격하니 그 안에서 최후까지 항전하던 지수신은 부흥운동의 허무함을 느끼고는 처자도 버린 채 성을 빠져나와 고구려에 망명한다구. 나중엔 왕건과 견훤이 천하를 두고 건곤일척의 한판을 벌인 곳이기도허지.

흑치상지는요?

그 치는 그 뒤 당으로 가 상주자사인가 뭔가 하는 벼슬에 올라 토번과 돌궐이라는 오랑캐를 토벌하는 전장에서 공을 세워 나중엔 연국공이라는 작위를 받고 연연도대총관까지 오르나 역시 이민족의 한계를 벗긴 어려웠던 게지. 조회절이라는 작자의 역모에 휩싸여 옥에서 안 좋은 종말을 보잖아. 그래도 고구려 유민 출신의 고선지 장군하고 둘이서 중국에서 그만큼 이름을 떨친 사람은 없을 거야.

한 선배는 어떻게 그렇게 빠삭하게 잘 알아요?

고향 야그인데 그 정도도 모르면 쓰남? 백제 유민의 후손으로서 알량한 역사의식이나마 지녀야지.

세현은 훈요십조를 통해서 왕건이 배제하려고 했던 지역이 지금의 호남 지역이 아니라 차령산맥 이남과 금강유역권이라는 사실에 흥미가 끌렸었다. 백제 문화의 뿌리가 지금의 호남 지방이 아닌 다른 곳에 있다는 말이었다. 그때까지 세현의 관심은 자신의 상식이 사실(史實)과 어긋나 있다는 단순한 데서 출발하고 있었다. 그러다가 류탁 위원을 통해서 한 위원이 필화를 당하고 또 80년의 그 유례없는 언론인 대량 해직의 풍랑에 휩쓸린 빌미가 임존성에 관한 기사에서 비롯했다는 얘기를 듣게 됐다.

— 그럴려다 한 위원이 한 번 혼뜨검 난 적이 있을 걸 아마…… 필화라고나 할까.

한기돈이 임존성을 소재로 한 역사연재물을 실었다가 얽여들어가 혹독한 고초를 당했다는 그 문제의 기사를 마침 해직 당시의 신문사에 다니는 대학동창에게 부탁해 복사한 것을 팩시밀리로 받아본 세현은 고개를 갸우뚱거렸다. 아무리 봐도 문제될 게 없는 평범한 역사기행물에 불과했기 때문이었다. 뭔가 열정에 휩싸인 기사를 직접 눈으로 확인하려 했던 세현으로서는 사뭇 실망스럽기까지 한 것이었다.

(……)

7세기 중엽, 백제의 압박을 받아오던 新羅는 무열왕 金春秋의 책략에 의해 唐의 병력을 한반도에 끌어들이기에 이르렀다. 民族의 歷史에 씻을 수 없는 사대주의적 오점을 남기는 시발점이 된 것이다.

그 결과로 660년 7월, 백제의 수도 사비성과 옛 수도 웅진성(公州)이 함락되자 백제 전역에서 나당군에 대한 항전이 일어났다.

그리하여 한때는 이백여 성이 수복되는 형국이었으니, 663년 11월 復興軍 최후의 항전거점이던 임존성(예산군 대흥과 홍성군 금마의 경계)의 함락 때까지 4년간에 걸친 기간중 백제 부흥전사에 떠오르는 유적이 이곳엔 상당히 많다.

(……)

우선 아직도 우리 학계에서조차 異見이 분분한 백제의 故地에 대하여 고찰해보면 다음과 같다.

높이 5백~6백 미터인 차령산맥은 충남의 동북부인 안성·천안 지방에서 중앙부인 청양 지방을 지나, 남서부인 보령 지방 해안까지 이어지는 분수령으로 충남 지방을 양분한다. 이 분수령의 동남부인 웅진강(錦江) 유역이 백제의 중추 지역이고, 서북부가 삽교천 지역을 중심으로 하는 이른바 '內浦 지방' 이다.

조선 英祖 때의 실학파 지리학자 이중환은 『택리지』에서, "차령산맥 서쪽, 가야산을 중심으로 하는 열 개 縣을 '內浦'라고 한다"고 하였고, 원효대사는 『원효결』에서 "이 지방이 우리나라의 내장부와 같은 지라 '內浦' 라고 한다"고 하였다.

(……)

그러니 삽교천과 무한천이 나란히 흐르면서, 동쪽 차령산맥~서쪽 가야산맥~남쪽 성주산~북쪽 아산만에 이르는 길이 150리에 폭 60~70리에 이르는 예당평야(內浦平野)의 젖줄을 이룬다. 이 기름진 옥토지대에 어찌 고대문화의 발전이 없었겠는가! 바로 百濟文化의 발상지였던 것이다.

(……)

그러면 '任存城' 이란 어떠한 뜻이 있는 것일까?

660년 7월에 나당군에 의하여 사비성이 함락한 뒤 西部恩率인 복신이 임존성을 근거로 하여 항쟁한 사실에 대하여 『日本書紀』에 다음과 같이 전하고 있다.

於 是西部恩率 鬼室福信赫然憤據任射岐山(이에 서부은솔인 귀실
복신이 임사기산을 근거로 하여 분연히 떨치고 일어났다).

그런데 이 책『大系本』의 註에 의하면 어느 寫本에는 ‘任射岐山’
대신 ‘任敍利山’이나 ‘任劍山’이라고 쓴 것도 있다고 하였다. 이에
대해 예산군의 향토사학가 金瑞興씨(53)는 다음과 같이 고증하고
있다. 즉, 任敍利山은 우리말로 님수리재로 읽히는데 수리란 頭·
頂·王의 뜻이 있으며, 任劍山은 님금재로 읽혀져 가운데 금을 임금
王으로 볼 때 두 말은 모두 본래 ‘王中王의 城’이라는 것이다. 당시
선진 문화권을 이룬 이 지역 백성의 뿌듯했던 자부심을 능히 읽을
수 있는 대목이 아닐 수 없었다.

그러면 왕중왕의 성으로서 임존성은 어느 나라 임금의 성이었을
까?

(……)

흑치상지 將軍과 왕족인 복신, 도침 스님 등이 임존성에서 조국
광복의 義兵을 일으키자 십여 일 사이에 삼만 병력이 모여들었다.

백제 유민의 반격에 놀란 당의 소정방은 대병력을 투입하여 이
를 공격하였지만 兵多地險(군사가 많은데다 지형은 험함)하여 끝
내 공략엘 성공하지 못한 채 그해 8월 28일 일단 철군하였다.

(……)

周留城을 함락시킨 뒤에도 나당군은 임존성 공략에는 실패한다.
여기서 唐將들은 전통적인 중국식 모략 전술을 구사한다. 당나라
황제 高宗 명의로 성중의 장수들에게 위계의 書札을 보내니 흑치상
지는 이에 속아 투항을 하고 말았다. 그러나 지수신을 중심으로 한

토박이 유민은 항전을 계속했다.

唐나라 장수 유인궤에게 투항한 흑치상지는 당군 쪽에서 받은 식량과 무기를 가지고 항복한 병졸을 이끌고 임존성을 치는 叛攻에 나선다. 임존성이 자리한 鳳首山은 세 봉우리로 이루어진 지형이었다. 임존성은 이 가운데 두 봉우리만을 포용하고 있었다. 山勢와 성안의 사정에 밝은 그는 임존성과 거의 수평을 이루어 성안을 들여다보며 공격할 수 있는 이 봉우리를 차지하고 猛攻을 퍼부어 함락시켰다.

유민들은 흑치상지가 차지하고 성안을 공격한 이 또하나의 봉우리를 원망스럽다고 하여 '원수峰'이라 불렀다.

이로써 임존성에서 사 년간에 걸쳐 벌인 백제 유민들의 항전은 663년 겨울의 눈보라 속에서 끝이 났다. 피 맺힌 망국민들의 아우성은 어두운 세월의 저편으로 사라져갔고, 그리고 역사는 이제껏 침묵할 뿐, 아무 말이 없다.

【禮山＝한기돈 기자】

그것 한번 알아봤남?

한기돈은 입언저리로 번진 맥주 거품을 혀로 천천히 핥아낸 뒤 맥주를 그득히 따른 종이컵을 세현에게 건넸다.

아무리 신문사 구석구석을 입때껏 동냥아치 속옷에 서캐 뒤지듯 들쑤시고 다녀도 그 물건이 어디에 가 처박혔는지 도통 꿩 구워먹은 자릴세 그래 응?

그 물건이라는 게 대체 뭐냐니까요?

한기돈은 얼쑤 저 딱한 중생의 꼬라지 좀 보라는 듯한 한심한 표정을 지으며 손끝으로 무릎을 서너 번 쪼더니 호주머니를 더듬어 길쭘한 도라지 담배를 한 개비 꺼내 삐딱하게 깨물었다. 한 선배, 여긴 금연석이야요. 그래? 이거 오나가나…… 헐 수 없구먼. 에헤, 왜 있잖은 갑남. 저그 양평동 시절부터 제판실에 걸려 있던 액자 말이야. 아, 그에 기억이 안 난단 말여? 그제서야 세현은 손바닥으로 이마를 문질렀다.

아하, 그 뭐더라…… 싯구절이 해서체로 박혀 있던 거 말이죠? 한 선배가 수습한테는 꼭 읽어오라고 해서는 뜻풀이를 시키며 사정없이 쫑코를 주곤 하셨잖아요?

아따 그랬지. 근데 알아맞추는 놈이 여태껏 하나도 없었다구. 그게 유명한 매천 황현이 꺼져가는 목숨을 감싸안고 토해낸 절명시의 후구라는 거 아냐. 놀놀하게 볼 게 아니라구, 암 절대루다.

그러고 보니, 공덕동으로 이사를 오면서 온데간데가 없네요. 그걸 창간 때 기념으로 증정한 사람을 아세요? 팔면 돈깨나 될 듯도 한데 말이죠. 그런 건 미리미리 챙겼어야 하는 건데, 이그 아까워라.

글쎄, 그걸 누가 썼는지는 나도 기억이 가물가물하네. 허지만 그게 어디 돈가치로만 따질 성부른가 응? 거기에 찍힌 뿔그족족한 낙관만 보고 어떤 덜떨어진 작자가 꼬불쳐가지고설랑 집구석에 장식품처럼 걸오논다 한들 그게 도무지 뭔 소용인감? 그야말로 개발에 편자지. 우리가 그 안에 깃든 정신을 읽어서 온고지신해야 지당한 말씀이지.

뭐, 백세 어쩌구 식자우환이라고 했던가요, 쿡쿡. 한 선배 죄송해요, 다 까먹었네요.

예끼, 이 사람아. 백세난작식자인으로 읽어야지.

아 맞아, 그때 제가 어려울 난자를 해독하지 못해서 쩔쩔 맸죠. 근데 그 뜻풀이 좀 다시 들려주세요, 말 나온 김에. 우선 제 잔부터 받으시구요.

응응, 그럴려면 앞뒤 맥락을 줄줄이 꿰면서 들어야 온전해지지. 암, 우리가 말안주 삼아 함부로 입에 올릴 수 있는 부분이 아니거든.

옷자락을 여미며 숙연하게 화두를 잡아나가야지. 구태여 말하자면 말이야 응? 하하. 그러니깐 매천 황현 하면 유명짜한 구한말의 선비 아니든가. 에헴 하며 고양이수염이나 쓰다듬는 책상물림이 아니라 세상이 국내외적으로다 어떻게 돌아가는지 주도면밀하게 관찰한 과학적 정신의 구현자이자 정말로 결곡한 기품의 소유자였지. 암, 그렇게 볼 수 있다고. 왜 귀공도 글 나부랭이를 끄적이는 구라쟁이의 반열에 올랐으니깐 황현의 『매천야록』 정도는 귀동냥해본 적이 있겠구먼?

세현은 건성으로 고개를 주억거려 보였다. 그는 이 년 전 어느 조간지 신춘문예 단편소설 부문에 당선한 이력이 있어서 그간 문예지에 평론가들의 주목을 그닥 받지 못한 단편소설 몇 편을 발표한 적이 있는 신출내기 작가이기도 했다. 세현은 약 일 년 전쯤에 『작가세계』라는 문예지의 청탁으로 소설가 김원우씨를 찾아가 '무기질 청년의 시장기 문학'이라는 제목의 작가 탐방기를 쓴 적이 있었다. 그 잡지는 매호마다 국내작가 한 사람 그리고 외국작가 한 사람을 골라 특집을 꾸미는 독특한 편집 체계를 지닌 문예지였다. 처음엔 자신이 김원우씨와 일면식도 없을 뿐더러 어느 책의 표지에 실린 그 작가의 신경질이 뚝뚝 듣는 듯한 성마른 얼굴 사진을 기분 나쁘게 들여다본 기억 때문에 자신을 탐방자로 지목한 그 문예지 편집자의 가량맞고 터무니없음에 울컥 짜증이 치밀어올랐었다.

―탐방기라는 게 다리품만 열심히 파는 허드렛일이긴 한데, 그러고 나면 그 잡지에서 어쩜 당신에게 정식으로 작품 청탁을 할지도 모르잖아. 이 참에 그 작가하고 연을 맺어두는 것도 결코 나쁘진 않을 테고.

사보에서 단골로 찾는 시인이기도 한 같은 부서의 어느 선배가 타산적으로 보태주는 말 때문은 아니었지만 내심 이번 기회에 문단에서 중견 소리를 듣는 선배 작가의 작품을 사그리 찾아 읽으며 그의 작품세계를 꼼꼼히 들여다보는 일이 과히 무익하지만은 않으리라는 생각이 들어 군말 없이 청탁에 응하기로 했다. 아무튼 그때 그럭저럭 작가를 찾아서라는 탐방기를 쓰긴 썼는데 그때 그 작가에게서 황현의 『매천야록』을 침이 마르도록 칭찬하는 얘기를 들은 기억이 떠올랐다. 김원우씨는 촌철살인하는 적확한 묘사력 위에 얹힌 그 진득한 기록의 궤적이야말로 우리나라 최고의 산문정신으로 모자람이 없다는 극찬을 서슴지 않았다. 그러나 세현이 정작 혀를 내두른 것은 그가 사년째 대구매일신문에 연재중인 「우국의 바다」라는 소설을, 자객 고영근이 그 『매천야록』에 딱 한 줄 나오는 걸 보고 착상했다는 믿기 어려운 대목에서였다. 그것이 그때 다리품을 판 대가로서 얻은 유일하면서도 간담이 서늘해지기까지 한 소득이었다.

—조선사회를 만만히 볼 게 아닙니다. 난 우리 한민족의 전성기를 실학이 일어날 무렵인 십구세기초로 봅니다. 각 고을마다 국사(國師)에 버금가는 선비들이 틀잡고 앉았던 사회였죠. 중국에서까지 배우러 왔습니다.

입매가 고집스러워 보이는 작가는 '선비정신의 화신'인 퇴계 이황을 오롯이 그려내는 작업에 매달리게 될 것이라고 자신의 중장기 집필 계획을 제시해 보이면서 이렇게 말했다. 그때 세현은 그에게 그러면 당신은 좋은 의미에서의 봉건주의자이시군요, 하고 불쑥 물어보려다 그가 갈라주는 식빵 조각을 허겁지겁 입 안으로 휩쓸어넣었다.

옛날 임금이 역적 같은 중죄인에게 금부도사를 시켜서 어명이요, 하고 내리는 사약이라는 게, 말하자면 부자라는 독초를 달인 국물이었거든. 그런데 그게 잘 먹으면 허약 체질이나 흥분 진통 신진대사에 좋으나 지나치면 치명적인 극약이 되는지라. 지금도 경동시장에 가면 한약방에서 소량씩 얼마든지 구할 수가 있다구.

아, 그래요? 제가 언뜻 들은 일설에 따르면 더덕술에 아편을 타서

266

마셨다는……

그런 설도 있긴 있는데 부자설이 정설일 거야. 아, 그래서 그걸 달인 걸 이 황현이도 마신 건데, 행인지 불행인지 치사량에서 조금 모자랐다는 거 아냐. 그래서 사흘간 창자가 끊어지는 고통을 받다가 결국 칠성판을 지긴 졌지. 그 인간적인 고통을 생각하면 어쨌든 불행이고, 절명시를 남겨 후세사람으로 하여금 오욕의 역사를 경계하도록 하게 한 거는 어쩌면 역사 자체로 놓고 볼 땐 행이라고 할 수도 있겠지. 안 그래? 사흘 동안이나 확고한 죽음의 실체를 끌어안은 한 인간의 심회를 더불어 상상해보라구. 결단과 후회, 고통과 환희 그리고 또 무엇이 있을까? 먹물과 속물? 아무튼 그런 거 말이야. 그런 고통 속에서 나온 게 바로 이 절명시니 오날날, 그래 오날날을 사는 우리가 절대루 다 무시할 수는 없는 것 아니겠어 응? 우리나라에선 참으로 유일무이한 절명시지. 으응, 듣자니 중국 같은 덴 몇 편 더 있다고 허더구먼.

그는 직접 빈 원고지 위에 그 절명시의 후구를 휘갈겨 잠시 요모조모 뜯어본 다음 세현에게 보여주었다.

秋燈掩卷懷千古(추등엄권회천고)
百世難作識字人(백세난작식자인)

추등, 그러니깐 가을 등불 아래서 이 말이지. 경술국치 당시가 그럭저럭 가을녘이었으니깐. 덮을 엄, 책 권. 학자가 책을 덮는다고 했으니 결국 삶을 마감한다는 뜻으로 이해해야지. 그리고 나선 회천고라, 지나간 역사를 곰곰이 회고하느니, 그 말이겠고.

여기서 후구의 식자인은 결국 지식인을 가리키는 말인가보죠.

그렇지, 그렇지. 귀공 야그대로 제대로 돼먹은 먹물을 뜻하는 거지. 그게 백세를 가도 이루기가 어렵다는 말이니, 난세에 처한 먹물의 갈 길 없음과 처신의 어려움을 한탄하는 회한에 찬 심정이 여실하게 드러나잖아.

어느 시대에나 이런 오기와 독기가 없이는 제대로 된 먹물 노릇하기가 힘들었겠죠. 더군다나 지금 같은 변절과 요설, 그리고 슬그머니 발을 빼려는 고백이 횡행하는 시대에는 말예요.

세현의 말에 한기돈은 먹물과 속물을 가르는 지표로 치사량을 들어 설명했던 것이다.

한 선배 얘기를 듣자니 독일의 철학자이자 문예이론가인 발터 벤야민이라는 사람이 생각나네요. 유태인이기 때문에 말년에 히틀러 정권한테 박해를 받기 시작했는데 사십년쯤인가 나치의 추적을 피해 스페인 국경의 피레네 산맥을 넘던 중 극한 상황에 몰리자 음독자살을 해버리거든요. 궁지에 몰린 쥐가 여봐란 듯이 콱 혀를 깨물고 죽는 것처럼 말예요. 굴복은 안 한다 이거죠 뭐. 차라리 스스로를 파괴함으로써 자신을 몰아붙이는 상대방에 대한 최대의 경멸을 표시하는 걸까요?

그는 말없이 고개를 끄덕여 동감을 표시해 보였다. 세현은 그런 기돈의 모습을 지켜보면서 당신이 쫓는 먹물상이란 종적을 감추고 만절명시의 액자처럼 지금은 사라져가는 족속과 같다는 생각을 해봤다.

그걸 찾을 수만 있다면 편집국 한복판에 걸어놓고 가슴속이 맹랑해질 때마다 자린고비 밥상에서 굴비두름 흘기듯 두고두고 쳐다봐야 쓰는 건데…… 쩝쩝.

장항선 열차는 논둑을 태우는 쥐불 연기가 구불구불 낮게 깔리는 평택의 텅 빈 들판을 스치고 있었다.

─아니 류 선배, 그게 정말이세요? 한 선배가 해직당할 때 파렴치로 몰렸단 말예요?

그러니깐 이 사람아, 세상이 뭣 같다는 거 아냐. 권력에서 그렇게 너울을 씌웠고 그걸 그때 앵무새 같은 언론이 그대로 받아적고 하니 꼼짝없이 그렇게 몰리는 수밖에. 당시 한 위원이 몇몇이서 이따금 드나들던 가회(嘉會)라는 술집이 있었던 모양이야. 새끼마담도 둔 제법 규모 있는 곳이었던 모양인데, 뻔질나게는 아니고, 젊은 축들이 외상 안 그을 리 있나? 여럿이서 드나들다보면 한두 번은 자기의 이름을 빌려줄 때도 있잖아. 그것을 꼬투리로 삼아 상습적인 무단취식이니, 공갈에 의한 갈취니 하면서 똥바가지를 뒤집어씌운 거야. 그 때문에 한동안은 주위에서 곱지 않은 눈총을 보냈고 여태껏 찜찜한 꼬리표로 따라다니기도 하지.

어처구니가 없네요.

토머스 제퍼슨인가 하는 친구 아냐? 미국의 삼댄지 사댄지 대통령을 지냈다는데.

삼대, 사대 두 번 중임을 했을 걸요.

그래, 그래. 그 친구가 이런 말을 했다잖아. 대통령 되기 전에는, 만약 신문 없는 정부와 정부 없는 신문 가운데서 어느 하나를 선택하여야만 하는 경우가 나에게 주어진다면 나는 나중 것을 선택함에 있어 한순간의 주저함도 없을 것입니다. 이렇게 해놓고설랑, 대통령이 된 다음에는, 신문에 나타난 것은 이제 아무것도 믿을 수가 없소이다. 그 오염된 매개물에 실리게 되면 진실조차 의심을 받게 되는 판국이라는 거 아냐. 그리고선 기껏 한다는 소리가 신문을 읽으면서 자신들의 시대에 세상에서 행해지고 있는 이들을 어느 만큼은 알고 있다는 믿음 속에 살다가 가는 수많은 동시대 사람들에게 동정을 금할 길이 없다고 씨부려놨으니 이거 어느 장단에 춤을 춰야 하는 거야.

한 위원 말로는 자신은 그 사단이 있기 전에는 시국상황 같은 덴 전혀 관심이 없던 방관자였다는 거야. 그러다가 그 끔찍했던 광주사태를 목도하게 됐는데 기자로서 눈앞의 사실을 한 줄조차 보도하지 못

하는 처지를 돌아보고는 엄청난 회의가 밀려들었다더군.

해서 당시 벌어졌던 기자들의 제작거부운동에도 참여하고 그랬던 모양이죠?

웬걸, 그러지도 못했다고 털어놓던 걸. 그래도 뭔가를 쓰긴 써야 한다는 쪽이었던가본데…… 그러다보니 그런 역사유적 탐방기라는 퇴행적 형식으로나마 자그마한 숨통을 틔우는 것으로 위안을 삼지 않을 수가 없었겠지. 그러나 세현이 너도 그 기사를 얼추 봤다니깐 하는 소리다만 얼마나 낭만과 감정이 넘치는 글이든. 그렇게 감정이 승해 놓았으니 검열관의 매서운 촉수를 피하질 못했겠지.

취조하는 쪽에서는 뭐라고 족쳤대요?

나도 다 들은 얘기뿐이지 뭐.

그거라도요.

―지금은 임존성에 가도 아무도 님을 만날 수가 없다…… 그렇다면 다시 한번 묻는다. 님, 여기서 말하는 님이란 누구인가?

그건 기사에도 나와 있습니다. 마한의 통치자인 진왕을 가리키는 것이며 나중에는 백제왕을 지칭하는 것으로 볼 수 있습니다.

틀렸어……, 우리가 듣고자 하는 대답은 그런 원론적인 게 아니야. 지금 우리는 총체적인 내란음모사건을 수사중이며 그것은 이미 뼈대가 서 있고 마무리 단계에 들어가 있지. 정치권, 학계, 종교계, 문화예술계, 재야 등을 총망라해서 정성들여 엮었어. 그런데 유독 언론계만 건덕지가 없단 말이야. 따라서 여기서 님은 그 내란음모사건의 정점에 있는 인물을 가리키는 용어가 돼야 해. 무슨 말인 줄 알아듣겠나?

무리한 비약입니다……

여기가 어딘 줄 알고 있나?

서빙고 분실 아닙니까?

그렇다면 이 빙고호텔에서 살아서 걸어나가려면 어떻게 처신해야 하는지도 알겠군. 마지막 기회다. 다시 묻는다. 님은 누구지?

……

백제 유민의 항쟁은 뭘 뜻하지?

역사적 사실일 뿐입니다.

우릴 핫바지 저고리로 아는군. 백제 유민은 다름아닌 오월의 폭도들을 비유한 말이야, 폭도를! 건방진 자식!

기사를 찬찬히 다시 읽어보시면 그렇지 않다는 걸 수사관님도 아시게 될 겁니다.

뭐라고? 이 새끼가 대갈빡에 먹물 좀 들었다고 신사적으로 고분고분 대해주니깐 아주 사람을 우습게 알고 국민학생 훈계하듯 까스르는데 뜨거운 양을 좀 봬줘야겠어. 너 본적말고 원적이 어디야? 전남 장성에서 조부 때까지 살았잖아. 그럼 알고 보면 순전히 에이빽 아냐, 이 짜식.

그들은 기돈이 작성한 '역사의 숨결을 따라' 예산편 원고를 둘둘 말아 그의 얼굴을 후려쳤다. 이건 호남을 교묘하게 선동해 국론을 분열시키려는 선전 삐라에 불과하다고! 이 짜식, 너 호남분리주의자지? 지금이 어느 땐 줄 알고 겁대가리 없이 까불어! 그 따위 먹물근성을 아주 딱 열 시간 안에 뿌리를 뽑고 말겠어. 앞으로 십 년간은 완전히 두뇌 활동을 올스톱시켜버리겠다구. 대공 경력 십 년의 명예를 걸고 말이야, 기필코.

그렇다면 정말 어처구니없는 필화사건이었네요. 세현은 고개를 절레절레 저으며 류탁 위원을 바라봤다.

그때로 돌아가서 보면, 바로 달포 전에 남도의 한 도시를 쑥밭으로 만들며 피칠갑이 된 손으로 권력을 탈취한 쪽에서는 백제의 부흥운동이라는 게 묘한 비유로 비쳐 비위가 뒤틀릴 수도 있었겠지.

그 필화사건은 어떻게 처리됐는데요?

나중엔 그들도 무리수라는 걸 깨달은 모양이야. 윗선에서는 이미 그 내란음모사건에 대한 시나리오를 다 짜놓은지라 밑에서 올라온 별로 영양가도 없어 보이는 각본을 기워넣느라 다시 틀을 짜는 수고를 할 필요가 적어진데다 발표 시일도 촉박했다지.

그나마 다행이었네요.

그랬을까?

그만하니 다행 아녜요?

근데 참, 세상 돌아가는 일이라니! 한 위원이 보름 동안의 고초 끝에 풀려나온 건 그렇다치고, 그들이 한 부장에게 파렴치범의 너울을 들씌워버린 거지. 게다가 당시 한 위원 부인이 임신중이었는데 결과적으로 그 일로 충격을 받아서 그랬는지 어쩐지는 몰라도 출산한 딸애가 하나 있었는데, 자폐증에 걸려버렸거든. 그 한 점 혈육을 몇 년 전에 앞세웠는데, 부인이 가슴앓이를 심하게 하다보니 몸이 허약해져서 그후로 계속 요양원 신세를 지는 형편이라고 한다더만…… 아 참, 내일쯤 그 요양원으로 사람이 간다던데.

한 선배가 다시 돌아올까요?

어디서 사라졌다고 했지?

신례원이요. 예산 바로 앞 정거장이거든요. 갑자기 내리시대요.

—세현이, 난 더이상 못 가겠어. 임존성엘 못 가겠단 말이야.

왜요? 어디 불편하세요?

왠지 잘 모르겠지만…… 흥이 안 나는걸. 왜일까? 거기에 가봤자 또 속으로 유세차로부터 시작해서는, 약소하지만 흠향하소서 하고는 상― 향으로 끝내는 식이 될 텐데, 그래선 안 될 것 같아. 생각할수록 귀신들에게 얼마나 죄송한 일이야? 지고 또 지고, 맨날 제사문이나 씨부렁거리며 쏘다닐 거냐고? 패배한 몰골로. 그러니 자네부텀 가라고. 아직 패배의 책임을 짊어질 세대가 아닌 당신이 이번엔 앞서서 가보라구. 그래서 뭔가 희망의 연대가 이어지고 있음을 보여주라고.

　한 선배는 그런 알쏭달쏭한 말을 남기고는 벌떡 일어나 열차 밖으로 서둘러 나갔단 말예요. 제가 말리고 자시고 할 분위기가 아니었어요. 그럴 틈도 없었고. 멍하니 바라보기만 했죠 뭐.

　그럼 언젠간 임존성에 그쪽 사투리대로 개갈 한번 훤하게 나게시리 가려 하겠구먼. 그럴려면 일단은 이곳으로 돌아올 테지. 와야 가든지 말든지 하는 게지. 옌장.

　그래도 위원씩이나 된 분이 벌써 닷새째 실종 상탠데요……

　흐이구, 대선 개표하던 날 한 위원이 억수로 취해서는 백제 유민들이 왜 일본으로 떼지어 망명도생을 했는지 곱씹어볼 만하다고 중얼거리더니. 그렇다고 일본 쪽으로 튄 건 아닐 테고…… 우선 사람 몸이나 성해얄 텐데 말이야.

　류 선배는 소주잔을 연거푸 자작으로 두 잔이나 뒤집었다.

(미발표, 1993년 1월)

가을옷을 위한 랩소디

어느 책을 뒤적거리다 알게 된 거지만 의학 용어 가운데 윈도 피리어드(Window Period)라는 게 있다고 한다. 우리말로는 잠복 기간 정도로 번역됨 직한데, 병원체가 몸 안으로 들어와도 곧바로 발병하지 않고 잠잠하다가 일정 기간이 지난 뒤 그 증상이 드러날 때까지의 시간을 가리킨다는 것이다. 그 책은 우리의 정신도 육체와 같아서 어떤 충격이나 정신적 외상(外傷)이 가해지면 그것이 무의식 속에 남아 있다가 세월이 한참 흐른 다음에 심각한 정신적 불안정이나 퇴행 현상을 가져올 수 있다고 설명해주었다.

이쯤에서 털어놔야겠는데 난 대식증(大食症)에 걸려 있다. 그게 언제부터인지는 분명하지가 않다. 이백사십 리터의 대형 용량을 자랑하는 아이보릿빛 냉장고는 나에게 어느덧 절망의 상자로 변해 있었다. 각종 아이스크림, 초콜릿, 케이크, 과일 등으로 가득 채워진 냉장고라 할지라도 갈고리처럼 뻗치는 나의 식욕의 공세 앞에서는 채 이

틀을 버티지 못하는 경우가 허다했다.

대식증이란, 병치고는 참으로 사치스런 병이기도 하다. 그것은 옛날 몰락한 로마 귀족들이 말기적 현상으로 유행시켰던 것인데 아무것이나 게걸스럽게 먹어치운 뒤 곧바로 토해버리는 증상이다. 알 만한 사람은 다 알겠지만, 외국에서는 얼마 전 CNN 방송 사장인 테드 터너와 결혼해 화제를 모았던 제인 폰다, 호주의 유명한 팝 가수 엘튼 존, 미국 정상의 코미디언 조안 리버스조차, 그리고 심지어는 영국 찰스 왕세자와 결정적인 불화를 빚고 있는 다이애나 왕세자비도 그 증세로 고생을 하고 있음은 이미 널리 알려진 사실이다.

남편 용빈은 나의 대식증을 아이를 갖지 못하는 데서 오는 욕구불만의 소산으로 보는 모양이었다. 우리는 결혼한 지 오 년이 되었지만 아직 아이가 없다. 물론 결함은 남편에게 있는 것으로 판명됐다. 그는 정자를 생산하지 못하는 무정자증 환자이다. 그렇다면 남은 방법이란 뻔하지 않겠는가. 우선 아이를 데려다 입양시켜 키우는 방법이 있을 수 있겠고, 다음으로는 남편이 적극 권장하는 것이기도 한데 인공수정을 하는 방법이 있다. 남의 씨를 빌려다 심는 것이다. 나도 그 방법이 가장 현실적이라는 데 어느 정도 동의하는 쪽이었다. 우리 부부의 상담을 받아준 의사는 정자를 제공하는 사람의 신분을 밝힐 수는 없지만 의사의 양심을 걸고 맹세코 그 질을 보장한다고 말했다. 젊고 깨끗하고 두뇌 명석한 의과대학생의 것이니 아무 염려 말라는 거였다. 암만 결혼생활 오 년째에 접어든 아낙이지만 그 말을 듣는 내 뺨 위에는 발그스레한 홍조가 맺히지 않을 수 없었다.

하지만 그렇게 한다 해서 나의 대식증이 고쳐질 수 있을까. 꺼림칙함은 고스란히 내 몫으로 남아 있었다. 그런데 며칠 전 나는 어느 조간신문에 실린 짤막한 기사에서 눈을 떼지 못한 적이 있었다.

서울 용산 경찰서는 5일 마음이 변한 미군 애인을 찾아가 면도칼
을 휘둘러 전치 4주의 상처를 입힌 송일류(여·25·의정부시 가능
동 74-8)씨에 대해 폭력 행위 등 처벌에 관한 법률 위반 혐의로 구
속영장을 신청했다. 경찰에 따르면 송씨는 지난 3일 오후 6시 10분
쯤 평소 결혼을 약속하고 내연의 관계를 맺어오던 커크스(24) 일
병이 최근 변심해 자신을 잘 만나주지 않자 용산 미8군 정문에서
퇴근하던 커크스 일병을 붙들고 말다툼을 벌이던 중 홧김에 갖고
간 면도칼로 얼굴을 두 차례 그었다는 것이다.

이렇듯 속된 치정에 얽힌 기사는 보통 사회면에 제일 후미진 구석
배기의 '휴지통' 란이나 '색연필' 또는 '이삭' 가십란에 단골로 등장
하는 메뉴일 것이다. 읽는 이로 하여금 저절로 쓴웃음을 짓고 세상 돌
아가는 꼴에 혀끝이나 한 번 가볍게 차고 넘어가도록 의도적으로 배
려한 내용이 태반임은 물론이다.

그러나 송일류라는 이름에 눈길이 닿으면서부터 내 눈빛은 초점
을 잃고 일렁거리기 시작했다. 희한하기도 하여라! 세상일이라는 건
이처럼 서로 복잡다단한 톱니바퀴모양 맞물려 끊임없이 돌고 도는구
나. 거기에 연루된 사람들이 가까워졌다 혹은 멀어졌다. 어떨 땐 우
연히 아무것도 모르는 사이에 그냥 스쳐가기도 하면서.

나는 오 년 전 어느 가을의 풍경이 이상스럽게도 나의 뇌리에 파노
라마처럼 생생하게 펼쳐지는 걸 느낄 수 있었다. 그러자 그 풍경은 마
치 해마다 가을이면 되풀이돼온 듯한 착각을 일으켰다. 그랬다. 그
거리의 가을밤 이후로 내게 다시는 맑고 투명한 가을일랑 오지 않았
다. 한번 썩어 문드러진 가을은 때때로 뒷골목의 뜬소문처럼 떠돌다
흔적 없이 사라질 뿐 내 앞에서 소생할 줄을 몰랐다. 그런 건가, 내 일
생 일대의 마지막 가을이 단 한 번의 부활도 없이 정녕 그렇게 지나가

버려도 된단 말인가. 그리고 오 년 전의 그 거리에서는 도대체 무슨 일이 벌어졌던 것일까.

"그런데 옛날 시골 어른들 이름 짓는 내력이 듣고 보면 참 생뚱맞다구요. 우리 마을 읍내의 오일장이 매월 끝수가 1일과 6일에 서는 1·6장이었죠. 울 엄니가 무녀리새끼 하나는 빼고 읍내장에 눈만 간신히 뜬 강아지를 한 양푼 담고 팔러 갔다가 해산기가 돌았대요. 그 자리에서 비닐 자락을 얼기설기 두르고 주변 장돌뱅이들의 투박한 해산 구완으로 몸을 풀었다 해서 내 이름이 그렇게 심란하게 붙었대죠, 아마. 여섯 남매 중 다섯째로 태어났는데 열다섯에 상경했으니 벌써 서울물이 육 년째네요. 우선은 배가 고파 올라왔어요. 그리구 어쩌다 한 번 가는 학교도 정나미가 떨어졌구요. 끝도 없이 밀려오는 가난한 농사일이 지긋지긋했어요. 첨에 서울로 공장 다니러 간다고 했을 땐 공중으로 붕붕 날아갈 듯한 기분이었어요. 시골에서두 테레비는 다들 보거든요. 커다란 건물에서 때깔 고운 가운을 척 입구요. 하얀 머릿수건 동여매고 열지어 앉아 일하는 장면을 보고는 얼마나 가슴이 설레었다구요. 조심, 조심 중에 사람 조심이 젤이여 하는 엄니의 목소리는 시커먼 기차바퀴 소리에 파묻히구…… 처음 들어간 청계천에 있는 평화시장 시다 시절은 지금 생각해봐두 너무 끔찍해요. 그 비좁고 어둠침침한 다락방, 귀가 멍멍한 미싱 소리, 왜냐하면 바로 머리 위에서 모터가 돌아가니까요. 켜켜이 쌓이는 그 먼지투성이를 안 마실래야 안 마실 수 없는…… 정말 끔찍해요. 사람이 그런 데서 버텨냈다는 사실이 신기할 뿐이에요."

군이 용산 경찰서의 유치장을 찾아가 기사 속의 송일류이 바로 그 송일류인지 확인할 수고를 들일 필요조차 없다. 단 두 줄짜리 기사였지만 난 벌써 그 속에서 양공주의 삶을 살아가는 그녀의 말투나 두툼한 화장기에 덮인 때 이른 잔주름마저 미루어 짐작해내고 있었다. 그것은 너무도 자연스런 연상 작용이었다.

그해 가을 나는 명동 입구에 있는 어느 재벌 소유의 백화점 삼층 백장미 홀 숙녀 의류 매장에 우두커니 서 있지 않았던가. 이미 점찍어둔 가을옷이 있었기에 조금만 마음을 다잡아먹고 그 앞으로 왜죽왜죽 걸어가기만 하면 되었다. 옷 한 벌에 자그마치 십만원짜리 자기앞수표 다섯 장이 오락가락하는데다 직장생활 시작한 지 팔 년이 다 된 끝에 처음으로 그렇듯 비싼 옷을 거머쥐는 순간이었지만 별 망설임은 없었을 터이다.

"울 엄니는 하얀 옷일수록 더 맘에 들어할지도 모르지. 워낙 입때 껏 허상에만 매달려 살아온 양반이니. 아버지라는 허상의…… 그리고 어엿한 에미 노릇이라는 허상의. 그래도 한복이 꽤나 잘 어울렸던 분이셔. 국민학교 땐가…… 수업을 받다가 문득 창 밖으로 고개를 돌렸는데 한복 저고릿고름 휘날리며 송탄 어머니가 운동장을 가로질러 오는 게 보이겠지. 물론 환영이었지. 길러준 어머니에겐 죄만스런 얘기겠지만 핏줄이 당기는 건 어쩔 수 없나봐. 엊그제 내게 전화를 했더라고. 인숙씨를 한번 당신에게 데리고 와보래. 후훗. 시어미 구실이 좀 하고 싶었나보지? 지레 걱정 마. 같잖은 위세부터 차리고 들려는 그런 소갈머리 없는 분은 애당초 아니니깐."

용빈은 수표가 든 봉투를 불쑥 디밀며 지나칠 만큼 노골적으로 까발렸다.

"넣어둬. 내 성의니깐. 이번 주말에는 송탄에 계신 울 어머니를 찾아가 봬야 하고, 또 가을 문턱도 되고 했으니 인숙씨 옷이라도 한 벌 근사하게 빼다 입으라고."

그를 낳아준 어머니는 작은집댁이었다. 용빈이 평소 자기 집안의 복잡한 갈래에 대해선 별로 귀띔해주지 않아 그 내막을 잘 알 순 없는 노릇이었지만 송탄에 산다는 그의 생모가 왠지 숭글숭글한 성품의 소유자일 것 같은 생각이 막연히 들었다. 그러나 낳아준 어머니든 길러준 어머니든 시어머니 깜냥을 치르려 들 양반을 둘씩이나 찾아본다는 건 썩 내키는 일일 수가 없었다.

"용빈씨. 그렇게 생색을 낼 것까지는 없잖아요? 세상 어느 여자가……"

"인숙씨가 송탄에 가는 일을 탐탁찮게 여기는 심정은 알아. 하지만 이건 어쩔 수 없어도 한 번은 거쳐야 할 거래인걸. 물론 뒷거래긴 하지만. 이런 거래는 말 나온 김에 싸늘하게 후딱 해치우는 게 좋단 말이야, 난…… 어디 놀러 가는 셈 치라고 제발."

한 번쯤 매몰차게 퇴박을 놓고 싶은 알량한 자존심이 속에서 불뚝하기도 했지만 왠지 곧추세웠던 목덜미부터 스르륵 맥없이 무너지는 것이었다. 지금의 남편 용빈과는 사내 결혼을 한, 같은 은행 동료네 집들이 갔다가 첫 대면을 했다. 그는 신랑 쪽 친구들에 섞여 왔었다. 그에게서 한번 만나보고 싶다는 전화를 받았을 때 난 한참 기억을 더듬은 뒤에야 곱슬머리에 땅딸한 체격을 두르고 있던 한 사내를 떠올릴 수 있었다. 그는 은행 본사의 환 딜러였고 지금도 역시 그 일을 하고 있다. 하루 종일 런던이나 홍콩 그리고 동경 외환시장과 연결된 팩스나 컴퓨터 단말기 앞에서 홍수처럼 쏟아지는 정보를 솎아내다가 순간적인 판단으로 외환의 매도나 매입의 규모와 시기를 찍어내 은행의 환시세 차익을 극대화시키는 게 그의 임무였다.

"왜, 텔레비전 광고 중에 순간의 선택이 어쩌구 하는 선전이 있잖아? 우리네 딜러들이 꼭 그런 피 말리는 순간순간의 삶을 살아가는 대표적인 경우라구. 하루살이 삶이긴 해도 화끈한 면은 있어. 이때다 싶으면 물불 안 가리고 과부집 장리변을 내서라도 꼬나박으려 달겨

들다가도 이크 빠진다 싶으면 시앗 본 부처처럼 뒤도 안 보고 돌아서
야 해. 내 돈 가지고 하는 짓도 아닌데……"

"꼭 도박하시는 분 같아요."

"도박이라고? 그거야말로 예술이 아니던가. 도박은 거래의 최고
경지며 꽃이자, 벌거벗은 목마른 영혼 그 자체라는 걸 몰라서 물어?
난 도박 예찬론자는 아니긴 하지만……"

매장 앞에는 한 여자가 집요하게 서성거리고 있었다. 그것도 내가
점찍어둔 옷을 걸친 마네킹 앞에서. 그 때문인지 나는 선뜻 매장 안으
로 진입하는 데 부담을 느끼고 있었다. 그녀는 하릴없이 서서 내가 점
찍어둔 옷을 걸치고 있는 마네킹을 다시 한번 뚫어져라 쳐다보다 돌
아섰다. 퍼러죽죽한 싸구려 티셔츠를 걸치고 물이 많이 빠져 허벅지
께가 희끄무레하고 무릎이 풍덩 빠진 청바지에다 물보라를 뒤집어썼
는지 아니면 식은땀을 흘렸는지 목덜미까지 치렁치렁한 단발머리가
호졸근히 젖어 있었다. 인물값을 살뜰하게 치르게 생긴 콧날이 금세
라도 아무한테나 건방을 떨 듯 유난히 되똑했다.

서로 정식으로 인사를 나누지는 않았지만 그녀와 풋낯쯤은 익히고
이름 석 자도 넌지시 듣고 있는 사이였다. 그녀는 은행 지점이 세 든
대풍빌딩의 삼사층에서 잭보이라는 브랜드로 자체 상품을 만들어 백
화점으로 납품하는 중견 봉제업체에 다녔다. 그래서 이따금 분식집
을 겸하고 있는 잉꼬상회나 복도 같은 데서 오가다 흘깃 눈길이 마주
치곤 했다. 파란 머릿수건을 야무지게 간동그린 그녀의 얼굴은 내게
지금껏 바래지지 않는 뚜렷한 이미지를 새겨놓고 있었다.

물론 그녀의 이미지에는 왠지 위험한 낙인이 어룽거리고 있었다.
그때가 언제던가…… 그때는 봄비가 위험하게 내리고 있었다. 그곳
사람들이 촉촉한 봄비에 몸을 적시며 허공에 뜬 철제 비상계단에 죽
앉아 있었다. 몸피에 비해 품이 터무니없이 부푼 샛노란 점퍼가 얼른

눈에 띄었다. 이마에 하얀 글씨로 '단결'이라는 글씨가 썩어진 빨간 머리띠를 동여맨 그녀는 한 손으론 아슬하게 난간을 붙들고 다른 한 주먹으론 허공을 치며 노래를 부르고 있었다. 그녀는 왜 단발머리만을 고집하는 것일까. 그 노래는 곡조와는 상관없이 〈로렐라이 언덕〉처럼 구슬프게만 들렸다. 나 태어난 이 강산에 노동자 되어 꽃피고 눈 내리기 어언 삼십 년…… 무엇을 하였느냐 무엇을 바라느냐…… 아아 다시 못 올 흘러간 내 청춘, 푸른 옷에 실려간 꽃다운 이내 청춘……

"오천원 일당 쟁취하여, 인간답게 살아보자! 살아보자― 아! 살아보자!"

우산을 쥔 손목에서 맥이 풀렸다. 위험하다. 왠지 그런 생각이 꾸역꾸역 밀려들었다. 솜털이 보송보송한 햇병아리가 개구쟁이 손아귀에 떠밀려 까마득한 고층 아파트 옥상에서 추락하는 장면이 끈끈한 예감처럼 떠올랐다. 그런데…… 노란 꽃 한 송이가 회양목이 담뿍담뿍 멍울져오른 화단 위로 떨어지고 있었다. 동시에 나는 우산을 바닥에 떨어뜨렸다. 철제 계단 위의 사람들이 일제히 일어나 마치 나를 향해 외치듯 짐승 소리 같은 괴성을 우우우― 지르며 난간에 매달렸다. 아찔한 현기증 한 줄기가 관자놀이를 파고들었다.

'누가 내 옷에 손을 대었느냐?' (마가복음 제5장 30절)

나는 며칠 뒤 주일예배를 드리면서 내내 이 대목을 되풀이해 읊조리며 속으로 하냥 울었다. 예수가 골수에 병이 든 사람들한테 자신의 옷자락을 잡는 것만으로도 완쾌의 이적을 베푸는 대목이었는데 내게는 왠지 자꾸만 노란 점퍼의 추락 장면이 떠오르는 거였다. 누가 내 옷에 손을……

'여자는 아름다움에 새롭게 눈뜨기 시작한다. 변화를 추구하는 여성의 자기 발견 꽁·메·르·꼴.'

매장에 내걸린 판촉 현수막에는 갖가지 유혹적인 문구가 붉은 혓바닥을 날름거리고 있었다.

"한번 살펴보세요. 디자인도 독특하고 특별 서비스도 마련돼 있으니 기회가 그만이에요."

판매원 아가씨가 눈웃음을 치며 다가서고 있었다. 나는 얼른 스스로 알아서 둘러보겠다는 뜻으로 가벼운 목례를 해보이고는 옷걸이들 사이로 들어섰다. 옆에서는 중씰해 뵈는 퍼머 머리가 마네킹이 맵시나게 빼입은 옷의 소맷부리에 손끝을 걸고 피륙을 감촉하는지 가볍게 문지르는 시늉을 했다.

"너무 젊은 애들 옷이 아닐까? 늙은 사람이 괜히……"

"어머머 참, 사모님도. 이제 갓 사십을 넘기신 듯 보이는데 이런 옷이 어디가 어때서요? 마담 사이즈로도 다 준비가 돼 있어요. 젊게 입으면 그만큼 젊어지는 거지 뭘 그러세요. 보아하니 아직 허리도 살아 있는 듯한데요. 제가 이래 뵈도 턱없이 권하지 않아요."

허리가 살아 있다는 아가씨의 말에 급소를 찔린 듯 구슬가방을 주물럭거리는 여인의 손아귀에서 힘이 솔솔 풀리는 모습이 보였다.

"사모님께서 물건 고르시는 안목이 역시 보통으로 세련된 게 아니십니다. 이 꽁메르꼴로 말씀드리자면……"

옆에서는 거의 흥정이 무르익어가는 모양이었다. 아가씨가 양쪽으로 둘씩이나 달라붙어 마네킹의 옷을 벗기기 시작했다. 퍼머 머리가 굳이 마네킹이 입고 있는 옷을 싸달라고 막무가내로 고집했던 것이다. 나는 옷이 벗겨지는 마네킹을 바라보다 깜짝 놀라는 표정을 지었다. 마네킹의 몸뚱어리는 겉보기보담 더럽고 흉측했다. 등짝에는 반품 어쩌구 하는 서툰 낙서가 시커멓게 휘갈겨져 있는가 하면 또 배꼽아래께는 섬득하게 패인 흉터가 들쑤시고 지나갔다.

"미친년."

누군가 귀를 간지르는 것 같아 돌아다보니 단발머리가 내 옆에 바짝 달라붙었다가 멀어져가고 있었다. 성마른 표정으로 콧구멍을 발씬거리는 그녀의 입 근처에선 단내가 훅 풍겨왔다.

"옷을, 옷을 벗기지 마. 제발, 그런 식으로 빼앗진 마."

나는 갑자기 숨이 턱에 차올라 자신도 모르게 헐떡이며 중얼거렸다. 백주에 벌어진 무지막지한 테러 현장이라도 목격하는 느낌이 들었다.

"황인숙, 이건 네 옷이 아냐. 틀림없어. 이건 내가 한 번 입다 버린 옷인데 그 아줌마가 가져갔어. 너희 엄마가 우리 병원에서 빨래하는 그 뚱뗑이 아줌마가 맞지, 그렇지? 맞지? 이 단추를 보면 단박에 알 수 있어. 너는 지금 내가 입다 만 옷을 입었어. 그러니 까불지 마. 후후."

그애 이름은…… 그래 건희, 건희다. 삼학년 오반 부반장.

나는 머릿속에서 고무공처럼 튀어나온 한 아이의 이름을 기억해냈다. 그러자 그 이름에 매달려 고구마 줄기인 양 줄줄이 딸려나오는 기억의 덩어리들 때문에 양미간을 살포시 구기지 않을 수 없었다.

어릴 적 엄마는 밖에서 남의 집 헌 뜯게옷을 줄기차게 꿍쳐가지고 들어왔다. 진절머리가 나도록. 내가 몸에 걸치고 있는 헝겊은 머리에서 발끝까지 남의 것 일색이었다. 심지어는 내의류마저 엄마는 병원에서 가져온 헌 시트 자투리를 이어 만든 걸 억지로 입히곤 했다.

"이건 원장 선생님 따님이 몇 번 안 입고도 버리게 된 건데 봐라, 기지가 얼마나 쫀쫀하니. 한 번도 안 빤 진솔옷이나 진배없다. 아유, 그 의사 선생님은 남자시면서도 어쩜 그리 맘 씀씀이가 알뜰허냐 응?"

그런 옷가지라는 게 펼쳐보면 한 벌 한 벌이 그녀 집안 형편으로는 꿈속에서라도 새것 장만이란 언강샘심이었다. 색상이나 재단, 피륙 등 어느 면을 살펴봐도 일류 수준급의 옷임을 한눈에 알아볼 수 있는 것들뿐이었으니.

　　그러나 뜨게옷은 역시 뜨게옷일 따름이었다. 입는 당사자인 나에게는 거의 눈치 채이지 않는 흠결이 반드시 한두 군데 있게 마련이어서 곧 주위의 따가운 눈에 띄어버리곤 했다. 등단추 중 한두 개의 모양새가 조금 틀리다든지, 치마 말기에 올챙이 눈알만한 불구멍이 뚫렸다든지, 겨드랑이께 솔기가 보일락말락 미어졌다든지, 허리띠 매는 자리는 있는데 정작 허리띠는 없다든지, 새 옷이 아닌 바에야 웬만한 옷이라면 흔히 있음 직한 흠집들이 유독 나의 몸에 걸쳐진 옷들에는 결정적 낙인으로 환하게 찍혔다.

　　"쟨 남이 입다 준 옷도 참 자랑스럽게 입구 다닌다구. 창피하지도 않은가봐."

　　등뒤에서는 일부러 들으라는 듯한 목소리들이 팥죽처럼 끓었다. 그 순간부터 내가 입고 있던 옷이 더이상 나긋나긋한 옷이 아니라 풀기가 죽은 채, 성충이 된 나방이 찢고 나온 번데기 허물처럼 한갓 추레하고 누추한 껍데기로 전락했다. 자연스럽게 걸으려 애를 쓰면 쓸수록 몸은 균형을 잃고 갸우뚱거렸다. 겉몸이 후끈 달아올랐다. 그러나 나는 어린 맘에도 주위의 헐뜯음이 사실은 부러움에 그 젖줄을 대고 있다는 사실을 잘 알고 있었다. 때문에 나는 뜨게옷을 아예 벗어버리고 싶다는 생각보다는 어떻게 하면 완전무결한 옷이 걸릴까 기대하며 엄마가 챙겨오는 옷 보따리 속으로 매번 희번덕거리는 눈알을 이리저리 박아넣곤 했다.

　　그때 제일 두려웠던 것은 누군가 이것은 내가 입던 옷이야 하며 나서는 경우였다. 그 상황이 실제로 닥쳐왔을 땐 난 거의 제정신이 아니었다. 새 학기 환경미화 심사가 일 주일 앞으로 다가오자 그날그날 청소를 책임진 줄반장은 꼭 담임선생의 점검을 받고 합격 지시가 있어야만 집에 갈 수 있었다.

　　"겨우 줄반장인 주제에 누굴 보고 이래라저래라 명령이니?"

"청소만큼은 줄반장이 책임지게 돼 있어. 왜 그래? 청소가 하기 싫으면 그냥 집에 가도 좋아. 하지만 청소하는 데 훼방이나 놓지 말아줘. 흥, 꼴에."

"니 눈엔 내 꼴이 어디가 어때서?"

악에 받쳐 이를 앙다물고 거친 숨을 몰아쉬던 건희는 도끼눈을 위아래로 부라리며 내 몸뚱어리에 찬물을 끼얹듯 훑어보았다. 세일러복처럼 그녀의 어깨를 덮은 옷깃의 가장자리께에 영롱하게 수놓아진 구슬 레이스가 무지갯빛으로 헐떡거렸다.

더이상 암말 못 하고 눈초리만 사납게 말아올리며 쏘아보던 건희의 눈에서 옳거니 하는 광선이 한 줄기 새나왔다. 입가에는 야멸찬 비웃음이 흘렀다. 그애는 혀끝이 녹아날 듯 부드러운 말로 어른처럼 속삭였다.

"너희 엄마, 우리 병원에서 빨래하는 그 뚱뗑이 아줌마 맞지? 그렇지?"

그때 오금이 졸아붙던 느낌이란! 눈앞에는 온통 그애의 하얀 레이스뿐이었다. 수치심과 뒤범벅된 형언할 수 없는 노여움이 화톳불처럼 피어올랐다. 동시에 내부로부터 뭔가가 와르르 무너지는 소리를 들을 수 있었다.

"정말, 이 나쁜 계집애야. 천벌을 받을 거야."

정신 없이 달겨든 나는 건희의 레이스부터 북 잡아뜯었다. 그 소리는 나중에 용빈을 따라다니며 맛들인 볼링에서 스트라이크를 칠 때 오금에 착 달라붙던 쾌감처럼 무척이나 짜릿했으리라. 살짝 건들기만 하면 언제든지 밑바닥에서 솟구칠 태세가 돼 있는 비커 속의 앙금 덩어리인 양 지금도 기억의 한 켠에 사뿐히 가라앉아 있는 것이다. 나는 머리를 가볍게 흔들었다.

"으아악!"

갑자기 여자의 날카로운 비명이 공기 속을 단칼에 휘저었다.

나는 무의식적으로 소리가 난 쪽으로 고개를 돌리며 그리로 종종 걸음을 놓았다. 백화점 경비원이 급한 발걸음으로 달려오고 남자 판매원은 평소에 훈련이라도 미리 해둔 양 소리가 울린 곳에 영문을 모른 채 서 있는 사람들 무리를 듬성듬성 에워싸듯 하며 몰려들었다.

"별일 아니니깐 손님들을 안정시키고 소리난 곳 주변에 있는 사람들을 잘 살피라구!"

중간관리자쯤 되는 듯한 사내가 나지막한 목소리로 짧게 지시했다.

나는 가방을 앞으로 당겨 두 손으로 감싸안은 채 구경했다. 챙이 넓은 귀부인풍 모자를 머리 위에 곱게 모셔다둔 젊은 여자가 바닥에 쪼그려앉아 두 손을 불에 덴 듯 호들갑스럽게 공중에 털며 울음을 그치지 않고 있었다. 귀부인모자의 허리께로 눈길을 주다 말고 나는 급히 벌어진 입을 손바닥으로 가리고 말았다. 그 여자의 허리께에 거진 한 뺨들이로 찢긴 칼자국에선 붉은 자국이 널름 비치는 거였다. 그러나 들여다보니 다행히 핏자국은 아니었다. 몸에 착 달라붙게 입은 붉은 색깔의 정장이 그런 착시를 일으킨 모양이었다.

"어떻게 된 일이야. 소매치긴가?"

"아녀, 자긴 요즘 신문도 안 읽고 다녀? 신문에 난 또 그 일인가봬. 예쁘게 잘 차려입은 젊은 여자만 골라 면도칼로 그어댄다는 가학성 변태 말이야. 조것 봐. 아니나 다를까 또 빨간 색깔인데."

"정말 그러네. 어머 무시라, 시상에 무법천지랑께."

"아, 이 훤한 곳에서 말이야 여봐란 듯이 이런 일이 연쇄적으로 벌어지니 정말 얄궂대이."

"가슴이 벌렁벌렁해서 어디 하룬들 맘놓고 살겠어, 이거. 벌써 네 번째라고. 굼벵이 같은 경찰은 도대체 뭘 하고 있는 거야. 세금으로 월급은 꼬박꼬박 받아처먹으면서."

잠복 근무중이었다는 사복 경찰 두엇이 진둥한둥 뛰어와 합세했다.

"어떻게 된 거요!"

"소리가 나자마자 우리가 주위를 에워쌌으니 암만 빠른 놈이라고 해도 미처 몸을 빼긴 어려웠을 텐데요. 수상한 동작을 한 사람도 없었 다니까요. 있다면 바로 이 속에 있어야 하는데."

"목격자 없나, 목격자?"

"글쎄. 나서는 사람이 없는 걸로 봐서……"

"옌장, 이 많은 사람들 중에 목격자가 없단 말인가? 우선 바닥부텀 샅샅이 훑으라고. 범인이 현장에 범행 도구를 흘리고 갔을 수도 있는 법이니깐."

웅성웅성 모여든 사람들에 의해 둘러싸여 졸지에 구경거리의 대상 이 된 귀부인모자 근처의 사람들은 모두 어이가 없다는 표정을 지으 며 서 있었고, 경찰은 무슨 일부터 처리해야 할지 갈피를 못 잡고 있 었다. 내가 사람들에게 밀려 시적시적 스쳐가려는데 그 무리 안에 갇 혀 있던 여자 하나가 겅중거리며 뛰쳐나와 팔짱을 끼며 반색을 했다.

"어, 언니. 어디 갔었어? 한참 찾았단 말이야, 응."

어. 누구더라. 바로 그 단발머리였다. 어째서 이 아가씨가 나를 언 니라 부르며 다랑귀를 띌 듯 반갑게 달라붙는 것일까. 나는 속으로 겁 도 났지만 뭔가 짚이는 바가 있어 국으로 가만히 참으며 장단을 맞춰 주기 시작했다.

"어머 애, 너야말로 어디 있었니? 한참 찾았어. 내가 있잖아, 너한 테 너무너무 잘 어울리는 스카프 봐뒀는데 이리 와봐. 네게는 역시 물 방울 패턴을 이용한 무늬에다 연한 베이지 색상을 깐 게 잘 어울리는 것 같더라. 게다가 마침 세일 기간이니 오죽 잘됐니."

나는 주위 사람들의 이목은 아랑곳없다는 듯 일부러 넌덕스런 태 를 내며 그 단발머리의 팔짱을 세게 잡아끌었다. 잠깐 흐릿한 눈빛을 띠던 그녀도 천연덕스럽게 받아넘겼다.

"아유, 언니도 웬 백화점에서 그런 것을 산다고 그래요? 그냥 시장 같은 데서 아무것이나 골라도 될 텐데."

"그래도 네 스물세번째 귀빠진 날을 이렇게라도 축하해주고 싶은 이 언니 심정을 알아나 줘라, 애."

"차암. 언니는……"

나는 단발머리와 맞잡은 손에 힘을 꽉 주면서 천천히 사람들 틈새를 헤치고 나왔다. 내 손아귀 안에 잡힌 그녀의 손바닥에서 미세하게 번지는 불규칙한 파동이 느껴졌다. 앞만 보고 걸었지만 그 많은 사람들 앞에서 예행연습 한 번 없이 그렇게 실감나는 연기를 펼친 자신을 새삼 돌아다보는 중이었다. 내게도 이런 다부진 구석이 있었던가.

"저 좀 보고 가세요, 언니."

"그래요? 그럼, 나 좀 따라올래요?"

나는 그녀에게 짧게 끊어 던졌다. 간판을 보니 커피전문점 아네모네라고 씌어 있었다. 단발머리는 코뚜레가 처음 뚫려 이제 막 사람 손에 고삐가 넘어간 부룩송아지처럼 고개를 삐딱하게 외로 꼬며 한참이나 머뭇거리다 성큼성큼 따라 들어왔다.

아무것도 넣지 않은 블랙커피를 큼큼거리며 마시다 말고 난 손가락 끝을 세웠다.

"솔직히 좀 말해줘요!"

평소에 블랙커피를 즐기는 편은 아니었다. 그러나 블랙커피의 강렬한 색깔이 그것을 마시는 사람의 인상을 좀더 강인하게 보이게 만들 거라고 생각했다. 쓴 커피 맛만큼이나 아릿한 오기 같은 게 불쑥 솟구쳤다. 내가 반잔쯤 비웠을 때 무조건 들떼놓고 이렇게 떠보았다.

"왜지?"

하는 말이 목젖까지 달라붙었지만 대신 입 안으로 쓴 커피물을 흘려넣었다. 적당히 그녀를 외면하고 싶었다.

요즘 신문 사회면 구석배기에는 네댓새들이로 젊은 여인들을 면도칼로 습격하는 괴한에 대한 일단짜리 기사들이 모습을 비치고 있었다.

'또 밤길에 이십대 여인 습격, 금품을 턴 흔적은 없어. 여자의 화장품 냄새 풍겨, 남장한 여자로 추정되기도……'

나를 빤히 바라보던 단발머리는 이마를 탁자 위로 쑤셔박듯 기울여 뭔가를 입 안에서 뱉어냈다. 처음엔 씹다 만 껌인가 했다. 그러나 그것은 반동강이가 난 면도칼이었다.

"놀랐죠? 엉겁결에 입 안에다 집어넣었어요. 혀라는 게 생각보다 감각이 예민하고 몰캉해서 그런지 뜻밖에도 아무런 상처를 입지 않았어요. 언니 이름은…… 인숙이죠? 맞죠? 난 일류이라고 해요. 송일류."

"알고 있어요."

"아 예, 정말 고마웠어요. 말은 놓으셔도 돼요. 그게 나두 편하니깐."

"난 생각만 해도 어째 몸이 떨리고 무서워지는데……"

"히힝, 저도 잘 몰라요. 하지만 사람을 상하게 하진 않아요. 그러고 나면 저도 제 행동에 깜짝깜짝 놀라긴 하지만……"

"……?"

"근데, 인숙언니는 우리 명자 언니를 무척이나 빼닮았군요."

"명자 언니가 누구죠?"

"가엾은 언니죠. 나도 그 언니의 운명이 되고 말 거예요. 왠지 그런 생각이 들어요. 시집간 지 일 년도 못 돼서 반벙어리가 되어버린 언니가 있어요. 육 개월만 공장에 더 다니면 시집갈 한밑천 뽑는다고 부득부득 내 말을 도통 안 들었어요. 식은땀까지 질질 흘리면서도 그 환장할 납땜 인두를 그에 손에서 못 놓더니만 시집가서부터 큰 탈이 난 언니가 있어요. 아이를 못 낳으니깐 길거리로 쫓겨나 헤맨 거예요. 그

언니하고는 구로공단 닭장집에서 처음 만나서 입때껏 같이 살다가
그 언니가 시집이랍시고 가는 바람에 헤어졌죠. 자기 이름이 좋다며
내 이름 가지고 얼마나 놀렸는지 몰라요. 여자 팔자의 반은 이름에서
나온다면서 말예요…… 멋도 모르고 생고생을 한 거죠. 지금 다니고
있는 데는 거기에 비하면 아주 양반이에요. 파업 한 번 제대로 못했지
만…… 제가 층계에서 떨어져 팔에 깁스하고 다닌 거 보셨겠죠? 그
나마 그렇게 한바탕하고 났더니 일당도 오백원씩 오르고, 무슨 바람
이 불었는지 회사에서 갑자기 잔업 대신 '교양강좌'인지 뭔지를 토요
일이면 마련해주더군요. 마침 이번 주 토요일은 회사 설립 기념일 행
사가 겹쳐서 며칠 앞당겨 오늘 강좌가 열렸어요. 초청강사로 그 무
슨 여성단체의 총무라는 안경잡이 여자가 나와서 자발머리없이 떠들
더군요. 강연 제목이 아마 '숙녀의 에티켓'이었죠? 오 예, 마이 에티
켓!? 언니 저 참 주책이죠? 그렇죠?"
　"어머, 보기보담 말 잘하는데 뭐. 계속해줘. 난 아주 재밌어."
　"그래요? 그러잖아도 요새 입이 근질근질해서 미칠 참이었는
데…… 회사 밖으로 타박타박 나오다 생각해보니 거 참 얼빠진 년이
라는 느낌이 자꾸 들지 뭐예요. 높으신 분들께 찻잔을 갖다 드릴 땐
뒷걸음으로 나오는 거라는 둥. 세상에, 이 회사에 그 짓 하러 나오는
년들이 도대체 몇이나 된다구 그 따위 돼먹지 않은 소리를 주워섬기
는지. 가만히 듣는 척하고 있자니 얼매나 눈꼴이 시고 부아가 끓는지
속이 다 미식거리더라구요. 아마 우리 노동자가 회사에 나와서는 그
런 따분한 짓이나 하다가 집에 가는 줄로 착각했나봐요. 또 윗사람한
테는 까딱인사를 하지 말고 두 손을 공손히 내리고 깍듯이 허리인사
를 하라니, 하느님 맙소사. 존경받을 짓을 해야 깎는지 보태는지 하
는 인사가 나올 것 아니겠어요? 걸핏하면 폭언에다 추잡한 손찌검까
지 일삼으려 들고 필경은 보리 뜯어먹은 소 몰아치듯 해야 직성이 풀

리는 치들에게 무슨 열고가 나서 없는 신경통까지 도지라고 허리를
푹푹 꺾겠어요. 그리고 제발 펑퍼짐한 청바지에 싸구려 운동화 신고
공순이 티 나게 쿵덕쿵덕 뛰어다니지 좀 말라니, 내 참 기가 막혀서.
생각 같아서는 화장품을 떡반죽처럼 처발라 번주그레한 얼굴을 독
오른 손톱으로 확 그어버리고 싶었지만. 누군 운동화보다 구두가 좋
은 줄 모르고 예쁜 정장 차림에 새침데기처럼 또박또박 걷고 싶지 않
남? 쥐꼬리만한 봉급 타서 이것 해입고 저것 신고 난 그 다음날부터
대관절 뭘 먹고 살란 말이야, 고향의 부모님은 또 먼산바라기만 하라
구? 또 뛰긴 우리가 뭐 선불맞은 멧돼지라서 뛰나, 일 분 일 초라도
일찍 집에 가 쉬려다보면 자연 걸음이 빨라지는 거죠, 힝. 언니는 혹
시 몇 기쯤 되세요?"
　"몇 기? 공채 7기지."
　"후후. 가을옷을 사려는 언니 옆을 지나는데 돈 냄새가 물씬 달겨
드는 게 좋더라구요. 우린 그런 후각은 거의 동물적으로 발달해 있어
요. 그런데 내가 말하는 기는……"
　"기는?"
　"글쎄 제가 폐병 3기에 접어들었다는 거지 뭐예요. 이 젊은 청춘을
소리 없이 야금야금 갉아먹는 몹쓸 병균이 제 몸속에서 우글거린대
요. 그게 말이나 되는 소리예요! 세상은 나날이 무서운 속도로 번창
해가는데 이대로 정녕 내 인생의 막이 내린다는 말이에요? 믿을 수
도, 믿고 싶지도 않아요."
　"요즘이야, 의술이 잘 발달했으니깐 요양만 잘하면 될 텐데 뭘 그래."
　"그 젊은 의사랑 똑같이 얘기하는군요."
　일류은 질기디질긴 한숨을 빼물었다.
　"그런데, 언니 정말이지 약이 갈수록 독해지는 것 같아요. 약봉지
엔 순 기분 나쁜 하얀 알약투성이고요. 요즘에는 약발도 잘 안 받는

것 같아요. 언니 진해거담제가 뭔지 아세요. 기침병에 잘 듣는 약인데, 그게 그렇게 끝내준대요. 처음엔 다섯 알만 먹어도 하늘이 돈짝만한 게 세상 시름의 마지막 한 방울까지 훌훌 다 잊는대요. 내 주변에는 몸은 멀쩡하면서도 그걸 일부러 사먹는 애들도 꽤 돼요. 값도 싸고 동네 약방에서 눈 한 번 찡긋하고 하얀 약 주세요 하면 쉽게 구할 수도 있어요."

"그러면 그건 환각제랑 마찬가지인데 설마……"

"아, 내가 쓸데없는 말을 했네요. 그게 아닌데, 안 되겠어요. 화제를 딴 데로 돌려야지. 언닌 스카프 한 장이 얼만지 잘 알죠?"

"글쎄, 실크류라면 요즘 못 줘도 이삼만원은……"

"예, 실크류 말예요. 야들야들 따스한 봄바람처럼 목에 착착 감겨드는 실크류가 보니깐 제가 맘속으로 생각한 액수의 한 다섯 곱절 정도는 되더라구요. 이십 프로 할인이라고 쓴 바로 아래에 삼만이천원이라고 적혀 있어요. 그 앞에서는 스카프 메이크업쇼가 한창인 걸 언니도 보셨겠죠? 그렇죠. 아주 좋습니다. 가을엔 뭐니뭐니 해도 실크류가 돋보이지요. 올가을 유행으로는 스카프의 매듭에 포커스가 주어지지 않을까 예상돼요. 자 보세요. 요렇게 뒤로 한 번 돌리고……이쪽 깃을 잡고 다시 한 번, 이때 너무 좁게 매시면 뽕이 움츠러들어 멋이 떨어지겠죠? 자, 그러면 아무나 한 분…… 이제 그만 돌아가볼까 하는 시큰둥한 생각이 들었는데 낯익은 레테르가 시속 백 킬로미터로 눈에 확 달라붙지 뭐예요. 우리 회사에서 납품하는 꽁메르꼴 말이에요. 제 이 투박한 손이 언니의 맘을 사로잡았던 꽁메르꼴을 만들 줄은 정말 몰랐죠? 근데 그런 데서 그것과 맞닥뜨리니 일할 땐 그렇게 지긋지긋하던 거와 달리 느낌이 이상하데요. 왜 시집가면 친정 동네 거렁뱅이도 반갑다는 말이 있잖아요. 어쨌든 주눅들어 움츠러진 어깨를 툭툭 털어낼 수 있었어요. 아무렴요. 누구의 손길을 거쳐간 건데요."

　일륙은 너무 숨을 쉬지 않고 말을 이어가느라 숨이 가빴는지 밭은 기침을 서너 번 토하며 냅킨을 입가로 가져가 틀어막았다. 나는 냅킨에 분홍빛이 슬쩍 비치는 걸 애써 놓치지 않았다.

　"……가을에 만나는 뜨거운 심성, 절제된 이성을 위한 판타스틱 패션 꽁·메·르·꼴 새로운 나를 찾는 야성의 숨결 당신의 악센트는 원색적인 보디라인 마드모아젤을 위한 네오클래식 패션의 선언 꽁·메·르·꼴. 아, 언니 그게 가을옷이래요. 물론 어느 한구석은 제 손을 거쳐 나갔겠지만 저한테야 그게 가을옷인지 겨울옷인지 도통 안중에나 있었겠어요? 허구한 날 소맷부리만 만지작거린 것도 그런 무감각의 한 이유가 될지도 모르죠. 내 손을 거쳐간 옷들이 이렇게 황홀한 자태를 뽐내며 일류 백화점 마네킹에 보무도 당당히 걸려 있을 줄이야 꿈에라도 생각했겠어요? 거기에 쏟아지는 온갖 찬사들. 악센트 칼라, 부드러운 플레어의 실루엣, 곱고 가는 웨이스트 라인, 클래식한 튤립 라인의 스커트. 생소한 외국말 범벅이라 무슨 소린지 감은 잘 안 잡히지만 막연히 그럴듯하다는 생각이 들었어요. 그것도 역시 이십 프로 할인인가 싶어 들여다보니 다행히도 아니에요. 어련하려구요. 제가 뼈빠지게 만든 옷이 기껏 할인이라니 말도 안 돼요. 제값 톡톡히 다 쳐서 받아야 돼요. 자, 보세요. 어? 그런데…… 이게 아닌데…… 아뿔사, 아무리 눈을 비비고 봐도 가격표에는 469,400원이라고 씌어 있었어요. 뒷덜미를 덮쳐 온 어지럼증 때문에 무릎이 푹 꺾이려 했어요. 눈탱이가 알싸하도록 비비고 또다시 비비고 쳐다보아도 변한 것은 아무것도 없었어요. 그러자 뜬금 없이 저번 달 봉급명세가 눈앞에 아른거리기 시작하는 거예요. 일당으로 계산한 기본급 27일 129,600, 연장근로 수당 54시간 45,900, 야간근로 수당 16시간 14,400, 휴일근로 수당 16시간 16,000, 월차 수당 1일 4,800, 주휴 수당 4일 19,200, 생리 수당 1일 4,800, 일당 4,800원에다 하루 평균 10.2시간씩 일을 했을 때, 그것도 저번 달같이 아무 탈 없이 꼬박 일한 '아주 운 좋은 달'에 받는 봉급액인데 여기에서 갑근세, 방위세, 의료보험료 등 각종 세금을 쳐내고 나면 실수령액은 이십이만원이 채 되지 않았는데, 아아 언니, 현실은 정말 꿈보다 더 터무니가 없었어요. 가슴을 쥐어짜며 한숨을 쉬어봐도 숨죽여 울어봐도 소용이 없을 걸요. 날 미치도록 우울하게 만든 건 바로 그 숫자들이었어요. 가격표에 씌어 있던 숫자를 가만히 따져보니 내 봉급액의 에누리 없는 갑절이었거든요. 그 환장할 일치가 속에서 뭔가를 뭉클거리게 한 거라구요. 그렇지만 않았어도 난, 난…… 입때껏 이런 생각을 갖고 있었어요. 그래도 이 세상은 몇 가지 조건만 좀 나아지면 저에게 행복을 줄 만한 그런 곳이라고 말이에요. 아침에 한 삼십 분쯤만 여유가 있으면 위산이 넘쳐나 쓰린 속에 허겁지겁 새벽밥을 퍼넣지 않아도 되구요. 그리고 일 끝나고 집에 돌아와서는 테레비 선전에 나오는 톱스타 안성기처럼 산뜻하게 하루를 뒤돌아보는 맥스웰 커피 한 잔 정도 타먹고 즐기면서 에프엠 음악을 들을 만한 여유가 되구요. 하다못해 주말 하루 정도는 눈이 맞은 씨억씨억한 수컷이 생겨서 변두리 재개봉관이라도 들러 눈물이나 한소끔 찔끔 뽑아내는 고무신 부대가 된다한들 알량하나마 제 몫의 행복은 챙겨지는 게 아니겠느냐, 뭐 이렇게 생각했어요. 이건 어느 누가 들어도 억지는 아니잖아요. 오히려 한심한 인생이라고 봐야지요. 큰손은 그만두고서라도 작은손 사이에서도 몇백 억이 오가는 허무한 세상에 살면서 말이에요. 하지만 물방울 다이아, 이태리제 가구, 콘도, 천문학적 부동산 투기, 삼십사조원의 예산, 사슴피 농장, 남북 관계, 고위층, 대권 정국 등등이 제 조그만 행복의 울타리와 도대체 무슨 상관이 있겠어요. 엿장수 가위질 따라 정해지는 추석 떡값의 끝수가 차라리 더 큰 관심을 끄는 절실하고도 현실적인 문제였어요. 언니, 하지만 세상이란 그렇게 살아봤자 아무 소용이 없나봐요. 이게 무슨 황당한 뒤바뀜이에요? 제가 만든 옷 앞에서 저는 손끝 하나 건드릴 수 없으니 말예요. 제가 꼬박 두 달 육십 일동안 유령이 되어 떠돌며 입지도 먹지도 않고 한뎃잠을 잔다고 쳐도, 그리고 고향에서 제가 부쳐준 돈으로 학교에 다니는 동생이 공부고 뭐고 다 집어치우고 해서 고스란히 월급 봉투를 차곡차곡 모은다 해도 그 가을옷 한 벌 사 입기에는 어림도 없단 말이죠? 그게 정말이죠? 그럼 전 분명히 가짜예요. 이 세상도 순 가짜예요. 모두 모두 가짜예요! 씨이……”

“……”

“아이 차, 내가 쓸데없이 너무 흥분했나봐요. 이해하세요, 언니. 오랜만에 제 말을 진득하게 받아주는 상대를 만나니깐 그저 굶주린 듯이 말을 한꺼번에……”

“무슨……”

“모르긴 몰라도 저게 아마 비발디의 〈사계〉 맞죠? 그 정돈 저도 빠삭해요. 아까 매장에서도 저게 흘러나왔잖아요. 저도 그만한 눈썰미는 있다구요. 눈 덮인 계곡의 얼음장 밑에서 개골창 흐르는 소리 같은 게 들리는 걸 보니 저건 제사번 겨울이 틀림없을 거예요. 딴따따라라 – 랄라 – 딴따 ……”

아네모네의 공간을 비발디의 〈사계〉 중 겨울이 율동미 있게 흐르고 있었다.

“백장미 홀에선 유행가가 흘러 나왔는데 …… 그대는 뭔가 다르네요. 사근사근한 목소리가 이젠 숙녀, 숙녀라고 얘기해요 하면서 제 등을 은근히 밀어젖힐 땐 죽고 싶었어요. 감히 그 가을옷을 손수 짜낸 나를 밀치다니. 그런데 그 옷솔기를 어떻게 한 땀 한 땀 떠가는지도 모르는 사람들은 한껏 부푼 지갑을 주물럭거리면 너무도 당당히 그

옷의 품위를 매입해서, 저의 눈물과 한숨과 애원까지 매수해서 고상하게 소비하려고 폼을 잡는 거예요. 알 수 없는 일이에요. 퍼뜩 이런 생각이 들더군요. 제 몫의 행복을 누군가 가로채 대신 누리고 있을 거라는 생각 말이에요. 제 몫의 행복을……! 그 빼앗긴 행복을 도로 차지할 수만 있다면…… 갈기갈기 찢어발겨야 한다는 생각이 들었어요. 바보같이럼……"

일류은 어깨를 가늘게 떨며 두 손으로 얼굴을 가린 채 흐느껴 울기 시작했다. 나는 그녀 옆으로 다가가 앉아 부드럽게 어깻죽지를 감싸 안으며 딴에는 훈훈한 위로의 말을 건네려 했으나 입 안에서만 어설픈 단어가 돼 맴돌 뿐 말문이 열리지 않았다.

"언니, 오죽하면 제가 마네킹이 되고 싶다는 맘까지 먹었겠어요? 어떻게 매장을 빠져나왔는지 기억이 잘 나지 않아요. 다만 매장을 빠져나오면서 나는 가느다란 욕망이 회충처럼 꿈틀거리는 걸 느꼈어요. 어떤 식욕 같기도 하고 희미한 요의(尿意) 같기도 한 뭉글뭉글한 정체 불명의 덩어리를. 그 덩어리는 곧 파도처럼 하얗게 부서지면서 탐스럽게 조각이 났어요. 전 너무 눈이 부셔 뜰 수조차 없어요. 그 조각들 하나하나가 알약, 예 바로 그 진해거담제로 변해 내 정수리 위로 소리 없이 떨어지기 시작했어요. 그 알약이 다 쓰고 빈 곽으로 깨끗이 부셔둔 제 콜드크림통에 머나먼 행복처럼 소담스레 고봉으로 한가득 쌓이는 거예요. 언니, 부디 얌통머리 없는 날 용서하세요. 그런 진해거담제라도 먹지 않으면 이 고통스런 현실을 일 분 일 초라도 견뎌낼 줄 아세요. 저처럼 물러터진 계집아이가? 그런 건 아예 바라지도 마세요."

"아무도 자기를 비난하지 않아. 아니 비난할 수조차 없어."

"난 자수할래요."

"자수?"

"그래요. 자수. 아아, 그건 길거리에 세워진 표어처럼 편하고 자유롭고 아름다운 걸 거예요."

"왜? 자기가 무슨 잘못을 저질렀길래? 제발 자수 같은 건 하지 마. 꿈도 꾸지 말라구!"

"언니는 제가 무슨 짓을 저질렀는지 다 알아요. 괜히 절 동정하지는 마세요. 떳떳한 죄과를 치르고 싶을 뿐이에요."

"자수는 안 돼. 자기의 자수를 받을 자격이 우리 사회에 있을 것 같아? 어림도 없는 생각 말라고. 널 동정하는 게 진짜 아니야."

나는 자수라는 말에 왠지 발정난 암고양이처럼 포달을 떨어댔다.

담임선생은 그때 건희를 할퀸 나를 계도하는 뜻에서 개네집에 일주일에 한 번씩 네 번을 찾아가 사과하라는 가혹한 벌을 내렸다. 그리고는 그 표증으로 건희 어머니의 서명을 받아오라고 다그쳤다. 나는 물론 꼬박 네 번을 그 넓적한 정원석이 징검다리처럼 깔린 집으로 찾아갔다. 하지만 사과의 말은 하지 않았다. 매번 갈 때마다 건희엄마는 현관에 서서 날 아주 반가이 맞아주었다. 그리고는 첫날은 과일 깎아주며 얘기를 사근사근 붙여왔고(물론 내게서 사모님은 한마디의 말도 듣질 못했다) 두번째 날은 음악을 틀어주며 소파에서 고양이처럼 졸게 만들었고, 그리고 셋째날은 으늑한 정원으로 데리고 나가 집구경을 시켜주며 어디서 금방 캐다 심은 듯이 푸석푸석하고 생소한 외국 꽃을 가리키며 꽃 이름을 일러주기도 했다.

그런데 어린 나는 결코 그 집에서 풀 죽은 모습을 보이지 않으려 무척이나 애를 썼었다. 사실 난 잘못한 게 없었으니깐 맹랑한 아이라는 타박을 들어도 할 수 없는 일이었다. 그때의 그 자존심이 지금껏 나를 버팅겨주는 어떤 힘이 되고 있을지도 모를 일이었다.

그날 나는 끝내 가을옷을 살 수가 없었다. 며칠 뒤 용빈은 내가 옷장만을 하지 않았다며 송탄행을 일 주일 뒤로 미루자 몹시 역정을 냈다.

"인숙씨가 지금 사람을 얕보는 거야 뭐야? 우리 송탄 엄니가 그렇고 그런 여자라서 얼굴 디밀기가 그렇게도 낯이 깎이는 일이라 그런가?"

"그게 아녜요, 용빈씨. 화를 내더라도 어찌된 연유인지 알아나 보고 그러세요."

"그래, 도대체 그 찜쪄먹을 연유라는 게 뭐야?"

"가을옷을 혼자 가서 덜렁 사는 여자가 어딨어요. 그것도 결혼을 얼마 남겨두지 않았는데. 남들은 죄다 애인들 팔짱을 끼고 와서 흥흥 콧소리를 내면서 사는데, 그것 자체가 이미 훌륭한 사랑의 구매 과정이더라구요. 알겠어요? 그냥 옷을 사는 게 아니라 사랑을 사는 거 있죠? 용빈씬 맹문도 모르고설랑, 멋대가리도 하나 없이……"

"클클클, 그만해둬. 알았어 무슨 말인지. 이따가 저녁에 당장 만나자구."

가을옷이 곱다시 포장된 쇼핑백을 들고 저녁 먹을 곳을 찾아 명동을 둘이서 이리저리 기웃거리고 다닐 때였다. 그는 저녁을 간단히 때우자고 채근했다. 나는 이렇게 바깥에 함께 쇼핑 나오는 것도 드문 일일 텐데 저녁은 정식으로 근사하게 먹어야 한다고 우겼다. 그러자 용빈은 그러면 자신이 호텔에서 뷔페로 한턱 내겠다고 흰소리를 쳤다. 내 손가락을 움켜쥔 그의 손은 달아올라서 뜨끈뜨끈했다. 그는 아마 지금 날 몹시 원하고 있는 건지도 몰랐다. 의류 매장 갱의실에서 가을옷을 입고 주름문을 밀치고 나온 날 바라볼 때부터 그의 눈초리에 열기가 퍼담겨 있음을 눈치챘다.

내 발걸음은 자꾸만 아네모네로 향하고 있었다. 그쪽은 또한 호텔이 있는 큰길로 난 방향이기도 했다. 용빈은 끊임없이 내 귓불에 대고 속삭인다기보다는 뜨거운 입김을 쏘아댔다.

"어때…… 응?"

나는 고개를 돌리며 슬쩍 웃다 말았다. 아네모네 앞을 지날 때였다. 맞은켠 옷가게의 진열창에는 움직이는 인간 마네킹이 패션 쇼를 하는지 사람들이 우죽우죽 모여 서 있었다. 언뜻 그중의 한 사람의 옆모습이 눈에 빨려 들어왔다. 바로 송일륙이었다. 나는 입맛을 쩍 다시는 용빈의 손아귀에서 손을 풀어냈다. 그리고는 천천히 일륙의 뒤로 엇비스듬히 다가갔다. 그녀는 진열창 안에 휘황찬란한 조명을 받으며 젠 체하며 서 있는 마네킹의 가을옷에 완전히 도취된 표정을 짓고 서 있느라 내가 다가서는 줄도 모르는 눈치였다.

조명 탓인지 그녀의 두 뺨은 잘 익은 수밀도처럼 발그스레하게 물들어 있었다. 아, 나는 속으로 짧은 탄성을 내질렀다. 느닷없이 갈증이 느껴졌다. 일륙은 거의 황홀경의 체험을 하고 있는 듯 사팔뜨기처럼 눈을 모들뜬 채로 진열창 안을 바라보는 것이었다. 놀랄 만한 집중력이 그녀의 두 눈에서 뿜어져나오고 있었다. 만일, 인류가 아담과 이브처럼 새로운 종자로 역사를 시작한다면 지금 이런 상태의 일륙이가 간택되어 마땅하다는 턱없는 생각까지 들었다. 꼼짝 않고 서 있던 사람 마네킹이 자세를 바꾸기 시작했다. 둘러선 사람들의 시선이 더욱 끈끈히 진열창 안으로 쏠렸다.

더는 견딜 수 없다. 몸 한구석 어딘가가 축축해지는 느낌이 들었다. 나는 몸을 살짝 비트는 시늉을 했다. 그녀와의 눈맞춤을 당장 실현해야 한다. 나는 일륙의 손을 붙들고 알은체를 하려고 했다. 그녀의 손을 더듬기 위해 눈길을 아래로 깔던 나는 소스라치게 놀라지 않을 수 없었다. 그녀의 손은 바로 옆의 어느 아가씨의 백 속을 더듬고 있었다. 나는 내 눈을 의심했다. 그건 소매치기들이나 하는 짓임이 분명했다. 나는 머릿속이 팽그르르 달아올랐다. 반질반질한 손지갑을 꺼내들고 나오는 일륙의 손을 제지하려는 순간 목덜미에 뭔가가 서늘하게 와 닿는 느낌이 들었다. 나는 이상하게도 목뼈 부근이 뻐근해지는 쾌감을 느꼈다. 알 수 없는 쾌감.

돌아다보니 옆에 있으려니 했던 용빈은 흥미를 잃었는지 길 건너 편에서 담배르 피우며 초조한 듯 고개를 이리저리 돌리며 길거리를 훑어보는 중이었다. 용빈이 있던 자리에는 웬 남상지른 모습의 껍실 껍실한 아가씨가 납작한 맹꽁이모자를 쓴 채 딴전을 피우고 있었다. 그의 오무려 붙인 손살에서는 반동강이가 난 예의 그 면도날이 흘끗 광선을 되쏘곤 사라졌다. 순간 내 몸은 납덩이처럼 굳어졌다.

"가만있지 않으면 곱상한 얼굴에 사정없이 줄 가부러잉."

그는 바람잡이였다. 그럼 일류은……? 갈데없는 소매치기였단 말 인가! 나는 겁도 없이 맹꽁이모자를 한참이나 쏘아보았다. 그 사이에 끌려나온 지갑은 일류의 손을 거쳐 맹꽁이모자의 점퍼 호주머니 속 으로 빨려 들어갔다. 아아, 정말 이래선 안 돼.

그때 일류이가 고개를 돌리는 바람에 나와 눈길이 마주쳤다. 나는 있는 힘을 다해 목구멍 속으로 기어들려는 그녀의 이름을 떠밀어냈다.

"일 · 류 · 아……"

그녀는 정말 아네모네에서 비발디의 〈사계〉를 들으며 내게 자신의 살아온 내력을 털어놓으며 눈물짓던 틀림없는 일류이었다.

"일류아, 나 모르겠니?"

"어머, 이 아가씨가 왜 이래? 내 이름은 현정이에요. 사람 잘못 보 고선."

그녀는 내가 내민 손에 벌레라도 묻은 양 획 뿌리치고는 맹꽁이모 자와 팔짱을 끼며 빠른 속도로 길거리 인파 속에 묻혀갔다.

─언니, 난 자수할래요.

─자수?

나는 그 자리에 붙박이로 얼어붙어 몸서리를 쳐댔다. 그때 용빈이

지싯지싯 다가와 내 어깨를 톡 건드리지 않았다면 난 하냥 그렇게 몸을 뻣뻣이 굳힌 채 서 있었을지도 몰랐다.

"아직도 볼거리가 남은거? 저건 유치한 쇼야, 한두 번 본 게 아닐 텐데 새삼스레 뭘…… 얼른 가자고."

나는 그가 팔짱을 끼는 대로 허물어지듯 몸을 맡겼다. 갑자기 속에서 허발이라도 난 듯 허기가 솟구쳤다. 뷔페의 음식을 모두 다, 아니 이 세상 모두를 다 해치워버릴 듯한 기분이 들었다. 또다시 내 귓불에 뜨거운 입김이 달라붙었다.

"어때…… 응?"

그때 내 머릿속에는 마지막 한 방울까지 다 녹아버린 듯한 뇌수가, 고드름을 타고 흘러내린 물방울 소리처럼 명징한 발라드풍의 랩소디에 맞춰 출렁거리는 게 느껴졌다. 나는 그 랩소디를 반박자 늦게 따라가며 멍한 표정으로 무작정 고개를 끄덕이고 있었다. 아욱, 시장하다!

(『민족문화』1993년 4월호)

고아떤 뺑덕어멈

집에는 예전부터 식구들이 '큰책' 이라고 부르던 낡고 두툼한 장부
가 있었다. 거죽에는 푸른 헝겊이 둘러쳐져 있고 팔절지보다 세로가
뼘 가웃쯤 더 자란 크기였는데 어머니 철원네가 시집올 때 당숙뻘 되
는 만모루골 아저씨의 지게 위에 지운 고리짝 안에 넣어왔다고 한다.
외할아버지가 수원서 피난생활을 할 때 미군부대에 노역을 나갔다가
몰래 갖고 나온 것이라는데 내게는 암만 생각해봐도 그게 온당한 혼
수감 같아 보이지는 않았다. 모든 물자가 귀하던 시절이어서 그 정도
만 해도 혼수품 대우를 받고 그랬던 것일까.

돌아가신 아버지가 구멍가게를 막 열었을 때는 외상 기록 장부로
도 한동안 요긴하게 쓰이던 물건이었다. 그때 아버지가 외상을 터준
사람의 이름을 엉뚱하게 적어놓는 바람에 어머니와 시답잖은 말다툼
을 벌인 기억이 어렴풋이 떠오른다. 예를 들면 뽐뿌 옆 수다쟁이, 깨
소금네집, 홀애비 이씨 하는 우스꽝스러운 별칭을 붙여놔서 식구들

302

사이에 적잖은 혼선이 빚어졌던 것이다.

당신도 참 사람이 보다보다 어찌 그렇게 딱두 허우. 뽐뿌 옆에 살면서 수다 떠는 여편네가 어디 한둘입디까?

아부지, 그 아줌마가 자기보고 깨소금네라 써놨다고 기분이 왕창 나빠가지고 한참 구시렁거리다 샀던 물건도 내팽개치고는 뒤돌아갔단 말예요!

그 큰책은 어쩐 일인지 잠깐 동안만 외상 장부 노릇을 하다가 도로 싸릿대로 견 다래끼 속으로 슬그머니 안치되었다. 아무래도 그런 허드레 장부로 쓰기에는 격이 안 어울렸던 듯싶다. 하지만 그럴듯한 이유는 딴 데서 찾아볼 수 있을 터였다. 결국 그놈의 일진 탓이 아니고 무엇이었겠는가! 아버지가 우둘두툴한 표지에 거창하게 '김씨치부책'이라고 정성 들여 제목을 달고 그 큰책을 개시한 날이 하고많은 날을 놔두고 무슨 일이든 벌여만 놓으면 운세가 꺾이고 만다는 단성일인가 하는 금기일이었다. 그러니 앞으로 그 장부가 눈에 띌 때마다 따라붙을 어머니의 지청구를 생각하니 당신으로서도 아찔했던 게 아닌가 싶다.

한데 내가 머리에 거미줄하며 먼지답쌔기를 온통 뒤집어쓰면서 가게 진열대 밑으로 고개를 쑤셔넣고 다래끼를 끌어내 그 큰책을 찾아낸 것은 어릴 적 사진을 정리하기 위해서였다.

네 물건은 스스로 알아서 잘 챙겨서 갖고 가라구. 특히나 사진 같은 건……

한 일 년만 고생하세요. 그 다음엔 우리가……

아유, 귀찮아. 난 혼자 살아도 돼. 아직까지는 밥 끓여 먹을 근력은 남았으니깐.

일 년 뒤 일산으로 입주를 하게 되면 그때 가서 모시겠다는 입에 발린 말을 귓등으로 들으며 어머니는 유난히 내게 까탈스레 굴었다.

내게는 고추를 표나게 드러내놓고 포대기 위에서 찍은 백일 사진이 없었다. 그것에 대해서는 어머니도 두고두고 내게 미안함을 감추지 못했다. 남바위를 곱다시 뒤집어쓰고 대갓집 도령들 차림으로 찍은 돌 사진도 없었으니. 가장 어릴 적의 모습을 담은 사진이래야 서울에 갓 올라와서 찍은 여섯 살 때의 것이 고작이었다. 지금은 길음국민학교의 후문쯤 되는 곳일 텐데 브로크를 찍는 널찍한 공터를 배경으로 손바닥을 쫙 편 차렷자세에다 털신을 바꿔 신은 모습으로 아침 햇살이 눈부신 듯 이맛살을 잔뜩 찌푸린 얼굴이다.

네가 태어날 땐 이미 가세가 다 기울 대로 기울었지. 오일륙 직후라 군수품 거래도 끊기고. 네 아비가 딴일 벌인다고 그나마 읍사무소 앞 텃밭 판 돈마저 훌렁 들어먹고……

그 큰책에 어릴 적 사진이 몇 장 파묻혀 있음 직해서 기를 쓰고 다래끼를 끄집어내려 애를 썼던 것이다. 그런데 거기 어느 갈피에서도 나의 사진은 나오지 않았다. 기억이 나는 대로 넘겨짚자면 각종 영수증 나부랭이나 차례를 지낼 때 모시던 지방을 쓰다가 남긴 화선지 쪼가리, 누렇게 바랜 편지봉투들 그리고 떠돌이 사진사의 조잡한 바다 풍경 화폭을 배경으로 찍은 내 사진이 몇 장 있을 터였다. 하지만 습기를 머금어 찌들 대로 찌든 큰책의 갈피에서는 썩은 종잇장에서 내뿜는 그 고유의 매캐한 내음만 풀풀 풍겨왔다. 예전에 아버지가 외상 물품을 적어놨던 곳으로 보이는 부분은 거칠게 물어뜯긴 흔적만 남아 있어 은근히 섭섭함을 안겨주었다.

큰책을 다시 다래끼 안으로 집어넣기 위한 예비 동작으로 하릴없이 책장을 카드놀이 하듯 드르륵 훑어넘기던 내 눈에 희끄무레한 게 걸려들었다. 그 갈피를 다시 찾는 건 별로 어렵지 않았다. 웬 여인의 스냅 사진이었다. 물론 빳빳한 인화지 사진이 아니라 모조지로 된 전단 따위를 오려낸 사진이었다. 월매 어미처럼 이마 위로 매듭이 오도록 하얀 무명 수건을 처매고 더깨더깨 화장으로 떡칠을 한 얼굴의 왼쪽 뺨에는 좀 가장된 사마귀점이 붙어 있었다. 사진의 아래쪽에는 형광등 불빛에 비춰서야 간신히 알아볼 수 있는 아주 희미한 글씨로 '고아떤 최옥분'이라는 글씨가 써 있어 처음에는 사진에 나온 여인의 이름이 아닌가 싶었다.

최옥분!? 나는 그 이름을 입속으로 몇 번인가 되뇌보았다. 왜냐하면 그 필체는 아버지의 것이기 때문이었다. 아버지의 필체는 얼른 알아볼 수 있을 만큼 독특했다. 약간의 수전증 때문에 선이 고르지 않고 흔들리며 끄트머리를 파충류의 꼬리처럼 길게 늘어뜨렸다. 난 사진 속의 여인의 얼굴을 뚫어져라 바라봤다. 왠지 낯이 무척이나 익다는 생각이 들었던 거다.

이 점은 가짜다. 그러다가 속으로 이렇게 외쳐봤다. 어디 한번 점을 떼보자. 점을 떼고 나니 누군가를 향해 소리를 지르느라 길쭉하게 내밀어진 입매에서 장난스러운 기운이 싹 걷히면서 그 여인의 본래 윤곽이 떠올랐다. 나는 조건반사에 걸린 사람처럼 무르팍을 손바닥으로 내리쳤다. 그 여인은 바로 뻥덕어멈이었다.

"뭐니?"

"아니, 별거 아냐요. 옛날에 끼어둔 삐라인가본데……"

나는 비죽이 고개를 내밀고 들어오는 철원네의 옆이마를 어깻죽지로 슬쩍 밀치며 갈피를 황급히 덮었다.

"뭐, 에미가 보믄 안 될 거라도 나왔냐? 왜 사람을 떠다박지르고 그 난리를 치니 응? 사람 무시하냐."

"떠밀긴 누가 떠밀었다고 타박이세요? 차암, 엄마두."

"늙으면 도루 애 된단다."

"좋아요. 그럼, 최옥분이라고 알기나 하세요?"

"최옥분? 거 뭐 하던 여자냐?"

"됐어요. 모르시면 알 거 하나도 없어요. 실은 나도 한 번도 본 적이 없는 여자니까요, 낄낄."

"아유, 얘가 원 싱겁긴. 늙은 에밀 공깃돌 다루듯 놀리자는 겐가."

하지만 그건 사실이었다. 난 최옥분이라는 여인을 한 번도 만난 적이 없었다. 그러나 그 여인이 대충 어떻게 생겼는지는 익히 알고 있었다. 아니, 알고 있는 정도가 아니라 마치 옆에서 한 오륙 년 동안을 같이 살아봐서 그 성깔이나 습성이 어떤지 훤히 꿰고 있는 듯한 착각이 다시금 들기 시작하는 거였다. 단지 칠팔 년 전에 약장수단이 쳐놓은 가설 천막의 무대 위에 선, 그네를 닮았다는 뺑덕어멈을 멀찌감치서 그저 서너 번 봤을 뿐인데 말이다.

아버지는 밥숟가락만 놓으면 약장수 공연을 보러 돌산 쪽으로 뛰어갔다. 그리고는 끼니때가 되어도 집으로 내려오지 않기가 일쑤였다. 약장수 천막은 국민학교 지을 터를 닦다가 예산 집행이 더뎌진다는 이유에서 공사가 잠시 중단된 곳에 설치됐다. 관객은 주로 소일거리가 없어 허덕이던 노인네들이나 일자리가 끊겨 실업 상태에 빠진 장년층으로 구성됐다.

그때 나는 마침 우울한 휴학기를 보내고 있던 참이었다. 교문 앞 투석전에서 어이없게 입은 화상을 치료하고 난 뒤 다시 학교로 돌아갔으나 정신적으로 몹시 움츠러들어 잔뜩 심신을 사리고 다녔다. 휴학계를 내면서 서클 활동도 그만두고 사람 만나는 것도 한사코 피하며 지냈는데 그게 오히려 더 나쁜 영향을 끼친 것 같았다.

민세야, 이제 운동은 그만두는 거냐?

좀 쉬고 싶어.

이 엄중한 시기에 말이야? 저 깊은 곳에서 역사가 부르는 가열찬 소리가 들리지도 않아? 한평생 나가자며 도림천변에서 밤새 술마시고 해방춤 추며 다짐한 맹세는 다 어디 갔냐고.

여기 몸뚱어리는 물론이고 마음까지도 다쳐버린 한 인간이 있어. 그 인간에게 지금 제일 필요한 건 가느다랗고 축축한 목소리야. 굵은 목소리는 이젠 너무 뜨거워. 너 사람이 뜨거워지면 어떻게 되는지 알아? 돌아버린다고.

그래 민세 너는 지금 쉬면서 재충전할 시간이 필요할지도 몰라. 그런데 가만히 있는다고 휴식이 되는 게 아니니깐, 어때? 요즈음 많이 나오는 원전이나 차분히 독파하면서 지내는 게? 사람이 필요하면 내가 소개시켜줄게.

우선 비켜서줄래? 니가 내 앞으로 오는 바람을 막고 있잖아.

아버지가 앉는 곳은 항상 일정했다. 무대 쪽을 향해서 난 통로의 오른쪽 기둥이 박힌 바로 앞자리였다. 오랫동안 묵새기고 앉아 구경을 하자니 등을 기대기가 좋아서 그랬을지도 몰랐다. 나는 아버지의 점심이 영 늦어지면 아예 어머니 몰래 빵이며 요구르트 따위를 담아서 챙겨둔 비닐 봉지를 품속에 넣고 천막 안을 기웃기웃 찾아나섰다. 어머니는 남우세스럽다며 내가 그렇게 동네 사람들이 들끓는 곳을 나대지 않도록 될수록 말리는 쪽이었기 때문이다.

천막 근처에는 여러 노점상들이 죽들 자리잡고 앉아 쏠쏠한 대목을 보고 있었다. 팥빙수나 아이스케이크 장수를 필두로 간이 포장마차, 번데기, 주사위로 장난질을 하는 야바위꾼들이 꾀어들었다. 심지어는 지네 몇 꾸러미나, 신경통이나 정력에 즉효라는 정체를 알 수 없는 시커먼 덩어리들을 좌판에 늘어놓고 기왕에 벌어진 약장수판에 더부살이를 하는 사람들도 많았다.

"안녕하세요?"

천막 입구 근처에서 가끔씩 만나는 용수 아저씨는 내가 깍듯한 인사를 해도 어색한 표정으로 받는 둥 마는 둥 하고는 먼산바라기에다 헛기침을 하며 비껴갔다. 아버지와는 얼마 전까지만 해도 서로 규각이 나서 소 닭 보듯 지내왔지만 최근에는 화해도 하고 잘 지내는 모양이었는데. 나는 내가 두 양반의 불화에 빌미를 제공한 장본인이기도 했던지라 뒤통수를 벅벅 긁으며 고개를 숙였다.

아버지와 용수 아저씨는 같은 이북 출신이라서 그런지 한동네에 살게 되면서부터 대번에 친해졌는데 한때나마 두 사람의 불화가 불거진 건 지난해 가을의 일이었다.

"어드러케 자네두 말이야, 이번 관광에 절대적으루다 나서는 거디? 왜 저기 작년 가을에 갔던 임진각 말이야."

"글쎄…… 이번엔."

"홍수, 이 사람아, 기러케 에멜무지루다 어물쩍하디 말구 속심을 터놓으라우, 까짓것. 아, 당신 돈 몽창 들어가는 것두 아닌데 까닭이 뭐야? 거 협회에서 차빌랑 반부담해, 응 음식서껀해서는 이곳저곳 귀띔해놨으니 다 알아서 협조들을 헐 테고 말이야…… 거진 몸만 빠스에 실기만 허믄 되는 형편인데 어째 사람이 이렇게 단체 정신이 흐리마리해? 응, 단체 정신이."

용수아저씨는 아버지만 보면 단체 정신이 부족하다고 닦달을 해댔다. 그러다가 끝내는 멱살잡이까지 하는 싸움으로 번지고야 말았다.

그 전해 가을이었다. 여당 쪽 지구당 위원장의 주선으로 몇몇 지역 노인회가 합쳐서 임진각 관광을 갔던 모양이었다. 당시 노인정 총무이던 용수 아저씨는 왕년의 관록을 과시라도 하듯 태극 표지가 선명한 머리끈을 질끈 동여매고는 분위기를 잡았다. 또 나들이를 할 때마다 왼쪽 가슴팍에 달고 다니는 그 양철을 오려 만든 듯한 얄팍한 무공훈장을 잊지 않고 있었다. 그에 따르면 그것은 육이오 전쟁 때 베티고지 전투에서 세운 공으로 받은 거였다. 밤낮으로 주인이 뒤바뀌는 상황에서 훨씬 적은 병력으로 끝내 고지를 지켜냈다는 그의 무용담은 이미 동네에서도 하나의 살아 있는 신화로 오르내렸다. 그래서 동네 사람들 중에는 용수 아저씨를 베티고지의 영웅이라고 추켜세워 부르는 이들도 꽤 있었다.

관광버스가 출발하자마자 용수 아저씨가 운전석 옆에서 마이크를 붙잡고 진두 지휘를 하는 것까지는 좋았는데 거나해져서 돌아오는 길에 그만 동티가 나고 말았다.

"자식 똑똑허다구 대학까지 보내믄 뭘 하갔니? 데모나 하다가 신세 망치고 집안만 거덜내고 말 짓을 말이야 응? 안 그렇네? 정신 바짝 채려서 자식 농사를 지어야 한다구 아암."

"기래서 니눔이 내게 쌀 한 톨이라도 거저 앵겨준 일이 있어서 그 따우로 주둥이레 놀리니 그래?"

"뭘 공짜로 쥐어줘서 그러는 게 아니란 말이디. 내 말은. 어이, 내가 술 한잔 했다구 내 말을 주정으로 알아듣질 말라우. 술 췌도 할말은 다 허는 성질이니. 난 대한민국이 위기에 빠졌을 때 목숨을 초개겉이 버리려 했던 사람이니까니 그런 말 할 수도 있잖아? 뿔갱이들이 췌치는 주장에 동조하는 데모를 하는 대학생들을 보니 거저 속에서 열불이 나서 말이야."

"기래두 대학물 먹은 아이들이 뭘 좀 아니깐 그 지랄 떠는 거 아닐까 하는 이치도 짐작해봐야지……"

"이친 무스거 얼어 죽을 이치입매? 뇌동자, 농민을 선동해서리 북쪽의 적화통일 노선에 적극 찬동하고, 꺼떡하믄 미군 물러가라는 게 뿔갱이들 짝 똑같이 나는 기지 뭐겠어?"

"뇌동자, 농민만 입에 올리믄 다 뿔갱이로 몰아치남? 어째 그래 답답하게서리. 니 아들이나 내 아들이나 앞으로 뇌동 안 허믄 입에 풀칠허구 살겠나 따져보믄 알조지 뭘 그걸 갖고서리……"

"아뭇소리 말라우. 이 땅에서 살기 싫으면 어쩌겠니, 절이 싫어지믄 중이 떠나는 벱이라구. 용납이 안 되는 생각을 가진 사람이 그런 생각 보따리를 꿍쳐개지구 나라 밖으로 나가는 수밖에."

그런 다툼이 있은 뒤부터 두 사람의 사이가 급격히 악화됐는데 우연찮은 일을 계기로 예전의 친분을 다시 돌이켜놓게 되었다. 용수 아저씨의 아들인 병호 형은 나보다 대여섯 살이나 위였다. 배관 기술자였는데 이리저리 돈 좀 찔러놓고 손을 쓴 덕에 리비아 건설 현장의 노동자로 나간 지가 한 일 년 가까이 되었다. 그해 봄에 일어난 국제 폭탄 테러 사건을 둘러싸고 미국과 리비아가 티격태격하느라 외교관계가 급격히 식어버려 미공군의 공습 소문이 떠돌다가 현지 공항이 폐쇄된 듯하다는 외신이 신문에 보도되었다. 나중에는 아무것도 아닌 해프닝으로 드러나긴 했지만 부모된 처지에서는 그게 아닌 모양이었다. 그러나 애달게 달아하는 용수 아저씨의 심정과는 달리 정작 며느리 되는 사람은 그런 일이 어디 한두 번이냐 하면서 직접 중동에서 폭음 소리 났다는 말이 들리기 전에는 신경쓸 일 없다는 투였다.

국제전화를 걸 줄도 몰랐거니와 설령 알았다손 치더라도 싸늘한 며느리의 눈치를 보며 엄지손톱만한 자물쇠가 채워진 다이얼을 풀고 안부전화 좀 넣어보자는 말이 차마 입 밖으로 터지지 않아 전전긍긍하던 차였는데 그걸 옆에서 지켜보던 아버지가 그런 용수 아저씨의 손목을 덥석 쥐고 집으로 끌고 왔던 거다. 물론 나는 꼬깃꼬깃한 신문지 쪼가리에 적힌 번호대로 통화를 시도했으나 결국은 이루어지지 않았던 기억이 났다.

"어쨌든 고맙다우, 기거이 참."

"그 따위 긴치 않은 말 괜시리 말구 집어치우라."

"중동이라는 데가 말도 많고 탈도 많은 동네라 놔서 시두 때두 없이 가슴이 거저 벌렁벌렁 용춤을 출 때가 많아서리……"

"기게 애비 맴 아니겠니? 기 대신 돈 많이 벌잖니."

"벌긴 뭘, 긴데 미국이라는 큰 나라는 덩칫값두 못 하고서리 떼구

러기모양 어찌 자꾸만 작은 나라를 툭툭 건드려서리 그리루다 일 나
간 아들 둔 애비들의 애를 이리 끓게 하는지 모르갔어······"

"원래 세상 이치가 그렇지. 때때로 내 좀 보란 듯이 안 건들면 누가
뭐 힘 있다고 알아나 주나 뭐."

두 사람한테 등을 돌리고 앉아 다이얼을 돌려대던 나는 왠지 뜨거
운 기운이 가슴속을 치밀고 올라와 헛손질을 자꾸 하면서 몇 번이고
다이얼을 다시 처음부터 되돌리곤 했다.

"아부지 재밌으세요?"

아버지는 내가 가져온 봉투 속으로 손을 넣어 빵조각을 뜯어서 입
으로 힘없이 가져가며 고개를 끄덕여 보였다.

약장수단이 만병통치약으로 선전하며 팔고 있던 약에는 역비라는
이름이 붙어 있었다. 그러나 설명서에 써 있는 액면 그대로 믿어줘도
그것은 최소한 의약품이라고 볼 수 없는 조잡한 거였다. 당근이나 양
파를 비롯해 각종 채소를 갈아 만든 야채즙의 일종인데 효능을 보더
라도 병명을 꼭 집어서 가리킨 것은 없었다. 그저 허약 체질을 현저히
개선시키고······ 스태미나를 보강시키고······ 피로 회복과 혈액 순
환에 좋아 몸 안의 신진대사를 촉진시켜 질병에 대한 저항력을 증강
시킨다 하는 애매모호한 글귀만 써 있을 뿐이었다.

하지만 아버지는 역비의 효능을 철석같이 믿고 있었고 그래서 네
댓새에 한 번은 꼭 역비를 사들고 들어왔다. 그리고는 식사 때마다 빠
짐없이 조그만 계량컵에 따라 마셨다. 복용을 시작한 지 열흘쯤 뒤부
터는 진짜로 몸이 가뿐해지고 힘이 솟는 것 같다는 말을 자주 했다.

이게 무슨 개똥에나 쓸 약이란 말이야 흥! 얼빠진 늙은이들이나 불
러놓고 떠벌려 호주머니 속의 쉬어터진 쇠푼깨나 알겨먹으려는 수작
들이지. 모르지, 몸이 그렇게들 가뿐하다니간 그 안에다 아편 쪼가리
나 참새 눈물만큼 찢어발겨 넣었는지. 효능은 무슨 얼어 죽을······

어머니는 뜨내기 약장수가 파는 약들이 다 그렇지 하고 코방귀를 뀌면서도 아버지가 역비를 사들고 오는 걸 굳이 말리지는 않았다.

약장수들의 레퍼토리에선 어설픈 서커스 흉내보다는 차라리 극공연이 인기를 끌었다. 그중에서도 가장 사람들의 인기를 끈 것이 〈심청전〉 공연이었다. 주로 저녁 느지막이 공연을 하는데 나도 저녁때에 천막 안에 들어갔다가 몇 번 구경을 한 적이 있었다. 그리고 비로소 먼발치서나마 진한 분장을 한 뺑덕어멈을 볼 수 있었다.

그 여자에 대한 동네 평판은 완전히 파이었다. 한마디로 요약하자면 행실머리가 글러먹었다는 거였다. 약을 팔아 버는 수입 말고도 몸을 팔아서 얻는 부수입이 여간 짭짤한 게 아니라는 소문이 돌았다. 공연이 시작되기 전의 한가한 오후나 공연이 파한 늦은 밤에 가끔씩 동네 남정네랑 술자리에서 어울린 그네를 이따금씩 발견했다. 겨우 풋낯 정도를 익혔음 직한 사내를 서넛 앞에 두고도 그네는 스스럼을 타는 기색일랑 전혀 없이 호탕한 웃음과 걸쩍한 입담으로 좌중을 밀가루 반죽처럼 휘주물러놓곤 했다.

〈심청전〉 중에서도 뺑덕어멈이 나오는 대목에서 약이 가장 잘 팔렸다. 그네는 언제나 각본대로 하는 법이라곤 없었다. 즉흥적으로 대사와 몸짓을 꾸며내었다. 심청이가 공양미 삼백 석에 팔려가는 대목을 어떤 날은 역비 삼백 병으로 뒤바꾸어놓았다. 그리고는 약병을 잔뜩 태운 가마를 객석의 통로를 따라 죽 회람 돌게 하면서 이 약을 팔아 마련한 돈으로 심청의 저승 가는 노잣돈을 삼아야 한다며 구슬픈 노래를 불러케껴 사람들의 애간장을 녹인 뒤 너나없이 허리춤을 뒤지도록 만들었다. 뺑덕어멈이 등장하는 대목에서 약이 제일 잘 팔리니깐 단장이라는 사람도 뺑덕어멈이 대사를 바꾸든 시간을 초과하든 아무런 관여를 하지 않았다. 물론 아버지도 바지주머니를 뒤져 꼬깃꼬깃 접어두었던 삼천원을 꺼내 가마 위에 얹고는 역비 한 병을 끄집어내리곤 했다.

가마가 객석을 한바퀴 돌고 나면 뺑덕어멈은 또다시 음담패설로 이번에는 사람들이 배꼽을 잡게 만들었다.

아, 그래서 그날 밤 심봉사와 뺑덕어멈이 함께 방사를 치르는데, 심봉사를 애달게 만들려고 한참이나 빼던 뺑덕어멈이 갑자기 이부자리를 차고 일어나 앉아 타박을 주는데, 한번 들어나봅시다그려.

"어따, 이 양반이 눈은 멀어갖고 앞이 안 보인다더니 그게 말짱 헛소리여 응. 매일 밤마다 이렇게 딱따구리맨치로 있는 구멍, 없는 구멍을 다 찾아쌓는디 뭘 눈이 멀었다는 게여?"

"여보게 임자, 그 구멍이야 어차피 눈 성한 사람도 깜깜한 밤에 찾게 마련이거늘 그럴 바에야 낮에도 깜깜한 가운데 더듬는데 이골이 난 이 몸이 아무래도 뭐가 나아도 낫겠제."

"말이나 못하면 밉지나 않제. 에라 모르겠다 새신랑맨치로 콧굼기가 벌렁벌렁 하도록 용이나 힘껏 써보소 잉."

왼쪽 뺨 위에다 일부러 크게 갖다붙인 사마귀점을 실룩거리며 뺑덕어멈이 치마를 걷어붙이는 시늉을 하며 벌렁 눕는 연기를 하자 사내들이 히물거리는 웃음을 쏟아냈다. 두 팔로 무르팍을 가슴에 쓸어담은 채 입을 반쯤 벌리고 구경을 하던 아버지도 허파에서 김이 빠지는 듯한 헐거운 웃음소리를 냈다.

"민세야, 내 좀 보라우."

오줌을 누기 위해 천막 휘장을 제치고 나오는 나를 보고 용수 아저씨가 손짓을 했다. 나는 피시시 웃으며 뒤를 따라갔다. 그는 어둠이 짙게 깔린 공사장터를 허청허청 가로질러 전에 공사장 함바집으로 쓰던 건물 옆으로 날 데리고 갔다. 공사가 중단된 뒤로 인기척이 끊겼나 싶었는데 그렇지도 않은 모양이었다. 잘 닦여진 보안등 불빛을 되쏘고 있는 항아리들이 사람의 손길이 제때 닿았던 흔적을 보여줬다.

커튼이 반쯤 쳐진 함바집 창가에선 백열등 불빛이 새나오고 간간이 누군가 투전판을 벌인 소리가 낭자하게 번져 나왔다. 그 함바집은 약장수 단원들의 숙소로 이용되고 있었다.

"요즘 그래, 넌 니 애비에 대해서 뭐 좀 느끼고 있니?"

"예에?"

약장수단이 첫날에 선두에 내세워 동네를 누비고 다녔던 울긋불긋한 깃발이 뒤죽박죽 함부로 널브러져 있는 장독대 옆에다 나를 세워둔 용수 아저씨는 다짜고짜 이렇게 물어왔다.

"니 애비에 대해서리 정녕 뭐인가를 느끼지 못한단 말임?"

"나는 그 말뜻을 헤아리지 못해 저으기 당황해지기 시작했다.

"좀 풀어서 말씀해주시면 제가 알아듣기가 한결 수월하겠는데요."

찌그러진 양동이를 엎어놓고 앉아 담배를 빼문 용수 아저씨는 느럭느럭 말문을 열었다.

"그래 아무리 부모 자식 간이지만 그런 사정을 어떠케 속속들이 알겠는가? 그러니 자네는 아들이니깐 늙은 애비의 속사정을 알고 이해를 해줘야 되겠길래 허는 말이니 곰곰 잘 생각해보라구."

"……"

"자네 아부지가 아무래도 상사증을 앓는 듯싶으이."

"아니, 아저씨 무슨 말씀인지……"

"이건 틀림없어. 이미 내가 홍수의 흉중을 떠봤네그려."

"아니 어떻게 아버지께서……"

일찍이 중풍을 맞은 몸이라 성하지도 못하고, 벌써 어머니와 내가 알기로도 십수 년 간 잠자리를 함께한 적이 없는 아버지가 갑자기 어느 여인에게 색념을 두고 있다는 말이 도무지 믿기질 않았다. 그러나 나는 그 사실을 사실대로 믿을 수밖에 없었다. 아버지는 분명 구체적으로 여느 여인의 살품을 그리워하고 있었던 것이다. 나는 왠지 착잡

한 감정을 누르기 어려웠다. 그 여인이란 다름아닌 바로 뺑덕어멈이
었기 때문이었다. 왜 하필이면, 하는 의문부호가 머릿속에 틈입해온
말벌처럼 떠나지 않고 왱왱거리며 맴돌았다. 움직일 줄 모르고 멍하
니 서 있는 내게 용수 아저씨가 엉덩이를 털고 일어서며 한마디 보태
주었다.

"남자란 무릇 코 풀 힘만 남아 있어도 사내 구실을 하려고 들어야
되는 법일세. 회춘이란 게 뭐 별건가? 기리구 자네 아버지가 이제 얼
마나 더 살겠는가? 풀어드려야지."

나는 뒤에 남아 하릴없이 넘쳐오는 눈물을 주체하느라 발끝으로
흙을 파내다 물먹은 병아리처럼 별이 희미하게 빛나는 하늘을 올려
다봤다. 히득히득, 허파에서 헛바람이 새기라도 하듯 웃음이 자꾸만
비어져나왔다.

그 일일랑 내가 갈무리해드려야 한다.

나는 이를 꼭 앙다물었다. 다문 얼마라도 보탤까 싶어 이천오백팔
십이 쪽짜리 『더 노턴 앤솔러지 오브 잉글리시 리터래처』 두 권을 갖
고 청계천 고서점가를 가니 권당 천오백원씩 쳐서 삼천원을 주겠다
고 해서 그냥 들고 집으로 와버렸다. 이학년 전공과정으로 올라가면
서 한 권에 만삼천원씩 에누리 없이 주고 샀던 책이었다. 나는 쭈뼛쭈
뼛 대학원 선배에게 전화를 걸어 그 동안 한 번도 하지 않았던 과외지
도를 하겠으니 알아봐달라고 부탁했다. 그리고는 선불을 받자마자
오만원을 떼어 용수 아저씨에게 드렸다. 화대였다. 그리고는 그 길로
나 역시 여자를 사기 위해 길음천변으로 경중경중 달려갔다.

"그쪽이 김씨 아들내미 돼부리는 양반인가보이."

며칠 뒤 뺑덕어멈을 어둑어둑한 가설 무대 뒤에서 아주 짧게 만났
다. 용수 아저씨를 통해서 전해준 말을 듣자니 뺑덕어멈이 나를 만나
보지 않고는 아버지를 받을 수가 없다고 고집을 부린다는 거였다. 용

수 아저씨도 그게 무슨 괘장인지 모르겠다고 고개를 갸우뚱거리면서 좌우당간 께름칙하더라도 만나주는 편이 좋을 것 같다고 했다. 나는 소주 한 병을 사서 돌산에 올라가 혼자서 다 비운 뒤 비트적거리며 일러준 장소로 나갔다. 나는 운동화 속의 발가락이 아리도록 땅 위의 짱돌들을 툭툭 걸어차며 서 있었다.

"그렇수다만……"

나이는 사십줄에 들어 나보다 십수 년은 위였지만 나는 어느덧 반말지거리로 대하고 있었다. 그렇게 돌부리라도 걸어차며 자신을 제어하지 않는다면 내 몸뚱어리는 땅을 박차고 나가 상대를 받아버릴지도 몰랐다.

"갸륵혀서. 내 증말루 갸륵해서……"

나는 속에서 뭔가가 울컥 솟구치는 걸 느꼈다. 갑자기 폭력적이 되고 싶은 강렬한 충동을 느낀 것이다. 또 한 번 발끝의 짱돌을 엄지발가락이 얼얼해지도록 힘껏 걸어찼다. 호주머니에 두 손을 푹 찔러넣고는 일부러 불량스러운 말투로 쏘아붙여주었다. 순전히 술기운 때문이었다.

"그렇게 갸륵하다믄 화대라도 깎아주실라우?"

"내 츤하디츤하게 몸을 파는 계집이지만 댁네겉이 갸륵하고 참한 총각은 츰이라우. 증말이어라."

무대 위에서 대사를 읊조리던 말투와는 영판 달랐다. 삶의 겪음이 많은 듯한 차분한 목소리였다. 밤바람이 건듯 불자 분장을 채 지우지 않은 듯한 여인의 분냄새가 솔솔 풍겨왔다. 아주 자극적인 냄새였다. 그럴수록 나는 더욱 신경질적이 되어갔다.

"그래서 허구 싶은 말이 뭐유? 애비와 그 아들과 차례루다 돌림빵으로 붙어먹고 싶다는 게유 뭐유?"

그 말에 뺑덕어멈은 몸을 휙 돌려 어둠 속으로 묻혀가버렸다. 나는 스스로도 놀랄 만큼 여유를 부리고 있었다.

"그러지 말고 우리 영감한테 써비스 잘 좀 해주소. 부탁드리우다."

며칠 뒤 심청전 공연이 한창이던 천막을 빠져나온 나는 함바집이 훤히 내려다보이는 야트막한 둔덕에 쭈그리고 앉아 있었다. 오늘은 뺑덕어멈이 나오지 않는다고 했지만 심봉사가 왕후가 된 효녀 심청이를 만나는 장면을 제대로 꾸며놓고 하는 바람에 사람들은 뺑덕어멈을 잠시 잊어버렸다. 멀리서 보아 희끄무레할 뿐인 그림자 둘이 텅 빈 듯한 함바집으로 다가서는 게 보였다. 어두워서 누구 행색인지 분명히 알아볼 순 없었지만 직감적으로 난 그들이 누군지 알 것만 같았다. 잠시 뒤 함바집 창문의 불이 꺼지는 걸 물끄러미 지켜본 나는 천천히 담배를 한 대 빼물었다. 덤덤한 표정으로 뭔가 큰 빚을 다 갚고 난 사람처럼 후련해진 가슴에 손을 얹어 잔잔히 물결치고 있는 심장의 파동을 손끝으로 감지하면서. 어둠 속으로 빨려드는 오줌발이 무척이나 드셌다.

나는 아버지가 잠시잠깐 회춘을 했던 까닭을 나중에야 분명히 알게 되었다. 그것은 아버지의 북쪽 사람과 연결이 된 것이었다.

아버지가 먼저 털어놓은 원산 대철수 때의 정황은 대충 이러했다.

서둘러 패주하던 인민군은 조직과 정비를 제대로 챙기질 못했다는 것이다. 핵심 전력의 보존에 급급해 소리 없이 빠져나갔기 때문에 많은 사람들은 케리바50 기관포를 장착한 미제 스리쿼터 제무시(GMC)가 원산 시가지를 내달리는 걸 보고야 국방군이 원산을 접수한 줄 알았다는 것이다. 송도의원에서 약품 담당 서무원으로 일하며 밀려드는 인민군 부상병 뒤치다꺼리에 눈코 뜰 새가 없던 아버지도 인민군 주력 부대의 철수 사실을 하루가 지난 다음에야 알았다. 함경도 성진에서 두 양주께서 인편으로 전한 기별에는 모든 일을 즉시 걷어치우고 성진으로 들어와 앞날을 함께 도모하라는 간곡한 타이름이 적혀 있었다. 뒤늦게 부랴부랴 짐을 간동그려 북행길에 오르려 했지만 이미 때를 놓쳤다. 갓 결혼한 아내 최옥분은 산달에 접어든 만삭의 배로 먼 길을 떠날 처지가 못 되었다.

— 피양에서 홍남 위선으로는 그 폭탄 하나믄 한 방에 날려버리는 수가 있다잖우. 가지 맙서.

그대로 주질러앉은 아버지는 부역자로 몰리지 않기 위해서라도 우익 대한청년단에 가입해야 했다. 그러나 두 달 뒤.

— 내일 새벽 네시까지 제이부두 에이블록으로 집합 완료하기요. 아무것도 필요없으니까니 거저 간편한 단독 복장에 홀로 나오기요. 그리고 이건 비표요. 소중히 간직해야 할 기요.

— 조직부장님, 어째 비표가 한 장뿐…… 가족들은 어케 함둥?

— 아, 걱정 마우다. 남는 가족들은 다른 선으로 동원을 헐 테니 우선…… 이 지침대로 따르시오.

아버지는 엘에스티선으로 구축함에 바짝 다가가서 줄사다리를 타고 오르며 곧이어 포탄 세례를 받고 사라질 원산 시가지를 흘끗흘끗 바라보았다.

— 옥분이, 당신은 아이를 포대기에 싸서 방직 공장 옆 임부택 동지네 집으로 얼른 가기요. 그러면 한청에서 알아서 선을 댈 기요.

— 여보…… 어케 이 경황에 핏덩일 안고 떨어져서리……

아버지는 아내가 붙잡는 옷자락을 박정하게 뿌리치며 부러 크게 역정을 냈다.

— 아낙이 이 무스거 방정이요, 제깍 걷어치우지 못하겠소?

까마귀떼처럼 수만 발의 로켓 포탄이 시가지로 날아들고 다이너마이트가 터져 저 멀리 정유 공장의 기다란 탑이 자우룩이 사라져가는 모습을 무덤덤히 바라보았다.

어릴 적에 동네 어귀의 장승 목을 왜놈 순사가 밧줄로 휘감아 저렇게 쓰러뜨렸지. 끌끌.

누군가가 옆에서 제법 여유가 생기는지 말문을 텄다. 배가 부두를 미끄러져나와 한가로이 나는 갈매기를 네댓 마리쯤 만날 때가 돼서야 비로소 그들은 가족들이 그 연안 부두에 그대로 바치돼 있다는 사실을 알았다. 모두들 얼이 나간 밀랍인형들처럼 서로의 창백해진 얼굴을 멍하니 쳐다볼 뿐이었다.

— 야, 이 쌍간나 새끼덜아. 뱃머리를 돌려 내 아내, 내 새끼럴 당장 일루 델로오라우. 길티 않으면 다들 쏴 둑이갔어.

아버지는 품안에서 소련제 장교용 권총을 빼들고는 고래고래 악을 썼다. 몇몇이서 미군의 눈치를 보며 달라붙어 말리며 권총을 빼앗자 그때까지 실실 웃으며 멀찍이서 구경하던 흑인 싸즌 하나가 질겅질겅 씹던 껌을 갑판에 퉤 뱉고는 달겨들었다. 그는 아버지에게 딴죽을 걸어 넘어뜨린 뒤 엠원 소총 개머리판으로 얼굴을 찍으며 욕설을 퍼부었다.

— 싸나버비치(개자식)!

"그분 이름이 최자 옥자 분자였나요?"

"길치. 최옥분……"

"북쪽 생각이 나는 거지요."

"안 난다믄 거짓부렁이잖구. 그 아이가 살아 있다믄야…… 내이가 이름도 채 못 지어주고 나온 거 니 아니? 산다는 게 내한테는 너무 구차했디. 이곳에서 꾸역꾸역 명을 보존하믄서 살긴 살아왔는데……"

"지금도 생각나세요?"

"뭐이가?"

"그분요."

"그분? 어엉, 옥분이 그 사람 말이디? 그 동안은 그런대로 괜찮았는데 말이야. 이 땅에는 남편 잘못 만나 고생만 죽도록 한 니 에미가 있잖니, 뺏세긴 해두 말이야 그거이 아니지."

"그분 어떠셨어요?"

"별걸 다 묻지 않니, 니가 지금? 눈에 안 뵈니깐 더 그리웠던 게지. 근데 아닌게 아니라 참 고운 사람이었디. 그래 그건 인정해야 될 기야. 참 고왔디. 저, 저 뺑덕어멈 구실을 했던 양반이 있었잖니? 그 양반하고 태가 아주 비슷했다구. 쯧쯧, 내가 괜한 소릴 줴치고 있구나."

아버지의 눈동자를 가만가만 들여다보던 나는 그 눈빛에서 어떤 환영이 둥지를 뜨는 새처럼 불쑥 튀어오르는 걸 보았다. 순간 나는 으스스를 쳐대며 그 환영을 잡으려는 듯 두 손을 움찔 내밀려는 자세를 발작적으로 취했다. 그 눈빛, 아, 당신은 올가미에 치인 멧비둘기였군요.

나는 큰책의 갈피에서 나온 그 오래된 전단의 사진을 뚫어져라 바라보고 있었다. 부엌에서 들어온 어머니는 이상하다는 눈길로 나와 사진을 번갈아 쳐다보더니 텔레비전 앞에 풀썩 앉았다.

"어머니가 보기엔 도대체 아버진 어떤 사람이었어요?"

"글쎄, 능력이 없어 처자식 고생은 꽤나 시킨 양반이었지만, 맴씨만 갖고 따진다면야 아주 맑고 고운 양반이라고나 할까."

나는 곱다라는 말이 마음에 걸렸지만 아무 소리 않고 고개를 크게 끄덕여 동의를 보냈다. 그렇다면 뺑덕어멈과 '고아떤 최옥분' 사이에는 어떤 관련이 놓여 있는 걸까. 나는 곧바로 복잡해지려는 머리를 설렁설렁 흔들었다. 결론은 간단히 내려질 수 있을 것 같았다. 심성이 고운 사람만이 또한 사람을 곱게 볼 수 있는 것 아니겠는가 하고.

나는 큰책 갈피 속으로 팔을 집어넣어 오래된 사진을 손아귀에 우악스레 감아쥐고는 젖은 걸레가 놓여 있는 방구석으로 가볍게 튕겨 보냈다.

"큰책에는 아무것도 없네요, 어머니."
"그렇겠지."

(『샘이깊은물』1993년 6월호)

지하생활자들

"보그래이 뽕녀야, 고마 그 괭이새끼 내가 백원 줄게 퍼떡 팔아치 워뿌리지 않겠나?"

"히힝, 백 딸라 불르믄 물러도 백원엔 어림 반푼 어치도 없구만이라."

뽕녀라고 불린 여인은 외로 꼰 고개 너머로 흰눈자위를 하얗게 흘기며 앙칼지게 되쏘았다. 뗏국물 자국이 자우룩이 번진 여인의 잠바 자락에 까칠한 코빼기까지 휘감겨 있던 고양이새끼도 사내의 농지거리를 이내 알아챈 듯 바짝 좁힌 양미간을 번쩍 쳐들고 간힘을 내 삐악거리며 발톱이 선 앞발로 뽕녀의 빨간 티셔츠를 제법 꺽지게 하비작거린다.

"스슷, 아서 뽕녀야, 그러면 못써부러. 접때 모양으로 또 에미 가슴 팍에 생채기 만들라. 저 감때사나운 아짜가 말씸은 고로코롬 험하게 해댐서도 다 니가 예쁘다고 간식용 소젖을 사다 앵겨주실 요량으로 그러신 것인게, 지레 겁묵어부리지 말고, 쯧쯧."

"아따, 성깔머리 되게 파르르 허네 고거 참. 헌데 괭이새끼도 뽕녀, 그 주인도 뽕녀라꼬 똑겉이 해버리믄 마 듣는 사람이 헷갈려싸서 우야노?"

"한 운명을 타고났응게 헐 수 없이 이름도 같아야제라."

"짐승하고 사람하고 우째 똑겉은 운명을 타고난단 말이고. 하마 듣기 시장스러바서. 인제 고마 되있이니 그 오줌 지린내 풀풀 풍겨쌓는 자네 가슴팍에서 그 괭이 좀 이리 다고. 내사 우유한 통 사멕이줄 테니."

"고맙수."

지상에서는 어느덧 추적추적 봄비가 내리는 모양이었다. 사람들의 시큼한 땀내가 뒤범벅된 뭉글뭉글한 공기 덩어리가 사람들의 코끝을 메슥메슥 휘감아들었다. 그들은 콧구멍을 벌룸거리다가 숨을 빨아들여 서로의 냄새를 맡으며 버티고 있었다. 그러나 아무도 지겹다는 생각이 들지 않는지 서로 대화 상대를 바꿔가면 민첩하게 움직이고 있었다.

—어이 영식이, 한동안 안 보이드만 요즘 어디 뛰냐?

—저그 성남에서 한 보름쯤 배지껀 잘 굴러먹었는데, 그저께로 종 치버릿어라. 헹님은요? 헹수님 병세는 좀 차도가 우떻십니꺼?

—보다시피 이곳에서 벌써 사흘째 쉿가루 구경도 못 해보고 이렇게 골죽이며 묵새기고 있는 신세라면 알쪼지 뭐. 껀수 문 거 있으면 덕분에 같이 좀 먹구살자. 근데 너랑 아삼륙으로 붙어다니던 덕수가 요즘 눈에 도통 안 띈다. 이 바닥에서 완전 뛴 거냐?

—뛰긴 뛰삐맀죠. 병원 신셀 좀 겨서 그렇지만.

—웬 병원 신세? 걔 품질 아주 조졌냐?

—전체 품질엔 지장이 없는 모양인데, 갔지요, 이게. 가락꾸 세 개가 몽창 좌르륵, 뭐 산재라나요. 보상금깨나 나온답시고 배때벗은 티

좀 냅디다. 저번에 병원이 하도 답답해서 마, 허락도 안 받고 바람 쐬러 나오는 길이라 카며 지를 찾아와서는 술 한번 기똥차게 사고 갔지요. 보상금이 쏠쏠하니깐 당분간 이 바닥에서 개 낯짝 보기 힘들 거 같구마. 어떤 년은 엎어져도 가지밭에 고꾸라진다더니, 산재보상금이 덜컥 나오질 않나 옌장.

서울역 지하도 안으로 들어서는 사람들은 접은 우산을 털고 한두 번씩 바닥을 굴리며 스쳐갔다. 지하도 안은 오전 열시가 넘은 시각이었지만 비가 내리는 날씨 때문인지 평소보다 갑절은 더 돼 보이는 하루를 공친 사람들로 북적거리고 있었다. 초조한 담배 연기도 습기를 머금어 무거워졌는지, 아니면 미련 때문인지 밖으로 빠져나갈 기미를 보이지 않아 사오 미터 앞의 사람들 표정조차 구분하기 힘들 정도로 공기가 부옜다.

"에라, 이젠 전공 살려 팔려가긴 다 그른 일이고 어디 비닐하우스 농약 뿌리는 데라도 한번 톺아보자고. 좋다, 바겐세일로 석 장에 어느 놈이 살 테면 사버려라 까짓것 잉"

하면서 자신의 가슴팍을 호기롭게 친 것까지는 좋았지만 곁엣사람의 지청구가 이내 뒤를 따랐다.

"엠병, 바겐세일 좋아하고 자빠졌네. 언청이 입 안에서 꽈리 옆구리 터뜨리는 소리럴랑 하덜덜덜 말어잉. 그것도 애진작에 종친 지 삼박 사일 돼부렀네. 오살헐놈의 봄비 같으니라구."

"헹님, 이젠 우짜실라꼬예? 마, 거저 여그다 포대 자루 팍 깐 다음 주사위 몇 개 던져놓고 지놈이 잽이로 떠설랑 야바위판이라도 한판 걸판지게 돌려볼까, 어쩔라우? 기왕지사 이렇게 된 거 누구 한 사람한테나마 푼돈이라도 몰아줘야 되잖겠수? 그래야 이런 개 겉은 날에도 등따신 아랫묵에 누워 마누라의 펑퍼짐한 궁덩짝에서 피리 소리가 삑삑거리도록 오지게 두들겨패는 팔자 늘어진 놈팽이가 우리 가운데서도 하나쯤은 나오는구나 하는 위로를 해보지요 차암."

"예끼 이 사람아, 그렇잖아두 저 퍼렝이들헌테 미운털이 석 자 반씩이나 속속들이 박힌 마당에 응, 한번 찍혀가봐. 담요 속에서 사타구니나 꼬물락꼬물락 더듬느라 다섯아들(손) 고생만 시켜가며 사나 흘씩 꿈자리 사나운 즉결 신세질 필요가 있남?"

"쓰발, 노느니 뭐 해요? 뭐가라도 하면서 시간을 뽀개야지 이게 뭐야요."

"가만 국으로 있어봐. 저쪽 퍼렝이들 동태가 심상찮으이."

"자꾸 저쪽 저쪽 해쌓는데 진짜루다 동태가 심상찮은 건 이쪽서 며칠째 공치는 바람에 눈깔들이 허옇게 뒤집힌 바로 이 인간 재고품들이외다, 이 말씀이올시다."

퍼런 제복을 걸친 청원경찰 둘이 볼펜 끼워넣은 서류철을 위협적으로 흔들어 보이며 옹기종기 모여 서 있는 날품팔이꾼들 틈새를 헤집고 다니다가 담뱃불 꺼라, 가래침 뱉지 말라는 등의 주의를 주곤 했다. 그러나 대부분의 사람들은 듣는 둥 마는 둥 서로의 얼굴을 흥뚱항뚱 쳐다보며 하다 만 얘기를 마저 하며 끼리끼리 헐거운 웃음만 지어보였다. 간혹 청원경찰과 시비가 붙은 사람들은 일거리를 공치게 돼 심사가 사나워져 있어서 그런지 전혀 고분거리는 태를 내비치지 않았다.

"당신 어디서 많이 봤던 얼굴인데 어디 주민등록증 좀 꺼내봅시다."

"맞아요. 저그 붙어 있는 저 일 계급 특진시켜줄 사람들 사진을 잘 들여다보믄 뭐가 나올지도 몰러요, 낄낄."

곁에서 누군가 기다란 긴급현상수배자 전단이 붙은 벽을 가리키며 설레발을 놓았다.

"청원들도 일 계급 특진이 있나 응?"

"당신보고 묻지 않았으니깐 나서지 말앗!"

"아따, 헹님들하고 얼굴을 맞추긴 어디서 맞췄다고 이러실까, 보아하니 구멍 같이 판 동서지간도 아닌 듯한데. 오늘 같은 날은 서로 피곤하게들 굴지 맙시다 이거."

곱슬머리에다 광대뼈가 유난히 두드러져 보이는 사내가 불심 검문을 당하자 겉으로는 사람 좋은 체 히물거리면서도 주위에 구경꾼들이 서넛씩 꾀어들자 은근히 뻣뻐드름한 자세를 들이대고 나섰다.

"당신 웬 잔말이 그리 많아. 검문에 응하지 않겠다 이거야? 신분이 확실하다면 왜 주민증을 못 내놓겠다는 거야. 보자보자 해주니 이젠 아예 상투 끝자락에까지 기어오르겠다는 반죽들이여 어째서."

"헐헐, 웬 뜬금없는 까탈이실까, 점잖으신 분들께서. 허릅숭이 날품팔이 하나를 앞에 두시고설랑. 드리지요. 아암, 힘없는 백성이 정중히 드려야 합지요. 그런데 한 말씀 더 드리자면 장터거리에 수염 난 것은 죄다 자기 할애비라고 우기는 사람한테는 옥수수마저도 저거 할애비처럼 보이는 건가벼?"

그러자 주위에 몰려섰던 사람들이 서로의 어깨를 툭툭 치며 와르르 웃음을 터뜨렸다. 얼굴이 싯벌게진 제복은 신경질적으로 받아든 주민증을 살펴보지도 않고 광대뼈의 가슴팍에다 냅다 후리듯 되던졌다.

"조심하라구, 그 말본새. 오늘은 이대로 넘어가지만 다음부턴 그 버르장머릴 가만 두고 보지만은 않겠다구."

"아무튼 봐줄 때 봐주셔서 감사허구만요. 좋은 일 많이 생기십시다."

좋은 낯으로 청원들을 보내는 시늉을 한 광대뼈는 곧이어 뒤 돌아서자마자 가래침을 긁어내 바닥에 뱉고 구두 뒤축으로 자근자근 짓뭉개며 싸늘하게 식은 말투로 구두덜거렸다.

"정작 조심해야 헐 사람은 따로 있다고 니기미. 글안해도 연나흘째 공치는 바람에 속에서 천불이 뻗치는데 자꾸 사람 승질 건드려싸면 당장에 누구 몸뚱이부텀 요절나는지 통박이 있어야 할 거구먼. 드러

워서. 꼭 무슨 쯩이 있어야지 대한민국 백성인줄 알아본단 말여? 나
참, 같잖아서 카악."

광대뼈는 어깨에 메고 있던 검은색 비닐 가방을 바닥에 내려 놓고
쭈그려앉아서 그 안의 물건을 꺼냈다 집어넣으면서 다시 추스려 정
돈을 하는 시늉을 했다. 가방 안에서는 각종 쇠붙이로된 연장들이 쏟
아져나왔다. 그중에 몽키스패너 하나를 들어서는 자신의 어깨를 몇
번 흥감스레 두드려준 흰 운동화 사내에게 보여주며 씩 웃어 보였다.
그러자 양말목 속으로 바짓가랑이를 쑤셔넣은 흰 운동화도 눈을 찡
긋거리는 걸로 화답을 해줬다.

"헤, 아까운 연장 다 녹슬겄네?"

"기름칠두 안 해두남?"

"이거? 이 연장도 그렇거니와 거시키 연장도 요즘 통 뜸을 많이 들
였더니만……"

그러자 흰 운동화는 슬그머니 뽕녀 쪽을 곁눈질하며 눈을 찔끔거
렸다.

"그럼, 날씨도 미친년 속옷처럼 지랄 같은데 우리 술 한잔하고 빠
구리나 짧은 거로다 트러 갈까?"

뽕녀는 인디언밥 봉지를 오목하게 펴놓은 데다 우유를 부어 고양
이에게 깔짝깔짝 입질을 시키고 있었다.

"뽕녀야 어서 많이 먹으럼."

"코끝이 까실까실 마르고 눈가엔 잘못 떨어졌다간 발등 깰 만한 눈
곱이 주렁주렁 달린 걸 보니 주접이 들었어도 잔뜩 든 모양인데 말이
야……"

"짐승 볼 줄 아우? 아찌 담배 있수."

"뭘루? 난 팔팔 라이튼데."

"디럭스 없어라?"

"젠장, 얻어 피우는 주제에 주둥이만 고급으로 놀아? 그런 입은 달고 다녀봤자 피곤만 허니깐 진작에 갈아치우라구."

"어젠가 그젠가 전동차 바퀴에 치일 뻔하더니, 그때 한 번 크게 놀란 다음부터 도통 기운을 못 차리지 뭐예요 글쎄."

뽕녀는 우유를 몇 번 핥다가 맥없이 고개를 옆으로 늘어뜨리는 고양이의 뒷덜미를 흰 운동화가 끄집어올려 손가락으로 콧등을 문질러주는 새에 담뱃불을 붙여 한 모금 깊게 빨아들인 뒤 천식환자처럼 숨을 조절하며 하소연하듯 말했다.

"어디서 난 거야?"

"저그 쓰레기통에서 다 죽어가는 걸 주운 건데, 몇 번 품에 보듬고 자니깐 좀 잔잔해지는 듯도 허더니만 고것이 끝내……"

흰 운동화가 무심코 내뱉은 다음 말이 뽕녀의 찌푸린 이맛골을 더욱 깊에 파이게 만들었다.

"쩝쩝, 신경통에 쓰면 약발 하난 즉통으로 잘 받게 생겼긴 헌데……"

"뭐야요? 우리 뽕녀 이리 내욧! 별 추접한 양반 다 보겠네."

머쓱해진 흰 운동화 뒤로 다가선 광대뼈가 그의 소맷자락을 지그시 잡아끌었다.

"왜여? 아직 본론에도 안 들어갔구만."

"저 여잔 안 돼."

"실성헌 여자라서? 실성허믄 어때? 계집이 얼굴만 반반하고 육덕만 좋으면 되았지. 아, 안 그래?"

"저 여잔 금기야, 금기. 자네 여즉까지 그걸 몰러? 한때 사통에서 날린 여잔데……"

"사통이 뭐여?"

"그런 게 있어. 나두 사통, 사통 말만 들었지 한 번도 안 가봐서 잘은 몰러. 일단은 낭중에 들어두고 암튼 일루 와봐. 언젠가 한번은 저 실성한 여자를 어느 새벽 열차 타고온 놈팽이가 술김에 건드렸던 모양이야. 아, 그런데 그치가 얼마 뒤에 전동차 선로 깊숙한 곳에서 처참하게 치인 시체로 발견됐다는 게잖아.”

“우연의 일치겠지.”

“아닌게 아니라 뽕녀한테 기둥서방이 둘씩이나 된다는 소문이 있어가지고설랑, 아주 찜찜해. 셋이서는 아예 지상으로는 발걸음을 떼지 않고 땅속으로만 돌아다닌다고 하더구만.”

“얼굴 반반한 여자가 실성하다보니깐 별 소문이 다 나도는 거겠지. 동티는 무슨 동티.”

“떡봉이라고 알제? 왜 그 곤조통, 그치가 바로 저……”

“기둥서방이래?”

“흠머 저, 저기…… 째리고 있네.”

─ 막찬?

─ 언제 지나갔다구……

─ 윌리엄은 분명 거게 있는겨?

─ 몰러어, 긍게 한분 불러보자구.

─ 안즉 일르지 않을까? 불개미들 순찰 한바꾸 돌았남?

─ 그거 건성으로 어슬렁거리는 거 뭐. 허긴 좀전에 애들 둘이서 후래시 거들거들 돌리믄서 절버덕거리며 지나가더구먼.

은밀한 접선을 하는 사람들처럼 소리 없이 다가선 두 남녀가 말소리를 죽여가며 속삭이고 있었다. 사내가 주위를 두리번거렸다. 어디서 물방울 떨어지는 낭랑한 소리가 동굴 효과 때문인지 파문처럼 밀려왔다. 담요더미를 한쪽 겨드랑이로 껴안은 사내가 검지를 볼 안쪽으로 넣었다가 바깥으로 잡아채자 음료수 병마개 따는 경쾌한 소리

가 뒤따랐다. 서너 번 그런 소리를 단조롭게 내자 어둠 저편에서 부엉
새 소리가 한 번 짧게 울렸다.

—힝, 있다! 떡봉이, 싸게 움직여뿌리라. 담싹 안아서 일루 델꼬 와.

잠시 뒤 어둠의 길목을 돌아나오는 떡봉의 탄탄한 두 팔 위에는 담
요에 둘러싸인 또다른 사내가 얹혀 있었다. 그 사내는 포대기에 싸인
아이가 아닐까 싶을 정도로 여읜 체수였다.

—내려놔! 매번 죽었나 싶어도 용케도 살아 있단 말이야. 요 귀여
운 물건 으응!

여자는 골판지 바닥에 얌전히 뉘어진 사내의 두 뺨을 아기를 어르
기나 하듯 가볍게 손가락 끝으로 톡톡 건드리며 말했다. 담요에 싸인
사내의 머리는 기형적으로 커 보였다. 아마 몸집이 작기 때문에 머리
가 상대적으로 커보이는 건지도 몰랐다.

"윌리엄, 오늘은 어딜 그렇게 싸돌아다닌 게야?"

어깨 위에 올려놓은 고양이가 목덜미를 핥기 편하도록 목을 길게
늘어뜨린 채 내맡긴 뽕녀가 퉁명스레 물었다. 사내는 가슴팍에 두 무
릎을 감싸안고 앉은 자세로 고개를 슬며시 쳐들었다. 그의 얼굴은 부
황이라도 든 이처럼 우석우석 부어 있어 두 눈이 거의 감겨 보이지 않
을 지경이었다. 해삼처럼 부풀어오른 윌리엄의 입술이 조금 달싹였
으나 고통 때문에 도로 제자리로 가 달라붙고 말았다.

"앉은뱅이가 돌아다녀봤자지……"

"차분히 말 좀 해보라구. 누구한테 그 지경이 되도록 얻어맞고 돌
아다닌겨. 쥐 죽은 드끼 누워 있어도 일없다구 혔잖은개벼."

윌리엄은 밭은기침을 고통스럽게 쏟아내기 시작했다. 그때마다 앙
상한 두 무릎이 가슴팍에 올라붙어 발작적으로 갈빗대를 쳐댔다. 뽕
녀가 그이 메마른 등을 손바닥으로 어루만져주다가 손가락으로 리드
미컬하게 토닥거렸다.

"지금 있지? 그치?"

뽕녀가 갑자기 콧소리를 내며 뭔가 보채는 아이처럼 물었다. 윌리엄은 대답 대신 고개를 끄덕거렸다. 그가 머뭇머뭇 허리춤에서 환으로 지은 알갱이 몇 개를 꺼내 손바닥 위에 올려놓자 뽕녀는 허겁지겁 달겨들어 윌리엄의 손바닥을 후려치듯 채 입 앞으로 가져갔다. 떡봉이가 한 손으로 뽕녀의 어깨를 잡고 다른 한 손을 쫙 펴 내밀었다.

"떡봉아, 내가 이 땅속에서 햇빛 한 자락 보지 않고 지낸 지가 오늘로 백 일째 되는 날이야. 너도 그걸 기억하니?"

떡봉이는 퍼더버리고 있던 다리를 두 손으로 자아 불러모으며 허리를 꼿꼿이 세우고 앉았다.

"벌써 그렇게 됐나? 시간이 어느 구석으로 휩쓸려가는지 도통 알 수가 있어야지 젠장. 거기 게또라이 좀 인 줘."

떡봉은 이온 음료수 게토레이를 그렇게 발음했다. 일 리터짜리 플라스틱 음료통을 건네주려는 윌리엄은 억 소리를 내지르며 달팽이처럼 윗몸을 앞으로 똘똘 말았다.

"안 뒈지고 그만한 게 다행이여."

윌리엄은 송곳니가 드러나도록 헤벌린 입새로 잔침을 질질 흘리며 손사래를 쳤다. 말을 할 때마다 응어리진 담이 이리저리 옮겨다니는지 손을 겨드랑이 속으로 넣어보고 가슴팍께로 손바닥으로 쓸어보기도 하면서 무슨 말인가 하려는 순간 두 눈을 환하게 치뜬 전동차가 요란한 소리를 내며 쏜살같이 지나쳤다. 입고를 위해 들어오는 차였다. 그들은 몸을 한껏 낮췄다. 그 바람에 대화가 잠시 중단됐다.

"그런데 세상은 정말로 암것도 변한 게 없이 예전 그대로인가봐."

"그럼, 땅 위 세상으로 나가봤다 들어온거?"

뽕녀가 고개를 홱 돌려 윌리엄을 노려보며 다그치자 그는 대답 대신 손갈퀴를 등뒤로 집어넣어 벅벅 긁으며 살비듬을 손톱 틈새로 벗겨내었다.

"오늘은 모처럼 내 신분을 드러내었지. 모자 이마빡에 윌리엄 텔 장군이라고 쓰고 빨간 색연필로 큰별 넷을 붙였거든. 난 타고날 때부터 사성장군이었잖아. 그리곤 칼잽이모양 작대기를 등뒤로 해서 쑤셔넣고는 전동차 구석배기에 몸을 싣고 자는 시늉을 했거든. 세상 사람들이 어떻게 나오는지 대빵 궁금해지더라구. 내가 진짜로 윌리엄 텔 장군이 된 거야. 한데 내가 정말로 자는 줄 알았어? 천만에. 실눈을 뜨고 앉아선 세상을 시시 콜콜히 다 들여다보고 있었던 게야."

뽕녀가 종주먹을 들이댈 기세로 바짝 다가앉았다.

"배신자!"

"걱정 말라고. 이렇게 제자리로 돌아와 있잖아. 어둠이 일렁이는 한강을 보고 싶더라구, 갑자기."

"불빛하고 햇빛하고는 영판 달라. 넌 너무 오래 햇빛을 못 봐서 자칫하다간 아주 눈이 먼다고. 멀믄 안 돼."

"넌 바깥으로 나가기만 하면 상처를 입고 돌아오잖아! 내가 돌봐줘야 한다구."

뽕녀가 빈 음료수통을 휙 동댕이치며 신경질적으로 말했다.

"뽕녀 말이 맞아. 너에겐 바깥은 너무 위험해. 그런데 뽕녀, 윌리엄 얘기를 좀더 들어보는 게 어때? 재밌잖아."

"근데 나를 더욱 화나게 만든 건 어느새 그 차 안에 동업자의 하수인들이 가을 만난 산속의 다람쥐들처럼 득시글거린다는 사실이었다구. 그들은 자신에게 주어진 역할에 맞게 얌전히 앉아 있었지. 어휴, 내가 모를 줄 알고, 가증스럽기는. 볼이 삼겹살처럼 축 처진 중년 사내 옆에는 암내를 폴폴 풍기는 아가씨가 앉았었는데 한강 다리 건너기 전에 자리가 비니깐 머리카락이 기름에 푹 절은 새파란 애송이녀석 하나가 엉덩이를 트위스트로 비비적거리며 쑤시고 들더라구."

"첨부터 그렇게 가만히만 있었다면 왜 얻어맞았겠어? 보나 안 보나 갖은 지랄을 떨며 들까불다가 사람들한테 몰매를 맞은 거겠지."

하품을 하느라 한껏 벌린 입속으로 말아쥔 주먹을 반쯤 집어 넣은 뽕녀가 윌리엄의 말을 끝까지 다 듣지 않고 중동무이를 하며 이주걱거리자 이를 앙다물고 앉은뱅이 자세로 일어선 윌리엄은 등지고 서서 뒷짐을 진 채 이제까지와는 달리 당당한 어조로 말을 이어갔다.

"결국은 내가 그 천연덕스런 연극을 깨뜨리려 했거든. 우선 내 앞을 지나가는 방금 나온 내일자 스포츠 조간을 불러세우곤 여기 실린 게 실제로 일어났던 일이냐고 따졌지. 허릿장을 지른 채 나를 한참이나 쏘아보던 스포츠가 바빠죽겠는데 웬 그지 깡깽이 같은 놈이야 하면서 냅다 귓방망이를 올려붙이더라구, 내 참, 그러다가 옆에 앉았던 중년 사내의 양복 소매에 마침 코를 풀 데가 없어서 슥 문질렀더니 소리를 버럭 지르더니, 재수가 없어서 어쩌구 하며 자리를 박차고 나가더라고, 망할놈의 자석. 소매 좀 같이 쓰면 어디가 덧나나."

"갈수록 가관이로군. 아으 시원타."

떡봉이가 사타구니에 손을 쑤욱 집어넣고는 득득 긁어댔다.

"좀 있자니, 양복을 말쑥히 차려입은 안경잽이 하나가 한 손엔 성경을 들고 나타나서는 뭐라고 떠들어대 내가 주머니에서 백원짜리 동전을 하나 꺼내서 그이의 손바닥에 올려놔줬지. 헌금입니까, 하고 묻는 그이의 눈동자가 완전히 감격에 겨워서 촉촉하더라구. 그대의 백원 헌금은 부자의 백만원 헌금보다 귀하대나 어쩌대나 하면서 말이야. 나는 그이의 손에 들려 있는 그 성경인가 뭔가 하는 책의 값이라 하면서 얼마나 하느냐고 물었던 건데, 이 치가 그예 감격한 표정으로 공짜로 주겠다는 거잖아, 미안하게스리. 그래서 내가 끝내 한마디 보태고야 말았지. 거, 책 종이 보니깐 담배꽁초 풀어서 말아먹기는 그만한 품질이 없을 듯해서요. 아따, 그 책 모서리가 날아와 싸움닭처럼 마빡을 쪼는데 거 되게 얼얼하대."

"흥, 나래도 귀쌈을 한 대 올려붙여야 직성이 풀렸겠다. 그런 식으로 굴다간 목숨이 둘이래도 모자라겠어."

그러나 뽕녀의 비아냥거림에도 아랑곳없이 윌리엄은 빙글빙글 웃기만 했다.

"마침내 저 끄트머리 멀찌감치서 동업자 나리께서 들어오시더구만, 보무도 당당하게. 색안경을 끼고 한 손엔 지팡이를 짚고, 또다른 한 손에 깨진 바구니를 들었어. 다 개수작이지 뭐. 동업자가 내 앞을 지날 때 내가 자리에서 나와 그의 곁을 따랐지. 그러자 어느 신사의 지갑에서 끄잡혀나오던 종이돈이 그 동업자의 바구니로 들어가려다 말고 방향을 틀어서 내 손바닥 위에 얹혀졌다구. 기분이 묘하데. 그런데 그 동업자가 갑자기 고개를 틀어서 날 쳐다보더라니깐. 그러더니 지팡이를 들고 날 마구 패면서 소리를 고래고래 지르는 거야. 이놈은 가짜다. 여러분 이놈은 가짜입니다. 제가 진짜입니다."

"와하하핫."

"호호, 깔깔깔."

"아 글씨, 자기가 진짜래! 진짜."

"근데 뽕녀, 그놈을 찾아냈어? 이 뽕녀녀석이 사납게 울면서 대드는 놈이 있었냔 말이야. 난 그 녀석을 반드시 찾아내야 한다구. 이 뽕녀는 그놈의 얼굴을 알고 있어."

"아무도 없었지라. 떡봉이 빼고는. 원래 이놈은 떡봉이하고는 사이가 안 좋잖아."

"떡봉이 너도 알듯이 난 첨엔 선생님으로 불렸다구, 콜록콜록. 손꼽히는 기술자였으니깐 다들 그렇게 불렀어, 아참. 그거 얘기한 건 적당히 구해왔겠지. 저 신문지 안에다 둘둘 말아놔."

"요즘은 말이여, 점점 이것들 구하기가 어려워져가. 저쪽의 단속도

단속이지만 중국교포들도 이젠 약아졌거든. 웬만큼 값을 부르지 않으면 코방귀도 안 뀌려 든다고."

뽕녀는 어른 주먹만한 시커먼 생아편 덩어리를 허리춤에서 꺼내 윌리엄이 가리킨 신문지더미 속에다 밀어넣었다. 옆에서 지켜보고 있던 떡봉은 생침을 꿀꺽 소리가 나게 삼킨다.

"부르는 대로 다 쳐줘. 물건이 없어서 못 파는 실정이니 그 값은 다 나중에 벌충할 수 있으니깐. 어때? 내가 직접 만들다 가져온 건데 조금 맛 좀 볼 테야? 기막힐걸. 아까 꺼랑은 달라."

떡봉이 벌써 축축하게 젖은 혀를 내밀었다.

"항상 이놈을 품안에 안고 다녀보라고. 이놈은 얼굴을 다 알고 있어. 내 양 발목의 아킬레스건을 끊고 이렇게 앉은뱅이로 만든 그 녀석의 얼굴을 알고 있다고."

윌리엄은 갈퀴처럼 세운 손바닥으로 얼굴을 가리며 소리 없이 흐느꼈다.

"나는 황금알을 낳는 거위였지. 여러 군데서 날 탐냈다고. 중세에 있었다는 연금술사가 그랬을까. 기술이라고 다 같은 기술인 줄 알아? 천만에. 그런데 단 한 번 반대파 조직을 위해서 손을 댄 걸 그놈이 알아챈 거야. 조직의 재판에 회부됐다가……"

"윌리엄, 윌리……"

"으응, 그래 느낌이 올 거야. 확실한 느낌이. 내가 그렇게 만들었어. 기분이 어때?"

"으응, 좋아. 그런데 가슴에 불이 붙는 거 같은데. 활활. 티켓을 팔던 시절로 되돌아간 느낌이야."

"티켓?"

"좋았지. 삼 년은 팔았으니깐 내가 판 티켓을 모두 합치면 거진 삼천 장쯤은 될 거야. 하룻밤에 열 장까지 팔아본 적이 있으니깐 말이

야. 한창이었을 때지. 그럴 땐 뽕을 맞지 않으면 천하의 반금련이 와
도 견디질 못하지. 엄마들이 알아서 다 맞혀줘. 나보고는 엄마가 뽕
체질이래. 그래서 이름도 뽕녀가 된 거야."

"티켓 한 장에 얼마 받은겨?"

떡봉이가 헐떡이며 물었다.

"왜, 지금이라도 그 장사 다시 시작하믄 이녘이 티켓 긴 거로 한 장
끊어주겠다는 거시여 뭐여?"

"누가 알겠어?"

윌리엄이 클클거리며 웃었다.

"삼천 장이나 팔았다믄서, 한 장당 얼추 을매씩을 받았단 말이여?"

"알고 싶은 게 많아서 먹고 싶은 것도 많겠다. 글씨, 형편되는 대로
만원도 받고 한 이만원도 받고 긴 거는 에누리없이 석 장 받았어라."

"그렇담 지금 갑부가 돼 있어야제, 이 꼬락서니가 뭐시여 도대체."

"누가 아니래냐? 내 뒷배를 봐주던 땡이 엄마가 알고 보믄 참 좋은
사람이었어. 제각기 통장 하나씩 만들어주고 그랬지. 절대로다 꽃값
에서 삼 할 이상은 떼지 않았어라. 그 덕에 눈먼 돈 좀 만질 수 있었는
데, 내가 환장을 했지. 티켓을 삼천 장씩이나 판 년이 사내에 눈이 멀
다니. 땡이 엄마 말이나 존조리 듣고서 어디 지방도시에나 가서 이름
갈고 조그만 양품점이나 차리고 팔자 고쳐 살았어야 했는데."

"아, 문디 콧구멍기에 박힌 마늘을 빼처먹을 일이지, 글씨 뽕녀 자네
의 돈을 알겨묵은 작자가 다 있었던 말이야 그래?"

"벵신이니깐 더 믿어부렀잖고. 참말이어라. 꼽추 조씨라고 있었지
라. 나만 보믄 자긴 등뒤에 벌써부터 무덤을 지고 사는 인생이라며 그
무덤과 나의 썩은 자궁이 만나야 한다며 각시가 돼달라고 했드렸는
데 말여. 나쁜 자식, 나아쁜 짜아식이 금매 티켓 삼천 장을 걸머지고
그 환장헐 봄날에 도망쳐뿌리믄 도대체 워쩌라는겨 나보고 워쩌라는

겨 패앵."

"그래서 뺵하믄 그 잘난 봄날은 거시키 헌다더라 허는 노랠 줴치고 그러는 게로군. 그런 뜻에서 한번 간지게 혀봐."

"그럴까, 옌장."

　　연부운홍 치마아가 봄빠아람에 휘나알리이드라
　　오느을도 옷고오름 씨입어가며
　　산제에비 너엄나드는 서엉황다앙 길에
　　꼬오치 피이믄 가치 우웃고
　　꼬오치 지이믄 가치 우울던

다음 대목부터는 두 사람의 흥얼거림이 뒤따랐다.

　　아알뜨을한 그으 매앵세에에
　　보옴나아알은 가아안다

노래를 다 부르고 난 뽕녀가 물코를 잠바자락에다 팽 하고 풀었다. 그리고는 잠시 침묵이 흘렀다.

"황차 이런 말 들어들 봤지러?"

"뭔 말?"

"산은 산이고 물은 물이다."

"……?"

"이건 유식한 말이야, 법어니깐."

"으응, 그럴듯한데. 법어가 뭔데?"

"높은 시님들이 중생들에게 내리는 말이래. 내가 한번 접때접때 우리게 삼도연에서 열린 방생법회에서 들어본 적이 있거들랑. 내가 불목하니 노릇을 해주던 과부집이라는 선술집에 주인 여자가 있었어.
옥이네라고, 나이는 한 서넛 위였던가 그랬지만 얼굴은 해끔한 게 입
술일랑 항상 쥐 몇 마리쯤 잡아먹은 고양이처럼 뽈그족족해가지구설
랑. 살림 산 건 아니고 이따금씩 잠자리에서 살만 같이 섞었는데. 그
래도 맴이 쏠렸댔지, 육실헐년. 삼도연이 방생법회로 유명한 곳이었
대나. 이그 밥통, 방생법회도 몰러? 산 물괴기를 거저 풀어주는 게지.
아, 그래야 복 받는대. 얼라 없는 아짐씬 얼라를 얻고, 재물도 생기게
만들어주고 한때는 학상들 엄니들이 몰려들 왔었지. 합격시켜돌라
고. 물고기헌테가 아니라. 놔준 물고기가 말하자면 결국엔 부처님헌
티로 가서는, 어디 사는 아무개가 지를 시방 세계에 놔주는 선덕을 베
풀었습니다고 고하믄 부처님께서 알아서 복을 노놔주신다는 게지.
방생들을 온다고 허믄 죽들 관광차들을 타고 오는데 옥이네가 방생
용 물고기를 나더러 사오라고 시키거든. 이문이 여간만 쏠쏠한 게 아
니라고. 에누리가 없으니깐 파는 족족 절반은 고부라지는 장사니깐."
　"으떤 물괴기들을 푸는데, 아깝게시리."
　"더 들어보믄 희한할걸. 토종고기들은 없어. 순 꼬부랑 글씨로 된
고기뿐이여. 들어나 봤나, 불루길∼바스라고."
　"칫, 아닌게 아니라 빠다 냄새가 폴폴 나누만."
　"양공주 생활 때 빠다 냄새가 폴폴 나누만."
　"양공주 생활 때 빠다 많이 묵어봤지? 그랬겠구만."
　"시꺼!"
　뽕녀가 한 손으로 고양이를 빼들고 집어던지려는 시능을 하다가
얼른 그만둔다. 머쓱해진 윌리엄이 어깨를 한 번 움찔해 보이고는 떡
봉이를 쳐다봤다.
　"나도 고기 사러 다니면서 다 들은 얘긴데 아, 그놈의 양놈 물괴기
가 우리나라 괴기의 씨를 말린다지 뭐여. 번식력이 강한데다 성질도

드러워서 닥치는 대로 잡아묵는데. 이빨이 으찌나 날카로운지 나일론 그물은 예사로 끊고 달아나는데, 내가 한 번 장난 삼아 손가락을 잘못 놀렸다가 조막손 신세가 될 뻔했지 아암. 양식장 주인이 그러는데 자신도 이 짓으로 밥을 벌어먹긴 하지만 그놈들 땀시 벌써 한강인가 어딘가에 토종어류가 몇십 종이나 씨가 말라버렸다는 거여. 기찰 노릇이잖구.”

“그래 떡봉이 너두 한때 그 짓을 해먹고 살았다는 게지?”

“난 사다만 놓으면 옥이네가 다 수완껏 팔았지. 나중에는 방생한 고기를 밑에 목 좋은 곳에서 그물 쳐놓았다가 내가 도로 다 잡아들인다니깐. 그런 줄도 모르고 손바닥에 지문이 닳아 없어지도록 비벼싸며 고개들을 조아리는 걸 보믄, 쯧쯧. 그 밑에선 판 사람들이 다시 잡아서는 몇은 즉석회를 치거나 매운탕거리로 도륙을 내는 걸 안다믄 기분이 으땠을까?”

“말두 말라니깐!”

뽕녀의 신경질에도 떡봉이의 넋두리는 끊이질 않았다.

“그뿐인 줄 알아? 그런 날 밤이면 난 살품까지 판다구. 이 몸이 이래 뵈도 근수가 꽤 나가잖아. 불순한 생각을 먹고 내려오는 여편네들이 많아. 한 번 붙어먹은 뒤로 상대가 누군지 앞으로 또 만날 건지 묻지도 말라는 묻지 마 관광도 많고. 심지어는 법회에 내려와서까지도. 그런 여편네들이 나를 사. 고깃덩어리로. 밤이 이슥해지면 옥이네가 쥐어준 객실 번호를 차고 털래털래 찾아가지. 돈은 내가 못 받아. 옥이네가 이미 다 챙긴다구. 그러다 샐인 났지러. 다음날 새벽에나 돌아왔어야 했는데, 밤늦게 일이 일찍 끝나가지구. 그 부인에게 몸것이 찾아왔더구만. 와보니 주방 찬장이 우르르 떨도록 방 안에선 년놈들의 가죽방아 품앗이가 한창이더구만. 감창 소리도 숨넘어가고. 계집 소리가 태워줘, 아아 남김없이 태워줘 하잖아. 그래서 주방에 한참

서 있다가 소원대로 해줬지. 그거 간단하거든. 프로판 가스 고달이를 이렇게 아드득 잡아떼고 기름통 뒤엎은 뒤 성냥불 한 번 그어 던지면 끝장이야."

"살인자!"

뽕녀가 두 손으로 얼굴을 가리며 짤막하게 내뱉었다. 흐느꼈다. 떡봉이 히물거리며 웃었다. 그의 손이 뽕녀의 손목에 가 닿자 그네는 되알지게 뿌리쳤다.

"사람다운 것들을 죽이진 않았어. 벌레 같은 치들만 그랬어. 그들은 사람도 아니잖아. 그런 작자들은 언제든지 저 철길 위로 내던져 없애버릴 테야."

"그만해둬. 날 다 새겠어."

"이 땅속에서 날이 새는지 저무는지 어떻게 안다고 지랄이야."

"……"

"……"

―어때?

―가만, 이 동굴 안이 환해지고 있단 말이야. 넌?

―세상이 온통 하얀 색종이로 뒤덮여 있어. 아마도 내가 잃어버린 티켓들인가 봐. 오매 좋아부러, 히힝.

―앗, 뜨, 뜨겁지이이이이, 않고 션타. 씨언해. 산은 산…… 물은 물…… 내 가랑이 사이로 한강물이 흐른다, 흘러 아흐.

―그래에, 다들 눈까풀을 꼭꼭 닫으라고. 좋은 세상이 열릴 거야. 헐헐.

"아아, 하낫 둘 셋 넷, 마이크 시험중입니다. 어험! 거 설비관리계 김 주임님 지금 내 말 잘 들립니까? 잘 들리냐구요? 젠장 또 어디 처박혀서 뒤비져 자는 거 아냐. 당직하러 오는 게 아니라 잠 벌충하러 온다니깐. 낮부텀 뭐 하다 오는지 제기럴. 선임이면 다야? 뭐라구요?
잘 안 들려요. 지금 당장 시작해야 한다구요. 예, 예 잠깐만요. 듣든
못 듣든 방송부텀 해보구요. 아아, 딸깍딸깍.”
　―뭣 헌다냐. 환풍기 작동부턴 잠시 끄라니깐두루.
　“알았다구요 칫. 설비관리계 김 주임님은 들으세요. 에, 오늘 공일
시부터 공두시까지 문서 번호가, 가설라므네 에이구삼칠육 엔더블유
로 내려온 공문에 의거하여 역 구내 일제 방역 방제 작업을 실시하오
니, 환풍기 작동 장치를 일시 오프 위치에 두시고 통제 대기에 임해주
시기 바랍니다. 이상 전달 끝.”
　―어때 괜찮았어? 까짓것 독허게 뿜어뿌러.

(『지평의문학』 1993년 상반기호)

혁명기념일

헤겔은 어느 부분에선가 세계사에서 막대한 중요성을 지닌
모든 사건과 인물은 되풀이된다고 지적하였다.
그러나 그는 다음과 같은 사실을 덧붙이는 것을 잊었다.
즉 첫번째는 비극으로, 두번째는 소극(笑劇)으로 끝난다는 사실이다.
당통에 대해서는 코시디에르가 그러하고,
로베스피에르에 대해서는 루이 블랑이……,
삼촌(나폴레옹)에 대해서는 조카(나폴레옹 보나파르트)가 그러하다.
—칼 마르크스, 『루이 보나파르트의 브뤼메르 18일』, 1852

진기 형, 당신은 비극입니까, 소극입니까?……

"정섭이 네가 어떻게 여길 다…… 야, 이래도 되는 거냐?"

대학 학과뿐 아니라 서클의 직속 선배이기도 한 석주 형을 하필 그
자리서 그런 모습으로 딱 맞닥뜨리고 나니 이상하게도 온몸에서 맥
이 좍 풀리고 마는 것이었다. 세상 참 좁다는 탄식이 허탈감의 꼬리를
물고 신음처럼 흘러나오려는 걸 어금니를 깨물며 참아냈다. 그를 마
지막으로 본 때가 언제던가. 남들은 사학년 일학기 기말고사를 대충
마무리할 무렵이었을 것이다. 그렇다면 한 유월 중순일까. 쉬어터진
막걸리 냄새가 코끝을 문드러지게 하던 녹두거리 어귀 지하술집 아
침이슬에서 집행유예로 막 풀려나온 나를 위로해주는 자리가 마련되
었다. 그때 멀찌감치 떨어져 앉은 석주 형 얼굴을 언뜻 보곤 여태껏
깜깜무소식이었으니 거진 팔 년 만의 해후인 셈이었다.

한데 그 오랜 세월 뒤의 만남이었건만 나는 반가움을 충분히 표현할 수가 없었다. 왜 그랬을까? 그때 나는 물론 그런 국제적 연회석상이 처음인지라 줄곧 안절부절못하며 관청 뜰에 갖다 논 촌닭마냥 쭈뼛한 표정으로 외국인이 대종을 이룬 콩나물 시루 같은 사람 틈새를 미꾸라지처럼 빠져다니던 터였다. 물론 그 와중에서도 우리처럼 혀 짧은 사람은 따라서 발음하기조차 어려운 오르되브르라는 프랑스식 리셉션 음식을 안주 겸 요기 삼아 주근주근 챙겨먹었다. 빵 쪼가리나 과자 위에 햄이나 치즈 따위를 웃기처럼 얹어 한입에 먹을 수 있도록 된 음식이었는데 그런대로 입맛에 맞았다. 그러다가 발코니 쪽에 서 있는 그를 발견하자마자 순발력 있게 어설픈 미소를 짓긴 했는데 그만 그 오, 오르되브르가 시큼한 생목으로 치솟으면서 명치께에 밤송이를 안기는 바람에 본의 아니게 인상을 불쑥 찡그리고 말았다.

김치 보시기처럼 운두가 낮은 샴페인 잔에 입술을 축이려다 만 석주 형은 언뜻 눈이 휘둥그래져서 내 쪽을 바라보았다. 그러다가 곧바로 훤한 웃음을 터뜨리고는 익스큐즈 미를 연발하며 북적거리는 사람 틈새를 헤치고 다가와 호주머니 깊숙이 보관해두었던 오른손을 꺼내 무슨 선물처럼 불쑥 내밀었다.

나는 그때까지 우물쭈물거리며 변변한 말 한마디 건네지 못하고 있었다. 주눅이 들어 있는 건지도 몰랐다. 나는 그런 나의 모습에 은근히 부아가 치솟았지만 그럴수록 어깨에 자꾸 힘이 들어가 꽁지 빠진 새처럼 엉성한 자세가 되었다. 그러다가 한다는 말이 기껏 석주 형의 말투를 되풀이하는 거였다.

"형이야말로 어떻게 여길 다……"

"껄껄껄, 불청객은 아냐, 임마!"

하며 호쾌하게 웃어젖히는데, 우선 사람이 갓 임관한 소위처럼 단정했다. 단단한 조직의 구성원임을 은연중에 내비치는 짧게 올려친 목덜미, 어깨를 으쓱할 때마다 앙증맞게 출렁이는 나비 넥타이, 곁을 스치는 사람과 쉴 새 없이 주고받는 자연스런 눈썰미 인사하며 그는 몰라보게 세련돼 있었다. 적어도 나처럼 그 자리에 얼떨결에 끌려온 얼치기 부류하고는 차원이 다른 비중 있는 초청객임이 분명해보였다. 그렇다고 그가 내 앞에서 이렇게 당당해도 되는 것일까? 그를 바라보는 내 눈에 자꾸만 힘이 들어가 안경 밑으로 손끝을 집어넣어 눈자위를 몇 번이고 꾹꾹 눌러야만 했다.

— 그저 가벼운 마음으로 들러서 배나 불리고 오면 되는 거죠 뭐. 숫기도 오죽 없으면 남자가 그런 걸 다 빼고 그래요? 뺄 게 따로 있지.

경대 앞에 서서 콧등에다 파운데이션을 투덕투덕 두드리던 아내 진순이 거울을 통해 마음이 내켜하지 않는 표정을 짓고 있는 날 바라보며 이렇게 말했다.

— 빼긴 누가 뺀다구 지레 그 야단이야? 내가 대인공포증에 걸린 것도 아닐 테고…… 명색이 혁명기념일인데, 열 일 제치고 가봐야지……

나는 대사관에서 보내왔다는 초청장을 규격봉투에서 뽑아냈다.

— 프랑스 국경일인 혁명기념일을 맞아 고진순씨 내외분께서 7월 14일, 17시 30분부터 19시까지 프랑스 대사관저에서 개최되는 리셉션에 참석하여주시면 영광이겠습니다. 정문 도착시 본 초청장 제시 요망.

혁명이라는 단어를, 제거하지 못한 파편조각처럼 머릿속에 내내 간직한 채 팔십년대초에 대학 시절을 보낸 세대로서 나는 어떤 어렴풋한 감회가 관자놀이께를 스치는 걸 느낄 수 있었다. 나는 버릇대로 콧구멍을 벌름거렸다.

— 우리나라 역사에도 혁명이라고 부르는 사건들이 그럭저럭 솔찮이 있긴 한데 말이야 쩝쩝. 어딘지 모르게 단막극적이어서……

하지만 초청장에 씌어 있는 혁명기념일은 프랑스대혁명을 가리킴이 틀림없었다. 코끝을 알싸하게 휘돌려놓는 건초(乾草) 냄새가 풀풀 풍기는 대중 봉기와 곧바로 적과 동지를 가르는 전선을 뜻하는 바리케이드, 그리고 건곤일척의 계급투쟁으로 어우러지는 근대사의 서막을 성난 파도처럼 유감없이 열어젖힌, 저 역사적인 1789년 파리 민중의 바스티유 감옥 대습격을 기리는 이백네 돌째 되는 날이었다. 제길, 내가 왜 이리 들뜨는 걸까. 후진국의 룸펜이. 나도 모르게 헛웃음이 픽, 하고 새나왔다.

— 나아 참, 감히 계급혁명을 기리겠다는 나라도 다 있구나. 국가보안법의 서슬이 아직 시퍼런 이 땅에서.

— 당신도 참, 이백 년도 더 넘은 사건인데 아무렴은요.

진순은 넓적한 머리핀을 입에 물고 머리채를 뒤로 간동그리며 괜한 가상은 그만두라는 표정을 양미간에 노골적으로 지어 보였다.

— 그래 그럴 거야. 프랑스 정도 되니깐…… 모든 근대 사상혁명의 본고장이고 또 지금은 어쨌든 그 혁명의 총아인 사회주의를 내건 정당이 정권을 틀어쥐고 있는 나라니, 내가 괜히 혁명기념일 어쩌구 하는 데 지레 선입견 갖고 감상에 젖을 필요는 없을 거야, 그치?

— 얼라? 지난겨울 추위에 놀러온 감상이 다 얼어죽었대요? 감상은 웬 감상…… 문정관 때문에 출판 에이전시들이 꽤나 올 텐데.

— 에이전시? 첩자?

— 쯧쯧, 못 말려…… 출판업 거간꾼들 말예요. 당신 마누라를 포함해서. 하긴 어떻게 보면 그런 의미의 에이전시도 되지. 문화 첩자!

요즘 들어 입덧이 부쩍 심해진 아내는 거칠어진 얼굴 피부를 감추기 위해선지 평소보다 더 정성들여 화장을 했다. 뒤통수에 가 닿는 나의 측은해하는 눈길이 느껴졌는지 아내는 거울을 통해 아랫입술을 일부러 장난스레 비죽이 내밀어 보였다. 나는 무안을 당한 사람처럼 짐짓 불퉁스런 목소리로 빨리 길을 나서자는 채근질을 몇 번 해댔다.

진순은 출판사에서 프랑스 문학 관련 파트를 맡고 있어 프랑스 대사관 문정관실의 르누아르통 씨와 안면이 있었다. 초청장도 그래서 부쳐온 모양이었다. 프랑스 말을 제법 구사하고 그쪽 문화에 대해 일정한 조예가 깐깐히 배인 티를 내는 아내를 그쪽에서 잘 봐주는 모양이었다.

"캬하, 세상이란 게 참으로…… 좁다, 좁아. 정섭이 널 여기서 보다니."

"그건 아까부터 내가 하고 싶었던 말이에요. 근데 그 동안 어디 있었어요? 어째 통 연락도 없더라니."

"응, 그래. 나 유럽에서 한 이 년쯤 근무하다 작년에 돌아왔어."

"그럼…… 외교관생활을? 그렇다면 형도 고시에 합격하신 거예요?"

"한 오 년차쯤 되지. 아참, 얼마 전에 신문 광고에서 네 책 광고 봤다. 소설가의 길로 들어섰더구나. 그래 우리는 이제 자기 전문 분야에서 신한국 창조를 위해 열심히 뛰어야 한다구."

나는 석주 형이 쓰는 용어가 하도 희한해서 어이없다는 얼굴로 몇 초 동안 그를 빤히 바라보기만 했다. 이 사람이 정녕 한때는 그토록 철저히 계급의식으로 단련된 프롤레타리아가 주도하는 조직적인 혁명을 부리짖던 그 열혈청년 윤석주가 맞단 말인가. 그러자 형도 좀 머쓱했던지 술잔을 들어 얼굴을 가리며 단숨에 비웠다.

"뭘요, 말이 작가지 실제로는 고등 룸펜이나 마찬가지예요. 그냥 창피함을 무릅쓰고 말도 안 되는 걸 책이랍시고 묶어본 거예요."

"짜아식, 아무 데도 쓸데없는 겸손은. 그런데 내가 얼마 전까지만 해도 인류 최후의 도살처라고 할 만한 유고 내전 현장에서 유엔 소속으로 잠깐 쪽수 채워주다 왔는데, 거기서 얼핏 소잿거리가 될 법한 것들을 많이 주워듣고 보고 왔으니깐 다음에 다시 한번 따로 만나서 얘기 좀 해보자고, 정말이지 문학의 정수라면 전쟁문학을 꼽아야겠다는 생각이 절실해지는데, 등 덥고 뱃가죽 부풀면 본격문학은 어렵겠더라고. 왠지 그런 생각이 들더라."

"그러잖아도 지금 내 생활이 그래요. 마누라한테 얹혀 사느라고 등 덥고 뱃가죽 부풀릴 여유가 없는데도 문학은커녕 ……"

"그게 무슨? 상팔자지 어디…… 아무튼 내게도 한 권 부쳐줄래. 본래 한 권 사서 보는 게 예의인 줄은 안다만 그래도 작가에게서 직접 받는 맛이 다르잖아, 아 안 그래? 승혜도 네 소식 듣고 무척이나 좋아하더라구."

아뿔사, 나는 뺨에 부젓가락이라도 스친 듯 화들짝 놀랐지만 내색을 하지 않느라 짐짓 기억이 느린 체하며 물어보았다.

"승혜라뇨? 백승혜 선배 말예요? 그럼 두 분이 부부가 된 거예요?"

"짜아식, 우린 뭐 부부가 되면 안 되는 사이냐? 긴말할 시간 없으니깐 그 얘긴 나중에 듣던가. 아니면 그렇잖아도 승혜가 여기 왔는데…… 저기 뵈잖아, 하얀 야회복. 만나서 저간의 내막 좀 듣던지. 난 이 자리도 업무의 연장이야. 그럼, 잠깐……"

석주 형은 갑자기 짜증스런 표정을 노골적으로 드러내며 휑하니 등을 돌렸다. 나는 착잡한 심정이 되어 건성으로 고개를 주억거리며 뒤돌아서 가는 그의 등을 물끄러미 바라보다 문득 고개를 승혜 선배 쪽으로 뺐다. 어깨에 봉을 허풍스레 넣고 어깨홈이 봉긋한 젖무덤께까지 파인 드레스를 입은 혼혈 계통의 여인이 그네에게 다가가 벌에 쐰 듯한 두툼한 입술을 양볼에 대고 쪽쪽 요란스럽게 비벼대고 있었다. 나는 가슴팍께로 손을 얹어 담뱃갑을 더듬으며 몸을 돌려세웠다.

나는 프랑스 말을 한마디도 뇌까리지 못하는데다 명색이 대학에서 영문학과에 적을 두긴 했지만 영어조차 시원찮은 마당이어서 일찌감치 진순을 떼어놓고 연회장을 어정버정 돌아다니며 적포도주 잔이나 할금할금 핥았다. 연회장은 좁았다. 가만히 서 있어도 오가는 사람들을 오 분에 한 번씩은 볼 수 있었다. 고산지대의 세르파처럼 다부져보이는 까무잡잡한 얼굴의 동양인과 죽이 맞아 가슴을 손가락으로 쿡쿡 찌르며 대화를 나누고 있던 석주 형이 얘기를 끝내자 내 앞으로 다가왔다.

"무슨 얘길 그렇게 쌈박질하듯 나눴어요?"

"촌스러운 놈들."

상대방과의 면전에선 웃음을 머금은 채 대화를 하던 그는 뒤 돌아서자마자 표정을 싸늘하게 굳혔다.

"걔네들은 그런 식을 좋아해. 맨 쓰잘데없는 내용뿐이지 뭐. 이런 곳에서는 원래 심각한 얘기들은 안 하는 게 예의거든. 가령 계집 품평회나 좋아하는 술 얘기 같은 거. 그런데 정말 제삼세계의 후진국 아이들은 아무래도 가망이 없어. 디플로머시의 디자도 모르는 것들이 와서는 잘 알지도 못하는 말을 막 떠들어요. 아 글쎄, 다짜고짜로 우리나라 정치를 걸고 얘기를 붙여오잖아. 비리와 불법 정적 제거 스캔들에 휩싸인 전임 대통령의 사법 처리 전망이 어떠냐고 묻는 거야. 기가 막혀서."

"아, 아까 그 친구가 주먹을 쳐들고 뱅글뱅글 돌리며 구호처럼 외치던 게 바로 그런 얘기였어요?"

"으응, 그렇지. 르 르와 오 기요틴!"

"뭔 말이야요? 불어에는 일자무식이어서."

"프랑스혁명 때의 단두대 알잖아, 기요틴. 국왕을 단두대로! 하는 말인데 당시 반혁명의 핵심이던 국왕 루이 16세를 처형하라는 파리 폭도들의 외침을 엉터리로 흉내낸 말인 것 같아. 역시 딴 건 몰라도

외교에서만큼은 후진국들은 뭔 티가 나도 난다니깐. 에잉 기분 싹 잡
쳤어."

　나는 자꾸만 후진국이라는 말에 부득부득 강세를 주려는 석주 형
을 맥없이 바라보았다. 그가 새삼 딴사람으로만 여겨졌다. 나는 손으
로 턱수염이 까칠하게 비어진 턱언저리가 아릿해지도록 문질러댔다.
팔 년 세월의 골이 어느덧 이 정도가 돼버린 건가?

　―형이나 저나 한때는 제국주의의 멍에에 짓눌린 제삼세계, 그 모
순의 핵심 고리인 한반도의 해방을 외치며 애플에서 활동을 같이했
으면서 무슨 후진국 욕을 그토록 하세요?

　우린 서클 이름인 사회과학연구회를 애교스럽게 애플이라고 불렀
다. 사회과학연구회를 줄여서 사과(社科)라고 썼는데 과일 이름인 사
과를 의미하는 영어 APPLE을 차용한 것이었다. 석주 형이나 진기 형
이나 다들 애플의 바로 윗선배였다.

　하지만 난 이 말을 꿀떡 삼켰다. 나는 겉으로나마 그와의 친분을 되
살려놓고 싶었다. 오늘 이 연회장을 나가는 그 순간까지만이라도 그
에 대해 좋은 인상을 간직하고 싶었다. 나는 왜 그와의 충돌을 그렇게
꺼려하는가. 과거에 따랐던 선배라서 그런 것만은 아니었다. 그는 나
에게 가투 주동을 떠달라고 권유했고 난 일찌감치 응낙을 했다. 어차
피 그런 식으로 정리할 수밖에 없다고 내심 맘먹고 있던 터여서 주저
함이란 없었다. 그러나 그 결과로 신원조회 때마다 따라다니는 집행
유예란 딱지 때문에 내 인생은 많은 궤도 수정을 겪은 게 사실이다.
그러나 그는 지금 정반대의 길을 화려하게 가고 있다. 내 피곤해진 인
생 앞에서 여봐란 듯이. 그런데 난 지금 마누라가 당장 유산을 한다
해도 쉽게 해줄 수도 없는 무능력자로 허덕이고 있는 형편이다. 이 점
이 날 비참하게 만드는 거였다…… 비참한 기분이 들 때는 감정을 아
끼는 게 상책이었다. 그렇지 않으면 실수를 하게 마련이고, 실수는

나를 더 깊은 심연으로 인도하리란 것을 알기 때문이었다.

석주 형의 아버지는 이름만 척 대면 웬만한 사람들은 다 고개를 끄덕일 집권 여당의 거물 정치인이었다. 지금은 시류가 바뀌어 집권당 대선 후보 경선 때 줄을 잘못 서서 그 굴곡 많던 정치 역정을 마감하고 권력으로부터의 부정 축재 폭로 위협을 피하고 자신의 정계 은퇴를 확실히 과시해 보이는 방패막이 구실을 해주는 서예 학원이나 운영하며 소일하는 중이지만 그 당시만 해도 여권의 실세 가운데 한 사람이었다.

난 주동을 뜨기 몇 달 전부터 우리 애플 사람들, 특히 후배들은 거의 만나지 않아서 누가 새로운 식구가 됐는지 요즘 벌이는 사업의 성격은 무엇인지 전혀 모르는 격리 기간을 보내고 있었다. 나중에라도 조사를 받을 때 조직을 보전하는 데 도움이 될까 해서였다. 알고 있으면 결국 불게 마련 아니겠는가. 모르는 것처럼 조직 보위에 도움이 되는 방책은 없었다. 하루는 석주 형이 나를 불러 자신의 집에서 하룻밤 같이 자자고 했다. 아마도 선배 입장에서 자신의 후배에게 감옥행이 예정된 선택을 권한 데서 비롯한 어떤 책무감 때문에 서로간의 깊숙한 얘기를 주고받는 기회를 갖자는 뜻이 아닌가 싶어 두말없이 받아들였다.

어스름 무렵 역삼역에서 만나 걸어들어갔던 것으로 기억되는 그의 집은 내가 생전 처음 발을 들여놓는 으리으리한 동네에 자리잡고 있었다. 이런 동네에서 사는 사람의 입에서 고통받는 민중이니, 프롤레타리아트니 하는 말이 술술 나온다는 게 도무지 이해가 되지 않을 지경이었다. 나는 꼿꼿이 앞만 보고 걸어가는 석주 형의 시무룩한 옆 얼굴을 흘끗흘끗 쳐다봤다. 그의 표정은 화난 사람처럼 무척이나 굳어 있었다.

—서울에 이런 곳이 다 있었어요?

―촌놈!

석주 형은 곁눈질을 하면서 내게 말했다. 나는 그가 집을 나와 홀로 자취를 한다고 듣고 있던 터라 지금 어느 집으로 가는 길이냐고 물었다. 석주 형은 그저 씩 웃으며 얼마 전에 아버지의 집으로 들어왔다고 말했다.

―그 어른은 집에 안 계신 모양이네요?

―여당 실세가 지금 시각에 집에 있으면 장사 다해먹게. 어디선가 악질 재벌들과 민중의 고혈을 짜는 밀실 흥정을 벌이고 있겠지.

잠시 후 새소리를 내는 벨이 울려 우리가 이층에서 내려와 맞이한 저녁 식탁은 풍성하기도 했거니와 내가 그간 다녀본 어느 레스토랑보다도 분위기가 끝내줬다. 촉수를 낮춘 샹들리에가 손을 뻗으면 닿을 듯한 높이에서 은은한 빛을 뿌리고 있었다.

―저 땜에 부러 이렇게 삐까번쩍하게 차린 건 아니죠?

―촌놈! 먹기나 해.

석주 형은 그날 밤 옥사에 올라 한창 기승을 부리기 시작한 향락 문화의 첨병인 강남의 룸살롱들이 멀리서 내뿜는 네온사인이 십자가들 사이사이로 아른거리는 밤 풍경을 바라보다 깡통 맥주를 꿀꺽꿀꺽 비워대며 묻지도 않은 자신의 가족사에 대해서 구구절절이 풀어놓았다. 그 사이에 그는 내 얼굴을 한 번도 바라보지 않았다.

그의 아버지는 자유당 말기에 한때는 혁신당 운동을 하느라 옥고까지 치렀던 진보적 인사였다. 그러던 인물이 그 뒤 지조를 버리고 변절을 하여 군사독재 정권에 빌붙은 정치인으로 전락한 데 대한 반발로 학생운동을 시작했다는 풍문을 석주 형은 자신의 입으로 담담히 확인시켜주면서 말문을 열었다.

―난 아버지에게 끝까지 승복할 수 없었어. 반드시 그 굴절된 정치 역정 때문만은 아니지. 그것도 중요한 이유가 됐긴 하지만 말이야.

첨부턴 사상적 기반만 갖고 따진다면 아버진 스스로의 본령으로 회귀했을 뿐이거든. 무슨 말이냐면, 우리 아버지는 만경평야의 대지주이자 일제 때 젊은 나이로 군수를 지낸 양반이란 말이야. 골수 친일파였지. 어렸을 때 시골집 병풍 뒤에서 본 커다란 대형사진 중에 프로펠러 비행기 그림이 있었거든. 애국호라고 했던 비행기던가. 그게 바로 우리 일가에서 일제에 헌납한 비행기 사진이라는 거야. 그런데 어떻게 진보적 성향의 인사가 될 수 있었냐고? 나도 그게 궁금하긴 한데. 내 판단은 이래. 당시 여당이나 야당이나 다 조직에 동맥경화증을 일으켜서 여간해선 자리잡기가 수월치 않았을 거야. 그래서 약간의 모험은 감수해야 하지만 외려 혁신계열 쪽으로 참여하는 게 좀더 권력에 가까이 다가설 수 있는 확률이 희미하게나마 엿보였겠지. 이때의 권력을 꼭 대권하고 연결시키지는 마. 일종의 자기 현시로 봐도 되고. 그래, 팔 할은 내 추측일 뿐이다. 그리고 아버진 무엇보다 인간적으로 부도덕한 사람이었거든. 몰염치하게도 동지가 옥중에 있는 사이 그의 아내를 가로챘어. 바로 지금의 내 친어머니지. 우리 막내이모한테서 대강은 들어서 고등학교 때부텀 알게 됐지. 나는 그런 패륜의 결과로 세상에 얼굴을 내민 인간이라고. 알고 보면 처량한 존재지, 나도. 대학 올 때도 갈등이 많았어. 정치과를 가라는 아버지와 철학과 아니면 국문과를 가겠다는 내 의견이 맞섰었는데 결국은 어머니가 중재해서 외교관이 된다는 조건으로 영문과로 진학하기로 타협을 봤거든. 그런데 난 대학에 가서 참으로 행복한 일치를 보게 됐어. 딴 애들은 집안에서 뼛골 빠지게 일해서 등록금 대주는 부모님과 운동의 당위성 틈새에서 고민을 많이 하잖아. 그런데 난 그런 갈등을 할 필요가 없겠더라고. 이 독재정권을 무너뜨리는 일이 결국 아버지를 파국으로 몰고 가는 길이고, 반대로 아버지에 대한 저항은 자연스레 곧 현 독재정권에 대한 저항으로 이어질 수 있었거든. 나는 비로소 숨통이 트이는 기분을 느낀 거야. 이것이 바로 내 운동의 원동력이자 배경이야. 이런 얘기를 내 입에서 듣는 놈은 니가 처음이야. 그러니 가감 없이 듣고 속으로 삭여.

"혁명기념일이 뭐 이래요? 맹숭맹숭해가지고."

"후후, 그럼 어쩔 줄 알았는데? 사람들이 두 주먹 불끈 쥐고 인터내셔널가라도 비장하게 부를 줄 알았어?"

"그런 건 아니지만, 그래도 너무 싱겁잖아요. 또 세련됐고. 하다못해 프랑스 자기네들 국가인 〈라 마르세예즈〉 따위의 노래라도 틀어주면 그런대로 분위기라도 곁핥고 갈 수 있을 텐데."

"〈라 마르세예즈〉? 좋지. 그거야말로 파격적인 국가인데 말이야. 아마 그렇게 장구한 세월 동안 혁명 가요를 국가로 채택한 나라는 프랑스밖에 없을 거야? 그것도 프랑스다운 일이긴 한데."

"형은 그거 제대로 부를 줄 지금도 알죠? 지금도 기억하세요? 일어서라 조국의 젊은이들이여 영광의 날은 왔도다, 응응, 자아 진군하라 놈들의 더러운 피를 밭에다 뿌리자, 뭐 이런 구절도 있었잖아요."

"있었지. 그런데 거기서도 요즘은 국가를 갈아치워야 한다는 논쟁이 있나보더라고. 국민학교 애들 때부텀 노래를 가르치는데 너무 과격하다는 거야. 지금의 프랑스 현실하고도 잘 안 맞아떨어지는 측면도 있고 말이야. 야, 잠깐만 저기 스페인 대사관의 삼등서기관 친구가 나랑 얘기를 하고 싶어하는 모양인데 여기 좀 있어봐. 뭣하면 승혜 찾아서 인사나 나누든지."

아까부터 그 중남미계의 여인이 승혜 선배를 놔주지 않고 있었다. 피아노에 살짝 등을 기대고 선 그네는 완고해 뵈는 쪽머리 때문에 더욱 고전적인 미를 띠고 있었다. 흰 야회복은 우윳빛 살결과 어울려 요조스러운 기운을 뿜어내고 있었다. 그 뚱뚱한 중남미계의 여인이 자꾸만 누굴 닮았다는 생각이 들었다. 누굴까? 나는 곧 진기 형 부인을 떠올렸고 순간 손목을 움찔하는 바람에 샴페인을 바닥에 쩔끔 흘렸다.

"메이 아이 헬프 유?"

"노 생큐."

나는 프랑스 영화에서 카페 지배인으로 잘 나오는 사람처럼 작은 키에다 대머리가 지고 오종종한 얼굴을 한 사람이 다가와 손수건을 내밀었지만 사양했다.

—그런 인간이 여기서 살기는 사는디 도대체 왜 찾는거?

어깨가 떡 벌어진데다가 남미 쪽의 비둔한 여인들처럼 까무 잡잡하고 입술이 두터운 여인은 창을 비닐로 가린 여닫이 부엌문을 왈칵 열어젖히며 다그치듯 물어왔다. 혓바닥 아래 괸 생침만 한 번 꼴깍 삼키고 말문이 막힌 채 서 있던 나는 혹시 번지수를 잘못 짚은 건 아닐까 싶어 손바닥만한 폴리에틸렌 주소판을 힐끔힐끔 쳐다만 봤다. 거기에는 유성사인펜으로 또렷하게 이창화라는 이름이 박혀 있었다.

—저어. 창화 형을 잘 아는 사람인데요……

—해끔한 상판때기를 한 사람은 쌀자루 메고 온 친정오래비라도 반갑지가 않아서 원.

진기 형보다 두서넛 정도는 연상으로 보이는 여자는 손가락으로 까댁까댁 들어오라는 시늉을 해보이며 먼저 방 안으로 들어갔다.

형은 예상했던 대로 이름을 바꿔 쓰고 있었다. 그것 때문에 진기 형을 찾는 데 꽤나 애를 먹긴 했지만 끝내는 이창화라는 인물을 찾아냈고 그 인사 기록 카드 사본에 붙은 사진을 보고는 진기 형임을 확인해냈다. 물론 한국통신의 인사부에서 일하는 고등학교 동창 강희제가 없었더라면 불가능했을 일이었다.

—형은 언제쯤 들어오세요?

내가 뭉그적뭉그적 신발을 발뒤꿈치끼리 벗겨내며 묻자 여인은 코방귀를 팡팡 뀌며 손사래부터 쳤다.

　—그 인간이 지금 또 어는 전봇대에서 떨어져 황천객이 됐는지 나도 궁금할 지경이라우. 바쁜 중에 찾아온 사람에게는 열적은 소리가 되겠지만 오죽허면 내가 초면부터 다짜고짜로 이런 푸념부터 쒜치겠수? 그 인간이 며칠 전 찾아온 어떤 해끔한 이와 만나고 나서 쌩이질을 봤는지 기분이 잡쳐서는 술을 얼근하게 마시지 않았수. 그 길로 전봇대에 기어올라갔다가 떨어지는 바람에 몸이 상해서 몇 날 며칠 기두발을 못 하고 자리보전을 하더니만 오늘 기세가 좀 너누룩해지니깐 제 발로 기어나간 모양인데, 이번에 아예 진짜 송장이 돼 들어올지뉘 안단 말이우. 뒈지더라도 남은 사람 보상금이나 제대로 타먹게 술병 차고 객기 부리드끼 전봇대에 오르지는 말아야 되잖겠수? 나 참. 기다려보우. 술만 안 처먹는다면 올 때는 얼추 다 되었으니깐.

　나는 겉으로는 무덤덤한 표정으로 들어넘겼지만 속은 많이 흐트러져 있었다. 솔직히 말해서 한바탕 울고 싶었다. 무정부주의자 목진기의 생애라는 게 이렇게 문드러지고 있단 말인가. 나는 여인을 애써 외면했다. 진기 형은 좀체 오지 않았으나 난 오늘이 아니면 다시는 형을 만나지 못할 것만 같은 생각이 자꾸만 들어 끈덕지게 방석을 타고 눌러앉아 부업거리인 플라스틱 쪼가리들을 만지작거리던 여인이 먼저 지쳐 떨어져 바람벽에 옆 이마를 대고 가는 코를 골 때까지 버텼던 것이다.

　"정섭씨 왜 도망가요? 후후."

　백 선배가 어느새 돌층계 옆에 기대 있는 내게 다가와 어깨를 툭 건드렸다. 눈썹을 진하게 그리고 쪽찐 머리 옆 귓가엔 꽃송이를 달아 소녀적인 분위기를 풍기는데다, 정성들인 고운 분화장이 하얀 옷자락으로 받쳐져 화사하기 이를 데 없었다. 인도에서 막 구도의 길을 떠난 해맑은 소녀 같다는 생뚱맞은 생각이 들었다. 주춤거리는 내게 백 선배가 먼저 손을 내밀어 인사를 청했다.

"하나도 안 변하신 것 같아요. 정말 곱습니다. 실례가 아니라면 농익은 수밀도의 아름다움이라고나 할까요?"

"역시 작가라서 뭐가 달라도 다르네요. 근데 아까 보니깐, 부인 되시는 분하고 같이 온 것 같은데, 일러도 돼요?"

"아아, 그것만은 제발 덕분에 사양하겠습니다."

"후후, 대학 졸업 뒤 처음이지요, 아마."

"예, 그런데 말 놓으세요. 후배인데다 형수님이 되신 건데요, 뭘."

"그래도 그럴 수 있나요, 나이 서른이 넘은 처진데. 그리고 작가라는 타이틀을 한 사람 아녜요? 너무 쑥스러워 말라구요."

"제가 불편해서 그래요. 진짜야요. 근데 석주 형이랑은 어떻게 만나셨어요? 너무 뜻밖이어서."

"서울서는 그저 그랬고, 뒤늦게 석사과정 여성학 하다가 때려 치우고 프랑크푸르트로 유학 간 얘기까지는 들었을 테고."

"예, 대충은요, 그럼 거기서 유학하다 석주 형을 다시 만난 거로군요? 그렇게 된 거지요?"

"그런 셈인데…… 만난 곳은 파리였어요. 파리라는 데가 정섭씨도 잘 알겠지만 세계적인 고등 룸펜들의 집합소나 마찬가지 아녜요? 그곳 성당 아무 데서나 조촐하게 식을 올렸지. 드레스도 안 입었어요. 석주씨도 양해하더라고. 사진만 한 방……"

샴페인에 발그스레 물든 승혜 선배의 양볼은 상큼하게 부풀어 있었다. 그네는 나의 빈 잔에 자신의 잔을 기울여 반쯤 채워준 뒤 사라예보에서의 체험담을 보탰다. 그러나 그네의 모습은 질투가 날 만큼 몹시 행복스럽게 보였다.

그래서 그랬던가…… 나는 뜬금 없이 며칠 전 만났던 진기 형 얘기를 불쑥 꺼내고야 말았다. 나중에 돌이켜보니 그건 별로 좋지 않은 행동이라는 생각이 들었다.

"진기 형을 만났어요. 며칠 됐는데 …… 어렵게 살고 있더군요. 물론 우리가 보기엔……"

"뭘 하며 살고 있어요?"

의외로 옛 애인의 근황을 묻는 백 선배의 표정에는 아무런 흔들림도 드러나지 않았다. 하긴 거진 십 년 전의 일들이니 젊은 시절의 여린 표정쯤이야 세월의 두께 속에 겹겹이 가려지고도 남음 직하지 않겠는가.

"직업이 묘해요. 땅을 밟고 있는 시간보다 공중에 떠 있는 시간이 더 길대나봐요."

"예나제나 희한한 사람으로 남아 있는 모양이죠? 비행기를 타나?"

"그런 건 아니고, 통신 수리공이야요. 전봇대에 매미처럼 끈덕지게 매달려서 살죠 뭐. 재밌는 직업이죠."

"전봇대에 매달려 있는 게 아니라, 아직도 혁명이라는 데 미련을 품고 죽어라 매달리고 있지는 않은 건지 모르겠네. 그 사람."

"에이, 요즘 그런 사람이 어딨어요? 게다가 진기 형은…… 뭐랄까, 낭만적 무정부주의자였잖아요."

"흥, 모르는 소리. 자기 자신에 대해선 철저히 유정부주의자였지."

그네는 약간 냉소적인 눈빛으로 날 쳐다봤다. 나는 얼른 고개를 돌렸다. 제복 차림으로 지나가던 카이저 수염의 프랑스인 경비가 우즈 마담, 어쩌구 하면서 인사를 건넸고 그네도 고개를 끄덕여 답례를 했다.

진기 형이 대학신문 현상문예에, 오월이면 난 푸르러진다……로 시작하여, 저 푸르른 무정부주의자의 들판을 맨발로 가로지르자, 끝내 혼자서……로 끝맺은 「혼자 푸르르기」로 시 부문 가작 당선했을 때 그네는 학보사 편집장을 지내고 있었다. 그 일을 계기로 둘은 급속도로 가까워졌다. 그러나 둘은 내가 감옥에서 에누리 없는 석 달 열흘을 썩다 나와보니 헤어져 있었다. 석주 형이 그들 사이에 껴서 분위기가 묘했다는 얘기는 언뜻 들었지만 자세한 내막을 얻어들을 수 있는 사람도 없고 해서 그러려니 하고 흐지부지 넘어갔었다.

"진기 형하곤 왜 헤어졌어요?"

나는 술기운을 빌려 이렇게 무람없이 물어봤다. 그네는 목을 쳐들어 스쳐가는 바람을 음미하며 말없이 술잔만 빙글빙글 돌렸다. 나는 침묵으로 그네의 대답을 강요했다.

"그때는 분명했던 이유도 시간이 흐르면서 긴가민가해져서……분명한 건 먼저 헤어지자고 한 쪽은 진기씨였다는 거……, 그리고 나보고 지금까지와는 다른 방식의 삶을 살 수 없을 거라고 비난했던 것…… 잘 기억나지 않아."

"석주 형은 잘 풀리고 있는가봐요? 웬만한 빽이 아니면 초짜가 일급지인 유럽으로 도는 게 그리 수월하지는 않을 텐데요. 순전히, 뭐, 아프리카나 중남미의 오지로만 돌다가 말라리아니 일사병이니 아니면 이름도 모를 풍토병으로 현지 사망하는 경우도 솔찮다고 들었는데요."

"운이 좋았겠지."

"어째 운만이겠습니까?"

나는 그네의 태평한 대답을 듣는 순간 문득 어떤 응어리가 불쑥 목구멍을 올라오는 게 느껴졌다.

"지독한 닮은꼴이 아니겠습니까?"

그러나 내 목소리는 의외로 차분했다. 그네도 내가 그의 변신을 꼬집는 줄 짐작하고 있었다.

"그렇지요. 부자 이대에 걸친 닮은꼴이죠. 하지만……"

"됐어요. 그만두세요. 사실은, 사실은 저도 이젠 누군가를 닮고 싶은 생각이 굴뚝 같습니다. 가도 가도 끝이 없는 이 생활에 그만 지쳐

가는 모양입니다. 정말이지 저도 누군가를 절실하게 닮고 싶습니다. 무능했던 우리 아버지는 빼고요."

"들어가봐야겠어. 바람도 충분히 쐤고. 다음에 볼 수 있으면 또 봐요. 우린 언제나 환영일 테니."

"예, 제 말은 그닥 맘에 두지 마십시오."

오크통에 수도꼭지를 대고 마음껏 틀어마실 수 있게 한 적포도주의 맛은 아주 깔끔하고 정갈해서 마음에 흡족했다. 하지만 삽상한 포도주가 혀끝을 적실 때마다 나는 이맛살을 약간씩 구기고 있었다.

"혁명기념일이 암만해도 너무 세련돼 있단 말이야. 쓰발."

"여기까지 와서 취하면 어쩌려고 그래요?"

어느새 곁에 다가온 아내가 허벅지를 꼬집으며 귀엣말로 속삭였다.

"옌장, 명색이 혁명기념일인데 취하지도 못하나! 근데 뭣 좀 먹었어?"

"아까부터 욕지기가 올라와 죽겠어요. 참, 그 흰 야회복 여자는 누구?"

"옛 애인이라면 안 믿겠지? 학교 선배야. 드럽게 오랜만이더군."

"인기가 대단하던데요. 인물값을 하느라 그런지. 그건 그렇고, 아무튼 정신차려요. 당신 취하면 업어다줄 사람도 없는 곳이니깐."

나는 우스개를 들은 사람처럼 흥감 어린 미소를 지어 보였다. 걱정말라고. 진순은 또 그 촉촉한 오르되브르를 가져와 내 손에 들려주었다. 불어를 모르는 나는 돌아서려는 아내를 잡아세우곤 물어봤다.

"여기 모인 사람들이 그토록 웃고 떠드는데 대관절 프랑스혁명에 대해서는 뭐라고들 해대는 거지?"

"아까부텀 당신 이상하더라. 여기 모인 사람들이 뭐 혁명하려고 모인 결사댄 줄 아세요? 오늘, 즉 칠월 십사일이 무슨 혁명을 기념하는 날인 줄이나 아세요?"

"프랑스대혁명!"

"이백사 년 전의 오늘은 파리 부르주아들의 주도 아래 대중들이 봉건 왕조와 귀족 계급에 대항하여 들고 일어난 날이라구요. 부르주아들이 앞장서서 말이에요. 봐요, 오늘 참석한 사람들이 어떤 성향의 사람들인지."

"그럼, 부르주아들이야?"

"얼라, 취했나, 아니믄 순진한 척하긴. 손수건으로 입가나 훔쳐요."

작별인사를 하기 위해 연회장 발코니에서 마주친 석주 형도 나만큼은 취해 있었다. 이번에는 그가 먼저 진기 형에 대해 말을 붙여왔다.

"승혜한테서 얘기 언뜻 들었다. 진기는 지금 자신의 생활에 만족하고 있는 것 같든?"

"겉보기에는 그런 것 같습니다. 진기 형을 아직도 의식하세요?"

"내가 개를 의식해? 말도 안 되는 소리!"

석주 형은 술잔을 격하게 흔들며 으르렁거렸다. 그러나 그의 그런 모습이야말로 내 눈엔 진기 형을 의식하고 있다는 분명한 반증으로 비쳤다.

"한낱 전기 기술자를?"

나는 한참 동안 석주 형을 노려봤다. 그리고 순간적으로 난 그와의 불화를 각오하고 있었다.

"……"

"언제부터 사람을 그렇게 평가하게 됐어요? 형은……"

"미안하다. 한낱 전기 기술자라는 말은 취소하겠다. 나도 얼마전에야 진기 근황을 알았는데, 개 삶이 하도 딱해서 친구로서 그만 감정이 격해진 거야. 이젠 달라져야지. 현실은 완강하잖아. 우리의 그 지독했던 낭만주의로는 아무 일도 할 수가 없다고. 낭만적 허위, 그것은 이렇게 활짝 핀 장미꽃과 같아서 곧 이울고 마는 신세지. 찬란한 허위라고나 할까. 아무튼 갠 좀 오래가는 것 같아. 원래부터 무정부주의자였으니깐. 그럴 줄 알았었지."

더이상 심각해질 필요가 없었다. 나는 슬쩍 눙치며 빠져나왔다.

"그래서 형은 확실한 형의 정부를 선택한 거로군요. 한데 웬 무정부주의자들이죠? 저도 사실 정부를 없애자는 주의인데."

"정부를 없애다니?"

"정부요. 정부 모르세요. 뜻 정(情)에 아낙 부(婦) 말예요."

"엉너리를 치기는 짜아식……"

그날 나는 인내력을 갖고 진기 형을 기다린 덕에 입에 술내를 풀풀 풍기고 들어온 그를 만날 수 있었다. 그는 나를 보고도 술에 취해서 그런지 별로 놀라는 기색을 비치지 않았다. 그저 덤덤한 표정으로 지그시 바라보다 자길 따라오라는 손짓만 할 뿐이었다. 그와 나는 흐릿한 별빛이 비치는 옥상 위의 장독대에서 신문지를 깔고 나란히 앉았다.

— 어떻게 알고 왔니?

— 고등학교 동창생녀석 하나가 통신공사에 근무하거든요. 누군가, 저 재덕이 알죠. 녀석이 부천에 어느 거리를 지나다가 길거리에서 가로수 가지치기 하러 전신주에 오른 형을 봤다고 하더라구요. 설마설마 하면서도 알아봤더니……

— ……

— 노조 하세요?

— 노조? 껄껄, 오해 말라구. 난 위장취업이 아냐. 노조는 내가 아니라도 헐 사람이 많고 지금 있는 노조도 제풀에 잘 굴러가기도 해.

— 근데 왜 이런 직장을 택하셨어요?

— 이 직장은 내가 근 팔 년간 떠돌며 붙어다닌 일터 중에서 제일 번듯하고 안정된 직장이거든. 선술집 딸 출신인 우리 마누라도 매우 만족해하고 있다고. 그래서 요즘은 구박이 좀 덜하지. 우리 마누라 봐서 알겠지만 나 같은 약골은 한 방에 보낸다, 진짜 보내. 거탈은 껍실껍실

하고 해도 속은 되게 살가운 여자야. 나에겐 끔찍하게 대해주고……

— 앞으로도 이렇게 사실 거예요?

— 뭔 소리여? 을매나 좋아? 니 눈엔 좋게 안 보여? 끌끌.

나는 갑자기 알 수 없는 격정에 휩싸이는 기분이었다. 그래서 소리를 버럭 지르고야 말았다.

— 뭔가를 생산적인 일을 해얄 것 아녜요. 형만한 사람이라면 말예요. 그런데 이게 뭐예요. 완전 자포자기예요? 아니면 무정부주의자의 극단을 보여주는 거예요?

— 목소리를 낮춰라. 옛날하고 어쩜 그리 똑같니? 하지만 그때처럼 날 테러하려고 달겨들다간 우리 마누라한테 너부텀 작신작신 얻어터질걸, 하하.

— 테러?

그래, 나는 그해 초여름 진기 형을 테러한 적이 있었다. 내가 가투의 주동자로서 확정되고 도상연습까지 마칠 무렵이었다. 처음부터 그를 테러하고자 도림천변으로 불러낸 것은 아니었다. 곧이어 겪을 감옥 생활에 하나라도 더 그리운 얼굴을 마음속에 담고 들어가고 싶은 생각이 났던 것이다. 어쨌거나 서클 선배인 그가 내 등짝을 쓰다듬어주는 다독거림을 원했던 것이다. 그런데 그 단어 하나 때문에 그만 상황은 백팔십도로 엇갈린 것이다. 무정부주의자.

그때 우리에게 제일 모욕스런 딱지가 둘 있었는데 바로 관념론자라는 비난과 무정부주의자라는 선고가 그것이었다. 관념론자는 무정부주의자보다는 덜 해로운 존재로 비쳤다. 관념론자들은 아무 덕 되는 일도 않지만 반대로 해되는 일도 별로 하지 않는다고 본 반면 무정부주의자들은 운동에 혼동을 가져오고 언제 등뒤에서 칼을 꽂을지 모르는 제오열과 같은 존재로 여겨졌다.

— 형을 두고 무정부주의자라고 욕하는 사람들이 있는 거 알아요?

―……

―무정부주의에 대해서 읽었니?

―읽다니요……?

―그래, 난 바쿠닌주의자야. 무정부에 의해 이 시대를 구해야 돼. 민중의 분노 어린 자발적 폭동만이 역사를 바꿀 수 있어. 모든 혁명 조직은 그 자체로 권력 지향적이며 때문에 본의 아니게 악일 수 있어.

―나, 나 지금부터 형을 테러하겠어요!

"정섭아. 어디로 가니? 가는 데까지 우리 차 같이 타고 가자."

"아 형, 됐어요. 바로 요기 충정로역에서 전철 이용할 테니간요. 그게 편해요. 그나저나 형, 제가 연락하면 바쁘더라도 꼭 좀 만날 수 있게 시간을 아끼지 마세요. 알았죠?"

"물론이지."

나는 지하철역 구내에서 기어이 토하고 말았다. 아내는 아무도 없기는 했지만 남자화장실까지 뚜벅뚜벅 쫓아들어와서는 등을 톡톡 두드려주었다.

"글쎄 내가 아까부텀 취한다, 취한다 그렇게 일렀건만."

"우욱, 하아하아. 퉤."

나는 거칠게 숨을 몰아쉬었다.

"그런데 여보, 이 웃지 못할 소극에 어떻게 취하지 않을 수 있겠어? 당신은 몰라."

나는 짐짓 아내를 무시하는 듯한 말을 던진 건데 그녀는 그런 말을 들어도 기분이 나쁘지 않은 모양이었다. 그녀에게는 그럴 만한 이유가 있었다.

―르누아르통 씨가 글쎄, 날 보고 자기네 문화부에서 제시하는 목록 삼십 가지 가운데 우리 출판사에서 맘대로 골라 번역 출판할 수 있

도록 조처해주겠다잖아요. 그간 우리가 프랑스 문학에 대한 순수 출판을 꾸준히 해온 게 인상적이어서 후한 점수를 속으로 매겼었나봐요. 삼십 가지를 꼼꼼히 훑어보면 이번엔 반드시 쓸 만한 게 나올 것 같은 예감이 마구 드는 거 있죠?

　─짭짤한 소득이군.

"소극은 무슨 뜬금 없는 소극이야요?"

"당신 정말 못 봤어? 이 베토벤의 오번 교향곡보다 더 운명적인 소극들을? 재밌는 건데."

"혁명기념일 말예요?"

"그것도 그렇고. 에이 모르겠거들랑 그냥 넘어가자. 얘기하자면 긴 거니깐. 토하고 나니 좀 살 것 같군."

"으이구, 요 귀여운 룸펜! 정이 넘치다 못해 입덧까지 대신해주니 고맙기도 하겠구려."

아내는 손수건으로 내 입가를 닦아주면서 물기가 촉촉하게 퍼진 눈까풀로 하얗게 흘겨봤다.

(『실천문학』 1993년 가을호)

파애

새벽녘에 광기를 번득이며 휘몰아쳐왔던 그 여인의 이미지는 영화의 마지막 장면처럼 사뭇 장엄했다. 무엇을 바라보는가? 일제히 한쪽으로 고개를 꺾는 억새풀들의 목덜미를 짓밟고 오는 겨울바람에 살짝 비껴서 있는 그네의 왼쪽 몸매는 풍성한 굴곡을 드러내 보였다. 반란이라도 일으킨 듯이 얼굴로만 한사코 덤벼들어 엉겨붙는 머리타래 사이로 바람과 대결하고 있는 두 눈이 언뜻언뜻 비쳤다. 그네는 깃발처럼 온몸으로 펄럭이는 중이었다.

눈길이 마주치면 안 된다. 나는 앉은 채로 몇 번이고 몸을 후득후득 떨었다. 꿈이면 깨자! 문득 희부윰해진 창문이 눈에 들어왔다. 나는 간밤에 잠을 이루지 못했던 모양이었다. 책상 앞의자 등받이에 비스듬히 기댄 모습으로 눈을 떴으니 말이다. 비몽사몽이란 이런 경우를 두고 일컫는지도 몰랐다. 그러나 간밤의, 아니 이른 새벽까지도 나의 관자놀이를 휘젓던 그 불덩이 같은 분노는 이미 온몸의 기운과 함께

스르륵 자취를 감춰버리고 난 뒤였다. 아내는 가끔씩 그러는 일이지만 지금 집에 없다.

"저기 춘천에서요, 편집부 회의가 열리거든요. 오늘 출근길에 얘기하고 나온다는 게 깜빡했지 뭐예요. 내일 아침에나 들어갈 수 있을 거예요."

"응, 그럼 잘 다녀와요. 내 걱정은 말고."

정작 아내는 내 걱정을 하고나 있었을까? 아마도 전화를 끊자마자 재빨리 플러스펜을 손가락 틈새에 낀 채 옆이마를 짚는 그 특유의 자세로 누군가와의 대화에 열중할 아내의 뒷모습이 어른거렸다. 하지만 내게는 이렇듯 선선하게 대답하는 도리밖엔 없었다. 나는 도량이 넓은 남편 티를 내는 걸로 만족해야 했다.

둥근 식탁 위에는 반의 반쯤 마시다 만 국산 특급 위스키병과 술잔이 정물화처럼 가지런히 놓여 있었다. 얌전히도 마셨군. 나는 아랫배를 손바닥으로 문지르다 말고 술병에서 황급히 눈을 떼었다. 병 안에 괴어 있는 누르끼리한 액체를 바라보기만 해도 속에서 그와 비슷한 게 넘어올 것 같았기 때문이다.

성남시와의 경계에 맞닿아 있는 이곳은 서울의 막장과 같은 동네였지만 조용한 전원풍의 주변환경에다가(그린벨트여서) 방세도 싼 편이었다. 단독주택 이층이라는 이 집의 구조상 침실 이외의 큰방 하나를 주방과 작업실로 같이 썼다. 아내는 명색이 글쟁이였으니 옹색하나마 이런 식으로라도 작업실이 필요했다. 아내의 손때가 묻은 워드프로세서는 죽은 체하는 딱딱한 풍뎅이의 등껍질모양 납작하게 엎드려 있었다. 나는 이삭처럼 갈래 갈래 뭉친 머리카락 틈새로 두 손을 찔러넣고 서너 번 우악스레 쥐어뜯었다.

그 여인은 미리 말해두건대 실성한 여자였다. 지난해 말 한참 추울 때 임존성에 올라갔다가 우연히 목격했을 뿐인데 그 인상이 왜 뜬금

없이 새벽녘에 내 뇌리를 파고들었는지 나도 자못 궁금했다.

"현구야, 네가 한번 내려가보라고. 그것도 좋은 경험이 될 게야."

"에이, 취재부서에선 뭣들 허구 교열부에서 내려가요? 사정이 여의찮으면 지방 주재기자들도 있잖아요? 거기라면 유석태 선배가 터줏대감인데."

"걔들은 또 딴 일 맡겼응게. 아따, 실병력이 없는 부서가 돼놔서 죽었네, 죽었어. 너희 부서 최 부장하고는 이미 말이 다 돼 있응게 걱정 말고."

다음 주말의 한마당 특집 우리 고장 명소 순례에 예산군 편을 꾸린다고 한 특집부장 한 선배는 내가 예산에 내려가 살펴볼 임존성을 비롯해 추사 김정희의 생가 등 취잿거리를 미리 지정해 주었다. 그리고는 예산군청 공보실과 예산문화원 전화번호를 적은 쪽지를 튕겨주었다.

군청 공보실과 예산문화원에서 서류봉투에 차곡차곡 넣어서 건네주는 자료더미만 갖고도 기삿거리는 충분했다. 그들도 그런 일에는 이골이 났는지 자신들이 잘 아는 집에 들러서 이곳 술맛이나 보고 가라는 투였다.

"에헤 김 기자, 이런 추위에 뭣하러 그 성터 꼭대기까지 올라가겠다는 게여? 그 흔헌 차두 한 대 안 끌고 왔다믄서. 게다가 땀 뻘뻘 흘리고 올라가본들 거긴 폐허가 다 돼가지고 볼 것 아뭇거도 없다구. 괜히 사서 고생하지들 말고……"

"아닙니다, 심 계장님. 취재에 협조해주셔서 고맙구요. 이담에 제가 다시 들를 일 있으면 꼭 찾아뵙고 소주 한잔 사지요 뭐."

"말만 들어도 눈물이 날 것 같시다. 여기가 개발이 제대로 안 돼서 궁벽진 곳이다 보니깐 내놓고 떠벌릴 게 뭐 변변히 있어야죠. 가진 것 없는 난쟁이 거시키 큰 것만 자랑한다고, 다 무너져내린 돌무더기나 다름없는 임존성 따위나 기껏 향토 명소랍시고 디밀고 말이죠. 응?

황차 임존성이 백제 부흥운동의 거점이면 어떻고 신라 부흥운동의 거점이면 으떤겨? 막말루다."

"신라 부흥운동도 다 있었어요? 전 첨 듣는 말씀입니다, 계장님."

"이 사람아, 말꼬투리 잡기는. 말하자면 그렇다는 게지."

괜한 참예를 했다가 퉁바리를 맞은 직원이 볼펜 끝으로 뒤통수를 득득 긁었다.

"이곳이 원래부터 백제의 고토이긴 해서 정서적으로나 문화적으로나 그 흔적들이 어렴풋이 남아 있는 건 사실인데…… 그깟 성터보다 대기업체 공장 하나 들어서는 게 여그 지역주민 입장에서는 한결 보탬이 되는 일이지, 암. 말을 하자면…… 임존성표 타이어라든가. 우스개지 뭐, 지금 헌 말은. 그 뭣이냐, 오프 더 레코드라고 허던가? 꼬부랑말씨로. 맞지, 홍 주임? 영어사전을 끼고 사는 양반이 확인 좀 해줘봐. 쉬운 말로 기사로 쓰진 말아달라 그건데. 아, 이름값이 한 군청의 공보실 계장이란 작자가 그런 비문화적인 소릴 뇌까린다면 딴 고장 사람들이 을매나 숭볼겨? 아 안 그래요, 김 기자?"

"일리가 있는 말씀인데요 뭐."

─임존성에 구경거리가 없긴 왜 없어? 임존성이라면 말 그대로 님이 계신 곳이란 말인데 응? 거 있잖아. 요즘 그 꼭대기에 두억시니 같은 미친 여편네가 움막 속에서 거적 뒤쓰고 혼자 있다잖아.

─뽕녀 말시? 움막은 무슨? 성 밑 절의 공양간에서 불목하니 노릇을 해주면서 거 뭣이냐, 왕년에 고시생들이 한때 끓었던 행랑채에서 기식을 한다더구먼.

─얼라? 어쩜 그리 빠삭혀. 그럼 자네두 한번 올라가봤남? 뜬소문인지 몰러두, 그 흐벅진 뽕녀 허벅지 덕분에 객고를 못다 푼 홀애비나 영감탱이들이 너두나도 성 꼭대기에 올라 거시키 뿌리가 덜렁덜렁하도록 원없이 힘쓰고 내려온다던대.

— 예끼! 보자보자 허니깐 뭇 허는 소리가 없어! 근무시간에.

양지바른 창가 쪽에 앉은 직원 둘이서 키들키들 웃으며 우스개를 주고받는 소리를 들으며 문을 닫고 나왔다. 그리고는 예산 시외버스 터미널 쪽으로 거슬러올라갔다.

임존성이 주봉으로 끌어안고 있는 상봉산 정상까지 올라가자 등줄기에 수증기 같은 땀기가 호로록 배어올랐으나 산바람 한줄기에 덧없이 식어버렸다. 그 예산 어느 아침 서릿발을 두르고 그 위에 햇살을 받아 단단하게 빛났을 성채를 떠받들던 벽돌들은 천삼백 년의 비바람을 이기지 못하고 담뿍담뿍 무너져내렸으나 성벽 위를 따라 구불구불 난 길은 사람들의 발길에 많이 쓸렸음인지 그런대로 뚜렷이 틀이 잡혀 있었다. 북문 쪽을 돌다가 돌 틈에 기왓장 쪼가리가 널려 있어 허리를 구부리고 하나를 주워들었다. 투박한 빗살무늬가 희미하게 어른거렸으나 그것이 천년 세월 너머의 당대의 것인지는 자신할 수 없었다. 물론 예산문화원에서 만난 사람들은 아직도 성채 주위에 그때의 기와 쪼가리나 벽돌 쪼가리가 심심찮게 나온다고 했으나 천년 세월이 이렇게 쉽게 건져진다는 것에 대해 내 스스로가 잘 실감하지 못하는 듯했다.

임존성을 반대쪽으로 한 번 더 돌고 남서쪽 비탈로 성을 가로질러 올라가던 중 나는 바로 그 여인을 맞닥뜨렸다. 그 남서쪽 비탈은 지리산의 세석평전을 닮은 듯 아주 완만한 기울기를 갖고 있어 나는 그곳에 아무래도 옛 누각이나 우물터 등이 자리잡고 있을지도 모른다는 생각이 들었다.

억새밭 속에 서 있는 그네는 하얀 저고리에다가 고동색 몸뻬 같은 통 넓은 바지를 입고 있었다. 움찔해진 나는 제자리에 멈춰 서서 눈살에 힘을 모아 바라보았다. 혹시 헛게 아닌가 싶었기 때문이다. 그러나 분명 잘못 본 것은 아니었다. 여인은 나지막하게 노래를 읊조리고

있었는데 귀 기울여 듣자니 찬불가 종류인 듯싶었다. 나는 서쪽으로
뉘엿뉘엿 넘어가려는 해를 바라보았다. 내가 그 비탈을 가로질렀다
가 내려갈 만한 시간은 충분히 됨직해보였다. 나는 메고 있던 가방줄
을 지그시 잡아당기며 다시 발짝을 떼기 시작했다.

　비탈 아래서는 그 여인이 억새밭에 파묻혀 있는 듯 보였으나 막상
다가가보니 그네의 발치 주변은 평평한 맨땅이었고 바로 옆에 옛날
우물터임을 알리는 표지석이 언뜻 눈에 띄었다. 언뜻 고개를 빼고 들
여다본 옹달샘처럼 웅숭한 우물 안은 녹조류투성이여서 식수로 쓸
수 없을 만큼 더럽혀졌음을 짐작케 했다. 뜻밖에도 여인은 꽁꽁 언 맨
발이었다. 나는 살갗이 터진 발등에서 그네의 실성기를 처음으로 읽
어냈지만 군소리 없이 꾸역꾸역 산을 올랐다. 그네의 발등과 바로 옆
에 반쯤 묻힌 것 같기도 하고 어쩌면 반쯤 깨진 채 버려진, 암갈색 항
아리의 색깔은 거의 같았다.

　　청산은 나를 보고 말없이 살라 하고
　　창공은 나를 보고 티없이 살라 하네
　　탐욕도 벗어놓고 성냄도 벗어놓고
　　물같이 바람같이 살다가 가라 하네

　해탈가!? 노래를 멈춘 여인이 씩 하고 웃었다. 그땐 나는 이미 그
여인 앞을 지나쳐서 충분히 등을 보이고 있었는데 어떻게 그네의 미
소를 봤다고 느꼈는지 지금도 잘 이해가 가지 않지만, 어쨌든 그 미소
가 내 귀밑의 솜털을 오소소하게 일으켜 세운 느낌만큼은 여실했다.
　"총각, 이보우."
　나는 후들거리는 다리를 돌려세웠다. 정작 그네는 딴 데를 보며 천
연덕스레 웃고 있었다.

“뭡니까?”

나는 간신히 소리를 질렀다.

“이보우, 총각.”

그네는 옆발길질로 반쯤 깨진 항아리를 풀썩 걷어찼다. 그러자 그 안에서 나온 웬 해골바가지 하나가 나뒹굴었다. 순간 쩍 벌어지려는 내 입속으로 찬바람이 쑤시고 들어와 틀어막았다. 양미간을 찡그리며 바라보니 그것은 사람의 해골이 아니고 주둥이가 비죽한 개의 해골이었다.

“보시 좀 허시구려. 갈 길이 먼 외로운 혼령인데.”

나는 뒤도 안 돌아보고 허둥지둥 비탈을 올라서 산 아래로 내려갔다. 임존성 바로 아래에는 백제 부흥운동에 참여했다가 나중에 귀족 출신 복신에게 죽은 승려 도침이 창건한 것으로 알려진 절이 있었다. 그곳에서는 시빗거리가 생겨 웬 중년 엽총꾼과 젊은 중 사이에 큰소리가 오가는 중이었다.

“그 아래서는 이 또랑물을 받아서 빨래도 허구 심지어는 식수로도 쓰는 집이 있는데 말이여, 여그다 절간에서 개숫물을 하냥 그대로 흘려버리믄 대관절 으쩌자는겨?”

“저 아래 인가에 닿기 전까지 땅속으로 스며서 흐르기 때문에 어느 정도 정화가 되게 마련이고 또 이 물을 식수로 쓰는 집은 인자 아무도 없다니깐 그러네요, 그러길?”

“부처님 섬기믄서 마음을 닦는다길래 그리 안 봤느네, 아무려도 맴보와 말씨가 도통 글러묵었어. 내 우리 형이 군의원인데 이러고도 견디나 한번 보자구! 봐!”

“그런 말씀 마시소. 우리 절 신도 중에는 그만한 인물 없을까 싶소?”

말은 그렇게 하지만 생활하수를 그대로 흘려보낸 절 쪽이 안무래도 말발이 달리는 듯싶었다. 드잡이를 벌이며 달아오를 것 같았던 실랑이는 의외로 쉽게 가라앉았다. 내가 사냥꾼의 허리에 주렁주렁 매달린 꿩들을 바라보며 한마디 던진 것이다.

"임존성은 수렵장도 아닌데 꿩이 많이 뛰는 모양이네요."

엽총꾼은 우물쭈물 혀끝을 수그렸고 그 바람에 달아오르려던 분위기가 너누룩해져서 시비의 당사자들은 고개를 돌리고 헛코를 팽팽 푼 다음 제각기 갈 길을 잡았다. 나는 아무 일 없었다는 듯 대웅전으로 난 돌층계를 경중경중 올랐다. 목이 마르기도 했거니와 아까 우물터 옆에서 본 여인이 대웅전 옆의 얼기설기 엮은 행랑채 뒤쪽으로 들어가는 게 눈에 띄었기 때문이었다. 아까는 그렇게 귀기를 내뿜던 여인이 이제는 전혀 그렇게 보이질 않았다. 그저 한 협수룩한 아낙으로 비칠 뿐이었다.

나는 대웅전 앞의 두레우물에서 목을 축인 다음 대웅전 단 위에서 팔짱을 낀 채 날 내려다보고 있는 중에게 고개를 말갛게 쳐들고 물었다.

"스님, 개를 다 키우십니다."

두레박을 기울여 입가로 물을 쏟아붓는데 허여스름한 잡종개 한 마리가 크게 짖으며 내달았던 것이다.

"나무아미타불……절에서 키우는 게 아니라 저기 행랑채 보살이 옆에 두고 있는 거라……"

"보살이세요?"

"같은 기차 건널목에서 아이를 거푸 둘씩이나 잃고 시댁에서 쫓겨나 끝내 실성까지 한 아낙인데 지난가을부터 공양간 일을 하도 깐깐히 잘 봐줘서 그저 보살이라고 합니다만."

그때 공양간으로 보이는 어둑신한 곳에서 그 여인이 바가지를 들고 나와서는 뭐라고 소리쳐 개를 불러들인 뒤 엉덩이를 실룩샐룩 흔들며 뒤꼍으로 데리고 갔다. 팔 없는 마괘자 같은 털옷을 입고 온 팔을 그대로 드러낸 채 팔짱을 끼고 있던 중이 입가에 보일 듯 말 듯한 미소를 지었다.

"물 잘 마시고 갑니다, 스님."

그 임존성에를 갔다 온 다음날 그때를 떠올리며 몇 번 수음을 한 적이 있었다. 암갈색 항아리와 개 해골, 그리고 실성한 여인. 나중에 되짚어볼수록 그 여인이 보통 이상의 미모를 지닌 사람이라는 생각이 들었다. 그 둥근 항아리 옆에 서 있는 모습이 너무나 육감적으로 다가왔던 것이다. 그러나 그 뒤끝이면 내 물건은 시든 오이꼭지처럼 사그라들었고 뒤미처 엄청난 혐오감이 밀려들었다.

그 암갈색의 항아리를 나는 운명처럼 다시 만나야 했다. 올봄 결혼을 앞두고 어렵사리 얻은 신혼집에 신접살림을 들여놓을 때였다. 살림은 가전대리점이나 가구점에서 직송되다시피해서 거의가 포장을 뜯지 않은 새것 일색이었다. 아내의 손때를 타던 물건들은 어차피 신혼여행에서 돌아와 처가에 이바지 음식을 들고 신행을 할 때 챙겨오기로 했으니 묵은 살림은 한 점도 없었다. 단 지금 내가 앞에 선 이 오래된 항아리를 빼고는.

이 항아리는 지금은 전화기 받침대로 쓰인다. 항아리의 테두리 위에 유리를 깔고 전화기를 올려놓았다. 나는 맨 처음 이것을 봤을 때 주인집이 동치미를 담갔다가 겨우내 다 꺼내 먹고 마당에 내놓은 못 쓰는 항아린 줄 알고 막 대형 냉장고를 나르다 지친 몸을 잠시 쉬게 하느라 엉덩이를 대고 걸터앉았다. 그런데 그 모습을 본 아내는 눈동자를 휘둥그래 뜨고는 내 등짝을 후려치며 얼른 내려오라고 야단이었다.

─현구씨, 뭐 하는 거예욧!

그때만 해도 나는 그 항아리가 아주 더러운 데 소용되던 물건이라 옷이 더럽혀질까봐 그런 호들갑을 떠나보다고 선의로 생각했다. 그러나 그게 아닌 모양이었다. 아내는 손수 그 항아리를 보듬어안고 몇 번 손바닥으로 쓸어주기까지 하면서 나를 곁눈질로 하얗게 흘겨보는 것이었다.

— 아니, 그게 무슨 고렷적 골동품이라도 되는 거야?

나는 어이가 없어서 이렇게 비아냥거렸는데 아내는 대답 없이 여자 혼자 힘으로는 무거워 보이는 그 항아리를 낑낑거리며 끌어안고는 이층 층계를 올랐다. 나는 그것이 아내의 호사가 취미려니 하고는 넘어갔었다. 글쓰는 사람이니깐 나 모르는 습벽이 많이 있겠지 하고 에둘러 생각했다. 하지만 그 동안 집에 항아리가 하나밖에 더이상 늘지 않은 걸로 봐서 아내가 항아리 수집광이 아닌 것은 틀림없어 보였다.

한데 나는 아내의 「오래된 항아리」라는 단편소설을 읽으면서 어쩌면 그 항아리가 소설 속에 나오는 항아리인지도 모르겠다는 생각이 들었다. 그 대목은 이러했다.

……나는 발밑을 조심하며 내 눈길을 끌었던, 불쑥 튀어나온, 물체 가까이로 다가갔다. 그것은 뜻밖에도 항아리였다. 암갈색의 크고 잘생긴 항아리가 오랜 세월의 표적처럼 벌판을 지키고 있었다. 그 모습은 예전에 그곳에 살았던, 그러나 지금은 떠나고 없는, 주인을 그리워하고 있는 것처럼 보였다. 스산히 바람이 불었다. 나는 그것이 금방이라도 어디론가 떼굴떼굴 굴러갈 것 같았다.

이쯤에서 난 이 '破愛'의 출처를 밝혀야겠다. 뜻 그대로 풀이하면 애정이 깨짐, 뭐 이 정도로 새김직한 이 말은 아내가 그렇게 애지중지하는 항아리의 겉에 써 있는 글씨이며 곧 그 항아리의 이름이었던 것이다. 아내가 왜 그 항아리에 파애(사실 항아리라는 사물에 이름을 붙이는 것조차가 파격이지 않은가)라는 썩 내키지 않는 이름을 붙였는지는 잘 알 수 없었다. 나는 밑둥치에 날카로운 쇠붙이 따위로 긁힌 듯이 적힌 그 항아리의 이름을 한참 나중에야 발견했을 때 묘한 기분을 숨길 수가 없었다. 파애? 파혼? 제길!

가만 생각해보니 아내처럼 자의식이 강하고 까다로워 보이는 여자가 어떻게 나처럼 술덤벙물덤벙하는 놈하고 연이 닿았는지 아리송해질 때가 있었다. 다음과 같은 구절은 아내의 그러한 측면을 잘 보여준다.

……그러나 나는 늘 누군가 내 등뒤에 서 있는 것 같았다. 학교에서 동무들과 이야기를 할 때라든지, 버스를 타고 내릴 때, 또는 버스를 타고 있는 순간조차 나는 그 사람을 의식했다. 길은 언제나 왼쪽으로 가고(덩치 큰 차들이 무섭게 달리니까), 버스를 탈 때는 앞도 뒤도 아닌 중간에 타고(뒤에는 문제아들이 모여 있으니까), 높은 데 매달려 있는 버스 손잡이는 잡지 말고(허리의 옷 틈새로 속살이 보이니까), 버스 안에서 헤프게 웃지 말고(남자애들이 쉽게 접근하니까) ……

아내가 처녀가 아니었다는 건 분명해 보였다. 이런 말을 버젓이 내뱉는다는 게 얼마나 의미 없는 일인가를 나 역시 잘 안다. 그리고 난 그 사실에 유쾌해하지도 않았지만 별로 괴로워하지도 않았으니까. 신혼여행 때만 해도 그렇다. 우리가 서로 교감했던 관계는 딱 한 번으로 기억된다.

여섯 쌍의 신혼부부가 한 팀이 된 첫날의 에이코스에서 포토제닉으로 뽑힌 커플이 있었다. 딴 건 몰라도, 첫날의 에이코스만은 꼭 팀으로 돈 다음 나머지 날은 너희들 맘대로 하라고…… 호텔을 소개해준 여행사의 정 선배는 이렇게 말했었다. 아닌게 아니라 에이코스는

꽃밭으로만 돌아다니도록 일정이 짜여 있어 기념사진을 찍어두기에
는 더할 나위 없이 맞춤했다.

찍사 노릇까지 떠맡은 안내인은 포토제닉으로 뽑힌 이백십팔호 커
플에게 렌즈를 들이댈 때마다 아, 좋습니다 하는 감탄사를 연발했다.
나에겐 신부의 목덜미를 팔로 좀더 부드럽게 감싸안으라고 주문한
안내인은 얼굴 표정 좀 피라는 당부를 매번 잊지 않았다.

—아 글씨, 어젯밤 그렇게 옆방 사람 잠도 못 자게시리 무리를 허
니껜 표정이 펴질 리가 있나 그래.

누군가 농지거리를 던져 분위기를 눙치는 바람에 나는 겨우 희미
한 미소를 떠올릴 수 있었다.

—저분들은 정말 한 폭의 정물화를 연상케 하던데요. 여미지(如美
地) 식물원의 흐드러진 철쭉 꽃밭에서 턱을 포개고 찍을 땐 둘의 모습
이 꽃보다 화사해서 꽃이파리들이 실쭉샐쭉 질투를 하는 건 아닌가
하는 착각이 들 정도였어요.

아내는 내 귀에 대고 속살거렸다. 나는 건성으로 고개를 주억거렸다.

—응, 정말 보기 좋은 한 쌍이었어.

그날 밤 호텔에서 마련해준 허니문 파티에 그 쌍은 나오지 않았다.
그 대신 그들에 대한 수군거림이 뜬금 없이 불쑥불쑥 비어져나왔다.

—신랑보고 완이 아빠라고 부르는 소리를 들었어.

—여자보고는 형수님이라고도 하던데.

—설마!? 하긴…… 지난밤에 가만히 듣자니 늘켜우는 여자 울음
소리가 새나와 이상하다 싶었는데, 둘 다 사련(邪戀)으로 얽히고설킨
관계인가?

나는 그런 입방아에는 관심이 없었다. 아내는 남의 약점을 심심파
적 거리로 삼아 입방아를 찧어쌓는 그들에게 노골적인 경멸의 눈길
을 던졌다. 나의 관심은 줄곧 내가 그것을 세 번도 채우지 못한다는

데 있었다. 왜 하필이면 세 번이란 말인가. 그건 오로지 아내가 내게 제공해준 강박관념 때문이었다.

아내가 쓰는 글은 소설이고, 소설은 이론적으로 볼 때 허위를 있었던 일처럼 드러내는 것이라는 말은 아주 기초적인 상식에 속하는 거였다. 그러나 상식은 어쩔 땐 단지 상식일 뿐이었다.

아내의 글에는 유독 정사 장면이 꼭 빠지질 않았다. 상상력이 뛰어난 것인가 아니면…… 어느 정도 현실을 반영한 것인가. 스스로도 참 어리석은 설정이라는 생각이 들지 않은 것은 아니지만 왠지 찜찜한 느낌은 지우기 힘들었다. 일일이 예를 들자면 한이 없지만…… 가령.

실감나지 않게 섹스는 금방 끝났다. 장이 너무 빨리 흥분했다. 무방비로 강간당한 여자처럼 나는 바닥에 늘어붙어 있었다. 장이 농담 삼아 지껄였다. 어려서 배곯아 자라서 그래, 허겁지겁 마음이 급해져서, 도무지…… 느릴수록 좋은데 말이야. 그리고는 그지? 하고는 내 히프를 툭 건드리며 벌떡 일어나 욕실로 들어갔다.

그의 육체 위에서 떠돌던 그의 시선이 부화를 꿈꾸는 알 속의 핵-노른자처럼 흐물거릴 때, 주머니 주둥이를 움켜쥐고 있던 끈은 이미 열리고 있었다. 물컹물컹, 미끌미끌, 어둠 속의 어둠덩어리 둘이 서로 엉켜붙고, 옷들은 저절로 떨어져나갔다.

스무 살이 되었을 때, 나는 들꽃 한다발을 들고 아버지를 찾아갔다. 나는 그때 사랑에 빠져 있었고. 남자와 처음 잠을 잤다. 나와 동급생이었던 그 녀석은 희멀건 애숭이였는데, 나를 행복하게 만들어주겠다고 큰소리쳤다. 그 애는 대학 들어오기 전에 벌써 여러 차례 여자와 자본 경험이 있어서 나를 제법 능숙하게 다뤘다. 어찌나 기를 쓰고 뒹굴어대던지 다음날까지도 내 몸에서 그 녀석 냄새가 가시지 않았다.

우리는 대낮부터 오후까지 세 번 그 짓을 했다. 호텔방이 흥건히 젖었고 우리는 세상이 끝장난 듯이 무섭게 뒤엉켜 있었고, 나는 그의 털이 수북한 억센 가슴팍을 어루만지다 잠이 들었다……

이것들은 아내가 쓴 글의 한 대목들이었다. 나는 이들을 잡지마다 찾아 읽었다. 어떤 젊은 평론가가 이를 두고 언어의 관능화니, 말의 에로스화니 하는 수사를 달았지만 나로선 적어도 그 순간마다 아, 이거 실제 상황이 아닐까 하는 느낌이 휘몰아쳤던 것이다. 물론 순전히 느낌이긴 했지만, 특히 '다음날까지 그 녀석 냄새가 가시지 않았다'나 '흥건히' '털이 수북한 가슴팍' 같은 구절은 직접 경험에서 우러난 표현이라는 직감이 퍼뜩 와 닿았다.

내가 신혼여행 내내 헛되이 그 세 번에 집착을 했다면 그건 순전히 이런 대목 때문이라 해도 과언이 아닐 것이다. 그러나 난 번번이 첫번째에서조차 실패하고 있었다.

"현구씨, 이젠 그만 돌아가요."

아내는 거의 울먹이는 목소리로 통사정을 하였다. 그러나 우리는 방파제의 반도 채 건너지 못한 상태였다. 원래 그날은 궂은 날씨만 아니었다면 한라산을 오르려 작정했던 날이었다. 호텔 방 안에서만 하느작거리자니 좀이 쑤시던 판에 아내가 먼저 마라도나 한번 다녀오는 게 어떻겠냐고 불쑥 제의했다. 모슬포 선착장에 와보니 서귀포에서는 불지 않던 바람까지 불어제치고 있었다. 둘은 도중에 얇은 비닐 비옷을 하나씩 사서 둘렀다.

"마라도 가는 밴 잉, 완전 끊겼시다. 이 바람 속에…… 웬."

선착장을 돌아나올 때 내 눈에는 저 멀리 솟은 흰 등대가 하나 아련하게 들어왔다. 나는 갑자기 그 등대로 끌리는 내 마음의 파동을 읽었다. 가자, 등대로! 아내는 내키지 않는다는 듯 지싯지싯 뒤를 쫓았다. 등대로 뻗은 구불구불한 방파제에 올라서보니 비바람의 세기는 상상을 훨씬 뛰어넘었다.

"에휴, 살점을 마구 떼어가는 것 같아!"

살점까지는 몰라도 비옷의 비닐자락을 찢어놓을 듯한 비바람 때문에 허술한 비옷의 앞단추 부근이 찢겨나가 우리는 손으로 비옷자락을 거머쥐며 허청허청 발짝을 옮겼다. 깊은 균열이 간 바다에는 나뭇잎처럼 출렁거리는 통통배가 헐떡거리며 방파제 안으로 떼밀려오는 중이었다. 아내는 도중에 몇 번이고 등을 돌리고 그 자리에 주저앉았다. 폭 좁은 방파제에서 밀리는 날에는 끝장이었다.

"엄살떨지 말고, 일어섯!"

나는 가지런한 잇바디를 드러내 얼굴을 줄줄이 흐르는 빗물을 물어뜯으며 낮게 으르렁거렸다.

"현구씨, 왜 이러는 거야! 아주 미쳤어!"

방파제는 길었다. 아니, 길게 느껴진 건지도 몰랐다. 우리는 바다의 끝에 와 서로를 꽉 붙들고 등대처럼 우뚝 섰다. 바람이 찢어지는 소리를 낼수록 정신은 또렷해졌다. 그때였다.

"현구씨, 등대 안에 누가 있나봐!"

"뭔 소리야! 손잡이에 녹이 시뻘겋게 슬어 있는데."

나는 소리를 버럭 지르며 둔중해 보이는 등대의 녹슨 손잡이를 힘껏 비틀었다. 그러자 분명히 사람, 사람의 그림자가 그 안에서 일렁이는 게 비쳤다. 허억, 나는 문짝을 있는 힘을 다하여 다시 닫았다.

"누구야? 맞지? 그 사람들. 이백십팔호 포토제닉 맞지? 우우우, 정말이야 현구씨? 세상에 어떻게 이런 데서 그런……"

아내는 무척이나 상기된 표정을 지었다. 비바람에 퍼래진 입술에 불현듯 화기가 도는 듯했다.

"형씨, 본의 아니게 대단히 실례했슴다."

잠시 뒤 흐트러진 옷매무새를 쓰다듬으며 등대 문을 배시시 열고 나온 사내는 영락없는 그 포토제닉이었다.

"사진 찍어뒀으면 굉장했겠시다. 이런 비바람도 아랑곳없이 말이오."

"뭘요, 산다는 게 다 그런 거지요."

"산다는 거요?"

나는 어처구니가 없어 허공을 향해 너털웃음을 날렸다. 그러나 그는 나의 의중을 정확히 꿰뚫어보고나 있다는 듯 정색을 하며 대꾸했다.

"암요, 산다는 거…… 발 닿는 곳마다 역사를 이뤄가야죠."

"그러자니 필수적으로 내숭이라는 걸 떨어야 된다는 건 아닐 테고."

"이를테면 이런 거겠죠. 함께 살아갈 사람을 떠올릴 때마다 사추리 께가 저절로 뜨거워지면서 울끈불끈하는 것 말이죠. 남는 건 그것밖 엔 없시다."

포토제닉은 어느덧 시인이 돼가고 있었다.

"이 외로운 섬 남단의 모슬포 선착장에 비가 내립니다. 이유는 바로 그것 때문이었다니깐요. 등대가 호텔로 뵈질 않나……"

우리가 그들이 떠난 바로 그 자리에서 진하게 몸을 섞기 시작한 것은 그들이 우리처럼 비옷을 뒤집어쓰고 부리나케 등대 밖의 비바람 속으로 떠난 지 십 초도 안 돼서였을 것이다. 아내가 왼팔로 내 목덜미를 능숙하게 낚아챘다. 그리곤 우린 참으로 격렬했었다. 아내가 가느다란 말 울음 소리를 내자 내 장딴지는 삶은 호박처럼 흐물흐물해졌다. 모슬포……

파애를 자세히 살펴보면 희미한 금이 가 있는 걸 발견할 수 있을 것이다. 금방이라도 항아리를 놀부가 탄 박통처럼 두 쪼가리를 내버릴 듯한 균열로 보이지만 그간 한 반년간의 사용으로 볼 때 대세에 큰 지장은 없는 것이었다. 그 항아리 안에는 퓨즈가 끊어진 소형 변압기, 연장통, 인주밥, 편지꾸러미 등의 잡동사니들이 들어가 있고 유리깔판을 놓은 위에 전화기를 올렸지만 지금까지 튼튼히 잘도 버텨왔었다. 하지만 난 그 금을 보고 난 뒤부터는 생각 이상으로 불안해했다. 금이 간 항아리는 언제나 불안했다. 아마 세찬이 형네 장독대에서 산산이 부서지던 그 많은 항아리들이 연상 작용으로 떠올라서 그런지도 몰랐다.

세찬이 형 엄마는 사치가 심한 여자였다. 남편은 진병이 들어 자리보전을 하고 있고 얼굴이 반반해 술집으로 빠져 남자들한테 인기가 하늘을 찔렀다는 숙자 누나를 빼고는 누이들이 모두 공장에 나갔건만 그들이 벌어오는 돈으로 자신의 몸치장 입치레를 하고도 모자라 빚을 끌어대기가 일쑤였다. 세찬이 형은 그 집안에서 남자라고 해서 유일하게 야간 공업고등학교를 다니고 있었다. 우리집도 세찬이 형 엄마가 처음엔 워낙 이자를 세게 붙여주니깐 주근주근 이불자락 밑에 꿍쳐둔 돈을 건넸다가 당시 돈으로 근 삼만원을 떼일 처지에 놓인 모양이었다. 청소 수레를 끌던 아버지는 바퀴에 발등을 찍혀 집 안에 들앉아 바람벽에 등을 기댄 채 기두발을 못하게 됐는데 난처해진 어머니가 세찬이 형 엄마에게 수없이 빚 독촉을 해도 꿩 구워 먹은 소식이라 드디어는 날 앞세워 그 집에서 아예 드러눕는 작전으로 나서게 됐다.

―얼릉 꼴딱 삼키라니깐!

어머니도 그게 질겅질겅 씹어먹을 음식이 못 되는 줄은 아는 모양이었다.

세찬이 형네 집으로 날 끌고 가기에 앞서 어머니는 뒷동산의 개개 말라빠진 덤불에서 떼온 쐐기알을 화덕에서 노르스름하게 구워서는 내 입에 대고 끝내 먹으라고 성화였다. 내가 그렇게 봐서 그런지는 몰라도 쐐기알에서 꺼낸 그놈은 알 속에서 한참 자라나 이제 막 부화를 하려 했는지 거의 성충꼴을 갖추고 있었다. 몸뚱이의 윤곽이 어슴푸레 잡히고 털도 막 솟으려는 듯 군데군데 까칠해 보였다. 나는 비위가 틀려 고개를 홱 젖혔다. 그러자 눈앞에 별이 반짝거리도록 맵짠 어머니의 따귀가 뒤따라 왔다.

나에게 그것을 먹으라고 강요하는 어머니의 애기로는 내가 침을 잘 흘려서, 특히 잠잘 때 더욱 심해서 아침마다 베개가 흥건히 젖는다는 것이었는데 나는 그 말을 믿을 수 없었다.

— 엄마, 그 침은 뱃속에서 회가 끓어서 그래요!

— 그러니깐, 이걸 먹으면 뱃속의 회도 죽고 아무튼 침 흘리는 증상이 싹 가신다니까.

이번엔 어머니가 부엌에서 연탄집게를 찾는 시늉을 했다. 일단 연탄집게를 한번 손에 넣으면 한차례라도 휘두를 것이 틀림없기에 나는 물사발에 입을 대고 한 모금 빤 다음 쐐기알을 털어넣고 약을 삼키듯 꼴깍 넘겼다. 그러다 사레가 들려 목을 두 손으로 감싸쥐고 캑캑거리며 야단법석을 떨었다. 그러나 어머니는 그런 내 고통에는 아랑곳없이 내가 그 벌레를 잘 삼켰나 입 안을 살펴본 다음 방금 밥을 뜸들이고 난 시커멓고 두꺼운 소댕위에 밥을 떠놓고 간장과 달걀을 깨넣어 썩썩 비빈 다음 이번에는 그걸 다 먹도록 했다. 그리고 나서야 날 세찬이 형네로 끌고 갔던 것이다. 지금 와서 생각해보니 담요까지 싸들고 가 장기농성을 할 채비였던 어머니는 차마 혼자선 갈 수 없고, 어린 날 데리고 가자니 한바탕 그런 굿판을 벌여야만 했던가보았다. 쐐기를 구워 먹인 건 그것이 진짜 침 흘리기를 멈추는 데 효과가 얼마나 있는가를 떠나서 빚 받으러 가는 어린 나의 담력을 좀더 키워놓으려는 속셈이 있지 않았나 싶다.

어머니는 진짜로 세찬이 형네 집 안방까지 쳐들어가 담요를 깔아놓고 진을 친 다음 평소와 다름없이 세찬이 형 엄마와 한바탕 쌈박질을 했다. 나는 고개를 푹 숙인 채 옷자락만 뜯고 있었다. 막내아들을 데리고 담요까지 끼고 온 어머니의 평소와 다른 결기를 봐서 그런지 세찬이 형 엄마도 죽어도 못 줘, 하며 더욱 악다구니를 썼다. 두 사람 사이의 입씨름이 한창 독이 올랐을 때 갑자기 다락방에서 공부를 하고 있던 세찬이 형이 빠루라고 불리는, 공사장에서 대못을 빼는 데 쓰이는 기다란 쇠막대를 끌고 내려왔다. 그러더니 괴성을 지르면서 달겨들어 장독대 위의 물독들을 와장창 작살내기 시작했다. 그 서슬에 눌려 어머니와 세찬이 형 엄마는 그만 입을 꾹 다물었다.

—아주머니, 암만 빚을 받으러 오셨다지만 학생이 공부를 하는데 이렇게 막무가내로 구실 수 있습니까!

—어머닌 제발 좀 그러지 마세요. 왜 우리보다 못 먹고 못 입는 집에서 돈은 꾸어다 허투루 쓰면서 안 갚으시는 거예요!

그날 결국은 세찬이 형의 몸태질이 효과를 거뒀는지 세찬이 형 엄마는 집 안에 들어가 빚 삼만원의 절반인 만오천원을 가지고 나와 건네면서 나머지는 천천히 갚겠지만 이잣돈은 꿈도 꾸지 말라고 했다. 어머니도 그것을 순순히 받아들고 쓰다 달다 아무 대꾸 없이 담요를 걷고 내 손목을 낚아채고는 집으로 돌아갔다. 나는 어머니의 힘센 손아귀에 손목이 짓눌려 어기적어기적 걸어갔다. 좀전에 장독이 하나하나씩 왈칵왈칵 요절날 때마다 오줌을 찔끔찔끔 재려 가랑이가 축축했던 것이다.

그때부터 금간 항아리만 보면 오금이 허턱 당기고 안절부절못해지는 버릇이 생겨났다. 그래서 그 금간 파애를 쳐다볼 때마다 손톱 끝으로 금자국을 따라 어루만지며 항아리를 몇 번씩 톡톡 쳐보기도 했다.

"이 항아리에다 왜 파애라는 이름을 붙였어?"

내가 한번은 단도직입적으로 이렇게 물어봤지만 아내는 딴청을 피우며 대답하지 않았다. 나는 속으로 몹시 불쾌했지만 내색하지는 않았다. 가령 우리가 아직까지 혼인신고를 하지 못하고 있는 것만 해도 그렇다.

내가 바쁜 틈을 내서 교통도 불편한 강남구청까지 길을 물어물어 찾아간 것까지는 좋았다. 육십 항목이 넘는 혼인신고서를 그것도 다섯 통씩이나 작성하고 난 뒤라 구비서류와 함께 호적계에 내고 난 뒤 엄지와 검지의 두번째 손마디를 감싸쥐고 얼얼함을 풀어주던 참이었는데 혼인신고서와 서류를 번갈아 검토하던 구청직원은 간단하게 퇴짜를 놓는 것이었다. 마침 그날은 토요일이어서 다시 작성하고 어쩌고 할 시간적 여유가 없던 터라 나는 얼굴을 벌겋게 물들이며 그를 쏘아봤다. 그러나 그의 입에서 흘러 나온 말은 자못 충격적이어서 나는 맥이 좍 풀릴 지경이었다.

— 아니 어떻게 장가를 들었다는 분이 장모 되는 분 성함도 모르셔?

그는 혹시 내가 짝사랑하는 처녀 하나를 서류상으로 작살내기 위해서 거짓으로 혼인신고를 하는 게 아니냐는 눈빛까지 밝히고 있었다. 나는 적이 당황해진 표정으로 그가 붉은 색연필로 동그라미를 쳐주는 부분을 눈여겨보았다. 아, 아, 이거 뭐가 잘못된 모양입니다. 나는 당혹해하면서 아내가 자신의 호적초본이라고 떼어준 서류를 뚫어져라 쳐다봤다.

— 후후, 그러지 마시고 다시 한번 찬찬히 확인해보세요. 그런 경우가 왕왕 있긴 있으니깐.

직원은 내게 한심하다는 표정을 넘어 가엾다는 표정을 지어 보였다. 나는 그 직원의 지적이 틀림없음을 확인하고는 아내에 대한 알 수 없는 분노를 느꼈다. 왜 내게 이런 얘기를 진작 하지 않았던 것일까?

　장모의 성명이 적혀 있어야 할 호적초본의 '모' 란에는 강춘만 대신에 조순임이라는 낯선 이름이 자리를 차지하고 있는 거였다. 내 머릿속에는 갖가지 상상력의 조합이 꼬리를 물고 떠올랐지만 나는 머리를 흔들어 모두를 지워냈다. 아내에게 물어보자. 그러면 확실히 알 수 있을 테지. 그러나 아내는 끝내 묵비권을 행사했다. 때가 되면 저절로 알게 될 테니 지금은 알려고 들지 말라는 거였다.

　─그럼 우린 혼인신고를 영원히 할 수 없을걸. 자, 봐봐. 여기 어머니 성명란에는 조순임이라고 써야 하는데 지금 주소지의 세대주인 장모님과 자기의 관계란에는 또 뭐라고 써야 하냐구. 생모가 맞긴 맞아?

　─아무케나 쓰라구요!

　─장난이 아냐!

　─현구씨, 나도 장난이 아냐! 혼인신고가 그렇게 중요한 거야?

　─이건 당신이 잘못하는 거야. 분명히. 반드시 해명이 필요한 거구. 그렇지 않으면 뭔가 크게 꼬여.

　난 처의 주소지의 세대주와 아내의 관계를 묻는 난에 동거인으로서 호적계에 디밀까 하다가 그만두었다. 그렇게까지 하면서 혼인신고를 하고 싶지 않았다. 아내 입으로 그 내막을 듣고 싶었다. 아내여, 입을 열라!

　결국 난 그 내막을 알게 되었다. 그러나 아내의 입을 통해 직접 들은 것은 아니었다. 그렇지만 결국 아내가 가르쳐준 것이나 다름없었다. 왜냐하면 아내가 어느 잡지엔가 발표하려다 만 묵힌 소설 원고를 우연히 찾아 읽다가 바로 아내의 가족사의 일부를 접했으니 말이다. 그 원고는 사진첩 사이에 끼어 있었는데 그 사진첩은 내가 곧잘 뒤적여보곤 하던 것이었다. 내가 손이 잘 가는 곳에 그 원고가 들어 있던 데에는 아내의 고의성이 깃들여 있지 않을까 하는 생각이 들었다. 물론 아내가 잡지에 발표한 소설 곳곳에도 자기의 가족사를 언급하는 대목이 없진 않지만 그것들은 대부분 속알맹이를 짐작하기 어렵도록 각색돼 있거나 변죽을 울리다 만 것뿐이어서 감질만 돋우고 말기 일쑤였다. 그러나 그 원고는 좀 감이 달랐다. 왠지 묵직한 논픽션의 냄새가 물씬 풍기는 거였다.

그 소설의 제목은 '문밖의 여인'이었다. 한 여자가 자신의 어머니로부터 처녀성에 대한 강박관념을 물려받고 살아오면서 성격 파탄에 이르게 되나 나중엔 이를 극복해낸다는 줄거리였다. 나는 이 소설 제목 옆에 꼭 자전적 사소설이라는 부제가 달려 있어서 그런 게 아니라 첫머리를 읽는 순간서부터 아, 이건 아내의 자전적 소설이고 또 자신의 은밀한 콤플렉스를 털어놓는 소설이구나 하는 느낌을 받았다.

나에게는 오래도록 간직한 나만의 비밀이 하나 있었다. 나는 순결하지 않다는 믿음이 그것이었다. 그러니까 나는 태어나면서, 아니 내가 비로소 여자가 된 열몇 살의 소녀 때부터, 이상하게도, 나는 어쩌면 처녀가 아닐지도 모른다고 믿어버렸다.

그러나 나는 처녀였다.

무슨 이유로 그런 생각이 들었는지 나 자신도 이해할 수 없었지만, 그 믿음은 어느덧 머릿속 악마가 되어 내 무의식에 깊이 뿌리내렸다. 벙 뜨여진 입, 휘둥그레진 눈, 소곤대는 입술, 피하는 시선, 그리고 이유 없이, 설레는 가슴. (나는 처녀가 아니다. 그러므로 나는 마음껏 자유롭다.)

……

주인공을 낳은 어머니가 시집을 간 집안에는 첫날밤을 치른 며느리의 첫 서답빨래를 넣어두는 항아리가 대대로 전해내려오고 있었

다. 처녀막이 터져 불그죽죽하게 물든 첫 서답빨래를 며느리가 자랑
스럽게 그 항아리에 넣어두면 다음날 문틈 새로 엿보던 시어머니는
몰래 그것을 꺼내 마을 공동 빨래터로 가지고 가서는 동네 아낙들이
보는 앞에서 자랑스럽게 방망이질을 하며 빨았다. 그 전통이 언제부
터 내려왔는지는 아무도 몰랐다. 시댁에서는 그 항아리를 일컬어 첫
항아리라고 불렀다.

그런데 주인공 어머니대에서 문제가 발생했다. 그네는 첫날밤을
치르고 난 다음날 아침 서답빨래를 그 첫항아리에 넣어둘 수가 없었
다. 순결의 상징으로 여겨진 하혈이 없었기 때문이었다. 문틈 새로
눈이 빠져라 첫항아리가 채워지길 기다리던 시어머니는 끝내 기함을
해 안방 미닫이문을 끌어안고 넘어갔고 우물터에서 시댁 집안의 관
례였던 첫 서답빨래를 하는 광경을 보려고 옹기종기 모여들었던 아
낙들은 시댁 쪽을 향해 코방귀를 팡팡 뀌며 빨래함지를 이고 제각기
집으로 돌아갔다. 남우세를 당한 시어머니는 그 길로 머리를 명주자
락으로 싸매고는 자리보전을 하고 말았다. 그러자 집안에서는 이러
저러한 이유를 대어 그네에게 친정으로 돌아갈 것을 강력히 종용했
다. 하지만 그네는 남편의 사랑이 아직은 식지 않은 터라 그에게 의지
하여 아이도 낳고 그럭저럭 살다보면 사정이 달라지겠지 생각하고
이를 악문 채 한 오 년은 견딜 수 있었다. 그사이에 아들과 딸 하나를
두기까지 했지만 남편조차 집안의 조직적인 등쌀에 마침내는 마음이
돌아서기에 이르러 다른 혼처를 정했다.

남은 것은 오직 최후의 담판뿐이었다. 그네는 시어머니에게 자신
이 낳은 아이 둘은 무슨 일이 있어도 스스로 키울 테니 논 열 마지기
문서를 떼달라고 했다. 시어머니는 그럴 줄 알았다는 듯 선선히 승낙
을 하면서 그 대신 그 아이들의 호적은 파가지 말고 그대로 두라는 조
건을 달았다. 나중에 아이들을 빼앗길까 우려도 되었지만 애비 없는

호래자식 소리를 듣고 자라는 것보다는 호적상으로나마 애비 이름을 걸어두는 게 나을 것 같아 그 조건을 받아들였다.

그네는 아이 둘을 데리고 눈보라가 휘날리는 마당으로 성큼나섰다. 털가죽을 댄 남바위 끈을 턱끝이 아릿하도록 질끈 동여맨 아이들은 영문을 모른 채 희희낙락이었다. 당시 주인공의 나이 겨우 세 살이었다. 순간 그네의 눈에 안방 마루청 한끝에 놓인 첫항아리가 눈에 띄었다. 그네는 피가 머리끝으로 역류하는 듯한 느낌을 받았다.

대문을 허청허청 나서려던 그네가 갑자기 홱 돌아서 시어머니를 노려봤다. 시어머니도 이에 뒤질세라 쌍심지를 돋웠다.

—거기서 뭐 더 필요한 게 있단 말이냐!

—하나 더 남았습니다, 어머님.

—욕심이 과하지 않으냐.

—과해도 이 부탁을 마저 들어주지 않으시면 이 대문 밖으로 한 발짝도 내딛지 않겠사오니 그리 아십시오.

그러면서 그네는 보따리를 마당에 홱 내팽개쳤다. 시어머니는 눈살을 깊이 우그러뜨렸다.

—대체 뭐가 또 남았단 말이냐? 답답하구나.

—바로 저 첫항아리입니다. 저걸 제게 주십시오. 그러면 논 다섯 마지기 문서를 도로 내놓으란들 기꺼이 따르지요. 나머지 다섯 마지기로도 아이들 키우는 데는 거칠 게 없으니까요.

한동안 머뭇거리던 시어머니는 고개를 끄덕이고 말았다.

—고얀 것!

소설에 따르면 주인공이 나중에 자라서 그 첫항아리에 파애라는 글자를 새기게 된다. 극단적인 성적 억압의 상징물에게 어울리는 이름이었다. 항상 그 첫항아리를 보면서 자란 딸은 어머니가 광적으로 압박하는 강박관념 때문에 결벽증 환자가 되고 나중에는 심한 정신 질환을 앓는다. 그리고 글쓰기 행위로써 어미에게 대항하는데 이 때문에 일부러 자신은 애초부터 처녀가 아닐지도 모른다는 강박관념의 토로, 남자와의 상식적인 교접 장면을 빠뜨리지 않음으로써 어미에 대해 일종의 복수 행위를 한다는 거였다. 그러나 그럼에도 불구하고 딸은 원천적으로 아비의 부재에서 오는 그러한 콤플렉스가 너무나 깊이 내면화돼 있어 어미 벽을 뛰어넘지 못하고 시집갈 때 어미가 지니고 있던 항아리를 물려받아 와서는 허드레 장식물로 쓰지만 여전히 마음의 고통을 주체하지 못한다.

그러한 고통의 회로에서 그네를 탈출시켜준 사람은 바로 남편이었다. 멍하니 앉아서 항아리 속으로 빨려만 드는 그네의 눈길을 안타깝게 바라보던 남편은 어느 날 꽉 막힌 항아리의 밑바닥에 조그만 구멍을 뚫고는 그 안에 흙을 채우고 꽃을 옮겨심음으로써 그 첫항아리를 화분으로 탈바꿈시킨 것이다. 그 첫항아리에서 이윽고 활짝 핀 꽃봉오리를 바라보던 딸은 이루 말할 수 없는 환희를 느끼며 자신도 모르게 마당에 꼿꼿한 자세로 서서 참았던 오줌보를 열어준다. 그때 대문 밖에서는 어미의 부음을 알리는 전보를 가진 오토바이 소리가 요란하게 들린다.

나는 원고 초록을 천천히 덮고 나서 파애 앞에 다가가 무릎을 대고 앉았다. 그리고는 먼지가 잔뜩 앉은 항아리를 살포시 쓰다듬어주었다. 아내가 쓴 소설이 허구일 뿐인지 아닌지는 당장 판단할 순 없지만 내 생각으로도 이 항아리를 화분으로 쓴다 해도 아무 손색이 없을 듯 싶었다. 나는 전화기를 내려놓고 항아리 안으로 손을 집어넣어 그 안을 채우고 있던 물건들을 하나하나 끄집어내기 시작했다. 편지꾸러미가 마지막으로 잡혀나왔다. 나는 항아리를 오른손으로 잡고 슬쩍 기울여보았다. 그때였다. 노르스름한 햇동이 터오며 창문을 넘어 들

어온 것은. 그리고……항아리 밑으로 뚫린 작은 구멍을 통과한 어슴
푸레한 빛이 무척이나 강렬하게 내 눈을 찌르는 것이었다. 항아리 밑
에는 뜻밖에도 구멍이 뚫려 있었다. 나는 내 눈을 의심하여 항아리
밑으로 손가락을 집어넣었다. 가운뎃손가락 끝은 허공을 찌르고 있
었다.

　아!

　나는 결코 가볍지 않은 탄성을 내질렀다. 그리고는 파애를 번쩍 치
켜들면서 문밖으로 내달렸다. 아직 이슬이 채 마르지 않은 들꽃을 찾
아 꺾어서는 파애 가득히 심어두고 아내를 기다리고 싶은 욕구가 목
구멍 속에서 주먹처럼 불쑥 뻗쳤던 것이다.

(『세계의문학』 1993년 가을호)

개흘레꾼

대학 서클 동기인 장명숙(張明淑)한테서 넘겨줄 것이 있으니 만나자는 전화가 걸려왔을 때 난 문득 그녀가 원고뭉치를 들고와 출판을 검토해달라고 할지도 모른다고 생각했다. 때마침 내가 어느 작가가 맡겨온 원고를 읽고 있던 차라 그런 생각이 났는지도 몰랐다. '우리들의 사육제'라는 제목이 무색하지 않을 만큼 내용도 땀에 젖은 남녀의 몸뚱어리 냄새로 가득 채워져 있어 나는 흥미 반 걱정 반의 심정으로 원고를 훑어내려갔다. 내가 술김이라면 형이라고 못 부를 것도 없을 정도의 알음알이가 있는 그 작가는 문단에서 비교적 정통문학을 한다고 알려진 터라 나의 보수적 문학관에 비춰 당혹감이 일었던 것이다. 읽어갈수록 상업주의 쪽으로 발가벗고 뛰겠다는 의도가 확연히 드러났다. 그가 원고를 검토해달라면서 하던 말이 떠올랐다.

솔직히 대학에 자리를 잡고, 등 따시고 배부르니깐 문학이 안 되더라고. 툭 까놓고 얘기하자면 대중적으로 적당한 허명(虛名)이나 좀 세우자고 하는 거니깐 김형 출판사에서 어려우면 딴 데라도 뚫어주쇼.

하긴 그가 예전처럼 진지하게 쓴 거라면 우리 출판사로 올 리가 없을 원고였다.

여보세요. 거기 청솔출판사죠?

수화기를 들자마자 들려오는 첫마디만 듣고도 난 그 목소리의 주인공이 누군지 단박에 알아챌 수 있었다. 왜 모르겠는가. 그 여걸(女傑) 장명숙을 모른대서야 인문대 팔이학번으로서 말이 되는가. 그녀는 활동이나 학습, 그리고 인간관계에서 어느 누구에게 뒤지지 않았던 모범적이면서도 탁월한 학생운동가였으니깐. 헌신성과 대담성은 물론이고 쇳소리가 쩌렁쩌렁하게 울리는 그녀 특유의 열정적인 선전선동은 여학생은 물론 남학생들 사이에서도 타의 추종을 불허한다는 정평이 나 있었다. 나는 당시 그녀와 같은 문학운동 서클에서 일하고 있었다.

아 예, 그렇습니다만…… 그러면 혹시, 아니 너 뺑수 맞지 그지? 으응, 그래 너 명숙이로구나. 야, 어찌된 일이야 이거, 전활 다 주고. 근데 내가 이 출판사에 다니는 건 어떻게 알았어? 왜, 좋은 책들 많이 내잖아. 그건 그렇고, 일언이폐지하고 오늘 저녁때 시간 좀 나지? 잠깐이면 돼. 길어도 안 될 건 없지. 후후, 듣기엔 좋군. 근데 정말 웬일이야. 너한테 뭐 전해 줄 것도 있고. 전달? 뭔데? 글쎄, 보면 알 거야. 그래? ……참, 너 등단했더라, 신문 보니깐. 축하한다고. 가작인데 뭘……

올림픽이 열리던 팔십팔년에 졸업을 하고 나서 한 번도 대면하지 못했으니 거진 오 년 만의 만남이 될 자리였다. 가끔 대학 동기들을 만나서 간접적으로 단편적 안부를 전해듣긴 했지만 최근에는 그나마 근황을 물어볼 기회도 갖지 못했다. 그러던 것이 지난해 말인가 어느 신생 신문에서 공모한 희곡 부문 가작 등단자 이름이 장명숙인 것을 보았다. 신문에 나온 주소대로 연락을 해본다는 게 마음뿐이었던 모양이었다.

신촌 어디쯤으로 둘이 알 만한 곳으로 약속 장소를 정하자고 했더니 자기가 시내에서 선약이 하나 있는데 그것이 언제 끝날지 장담할 수 없다며 나보고 아예 내 사무실에서 죽치고 있으라고 하였다. 전화에다 대고 내 사무실 위치를 손짓발짓을 섞어가며 가르쳐주었더니 다 듣고 나서 피식 웃으면서 근처에 몇 번 가본 적이 있다고 했다.

코끝이 알싸하도록 석유난로를 자글자글 켜둔 사무실 구석의 소파에 외투를 걸친 채 홀로 앉아 있기도 뭣해서 옆건물 지하층에 신장 개업한 슈퍼마켓에서 백오십 미터에서 퍼올린 지하천연수를 만들었다는 맥주를 서너 병 사다놓고 홀짝거리며 그녀를 기다렸다. 그러다가 얼른 생각이 났다는 듯 지난달 치 신문철을 뒤져 그녀의 희곡 당선작 제목이 ‘실로폰 소리에 맞춰서’임을 확인했다. 눈으로 줄거리를 좍 훑어보니 대충 어느 아파트에서 한 젊은 유부녀가 우연히 잘못 집을 찾아든 남자와 상대하는 내용이었다. 글쓰는 축들은 자기가 쓴 글의 내용을 읽은 척하고 되풀이 들려주면 사족을 못쓰는 법이잖은가. 원활한 대화를 위해서는 이런 기초 조사가 필요했다. 근데 내가 왜 이리 서두르는 걸까. 옛 애인이라도 찾아오는 중이란 말인가.

나는 문득 집을 나와서 고등학교 동창녀석과 한 네댓 달 같이 썼던 장승백이의 지하 자취방이 떠올랐다. 천장으로는 붕대 같은 천을 친친 동여맨 보일러관이 얼기설기 지나가는 을씨년스런 방이었다. 경찰서에서 구류를 살고 타박타박 돌아와보니 그녀가 방에서 늘어지게 잠을 자고 있었다. 하긴 엠티를 가서나 합숙에 들어가 좁다란 방에서 남학생들 대여섯 명과 어울려 한방을 쓰고 어빡자빡 포개져 칼잠을 잘 때도 하등 아랑곳없던 그녀였기에 방문을 열어본 나는 발을 씻는 둥 마는 둥 하고 주저 없이 걸어 들어가 벌렁 드러눕고는 이내 코를 드르렁 곯았다. 그리곤 몸을 흐득흐득 떨며 아버지에 대한 개꿈을 꾸었던 것 같았다.

아버지는 마치 신바람 난 골목대장인 양 활갯짓으로 바람을 잡으며 우줄우줄 앞장서서 세찬이네 골목으로 암내를 잔뜩 풍기는 누런 황구 한 마리를 구슬려 끌고 나갔다. 몇 올 남지 않은 머리카락이 바람에 헝클어져 쑥대강이처럼 너울너울 춤을 췄다. 윗동네 아랫동네 할 것 없이 한덩어리가 된 조무래기들이 실성한 뒤를 쫓듯 킥킥거리고 손가락질들을 하며 아버지의 뒤를 따랐다. 나는 조무래기들보다 대여섯 발짝 뒤처져 걸었다. 맞은켠에서 맞닥뜨린 아낙네들은 코를 싸매쥐고 길가 벽으로 바짝 붙은 채 이마빡에 주름살 깊은 인상바가지를 일그러뜨렸다. 암캐인 황구의 사추리에서는 검붉은 액체가 이따금씩 떨어져 방울방울 땅을 적시고 있었다.

뒤따르던 조무래기들 가운데 짓궂은 녀석 몇이 일부러 연탄재 쪼가리를 내던졌다. 꼬리를 뒷다리 사이로 한껏 끌어당겨 틀어막은 황구는 아버지 발치 앞으로 쪼르르 달려가 애원하는 눈초리로 쳐다봤다. 아버지는 허릿장을 지르고 험상궂은 표정을 지으며 뒤돌아서서 조무래기들을 쏘아보았다. 순간 조무래기들은 움찔거리며 제자리에 섰다. 그러나 겁먹은 표정들은 아니었다. 하관이 빤 턱에는 덜 뽑은 돼지비계의 그것처럼 까칠한 털이 숭숭 솟아 있고, 동굴처럼 벌어진 시커먼 입속으로 움푹 빨려 들어간 양볼에 위엄 따위가 서릴 만한 구석은 조그만치도 없었다. 게다가 흰자위가 검은자위를 덮어버릴 만큼 후뜹 두 눈은 어릿광대의 표정처럼 우스꽝스럽기조차 해 아이들이 겁을 집어먹기는커녕 주먹쑥떡을 먹이는 놈들도 있었다.

그나마 내가 뒤따르고 있지 않았다면 아버지는 또 한 번 아이들의 놀림감이 되었을지도 몰랐다. 조무래기들은 아버지보다도 내 눈치를 더 살피는 기색이었다. 나는 짐짓 외면을 하고는 딴전을 피웠다. 그 자리에 슬그머니 주저앉아 운동화끈을 들메는 시늉을 했다. 조무래기들이 왁자하게 앞으로 쏠리는 소리에 맞춰 몸을 일으켰다. 그러나 그때까지 아버지는 흘끗 뒤를 바라보고 서 있었다. 그 순간 아버지와 내 눈이 마주쳤다. 둘은 아주 무표정한 눈길을 주고받았다.

아, 아버지! 당신이 정녕 나의 아버지이십니까.

나는 나도 모르는 새에 두 주먹을 불끈 쥐었다. 그때 아버지 손에서 황구의 목줄이 풀리더니 갑자기 내게 돌진해들어오는 거였다. 비린 내가 나도록 말라보이던 황구 대신에 어느새 집채만한 몸집을 지닌 시커먼 셰퍼드로 변하여 내게 달려들었다. 그 개의 입 언저리에는 부걱부걱 일어난 거품이 잔뜩 물려 있었고 눈에는 퍼런 인불이 일어 살기마저 번득거렸다. 그러나 아버지는 저만치 서서 미친 사람처럼 웃어젖히고 있었다. 나는 소리를 지르려 했으나 몸이 말을 듣지 않았다. 가슴에 천근만근 되는 쇳덩이를 얹어놓은 듯 답답했다. 나는 안간힘을 다해서 눈을 떴다. 그와 동시에 누군가의 품에 안겨 흐느끼면서 헛소리를 내고 있는 나 자신을 발견했던 것이다. 나는 부끄럽게도 명숙의 품에 안겨 어린애처럼 울고 있었다. 그것도 그녀의 젖가슴에 콧잔등을 한껏 파묻은 채였다. 명숙이는 마치 다정한 엄마처럼 내 등을 토닥거리고 있었다. 그때 내 코는 진한 이성의 냄새를 맡고 있었다. 아련한 분냄새였을까 아니면 짙푸르게 벙그러진 방초꽃 내음이었을까. 나는 그 상태에서 한숨 더 자고 싶었지만 그녀가 내 얼굴을 살포시 밀어내었다. 그리곤 평소의 그녀답게 일갈을 하는 거였다.

그러게 너 같은 병신은 암만해도 안 된다니깐, 왜 연득없이 나서고 육갑이냐! 주동을 아무렇게나 뜨는 건 줄 알아?

어떻게 알았는지 아버지가 혼자서 경찰서 유치장으로 면회를 왔었다. 내가 면회실로 들어서자 흐릿한 아크릴판 너머의 아버지는 자리에서 엉거주춤 일어섰다.

“쯧쯧, 아버질 생각해서라도 자네가 그러면 못쓰지 아암.”

나를 조사한 형사는 나를 데려다주면서 아버지의 행색을 살피고 난 뒤 끌탕을 하며 말했다. 나는 아버지의 손에 들려진 하얀 봉투에 눈길이 먼저 가 달라붙었다. 직감적으로 난 그것이 빵 봉지라는 걸 알았고 그것은 틀리지 않았다. 아버지는 예의 그 어설픈 미소를 지으며 다가왔다. 한여름만 빼놓고는 내도록 입는 감청색 작업복 어깻죽지에는 비듬이 싸락눈처럼 허옇게 내렸고 누비 솜바지는 군데군데 솔기가 터져 인조솜이 비어져나와 있었다. 그것은 흘레를 붙이는 과정에서 성깔 사나운 수캐들이 아버지에게 달겨들어 물어뜯은 흔적들이었다.

“아직도 흘레를 붙이고 다니세요?”

“……”

아버지는 아무 말도 없이 물끄러미 날 쳐다보았다. 내가 이렇게 수치스러움으로 벌겋게 달아오른 목소리로 물어오는 데 대해 약간은 당황해하는 표정이기도 했다. 내가 이마빡을 아크릴판에 대고 호전적으로 다시 한번 물어보려고 하는 순간 면회록을 작성하고 있던 젊은 전경이 고개를 아래로 쑤셔박고 킬킬거리며 웃었다. 아버지는 날 외면한 채 머리를 끄덕였다.

나를 절망적이고 자포적인 몸짓으로 인도했던 것은 바로 아버지의 이런 행위들이었다. 수치스러웠다고 고백해야만 한다. 개흘레꾼이라니! 바로 내 아버지 얘기인 것이다.

가투가 있던 날 나는 델몬트 상자에 돌멩이를 가득 넣고 시내로 향했다. 그날 시위의 성격이 어떤 것인지, 시위를 어떻게 이끌 것인지, 또 마무리 정리는 어떻게 할 것인지도 모른 채 나는 주동이 뜨는 시각에 한 발 앞서 도로로 뛰쳐나갔다. 그리고 이십 초 만에 체포조의 가죽 주먹 세례에 묵사발이 되어 어깻죽지가 뒤로 꺾인 채 닭장차에서 주민증을 빼앗기고 곧 백차로 옮겨져 경찰서로 직행했다. 차라리 감옥에나 갔으면 하는 심정이었다. 그러나 생각과 달리 구류 십오 일이 떨어졌다.

나는 아랫입술을 지그시 깨물었다. 나의 데면데면한 표정을 읽은 아버지는 쭈뼛거리는 모습이었고 그 바람에 두 손을 앞으로 죽 내밀자 빵 봉지가 불쑥 솟구쳤던 것이다. 그때 내 눈앞에는 국민학교 일학년 운동회 때 학교 후문을 통해서 빵과 사과가 든 봉지를 철문 틈새로 넣어주던 아버지의 모습이 겹쳐져왔다. 누군가 내 어깨를 톡톡 건드리면서 후문 쪽에서 누군가 나를 찾는다는 거였다. 반신반의하며 가보았더니 검은 물을 들인 군복 윗도리에다 귀를 덮는 개털모자를 쓴 아버지가 배시시 웃으며 철문 사이로 봉지를 전해주는 거였다. 그때 아버지는 쓰레기를 치우는 청소부 생활을 하고 있었는데 일하는 도중에 학교를 지나치는 중이었는지 온통 먼지투성이에다가 몹시 추레한 모습을 하고 있었다. 나는 주위 애들한테 부끄러운 마음이 앞서 잘 뛰어보라는 아버지의 말이 채 끝나기도 전에 빵 봉지를 후닥닥 채뜨리고는 얼른 변소 뒤쪽으로 해서 빙 돌아 응원석으로 되돌아왔다. 그러고 나서 내가 그 빵 봉지를 열어 안에 든 것을 꺼내 먹었는지는 분명치 않다. 아무튼 면회실에 흰 봉지를 들고 선 아버지를 보니 불현듯 옛날 운동회 때 생각이 갑자기 난 것이다.

"뭐 하러 오셨어요? 며칠 있으면 나갈 텐데."

"내 간수들한테 맡겨둘 테니 안에서들 노놔 먹으라."

그러고서는 할말이 없어졌는지 아버지는 입술을 굳게 다물고 있다가 불룩한 잠바 호주머니에서 필터 없는 새마을 담배 한 개비를 뽑아 내 물었다. 그러자 전경이 볼펜 끝으로 공책을 툭툭 두드리며 면회실에서 흡연은 안 된다고 경고했다. 오 분의 면회 시간이 대충 지나갈 때쯤 내가 먼저 입을 열었다.

"엄마는 좀 어떠세요?"

"많이 축이 갔었드랬는데, 요즘은 좀 나아졌지. 니 에미레 불쌍한 사람인데…… 너 여기서 나오면 허나사나 집엘 들어와서리 부대끼 더라도 함께 살아야 되지 않겠니. 그게 사람의 근본이지 않겠니?"

우리에게 무슨 근본 따위가 있겠어요! 난 하마터면 이렇게 소리를 지를 뻔했다. 그러나 아무 말도 입 밖에 내지 않고 돌아섰다. 난 아버 지와 화해하고 싶은 마음이 도무지 없었던 것이다. 굳이 변명하자면 내가 대학생활을 보냈던 팔십년대는 움직일 수 없는 냉전체제 아래 였다고나 할까. 그것이 내 사고방식을 크게, 그리고 분명히 규정했으 리라.

그때 당시의 내 심사를 잘 대변해주는 글을 나는 구십년대로 넘어 가서야 비로소 우리 문단 비평의 희망봉으로 내게 우뚝한 어느 노회 한 평론가에게서 보는 편이 되었다.

……우리 현대소설은, 알게 모르게 냉전체제와 그 논리를 구축한 이항대립이란 이름의 고전적 형이상학에 바탕을 둔 것이 아니었던 가. 일제 강점기의 "아비는 종이었다"의 명제가 그러하였고, 해방공 간에서부터 팔십년대 전 기간을 은밀히 울렸던 "아비는 남로당이었 다"의 명제가 소설의 혼을 이루었을 뿐 아니라 소설과 결합시킬 수조 차 있었던 것이지요……

그가 말하는 소설이란 결국 세계관의 다른 이름이었다. 다시 말하 자면 나의 아비는 숙명의 종도, 그리고 권력투쟁에서 패배한 남로당 이었다고 외칠 만한 위치에 있지도 못했기 때문에 나는 또다른 가슴 앓이를 해야 했던 것이다. 그렇다고 다시 "아비는 군바리였다"거나 "아비는 악덕 자본가였다"라고 외칠 처지는 더욱 아닌 데 나의 절망 은 깃들여 있었다.

그런 의미에서 아버지는 테제도 그렇다고 안티테제도 아니었다.

그저 하릴없이 암내 난 개 목에 낡아빠진 개줄을 걸고 다니며 상대 수 캐를 고르고 한적한 돌산 같은 데로 올라가 흘레를 붙여주는 일을 보람차게 수행하는 사람일 뿐이었다. 그러니 내가 나가야 할 출구를 아버지가 미리 다 막아놓은 셈이었다.

장명숙의 아버지는 해방공간에서 사회주의 활동을 한 이력이 있는 사람인 모양이었다. 고향에서 여운형의 건준에도 주도적으로 참여했다는 말을 언뜻 들은 적이 있을 정도로 비중 있는 활동을 했다고 한다. 그 바람에 집안이 피질 못하고 우그러들었다는 소리를 술 취한 명숙의 입을 통해 몇 번 들을 때마다 그녀의 아버지는 그녀에게 하나의 테제였다. 그리고 졸업 뒤 결국은 명숙과 결혼까지 한 서클 선배 석주 형의 경우는 어떤가. 난 처음에 석주 형네 집에 갔을 때 그렇게 잘사는 집구석에서 왜 운동을 하는지 의아스러워질 정도였다. 그러나 석주 형은 아버지가 마련해준 기득권의 토양을 거부하고 나섰다. 형이 머릿속에 그리는 좀더 나은 사회를 위해서 자본가적 잉여가치를 취하는 한 아버지는 극복 대상일 수밖에 없다는 형의 논리 앞에 나는 얼마나 기가 죽었었던가. 그때 석주 형에게 아버지란 존재는 안티테제일 수밖에 없었다. 그러나 내게 아버지란 존재는 이도 저도 아닌 개흘레꾼에 불과했다. 그러니 내가 절망하지 않고 어찌 배길 수 있었을까.

결국 구류를 살고 난 뒤 나는 당분간이라도 집으로 돌아와 쉬는 시간을 가졌다. 우선 학교 근방을 떠나보고 싶었다.

나는 그 동안 개흘레를 붙이러 먼지바람 속에 뒷돌산으로 가는 아버지의 뒤를 쫓았지만 대부분 그 장면을 끝까지 참아내질 못하고 중도에서 산을 내려오곤 했다. 얼굴에 찬바람을 맞으며 내려오면서 나는 손아귀에 들려진 짱돌을 풀섶에 던져버렸다. 어느샌가 내 손에는 푸석푸석한 돌멩이가 쥐어져 있곤 했다.

아버지가 개홀레를 붙여주고 난 다음에 그 개가 새끼를 낳으면 한 마리쯤 수고했다고 가져다주는 사람들도 있었지만 대개는 입을 싹 씻고 말았다. 그도 그럴 것이 누가 붙여달라고 부탁한 것도 아니었고 아버지가 어떻게 알았는지 암내 난 개들이 있는 집을 용하게도 알아내서 찾아가 홀레를 붙여주겠다고 굳이 자청한 일이었으니 수고비를 내든 안 내든 탓할 바는 없을 터였다. 어쩌다 입이 잰 두익 애비가 갑석이네 가게 앞 평상에 목발을 부려놓고 엉덩이를 걸치고 앉아 술잔을 꺾으며 자발머리없이 떠벌리는 옆을 지나칠 때가 난 영 젬병이었다. 나를 보는 순간부터 그는 더욱 두터운 입술을 부풀리며 큰소리로 나발을 불었다.

"원, 동네 개들이란 개의 씹은 죄다 그 영감탱이가 다 붙여주니 암만 이 풍진 꼴 난 세상이라지만 차마 눈뜨고 못 볼 지경이 아니잖구! 그것도 적선임에는 틀림없고 보면 저승에선 부처님 앞으로 가게 될지도 모르겠군, 홍."

"아따, 이 사람아. 그렇게 대놓고 욕하는 게 아닐세."

"아, 사실이 그런 걸 낸들 어쩌나그려? 자라는 아이들 교육적인 거 시키도 생각함시롱 주착을 떨어도 떨어야지 응. 그 나쎄에 그거이 도대체 뭐이야? 생각할수록 내 낯이 다 뜨뜻해져설랑 에잉. 어떻게 개홀레꾼하고 남세스러워서 한 동네에서 상판때기를 마주하고 산단 말이여. 그냥 콱."

두익 애비가 나무 평상을 주먹으로 내리치는 바람에 막걸리잔이 움찔하며 술이 넘쳐났다. 나는 그러나 독 오른 가을뱀처럼 고개를 빳빳이 세우며 천천히 가게 앞을 지나쳤다. 가슴 한구석에서 뭔가 뜨거운 기운이 풀무질하듯이 치솟았지만 딸꾹질을 참을 때처럼 명치끝을 지그시 누르고 있었다.

"에이 쌍. 세상 한번 왈칵 뒤집어지지 않고 뭐 하는지. 개홀레꾼은 열심히 흘레를 붙이고…… 그러다보면 누군가 갸륵히 여겨 외입질이라도 한 빠구리 시켜줄지도 모르는 일이겠고 말이야 응? 늙은 말이 콩 마다는 법 없다는 옛말이 있잖아. 대주라구, 허벌나게 대주라구들 큭큭큭."

두익 애비는 반미치광이처럼 고함을 질러댔다. 그가 공사장에서 등짐을 지다 실족해 다리를 다치는 바람에 집 안에 들어앉은 사연을 모르는 사람은 없었다. 다리를 다친 것보다 더 문제가 된 것은 낭심이 벽돌에 치여 그만 성기능 장애를 일으킨 것이다. 그러니 머잖아 두익 엄마가 안 하던 분칠을 회 뿌리듯이 하고 밖으로 나돌아다니는 모양이었고 그러니 자연 가정불화가 끊일 새가 없었다. 솔찮이 받은 산재 보상금 만큼은 꽉 틀어쥐고 있어 아예 동네 구멍가게 평상을 세내듯이 꿰차고 앉아 오고 가는 사람들을 불러모아 술잔을 돌리며 외로운 곁을 달래보지만 그렇다고 허전함이 가실 리는 없을 것이었다.

"내가 가만히 앉아서 따져본 것만 해도 벌써 몇 건이여? 하루 걸러 개흘레를 붙여준다고 해도 가설라므네…… 그 영감이 만든 개아덜이 한 백오십 마리는 넘었는데 젠장. 그놈의 개아덜 놈들이 밤이면 밤마다 아부지, 아부지 하면서 울어젖히는 소리들이 귀에 쟁쟁하다니깐."

두익 애비가 내뱉는 말에 주위의 술꾼들이 배꼽을 잡고 목젖이 찢어져라 웃어젖혔다.

아버지는 결코 아무렇게나 흘레를 붙이진 않았다. 이를테면 아버지의 머릿속에는 가근방 개들의 족보가 그려져 있는 모양이었다. 우선 에미와 새끼 간은 물론이고 같은 항렬끼리는 상관시키지 않았다. 사람들은 개판, 개판이라고들 하지만 개들 사이에서도 궁합이 있다는 게 아버지의 믿음이었다. 궁합이 맞지 않으면 좋은 수태가 될 수 없고 좋은 수태가 이뤄지지 않으면 난산이 된다는 거였다. 가령 경상

도집 꾀순이가 발정을 한다면 그 상대로는 아버지 머릿속에 당연히 요구르트집 누렁이가 점찍혀 있었다. 쫑의 상대는 당연히 이발소집 꼬맹이였다.

아버지가 어떤 기준으로 개들의 궁합을 가려내는지는 잘 알 수 없었다. 다만 개의 관상이나 겉모양 특히 생식기 부위를 집중적으로 살피는 걸로 봐서 나름대로의 기준이 없진 않다는 생각이 들었다. 워낙 개를 좋아하는 양반이라 그런지 처음 보는 개들도 몇 번 안면을 익히면 꼬리를 사리고 들 정도로 개를 다루는 데는 이골이 나 있었다. 혹시 암내 난 암캐의 음수(陰水)를 묻혀가서 수캐들의 혼을 지레 빼놓는가 싶어 넌지시 지켜봤지만 꼭 그런 것만도 아닌 듯싶었다.

동네에서 암캐를 기르는 집이라면 모두들 쌀가게 임씨 아저씨네 맏이인 원이 형이 키우는 송아지만한 셰퍼드의 씨를 받고 싶어했다. 임씨의 맏아들 원이 형이 키우는 그 개의 이름은 희한하게도 히틀러였다. 아침나절 그가 잠시 돌산에 산책을 시키러 끌고 나올 때 한 번씩 그 위용을 자랑하곤 했다. 동네에서 웬만큼 사납다고 호가 난 개들도 히틀러가 지나가면서 자기 집 앞의 전봇대에 가랑이를 쳐들고 실례를 해도 찍소리를 못 하고 흰자위만 뱅그르르 돌릴 뿐 기를 펴지 못할 정도였다. 사람들은 은근히 아버지에게 히틀러의 씨 좀 받아달라고 추근거렸다. 그러나 원이 형은 사람들한테서 그런 제안을 받을 때마다 마치 큰 모욕을 당한 사람처럼 얼굴이 벌게졌다. 히틀러를 아무 잡종한테나 함부로 붙여줄 수 없다는 거였다. 그래서 개를 잘 다루는 데다 임씨 아저씨와 친분도 남다른 아버지를 내세운 것이다.

"김 영감, 어디 말이나 한번 넣어보지 그래."

"내 보기엔 말이오, 댁네 메리하고는 애당초 궁합이 안 맞는다는데도 대구 그러면 거 어쩌라구…… 괜한 쌩이질 치지 말고."

"우리 메리가 어디가 어때서? 이거 무시하지 말라구."

혜정이네 개가 우연히 히틀러의 씨를 뱄다가 새끼를 일곱 마리나 낳았는데 종자가 어떻게나 좋던지 젖을 떼자마자 한 마리에 만원씩에 팔려 그 집에 거금 칠만원을 안겨준 사례가 있어서 더 그러는 건지도 몰랐다.

"이것저것 따질 것 없이 덩치를 보믄 알쪈데 말이야……"

"뭔 소리여? 덩치로 따질 것 같으면 교미를 할 땐 다섯 배까지는 감당할 수 있는겨. 아, 안 그래? 내가 새끼덜 톡톡히 밴 게 확인되는 즉시로 김 영감한테 섭섭잖게 턱을 낼 테니 너무 그러지덜 말어."

상대방이 입에 거품을 물고 달겨드니깐 아버지가 한 걸음 물러서는 척하긴 했지만 끝내 확답은 하지 않았다. 이름 그대로 폭군모양 불뚝거리는 놈이라놔서…… 평소 아버지는 그 히트러를 맘속에서 완전히 내놓고 있었다. 아버지 표현에 따르면 아주 돼먹잖은 놈이라는 거였다.

개들한테도 강간이라는 게 있단 말이에요?

기럼 그거이 왜 없겠니.

아버지는 주먹을 불끈 쥐어서 내보이며 확신에 차 말했다. 나는 하도 어이가 없어 그저 입을 벌린 채 웃고만 있었다. 그러나 아버지는 진지했다. 그게 어째서 강간인지를 설명하는 거였다. 저 이발소 은정애비네 꼬맹이 있잖니? 그거이 당했지.

어떻게요?

내 말을 한번 귀담아 잘 들어보지 않겠니. 그놈은 우선 발정이 나지 않은 것한테도 틈만 나면 마구 달겨들어 그 짓을 한다니깐. 어지간히 양기가 뻗쳐서는 그러기가 보통 힘든 일이 아닌데 말이다. 짐승들은 사람과 달리 발정기가 따로 있는 거 아니겠니. 그런데도 그놈은 그 자연의 법칙을 어기고 있는 게지. 아주 흉물스런 놈이야, 보믄 볼수록. 꼬맹이가 뒤를 덮친 그놈 때문에 그토록 깨갱거리다가 한 며칠간은 기두발도 못 한 걸 네 아네? 그런 놈이지. 히틀러라는 놈은. 에잉, 이름도 어디서 괴상망측하게 지어개지구설랑.

그런데 히틀러가 사라진 사건이 일어났다. 아마 원이 형이 집에 있었더라면 그런 일은 일어나지 않았을 것이다. 원이 형 아버지인 임씨가 아버지에게 와서 히틀러를 메리와 홀레 좀 붙여달라고 부탁했다.

"우리 아이가 지금 외출하고 없어서 그러는데 이 동네에서 그놈의 개를 다룰 수 있는 사람이라면 우리 아이말고 김 영감밖에 누가 또 있겠수? 그러니 수고 좀 해줘야겠어. 차씨가 어찌나 성화를 붙여쌓는지 그 등쌀에 배겨날 장사가 어디 있겠수? 우리 아이가 알믄 큰일날 일이니깐 없는 사이에 얼른 좀 치러주구랴."

차씨는 메리한테 히틀러의 씨를 받아주기 위해 임씨 아저씨 쌀가게에서 일부터 경기미 두 가마를 사서 집으로 날랐다. 아버지는 통장이기도 한 임씨에게 밉보여 좋을 게 없음을 잘 알고 있는 탓인지 입맛을 쩍쩍 다시면서 신발을 미적미적 찾아 꿰신었다. 그러나 그 홀레는 성사되지 못했다. 오후 늦게 산으로 올라간 아버지는 해가 뉘엿뉘엿질 무렵 히틀러의 개줄만 달랑 손에 쥔 채 넋이 빠진 사람처럼 털레털레 내려왔다. 그리곤 아무말이 없었다. 히틀러는 끝내 모습을 드러내지 않았다.

"김씨 말 좀 해보구래, 어찌 된 일인지나 알아야 이 갑갑증을 풀지."

오히려 임씨 아저씨가 통사정을 하고 나왔으나 아버지는 완강하게 도리질을 치면서 죄송하게 됐시우 하는 말 외에는 입 밖에 내지 않았다. 어쨌든 이만저만한 사건이 아니었다. 그때까지 저 양반이 망령이 들었나 하고 속만 끓이며 별 간섭을 안 하고 있던 어머니가 봇물 터뜨리듯 악다구니를 퍼붓고 나섰다.

어디 가서 모두먹기패랑 어울려 한상 두리기로 해처먹었단 말이야! 이, 씨를 말릴 함경도 종자들이 끝내도록 애를 먹인다고, 애를.

애새긴 지 에미애비 고혈을 짜다간 기껏 콩밥이나 석죽이다 나오질 않나 애비란 작자는 구질구질허게 개씨받이 노릇을 하다가 못해 남의 집 황소만한 개를 모꼬지판에 갖다바쳤는지 어쨌는지. 아이구 이내 기박한 팔자를 어떻게 하늘이 모른단 말이야! 나는 그날 아버지에게 달겨들어 등짝을 후려패듯이 쩔꺽쩔꺽 후리는 어머니를 처음 보았다. 아버지는 예의 그 묵묵부답이었다. 아버지가 입을 열지 않아서 히틀러의 종적은 오리무중이 되었다. 어디다 팔아치웠는지, 도망을 쳤는지, 아니면 어머니 억측대로 몇몇이서 아버지와 작당을 하고 한상 두리기로 때려 먹어치웠는지 알 수 없는 노릇이었다. 어머니는 사람 이세(理勢)가 그런 게 아니라며 흥분이 가라앉자 단돈 몇만 원이라도 챙겨 쌀집엘 올라갔었는데 거기서 히틀러의 몸값이 거의 이십만원대에 육박한다는 말을 듣고는 얼굴이 하얗게 질려서 갖고 간 만원짜리 지폐 서너 장은 펼쳐 보이지도 못하고 손아귀에서 담에 흠뻑 젖도록 쥐고 있다가 돌아왔다.

　원이 형은 거의 정신병원에 입원할 지경이 되었다. 돌산 한구석 시커멓게 그을린 바위 아래에서 웬 개뼈다귀를 주워와서 히틀러의 것이라며 밤새 울고불고 훌쩍거리는가 하면 김포 쪽으로 히틀러를 끌고 가는 사람들을 봤다며 집을 나가서는 며칠씩 들어오질 않았다. 나는 아버지 대신 형에게 사과를 하기 위해 쌀집 뒷곁에 있는 다락방으로 찾아갔다. 그 다락방은 원래 허드레 물건을 쟁여놓은 창고였다. 지붕과 천장 사이인 더그매였는데 사람이 앉으면 딱 정수리에서 한 뼘 가량 남았다. 형은 거의 쥐들과 같이 생활하는 셈이었다. 집 안으로는 그 다락방에 이르는 통로가 없었다. 그래서 뒤란에서 벽장처럼 문을 딴 입구까지 열 칸이 넘는 사다리를 놓고 오르내렸다.

　내가 사다리를 반쯤 오른 뒤 벽장문을 몇 번 두드렸으나 기척이 없었다. 살그머니 문을 열어젖히자 어둠컴컴한 구석의 앉은뱅이 책상 앞에 쭈그리고 앉은 형이 고개를 쑤셔박고 뭔가를 열심히 헤아리고 있었다. 삼천이백쉰야들, 삼천이백쉰아홉…… 형은 온 정신을 쏟아 그 작업을 진행시키느라 내가 들어온 줄도 모르는 모양이었다. 형, 저 왔어요. 삼천이백예순…… 원이 형은 날 한 번 흘끗 본 다음 다시 숫자를 헤아리기 시작했다. 나는 벽장문을 닫은 뒤 어둠에 익숙해지기 위해 눈을 감았다. 그리곤 어깨너머로 책상 위를 넘겨다봤다. 거기에는 왼편에 쌀과 보리가 섞인 쌀더미가 둥덩산모양 쌓여 있었고, 오른편으로는 쌀과 보리를 가려서 따로 모아놓은 쌀더미가 있었다. 갑자기 숫자의 끝자락을 놓친 탓인지 가만히 앉아 머리를 젖혀 보꾹만 쳐다보던 형이 날 보고 흘끗 웃었다. 미안하다, 언제 왔니? 방금요. 아버지 대신 사과드려요. 뭘……, 난 아무 일두 없다니깐. 히틀러는 꼭 돌아올 거야. 아주 빵빵한 놈이니깐. 형은 갑자기 책상 위의 몇 안 되는 책들 가운데 한 권을 뽑아들었다.

그것은 조악하게 제본된 너덜너덜한 『나의 투쟁』 번역본이었다. 히틀러가 뮌헨 폭동이 실패한 뒤 뮌헨 감옥에서 구술한 것을 그의 심복 헤스가 나중에 기록한 책으로서 반민주주의적이고 전체주의적인 나치 사상의 성전이었다. 그 책 갈피마다 형이 연필로 새카맣게 줄을 친 흔적이 보였다. 개의 이름을 히틀러로 지은 것도 우연의 소산은 아닌 듯싶었다. 나는 할말을 잊은 채 형의 얼굴을 멍하니 바라볼 뿐이었다. 형은 어떤 힘을 갈구하고 있음이 틀림없었다. 자신의 허약한 육체로 인해 맛봐야 했던 수많은 좌절과 절망감을 보상해줄 강력한 힘이 필요했던 것인가.

메인 깜푸(나의 투쟁)! 속제목 좀 봐. 청산이야. 쓰레기 같은 인간들은 아주 깨끗이 쓸어내버리겠다는 거야. 속이 다 후련하지? 인간들은 크게 천재와 기생충으로 나눌 수 있다잖아. 내 주변에서 껄렁거리는 놈들은 죄다 썩었어. 알량한 근육 힘 자랑이나 하고 머릿속은 텅 비어들 가지고 말이야. 그래가지고선 아무 일도 안 돼. 더욱 강력하고 순수하며 조직적인 사상으로 먼저 무장하는 일이 필요해. 그런 의미에서 히틀러를 독재자랍시고 마냥 나쁘게만 볼 수만은 없더라고. 그는 순수하고 강한 제국을 건설하고자 했던 위대한 사람이었어. 강력한 게 다 정의로운 건 아니지만 그것이 없는 정의로움이란 무의미해. 나는 이 말에 동의한다구. 약한 자들은 곧잘 엄살을 떨지. 난 그게 싫어. 매일 아침 일어나서 제일 먼저 히틀러의 희고 강인한 이빨을 보면 삶의 의욕이 어느 정도 솟는데……

히틀러 사건이 난 다음부터 아버지는 이러저러한 등쌀에 집에 붙어 있을 수가 없었다. 돌산 어드메쯤 가서 멀거니 혼자 앉아 있다 돌아오곤 하는 모양이었다. 나는 저벅저벅 아버지의 뒤를 밟았다. 아버지는 처음부터 그 사실을 알고 있었지만 이렇다 할 내색을 하지 않고 당신의 길만 걸었다. 나는 가다가 얼른 구멍가게에 들러 사이다 한 병과 비스킷 한 봉지를 샀다. 이럴 때 아버지가 술을 할 수 있었으면 한결 얘기는 잘 풀릴 수 있었을 테지만 아버지는 중풍을 앓은 뒤로는 술을 끊은 터였다. 아버지는 앞이 툭 트인 돌산의 한 바위 위에 올라가 앉았다. 내가 말없이 사이다병을 따 비닐컵에 그득 따라주자 벙시레 웃으며 받아들었다. 수염이 까칠한 코밑자락으로 콧물이 질펀하게 흐르고 있었다.

너두 내가 히틀러를 어쨌다고 믿을 테지.

나는 고개를 가로저었다.

그렇진 않지만 어떤 연유인지는 듣고 싶어서요.

그럴 게야. 하지만 나도 어안이 벙벙해서리 잘 모르갔어. 분명 히틀러를 잘 구슬러서는 저 뒤 너머 있지? 아카시아 많고 우묵한 데 말이야. 거기까지 갔는데 그만 소피가 마렵지 뭐이겠니. 차암 내, 일이 어드러케 그리 되려니깐 말이야. 첨엔 그 자리에서 아래춤을 까고서리

거저 갈기려고 했는데 왠지 꿉꿉한 생각이 드는 게야. 그래서 나무에
다 개줄을 단단히 붙들어 매놓고 아래참으로 조금 기어내려왔어. 그
런데 오줌을 누고도 쭈그리고 앉아서 담배 한 대 피울 참쯤 지나서 올
라갔더니 개는 온데간데없고 개줄만 덩그러니…… 그 덩치 좋고 영
악한 놈이 누구한테 끌려를 갔는지 도통. 고기에다 낚시갈고리를 파
묻어 던져줘서 먹어치우면 그 갈고리가 목에 걸려 고걸 끌고 가면 천
하 없는 놈도 꼼짝없다는 말을 듣긴 했지만서두……

앞으로도 개홀레를 계속 붙이실 참인가요?

아버지는 긍정도 부정도 않고 한동안 말이 없었다. 하지만 난 긍정
쪽으로 감이 잡혔다. 가슴이 답답했다. 도대체 왜일까? 나는 그것에
대한 아버지의 답변을 침묵으로 강요하며 지그시 앉아 이빨 끝으로
강아지풀 대궁을 잘근잘근 씹고 있었다.

아주 오래된 얘기지, 아주. 내 나이 스물하고두 야들이었으니깐.

아버지의 입이 열리기 시작한 첫마디였다. 아버지가 스물여덟 살
때 도대체 무슨 일이 있었단 말인가. 그때 아버지는 거제도 포로수용
소의 평범함 포로였다. 언젠가 아버지는 내게 이렇게 말을 한 적이 있
었다.

내레 앞에총이 뭔지나 알았겠니?

그 말은 당시의 아버지에 대해 거의 모든 것을 표현해주고 있었다.
아버지는 애초부텀 사상 따위와는 거리가 먼 사람이었던 것이다. 앞
에총이란 대관절 무엇이었을까. 그것은 단순한 군사훈련의 기본동작
만은 아니었을 것이다. 아버지가 단지 서툰 병사였다는 의미 이상의
그 무엇이 담긴 말이었다. 어느 체제든 자기식의 사상에 순치되지 않
은 사람에게 무기를 쥐어주는 법은 없는 일이다. 그 총구를 거꾸로 돌
리는 날에는 체제 자체가 파멸이기 때문이다. 따라서 앞에총의 의미
란 최소한 총구를 누구에게 겨눠야 하는지를 가르쳐주는 기본 동작

이자 사상, 즉 이데올로기의 첫걸음이었던 것이다. 아버지는 심지어 그것조차 몰랐다는 것이다. 물론 아버지가 전투요원이 아니었고 또 북쪽에서 급하게 병력을 징발하느라 신병교육이 허술하기도 했을 저간의 사정은 짐작이 가는 일이다. 피복 군수물자 담당요원으로 깊숙이 남하했다가 영천 어디쯤인가에서 선을 놓쳐 미군의 포로가 된 사람이었다. 북에는 부모님과 갓 결혼한 아내, 그리고 경성에 계신 두 양주분에게 작명을 여쭌 게 늦게 도달하는 바람에 미처 갓난 아들의 이름조차 확인하지 못하고 내려온 사연이 있었다. 아버지는 그런 처지에 있는 스물여덟 살의 청년이 남쪽에 남을 수밖에 없었던 당신의 내력의 일단을 내비치고 있는 중이었다.

　내레 돈 간수 하나는 무척 잘했거든. 그러니 그 수용소 안에서 같이 지내던 패거리들이 내게 전부 돈 간수를 맡겼지. 우리레 정말 회계라믄 일절 낙자 없었다구. 원래부터 군수요원이었으니끼니. 수용소 안에서 이쪽저쪽 모두들 갈려서리 싸운 얘기는 전에두 내가 몇 번 한 기억이 나는데. 그렇다믄 그건 걷어치우고. 얘기를 길게 할 것도 없이 문제는 돈이었디. 돈만 있으면 정짜루 뭐이든지 다 되었으니까니. 그 아낙(안)에서 여자까지 샀다믄 게서 말 더해 무슨 소용이래 있갔니? 가끔 노역이라구 해서 미군 싸즌들이 인솔해가지구 철조망 밖으로 나가는 일이 있는데 그때 뭔가를 국방군 보초한테 넌지시 인정을 푹 찔러주면 다 눈감아준다구. 싸즌이 전부 감독하는 데는 원체 한계가 있어서라. 그럼 정해둔 민가로 가서 여자를 사는 게야. 물론 피난민 에미나이들이지. 지금 생각하믄 굴왕신들처럼 추레하고 굼드러웠지. 심지어는 염병을 앓으면서도 거저 몸을 파는 게야. 먹고살아야 했거든. 늦봄 지난 김칫독처럼 시큼한 군둥내가 풀풀 풍기는 사타구니를 대줘도 살에 굶주린 사내들이 이것저것 돌아볼 여유가 있었나 뭐. 허겁지겁 그러고 나면 병 걸리는 사람도 많았지만 미제 다이아찡이 워

낙 좋아서 그런지 까땍없었지. 나 말이니? 손가락도 까땍 않고 쳐다
보지두 않아서. 정말이디 아암. 허어. 이런 얘기를 내가 너에게 해도
되는 건지. 하긴 너도 머리통이 이만치 굵었으면 다 큰 거다. 아암.

아버지는 남로당과는 점점 거리가 먼 얘기들만 했다. 한데 난 왠지
자꾸만 그 얘기 속으로 주책없이 빨려만 드는 거였다. 바람이 드세졌
는지 젠장, 자꾸 눈시울이 시어지는 바람에 아버지 쪽을 바라볼 엄두
는 내지도 못했다.

그때는 아침에 깨어나서 자기 목을 한번 쓸어보고서야 아항, 살았
구나 하는 실감을 할 수 있을 만치 헹펜없는 시절이었으니. 어느 날
아침에는 철조망에 아무개 반동 아니면 악질 빨갱이의 목이라고 써
붙인 모가지가 서넛쯤 걸리는 날도 있었으니…… 이쪽저쪽에서 서
로들 반동이라고 했지. 섞어논 데가 그런 건 더하지. 차라리 팔삼이
나 칠육처럼 완전히 갈라놓으면 알아서들 적응하게 돼 있거든. 팔삼,
칠육이 뭐냐구? 기건 수용소 남바지. 그게 또 이름이더랬어. 내레 있
던 칠삼처럼 섞어놓으면 문제가 되는 게야. 누가 그러는데 내가 반동
으로 찍혔다잖니. 그건 일종의 궐석재판 같은 거고 반동은 사형선고
인 셈이지. 아이코나 죽었구나, 생각하며 밤잠도 못 자고 전전긍긍했
지. 그간 꿍쳐둔 돈이고 뭐고를 다 어쩐다지. 이따우 걱정 하면서. 갖
다바칠 데라도 있으면 손 탁탁 털고 갖다바치기나 하지. 좌익 쪽에서
는 내가 자본주의 물이 머릿속에 꽉 들어서 구제불능이라는 소리였
는데…… 정작 당하기는 우익들한테 당했지.

그때 감찰완장들은 거개가 우익들이 찼거든. 감찰완장이라믐 어느
정도 수용소 쪽의 신임을 얻어서 수용소 내 물자 배급이나 치안 유지
같은 일을 도맡았지. 잠결에 어마지두에 얼굴을 보자기로 확 뒤집어
씌워서는 어디론가 끌고 가는데 정신이 아뜩했지. 아, 이게 이젠 마
지막이로구나 싶었지. 그리고는 어느 만큼 가서는 입에 재갈을 물리

고 웃짱(윗옷)을 홀렁 까제끼더니 들입다 몽둥이하고 발길질 세례를
안기는데 초죽음이 돼서 벌써 사람혼이 저만치 떠가는가 싶더라구.
기절하니깐 양동이 물을 쫙 끼얹고. 그리곤 재갈을 풀어주면서리 막
무가내로 어느 편이냐고 대라는 게야. 말인즉슨 이쪽에 남겠다 그랬
는지 도루 가겠다고 했는지 불라는 건데 첨엔 다짜고짜로 끌려와서
리 눈까지 척가리고 나니 어드메 편에서 끌어다났는지 도무지 알 수
가 있어야지. 맞출 기회는 반반인데 기거이 목숨이 걸린 판국이니 아
흔아홉 대 일이래두 살이 불불 떨릴 텐데 말이야. 어디 입이 떨어지갔
니? 일단은 버티고 보자고 대꾸 않는다고 쏟아지는 매를 견뎠지. 결
기도 생기고 해서리 고함이레 고래고래 질렀지. 놈들이 놀고 있는 간
죽을 보니까니 왠지 죽일 것 같지는 않은 생각이 들었지. 한청 애들
같기도 했고. 수용소 안에서도 방공포로 골수 애덜이 대한청년단이
라고 조직해서는 위세가 떠르르했디. 결국엔 애덜이 개수작하는 꼴
을 보니 내가 간수하고 있는 돈보따리를 내놓으라는 게야. 솔찮이 모
인 걸 다 안다믄서. 내레 목숨과도 바꿀 수 없다고 버텼지. 그게 어디
내 거이든가. 여러 동지들이 한데 모둔 것이지. 그제서야 갸네덜이
눈가리개를 풀어주는데 천막 안이었어. 역시 아니나 다를까 한청 애
덜이었구. 그러더니 아랫도리마저 벳기겠지. 휘장을 슬쩍 들치니깐
집채만한 셰퍼드가 침을 쟬쟬 흘리며 들어와. 그게 바로 독일산 경비
견이지. 감찰들이 끌고 온 게야, 일부러. 그러더니 갸들이 뭔 짓을 했
는지 니 상상이나 허겠니? 그 보따리를 숨긴 델 불지 않으면 개를 시
켜서 이거를 물어뜯겠다는 게야. 세상에……

　아버지는 길쭘한 차돌멩이를 곁에서 집어올리며 소리 죽여 '이거
를' 했다. 성기를 입에 올리기가 좀 민망했던 모양이었다. 나는 그런
아버지 모습이 우스꽝스럽기도 해서 하마터면 웃음을 흘릴 뻔했으나
아버지의 표정이 너무나 진지해 얼굴을 잔뜩 굳히고 있었다.

너라면 어찌했겠니? 이……걸…… 떼주갔니, 아니믄 동지들의
피땀인 보따리를 내놓갔니?

아버지는 내 대답을 기다리지 않았다.

재물이라는 게 그렇게 무서운 것인 줄 난 그때처럼 처절히 깨달은
적이 없어. 생사람의 눈에도 명태 껍질을 발라놓는 그 재물이라는 게
결국 요물단지가 아니고 무어란 말이야. 이북에 처자식이고 두 양주
어른이고 다 두고 내려온 놈이 말이야. 정신을 어데다 뺏기구설랑.
아무튼지 그것을 뺏기고서는 어차피 죽은 목숨이겠다 싶어서 이판사
판으로 뻗대잖구. 내가 길래 입을 열지 않으니까니 놈들이 성이 새파
랗게 오른 개를 정짜로 옆으로 데려오더구만. 그래도 버텼지. 그 세
퍼드가 으르렁거리는데 날카로운 이빨이 하얗게 빛나고 있었어. 나
는 흰자위를 까뒤집으며 입에 거품을 문 채 몸을 뒤채려 했으나 워카
발로 목을 꽉조이고 있으니까니 움쭉달싹을 할 수 있어야지. 딱 열을
세겠다고 하더구만. 열이 지나가자 진짜 이……걸…… 개 아가리에
집어넣구 다시 열을 헤아리는 거야. 이 애빈 아랫도리에 이상한 통증
을 느끼며 혼절을 했지. 다행히 나중에 목숨은 건졌지만 온전치를 못
했어. 이……거……이. 그땐 정말 불구가 된 줄 알았지. 하지만 끝까
지 나와 그리고 동지들의 보따리를 지켜낸 것이 은근히 맘을 위로해
주는 게 참, 인간이라는 건…… 그땐 나도 모르는 독기가 막 절로 나
더라고. 고향? 두 양주와 처 또…… 다들 있었지만…… 말이 좋아
휴전선이 터지믄 고향으로 다음에라도 올라간다였지, 실은 못 갈 각
오도 돼 있었지. 아마 못 갈 줄 알긴 알았을 게야. 궁상스런 변명이레
필요 없지. 사람들이 그때는 부모형제고 뭐고 간에 그렇게 독했던 거
야. 그리고 그렇지, 사내 구실도 제대로 못 하게 됐다는 자책감 때문
에 고향이고 뭐고 다 잊어뿌리게 만든 모양이지, 아마? 그리곤 어언
삼십 년 세월이 흐른 거야. 사람의 맘을 사람 힘으로 어쩌지 못할 때

가 있어. 요즘의 내가 아마도 그랬었나부지.

아버지는 그 차돌멩이를 돌산 아래로 힘없이 뿌렸다.

장명숙이 내게 전해주겠다고 한 것은 솔로호프의『고요한 돈강』이었다. 보자기로 싼 책들을 톡 건드리며 내가 어이없다는 듯 말했다.

겨우 이걸 전해주려고 만나자고 했던 거야? 겨우라니? 글쎄 겨우일 수도 있겠지. 겸사겸사해서 니 얼굴도 오랜만에 좀 보려고 했지 뭐.

그 대하소설은 그녀가 노동현장에 들어간다며 남의 주민등록증을 위조한 것이 사문서 위조로 걸려 집행유예로 나올 때까지 감방살이를 할 때 내가 면회를 가서 차입시켜준 것이었다. 그후로는 나도 그 책에 대해서 까마득히 잊고 있었는데 그녀가 이런 식으로 뜬금 없이 보자기에 싸서 가져온 것이다.

출판사를 벌어먹이는 책이 요즘 뭐니? 글쎄 컴퓨터 관련 서적하고 기타 등등. 그런데 이 원고가 당분간 그 역할을 떠맡을지도 모르겠어. 몇 대목 보진 못했지만 내용이 좀 그렇다 응? 입장은 확실하잖아, 낄낄. 슈퍼마켓에서 술을 한 봉지 더 사왔고 대부분 내 잔에 채워졌다. 빈속이라서 그런지 올라오는 취기는 아주 명징한 것이었다. 나는 그 때문인지 말수가 많아졌다.

어때? 남들은 환금(換金)작물 효과가 높은 소설 쪽으로 장르를 바꾸는데 말이야, 넌? 환금작물? 그래 막말로 돈이 되는거 말이야. 난 또 무슨 말이라고. 뭐 아주 의향이 없는 건 아니지. 지금 준비하고 있는 것도 있고. 좋지. 근데 말이야, 네가 지금 소설 나부랭이를 쓰고 있다면 말이야. 내가 그 소설의 첫 문장쯤 알아맞춰봐도 좋을까? 하하, 그거 희한한 말인데, 네가 무슨 족집게라도 되냐? 아니, 맞출 수 있어. 맞추면 어쩔래? 내 부탁 하나 들어줄래? 뭐든지. 유부녀보고 유부남이 안아달래도? 물론이지. 그렇다면…… 아비는 남로당이었다…… 어때? 틀렸어? 방향은 짚어낸 것 같은데, 어떻게 생각해냈지. 뻔하지 뭐. 너 같은 애가 베껴먹을 거라곤 네 애비밖에 더 있겠어? 밖에 나가서 한잔 더 하지. 아하, 그 보따린 그냥 거기 둬.

그날 나는 아버지가 개흘레꾼이었다는 얘기를 명숙이에게 다 해버리고 말았다. 그 때문에 내가 받아야 했던 마음의 상처와 콤플렉스에 대해서도 털어놨다. 그러나 그 다음 얘기는 그예 하지 않았다. 그토록 뻗치는 취기 속에서도. 아버지가 결국은 개에 물려 죽은 것 말이다. 그 개는 아랫마을에서 족방(수제 구둣방)을 하는 이차랑씨네 셰퍼드였다. 족방 일꾼들이 먹다 남긴 짬밥을 얻어먹어서 그런지 뒤룩뒤룩 살이 찐데다 묶어놔 길러서 성질마저 포악한 놈한테 아버지가 왜 접근했는지 몰랐다. 아무튼 아버지는 정강이뼈가 허옇게 드러날 만큼 된통 물려서 사람들의 부축을 받고 집으로 돌아와 인수약국에서 약까지 지어 먹었다. 그러나 그 뒤로 아버지는 시름시름 앓는 기미를 보였다. 상처보다는 마음이 더 놀란 탓이었다. 물론 돌아가신 당일에 입맛이 당긴다며 잘못 먹은 찹쌀떡이 얹혀 급체 증세로 갑자기 숨을 거두긴 했으나 난 왠지 아버지의 운명이 개에 물려 죽을 팔자가 아니었나 하는 생각이 들었다.

그런 사실마저 다 까발리면 난 기운이 죽 빠져버리고 말 것 같았다. 두말하면 잔소리겠지만 사실 나도 이제는 이런 명제로 뭔가 얘기 좀 해보고 싶었던 거다. 이런 명제로……

아비는 개흘레꾼이었다. 오늘도 밤늦도록 개들이 짖었다.

(『한국문학』 1994년 3·4월 합병호)

쌍가매

요즘 들어 부쩍 잠허리를 한 토막씩 예사롭게 잘라먹곤 하는 잡꿈 한 번 꾸지 않고 개운하게 자고 일어난 늦은 아침이었다. 철원네는 한 평짜리 구멍가게와 방 안을 가르는 장지문 창호지가 훤하게 비치는 걸 치떠보고는 우선 가게문이라도 열어두기 위해 배 위로 살짝 덮고 있던 얇은 캐시미론 이불자락을 미련없이 털고 일어났다. 그러자 어제의 다리품 뒤끝이 덜 풀린 종짓굽이 기름 안 친 녹슨 돌쩌귀처럼 삐 그덕거렸다.

"마수걸이는 고사하고 길 앞 지나다니는 동네 사람들 우세스러워서…… 쯧쯧 늙은 게 그 나쎄까지 돼가지고선 해가 정구공처럼 풀썩 튀어오를 때까지 뭐하고 엎뎌 있느냐고 다들 속으로 욕들 한마디씩 부주하고 지나갔을 테지. 욕도 늙마에 먹으면 명줄이 늘어난다곤 하지만…… 어이쿠."

철원네는 소나기 맞은 중처럼 입속으로 주저리주저리 푸념을 엮어

내면서 가게문의 휘장을 양끝으로 밀쳐냈다.

"할머니, 이제사 일어났시우? 아침식사는 어떻게 허시굴랑."

문밖에는 마수걸이를 기다리고나 있었다는 듯 재작년부터 개인택시를 굴려 셈평이 좀 펴인 영란 엄마가 추위를 타는 사람 모양 어깨를 곱송그린 채 서 있었다. 올봄 남편이 맞춰줬다는 틀니의 잇바디가 죄다 드러나도록 웃느라 인중께가 한껏 말려올라가 있었다. 아무튼 그 틀니 덕분에 한 십 년 세월은 벌충한 셈이었으니 일부러라도 그럴 만했다.

"왜 진작에 유리문을 딱딱 두드리지 않구서?"

"지두 이제 막 와서, 그렇잖아도 두드릴까 말까 하는 참에 가겟집 할머니가 문을 따러 나오는 기척이 들려설랑…… 응응. 그런데 백리따가 누군지 아세요? 요기 할머니네 윗집 대문께 첫 방 새댁이 편지를 주워들고 고개를 갸우뚱거리길래 지가 할머니한테 물어본다고 받아들고 서 있던 참이었거들랑요?"

"그 편질랑 저 상희네 대문 안짝에 썩 들여 던져놓고 어서어서 이리 썩 들어서. 그렇잖아도 좁아터진 골목인데 아침부터 출근하는 남자들 앞으로 엉덩이 내밀고 서 있지 말고."

"아유 참, 할머니두. 이 정도면 내 뒤로 땅끄 정도도 넉넉하게 빠져나가지 뭘 그래유? 또 지금 출근하는 사람이 어디 있다고 그러세요, 그러길?"

"그래도 내 말 들으라면 들어."

"그런데 백리따가 이 윗집에 사는 거 맞아요?"

"아 상희 엄마가 백리따지 누구겠어? 성당 열심히 나가잖아."

영란 엄마는 철원네의 뒤를 따라 가게로 뛰어들면서 까치발을 뛰어 당반 위의 드링크통으로 손을 집어넣었다. 손끝에 딸려나온 박카스 한 병을 몸뻬바지 솔기에 대고 썩썩 문지르면서 입술을 혀끝으로 축였다.

"오늘은 아침부터 웬 박카스 타령일까? 새벽 빨래라도 해서 기운을 좀 쏟은 모양이지?"

"할머니도 차암. 기운이야 어젯밤부터 진즉에 있는 대로 다 써버렸는데 뭘 그러세요?"

"어젯밤? 영란 엄마가 무슨 일로?"

"왜긴 왜겠어요? 또 그놈의 주차 때문에 싱갱이하느라 그랬지요 뭘."

"옳아, 영란 아버이 차?"

"예에, 누가 아니래요? 어제 자정이 넘어서 크으 쩝, 영란 아빠가 개인택시를 몰고 와서 내가 이렇게 차 대는 데 앞에서 기다리고 있는데 웬 생채기투성이인 고철덩어리 타이탄 하나가 낯짝도 좋게스리 우리 자리로 기웃거리고 대가릴 쑤셔넣지 뭐예요? 그래서 내가 첨엔 웃는 낯에다 좋은 소리로 여보세요, 여긴 임자가 있는 곳이니 딴 데다 대세요. 이렇게 일렀죠. 그랬더니 불밤송이 겉은 머리통을 쑥 내밀고는 막 썽을 내지 뭐예요. 학교 담벼락 밑자락에 무슨 임자가 있냐고 말예요. 그래서 내가, 아저씨 암만 밤이라 하지만 불을 켜고 잘 살펴보라 응. 여기 이렇게들 흰 선을 긋고 차 담벼락에 다들 남바들을 다 적어놨는데 그것도 모르는가 그랬죠. 아 그랬더니 자기 말은 그게 아니고 선 그은 것 자체부터가 불법이래나 어쨌대나 하면서 구청놈들은 뭐 하는지 모르겠다고 바락바락 대들더라구요. 그러니 응, 내도 또 성질이 안 나겠어요?"

"참아야지. 한밤중에 떼부장 같은 사람이 경우 없이 달겨들면 영란 엄마처럼 눈만 흘겨도 나자빠질 사람이 어쩌려고?"

"떼부장이라뇨?"

"아, 영란 아범처럼 울퉁불퉁하고 생떼깨나 쓸 만한 사람이 떼부장이지 뭐야, 뭐긴."

"히히, 그러게 나도 믿는 바가 있으니깐 그랬죠. 오늘 따라 이 영란 아빠가 왜 이리 늦나 했더니 끝손님이 마침 우이동 쪽이라서 내친김에 그 위 절로 올라가서는 약수 좀 받아갔고 왔다나요뭐?"

"하이타이에다 중금속 섞은 물 안 먹으려면 부지런히 떠다 먹는 게 상책이지 뭐. 영란 아범이 그건 썩 잘하고 있어."

"암튼 우리 영란 아빠가 차를 대러 와가지고서는 서로들 얼굴 붉히고 큰소리 좀 오갔는데 그때 옆에서 소리 몇 마디 빽하며 거들었더니 밤새 기운이 달려서 아침부터 이렇게 박카스부텀 빨러 달려왔지 뭐예요?"

"첫 마순데, 암만 영란 엄마래두 맞전이니 그리 알아."

"아무렴 여부가 있나요? 그런데 어젠 하루종일 어딜 그렇게 다녀오셨어요? 우리 애들이 갔다와서는 할머니가 한복 곱게 차려입고 나들이한다고 하길래 그런갑다 했는데, 밀린 빨래 때문에 저녁때 하이타이 한 봉지 사러 왔는데 그때꺼정 문이 닫히고 깜깜하더라구요. 어디 뭔 존 구경허셨어요?"

"존 구경? 존 구경이지. 내가 선을 좀 봤거든 서~언. 쿡쿡. 암튼 들어와. 존 구경 헌 얘기 좀 듣고 싶으면."

왜 하필 민속촌이세요, 큰이모? 볼거리도 많고…… 좋잖아? 좋긴 좋죠. 바람도 쐬고. 근데, 제가 작년에 이 차를 중고로 인수한다니깐 무당개구리처럼 깡똥한 걸 갖고 여자애가 뭣에다 쓰려고 하느냐며 시큰둥해하셨는데 이렇게 타보시니깐 보기완 영판 다르죠? 내가 첨부텀 깔보기야 했니? 다만 남이 타고 난 차를 잘못 다루면 사고 날까봐 지레 그랬던 게지. 이모도 차암. 이 차 사기 전에도 벌써 짬짬이 남의 차 몰아본 경력이 이만저만인 줄 아세요? 이래 봬도 초보 아닌 초보니깐 염려 꽉 붙들어매세요. 제가 졸업하고 나서 동에 번쩍 서에 번

쩍 하면서 중고등학생 애들 과외시켜온 게 어언 삼 년짼데 어련하겠
어요? 그래 아무튼 용해, 잘한다구.

운전석에 비껴드는 햇살이 눈부신 듯 눈초리께가 얄밉도록 치켜
올라간 선글라스를 윗이마께에서 잡아당겨 내려쓴 수영은 음악 소리
에 맞춰 고개를 깐닥거리고 있었다. 철원네는 후면경을 통해 어른어
른 비치는 수영의 얼굴을 힐끔 본다.

— 색안경 씌우니 어쩜 그리 제 애비란 작자를 쏙 빼닮아 보이는지
몰라.

저, 저런 뻔뻔한 자식 같으니라고! 깜빡등은 어디다 엿바꿔 처먹었
는지 갑자기 촉새모양 곱사리끼기는. 으휴, 열받아. 저런 이마빡에
명지털도 안 마른 새파란 족속들은 거저 미친 척하고 한 방 박아서 견
적서 뗀 다음 그렇잖아도 갱년기에 든 차를 구석구석 회춘 좀 시켜줘
야 하는 건데……

     ……

철원네는 자꾸만 졸렸다. 눈까풀이 풀먹인 모시처럼 까칠했다.

이모 민속촌이 재밌긴 재밌나봐요? 그렇잖으면 금강산 구경을 공
짜로 시켜준다고 해도 고개를 절레절레 흔들 이모가 민속촌엘 또 가
보자 그러고 말예요.

분당 맹 서방이 아니면 가볼 엄두나 내봤겠니? 또 내가 테레비에서
하는 사극을 좀 좋아하겠니? 그래서 그런지 극중에서 유심히 본 싸릿
대를 골목이나 집구석이 어쩐지 좀 눈에 익더라니……

사극 좋아하세요? 요즘 어떤 거 주로 해요?

손가락 끝으로 운전대를 톡톡 두드리던 수영이 고개를 반쯤 비스
듬히 젖히며 물어왔다.

앞이나 잘 봐. 뭐, 본다고 하면서도 이젠 정신이 흐리마리해져서 잠
깐씩 보다 말다 하지 뭐. 옛날엔 거 뭐더라, 사극 〈비가비〉인가 있잖

니? 그거 하나 재미났지. 어디서 마패 주워가지고 가짜 암행어사 노릇을 하면서 돌아다니는 그 우스꽝스러운 덜렁이 두 사람이 나오는 것 말야. 그놈들 하는 짓이 어찌나 우스운지. 요즘은 그런 거 또 안 하나 몰라. 채널을 암만 들춰도 잘 안 봬. 진짜 암행어사였던 그 미끈둥한 남자 이름이 뭐더라, 한가족 세 지붕인가 어딘가에도 잠깐 얼굴이 비치곤 했는데……

이정길? 현석?

에구, 그렇게 이름부터 대면 내가 알아먹니? 아무튼 그 사람 처지도 여간 딱하게 된 게 아니더라. 그 소중한 마패를 잃어버렸으니 이만저만 낭패한 것이 아닐 테지.

이모 졸음 오세요? 거진 다 왔는데 여기서부턴 용인이야요. 이곳에 묏자리 하나 봐두지 못한 사람은 명사 축에 끼지도 못한다는 그 용인 땅이야요. 왼쪽에 어마어마하게 짓는 아파트들이 바로 분당이야요. 참, 오빠도 내년엔 일산 입주하겠네? 그러면 이모 모시고 합가해서 살겠다고 허던데? 누구보다 오빠네 새언니가 기특해서, 킬킬.

철원네는 딴전을 피운다.

아유, 아닌게 아니라 산세가 안온한 게 좋다. 한데, 특별 공연 시간에 느지막이 대지는 않겠지?

줄타기하고 혼례식이오?

"좋죠. 민속촌이라면 나두 우리 영란 아범 졸라 한두어 번 가봤죠."

"난 당최 종짓굽이 초봄 김칫동이처럼 시어서 어제가 두번쨴데두 다 돌아보질 못해."

"참 그분 얘기가 나와서 그런데요. 왜 저 쌍가매 동생분 말이우. 이번엔 그분 좋은 일 때문에 가셨던 거죠?"

"좋은 일이라니?"

철원네는 정색을 하고 영란 엄마의 얼굴을 빤히 들여다보며 물었다.

"에이 괜히 왜 그러실까? 우리 가겟집 할머니가. 내가 다 들은 바가 있어서 그래요."

"뭔 소릴 들어, 듣긴?"

"그 쌍가맨가 하는 동생분이 개가를 허신다며요? 저기 분당 딸내미가 접때 와설랑 내게 뚱겨주던 걸요. 우리 쌍가매 이모가 새 짝 맞춰간데요 그러던데요. 그런데 내가 어제 가만 생각해보니깐 아무래도 서로 상면들 허러 간 게 아닐까 싶었는데, 맞죠?"

"이런 오라지다 거꾸러질 년 같으니라구. 제 밑 들어 넘 보이기지. 게 무슨 가문에 길이 빛날 일이라고 동네방네 광고를 하고 그런담. 흥, 벌써 한 다리 건너 두 다리다 이거지."

"할머니도 참. 나만 알고 있지 딴사람은 잘 몰라요. 내가 입도 벙끗 안 했으니깐요. 아, 그리고 나이가 들었다고 해서 개가 허는 게 뭔 숭인가요 뭐? 나는 하나도 그렇게 생각하지 않는데……"

"옛날 같으면 초병마개처럼 꾹꾹 눌러 남에게 피새 안 나도록 해야 할 일이거늘……"

……헛, 이놈은 이렇게 만장을 해주신 관객 여러분께 미천한 줄타기 솜씨를 뵈드릴 김 자, 태 자, 균 자 쓰는 김태균으로서 큰 절 한 번 올립니다. ……그러면 거두절미하고 이놈이 저 장대 끝에서 저승사자가 기다리고 있다 해도 발바닥이 근질근질, 똥 마려운 놈 엉덩이살 올려붙이고 건너가듯 해야 직성이 풀릴 팔자가 분명할 터, 우선 소리부텀 신명나게 떡꿍, 붙이고 건너가보겠습니다그려. 어희, 떵떠떠꿍딱.

줄을 건 장대 바로 밑에 자리잡은 철원네는 손갓을 만들어 이맛전에 갖다붙였다. 동아줄이 가르고 지나간 하늘은 쪽빛물을 먹인 듯 파랬다.

비딱하게 젖혀 쓴 초립에 흰 목화송이를 단 줄타기꾼이 일부러 중간에서 쥘부채를 황급히 소리나게 접으며 삐끗 버선발을 헛디디는 시늉을 놀자 바라보던 관객들이 모두 입에 탄성을 베물었다. 그러자 부채로 햇살을 가린 초립동이의 얼굴에 회심의 미소가 번졌다. 맥손 놓고 바라보던 철원네는 오금이 저려와 자꾸 두 손으로 자신의 무르팍을 쓰다듬어내렸다. 바로 외삼촌이 줄타기를 하던 초립동이 떠돌이 광대였다. 아주 이따금씩 읍내 장터거리에서 줄을 걸었다. 그러면 아이들은 김이 무럭무럭 나는 보리개떡이나 버무리떡을 입에 물고 장터거리로만 줄지어 씽씽 내달았다.

와, 음전이 외삼촌이 줄을 탄단다!

그런 왁자지껄한 소리들이 마당 안까지 들려왔다. 음전이(철원네)는 소학교 오학년이었지만 중간에 병치레를 하느라 이 년을 쉬어서 나이는 열다섯으로 제법 처녀꼴이 박여 있었다. 그러나 아직까지 어머니의 배다른 동생이라는 그 줄타기 광대를 본 적이 없었다. 오직 말로만 쉬쉬거리며 들어왔을 터이다.

밤골에서 철원네 집안은 백오십 마지기의 농사를 아우르는 부농이었지만 새벽 기침 소리 한 번 크게 못 하는 타성바지였다. 철원네의 아버지 김장군은 일찌감치 우시장에서 잔뼈가 굵은 사람이었다. 비록 일자무식이라서 술만 얼근하게 오르면 자신의 오지랖 천을 입으로 갈갈이 찢어발기며, 천지만물지중(天地萬物之中)에 유인(唯人)이 최귀(最貴)라, 하는 서당아이들의 기초 교재에 나오는 첫 구절을 되풀이 외다가 가슴을 치며 통곡을 하기도 했다. 자신의 불학과 미천함이 통탄스러웠기 때문이었다.

그러나 타고난 소장수 기질에다 성실함까지 곁들여 돈은 솔찮게 벌 수 있었다. 종자의 선택에서부터 시작하여 한번 점찍은 송아지는 기어코 손에 넣었고 일단 손에 넣으면 일꾼을 독려하여 갖은 정성으로 쇠죽을 끓여 먹였다. 어쩌다 자식새끼들이 끼니때를 놓치는 건 참아넘겨도 송아지나 어미소가 여물을 굶는 건 그냥 봐넘기질 않았다. 그리고 그런 정성을 다 들여도 병이 들었다 하면 자식이 병난 것보다 더 지극한 정성으로 밤새껏 낮새껏 돌보아주었기에 철원 근방에선 김장군의 쇠전에서 나온 소라고 하면 천세가 날 정도로 인기를 끌었다.

이미 열세 살 때 동구 밖 당나무 아래서 웬만한 어른 장사들도 혀를 내두르며 물러섰던 떡돌을 들어 다섯 보를 옮겨놔 소년 장사로 불렸던 김장군인지라 소 판 돈이 묵직하게 출렁이는 전대를 오른쪽 어깨에서 왼쪽 허리로 친친 어긋매 껴차고도 두려움 없이 가끔씩 불한당이 출몰해 행인들을 턴다는 만모루 고개를 흥얼흥얼 넘어다녔다.

중국 진(晋)나라 때의 갑부였다는 석숭(石崇)이 부럽잖은 재물을 모으리라는 자신의 사주팔자를 일호의 흔들림조차 없이 굳게 믿고 있던 김장군이 그간 숙원이던 고래등 같은 기와집을 올릴 때였다. 애초 오십 칸이 넘는 큰 집을 지으려고 맘먹었던 그는 뜻밖의 걸림돌 때문에 중동무이로 칸수를 줄여서 짓지 않을 수 없었다. 밤골의 구 서방네 집안에서 들고일어난 것이다. 당시 밤골의 일흔여 가구 가운데 절반이 넘는 사십 가구가 구 서방네 일족이었다. 그 구 서방네의 종가 격인 구 생원댁에서 구씨 집안 구수회의가 열려 김 장군은 타성바지이므로 토박이인 구 생원댁의 규모보다 큰 집은 지을 수 없다는 결정을 내린 것이다. 즉 서른 칸을 넘게 지을 수 없으며 최대한 이십구 칸짜리로 올릴 수 있다고 알려왔다.

흥분한 김장군이 두 팔을 걷어붙이고 만모루고개 너머로 따지러 갔다 왔지만 결정 사항을 돌이킬 수는 없었다. 되레 구씨 집안 장정들에게 광대 집안이 사대부 집안의 칸수를 넘을 수 없다는 모욕적인 닦달만 받은 김장군은 중과부적인지라 하릴없이 그들의 떠세에 밀리자 술에 잔뜩 취한 채 만모루고개를 넘어오면서 고래고래 소리를 질렀다.

─그래, 내 처남이 광대다. 줄타기 광대 허헛.

길섶에 몸을 던지고 물부리를 빼어문 김장군은 심화가 못내 삭여지지 않는다는 듯 장죽을 뽑아 휘두르며 옆의 고염나무에 이마를 짓찧었다. 우수수 떨어진 낙엽이 눈앞을 가렸다. 김장군은 고개를 거칠게 흔들었다.

─사대부, 사대부 흥 사대부 좋아헌다. 야 이놈, 구가네들아. 너희들이 뭔 뿌리가 그렇게 유구하고 헌걸차다고 그 돼먹잖은 행패를 놓느냐, 놓길. 떠그랄, 따지고 보면 너희들도 이 터에 들어온 지가 도무지 몇 년이나 됐다고 유세가 그리 자심터냐 응? 임오년에 한양에서 두 형제가 수자리 살다가 굶주림에 창자가 뒤집혀 몽둥이 하나 들고 군란을 일으킨 처지로다 목숨을 경각에 두고 쫓기는 신세였지 않느냐? 너희 사대조 할애비가 말이다, 응. 간신히 목숨 보전하여 변복을 허고 줄행랑하다가 이천 땅을 넘으면서 이 경계가 어느 저승 문턱이냐고 얼벌벌 기었던 위인의 떨거지들이 아니더냐, 흥. 너희들은 바로 훼절의 태반을 뭉개고 앉았다가 하문을 열고 나왔다는 걸 하마 벌써 잊었더란 말이냐 이눔들아. 듣거라! 뜬금없이 동구 밖 장승 옆에서 나비 모양의 헝겊을 들고 새로운 지아빌 톺고 있던 정 헤픈 과부를 웬떡이냐 싶게 후려다가 구메구메 숨어든 곳이 바로 이곳 아니더냐? 이것이 너희 구서방네들의 그 잘난 내력인 줄이나 제대로 알란 말이렷다! 크윽.

니 에미서껀 어디서 보기로 했다든?

그냥 장터거리로 정했는데, 아직 시간이 안 됐을 거예요.

거긴 사람이 붐비는 곳인데 왜, 명토박아서 정하질 않고?

에그 이모도 참 괜한 걱정은? 나도 문자 좀 써보면, 옛말에 팥이 풀려도 솥 안에 있다고 장터거리랬으면 국밥집 아니면 빈대떡집이지 어디 딴 데가 또 있으려구요.

지집애가 가라는 시집은 안 가고 주둥이만 영글어설랑 에잉……

제 직업이 지금 주둥이 놀려서 먹고 사는 거 아니우? 영글수록 좋죠 뭐. 이모 저기 사람들 발길이 좀 뜸한 남부 지방 민가하고 사대부가가 있는 델 가볼까요?

거 참, 잘도 꾸며놨다. 이렇게 꾸미려면 돈깨나 쏟아뒀을 테지.

한 숫을대문 앞에 한복 차림의 중늙은이 엿장수가 이마에 하얀 배수건을 동여매고 앉아서 가위를 쩔거덕거리며 엿을 팔고 있었다. 대문턱을 넘으려다 말고 수영이가 널름 엿장수 앞으로 다가설 기색을 비쳤다.

이모 출출하시죠? 엿 어때요? 여기서 잠깐 기다리세요.

엿은 무슨 엿?

아저씨 엿 얼마씩 해요?

한 봉다리에 천원, 깨물어봐요, 예뻐질 테니. 한 번 먹으면 일색, 두 번에 경국지색을 보장함세.

정말요? 와, 뻥이죠? 맛뵈긴 없어요?

거 맹랑한 처널세. 아예 나랑 엿치기 내기를 허면 어떨까?

좋아요.

계집애가 무슨 엿치기를……, 이왕 고르려면 고 옆엣걸 고르럼.

철원네가 못마땅하다는 표정을 지으면서도 수영의 어깨너머로 훈수를 하며 곁의 넓적한 돌에 나앉았다.

엿장수는 가위를 들어 자신이 고른 엿의 중동을 딱 부러뜨렸다. 수영은 엿가락 양쪽을 잡고 눈앞까지 들어올려 가늠을 해보더니 단숨에 동강을 냈다. 구멍의 크고 작음을 눈대중으로 가릴 수 없을 정도로 엇비슷했다. 그런데 엿장수는 내가 졌네, 하면서 엿 봉지 하나를 거저 수영에게 디밀었다.

그때 장터거리 쪽에선 방송국에서 나와 뭔가 찍는다고 사람들이 옛날 복장을 하고 옹기종기 모여서서 카메라를 들이대고 난리들이었다. 철원네도 이게 웬 구경거리냐 싶어 사람들 틈새로 빼꼼히 들여다보는데 어느 주막의 술어미 노릇을 맡은 여자가 청바지를 허름하게 입고 공책 같은 걸 뚤뚤 말아쥔 사람의 거의 상소리나 다름없는 지시에 맞춰 몇 차례씩 같은 연기를 되풀이했다.

주막집 뒤란에서 닭을 잡으러 다니는 시늉인데 부엌 한구석에 숨어든 날건달 두 명이 어빡자빡 포개져서 혀를 늘어뜨린 채 는실난실 육감적으로 흔들어대는 주모의 엉덩이를 훔쳐보는 장면이었다.

—아줌마, 거 엉덩이 좀 먹음직스럽게 흔들어봐! 옳지. 조금 더.

구경꾼들이 왁자하게 웃음을 터뜨렸다.

철원네에게 다가온 수영이가 손목을 잡아끌었다.

만났어요. 저기 있어요. 그 사람하고요.

수영이가 그 사람이라고 지칭한 사내는 불광동에서 고물장수를 하는 고영만씨였다. 철원네는 그를 딱 한 번 본 적이 있었다. 쌍가매가 뒷박골 시장 어귀의 난민수용소 같았던 이층짜리 빨간 벽돌집으로 이사할 때였다. 여자 혼자 힘으로 사뭇 가다루기 어려워 쩔쩔매던 차에 사파리 남방을 허술하게 걸친 사내가 어슬렁어슬렁 나타나서는 한동안 주변에서 어리주저하게 겉돌다 불쑥 끼어들어서는 자기 일처럼 팔뚝을 걷어붙이고 나섰다.

애, 저 남자 누군데 저렇게 씨억씨억 일을 잘 거들어주니? 우리 공장에 가끔 들르는 고물장수인데 사람이 아주 실하고 무탈해요. 내가 공장에서 나오는 여러 자투리 고물들을 잘 챙겼다가 건네주곤 하는데, 그걸 굉장히 고마워하는 눈치더라구요. 거 탈은 반드러울 정도로 허우대가 좋아 뵌다만 여지껏 고물장수를 못 면했다는 거냐? 언닌

참, 그래 봬도 근동에선 알부자 홀애비로 소문이 떠르르한 판인데 뭘.

"고물장수를 한다니깐 할머니가 못마땅해하신 모양이구만, 호호."
"아냐. 못마땅해하긴. 사람 본성이 우선 첫째로 중요한 거지. 체면이고 허우대고가 뭔 소용 있다구?"
"백 번 맞는 말씀이에요."
"그런데 술이 좀 얼근해졌더구만. 그 양반도 아마 낯이 좀 껄끄러웠던 모양이야. 아니면 내가 알게 모르게 서름한 낯빛을 보였을까…… 듣던 거완 달리 거침없이 소리도 허구, 아주 스스럼이 없더라구."
"역부러 그랬겠죠."

숫을대문 앞의 그 엿장수를 다시 만났을 때 고영만씨는 다가가서 몇 마디 말을 받고채는 듯하더니 갑자기 엿은 그렇게 파는 게 아니라면서 자신이 본때를 보여주겠으니 엿판하고 가위를 달라고 해 가로맡았다. 철원네는 가슴을 졸이며 쌍가매를 흘끗 바라봤으나 그쪽은 무덤덤한 표정을 짓고 있었다. 흰 와이셔츠 차림으로 엿판을 맨 고영만씨는 자신의 가위질 소리에 맞춰 무릎을 굽혔다 폈다 하면서 각설이 타령을 불러제끼는 거였다.
작년에 왔던 각설이 죽지도 않고 또 왔네, 허이.
일~자나 한~자나 들고나 보~니
일전 한푼 아쉬운 판에 돈 없어 똥물 먹는 서민에겐 호박엿이 최고로다.
이~자나 한~자나 들고나 보~니
이판사판 사까닥질판에 재수 없어 걸린 놈은 깨엿가락이 즉효로다.
삼~자나 한~자나 들고나 보~니

삼팔광땡 쥐고도 장땡에게 물린 놈, 액땜 찰엿이 제격이네, 허이
어 소리 좋네 아저씨 여기 엿일랑 줘.

할랑하던 엿판 앞에 사람들이 꾀기 시작했다.

직업이 엿장수 사촌쯤 되는 직업이라 그런지 아주 가락이 처억 몸
에 뱄네그래.

철원네는 양미간을 살짝 좁히며 옆사람이 들릴락말락 끝탕을 했다.

이모 일루 와!

그네는 수영이가 잡아끄는 대로 대문턱을 넘었다. 남부 지방 대가
의 기와집이었다. 마당에 물이 뿌려져 있어 시원한 기운이 발목께를
감돌았다. 수영은 문턱을 넘으면서 철원네가 탄식처럼 낮게 흘리는
소리를 들었다.

전쟁 전에 우리가 살던 집이 얼추 보건대 규모가 꼭 이만했었는데.
이십구 칸짜리였거든. 여염집치고는 당시 군내에서도 구씨 종가집
빼고 두번째로 컸다지 아마.

그 많은 방엔 누가 살았어요, 도대체?

어디, 다 방만이더냐? 그 절반 너머는 광이나 헛간 같은 거고 방이
래야 열 남짓이었어. 침모나 쇠죽 끓이는 일꾼이다, 마실방이다 해서
드난살이하는 이들이 꽤 있었지. 울 아버지 김장군이 집 안에 사람 드
나드는 걸 무척이나 좋아하셨거든.

전쟁 때 다 탔다면서요?

탔지. 그걸 바라보면서 황 대목이 눈물을 콸콸 쏟더라. 자신의 마지
막 목수질로 만든 집이었거든. 누구한테나 다 아까웠을거야.

……

철원네는 안채의 주춧돌에 비스듬히 기대어 몸을 가눴다. 전통 혼
례식을 시연하기 위해 마련된 초례청 위로 드리워진 차일 한 귀퉁이
에 새끼 잠자리 한 마리가 앉을락말락 맴돌았다.

이, 이건 낙혼(落婚)이란다. 철원네는 이런 말이 뜬금 없이 목구멍
까지 솟구치는 걸 손수건을 들이대 애써 가로막았다.

"근데 왜 쌍가매라는 이름…… 설마 진짜 이름은 아니죠?"
"아니 이름을 그렇게 상스럽게 짓는 사람들이 아무리 옛날이라지
만 어디 있겠어? 뒤통수에 가마가 둘이니깐 놀림삼아 부른 게 동기간
에 그렇게 굳어졌지 뭐."
"옛날부텀 가마가 둘이면 두 번 혼인을 한다고 하긴 허더구만……"
"다 지 타고난 팔자지 뭐."
"궁합은 보셨어요? 할머니 책으로다."
"새 궁합이라면 몰라도 헌 궁합은 볼 필요도 없고 또 봐봤자지 뭐.
이미들 굳어진 팔자들이거든."
"그래도 궁금하니깐……"
"예부터 씨도둑은 못 해도 팔자도둑은 있다고 했으니 즈그덜하기
나름이지 뭐."
"그게 그거죠 뭐. 팔자도둑을 하는 놈이 씨도둑인들 못할까봐요?"
"그 말도 일리가 있다. 옛말에, 자꾸 옛말 타령이 나오는데, 왕후장
상의 씨가 따로 있으리오 하는 말이 있듯이."
"거 뭔 말이어요?"
"천한 놈 귀한 놈이 애초부텀 씨로서 정해져 있겠느냐는 말이지."
"거 누가 한 소린지 속 씨언하네요 호호."
"윗집 상회 엄마두 말이야. 겉으론 말을 안 해도 속이 어지간히 탄
사람이지. 영감 돌아간 것도 그렇지만 접때 보니 안됐어. 한번은 담 너
머로 보니깐 수돗가 옆 화단에 풀썩 주저앉아 울더라고. 우는 거야."
"영감님이 돌아가셔서 허해 그렇겠죠 뭐."
"그것도 그렇고…… 백씨 집안이 옛날엔 아주 떠르르한 집안이었

거든. 더군다나 여자가 귀한 집안이어서 꽤나 두남받으며 자랐던 모
양이더라구."

"뭐 하던 집안이었는데요?"

"어느 책인가에도 나온 걸 나도 보고 우리 아들도 보고 했는데 말
이지. 이건 함부로 휘둘리면 안 되는 말인데 거 뭐더라, 백남운이래
던가?"

"백남봉이요? 그 짐승 소리 흉내내며 실없이 만담 잘 까는 사람 집
안이래요?"

"아냐, 그 친 아니고. 옛날로 따지자면 거의 일국의 정승 맞잡이 벼
슬을 저쪽에서 한 사람이 상희 엄마 큰아부지래든가, 둘째아부지래
든가?"

"저쪽이라니요?"

"그냥 그렇다믄 그런 줄 알지. 왜 자꾸 버르집어 응?"

철원네는 짐짓 영란 엄마의 무르팍을 내리치며 말허리를 잘랐다.

"아들이 삼수를 해도 아무 대학도 못 돼서 지금 방위 간다고 하잖
아요?"

"그러게."

"한데 영란이 담임선생이 자꾸만 오라고 해서 죽겠어요. 그렇잖아
도 쪼들리는 판에."

"그래도 아이가 큰 애물단진데 오라면 가봐야지 별수가 어딨어?"

이 그늘에 좀 앉아서 쉬자꾸나.

아흔아홉 칸짜리 내당 뜰에서 항아리에 기다란 작대기를 던져넣는
투호를 몇 번 하다 만 철원네는 장독대 구석배기를 찾아가 치맛자락
을 주섬주섬 거두며 앉았다.

대갓집 장독대답게 규모가 있구나. 우리 밤골 옛집 장독대도 거진
이 규모를 따라갔지 아마. 흠, 근데 너 저게 뭔지 아니?

수영은 철원네가 가리키는 손끝으로 눈길을 보냈다. 큼직한 항아리들이 늘어서 있을 뿐이었다.

장항아리 말예요? 그게 어째서요?
아니 그 항아리들 거죽에 뭔가가 붙어 있잖니.
으응, 저 희끄무리한 거요? 글쎄 그게 뭐지요? 한번 가까이 가서 살펴볼까. 곰팡이가 핀 건 아닐 테고……
우리 게서도 장독에다 저런 걸 해다 붙이곤 했는데.
무슨 버선 꼴을 거꾸로 붙여놨는데요.
그렇지. 그렇게 창호지 같은 걸로 버선본을 떠서 거꾸로 붙여둬야지……
그래야지 장맛이 산대요?
장맛보다는 부정이 잘 타지 않는다고 어른들이 허는 소릴 들었어. 옛날 행세깨나 하는 집안에선 다들 붙였을걸.
철원네는 행세깨나 하는 말에 부러 힘을 줘서 얘기했다.
제 생각에는 다른 뜻도 있지 않았을까 생각되는데요?
뭔 다른 뜻?
후후, 지금 갑자기 생각해낸 건데요. 이 버선발이 거꾸로 붙어 있다는 데 착안한 거예요.
수영은 무슨 희한한 생각을 해내는지 그 설명을 듣고 철원네가 내릴 지청구를 지레 짐작해선지 옆걸음질로 미리 몇 발짝 거리를 두며 배실배실 웃었다.
요즘엔 고무신 거꾸로 신는다는 얘기가 있잖아요.
건 뭔 소리냐?
말하자면 남녀 가운데 누군가 변심을 하는 걸 뜻하는 속된 말이야요. 이모는 모르시겠지만.

그런데 버선하고는 뭔 동이 닿는다고?

이런 내당에 꼭꼭 유배되다시피 갇힌 옛 여인네의 소망 중에 젤 큰 게 뭐였겠어요? 바로 부처님도 돌아앉는다는 시앗을 보지 않았으면 하는 소망 아니겠어요? 그러니깐 아침저녁으로 대하는 장독에다 거꾸로 버선을 붙여둠으로써 서방들이 바람 못 피우도록 발부리를 잘 다잡으면서 또 한편으로는 경계를 철저히 하자는 다짐을 새롭게 하자는 뜻도 있지 않았을까요? 순전히 제 상상이긴 한데요, 히히.

아유 무슨 애가 얼토당토않는 애길 그렇게 천연덕스럽게 한담!

철원네는 핀잔을 하기는커녕 두 손으로 허리를 짚어 곧추 세우며 손수건으로 눈가를 훔칠 만큼 활짝 웃었다. 그 바람에 장독대 옆 화단에 핀 원추리꽃이 선머슴애처럼 고개를 키들거렸다.

너는 그 사람이 맘에 드니?

손수건을 차곡차곡 개키고 난 철원네가 불쑥 물었다.

엄마 생각이 중요하다고 생각해요. 이모님은요?

내가 무슨 결정 권한이 있다고 이러쿵저러쿵 결말을 달겠니?

그래도 이모 속마음이 있을 거 아녜요? 괜찮을 것 같다든지, 아니면 왠지 맘에 안 든다든지 뭐 대충 그런 거요. 엄마는 이모가 어떻게 봐줄까 내심 무척 의식하던데.

없어.

에이 그럴 리가요?

늙어서 그런지 뭐든지 오래 붙들고 앉아서 생각을 못 해. 금방 딴생각이 덧게비를 치고 들어와설랑 아무 생각도 차분히 되질 않아.

뭐 이런 게 깊이 생각해야 감이 잡히는 그런 성질인가요? 척하면 와 닿는 거로 말씀해야죠 뭐.

너희 그 못된 박서방은 그 소식을 아는지 모르는지? 알겠지. 안다든 도대체 그 인간이 뭐라고 허든? 혹 죽어도 안 된다고 허든? 미국에서 댓바람에 쫓아라도 오겠대?

아뇨……

드는 정은 없어도 나는 정은 있는 법이라는데 그 인간이 십수 년간 그렇게 처자를 내버려두고 딴살림 차렸지만서도 아마 그 지경을 당하면 가만있지 않을지도 모르겠다는 생각이 어젯밤엔 불현듯 솟더라. 사람 맘이라는 게 말이지 못 먹는 감 앞에선 다 똑같단다……

그 문제는 걱정 않으셔도 돼요 이모. 아빠도 진작에 동의했어요. 서류상으로는 이미 다 정리됐어요. 내가 나서서 뛰었고 아빠도 어쨌든 겉으론 흔연하셨거든요. 저 어쩌면 올해 안으로 미국 갈지도 몰라요. 아버지가 초청하기로 했어요.

미국? 그럼 니 동생 성진이녀석은?

갠 삼수해도 안 되는 대학일랑 때려치고 영장 받아서 군대 가잖아요. 군대 갔다 오면 제 몫은 제가 알아서 챙기겠죠 뭐.

철원네는 다시 고개 숙인 원추리 꽃봉오리로 손을 뻗었다.

—힝, 미친년 같으니라고. 오십줄이 벗겨진 년이 왜 하필이면 늙마에 고물장수와 눈이 맞아가지고 그예 이속을 뒤집어놓누.

물코를 탱탱 풀고 난 철원네는 손바닥으로 떠받친 원추리 꽃봉오리를 말끄러미 바라보았다. 수영은 다가가 철원네의 어깨를 뒤에서 감싸안으며 나지막이 속살거렸다. 어깨를 감싸안는 수영의 가슴팍으로 철원네의 달아오른 체온이 전해졌다.

고물장수라고 해서 전 절대 내리 보고 있지 않아요, 이모.

얕보기는 누가 누굴…… 사람의 근본을 잘 살펴야 하는데 말이야. 니 에미가 산전수전 다 겪은 바가 있으니 어련하겠냐마는…… 우리 동네에 어느 병원 청소부 나가서 고정수입이 있는 여편네가 한번은 춤바람이 나가지고 동네 엿장수 홀애비랑 뒤늦게 살림을 합쳤거든? 근데 같이 춤추러 다닐 땐 그렇게 잘 대해주던 놈이 살림을 합치고 나

서는 영 딴판으로 구는 거라. 그 마누라가 인삼 대려주고 영계 삶아주
고 극진히 공양을 해도 뭐가 불만인지 손찌검까지 하며 몹시 굴다가
끝내는 그 여편네가 다시 보따리를 쌌지. 그러고 나니간 제깐놈이 방
세 낼 여력이라도 있나 뭐. 다시 옛날 살던 하꼬방으로 기어들어가
쩔쩔매면서 기껏 우리 가겟방서 안성탕면을, 그것도 하루에 두 번씩
밖에 못 걸어먹는 모양이더라구. 제 복사발 제가 찬거니 두고 보면서
도 애잔한 맘이 하나도 없더라니깐. 사람은 그래서 근본을 못 속이는
거야.

　참, 이모도 그거랑 근본이랑 무슨 관계가 있겠어요? 다 사람이 제
가끔 처한 상황에서 하기 나름이죠 뭐. 그런데 그분이 고물장수 해가
지고 두 아들 모두 명문대학까지 보낸 것 아세요. 사회생활하는 자식
들이 이젠 웬만큼 먹고 살 만큼 셈평이 폈으니간 고물장수 고만하고
여생을 유람이나 하며 편히 지내라고 권해도 막무가내래요. 아직 사
지 멀쩡한데 그럴 수 없다는 거죠. 제가 보기에도 좀 외람되지만 절대
허튼 사람 아닌 것만큼은 분명해 보이거든요.

　그래두…… 옛말에 홀아빈 이가 서 말이고 과분 구슬이 서 말이라
고 했는데…… 왠지 싫구나……

　철원네는 말을 마치기도 전에 머리 뒤통수 쪽이 봄눈처럼 녹아내
리는 느낌이 들었다.

　상피(相避)가 났네! 보소 마을 사람들, 상피가 났어!
　어디선가 꽹과리 소리가 요란하게 울렸다. 마을 사람들이 바자울
을 제치고 하얗게 한길로 쏟아져 나왔다. 꽹과리를 앞세운 한 떼의 사
람들은 쑥대머리를 한 두 남녀에게 오라를 지워 앞세워 조리를 돌리
며 다녔다. 남자는 줄타기 광대인 이복 외삼촌이었고 삼태기를 뒤쓴
여인은 느릅실 외가에서 본 적이 있는 먼 친척뻘 된다는 못난이 처녀

였다.

어린 음전은 방망이질치는 가슴을 부여안은 채 대문 틈새로 자신에게도 자꾸만 다가오는 사람들을 바라보고 있었다. 그들은 매우 성이 나 있는 것 같았다. 음전은 대문을 잠그려 했다. 열어두거라! 절망으로 이그러진 김장군의 목소리가 뒤통수를 쳤다. 아버님, 마을 사람들이 무슨 일을 벌일지 모릅니다. 천지지간 만물지중에 유인이 최귀라고 했는데 설마한들 인명을 해코지야 하겠느냐? 김장군은 식솔들에게 대문을 활짝 열라고 했다. 대문이 활짝 열리자 밖에서 나오라는 아우성을 치던 사람들이 일순 조용해졌다.

등을 떠밀리는 바람에 조리돌림을 당하던 두 사람이 앞으로 퉁겨져나와 썩은 나무둥치처럼 쓰러졌다. 삼태기가 벗겨진 못난이의 얼굴에는 시커먼 옻칠이 돼 있어 마치 들짐승 같았다. 이복 외삼촌은 사람들에게 주먹다짐을 톡톡히 당했는지 얼굴 형상이 말이 아니었다. 둘 다 가슴팍에는 '인두겁 쓴 즘생'이라는 붓글씨가 쓰인 기다란 종이때기를 매달고 있었다.

음전은 너무 놀라 두 손으로 얼굴을 가리고 뒤돌아서서 자신도 모르게 흐느껴 울었다.

―어인 일들이시오?

―보면 모르는가? 당신네 집안에서 이 고을의 수치인 상피가 났다. 어쩔 것인가?

―……

―이 고을을 뜰 터인가, 아니면 같이 조리돌림을 당할 터인가?

―상피가 난 두 위인을 엄중히 다스리면 될 일이지 내게 연좌를 거는 이유가 대체 무엇이란 말이오.

―머리털이 검은 짐승이라면 같은 집안으로서 부끄러움을 알라!

―마음대로 해보시오!

사람들 뒤쪽에서 소똥더미가 날아왔다. 그러자 기다리기나 했다는 듯 일제히 오물 세례가 벌어졌다. 김장군은 꼼짝 않고 서서 그 세례를 다 감당하고 있었다. 그러자 사람들은 소기의 목적을 다 거두었다는 듯 대문 쪽에다 침 따위를 뱉으며 방향을 틀어 다시 온 동네 조리돌림에 들어갔다.

음전은 한여름 더위를 먹은 사람처럼 비트적거리며 들어와 서늘한 보릿단 광 속으로 들어가 처박혔다. 아주 오랫동안 그네는 한번 들어간 광 속에 그대로 널브러져 있었다. 다음날 사람들이 철원네를 찾아냈을 때 그네는 알아보기 힘들 정도로 몰골을 뒤쓰고 있었다. 온몸에 보리 옴이 올라 우툴두툴했고 아랫도리는 핏물이 져 축축한 상태였다. 그네로서는 초조(初潮)였다.

철원네는 누군가가 자신의 뺨을 토닥거리는 걸 느끼며 깨어났다. 눈을 떠보니 어느 기와집 올올한 처마가 한바퀴 원을 빙그르르 돌았다. 그네는 자신을 둘러싼 사람들이 한마디씩 뇌는 소리를 들었다.

이모, 이제 정신이 드세요? 우리들이 얼마나 놀랐다구요.

아마 기력이 부치시는데다 무리한 나들이다보니 그만 더위를 잡수신 모양이에요.

양복차림의 고영만씨였다.

언니가 하마 나 때문에 충격을 받으셨나봐. 이를 어째.

울먹거리는 동생 쌍가매의 목소리였다. 수영이가 바가지에 떠온 차가운 우물물을 들고 한 손으로는 철원네의 목덜미를 떠받쳐 반쯤 고개를 들 수 있게 한 뒤 입술을 축이게 했다. 물을 서너 모금 빨아넘기자 철원네는 점차 기력을 회복했다.

얼릉 차로 가자. 애들한테는 연락하지 말고.

지 등에 업히세요.

철원네는 부끄러움도 못 느낀 채 선뜻 뒤를 돌려댄 고영만씨의 등에 스르륵 엎어졌다.

언니……

철원네는 간신히 목을 추스려 손가방을 챙겨 발맘발맘 쫓아오는 쌍가매를 내려다봤다.

쌍가매야.

예. 무슨 얘기든 하세요.

철원네를 업은 고영만씨의 등이 움찔거렸다.

너 예 이룰 때 내가 니 한복 본견사 톡톡한 걸로 말라줄 테니 그리 알고 있어……

그 말이 채 끝나기도 전에 철원네를 업은 고영만씨의 등짝이 갑자기 씰룩거리더니 무당개구리처럼 너부죽이 엎드려 있는 수영의 빨간 차를 향하여 힘차게 줄달음치기 시작했다.

"그러니깐 할머니도 끝내 맘을 돌리셨다 그 말이네요 뭐, 결론은."

"내가 뭐 말릴 힘이 있어야 말리기라도 하지. 그리고 내가 뭐에 감동을 받았냐면."

"뭔데요? 나 부엌에 빨래 안치고 나와서 빨리 이 야그만 듣고 가야 하는데."

"나도 첨 들은 소린데, 그 양반이 일 년 동안이나 일 주일에 꼭 한 번씩 거기 산중턱에 가면 관음암이라고 있거든. 거기 약수가 소문이 난 건데 그 물을 길어다 우리 쌍가매에게 댔다는 거야. 물로써 들이는 정성이 그게 옛날에도 그랬지만 어지간한 게 아니거든. 그 일 년이면 사람 품성은 어느 정도 재볼 수 있지 않나 싶은 생각도 들고. 사람 속은 살아보기 전까지는 모르는 법이긴 하지만……"

"아유, 할머니 말 들어보니깐 더이상 없는 사람이네요. 딴 걱정 허

실 필요 눈꼽만큼도 없겠어요 뭐. 빨리 조반이나 지어 드세요. 전 가
요!"

　"그럴까? 우리 쌍가매가……"

(『문학정신』1994년 6월호)

변두리의 귀환

류보선(문학평론가)

1

한 작가의 고유성은 많은 경우 현재의 보편성으로부터 '쓸모없는 실존'으로 격하된 것, 그리고 아직 개념화되지 못한 것에 대한 관심에서부터 시작된다. 현재의 보편성이 보다 철저하게 배제하고 은폐한 것에 주목하면 주목할수록, 그리고 이 은폐된 어떤 것을 매개로 현재의 보편성이 행하는 천재적인 은폐술을 치밀하게 밝혀내면 낼수록 한 작가의 고유성은 강렬한 밀도를 획득한다. 뿐만 아니라 이 쓸모없는 실존으로 격하된 것에 대한 관심은 종종 현재의 보편성은 물론 현재의 보편성을 형성해온 역사적 과정 전체를 해체하는 계기가 되기도 한다. '쓸모없는 실존으로 격하된 것'들을 중심으로 충분히 의미 있는 콘텍스트를 구성해낼 경우, 기존의 보편성은 그야말로 한순간에 숭고한 발견의 천재에서 허위의식에 가득찬 은폐의 천재로 전락

할 수도 있다. 물론 이 과정은 쉽지 않다. 인식론적인 장에서 버려진 것을 복원하고 그것을 콘텍스트화하는 일은 하나의 공동체가 역사적으로 쌓아온 모든 지혜들과 처절한 쟁투를 벌이는 힘겨운 작업에 다름아니기 때문이다. 하지만 기존의 보편성에서 폐기처분된 어떤 것에 대한 관심이 없고서는 어떤 작가도 자신의 고유성이나 문제성을 확보하기 어려운 것 또한 사실이다. 결국 기존의 보편성에 의해 천재적으로 버려진 것들에 대한 관심이 없고서는 작가란 탄생할 수 없으며 또한 움직일 수도 없다.

90년대의 문학 전반에서 누구보다도 독특한 세계를 일구어낸 김소진의 경우도 당시의 담론체계가 지워버린 삶의 영역에 관심을 기울이기는 마찬가지다. 아니, 김소진의 경우는 관심의 수준을 넘어선다. 김소진은 어떤 경우인가 하면 대부분의 현존재들이 당연히 스러져야 마땅하다고 믿는 삶의 영역을 가장 치명적으로 버려진 삶의 형식으로 설정한 경우에 해당한다. 현재의 보편성이 보이는 가장 전율할 만한 무관심의 영역으로 김소진은 70년대 산동네의 밑바닥 인생들의 삶을 지목한다. 김소진이 황석영의 「돼지꿈」에 대한 감회를 적으면서 사용한 표현을 빌려 보다 자세히 이야기하자면, "산업 드라이브 정책으로 인해 도시 변두리로 내몰린 밑바닥 인생들이 일용할 양식에 대한 간절한 그리움과 고단한 노동에 대한 회한을 다독거리는 너스레" "이렇게 후줄근한 사람의 땀냄새와 구린내 나는 듯한 목소리 그리고 숨기고 싶은 속내" "화톳불에 패거리로 둘러앉아 기름기가 자글자글 흐르는 육질을 씹으며 뭔가 일을 낼 것 같은 동물성 활력"('70년대 민중의 마지막 꿈 — 황석영의 「돼지꿈」') 등을 김소진은 현재의 숭고한 이데올로기들이 폐기처분해버린 가장 소중한 삶의 가치로 확신하는 것이다. 이 후기 자본주의 시대에 70년대 산동네의 밑바닥 인생이라니! 하지만 어쩔 것인가. 이것을 현대적 삶의 중심으로 설정한 것을.

　현재의 보편성이 보다 철저하게 외면한 내용에 관심을 기울이면 기울일수록 한 작가의 고유성은 보다 선명해지지만, 김소진의 70년대 산동네의 삶에 대한 관심은 고유성을 획득하게 할 수는 있어도 시대의 의미 있는 연관은 애초부터 불가능하게 할 것 같은 우려를 자아내기에 충분하다. 70년대 산동네의 밑바닥 인생의 이야기란, 그것도 그들의 역사적 계급적 소외에 대한 것이 아니라 '육질을 씹으며 뭔가 일을 낼 것 같은 동물성 활력'에 대한 이야기란, 이미 오래 전에 우리의 소설사가 한번 훑고 나온 주제인 것이다. 박태순, 윤흥길, 김주영, 서정인, 조선작, 황석영 등의 소설에서 놀라운 만한 흡인력을 보여주었던 도시 주변부 삶에 대한 관심은 『어둠의 자식들』 『꼬방동네 사람들』 등을 고비로 서서히 시대의 저편으로 묻혀져간 바 있다. 그것은 가깝게는 도시 주변부의 삶이 산업화가 불러온 어떤 질곡을 말하기에는 용이하지만 국가와 밀착한 독점자본주의라는 본질적인 모순이나 역사 변혁의 주체로서의 민중상을 구현하기에는 지나치게 주변적이라는 일종의 인식상의 전환이 이루어진 것과 관련이 깊다. 이후 우리 문학의 관심은 소외된 계층에 관한 한 농민, 노동자, 빨치산 아비, 학생운동가, 장기수 등으로 옮겨갔고, 이를 두고 인식상의 발전이라 칭한 것은 바로 이 때문이다. 여기에 서구적인 제도와 인식틀을 모범적인 것으로 받아들여 그러한 첨단적인 삶의 방식만을 본질로 설정하는 근대 이후 한국문학의 어떤 관성이 같이 작동하면서 산동네 민중의 생활세계는 우리의 문학사적 지평에서 급격하게 스러진다. 어떤 이유 때문이건 간에 산동네의 밑바닥 인생은 개념의 통일성을 유지하는 데 별로 도움이 되지 않는 영역이었으며 그렇게 그들은 쓸모없는 실존으로 격하되었던 것이다. 그런데, 그랬던 것인데, 김소진이 70년대 도시 주변부의 삶을 비록 회상의 형식이지만 다시 소설의 중심부로 끌고 들어온 것이다. 그것도 갑작스레 부각된 후기 자본주의적 징후들로 이전 시대와의 거대한 단절이 여러 영역에서 논의되었을 뿐만 아니라 거의 대부분의 담론이 후기 자본주의라는 첨단의 현상들을 개념화하기에 분주하던 바로 그 시점에.

그러니 김소진의 70년대 산동네의 밑바닥 인생에 대한 기록이 지속될 수 있었던 것은 오로지 그의 남다른 의지 때문이었다고 할 수 있다. 필사적이었다고 해야 하리라. 현재 강력한 권위를 누리고 있는 보편적인 담론 대부분이 낡고 시대착오적이며 비본질적이고 주변부적인 것으로 격하시킨 그것을 다시 중심부로 격상시키려는 작업이니 김소진에게 70년대 산동네 인생에 대한 기록은 자신의 전존재를 건 힘겨운 쟁투에 다름아니었다. 이 힘겨움 속에서도 김소진은 "테제도 그렇다고 안티테제도 아"닌, "이도 저도 아닌"(「개흘레꾼」) 산동네 인생들의 회상을 멈추지 않는다. 등단작 「쥐잡기」에서부터 그가 살아 발표한 마지막 작품인 「눈사람 속의 검은 항아리」에 이르기까지 김소진의 70년대 산동네에 대한 회상은 지속되며, 이 놀라울 정도의 금욕적인 집중을 통해 김소진은 70년대 산동네 이야기를 어느덧 후기 자본주의를 살아가는 현대인의 실존과 관련시키는 데 성공한다. 김소진은 어떠한 권위적인 담론으로부터도 그 실존적 의미가 인정되지 않았던 이도 저도 아닌 70년대의 밑바닥 인생을 현대인의 존재방식을 비추는 거울형상으로 끌어올리는 것은 물론 이 거울형상을 통해 드디어 그 어느 누구도 주목하지 못했던 현대성의 주요한 측면을 포착해낸다. 김소진은 이처럼 후기 자본주의와 70년대 산동네의 삶이라는 양립하기 힘든 요소들을 그야말로 경이롭게 병존시키기는 마법을 행하거니와, 이것은 김소진이 우리 소설사에 남긴 지워지지 않을 위업이다.

이제 김소진의 초기 소설을 중심으로 김소진이 우리 소설사에 남긴 위업의 실체를, 그리고 그것이 뿜어내는 황홀경을 살펴볼 차례다.

2

김소진 소설이 70년대 산동네라는 자족적인 영토에서 자본주의적 냉정성을 비판하고 그것을 넘어서는 어떤 육체적이고 카니발적인 활력을 찾아낸 것은 사실이지만, 등단 초기부터 70년대 산동네를 그렇게 맥락화한 것은 아니다. 김소진은 70년대 산동네 민중들의 삶에서 카니발적인 활력을 찾기까지, 그러니까 『장석조네 사람들』에서 그것을 구체화하기까지 시간상으로는 그리 길지는 않지만 꽤나 강도 높은 모색의 과정을 수행한다. 그리고 그 과정의 중심에는 바로 아버지라는 존재가 놓여 있다. 김소진은 첫 작품집 『열린 사회와 그 적들』의 서문에서 그의 소설 대부분이 "소설이기에 앞서 애틋했던 아버지께 부치는 제문"이라고 밝힌 바 있거니와, 두번째 작품집 『고아떤 뺑덕어멈』에서도 역시 "아버지한테 물려받은 유일한 자산인 가난과 상처가 지난 사 년간 제 알량한 문학의 밑천이자 젖줄이었습니다. 당신을 숱하게 팔아먹어온 그 문학적 젖줄을 이제는 떼어버릴 때가 된 것 같습니다"라고 쓰고 있다. 그만큼 등단 이후 몇 년간 김소진의 주된 관심사는 아버지라는 존재의 맥락화 작업이었다고 해도 과언이 아니다. 모든 인간 존재가 사회적 관계의 총화이겠지만 특히 어떤 특정한 인물에게서 그 시대의 사회적 관계나 역사지리지의 총화를 발견하는 경우가 있을 수 있다면, 김소진은 아버지라는 존재에게서 사회의 진정한 연관을 보여주는 바로 그 사람을 발견한다. 그리고 아버지라는 존재의 치열한 객관화를 통해 드디어 그 아버지의 삶에 깃들인 카니발적인 활력을 발견하며, 그 활력을 곧장 아버지가 속해 있는 산동네라는 공동체로 전이시키고 확장시킨 것이다.

하지만 김소진의 소설에서 아버지를 호명하고 아버지 삶에 깃들인 의미를 명명하는 양상이 처음부터 동일한 것은 아니다. 김소진은 끊임없이 아버지를 호명하고 있으면서도 소설 속에서 한 번도 아버지의 전체 역사를 서사화하지 않는다. 아버지가 겪어왔던 경험들을 연대기순으로 나열해보지도 않으며, 각각의 디테일들을 선후관계나 인과관계를 통해서 재구성하지도 않는다. 김소진은 아버지에 관한 한 디테일의 충실성의 원칙에 따라 묘사하지 않는다. 하여, 김소진의 소설에서 아버지는 상징적인 디테일에 의해 이미지화될 뿐이며, 이 이미지는 작가 혹은 작중화자의 아버지에 대한 동일시의 정도에 따라 각기 다른 이미지로 표현된다. 예컨대 김소진 소설에 등장하는 아버지는 공통적으로 한국전쟁의 와중에서 북에 가족을 두고 남쪽을 택한 인물로 서술된다. 그런데 정작 아버지가 북에 가족을 두었으면서도 남쪽을 택한 이유는 작품마다 다르다. 「쥐잡기」「개흘레꾼」「첫눈」은 반공포로로 잡혀 있던 중 어떤 이유 때문에 남쪽을 택한 것으로 되어 있고, 「고아떤 뺑덕어멈」에서는 아버지의 전기적 사실에 맞게 미군이 원산을 점령하자 생존하기 위해 미군을 도왔고 다시 상황이 달라져 인민군이 돌아오자 역시 생존하기 위해 고향과 처자를 버린 것으로 되어 있다. 또한 거제도 포로수용소에서 남쪽을 택한 이유도 쥐 때문이거나 사내로서의 구실을 잃은 줄 알았다거나, 혹은 빵 때문이라거나 작품마다 달리 설정되어 있다. 하여간 분명한 것은 김소진 소설에 등장하는 아버지상은 선우휘나 박영준의 소설에 등장하는 인물들처럼 반공 이데올로그도, 그렇다고 김원일이나 조정래 등의 아버지상처럼 남로당도 아니며, 그렇다고 「광장」의 이명준처럼 제3국을 택하지도 못한 인물이다. 어떻게 보면 김소진의 아버지상은 거대한 역사적 수레바퀴와는 무관한 자리에서 주어진 삶을 살다가 어느 순간 그 거대한 역사적 수레바퀴에 매달려버린, 그러니까 파란만장한 한국근대사의 격랑에 삶의 근거를 박탈당한 다만 순수한 영혼이었던 것이다. 말하자면 한국적 모더니티의 가장 처절한 희생자인 셈이며, 따라서 연민의 대상이어야 마땅한 존재이다.

하지만 김소진 소설의 작중화자들은 이 아버지에 대해 연민만을 보내지는 않는다. 이 아버지상은 광기의 전쟁을 불러일으킨 한국적 모더니티의 일방적인 희생자일지는 몰라도 작중화자에게는 누구보다도 가혹한 시련을 제공하기 때문이다. 김소진 소설에 등장하는 아버지상은 하나같이 자본제적 합리성이나 냉정함과는 거리가 먼 인물이어서 가족에게 극도의 가난을 안겨준다. 「쥐잡기」「자전거도둑」의 아버지마냥 구멍가게 하나 제대로 꾸려나가질 못하는가 하면, 「개흘레꾼」의 아버지상처럼 발정기가 된 암캐들의 중신애비 노릇을 무슨 대단한 일이라도 되는 듯 도맡아 하고 다니는 인물이며, 또 전기를 훔쳐 쓰다 오히려 그것을 빌미로 외상술을 뜯기거나 하는 인물이다. 하지만 아버지에게 이런 측면만 있는 것은 아니다. 중학교 등록금을 동네 들병이에게 갖다 바치고 또 수많은 사람들 앞에서 그것을 돌려달라고 애원하기도 하고, 폐가에서 동네 과부와 정사를 벌이기도 하고, 부엌벽의 구멍으로 옆집 아낙 목욕 장면을 훔쳐보기도 하고, 뜨내기 약장수 여편네에게 색념을 품기도 하는 인물이기도 하다.

그렇다고 작중화자들이 아버지가 제공하는 가난과 정처없는 색념 때문에 아버지에게서 증오를 느끼는 것은 아니다. 그것은 자유와 모험을 철저하게 제약당하는 필연의 왕국에 살게 하기 때문이다. 예컨대 아버지의 비합리적이고 비계산적인 생활철학은 어머니를 현실적인 질서의 수호자로 만들며 아버지의 무능을 이어주지 않으려는 입법자로서의 어머니는 작중화자들이 유년기에 품음직한 꿈, 이상, 천진함, 모험 등을 허용하지 않는다. 즉 어머니는 가족의 생사여탈권을 손에 쥔 절대권력으로 현실적 질서 이외에는 어떤 것에도 눈을 돌리지 못하도록 강요한다. "내가 죽으면 너희들은 거지 중에서도 아주 상거지가 된다. 차라리 그렇게 사느니 서로 쥐약이라도 먹고 일찌감치 몰사 죽음을 하는 게 여러 모로 깨끗하다. 어머니는 이런 말을 입버릇처럼 붙이고 살았다. 나도 속으로 그게 참으로 맞는 말이라고 생각했다."(「용두각을 찾아서」) 뿐만 아니라 그 어머니는 실제로 자식들에게 쥐약을 먹이는 시늉을 하는 단호한 존재이다. 신의 위치에서 그녀가 내리는 계율에, 인간의 능력을 넘어서는 고통스런 수행과정이 따르는 것은 아니다. 단지 생존해야 한다는 것이며 가족인 만큼 "우린 살아도 같이 살고 죽어도 같이 죽어야"(「용두각을 찾아서」) 한다는 논리이다. 이 계율은 아버지가 내리는 것이 아니라 아버지의 책무를 떠안은 어머니가 내리는 것이기 때문에 엄격하더라도 거부할 수 없다. "에미는 여자 몸이 되어 북두갈고리 손으로 먼짓가루 풀풀 날리는 공장 안에서 하혈을 죽죽 하면서도 살아보겠다고 발버둥쳐쌌는데 그 속에서 내질러진 애새끼는 뼈골이 녹아나도록 신탄진을 피우고 그랬구나…… 더 살 필요가 없다."(「용두각을 찾아서」)

유년기의 작중화자들은 이 금기를 어기지 못한다. 그것은 그 계시의 내용이, 인간의 삶에서 가장 기본적인 조건을 제시한 것이기 때문이다. 생존해야 한다는 것, 혹은 육체적인 생명을 이어가야 한다는 것만큼 절대적인 것이 어디 있으랴. 때문에 계시의 발원자인 어머니는 자신의 계시내용에 대해서 회의하지 않는다. 생존해야 한다는 것이, 삶의 충일성을 위한 수단이 아니라 그것 자체가 목적인 마당에, 이 계시의 내용이 잘못된 것인가 아닌가는 하등 의미가 없으며 그를 어길 경우에 따를 법한 그 행위의 선/후, 원인/결과, 우연/필연, 자유/복종 간의 그 복잡한 연관에 대한 성찰이란 한낱 호사취미인 것이다. 따라서 어머니의 계시내용이란 가장 비논리적인 것이면서 동시에 가장 논리적인 것이다. 말하자면 생존 그 자체가 목적이 아닌 생활이 가능해질 때를 제외하고서는, 이 어머니의 계시내용은 절대적인 진리일 수밖에 없는 것이다. 결국 어머니가 설정한 금기의 위반은 곧 생존권 울타리로부터의 유배, 곧 배고픔, 추위, 혹은 죽음을 의미하는 것이므로, 유년기의 작중화자들은 유년기에 가질 법한 천진함, 꿈 등을 포기한다.

어느 정도인가 하면 유년기의 작중화자들이 느끼는 유일한 생의 환희와 모험까지를 접고 만다. 김소진의 소설에 등장하는 유년기의 풍경에는 아버지, 어머니의 모습 외에 또하나의 선명한 사진이 끼어 있다. 「춘하 돌아오다」의 상호, 「그리운 동방」의 광수, 「수습 일기」의 육손이, 『장석조네 사람들』의 육손이 광수라는 이름으로 등장하는 인물이다. 이들은 모두 각각 작중화자들의 한때 우상이다. 그의 졸개가 되는 것 자체가 생의 환희이고, 그의 졸개에서 떨어져나간다는 것은 곧 꿈을 잃어버리는 것과 동질적인 의미로 다가온다. 상호 등은 모두 강한 남성성의 소유자이다. 그들의 품안은 공포의 대상인 어머니로부터 자유로울 수 있으며, 또한 아버지로부터는 발견할 수 없는 강한 남성성을 확인할 수 있는 것이다. 그들의 영향권 안에서만 화자는 모든 강박관념을 이겨낼 수 있었다. 작중화자에게는 "축 늘어진 고압선을 떠메고 우뚝 솟은 동방의 철탑 중턱까지 오르는 깡다구를 보여" 주는 모험을 즐길 수 있었던 유년기의 유일한 "그 행복했던 기간" (「그리운 동방」)이지만, 결국 이 자유마저 포기한다.

아버지의 가난과 정처없는 색념은 한편으로는 종종 타인 앞에서 아버지를 부정하게 하는 아들을 만들거니와, 다른 한편으로는 생애 최대의 순간인 유년기의 자유와 모험을 불가능하게 한다. 따라서 아버지에 대한 원망과 결심이 뒤따르는 것은 당연하다. 작중화자는 성장을 해서도 아버지에 대해 "무조건 아버지라는 인간을, 아니 그 말

자체를 지우고 싶었다. 그 위에 칼을 물고 고꾸라져 죽고만 싶었다. 그리고 춘하의 그 허연 살덩이를 한칼에 베어 으적으적 씹고 싶은 충동적 허기에 이후로 끊임없이 시달렸다"(「춘하 돌아오다」)거나 "차라리 죽는 한이 있더라도 애비라는 존재는 되지 말자"(「자전거 도둑」)라는 증오를 감추지 않는다.

이처럼 김소진 소설에 나타나는 아버지에 대한 감정은 양가적이다. 한편으로는 한국적 모더니티의 가장 처절한 희생자요, 다른 한편으로는 작중화자들의 주체적인 자기활동성을 차단하는 장애요소로 비쳐지는 것이다. 당연히 아버지에 대한 작중화자들의 시선에는 연민과 증오, 경외와 경멸의 양가적인 감정이 교차한다. 하지만 이 양가감정이 아버지의 삶 자체에서 연유하는 것만은 아니다. 예컨대 작중화자들은 타인들이 추구하는 세속적인 삶의 방식 대신 세상으로부터 버림받은 가치를 실현하는 아버지의 모습을 보고 아버지를 증오할 뿐만 아니라 때로는 타인 앞에서 아버지라는 존재를 부정하기도 한다. 하지만 치밀한 계산으로 가게를 꾸리지 못하거나 남 앞에서 소신 있게 자신의 의견을 밝히지 못한 비굴함 등은 보는 관점에 따라서 달리 볼 수 있는 것이다. 아버지가 이웃 아낙을 탐하는 경우에도 사정은 마찬가지이다. 이것은 어떤 측면에서 보자면 대단히 반윤리적인 행동으로 규정할 수도 있지만 어떤 측면에서 인간의 육체적 생명력의 자연스러운 발현으로 볼 수도 있는 것이다. 실제로 김소진 소설의 작중화자들은 아버지가 뚫어놓은 옹이를 통해 이웃 아낙을 같이 훔쳐보고 아버지가 탐한 여인네의 흰 허벅지에 같은 시선을 보낸다.

그러니까 작중화자들의 아버지에 대한 증오는 작중화자들의 의식의 상태에 의해 결정되는 것이며 따라서 언제든지 가치관의 변화에 따라 변할 수 있는 것이다. 실제로 김소진 소설에 나타나는 아버지에 대한 양가감정은 내내 동일하지 않다. 감정상의 미묘한 양적 변화가 이루어진다. 성장한 후의 시선이 아닌 유년기이면 유년기일수록 아버지에 대한 감정은 증오, 경멸, 수치 등에 가까우며, 성장한 후의 시선일수록 그것은 연민, 동정, 경외의 감정이 농후해진다. 뿐만 아니라 김소진의 소설에서도 아버지에 대한 이야기가 거듭되면 거듭될수록 아버지라는 형상은 연민과 동정의 감정이 짙어진다. 그러니까 「고아떤 뺑덕어멈」이나 「개흘레꾼」, 『장석조네 사람들』 연작의 「두 장의 사진으로 남은 아버지」에 이르면, 아버지는 증오의 대상에서 슬그머니 인간이 지켜야할 자존과 본성을 구현한 인물로 승격한다.

그리고, 결국에는 작중화자들의 유년기를 상처와 가난으로 얼룩지게 했던 체험의 직접성에서 만들어진 아버지상 대신에 아버지의 삶을 역사철학적으로 문맥화하기에 이른다. 김소진은 그의 앞세대가 '아비는 남로당이었다' 라는 정언하에 한국 사회의 역사지리지를 작성했듯, 그 역시 자신의 아버지와 어머니의 존재방식과 가치관을 통해 자신만의 총체적인 역사상을 드러내고자 한다. 김소진이 작성한 역사지리지는 바로 '아비는 개흘레꾼이었다' 이었다는 명제이다.

나의 아비는 숙명의 종도, 그리고 권력투쟁에서 패배한 남로당이었다고 외칠 만한 위치에 있지도 못했기 때문에 나는 또다른 가슴앓이를 해야 했던 것이다. 그렇다고 다시 "아비는 군바리였다"거나 "아비는 악덕 자본가였다"라고 외칠 처지는 더욱 아닌 데 나의 절망은 깃들여 있었다.

그런 의미에서 아버지는 테제도 그렇다고 안티테제도 아니었다. 그저 하릴없이 암내 난 개 목에 낡아빠진 개줄을 걸고 다니며 상대 수캐를 고르고 한적한 돌산 같은 데로 올라가 흘레를 붙여주는 일을 보람차게 수행하는 사람일 뿐이었다. 그러니 내가 나가야 할 출구를 아버지가 미리 다 막아놓은 셈이었다. (……) 그러나 내게 아

버지란 존재는 이도 저도 아닌 개흘레꾼에 불과했다. 그러니 내가
절망하지 않고 어찌 배길 수 있었을까. (「개흘레꾼」, 398~399쪽)

　김소진과 김소진 소설의 작중화자들이 아버지에게서 증오를 느꼈
던 것은 아버지가 안겨준 생의 고통보다는 아버지의 삶을 역사적으
로 문맥화할 수 없었기 때문일 것이다. 뚜렷한 이데올로기도 없이 북
의 처자를 버려둔 채 남쪽을 선택하고, 또 어떤 뚜렷한 목적의식도 삶
의 목표도 없이 세상 사람들이 폐기처분한 것들에 관심을 기울이며,
또 가족의 안위보다는 이웃 아낙들의 몸을 기웃거리는 아버지로 인
해서 겪어야 했던 생의 고통은 용납할 수 없었기에 더욱 고통스러운
것이었고, 따라서 그것은 아버지에 대한 극도의 증오로 표출될 수밖
에 없었던 것이다. 김소진은 '이도 저도 아닌 개흘레꾼'을, 그래서 몇
번이고 타인 앞에서 아버지임을 부정하게 했던 그 아버지의 역사를
추적한다. 그리고 아버지를 '이도 저도 아닌 개흘레꾼'이 아니라 '권
력투쟁에 패배한 남로당'과 '악덕 자본가'가 만들어낸 광기의 전쟁
에서 그야말로 한순간의 삶의 안정성과 기반을 상실한 존재로 규정
한다. 말하자면 한국전쟁은 이제까지의 규정대로 선과 악의 대결이
아니라 인간에 대한 배려가 전혀 존재하지 않는 이데올로기가 만들
어낸 광기의 역사이며 따라서 아버지는 그러한 이데올로기에 의해
진행된 한국적 모더니티의 최대의 피해자일 뿐이지 무의지적이거나
비역사적인 존재가 아니라는 것이다. 또한 남의 비웃음 속에서도, 또
는 남들이 보기에는 쓸모없이 보이는 개흘레 붙이는 일에 몰두하면
서도 그 역사적 경험에서 배운 대로 타자를 배려하지 않는 광기의 전
횡을 막기 위해 노력하고 있음을 확인한다. 즉 한편으로는 증오와 한
편으로는 연민을 자아내는 아버지의 이해할 수 없는 행동의 저변에
는 광기의 이성이 빚어낸 전쟁에 자신의 안정적인 삶을 근본에서부

터 박탈당했음에도 불구하고 주어진 자연의 법칙에 순응하려는 강한 의지가 작동하고 있다는 것이다. 이것이 '아비는 개흘레꾼이었다' 라는 명제를 통해 김소진이 맥락화한 역사지리지이다.

'아비는 개흘레꾼이었다' 는 다소 불손한(?) 명제로 아버지의 삶을 맥락화한 이후 김소진 소설의 아버지상은 급격하게 변화한다. 「고아떤 뺑덕어멈」에서는 아버지의 이웃 아낙에 대한 불순한 시선의 근저에 사실은 북에 두고 온 처자에 대한 그리움이 작동하고 있었음을 밝히기도 하고, 또 「두 장의 사진으로 남은 아버지」에서는 자본주의적 냉정함에 홀로 맞서는 아버지의 형상을 제시하기도 한다. 체험의 직접성에 붙잡혀서 부정할 가치조차 없는 존재로 다가왔던 아버지에게 김소진은 이처럼 한국적 모더니티의 특수한 역사를 제시하거니와 또한 그러한 그들의 삶에서 그 모더니티를 극복할 수 있는 어떤 잠재적인 가능성 또는 활력을 발견한다.

이러한 아버지 삶에 대한 재발견은 곧 도시 주변부의 산동네의 삶을 전혀 새로운 각도에서 보게 하는 중요한 계기로 작용한다. 김소진의 초기 작품에 비친 도시주변부의 삶이 「키작은 쑥부쟁이」 「춘하 돌아오다」에서 볼 수 있듯 이타적인 모성과 활력 넘치는 여성성에 의해 유지되는 공간이었다고 한다면, '아비는 개흘레꾼이었다' 는 명제의 발견 이후, 혹은 그와 때를 같이 하여 그곳에 대한 묘사는 변화된다. 이타적인 모성과 활기찬 여성성, 생동하는 토속어, 그리고 여기에 역사성까지 같이 어우러지는 활력 넘치는 공간으로 새롭게 탄생하니, 이후 『장석조네 사람들』 연작으로 구체화된다.

3

　김소진 소설의 한 축이 도시 주변부의 산동네에서 펼쳐지는 역동적이고 활력 넘치는 삶에 대한 이야기라면, 다른 한 축은 중심부의 삶에 관한 냉정한 기록이다. 김소진의 소설에서 모더니티의 중심부 그곳은 엄정한 자본제적 합리성에 의해 움직이는 영토여서 금기와 허용, 질서와 일탈, 개인의 모험과 사회적 발전, 정신과 육체, 자아와 타자 사이의 변증법적 조화란 애초부터 불가능한 공간으로 제시된다. 김소진은 이 척박한 땅에서 두 부류의 삶에 주목한다. 아니, 두 부류의 삶을 통하여 모더니티의 부조리를 제시한다. 하나는 중심부의 질서로부터 철저하게 소외된, 그러니까 70년대 산동네와 같은 자족적이고 유기적인 공동체로부터 큰 꿈을 안고 중심부로 나오거나 아니면 그곳으로 다시 쫓겨들어갈 수밖에 없는 '키작은 쑥부쟁이' 들이거나 왜소해진 '광수' 나 '육손이형' 이고, 다른 하나는 이 척박한 땅을 '그리운 동방' 으로 변화시켜야 하는 혹은 변화시키고자 했던 지식인들이다.

　중심부에서 이루어지는 '키작은 쑥부쟁이' 나 '광수' 들의 삶은 그야말로 위태롭다. 예컨대 그들은 "이 세상은 몇 가지 조건만 좀 나아지면 저에게 행복을 줄 만한 그런 곳" (「가을옷을 위한 랩소디」)이라는 믿음을 지니고 있건만 그것이 얼마나 헛된 꿈인가를 수시로 확인한다. 위산이 넘쳐나 쓰린 속에도 허겁지겁 새벽밥을 퍼넣는 고된 노동을 만든 옷이건만 그것은 손끝 하나 건드릴 수 없으며 그래서 오히려 마네킹이 되고 싶다는 슬픈 꿈을 꾸기도 하고(「가을옷을 위한 랩소디」), 또 어느 날 총수의 무심코 던진 한마디 때문에 항해사의 꿈을 꾸던 존재가 하루아침에 본사로 불려들어와 무기력한 삶을 이어나기도 한다(「사랑니 앓기」). 특히 작가 김소진은 70년대 산동네에서 가장 남성적인 자기활동성을 지닌 존재로 설정했던 광수라는 존재의 중심부에서의 삶을 여러 작품에서 제시하고 있는바, 중심부에서의 그는 이전의 위용과 남성성을 현저하게 소실한 존재로 그려진다. 이제 그는 조직의 논리에 따라 학생시위를 진압하거나 깡패조직의 보스가 되어 있거나 아니면 생활에 찌들어 왜소하고 지친 존재에 불과할 뿐인 것이다. 타자나 인간에 대한 배려가 개입할 틈이 없는 잔혹한 부조리의 공간, 이것이 바로 김소진이 바라보는 중심부의 모습이다.

하지만 김소진이 '키작은 쑥부쟁이'나 '광수'들의 삶을 위태롭게 하는 것으로 주목하는 것은, 유독 이들에게만 혹독한 자본주의의 악마적인 속성만이 아니다. 이들의 실존을 의미 없는 것으로 전락시키는 중요한 계기를 지목하는데, 다름아닌 미친 모더니티를 부정하고 비판하고자 하는 변혁운동 내부에 잠재해 있는 어설픈 개념화이다.

"여기서 열린 사회라는 건 계급이나 종족 그리고 이데올로기라는 신화가 더이상 개인에게 굴레가 되지 않고 개개인이 사회의 진정한 주인으로서 질적으로 더 많은 자유와 민주주의, 물질적 풍요와 평등을 이룰 수 있는 마당이며 소수에 의한 지배가 아니라 이성적으로 눈뜬 다수에 의한 착실하고도 양심적인 사회 운영이 기본 원리로 받아들여지는 사회를 가리키는 것이오."

"당신네들 지금 자꾸 어려운 말을 씀시롱 머릿속을 헷갈리게 하는데 한번 물어나 봅시다. 우리, 우리 하는데 도대체 거기에 낄 수 있는 축은 누가 되는 거요? 이데올로기의 신화니 이성적 원리니 하며 거창하게 빚어내는 사회라면 우리 같은 못 배우고 빽줄 없는 떨거지들은 여전히 찬밥 신세를 면치 못할 게 불 보듯 뻔한데 뭐가 진정한 사회라는 거요?"

(……)

"그만들 두지 못해! 이게 뭐 하는 짓거리야. 더이상 두고볼 수가 없다구. 이 따위로 나오면 우리는 당신들을 적으로 규정할 수밖에 없어. 어서 그 각목을 바닥에 놓고서 순순히 물러서라구. 아니면 이후로 당신들이 어떻게 되든 우리 책임이 아냐."(「열린 사회와 그 적들」, 86쪽)

김소진 소설의 또다른 화자의 말처럼 "이론이라는 집을 지어놓고 모든 현실이 그 안에 들어와 살림나기를 바라지만 그건 어디까지나 머릿속에서만 존재하는 허구의 집"(「그리운 동방」)이다. 이론을 위해, 혹은 자기동일성을 지키기 위해 실제로 존재하는 것을 총괄하지 않을 경우, 그것은 자칫 그 대상이나 가치를 영영 사유의 범위 바깥으로 밀어낼 가능성이 농후하다. 「열린 사회와 그 적들」에서 김소진이 제시한 소위 '밥풀때기'는, 그리고 또한 도시 주변부의 소외 계층은 이러한 과정을 거쳐 80년대의 담론이 배제한 중요한 요소 중 하나임에 틀림없다. 즉 기본모순, 본질, 역사발전의 주체 등등의 이름하에 80년대의 권위적인 담론은 노동자의 정치적 계급성만을 진정한 민중의 염원으로 설정했고, 그 외의 요소들은 쓸모 없는 실존으로 격하시켰던 것이다. 그 결과 민중성을 그 어떤 계기보다 중요하게 설정하면서도 실제에 있어서는 민중의 다양한 염원을 읽어들이지 않는 역설적인 상황이 발생하기에 이른다. 김소진은 이러한 정황 속에서 자칫 역사의 저편으로 영원히 흘러갈 가능성이 높았던 '키작은 쑥부쟁이'들의 고통과 염원, 그리고 그 안에 감추어진 잠재적 가능성을 성공적으로 복원하며, 80년대적 시대정신의 한계를 정확하게 묘파한다.

김소진은 80년대 이후 자본주의의 냉정한 계산논리에 맞서서 보다 높은 수준의 활력과 열정으로 가득찼던 시공간이 현저하게 줄어드는 데 주목한다. 특히 김소진에게 인간을 도구로 전락시키는 자본제적 합리성과 야만의 권력에 제동을 걸었던 지식인들의 전향 혹은 변절은 중요한 사안으로 부각된다. 비록 모든 소여적 조건이 충분히 고려되지 않는 개념화일지라도 '키작은 쑥부쟁이'들의 삶을 호명하고 명명해주었던 지식인들이 행하는 부당한 권력으로의 편입은 영영 '그리운 동방'을 불가능하게 하는 불길한 징후이기 때문이다. 김소진은 한편으로는 지식인됨의 조건을 묻고, 다른 한편에서는 그 지식인됨을 지키지 못하고 그들이 거부했던 자본제적 논리 속으로 편입하는 인물들을 비판한다. 그런데 하나 특이한 점은 변절한 지식인에 대한 비판이 김소진의 소설에서는 볼 수 없었던 경향인 풍자 혹은 자기풍자의 형식을 띠고 있다는 점이다. 이는 김소진이 설정하는 지식인됨의 조건에 연유한다.

「임존성 가는 길」은 김소진이 지식인의 조건으로 설정한 것이 무엇인가를 잘 보여준다. 지식인됨의 조건을 치열하게 탐색하고 있는「임존성 가는 길」을 둘러싸고 있는 분위기는 비극적이며 우울하다. 이는 작중화자의 말처럼 "지금 같은 변절과 요설, 그리고 슬그머니 발을 빼려는 고백이 횡행하는 시대"(「임존성 가는 길」)이기 때문도 하지만, 보다 중요한 것은 이 작품에서 지식인을 설정하는 기준이 대단히 높기 때문이다.「임존성 가는 길」에서는 '먹물'과 '속물'을 구분한다. 그리고 "제대로 돼먹은 먹물"의 기준으로 발터 벤야민의 음독 자살에 대해 말한다. 그리고 그의 죽음을 두고 "차라리 스스로를 파괴함으로써 자신을 몰아붙이는 상대방에 대한 최대의 경멸을 표시하는"(「임존성 가는 길」) 행위라고 규정한다. 히틀러 치하의 상황과 80년대 후반의 사회적 상황이 어떻게 다른지, 그리고 그 변화가 어디에서 어디로 무슨 이유로 이루어진 것인가에 대한 물음이 없이 벤야민식의 자해를 지식인됨의 조건으로 설정하는 순간, 이로부터 자유로울 존재란 아무도 없다. 그러니, 김소진의 지식인 비판은 한편으로 변절한 지식인을 비판함과 동시에 그를 비판하는 작중화자를 동시에 풍자하는 양상으로 전개된다(「처용단장」, 「혁명기념일」). 결국 김소진의 지식인 비판은 비판의 기준이 지나치게 선명해서 모두를 다 비판의 대상으로 만듦으로써 결국 80년대 지식인의 변화를 설득력 있게 제시하지는 못하지만, 그럼에도 불구하고 다음과 같은 서술은 80년대 변혁운동의 한 측면을 예리하게 지목한다.

그런데 난 대학에 가서 참으로 행복한 일치를 보게 됐어. 딴 애들은 집안에서 뼛골 빠지게 일해서 등록금 대주는 부모님과 운동의 당위성 틈새에서 고민을 많이 하잖아. 그런데 난 그런 갈등을 할 필요가 없겠더라고. 이 독재 정권을 무너뜨리는 일이 결국 아버지를 파국으로 몰고 가는 길이고, 반대로 아버지에 대한 저항은 자연스레 곧 현 독재정권에 대한 저항으로 이어질 수 있었거든. 나는 비로소 숨통이 트이는 기분을 느낀 거야. 이것이 바로 내 운동의 원동력이자 배경이야. (「혁명기념일」, 352~353쪽)

위의 인용은 80년대의 변혁운동이 당시에 내세우던 이념처럼 진정으로 현실에 대한 치밀한 고증과 민중에 대한 깊은 이해만이 아니라 자기만족적인 동기들에 의해 형성되었다는 것을 말해주기에 충분하다. 80년대의 담론들은 자기만족적인 체계를 유지하기 위해 수많은 의미 있는 존재들을 사유의 대상에서 제외시켰던 것이며, 따라서 김소진의 산동네 민중들의 삶에 대한 관심은 시대착오적인 것이 아니라 오히려 전도된 시대의식을 바로잡는 중요한 계기로도 작용한다고 할 수 있다.

4

한 작가의 삶이 보편적인 맥락에서 멀리 떨어져 있다는 것은 한편으로는 행복이며 한편으로는 불행이다. 한 사람의 삶이 보편적인 맥락에서 멀리 떨어져 있다는 것은 자신의 세계 내적 위치를 정립하기가 힘들다는 것은 의미하며, 이는 자기 내부에서 수많은 분열과 혼란을 겪으면서 성장한다는 것을 의미한다. 하지만 이 분열과 혼란을 뚫고 자신의 정체성을 찾아낼 경우, 그것은 곧 세계의 깊은 연관을 읽어낼 뿐만 아니라 의미 있는 보편성을 정초하는 중요한 원동력이 된다.

김소진의 삶이 바로 이러했는지 모른다. 그의 삶은 분명 동세대의 보편적인 경험과는 구분되는 측면이 있다. 앞선 세대의 작가에게서나 볼 수 있음직한, 그러나 또 분명히 앞선 세대와는 다른 환경 속에 성장했고 그의 고유한 영혼은 그 경험 속에서 형성되었다. 이는 김소진을 동세대의 작가들과 구분시키는 결정적인 원천이다. 김소진과 같은 세대의 작가들이 기억의 뿌리를 갖지 않고 있거나 혹은 70~80년대 거대한 역사적 사건을 그들의 원체험으로 설정하고 있다면, 다시 말해 김소진 세대의 경우 보다 의미 있는 정신적 공동체의 발견을 통해 각자의 영혼의 내용들을 형성해나갔다면, 김소진은 시선을 고정할 수밖에 없는 분명한 영토를 지니고 있다는 점에서 분명 그들과 구분된다. 이는 결국 앞선 세대의 작가들에게 유년기의 체험이 절대적이었듯, 김소진에게도 유년기의 체험이 그의 영혼의 내용을 결정하는 데 가장 결정적이었음을 의미한다. 김소진은 자신의 유년기의 경험을 총괄하고 그 고유한 내용을 역사화하고 콘텍스트화하기에 혼신의 힘을 기울인다. 앞선 세대나 동세대의 경험내용 혹은 시대정신과 자신의 경험과의 차이를 규명하지 못할 경우, 그가 살아온 모든 과정이 그야말로 한순간에 무(無)로 전락하기 때문이다. 김소진은 가족사를 매개로 한 자신의 경험내용만이 지니는 차이를 찾아내기 시작하더니 드디어 그것을 문맥화하기에 이르렀다. 하여, 그는 '아비는 남로당이었다'라는 명제에 '아비는 개흘레꾼이었다'는 정언을 우리 문학사에 올려놓기에 이르렀고, 이는 바로 김소진만이 이룬 문학사적 위업이다.

김소진 소설의 일관된 관심사는 인공낙원과 전혀 무관한 자리에서 삶을 일구어가는, 문명의 주변부를 그야말로 인간적 본성으로 살아가는 존재들이었다. 한마디로 김소진은 언제부턴가 어느 누구에게서도 호명받지 못하던 스러져가는 주변부의 인간 존재에 대한 가장 충실한 서기관이자 대변인이었다. 김소진은 문명과 개념의 개입을 받고 주변부의 인간들이 만들어낸 아름다운 통일성(권태와 일탈, 부정과 긍정, 금기와 허용의 변증법적 조화)에 주목하고 이 아름다운 통일성을 거울로 어설픈 개념화와 자연의 수탈로 점철된 문명의 악마적인 속성을 정확하게 비춰낸 작가였으며, 동시에 최첨단의 문화적 삶에만 관심을 기울이는 한국문학사의 일면적인 성격을 누구보다도 철저하게 비판한 '한국문학사의 반성적 거울'이었다고 할 수 있다.

하지만 안타깝게도 우리는 문명의 변두리에서 펼쳐지는 그 다음 이야기를 들을 수가 없게 되었다. 문득 그가, 그립다.

1963년　12월 3일(음), 강원도 철원군 김화읍 학사리 미상번지에서 아버지
김응수(金應壽), 어머니 김영혜(金英惠)의 이남이녀 중 막내로 태어
남. 함경남도 성진이 고향인 아버지는 6·25당시 원산의 한 병원에서
서무원으로 일하다가 국군이 올라오자 우익(右翼)치안대에 가입. 순
전히 원활한 배급을 위해서였는데 이 때문에 원산 대철수 때 예고 없
이 원산 앞바다의 군함으로 전격 소개(疏開)되는 바람에 처자식(아
버지는 북쪽에서 결혼을 한 상태였음)을 고스란히 포화(砲火)속에
남기고 옴.

1967년　군부대에서 흘러나오는 군수품 장사가 어려워지자 서울로 이사 와
미아리 산동네에 자리잡음. 서울에 첫발을 내딛던 때 김치동이를 머
리에 인 어머니의 손에 이끌려 시외버스 차부에서 미아리 산동네까
지 오면서 길음시장의 간판숲에 넋이 빠져 기웃거리느라 어머니를
생고생시키기도 했던 기억이 있음.

1968년　아버지가 중풍으로 쓰러졌으나 거동은 비교적 원활함. 어머니가 삯

바느질 등으로 생계를 떠맡음.

1970~75년 미아국민학교를 다님. 5학년 한때 아버지가 어머니말고 북쪽에
서 결혼한 사람이 있다는 얘기를 듣고는 동네 양아치 형들 방에
서 성인 만화 탐독.

1976년 추첨번호 14로 보성중학교에 입학. 중학교 2학년 겨울 방학 때 파출
부로 다니던 어머니의 장기(長期)하혈이 시작됨. 요강에는 항상 불
그죽죽한 개짐이 빠져 있었음. 아버지는 한 평짜리 구멍가게를 열어
매우 열성적으로 꾸려갔는데 이 구멍가게는 훗날 데뷔작 「쥐잡기」의
배경이 됐음.

1979년 서라벌고등학교 입학. 숨막히는 입시기를 보냄.

1982년 서울대학교 인문대 입학함. 『해방전후사의 인식』과 백산서당의 『경
제사입문』 등을 읽고 충격을 받음. 이승만·박정희 등 그 동안 존경
해왔던 인물들이 모두 반역사적이라고 기술돼 있었음. 영문과로 진
입한 2학년 4·19때 첫 데모를 해봄. 그 뒤 졸업 때까지 웬만한 집회
와 시위에는 거의 참여함. 하지만 갈수록 가투(街鬪)가 자신이 없어
지면서 차선책으로 글쓰기를 염두에 둠. 주로 황석영·이문구·박완
서 씨의 작품들을 습작 테스트로 삼음.

1983년 이산 가족 찾기 열풍이 몰아닥침. 아버지도 텔레비전 앞에서 며칠씩
밤을 새우며 눈물을 흘림. 그 광경을 지켜보면서 그 동안 아버지를
경제적 무능력자로 경원시했으나 마음을 돌려 화해하기로 작정함.

1984년 영문과 학회지 『생성』에 소설 「아버지의 슈퍼마켓」 「소외」와 시 「조
명」 발표.

1985년 아버지 돌아가심. 휴학함.

1986~87년 일 년 반 동안 방위 생활을 함. 신기철·신용철 공저『새우리말큰
사전』을 독파하며 우리말 어휘·어구·속담 등을 대학 노트에 기
록·정리함. 이때 습득한 어휘와 자라면서 어머니 곁에서 들어
야 했던 입심이 합쳐져 소설 문체의 중요한 밑거름이 되어줌.

1990년 직장을 두 번 옮기고『한겨레신문』교열부에 자리잡음.

1991년 신춘문예에 연거푸 두 번 떨어지고 난 다음, 대학 복학생 때『대학신
문』현상문예에 응모했던「쥐잡기」를 개작해『경향신문』신춘문예에
투고한 것이 당선됨. 그해 등단하여 첫 작품「키 작은 쑥부쟁이」를
『문학사상』5월호에 발표했는데 서점에서 갓 나온 잡지에 실린 얼굴
사진을 보고 눈물이 글썽했음. 민족문학작가회의 소설분과에 가입.
단편「수습일기」(『현대문학』8월호),「열린 사회와 그 적들」(『문예
중앙』가을호) 발표.

1992년 단편「적리(赤痢)」(『문학사상』5월호),「춘하 돌아오다」(『민중문예』
여름호),「그리운 동방」(『현대소설』여름호),「사랑니 앓기」(『문예
중앙』가을호),「용두각을 찾아서」(『문학과사회』겨울호) 발표.

1993년 단편「처용단장」(『문예중앙』봄호), 그리고 미발표작「임존성 가는
길」등 열한 편의 작품을 묶어 첫 창작집『열린 사회와 그 적들』을 솔
출판사에서 펴냄(3월). 이후 단편「가을 옷을 위한 랩소디」(『민족문
학』4·5·6월호),「고아떤 뺑덕어멈」(『샘이깊은물』6월호),「지하생
활자들」(『지평의문학』창간호),「혁명기념일」(『실천문학』가을호),
「파애」(『세계의문학』가을호) 발표.『소설과사상』겨울호에 연작 장
편『장석조네 사람들』의 연재를 시작. 6월 6일 김윤식 선생의 주례로
소설가 함정임과 결혼. 강남구 세곡동에서 신혼살림.

1994년 단편 「개흘레꾼」(『한국문학』 3·4월호), 「쌍가매」(『문학정신』 6월호), 「세월의 무늬」(『동서문학』 가을호), 「늪이 있는 마을」(『문예중앙』 가을호), 「첫눈」(『작가세계』 겨울호), 「아버지의 자리」(『리뷰』 겨울호) 발표. 교열부에서 문화부로 자리를 옮겨 국악, 클래식, 무용 등의 공연 취재를 담당. 3월 20일 아들 태형(泰亨) 태어남. 7월 일산 신도시로 이사. 한 분뿐인 형 세상을 뜸.

1995년 「파애」부터 「늪이 있는 마을」까지 아홉 편의 작품을 묶어 두번째 창작집 『고아떤 뺑덕어멈』을 솔출판사에서 펴냄(1월). 『소설과사상』에 4회 연재했던 연작 장편 『장석조네 사람들』을 고려원에서 펴냄(4월). 단편 「달개비꽃」(『현대문학』 4월호), 「문산행 기차」(『문학사상』 6월호), 「자전거 도둑」(『문예중앙』 여름호), 「원색생물학습도감」(『문학동네』 가을호) 발표. 6월, 한겨레신문사를 그만둠. 선배와 친구들이 일하는 서교동의 강출판사 한켠에 자리를 얻어 소설 노동자 생활로 본격 진입.

1996년 중편 「경복여관에서 꿈꾸기」(『오늘의 문예비평』 봄호), 단편 「마라토너」(『창작과비평』 봄호), 「길」(『문학사상』 3월호) 발표. 「첫눈」부터 「길」까지 아홉 편을 묶어 세번째 창작집 『자전거 도둑』을 강출판사에서 펴냄(3월). 『작가세계』 봄호에 전재했던 장편소설 『양파』를 세계사에서 펴냄(7월). 아들 태형이가 커서 읽어주기를 바라면서 짬짬이 써왔던 장편 창작동화 『열한 살의 푸른바다』를 국민서관에서 펴냄(9월). 그간 매달 두세 편씩 사보의 청탁에 응해 썼던 콩트를 간추려 『바람 부는 쪽으로 가라』를 하늘연못에서 펴냄(9월). 중편 「목마른 뿌리」를 『자유공론』에 3회 분재(2·4·5월호). 단편 「갈매나무를 찾아서」(『월간 에세이』 6월호) 발표. 이 작품을 개작하여 테마소설집 『서른 살의 강』(문학동네)에 수록(7월). 단편 「쐬주」(『소설과사상』 여름호), 「건널목에서」(『금호문화』 9월호), 「벌레는 단 과육

속에 깃들인다」(『현대문학』 9월호), 「지붕 위의 남자」(『기업과문학』 9·10월호), 「부엌」(『시와사람』 가을호), 「울프강의 세월」(『작가』 11·12월호), 중편 「신풍근배커리 略史」(『문학과사회』 겨울호) 발표. 『실천문학』 겨울호에 장편 『동물원』의 연재를 시작. 6월, 한겨레신문 사의 최인호·현이섭 선배와 함께 중국 여행길에 올라 장강을 구경. 10월, 문화의 날에 문체부가 수여하는 제4회 '오늘의젊은예술가상' 을 수상. 서경석, 김만수, 진정석과 계간 『한국문학』 편집위원으로 참 여. 가을학기부터 대전에 있는 중경공업전문대 문창과에 출강.

1997년 『실천문학』 봄호에 『동물원』 2회분 연재. 단편 「눈사람 속의 검은 항 아리」(『21세기문학』 봄호) 발표. 3월 초 서교동의 한 내과의원에서 내시경으로 위염 검사를 받음. 3월 9일 고양시 화정동에 있는 서영 병원에 입원. 11일 신촌 세브란스병원으로 옮김. 암종증 진단을 받 음. 4월 8일 연희동 동서한방병원으로 옮김. 4월 22일(음력 3월 16 일)새벽 3시 43분 같은 병원에서 눈을 감음. 4월 24일 용인 공원묘 원에 묻힘.

미망인 함정임의 뜻에 따라 6월 9일(음력 5월 5일) 신촌의 봉원사에서 영가 (靈駕)의 명복을 비는 천도의식(薦度儀式)인 사십구재(四十九齋)를 지냄. 이 자리 에는 김성동, 김원우, 김사인, 임우기 등의 문단 선배들과 정홍수, 안찬수, 진정 석, 정홍섭, 하영춘 등 오랜 지우, 그리고 가족과 친지를 비롯 평소 그의 글을 따 르던 독자들이 지상에서 하늘로 길을 떠나는 그의 마지막을 지킴. 김성동 선생이 직접 붓으로 초(草)한 비문을 새긴 비석이 섬.

김소진 전집 2

열린 사회와 그 적들

ⓒ 김소진 2002

1판   1쇄 │ 2002년 7월 23일
1판   11쇄 │ 2020년 2월 11일

지은이 김소진
펴낸이 염현숙
책임편집 김현정 조연주 장한맘 손미선
마케팅 정민호 박보람 우상욱 안남영
홍보 김희숙 김상만 오혜림 지문희 우상희 김현지
제작 강신은 김동욱 임현식 │ 제작처 (주) 상지사 P&B

펴낸곳 (주)문학동네
출판등록 1993년 10월 22일 제406-2003-000045호
주소 10881 경기도 파주시 회동길 210
전자우편 editor@munhak.com │ 대표전화 031)955-8888 │ 팩스 031)955-8855
문의전화 031) 955-3576(마케팅) 031) 955-8864(편집)
문학동네카페 http://cafe.naver.com/mhdn

ISBN   89-8281-548-1 04810
          89-8281-546-5(세트)

* 이 책의 판권은 지은이와 문학동네에 있습니다.
  이 책 내용의 전부 또는 일부를 재사용하려면 반드시 양측의 서면 동의를 받아야 합니다.
* 이 도서의 국립중앙도서관 출판예정도서목록(CIP)은 서지정보유통지원시스템 홈페이지
  (http://seoji.nl.go.kr)와 국가자료공동목록시스템(http://www.nl.go.kr/kolisnet)에서
  이용하실 수 있습니다. (CIP제어번호 : CIP2004000852)

www.munhak.com